राजगोंडों की वंशगाथा

वन्या

राजगोंडों की वंशगाथा

शिवकुमार तिवारी

राजकमल प्रकाशन
नयी दिल्ली पटना इलाहाबाद

मूल्य : ₹ 600

पहला संस्करण : 2012

प्रकाशक : राजकमल प्रकाशन प्रा. लि.
1-बी, नेताजी सुभाष मार्ग
नई दिल्ली-110 002

शाखाएँ : अशोक राजपथ, साइंस कॉलेज के सामने, पटना-800 006
पहली मंजिल, दरबारी बिल्डिंग, महात्मा गांधी मार्ग, इलाहाबाद-211 001

वेबसाइट : www.rajkamalprakashan.com
ई-मेल : info@rajkamalprakashan.com

मुद्रक : बी.के. ऑफसेट
नवीन शाहदरा, दिल्ली-110 032

RAJGONDON KI VANSHGATHA
by Shivkumar Tiwari

ISBN : 978-81-267-2162-7

प्राक्कथन

भारत वर्ष की कटि मेखला नर्मदा नदी की ऊपरी घाटी में सदियों तक राजगोंड राजाओं की पीढ़ियों ने लगातार राज्य किया। जनजातीय राजाओं के सफल और कुशल राजतंत्र की निरंतरता विस्मयकारक है। गोंड राजवंश का उदय कलचुरियों या हैहयवंशी राजवंश के अस्त होने पर हुआ। गोंड राजवंश के प्रारम्भिक राजा स्वतंत्र राजा थे। इनका राजकाल के ऐतिहासिक साक्ष्य तब से मिलने प्रारंभ होते हैं जब भारत में लोदीवंश का शासन था। मुगलों के राजकाल में अकबर के समय तक गोंड राजवंश के राजा स्वतंत्र सम्प्रभुता सम्पन्न थे। इस काल का सबसे प्रतापी राजा संग्रामशाह था, इसी तरह इस वंश की गौरव संग्रामशाह की पुत्रवधू वीरांगना दुर्गावती थी। दुर्गावती और उनके पुत्र वीरनारायण के मुगलों के साथ युद्ध में वीरगति प्राप्त होने के पश्चात् यह राजवंश परतंत्र हो गया।

इन प्रारम्भिक स्वतंत्र गोंड राजाओं का जीवन चरित लेखक ने राजकमल प्रकाशन द्वारा वर्ष 2008 में प्रकाशित ग्रन्थ 'चरितानि राजगोंडानाम्' में लिपिबद्ध किया था। करद राजाओं का जीवन चरित 'राजगोंडों की वंशगाथा' ग्रन्थ के रूप में प्रस्तुत है।

भारत का मुगल साम्राज्य तत्कालीन विश्व का सबसे शक्तिशाली साम्राज्य था। अतः यदि गोंड राजा पराजित हुए और मुगलों के करद बने तो यह आश्चर्य की बात न थी, आश्चर्य की बात तो यह है कि इन जनजातीय करद राजाओं ने गोंड राज्य का अस्तित्व तब तक बनाए रखा जब तक मुगल साम्राज्य का अस्तित्व बचा रहा। विश्व में शायद यह अकेला उदाहरण है, जहाँ जनजातीय राजगोंडों ने अपने राज्य को तत्कालीन सामाजिक परिस्थितियों के अनुरूप ढालकर प्रशासनिक व्यवस्थाएँ विकसित कीं। उनके राज्य में न्याय, कर, नगरीय प्रशासन और सैन्य प्रशासन जैसे विभाग थे।

इस वृत्तान्त में गढ़ा कटंगा राज्य की उन सभी पीढ़ियों के राजाओं की जिजीविषा की कहानियाँ हैं, जिन्होंने मुगलकाल के पश्चात मराठा काल तक राज्य किया। ये गाथाएँ मानवीय विश्वास, संवेदना और कर्मठता के अतिरिक्त चार से अधिक शताब्दियों की कालावधि में हुए मानवीय विकास की कथाएँ हैं। ये जनजातीय राजे

अपने विकासक्रम में निरक्षर, अपढ़ या गंवार नहीं रहे, न ही ये सर्वथा ऐकान्तिक रहे वरन् इनमें से अनेक साहित्यानुरागी, कलाप्रेमी और समकालीन राजनीति के खिलाड़ी भी रहे। ऐसे राजाओं में हृदयशाह का नाम उल्लेखनीय है।

वस्तुतः प्रारम्भिक करद राजाओं की पाँच पीढ़ियों के कालखंड में जो लगभग एक शताब्दी का था, कुछ राजाओं का राज्यकाल बहुत ही अल्पजीवी रहा है। इसके ठीक विपरीत हृदयशाह जो स्वयं दीर्घजीवी थे, ने छत्तीस वर्ष (ई. सन् 1634 से 1671 तक) या एक तिहाई शताब्दी तक राज्य किया। अपने लम्बे राजत्वकाल में उन्होंने स्थापत्य, संगीत, कला, साहित्य और जनकल्याण से जुड़े इतने अधिक कार्य किए कि हमें अचम्भित रह जाना पड़ता है। कोई आश्चर्य नहीं कि उन्हें राजगोंड वंश का शलाका पुरुष माना जाता है।

ग्रन्थ के पूर्वार्द्ध में राजगोंड कुलभूषण हृदयशाह की दो आगे की और दो पीछे की पीढ़ियों का वर्णन है। इन सभी पीढ़ियों में उनका व्यक्तित्व बेजोड़ है।

यह पुस्तक निश्चित ही न तो इतिहास विषय का ग्रन्थ है और न ही सामाजिक शोध प्रबन्ध, अतः इसकी अकादमिक उपयोगिता को बढ़ाने से सम्बन्धित किसी प्रयास की चर्चा बेमानी है। फिर भी मेरी मान्यता है कि जब हम इक्कीसवीं सदी में किसी साहित्यिक रचना को भी पढ़ रहे होते हैं और यदि उसमें कुछ ऐसा पढ़ने में आ जाए और हमें बतलाया या सुनाया गया नहीं है तो हमारी उन मूलसाक्ष्यों को देखने की जिज्ञासा बहुत अधिक बढ़ जाती है जो रचना को ऐतिहासिकता प्रदान करती हैं। यह इक्कीसवीं सदी की मानसिकता है, हमारी नई पीढ़ी में शायद हमसे अधिक इस तरह की मानसिकता है, इसे हम देख रहे हैं। इसे ध्यान में रखते हुए पुस्तक के अन्त में दो परिशिष्ट दिए हैं।

हमने प्रथम परिशिष्ट में टिप्पणियों के माध्यम से इस अतिरिक्त जानकारी को देने का प्रयास किया है। ये टिप्पणियाँ सर्गों के क्रम में हैं। इन दिनों विश्व की अन्य भाषाओं में लिखी जा रही साहित्यिक रचनाओं में संदर्भों के प्रति जागरूकता और आग्रह देखने को मिल रहा है और इसीलिए विभिन्न भाषाओं की साहित्यिक रचनाओं में टिप्पणियाँ और परिशिष्ट आमतौर पर जगह बना चुकी हैं। सामान्यतः इनमें अनेक संस्कृतियों के सन्दर्भों की व्यापक चर्चाएँ भी होती हैं।

दूसरे परिशिष्ट में उन सन्दर्भ ग्रन्थों की एक अत्यन्त संक्षिप्त सूची दी गई है, जिनके आधार पर इस ग्रन्थ की पुस्तक का ताना-बाना बुना गया।

गोंड राजाओं में इतिहास लेखन की कोई परम्परा नहीं रही है, केवल प्रशस्ति परक आलेख हैं। तत्कालीन पड़ोसी साम्राज्यों ने अपनी इबारतों के हाशिये में उनके सम्बन्ध में कहीं कुछ लिख दिया है। लोककथाएँ अवश्य आज भी जीवित हैं, परन्तु उनमें मिथकीय एवं अतिशयोक्ति तत्वों का बाहुल्य है। इन सभी में से उतना कुछ जो विश्वसनीय एवं ऐतिहासिक है, को कथानकों में ढालने का प्रयास है यह।

प्रयास यह रहा है कि इन कथानकों के माध्यम से राजगोंडों की इस लम्बी अवधि के इतिहास की डोर न टूटे। अतः एक पीढ़ी के लिए एक सर्ग नियत किया गया, जिसमें कम से कम दो ऐसे आख्यान हैं, जो ऐतिहासिक या क्षेत्रीय विश्वास के रूप में मान्य हैं। पूर्व ग्रन्थ 'चरितानि राजगोंडानाम्' के अनुरूप ही इस ग्रन्थ के प्रत्येक सर्ग में राजगोंडों के राजा का वर्णन है।

एक समस्या राजाओं की शासन अवधि को लेकर रही है जिसे कहानियों में सदैव स्थान दिया जाना सम्भव नहीं था अतः प्रत्येक सर्ग के शीर्षक के नीचे सम्बन्धित राजा का एक अति संक्षिप्त परिचय देना आवश्यक समझा गया ताकि पाठक उस कालखंड के परिप्रेक्ष्य में ही घटनाओं का अवलोकन करें। ऐतिहासिक कथाओं में कुछ ऐसे विवरण भी आ जाते हैं जो किन्हीं अर्थों में तकनीकी हैं। इन्हें स्पष्ट करने का प्रयास भी सर्गों के प्रारम्भ में दिए गए परिचयात्मक विवरण में किया गया है।

प्रयास यह रहा है कि कहानियों में ऐतिहासिकता अक्षुण्ण रहे, कल्पना प्रसूत पात्र एवं घटनाएँ यथासम्भव कम से कम हों। प्रत्येक ऐतिहासिक घटना को अलग-अलग इतिहासकार अपने नजरिये से देखते हैं, परन्तु कहानी में घटना को किसी एक ही नजरिये से देखा जा सकता है यह उसकी सीमा है और आवश्यकता भी। सामान्य तौर पर कथाओं में वे घटनाएँ चुनी गई हैं जिनसे सर्गों की सूत्रबद्धता कायम रहे परन्तु साथ ही वे सम्बन्धित राजाओं के जीवन की मुख्य घटनाएँ हों।

राजगोंड राजाओं का चरित्रांकन समकालीन लेखन ऐतिहासिक दस्तावेजों और परम्परागत लोककथाओं में सदैव एक सा हो, ऐसा नहीं है। इसका कारण साहित्यिक, ऐतिहासिक और लोकदृष्टि की अपनी विशेषताएँ और सीमाएँ हैं, उदाहरणार्थ राजगोंड वंश के दूरचेता राजा प्रेमशाह की छवि गोंडी लोककथाओं में मद्य प्रेम में सर्वस्व लुटाने को तत्पर व्यक्ति की है जबकि ऐतिहासिक तथ्यों के आधार पर वे दूरदृष्टि सम्पन्न व्यक्ति थे, जिन्हें राज्य के स्थायित्व की न केवल चिन्ता थी वरन् उस दिशा में उन्होंने ठोस प्रयास किए और लगातार प्रयासों के पश्चात् अपेक्षित सफलता प्राप्त की। समकालीन संस्कृत लेखन में प्रेमशाह को एक नितान्त धार्मिक व्यक्ति से अधिक कुछ नहीं माना है। ऐसा ही कुछ इस वंश के एक अन्य महान् शासक के साथ है। हृदयशाह की प्रशंसा में जहाँ उसके दरबारी कवि और रामनगर के शिलालेखों में यह लिखकर राजा के लोककल्याणकारी रूप को सुन्दर ढंग से चित्रित किया है :

सचपालयन्न खिलमेव जगन्नितरामनाथ भवति क्षितिपः।
समवर्षणोप्यतिशयेन घनः पयसामभिषिञ्चति हि निम्रगतम् ॥

(संपूर्ण जगत् को सदैव पालन करनेवाला वह राजा अनाथों का अति संरक्षण करता था। मेघ समवर्षी होता हुआ भी नदों को (अर्थात् नीचे बहनेवालों को) निम्नगत भूभाग को जल से सिंचित करता है।)

वहीं उसी विवरण में निम्नलिखित श्लोक लिखकर उन्होंने देवताओं के सामर्थ्य और गरिमा को ताक में रखकर अपने पालनहार राजा की प्रशंसा में अनेक सीमाओं का निःसंकोच उल्लंघन कर दिया :

यस्योपरीय मिन्द्रोक्तिः। अयि! वद विभन्तः कुतोऽसि?
जिष्णो विवुधवरा विदितं नवः किमेतत्।
हृदय नरपितर्यदेष विप्रान्मुवि विदधाति शतक्रतूतनेकान्॥

(इसके ऊपर इन्द्र की यह उक्ति है। हे जयशीलो तुम लोग अनमने क्यों हो? हे देवो क्या आपको यह ज्ञात नहीं है कि यह हृदय नरपति पृथ्वी पर अनेक ब्राह्मणों को भी शतक्रतु बना रहा है। भाव यह है कि मेरा सौ यज्ञों को पूरा करनेवाले का पद राजा अनेक ब्राह्मणों को दे रहा है।)

अब इसे संस्कृत के कवियों का पंडिताऊपन कहें या कि उस जमाने की संस्कृत भाषा में चल रहे अतिशयोक्ति अलंकार के प्रति आग्रह, वस्तु स्थिति में कोई फर्क नहीं पड़ता। कुल निष्कर्ष यही निकाला जा सकता है कि जहाँ राजा गरीबों के प्रति उदार था वहाँ दरबारियों पर भी उसकी पूरी कृपा थी। रामनगर के शिलालेख में यदि राजा और रानी की प्रशंसा में कहीं कोई कोर कसर नहीं रखी गई है, तब साधारणतः आधी अधूरी जानकारी रखनेवाले व्यक्तियों के लिए इस वर्ग के विवरणों को चापलूसी युक्त इतिवृत्तात्मक विवरण का दर्जा देने में देर नहीं लगती। पर यह भी एक वैचारिक एकांगीपन है। रामनगर के शिलालेख में ही अनेक ऐसे विवरण हैं, जिनमें राजा हृदयशाह के लोककल्याणकारी कार्यों के सन्दर्भ भी हैं, जो दरबारी कवि ने स्वेच्छा से नहीं लिखे होंगे।

परवर्ती संस्कृत लेखन में भी राजा हृदयशाह का चरित्र तत्कालीन सामाजिक एवं साहित्यिक आग्रहों का शिकार हुआ है। पंडितगण अपनी सीमित सोच से ऊपर नहीं उठ सके और उन्होंने रूढ़ि-भंजक राजा को कामकला निष्णात मानते हुए अपनी सारी साहित्यिक समझ को पद्यों में ढाल दिया। राजा हृदयशाह का एक ऐसा ही चरित्र चित्रण परवर्ती काव्य गढेशनृपवर्णनम् के श्लोक सैंतीस के उत्तरार्ध में मिलता है :

नाना शास्त्रविदं, कलासु कुशलं, स्त्रीसंघ मध्यस्थितम्।
क्रीडन्तं, कमनीय मूर्तिमनिशं, कामप्रभं कामुकम्॥

इस प्रकार के वर्णनों का साहित्यिक तथा काव्यात्मक महत्त्व हो सकता है, पर इससे व्यक्ति के चरित्र की सही पहचान नहीं मिलती। कहने का तात्पर्य यही है कि चाहे परम्परागत लोककथाएँ हों अथवा शुद्ध काव्यात्मक विवरण दोनों में इतिहास की तथ्यात्मकता पर अतिरंजना की परत चढ़ी रहती है।

ग्रन्थ का पूर्वार्द्ध जहाँ हृदयशाह के व्यक्तित्व के कारण उनके जीवन की घटनाओं पर केन्द्रित है वहाँ उनके पश्चात् उनके उत्तराधिकारियों में व्यक्तित्व का वह औदार्य

देखने को नहीं मिलता, अतः ग्रन्थ के उत्तरार्ध में पूर्वार्ध की तुलना में राजगोंडों की अधिक पीढ़ियों का वर्णन।

अन्तिम सर्ग में बीसवीं सदी की कथाओं के माध्यम से भारतीय जनजातियों को गैर भारतीय और इतिहास विहीन समाज मानने जैसी भ्रान्तियों पर चर्चा की गई है।

इक्कीसवीं सदी का वह पाठक जिसमें इतिहास बोध है अतिरंजना युक्त साहित्य के स्थान पर तथ्यपरक साहित्य को पढ़ना पसन्द करता है। प्रस्तुत ग्रन्थ में उन्हीं घटनाओं को प्रमुखता दी गई है जो इतिहास सम्मत हैं और जिनके प्रमाण उपलब्ध हैं। कल्पना के पंछी को मुक्ताकाश में उड़ने के लिए नहीं छोड़ा गया है, उसकी दिशा और गति को नियंत्रित रखने का प्रयास रहा है।

इतिहास के हर कालखंड की भाँति इस कालखंड की घटनाओं पर अपनी-अपनी विचारधाराओं के प्रति समर्पित इतिहासकारों के वर्गों के परस्पर विरोधी विचार हैं। इनमें से जिस विचार में अधिक सचाई लगी, उसे स्वीकार कर लिया गया। गोंड राजकुल के इस लेखन में लेखक की यही प्रतिबद्धता रही है कि वृहत्तर भारतीय समाज गोंडों की भारतीय अस्मिता को सही परिप्रेक्ष्य में समझे। आटविकों को विदेशी साहित्यकारों द्वारा सामान्यतः कपटी, कुटिल और कुपाटी निरूपित किया गया है परन्तु हम तथ्यों के आधार पर उन्हें भारत के सरल, दृढ़निश्चयी और सुरूचि सम्पन्न धरती पुत्र मानें जिन्होंने इस देश की परम्परा, कला और साहित्य को समृद्ध बनाने में अपने पूरे सामर्थ्य से महत्त्वपूर्ण योगदान दिया।

अन्त में निवेदन है कि भारतीय संदर्भों में अंग्रेजी शब्द 'ट्राइब' का वह यूरोपीय अर्थ आधारहीन और भ्रान्त है जिसमें आटविक समाज को एकान्तिक, इतिहास विहीन और आदिवासी (एबोरिजन) माना जाता है। भारतीय संविधान में 'ट्राइब' शब्द की कोई मान्यता नहीं है। ध्यातव्य है कि शब्दों के अर्थ क्षेत्र और काल के साथ न केवल बदलते हैं किन्तु उनमें अर्थ विस्तार भी होता है। भारत में आटविकों या वनवासियों के लिए मान्य अंग्रेजी शब्द 'शिड्यूल्ड ट्राइब' है जिसका समानार्थी शब्द 'अनुसूचित जनजाति' है। आर्थिक रूप से पिछड़े हुए वनवासी हैं जिनकी सांस्कृतिक, धार्मिक और सामाजिक मान्यताएँ वही हैं जो अन्य भारतीयों की हैं। ये अन्य भारतीयों की भाँति एक ही प्राचीन समाज से विकसित हुए हैं तथा जिनका इतिहास वही है जो शेष भारतीयों का इतिहास है।

राजगोंडों के राजवंश के चरित्र-वर्णन करते समय मैं तीन व्यक्तियों को सदैव ही याद करता रहा जिनके कारण मैं इस वंश पर कुछ लिख सका। इस सन्दर्भ में पहला नाम माननीय हनुमान प्रसादजी दीक्षित, पूर्व कुलपति रानी दुर्गावती विश्वविद्यालय का है जिनके कारण मैं लगभग डेढ़ दशक तक विश्वविद्यालय में जनजातीय विषय पर अध्ययन और शोध कर सका। दूसरा नाम भारतीय इतिहास के विख्यात् विद्वान् और जाने-माने पुरातत्वविद् डॉ. आर.के. शरमा का है, जिनके साथ मुझे विश्वविद्यालय

अनुदान आयोग, नई दिल्ली द्वारा प्रायोजित रिसर्च प्रोजेक्ट में तीन वर्षों तक शोध कार्य करने का अवसर मिला। हमारी साझा शोध पुस्तकाकार (ट्राइबल हिस्ट्री ऑफ सेन्ट्रल इंडिया–3 खंड) वर्ष 2000 में प्रकाशित हुई। तीसरा नाम मंडला के यशस्वी समाज सेवी स्वर्गीय श्री रामभरोसे अग्रवाल का है जिन्होंने अपना तन, मन और धन गोड़ों के अध्ययन और उन्नयन में लगाया।

मैं राजकमल प्रकाशन का हृदय से आभारी हूँ जिन्होंने वर्ष 2008 के प्रारम्भ में 'चरितानि राजगोंडानाम्' और अब 'राजगोंडों की वंशगाथा' प्रकाशित कर नर्मदा घाटी के गोंडों के अतीत को साहित्य के माध्यम से जन-जन तक पहुँचाने का महनीय कार्य किया।

–शिवकुमार तिवारी

अनुक्रम

प्रथम सर्ग : पूर्व पीठिका

उर्वरा सर्वतो भूमिः मध्यतो नर्मदा नदी।
विज्ञा दुर्गावती राज्ञी गढ़ा राज्ये त्रयोगुणाः ॥

(केशव दीक्षित का संस्कृत काव्य)

अर्थ : सम्पूर्ण भूमि उपजाऊ है, बीच में नर्मदा नदी है विदुषी दुर्गावती वहाँ की रानी है। गढ़ा राज्य में तीनों गुण (सुख, शान्ति और समृद्धि) विद्यमान हैं।

पूर्व पीठिका

ऊपरी नर्मदा घाटी में कभी एक विशाल जनजातीय साम्राज्य था। इसका अस्तित्व सैकड़ों वर्षों तक रहा। जनजातीय लोककथाओं की माने तो एक हजार वर्षों तक किसी न किसी रूप में इस राज्य का अस्तित्व रहा। ऐतिहासिक साक्ष्यों के अनुसार भी आधी सहस्त्राब्दि तक इस साम्राज्य के राजाओं की अविच्छिन्न परम्परा प्रमाणित होती है। विश्व इतिहास की सम्भवतः यह सबसे लम्बी अविच्छिन्न परम्परा है जब किसी जनजाति के राजाओं ने मध्ययुग में पराक्रमी गैरजनजातीय साम्राज्यों के बीच अपने अस्तित्व को बनाए रखने में सफलता प्राप्त की हो। राज्य भी कोई छोटा-मोटा नहीं वरन् आज के पुर्तगाल, आयरलैंड अथवा इजराइल के बराबर या उनसे कुछ बड़ा।

यह जनजातीय राज्य गोंड जनजाति का था जिसके राजा स्वयं को राजगोंड या राज्य करनेवाले गोंड कहते थे। इस राज्य को गढ़ा कटंगा या गढ़ा मंडला के राज्य के नाम से भी जाना जाता रहा है।

अपने राज्य के चरम विस्तार के समय राजगोंडों के पड़ोसी राज्यों में तत्कालीन विश्व के सबसे प्रतापी राजाओं का राज्य था। दिल्ली की राजगद्दी पर पहले सल्तनत काल के लोदी सुल्तान थे एवं परवर्ती काल में परम प्रतापी मुगल साम्राज्य के मुगल बादशाह। साम्राज्यवादी शक्तियों में टकराव न हो, यह तो कभी सम्भव न था परन्तु गोंडों के इस राज्य का यह भी एक यथार्थ है कि एक लम्बी अवधि तक जहाँ वे अपनी स्वतंत्र सत्ता बनाए रख सके वहीं महाशक्तियों द्वारा पराजित होने पर भी करद राजाओं के रूप में अपनी सत्ता बनाए रखने में सफल रहे। वे मध्य या दक्षिण अमेरिकी इंका आदिवासियों की तरह ध्वस्त नहीं हुए।

राजगोंड राजाओं का राज्य गढ़ा कटंगा या गढ़ा मंडला के नाम से विख्यात् था। यह राज्य कब और किसके द्वारा स्थापित किया गया, इस पर इतिहासकारों तथा प्रचलित गोंडी लोक कथाओं में एकरूपता नहीं मिलती परन्तु निर्विवाद रूप से इस वंश का सबसे प्रतापी राजा संग्रामशाह था। संग्रामशाह ने लम्बी आयु पाई थी किन्तु उनका पुत्र दलपतिशाह युवावस्था में ही परलोक सिधार गया। अतः राज्य का शासन सूत्र दलपतिशाह की विधवा रानी दुर्गावती ने अपने हाथ में ले लिया। दलपतिशाह की मृत्यु के समय दलपतिशाह की विमाता के पुत्र चन्द्रशाह ने अपना पैतृक राज्य छोड़ दिया।

अनेक वर्षों तक दुर्गावती ने अत्यन्त कुशलता से गढ़ा मंडला राज्य का संचालन किया तथा उनके समय में जनजातीय राजाओं का यह राज्य अपनी सम्पन्नता और वैभव के लिए विख्यात हो गया। भारत की केन्द्रीय सत्ता में तब तक युवा अकबर भारत का बादशाह बन चुका था। अकबर के एक सेनापति आसफखाँ ने गढ़ा कटंगा राज्य पर अधिकार करने के लिए बादशाह की आज्ञा प्राप्त कर एक भीषण आक्रमण किया। दुर्गावती ने वीरतापूर्वक युद्ध में मुगलों का सामना किया और अपने राज्य की रक्षा करते हुए वीरगति प्राप्त की, उनके किशोर पुत्र वीरनारायण ने भी कुछ महीने बाद चौरागढ़ के युद्ध में मुगल सेनाओं से युद्ध करते हुए वीरगति प्राप्त की। विजयी आसफखाँ को गढ़ा कटंगा राज्य से अकूत दौलत प्राप्त हुई। मुगलों की इस विजय के साथ ही गढ़ा कटंगा मुगल साम्राज्य के अधीनस्थ राज्य हो गया तथा इस राज्य के परवर्ती राजा मुगलों के करद राजा हो गए। इन करद राजाओं में प्रथम राजा दलपतिशाह का सौतेला भाई चन्द्रशाह हुआ।

गोंड राज्य

ऊपरी नर्मदा घाटी का प्राचीन राज्य जिसे गढ़ा कटंगा या गढ़ा मंडला के नाम से जाना जाता है, वह प्रारम्भ में उतना ही बड़ा रहा होगा जितना कि एक विशाल वृक्ष अपने बीज से फूटने के तुरन्त बाद होता है। पन्द्रहवीं शताब्दी ईस्वी के प्रारम्भिक दशकों में संग्रामशाह ने इसे एक विशाल वृक्ष जैसा स्वरूप देने में सफलता पाई। अपने चरम उत्कर्ष में इस विशाल साम्राज्य की लम्बाई 356 कोस और चौड़ाई 292 कोस थी। उन दिनों की परिवहन क्षमताओं पर यदि ध्यान दें तो इस राज्य की लम्बाई की दूरी को तय करने में उस समय एक महीने का समय लग जाता था। यह तथ्य है कि सघन वन प्रान्तर में बसा यह क्षेत्र जनजातीय राजाओं का राज्य था, पर यह न तो निर्जन और न ही धनदौलत से ही हीन था। सही अनुमान तो मुश्किल है परन्तु उस समय इस क्षेत्र में पन्द्रह हजार से बत्तीस हजार के बीच ग्रामों की संख्या आँकी जाती है। इनमें से अनेक ग्रामों के पास उपजाऊ जमीनें थीं।

स्वतंत्र राजगोंड राजाओं के राजकोष में लगभग एक लाख स्वर्ण मुद्राएँ (100 हंडे) संचित थी। इनके अतिरिक्त सोने और चाँदी का मूर्ति इत्यादि के रूप में भी विशाल भंडार था। यह एक ऐतिहासिक तथ्य है। दक्षिण और मध्य अमेरिकी इंका आदिवासियों की तरह यह सोना आसपास की किसी खदान से इकट्ठा किया हुआ नहीं था वरन् यह करद राजाओं द्वारा दिए गए वार्षिक कर एवं किसानों द्वारा दिए गए राजस्व से एकत्रित किया गया धन था।

नर्मदा घाटी के इस राज्य के जनजातीय राजाओं की पीढ़ियों में वित्त, प्रशासन और समकालीन राजनीति को समझने की विलक्षण प्रतिभा थी परन्तु इसका अर्थ यह नहीं कि वे जादू टोने, तंत्र-मंत्र या अधिदैविक शक्तियों में विश्वास न करते थे।

इन राजाओं में सबसे प्रतापी राजा संग्रामशाह था, लोककथाओं के अनुसार उसे भैरव से अपराजेयता का वर प्राप्त हुआ था। संग्रामशाह ने 52 गढ़ जीते थे। एक बहुत ही वीर और साहसी व्यक्ति होने के साथ ही संग्रामशाह एक विद्वान और दूरदर्शी व्यक्ति भी था। उसने 'रसरत्नमाला' नामक संस्कृत के एक ग्रन्थ का प्रणयन किया था। विश्व इतिहास में शायद वह पहला जनजातीय राजा था जिसने समकालीन तकनीकों का उपयोग कर अपनी स्वर्ण, रजत और ताम्र मुद्राएँ प्रचलित की थीं।

संग्रामशाह की दूरदर्शिता इसी तथ्य से प्रमाणित होती है कि उसने भारत के मुसलमान सुल्तानों से मैत्रपूर्ण सम्बन्ध रखने के साथ ही अपने पड़ोसी हिन्दू राज्यों, विशेषकर बघेल राजाओं से परम् मित्रवत् सम्बन्ध बनाए जो उसकी मृत्यु के बाद भी सदियों तक अक्षुण्ण रहे।

संग्रामशाह के पुत्र दलपतिशाह ने चन्देल वंश की कन्या दुर्गावती से विवाह किया था। संग्रामशाह की मृत्यु के पश्चात् दलपतिशाह ने गढ़ा-कटंगा का राज्य भार सम्हाला। दलपतिशाह भी एक दूरदर्शी और कुशल राजा था। वह सभी धर्मों का समान रूप से आदर करता था। उसके काल में गढ़ा राज्य में कुछ सूफी फकीर। आए जिन्हें उसने पूर्ण संरक्षण प्रदान किया। दलपतिशाह का पुत्र वीरनारायण हुआ जब वह मात्र तीन साढ़े तीन वर्ष का ही था तब दलपतिशाह का निधन हो गया।

दलपतिशाह की विधवा रानी दुर्गावती ने अल्पवयस्क वीरनारायण को राजगद्दी पर बैठालकर स्वयं राज्य सत्ता के सूत्र सम्हाले और एक दशक से कुछ अधिक समय में उसने गढ़ा राज्य को एक साधारण राज्य की श्रेणी से उठाकर नर्मदाघाटी के सम्पन्न राज्यों की श्रेणी में पहुँचा दिया। दुर्गावती कुशल प्रशासक के साथ ही अत्यंत विदुषी और वीर महिला थी। उसने अपने राज्य में अज्ञान और कुरीतियों को दूर करने के लिए स्वामी विट्ठलनाथ को आमंत्रित किया तथा राज्य में शिक्षा और भक्ति का प्रचार किया।

गढ़ा राज्य की सतत् उन्नति साम्राज्य लोलुप राजाओं की नजरों में खटकने लगी। फलतः मालवा के सुलतान ने इस राज्य पर घुड़सवारों की विशाल सेना लेकर दो बार भीषण आक्रमण किए परन्तु दुर्गावती ने युद्धक हाथी पर बैठकर दोनों बार स्वयं ही सैन्य संचालन किया और मालवा के सुल्तान को दोनों बार करारी शिकस्त दी।

अन्त में भारत के बादशाह अकबर के एक सेनापति आसफखाँ ने बादशाह की आज्ञा से एक विशाल सेना लेकर गढ़ा राज्य पर आक्रमण किया। दुर्गावती ने अन्तिम श्वास तक आक्रमणों का सामना किया और अन्त में वह वीरगति को प्राप्त हुई। उसके किशोर पुत्र वीरनायरण ने भी चौरागढ़ के युद्ध में मुगल सेनाओं का सामना करते हुए अपने प्राण देकर स्वतंत्रता का मूल्य चुकाया। इस युद्ध में 'जौहर' हुआ और राजगोंड कुल की अनेक महिलाओं ने मृत्यु का वरण किया।

विजयी आसफखाँ ने युद्ध से अकूत दौलत प्राप्त की और उसे पाकर वह निरंकुश हो गया। उसने बादशाह को लूट का माल पहुँचाने में आनाकानी की, किन्तु अन्त में जब उसे यह पक्का यकीन हो गया कि बादशाह के साथ अमानत में खयानत की सजा केवल मौत ही होगी तब उसने अपना मुखौटा बदला और बादशाह को अपनी स्वामिभक्ति का विश्वास दिलाने के लिए लूट का माल बादशाह के खजाने में जमा किया। बादशाह ने उसे क्षमा कर दिया।

इस युद्ध में गढ़ा कटंगा का राज्य कंगाल हो गया। मुगल बादशाह के प्रतिनिधियों को भी इस राज्य में रहने में असुविधा लगती थी। अतः कुछ वर्षों तक सारे राज्य में जंगल-राज्य की स्थिति बनी रही।

अन्त में राजकीय स्थायित्व के लिए मुगल दरबार से गोंड राजवंश के व्यक्ति को मुगल साम्राज्य के अन्तर्गत गढ़ा-मंडला राज्य को सम्हालने की अनुमति मिल गई और इस तरह स्वतःस्फूर्त निर्वासन में रह रहे दलपतिशाह के सौतेले भाई चन्द्रशाह को राजकाज सम्हालने के लिए बुलाया गया।

अब तक चन्द्रशाह प्रौढ़ हो चुके थे और उनका पुत्र युवा। दूसरे राज्य में अतिथि रहते हुए न तो चन्द्रशाह में अब कोई उत्साह शेष था और न ही आत्म-सम्मान। एकाकी रहने से उनके किसी राजकीय अथवा प्रशासनिक गुण का विकास नहीं हो पाया था। उनके लिए गढ़ा राज्य का राजकाज सम्हालना जहाँ एक अप्रत्याशित घटना थी वहाँ उनके युवा पुत्र के लिए यह सब सपनों के नए संसार में पैर रखने का एक अवसर था। युवा पुत्र मधुकरशाह की राज्यलिप्सा ने पिता की बलि ले ली। मधुकरशाह ने एक उजड़े हुए राज्य की सत्ता सम्हाली। उन्हें शीघ्र ही अनुभव हुआ कि राजसत्ता कांटों का ताज है। राजगोंडों में न्यायप्रियता, सदाचार और धर्माचरण जैसे सद्‌गुणों की कभी कोई कमी नहीं रही है, परन्तु क्षणिक आवेग और अविचार की मानवीय कमजोरियों के चलते ये सद्‌गुण उनमें अनेक बार उसी तरह दब गए जिस तरह कोयले के अंगारे पर राख की पर्तें जम जाती हैं। मधुकरशाह ने अपने कृत्य का प्रायश्चित किया।

गोंड राज्य अपना पुराना वैभव खो चुका था परन्तु उसकी वैधता अब भी कायम थी। गोंडवंश के राजा प्रेमशाह ने अपनी सीमित शक्ति से गोंड राज्य के अनेक दुर्गों पर अस्थाई नियंत्रण कर लिया, परन्तु राजनैतिक रूप से अब सम्पूर्ण गोंडवाना मुगल साम्राज्य का एक भाग था। ऐसी स्थिति में प्रेमशाह का गोंडवाने का नियंत्रण विशेष महत्त्व का न था। प्रेमशाह ने इस तथ्य को समझा। वे मुगल सम्राट के दरबार में पहुँचे, वहाँ अपना पक्ष रखा और शहंशाह जहांगीर ने उन्हें मुगल साम्राज्य के करद राजा के रूप में मान्यता दे दी। भौगोलिक क्षेत्रफल की दृष्टि से अब गोंड साम्राज्य अपने वृहत्तर रूप को खो चुका था, फिर भी उसने अपना अस्तित्व नहीं खोया था।

अब भी गोंडवाने को एक सुयोग्य राजा की आवश्यकता थी, और इसकी पूर्ति हुई हृदयशाह के राजसिंहासन पर बैठने के पश्चात्। हृदयशाह भी विपरीत परिस्थितियों में राजसिंहासन पर बैठे परन्तु उनके बहुआयामी व्यक्तित्व ने उन्हें गोंड इतिहास का शलाका पुरुष बना दिया।

हृदयशाह को जब गोंड राज्य का सिंहासन मिला तब सम्पूर्ण भारत में मुगल साम्राज्य का प्रताप मध्यान्ह सूर्य की भाँति तप रहा था। वे मुगल सम्राट शाहजहाँ एवं उनके पुत्र औरंगजेब के समकालीन थे और जीवनपर्यन्त मुगल साम्राज्य के करद राजा

रहे। युद्धों में उन्हें भारी हानि हुई, पर ये थोपे गए युद्ध उनकी सृजनशीलता को नष्ट नहीं कर पाए।

हृदयशाह शान्ति और प्रेम को जीवन का आदर्श माननेवाले व्यक्ति थे। यदि परम्परागत भाषा में बात करें तो वे गोंड राजकुल के अकेले धीरललित नायक थे। उन्होंने मानवीय प्रेम को जिस तरह गरिमा प्रदान की, वह किसी को भी अभिभूत करने में समर्थ है। उन्होंने अपने जीवन में अनेक रूढ़ियाँ सफलतापूर्वक तोड़ीं। हृदयशाह इसलिए महानायक नहीं थे कि उन्हें कृपाण से शक्ति प्राप्त थी वे महानायक इसलिए थे कि उन्होंने मानव कल्याण, सौंदर्य दृष्टि, कलाप्रियता और न्यायप्रियता को अपने जीवन में उतारा था।

आश्चर्य तो यह है कि ये गुण न तो उन्हें अपने पिता से मिले थे और न ही ये गुण वे अपने पुत्रों को दे सके। व्यक्ति को महनीय उसका अपना चिन्तन ही बनाता है, हृदयशाह इसके उदाहरण हैं।

द्वितीय सर्ग : चन्द्रशाह-मधुकरशाह

दलपति नृपतेरथानुजन्मा शरणमनाथ जनस्य चन्द्रसाहि।
निधिखि महसामखंडदीपः सकलकुलस्य यशोधनोऽमिषिक्तः ॥

(रामनगर शिलालेख का 27वाँ श्लोक)

अर्थ : इसके पश्चात् दलपति के अनुज चन्द्रसाहि अनाथ जनों के शरण तेजनिधि के समान, सकल कुल के लिए अखंड दीप जैसे, यश ही जिनका धन है। (ऐसे चन्द्रसाहि) अभिषिक्त हुए।

समजनि तनयो नृपस्य तस्य स्मरदहनादिव षण्मुखः सुकीर्तिः।
निधिखिमहसा मिहोर्ज्जितानाम् मधुकर साहिरिति क्षमातलेन्द्रः ॥29॥

(रामनगर शिलालेख का 28वाँ श्लोक)

अर्थ : उस राजा का एक उत्तम कीर्तिवाला पुत्र हुआ जैसे कामदेव को दहन करनेवाले शिवजी से षण्मुख जन्मे थे। पुत्र का नाम मधुकरसाहि था। वे भूलोक के बलशाली तेज के निधि जैसे थे। वे पृथ्वी तल के इन्द्र (राजा) हुए।

चन्द्रशाह-मधुकरशाह

मुगल साम्राज्य के अन्तर्गत गढ़ा राज्य आ जाने के पश्चात् प्रथम करद राजा चन्द्रशाह हुए। वे दलपति शाह के अनुज थे, जिन्होंने दलपतिशाह की मृत्यु के पश्चात् स्वतःस्फूर्त निर्वसन ले लिया था क्योंकि तब दुर्गावती ने अपने तीन वर्षीय अवयस्क पुत्र वीरनारायण को राजसिंहासन पर बैठाकर राजसूत्र स्वयं सम्हाल लिया था।

दुर्गावती एवं तदन्तर वीरनारायण की वीरगति के पश्चात् चन्द्रशाह गढ़ा मंडला के राजा हुए परन्तु वे किस वर्ष सिंहासन पर बैठे और कितने वर्षों तक उन्होंने राज्य किया, इस पर पर्याप्त मतभेद है। गढेशनृपवर्णनम् नामक संस्कृत ग्रन्थ में उनकी शासनावधि तेईस वर्ष मानी गई है। इस अवधि को सोलह वर्ष भी माना गया है, दोनों ही अवधि आधुनिक इतिहासकारों को मान्य नहीं है। यही स्थिति चन्द्रशाह की मृत्यु के सम्बन्ध में है। लोक परम्परा के अनुसार उनके कनिष्ठ मधुकरशाह ने उनकी और अपने अग्रज दोनों की हत्या की थी। अंग्रेज लेखक स्लीमेन केवल भाई की हत्या का उल्लेख करते हैं।

मधुकरशाह के द्वारा की गई हत्या का वर्णन 'गढेशनृपवर्णनम्' ग्रन्थ में है। साथ ही उनके द्वारा किए गए प्रायश्चित की ओर भी इशारा है :

नृप मधुकरशाह साहिः पाप भूपो गढायां,
कलुष मलिन देहोष्ट द्विवर्ष व्यतीत्य
अदहदनुभतायाँ शुष्क बोधर्वपायां,
त्रिद्विवजसुखमीप्सु उद्दर्हियामसदेहम् ॥

(गढेशनृपवर्णनम्)

जनश्रुति के अनुसार, मधुकरशाह ने राजपुरोहित दामोदर ठक्कर के द्वारा उनका राज्याभिषेक न कराने पर अन्य पुरोहित द्वारा बाजपेय यज्ञ कराया। यह यज्ञ महाराजपुर (मंडला) की एक टेकरी पर हुआ था जो आज भी मौजूद है। यहाँ यह उल्लेखनीय है कि इस घटना के बाद भी एक ही परवर्ती घटना में राजपुरोहित द्वारा अपनी असहमति जताने पर राजा ने जब अन्य पुरोहित द्वारा धार्मिक कृत्य सम्पन्न कराने का निर्णय लिया, तब भी उसे एक वाजपेय यज्ञ कराने की आवश्यकता महसूस हुई।

राजगोंड राजवंश में पुरोहित का 'वाजपेयी' या उस कुलीन ब्राह्मण वंश का होना आवश्यक माना जाता रहा, जिसने वाजपेय यज्ञ सम्पन्न कराया हो।

रामनगर का शिलालेख चन्द्रशाह और मधुकरशाह के वंशज हृदयशाह ने तैयार कराया था। वह अपने पूर्वजों को हत्या जैसा कुत्सित अपराध में लिप्त नहीं स्वीकार कर सकता था इसलिए इस शिलालेख में किसी हत्या का कोई उल्लेख नहीं है, अपितु चन्द्रशाह और उसके पुत्र मधुकरशाह की प्रशस्ति में उन्हें देवोपम माना गया है। चन्द्रशाह अपनी मृत्यु के समय (1576 ई॰) लगभग 55-56 वर्ष का था। उसके पुत्र मधुकरशाह ने लगभग 10 वर्ष शासन कर (1586 ई॰) अपने प्राणों का त्याग किया।

मध्ययुग में राज्यलिप्सा में डूबे सिंहासन के दावेदारों को अपने करीबी सम्बन्धियों और मित्रों के रक्त से हाथ रंगने में संकोच न होता था, किंवदन्तियाँ फैलती रहती थीं। सत्य का पता कभी किसी को शायद ही चलता। वेतनभोगी इतिहासकार वही लिखते जिसे लिखने में नया शासक असुविधा का अनुभव न करे। चन्द्रशाह-मधुकरशाह के काल में ही एक ऐसी किंवदन्ती फैली थी जिसके अनुसार हिन्दुस्तान के शहंशाह जलालुद्दीन मुहम्मद अकबर की मौत प्राकृतिक ढंग से नहीं हुई थी वरन् वह मौत उनके पुत्र जहांगीर के षड्यन्त्र का प्रतिफल थी जिसमें बीमारी से जूझ रहे वृद्ध बादशाह को दवा के साथ विष दे दिया गया था।

मत्स्यन्याय

गढ़ा कटंगा राज्य उजड़ चुका था। जिस सुन्दर राज्य व्यवस्था की नींव महाराज संग्रामशाह ने डाली थी और जो दलपतिशाह और दुर्गावती की देखरेख में और भी सुन्दर हो चुकी थी, वह सब अब अतीत की वस्तु थी। गढ़ कटंगा का स्वर्णिम काल अब इतिहास के अन्धकार में विलीन हो चुका था। महल और किले तो अब भी थे, पर सब कुछ वैभवहीन। राजगोंडों का खजाना खाली था। कुछ वर्षों में ही देखरेख के अभाव में सिंगौरगढ़ का भव्य किला अब भुतहा किला बन चुका था। तोप की मार से टूटी उसकी प्राचीर के पत्थर बिखरे पड़े थे। चौरागढ़ पर तोपों की मार न होने से वह अभी भी कुछ हद तक उपयोग लायक बचा था यद्यपि उसके महल भी अब श्रीहीन होकर खाली पड़े थे। गढ़ा नगर नर्मदा घाटी के विशाल व्यापारिक केन्द्र से घटकर क्षेत्रीय नगर बनकर रह गया था। जब से लुटेरों ने उसके भव्य महलों में आग लगा दी थी तब से वे वैसे ही खंडहर बनकर पड़े थे और उनमें से अनेक हर नई बरसात के साथ लगातार गिरते चले जा रहे थे। नागरिकों के पास इतना धन नहीं था कि उनको सुधरवाएँ या नया बनवाएँ। व्यापार ठप्प हो गया था। अधिकतर सम्पन्न लोग समय रहते ही पलायन कर चुके थे।

मुगलों की गढ़ा कटंगा विजय के बाद पहला सूबेदार या एलिची आसफखाँ था जो पूर्ण निरंकुशता से दो वर्ष से भी अधिक समय तक राज्य चलाता रहा। राज्य भी क्या चलाना था आसफखाँ जितने दिन रहा उतने दिन वह हमेशा विशाल सेना के घेरे में रहा। गढ़ा कटंगा राज्य के राजकोष की लूट की तीन चौथाई सम्पत्ति जब उसने बादशाह की नजर कर दी जिसमें नौ सौ हाथी भी थे, तब कहीं जाकर बादशाह अकबर ने उसे क्षमादान दिया। पास के बचे धन में से कुछ को उसने अपने परिवार के लिए भी रख लिया कि जिससे उसकी अनेक पीढ़ियाँ नवाबी से रह सकें। शहंशाह के द्वारा भेजे गए परवर्ती सूबेदार या एलचियों के लिए गढ़ा कटंगा का राज्य अब चूसकर फेंके हुए, आम की तरह था जिसमें कहीं किसी प्रकार का रस उन्हें नहीं मिलना था। बाहरी शासकों के लिए वन प्रान्तर में बसे हुए गोंडों के ग्रामों में जाने में न तो कोई सुख था और न कोई लाभ। इस तरह बादशाह अकबर के एक के बाद एक एलिची आए और चले गए। राज्य व्यवस्था के सुधरने या बिगड़ने से

बादशाह को कहीं कोई दिलचस्पी नहीं थी, यदि दिलचस्पी थी तो साम्राज्य के इस सीमावर्ती राज्य को अपनी सीमा में बनाए रखने में। और इसलिए बादशाह अकबर ने एलिचियों के इस पद को कुछ और अधिक महत्त्वपूर्ण बनाने की घोषणा कर दी। अब गढ़ा कटंगा का सूबेदार 'मर्जबान' कहलाने लगा। बादशाह को अपनी बादशाहत के लिए भले ही गढ़ा कटंगा जरूरी रहा हो पर वहाँ भेजे जानेवाले बादशाह के नुमाइन्दों को वहाँ भेजा जाना हमेशा नागवार गुजरा। उनका मन कभी भी राज्य के इस सीमावर्ती सूबे में रुकने में न लगा। बादशाह अकबर के लिए गढ़ा कटंगा एक बेकार-सा राज्य था, पर वह सीमावर्ती राज्य होने से उस पर मजबूत पकड़ चाहता था जो शाही सूबेदारों की उपस्थिति से ही सम्भव होती है पर यहाँ यह प्रयोग असफल-सा रहा। गढ़ा कटंगा को मालवा के साथ मिलाकर उसकी हैसियत कम कर दी गई।

अन्त में गढ़ा कटंगा राजवंश के उस राजकुमार की खोज हुई जो स्वयं द्वारा थोपे गए निर्वासित जीवन को व्यतीत कर रहा था। यह राजकुमार और कोई नहीं चन्द्रशाह था। कूटनीतिक वार्ताओं के पश्चात् बादशाह अकबर ने चन्द्रशाह को गढ़ा कटंगा राज्य की खिलअत प्रदान कर दी।

आगरा में बादशाह सलामत का रुख चन्द्रशाह के प्रति अनुकूल रहा। देश की राजधानी में कुछ दिन रहने के बाद वह अपने विश्वासपात्र साथियों के साथ प्रसन्न मुद्रा में गढ़ा कटंगा लौटा।

गढ़ा कटंगा में

चन्द्रशाह जितना प्रसन्न था उससे अधिक उसके साथी प्रसन्न थे। गोंडों को लगा कि शायद इस राजनैतिक महामारी के बाद अब उनके दिन फिर से फिरें।

चन्द्रशाह शाम ढलते हुए गढ़ा पहुँचा उसने अपने साथियों को हिदायत दी थी कि वे बिना राजतिलक हुए किसी प्रकार की सूचना तुरन्त प्रसारित न करेंगे। जबकि हकीकत यह थी कि गढ़ा नगर में हर व्यक्ति यह जानता था कि दिल्ली में क्या हुआ। रात्रि में आधिकारिक सूचना न प्रसारित होने पर भी लोगों को पता चल गया कि चन्द्रशाह की यात्रा सफल हुई है। चन्द्रशाह ने गढ़ा में प्रविष्ट होने के तुरन्त बाद राजपुरोहित दामोदर ठक्कुर को यह सूचना भिजवा दी कि वे दूसरे दिन प्रातः उनसे स्वयं उनके घर आकर मिलेंगे।

दामोदर ठक्कुर सहज स्वभाव के व्यक्ति थे, इसलिए परस्पर विरोधी स्वभाव के लोगों से भी उनकी पट जाती थी। यह अवश्य था कि वे कड़वी सचाई को बोलने में कभी नहीं चूकते थे। गढ़ा कटंगा राजवंश के सभी सदस्यों के अतिरिक्त सभी उच्च अधिकारियों में उनका पर्याप्त सम्मान था और इसीलिए वे महेश ठक्कुर के जाने के

बाद राजपुरोहित के पद पर बने रहे, यहाँ तक कि उस समय भी जब मुगलों का गढ़ा कटंगा पर शासन हो गया।

दूसरे दिन प्रातःकाल दामोदर ठक्कुर चन्द्रशाह की व्यग्रता से प्रतीक्षा कर रहे थे। रात्रि में यद्यपि अनौपचारिक रूप से उन्हें खबर मिल चुकी थी कि चन्द्रशाह अपने कार्य में सफल होकर लौटे हैं। दामोदर ठक्कुर की व्यग्रता मत्स्यन्याय के युग के प्रारम्भ होने के कारण थी। वे सोच रहे थे, कब तक बड़ी मछली छोटी मछली को लीलती रहेगी, कब तक विचारशीलता की जगह तलवार भाग्य विधायिका बनी रहेगी। लोग भारत का इतिहास भूल चुके हैं। सम्राट अशोक जैसे महान् राजाओं की तुलना अब लुटेरों से लूट के माल की सौदा करनेवाले सौदागरों से होना प्रारम्भ हो चुकी है। समय का फेर है। सम्राट अशोक की लोकोन्मुखी राजशक्ति की कल्पना को साकार करनेवाली दुर्गावती को याद रखने के लिए न तो एक भी शिलालेख लगाया गया और न ही उन पर चार पंक्तियाँ लिखी गईं। यदि कुछ भविष्य के लिए लिखा जा रहा है तो वह सब ऐसा है जो वेतनभोगियों द्वारा चापलूसी के लिए सचाई को छुपानेवाला है तथा जो आज का यथार्थ नहीं है। गोंडवाना में चन्द्रशाह भले ही पुरानी पीढ़ी का शान्त और सौम्य किन्तु शौर्यहीन व्यक्ति अब शासक बन जाए, पर उसका स्थान क्या अब पाशविक शक्ति का अभ्युदय देख रही नई पीढ़ी नहीं लेगी। क्या वह अब तलवार की धार में हर प्रश्न का हल नहीं खोजेगी?

तलवार अब उन वीरों के हाथ में नहीं जो प्रजा की रक्षा के लिए सन्नद्ध थे। वह अब उन क्रूरों के हाथ में है जो प्रजा की बोटी-बोटी काटकर फेंक देने को तत्पर हैं। वीरों के हाथ की तलवार अब जहाँ कमजोर होकर गिर रही है, वहीं पर वह लुटेरों के हाथों में और अधिक मजबूती से थामी जा चुकी है।

यही सब सोचते हुए वे घर पर टहल ही रहे थे कि चन्द्रशाह अपने दोनों पुत्रों सहित उनके घर आए। उनके साथ अन्य बहुत से लोग थे। चन्द्रशाह ने पुत्रों सहित दामोदर ठक्कुर को चरण स्पर्श किया और पुत्रों को निर्देश दिया कि वे सभी लोगों को लेकर घर जाएँ ताकि वे राजपुरोहित से आवश्यक चर्चा कर सकें।

दोनों पुत्रों में से बड़ा पुत्र सारे लोगों को लेकर चला गया परन्तु छोटे पुत्र ने साथ में रहने की जिद की जिसे चन्द्रशाह ने स्वीकार कर लिया।

भवन के भीतरी कक्ष में वार्ता प्रारम्भ हुई। दामोदर ठक्कुर ने पुत्र को किसी को भी भीतर न आने देने का निर्देश दिया।

दामोदर ठक्कुर ने चन्द्रशाह और उसके कनिष्ठ पुत्र मधुकरशाह को आसन प्रदान किया और वार्तालाप प्रारम्भ हुआ।

दामोदर ठक्कुर : 'चन्द्रशाह तुम अपनी उम्र से अधिक दिखने लगे हो, बहुत सोच-विचार करते हो, पर बहुत चिन्ता नहीं करनी चाहिए। हाँ, बतलाओ आगरा में क्या हुआ?'

चन्द्रशाह : 'शहंशाह' की कृपा थी, उन्होंने पिछली घटनाओं पर कोई चर्चा नहीं की, फिर चूड़ामणि वाजपेयी साथ में थे, उनका दरबार में समुचित सम्मान है, इसलिए सभी कुछ शीघ्र ही निपट सुलझ गया।' फिर थोड़ा रुककर बोले : 'हमें करना भी क्या था, केवल फरमान ही तो सुनना था, आत्मसम्मान भी नहीं है अब हमारे पास।'

दामोदर ठक्कुर (निःश्वास लेकर) : सत्य है चन्द्रशाह, इस राज्य में एक बार यवनों का शासन हो जाने के बाद हमारे पास खुद का बचा ही क्या था।'

चन्द्रशाह : 'यह तो ठीक है, पर फिर भी राज्य तो चलाना ही था। बादशाह को उनके एलिचियों को यहाँ अय्याशी के लिए कहीं कुछ दिखता नहीं है, इसलिए अब गढ़ा कटंगा में मुगल सूबेदारों की नियुक्ति तो होती रहेगी, पर हमें भी यहाँ का राजा मान लिया गया है।

दामोदर ठक्कुर : 'तो क्या मुगल सूबेदार गढ़ा में रहेंगे।'

चन्द्रशाह : 'मुझे नहीं लगता कि वे गढ़ा में रहेंगे। वे शायद मालवा में रहेंगे क्योंकि गढ़ा कटंगा को मालवा सूबे के अन्दर ही फिलहाल मान लिया गया है, परन्तु वे मालवा में रहें या और कहीं हमें उनकी गुलामी तो बजानी ही है।'

दामोदर ठक्कुर : 'तो अब हम मालवा सूबे का हिस्सा बन गए हैं।'

चन्द्रशाह : 'यही समझिए, मालवा और उसके बाद गढ़ा कटंगा जीतने के बाद हमारे अधिकांश महाल जो गढ़ा सरकार में है अब मालवा सूबे के हिस्से हैं। कुछ महालों को जिन पर हमारा कभी हक था, वे तो अब हमारी सरकार में से सर्वथा अलग कर दिए गए हैं।

दामोदर ठक्कुर : 'जैसे'?

चन्द्रशाह : 'हमारे राज्य के धमोनी और खिमलासा अब रायसेन सरकार में हैं। इसी तरह एरन और इटवा अब चन्देरी सरकार में हैं।'

दामोदर ठक्कुर : 'तो अब आप राजा किस जगह के हैं।'

चन्द्रशाह : 'वह तो बतलाना भी अब असम्मानजनक है। बादशाह ने हमारे ही राज्य में बहुतों को राजा मान लिया है क्योंकि इस तरह बादशाह को अब हम सबसे केवल एक ही काम है कि हम वक्त पर अपने सूबेदार को कर प्रदान कर दें। कौन कितने ग्रामों और क्षेत्र का वास्तविक स्वामी है, इसकी किसी को कोई रुचि नहीं है न सूबेदार को न बादशाह को।'

दामोदर ठक्कुर : 'बड़ा दुर्भाग्य है, पूरा मत्स्यन्याय है अब यहाँ।'

चन्द्रशाह : 'चूंकि इतने दिनों तक सीधे सूबेदार और गढ़ा राज्य के अधिकारी ही राज्य को चलाते रहे हैं तब क्या यह उचित नहीं होगा कि किसी शुभ मुहूर्त में मैं राजसिंहासन पर बैठूं ताकि जनता को यह भरोसा हो कि उनका अभी भी कोई राजा है।'

दामोदर ठक्कुर कुछ बोलने का प्रयास करते हैं तभी चन्द्रशाह का छोटा पुत्र जो वहीं मौजूद है बीच में ही बोल पड़ता है, 'पिताजी, कोई राजा है इसका क्या अर्थ? जो भी राजसिंहासन पर बैठता है वह स्वमेव राजा हो जाता है।'

दामोदर ठक्कुर (प्रेम से समझाने का प्रयास करते हुए) : 'मधुकर तुम अभी छोटे हो यद्यपि तुम्हारे पिता निश्चित ही आज की स्थिति में गढ़ा के राजा हैं परन्तु उनका यह सोचना कि यदि वे समारोहपूर्वक राजसिंहासन पर बैठते हैं तो इसका सामान्य जनता पर अच्छा प्रभाव पड़ेगा, इसमें सन्देह नहीं।'

मधुकर शाह : 'पुरोहितजी, भले ही मैं उम्र में बड़ा नहीं हूँ पर जितनी भी दुनिया मैंने देखी है उसमें तो सत्य यही है कि जनता केवल जय जयकार करना जानती है, इससे अधिक कुछ नहीं। वह भेड़ चाल चलती है। जो भी राजा बन जाता है उसमें वह गुण देखने लगती है और जो सामने नहीं है उसे वह तुरन्त भूल जाती है जनता की स्मृति होती ही कितनी है?

दामोदर ठक्कुर (कुछ क्रोध से) : 'चन्द्रशाह, किस तरह की बातें करता है, तुम्हारा पुत्र, क्या तुमने इसे यही संस्कार दिए हैं।'

मधुकरशाह (कुछ तेज स्वर में) : पुरोहितजी, आप ठीक सोचते हैं। मैंने इनके संस्कार ग्रहण नहीं किए और न ही करना चाहता हूँ। अगर इनके संस्कार ग्रहण करता तो मुँह पर पट्टी बाँधकर सब कुछ देखते हुए भी चुप रहने की आदत मुझे भी होती।'

चन्द्रशाह (कुछ नाराज होकर) : यदि मैं अधिक नहीं बोलता तो इसमें बुराई क्या है, और ऐसा क्या है जो अनुचित हुआ हो और मैं चुप रहा होऊँ।'

मधुकरशाह (व्यंग से) : अरे वाह, पिताजी अपने घर से निकाले जाकर चाँदा में रिश्तेदारों के यहाँ जिन्दगी काट देना और कुछ न कहना, यह कौन-सी सज्जनता है।

चन्द्रशाह : 'तो क्या करता?'

मधुकरशाह : 'वाह, पिता होकर पुत्र से पूछ रहे हैं। वह भी एक क्षत्रिय का कर्तव्य। पिताजी क्षत्रियों को तलवार की भाषा बोलनी चाहिए केवल तलवार की।'

दामोदर ठक्कुर (कुछ उग्र होकर) : 'चन्द्रशाह, यह मैं मानता हूँ कि तुम्हारा यह पुत्र अभी वयस्क नहीं है। उसकी बुद्धि अपरिपक्व है किन्तु वह जिस तरह का विचार रख रहा है उसे तो सज्जन सुनना भी पसन्द नहीं करेंगे।'

मधुकरशाह : 'कौन से सज्जन लोग? कहाँ पाए जाते हैं ऐसे सज्जन जो तलवार से किए हर कृत्यों को न केवल स्वीकार कर लेते हों वरन् उन कृत्यों को नैतिकता का चोला भी न उढ़ा देते हों। पुरोहितजी, मैं दूसरों के साथ पंडितों और पुरोहितों की भी बात कर रहा हूँ। सभी गलत कामों को वे धार्मिक मान्यता नहीं दे रहे हैं क्या। उन्हें तो जरूरत होती तो बस उचित दक्षिणा की।'

दामोदर ठक्कुर : 'क्या तुम इसका कोई उदाहरण दे सकते हो।'

मधुकरशाह : 'उदाहरण, कितने उदाहरण चाहिए, चलिए यहां गढ़ा कटंगा से गिनाये देता हूँ। जिन यवन सैनिकों ने इस राज्य को मरघट बना दिया है उन्हीं यवनों के अधिपति बादशाह अकबर का विवाह शास्त्रोक्त विधि से विवाह करानेवाले पंडित क्या इसी देश और हिन्दू समाज के नहीं हैं, देश-देश में घूमकर ईश्वर भक्ति का सन्देश देनेवाले निस्पृह साधु सन्त क्या उसी अकबर से दान ले लेकर उसे हिन्दू वीरों पर विजयी होने का आशीर्वाद देने में कभी कोई कोताही करते हैं? बतलाइए? और चलिए साधारण समझ रखनेवाले पूजा पाठ करानेवाले कर्मकाण्डी पुरोहितों को छोड़िए तथा उच्च नैतिकता रखनेवाले मनुष्य मनुष्य में अन्तर न करनेवाले साधु-सन्तों को भी छोड़िए पर शास्त्रों और राजनीति के ज्ञाता महेश ठक्कुर जैसे विद्वान और युग दृष्टा भी क्या बादशाह की तलवार के द्वारा गढ़ा कटंगा के वीरों के नरसंहार होने पर क्या अपनी आँखें और जुबान बन्द नहीं कर लेते। उनकी आँखें और जुबान यूँ ही बन्द नहीं हो जाती, सोने की चमक देखकर ही वे बन्द होती हैं।'

चन्द्रशाह अपने पुत्र मधुकरशाह को डाँटकर चुप करा देते हैं। फिर दामोदर ठक्कुर से कहते हैं : 'पुरोहितजी, सब ग्रहों का खेल है यदि आप ठीक समझें तो शुभ मुहुर्त निकालकर मुझे सूचित करें। यह कार्य यथाशीघ्र हो मैं यह चाहता हूँ।'

दामोदर ठक्कुर : 'चन्द्रशाह, मैं स्वयं चाहता हूँ कि इस कार्य में विलंब न हो।'

चन्द्रशाह (ठिठककर) : 'पुरोहितजी, मैं जानता हूँ कि आप फलित ज्योतिष पर अधिक विश्वास नहीं करते, फिर भी आपके पास हमारी और हमारे दोनों पुत्रों की भी कुंडलियाँ है यदि आप उनका अध्ययन कर हमें उस सम्बन्ध में कभी उनका भविष्य बतलाएँ तो अनुगृहीत रहूँगा क्योंकि ज्योतिष से भले ही भविष्य टाला न जा सके, पर दिशा-निर्देश तो लिया ही जा सकता है।'

दामोदर ठक्कुर : 'आपकी कुंडली तो मेरे पास है, परन्तु आपके दोनों बेटों की कुंडलियाँ शायद मेरे पास न हों।'

चन्द्रशाह 'नहीं पुरोहितजी, वे भी मैंने आपके शिष्य अरुण के पास भिजवा दी थीं। कृपया आप उनसे पूछ लें।'

दामोदर ठक्कुर : 'अरुण तो घर पर ही है, उसे बुलाकर सुनिश्चित कर लेता हूँ।'

दामोदर ठक्कुर : घर में अरुण को आवाज देते हैं अरुण बाहर आता है।

दामोदर ठक्कुर : 'अरुण, क्या चन्द्रशाह के बच्चों की कुंडलियाँ तुम्हें मिलीं?'

अरुण : 'हाँ गुरुदेव, चन्द्रशाह के बच्चों की ही क्यों आपने राजघराने के सभी लोगों की कुंडलियाँ मुझे ही तो दी हैं। यहाँ तक कि आपकी और आपके परिवार के सदस्यों की तथा कुछ अन्य महत्त्वपूर्ण व्यक्तियों की कुंडलियाँ भी मेरे पास ही सुरक्षित हैं।'

दामोदर ठक्कुर (चन्द्रशाह से) : 'देखा तुमने हमारा ज्योतिष प्रेम, हमें स्वयं याद नहीं रहा कि हमारे परिवार के सदस्यों की कुंडलियाँ कहाँ हैं। तुम सही कह रहे थे। मैं ज्योतिष ज्ञान पर विशेष विश्वास नहीं रखता।'

चन्द्रशाह : 'ऐसा क्यों पुरोहितजी, ज्योतिष तो हमारी संस्कृति का एक प्राचीन और आधारभूत ज्ञान है।'

दामोदर ठक्कुर : 'यह तो ठीक है, परन्तु ज्योतिष का जिस प्रकार विकास हुआ है, उसमें विदेशी विचार अधिक हैं। दूसरी बात यह है कि यह भी एक विशेषज्ञता का विषय है। जिस तरह प्रत्येक वैद्य नाड़ी पकड़कर शरीर के साधारण दोष तो समझ लेता है परन्तु विशिष्ट रोगों को सभी वैद्य नहीं समझ पाते केवल इसलिए कि उस प्रकार की शारीरिक व्याधियों को समझने के लिए नाड़ी ज्ञान में विशेषज्ञता चाहिए।'

चन्द्रशाह : 'अब मैं समझा कि आपने सारी कुंडलियाँ अरुण को क्यों दे दी हैं निश्चित ही उन्हें ज्योतिष में विशेष लगाव होगा।'

दामोदर ठक्कुर : 'आपने सही समझा।'

यह सुनकर चन्द्रशाह अपने पुत्र के साथ वापस लौट जाते हैं।

सायंकाल दामोदर ठक्कुर के भवन में

दामोदर ठक्कुर अपने कक्ष में बैठे हुए अरुण को आवाज देते हैं, 'अरुण, दिन भर से कुंडलियाँ देख रहे हो, यदि किसी निष्कर्ष पर पहुँच गए हो तो आकर मुहूर्त बतलाओ। चन्द्रशाह राजा बनने के लिए उतावला है और यहाँ तुम्हारी गणनाएँ ही चल रही हैं।'

अरुण अपने कक्ष से निकलकर कुछ पोथियों और जन्म कुंडलियों को लेकर दामोदर ठक्कुर के सामने आकर बैठ जाता है।

अरुण : 'गुरुदेव मैंने चन्द्रशाह के सिंहासनाधीन होने का मुहूर्त निकाल लिया है। आप उन्हें लिखकर सूचित कर दें कि परसों गुरुवार को प्रातः प्रथम प्रहर में उनका राजतिलक होगा।'

दामोदर ठक्कुर इस आशय का एक पत्र बनाकर चन्द्रशाह के पास भेज देते हैं ताकि तत्सम्बन्धी सारी तैयारियाँ पूरी हो सकें।

इसके बाद अरुण की ओर देखते हुए वे कहते हैं, 'एक मुहूर्त निकालने में एक प्रहर लगा दिया, तुमने ऐसा कौन-सा विशिष्ट योग ढूँढ़ा है?

अरुण : 'नहीं गुरुदेव, मुहूर्त निकालने में समय नहीं लगा, समय लगा मुझे मेरी उत्सुकता का उत्तर प्राप्त करने में।'

दामोदर ठक्कुर : 'क्या उत्सुकता तुम्हारे मन में आई राज्याभिषेक को लेकर?'

अरुण : 'मैंने आपकी कुंडली को पहले भी देखा है उसके सभी विवरण मुझे याद हैं। परन्तु जब चन्द्रशाह और उसके पुत्रों की कुंडलियाँ साथ रखकर मैंने देखी तो मैं स्तब्ध रह गया, मेरी समझ में नहीं आ रहा है कि ऐसा संयोग क्यों और कैसे बन रहा है।'

दामोदर ठक्कुर (किंचित आश्चर्य से) : 'यह तो ठीक है कि राजा का भाग्य प्रजा के भाग्य को निर्धारित करता है, पर वह एक साधारण-सा संयोग है। परन्तु यदि

विशिष्ट संयोग निर्धारित होता है, तब उसकी विवेचना करना आवश्यक है। तभी ज्योतिष को भविष्य को देख सकनेवाला नेत्र कहना भी साबित होगा। खैर, तुम बतलाओ ऐसा क्या संयोग तुम्हारे अध्ययन में आ रहा है।'

अरुण : 'आज से वर्ष बाद लगभग एक ही समय में राजा चन्द्रशाह के जीवन पर क्रूर ग्रहों की मारक दृष्टि है। यही कुछ चन्द्रशाह के बड़े पुत्र की कुंडली में भी है अर्थात् पिता-पुत्र दोनों के जीवन पर घोर संकट एक साथ है। परन्तु यदि यह संकट किसी दैवीय घटना के कारण होता तब राजा के छोटे पुत्र मधुकरशाह पर भी ऐसा होना चाहिए? पर, नहीं? मधुकरशाह पर उन्हीं दिनों नीच ग्रहों का पूरा प्रभाव होते हुए भी उसके ग्रह परम उन्नतकारी फल को देनेवाली दशा में स्थित हैं। मेरे लिए यह परम आश्चर्य का विषय है परन्तु कहानी यही समाप्त नहीं हो रही है। गुरुदेव उसी समय आपकी प्रतिष्ठा पर ग्रहण के योग के साथ आपको सम्पत्ति हानि और परम विषाद के योग हैं। इन सब घटनाओं के अन्तर्सम्बन्ध को मैं नहीं समझ पा रहा हूँ।'

दामोदर ठक्कुर अभी कुछ वर्ष पहले हुए मुगल आक्रमण की विभीषिका को नहीं भूले थे। अतः बोले : 'हे ईश्वर क्या दुर्गावती और वीरनारायण की तरह गढ़ा कटंगा का यह राजा और उसका बड़ा पुत्र भी कालचक्र की बलि चढ़ेगा? उस स्थिति में मधुकरशाह को राज्य मिल सकने की सम्भावना है, मेरी सम्पत्ति का क्या? हो सकता है अगली बार मुगल या अन्य आक्रमणकर्ता उसे राजसात ही कर ले।'

अरुण : 'गुरुदेव, अत्यंत विषम स्थिति में चन्द्रशाह को गोंडों के राज्य की बागडोर मिल रही है परन्तु उसका दुखद अन्त क्या गोंड प्रजा के लिए पुनः एक भीषण आघात न होगा।'

दामोदर ठक्कुर : 'काल न तो व्यक्ति की और न ही किसी समाज के लाभ और हानि की चिन्ता करता है। मेरी मान्यता है कि हम भी नियति के कार्यकलापों पर उतना ही विचार करें जितना आवश्यक है। हम अपनी सामर्थ्य से या अपने कर्तव्य के द्वारा जितना हो जो कुछ कर सकें, उतना ही हमें अभीष्ट होना चाहिए।'

गुरुवार (ईस्वी सन् 1564)

एक संक्षिप्त से आयोजन में दामोदर ठक्कुर ने चन्द्रशाह के राजतिलक को सम्पन्न किया। चन्द्रशाह अब गढ़ा कटंगा के नए 'राजा' थे परन्तु उनके पास उनके स्वर्गीय अग्रज दलपतिशाह की उपाधि नहीं थी। वे महाराजाधिराज श्री दलपतिशाह की जगह केवल राजा चन्द्रशाह थे।

(ईस्वी सन् 1576)

गोंडवाने के प्रतापी राजाओं की शक्ति का सूर्य तो वर्षों पहले डूब चुका था। फिर भी राजपुरोहित दामोदर ठक्कुर पिछले दस वर्षों से भी अधिक समय तक एक ऐसे

राज्य में जीवन यापन कर रहे थे जहाँ का राजा कभी 'महाराधिराज' हुआ करता था जहाँ धन-धान्य, सम्पत्ति और वैभव का उत्कर्ष था, पर अब उसी राज्य का 'राजा' एक निस्तेज दीपक की टिमटिमाती लौ की भाँति अपने खोये हुए गौरव को प्रकाशित करने का प्रयास कर रहा था। मुगल बादशाह के मर्जबान जब इस ओर निकलते तो मानो तूफान आ जाता, वे जो करते वही कानून और न्याय था, राजा मूक दर्शक होकर सब कुछ देखता रह जाता। दामोदर ठक्कुर नियति के खेल से अचम्भित थे। वे भला राजा चन्द्रशाह को क्या सलाह देते? उन्हें जब तब यह पता चलता कि छोटे राजकुमार मधुकरशाह ने किसी शाही अधिकारी को चोरी छिपे ठिकाने लगा दिया तो उनका आश्चर्य कुछ और बढ़ जाता।

वर्ष 1576 ईस्वी में गढ़ा कटंगा के राजा चन्द्रशाह और अपने बड़े भाई चन्द्रशाह की तलवार के प्रहार से हत्या कर दी गई। हत्यारा छोटा राजकुमार मधुकरशाह था।

अरुण आज बहुत दुखी था वह अपने गुरु दामोदर ठक्कुर की कुंडली की छूटी जगह में ग्रहों के प्रभावों का विश्लेषण कर सार संक्षेप में लिख रहा था :

'मधुकरशाह ने राजपुरोहित मान्यवर दामोदर ठक्कुर को इन हत्याओं के बाद उसका राजतिलक करने का आदेश दिया ताकि वह गढ़ा कटंगा का वैधानिक राजा बन सके। मान्यवर दामोदर ठक्कुर ने इस पातकी की आज्ञा मानने से स्पष्ट मना कर दिया। फलतः उसने क्रोधित होकर मान्यवर दामोदर ठक्कुर को राजपुरोहित पद से हटा दिया और उनके स्थान पर उसी वर्ष माधव पाठक को राजपुरोहित नियुक्त कर दिया। साथ ही दामोदर ठक्कुर की बारह हजार रुपया सालाना की माफी भी बन्द कर दी गई।'

अरुण बैठा सोच रहा था कि ज्योतिष का सम्यक् ज्ञान होने पर भी वह कुंडली में दर्शाए गए तथ्यों को सही परिप्रेक्ष्य में क्यों न सोच सका।

प्रायश्चित

दुर्गावती और वीरनारायण की वीरगति के पश्चात् गढ़ा कटंगा का राज्य मुगलों के आधीन हो गया। मुगलों की आधीनता में राज्य करनेवाला पहला शासक दलपतिशाह का भाई चन्द्रशाह था। चन्द्रशाह लगभग 12 वर्ष तक गढ़ा कटंगा का राजा रहा।

मदनमहल का किला

गढ़ा कटंगा के राजमहलों से लगभग दो कोस दूर पहाड़ी पर मदनमहल का किला है। इसके एक ओर अस्तबल है, साथ ही दूसरी ओर सैन्य टुकड़ियों के विश्राम के लिए विश्राम स्थल हैं। सैन्य गतिविधियों पर चर्चा करने के लिए मदनमहल में एक कक्ष है, जहाँ से दूर-दूर तक देखा जा सकता है क्योंकि यह किलेनुमा महल आसपास की सबसे ऊँची पहाड़ियों पर स्थित है। केवल दस पन्द्रह वर्षों पहले तक जब तक दुर्गावती गढ़ा कटंगा का शासन सूत्र सम्हाले हुए थीं, मदनमहल और उसके पास स्थित हाथीखाने में रौनक रहती थी। सैकड़ों हाथियों का हाथीखाना अब पूरी तरह से वीरान था इसी तरह मदनमहल अस्तबल में न तो अब एक भी घोड़ा था और न ही सैनिकों के विश्राम-स्थल पर एक भी सैनिक। सभी कुछ उजड़ा-उजड़ा था। ऐसा नहीं है कि अब गढ़ा कटंगा राज्य में दो-चार हाथी या सौ-दो सौ घुड़सवार या कि छोटी मोटी सेना न हो, यह सब थे पर उतने ही कि चोर उचक्के या डाकुओं से निपटा जा सके। आधार कायस्थ अब भी राज्य के दीवान थे पर बदलती स्थितियों में चन्द्रशाह के वे ऐसे दीवान थे जिनका भूतकाल भले ही उज्ज्वल रहा हो, वर्तमान और भविष्य सभी कुछ धूमिल था। मुस्लिम शासन हो जाने के बावजूद एवं शहंशाह की इच्छा के बावजूद भी गढ़ा कटंगा राज्य के मुख्यालय में शहंशाह के किसी भी प्रतिनिधि को यहाँ रुकने में रुचि न थी, हो भी क्यों इस राज्य का सबसे सम्पन्न इलाका तो अब दूसरे सूबे में मिला दिया गया था। फिर भी राज्य की गाड़ी किसी तरह घिसट रही थी।

शहंशाह ने चन्द्रशाह को राज्य का उत्तराधिकारी मानकर उसे करद राजा के रूप में स्वीकृति प्रदान कर दी थी। गोंडवाने के लोगों ने चन्द्रशाह को राजा मान लिया क्योंकि वह था तो राजघराने का ही व्यक्ति प्रतापी संग्रामशाह का कनिष्ठ पुत्र।

गढ़ा कटंगा के राजसिंहासन पर चन्द्रशाह को शास्त्रोक्त विधि से बैठाने का काम किया राजपुरोहित दामोदर ठक्कुर ने। राजपुरोहित को इसके अतिरिक्त कोई विकल्प भी न था। चन्द्रशाह का राज्याभिषेक सम्पन्न करना उनकी नैतिक जिम्मेवारी भी थी। यह राज्याभिषेक भी एक परम्परा का निर्वाह था भले ही अब राजा एक श्रीहीन और शक्तिहीन सिंहासन पर बैठ रहा हो।

चन्द्रशाह जब सिंहासन पर बैठा तब वह पैंतालीस वर्ष से भी अधिक उम्र का था। उसके दो पुत्र तब लगभग बीस और अठारह वर्ष के थे। नियति की यह विचित्र गति थी कि जिस तरह चन्द्रशाह के प्रपितामह अर्जुनदास के दो पुत्रों में से एक शान्त और दूसरा अति चंचल प्रकृति का था ऐसा ही कुछ यहाँ भी था। फर्क कुल इतना था कि जहाँ प्रपितामह के दो पुत्रों में से ज्येष्ठ अति चंचल था और कनिष्ठ शान्त प्रकृति का था, वहाँ चन्द्रशाह का ज्येष्ठ पुत्र शान्त प्रकृति था तथा कनिष्ठ पुत्र अति चंचल स्वभाव का था। चन्द्रशाह अपने बड़े पुत्र को भावी राजकुमार बनाने के लिए उसे राजधर्म सिखलाने का उपक्रम करने लगे ताकि आगे चलकर वह प्रजा में लोकप्रिय हो सके। चन्द्रशाह ने अपने जीवन में उदासीन रहकर प्रजा में लोकप्रियता कभी भी प्राप्त न की थी। वे राजा में इस गुण की कमी होने का अर्थ भली-भाँति जानते थे।

चन्द्रशाह के छोटे पुत्र मधुकरशाह को अपने पिता की शिक्षा की दरकार न थी। उसने बचपन से ही दुनिया को अपनी नजरों से देखना पसन्द किया था। अधिक समय तक चाँदा में अपने संबंधियों के यहाँ रहते हुए जहाँ बड़े भाई ने स्वामिभक्ति सीखी थी वहाँ मधुकरशाह ने सदैव ही कूटनीति की विजय होते देख कम उम्र में ही वह काफी कुछ सीख लिया था, जिसे जमीनी हकीकत कहते हैं। पर इसके बावजूद दोनों भाइयों में एक समान गुण था। यह गुण शायद उन्हें परम्परा से मिला था। यह गुण उनकी धर्मनिष्ठा का था अर्थात् धर्माचार्यों की उन सब बातों पर मधुकर शाह विश्वास रखता था जिसे उसने स्वयं परखा था। उसका विश्वास बहुधा, इस तथ्य पर निर्भर करता था कि धर्मानुशासन की बात करनेवाला अपने स्वयं के जीवन में कैसा है।

मदनमहल के सूने और उजड़े से सभा कक्ष में भर दोपहर आज छोटे राजकुमार और उसके कुछ साथी अपनी बैठक जमाए हुए हैं। मदनमहल में अब भले ही पुरानी व्यवस्था नहीं है, पर जो दो-चार अंगरक्षक तैनात हैं। उन्हें राजकुमार ने दरवाजे के बाहर हिदायत देकर सतर्क कर दिया है कि उसकी आज्ञा के बिना मदनमहल के परिसर में कोई प्रवेश न करे और यदि कोई राज्य का अधिकारी अनजाने में वहाँ पहुँच जाता है तो उसकी सूचना उन्हें तुरन्त दी जाए।

यह सब सतर्कता इसीलिए भी थी कि आज की गुप्त बैठक में ऐसे किसी निर्णय को लिया जाना था, जिसकी भनक बाहर के किसी व्यक्ति को न लग सके। राजकुमार मधुकरशाह की अन्तरंग चर्चा, जिसमें उपस्थित हैं मधुकरशाह के अन्तरंग मित्र निरभै गोंड, ध्रुमाँगद, रंजन पाठक, मकुन्दी ठाकुर और शेख रहमान।

मधुकरशाह : 'मित्रों, गढ़ा कटंगा की जनता बारह साल से एक निष्क्रिय शासन को झेलते रही है। यहाँ तो किसी राजकुमार को भी कोई नहीं पूछता, जनता की समस्याओं को कौन कहे। जब से यह शासन आया है लगता है सब मनमर्जी के राजा हो गए हैं, कहीं भी किसी स्तर पर राजा की न तो प्रभुता है और न ही उसकी साख।'

निरभै गोंड : 'छोटे सरकार आप तो सब कुछ जानबूझकर भी आँखें बन्द किए हो, हालात तो तब सुधरते हैं जब सुधारनेवाला सुधारना चाहे। राजकुमार आप हैं, हालात सुधारने की जिम्मेदारी आप पर है। बाकी सब तो प्रजा है। अगर राजा रुतबेदार हो तो सब कुछ चाक चौबन्द हो जाता है।'

धुमांगद : 'लाख टके की बात कही निरभै ने। अरे राजकाज जब तक छोटे सरकार अपने हाथ में न लेंगे तब तक हालात कहाँ सुधरने हैं? राजा साहब को तो सिंहासन मिल गया, अब उन्हें का करना है। बड़े राजकुमार तो युवराज बनने के सपने देखने में मस्त हैं, फिर काहे की चिन्ता।'

धनराज गोंड : 'अरे भाई, जब सब सपने में जी रहे हों तो किसी को तो जागना चाहिए।'

निरभै गोंड : 'वही तो हम कह रहे हैं, अब बचा कौन जो राजकाज को राजाओं की माफिक चलाये, सिवा छोटे सरकार के।'

मधुकरशाह : 'तो हम करें क्या, हमने कोशिश की भी कि राजदरबार में हमारी चले परन्तु न तो दीवान और न दूसरे दरबारी हमारी बात का खुले समर्थन की हिम्मत रखते हैं। जब ऐसा अवसर आता है तो सब दाएँ-बाएँ होने लगते हैं। दरबार के बाहर हमने उन्हें अच्छी तरह समझा दिया है कि हमारे बिना किसी की कोई गति नहीं है।'

धनराज गोंड 'जे सब दरबारी, आपकी ताकत को जानते हैं, उन्हें मालूम है कि जिस दिन आपका सिर फिरा, उसी दिन वे निपट जाएँगे। सब मन ही मन डरते हैं परन्तु राजदरबार की अपनी अहमियत है, वहाँ सब की जुबान में ताला लग जाता है।'

शेख रहमान : 'क्यों लग जाता है ताला? इसका कारण केवल राजा और बड़े राजकुमार की मौजूदगी ही तो है।'

धनराज गोंड : 'हाँ, बस यही कारण है।'

मकुन्दी ठाकुर : 'तो कारण को हटाओ, न रहेगा बाँस, न बजेगी बाँसुरी।'

मधुकरशाह : 'वह तो ठीक है, पर कैसे हटाएँ, कोई मिट्टी के पुतले तो हैं नहीं कि तुमने कहा और हमने हटा दिया। तरकीब बतलाओ।'

धुमांगद : 'आपके पिताजी और बड़े भाई हैं, जब तक यह ख्याल है तब तक क्या हो सकता है, पहले इस ख्याल को हटाना होगा।'

मधुकरशाह : 'मान लो इस खयाल को हटा दिया, फिर?'

शेख रहमान : 'फिर क्या सब कुछ आसान है।'

मधुकरशाह : 'वह कैसे?'

शेख रहमान : 'तो सुनें, दिल्ली के एक पुराने जमाने के बादशाह अलाउद्दीन की नजीर।'

मधुकरशाह : 'क्या है वह नजीर?'

शेख रहमान : 'तख्त हासिल करने की, और क्या।' (फिर थोड़ा रुककर) 'सुनिये, बहुत साल पहले दिल्ली के तख्त पर बैठकर सुल्तान जलालुद्दीन खलजी राज्य चला रहा था। उसके दामाद का नाम अलाउद्दीन खलजी था। वह सुल्तान का खारा बफादार सिपहसालार भी था। एक दिन उसकी बेगम यानी जलालुद्दीन की बेटी ने अपने खाविंद से कहा–कितना अच्छा होता यदि आप दिल्ली के सुल्तान होते।

इस पर अलाउद्दीन खलजी ने कहा : 'तुम्हारी इच्छा पूरी होगी।'

ध्रुमांगद 'फिर क्या हुआ?'

शेख रहमान : 'हुआ क्या अलाउद्दीन ने अपनी बेगम की इच्छा पूरी की।'

ध्रुमांगद : 'वह कैसे?'

शेख रहमान : 'सरेआम सुल्तान जलालुद्दीन का कत्ल करके।'

ध्रुमांगद : 'खतरनाक काम था, यह तो चोरी छिपे किया गया होगा।'

शेख रहमान : 'मैंने कहा न सरे आम डंके की चोट पर कत्ल कर सुल्तान जलालुद्दीन कर सिर नेजे में टांगकर सारी जनता को दिखाया गया ताकि किसी को शक न रह जाय कि सुल्तान धोखे से मारा गया, क्योंकि गलतफहमी में बगावत हो सकती थी।'

ध्रुमांगद : 'पिता के मारे जाने पर उसकी पुत्री ने क्या कहा?'

शेख रहमान : 'उसने जब अपने खाविंद को पिता के मरने का उलाहना दिया तो अलाउद्दीन ने साफतौर पर कहा कि बेगम तुम्हारी ही ख्वाइश तो थी कि हम दिल्ली के तख्त पर बैठें, और बिना इस कत्ल के यह कैसे हो सकता था, यह सुनकर वह चुप हो गई।'

धनराज गोंड : 'हमारी प्रजा भी तो यही चाहती है कि कोई दमदार राजा गद्दी पर बैठे। अब छोटे सरकार गद्दी पर यदि बैठने की सोचें तो कुछ-न-कुछ खून खराबा तो होगा ही।'

निरभै गोंड : 'रास्ते में आ रहे पिता और भाई को हटाने की बात तो बड़ी है।'

धनराज गोंड : 'क्या बड़ी बात है?' तख्त पाने के लिए अगर दिल्ली सुल्तान ने ऐसा किया तो यहाँ वैसा क्यों नहीं हो सकता। यह कहते हुए उसने रंजन पाठक से पूछा।

रंजन पाठक : 'अरे भाई महाभारत के धर्मयुद्ध में क्या भीष्म पितामह पांडवों के पितामह नहीं थे या कि दुर्योधन इत्यादि उनके भाई नहीं थे और तो और गद्दी की रक्षा के लिए ही तो कर्ण अर्जुन को मारना चाहता था। यह अलग बात है कि बड़े भाई कर्ण का ही अर्जुन ने वध कर दिया।'

मधुकरशाह : 'युद्धों में इस प्रकार के अनेक वधों के बारे में हमने भी सुना है, पर क्या वधों से भारी पाप नहीं लगता होगा?'

रंजन पाठक : 'पाप और पुण्य की बात भी अपनी जगह है, महाभारत में सम्बन्धियों के वध के पश्चात् पाण्डवों ने उस पाप के निवारण हेतु धार्मिक कृत्य किए थे।'

मधुकरशाह : 'यह तो उन्होंने तब किए थे, जब उन्होंने धर्मयुद्ध में अपने परिजनों को मारा था।'

रंजन पाठक : 'हाँ उन्हें धर्मयुद्ध में भी स्वजन हत्याओं का प्रायश्चित करना पड़ा था।'

ध्रुमांगद : 'अगर धर्मयुद्ध में प्रायश्चित का विधान है तो दूसरी भी सभी प्रकार की हत्याओं में प्रायश्चित के विधान तो होंगे ही। अधिक से अधिक ब्राह्मणों को दक्षिणा देनी होगी। यह दक्षिणा सोने के सिक्कों में हो सकती है। सोने की चमक के सामने पाप पुण्य में बदल जाते हैं।'

निरभै गोंड : 'असल में सारी बात यह कि छोटे सरकार पिछले दस सालों से नवरात्रि में ब्रत रखते आ रहे हैं और अन्त में कुछ वर्ष पहले तक बाना भी झिदाते रहे हैं, इसलिए इनके मन में पाप और पुण्य की दुविधा भरी हुई है।'

धनराज गोंड : 'जब देवी भक्त हैं तब तो और दुविधा न होनी चाहिए, अरे जब तारिपेन्नू माता को बाप अपने बच्चे की बलि चढ़ा सकते हैं, वह भी फसल अच्छी होने की मनौती लेकर; फिर यहाँ तो पूरे राज्य की मनौती दाँव पर है। नवरात्रि में हम बलि नहीं देते क्या? इस बार हो सकता है देवी बड़ी बलि की माँग कर रही हो।'

रंजन पाठक : 'दुविधा तो मन से निकालनी ही होगी, अधिक से अधिक यह ब्रत ले लो कि पाप के निराकरण के लिए जो विधान होगा उसे लक्ष्य पूरा होने पर पूरा कर लिया जायेगा।'

निरभै गोंड : 'ये भी क्या बात हुई? काहे का विधान? कौन सा विधान? हमारे समाज में बहुत से प्रकार की बलि दी जाती है पर सभी सोच-समझकर उसमें शंका-कुशंका के लिए स्थान नहीं है।'

ध्रुमांगद : (मधुकर शाह की ओर देखते हुए) : 'अरे भाई, फिर भी यदि मन में अशांति रहे तो इन पंडितों से ही पूछ लेना, उसके शमन की विधि। दक्षिणा लेने के बाद वे सारे गलत कामों को सही काम बतलाने की विधि बतला देते हैं। परन्तु इस सब फालतू बहस से हम जहाँ की तहाँ अटके रहेंगे। आगे क्या करना है और कैसे करना है उस पर विचार करो।'

सभी शेख रहमान की तरफ देखते हैं जो गौर से यह सब सुन रहा था।

शेख रहमान : 'सियासी बातों में धरम-करम को बीच में मत लाइए, हमारी समझ में तो यही आता है कि या तो राजा और उसके बड़े लड़के को जब वह गहरी नींद में हो तब कत्ल कर दिया जाय अथवा तड़के जब वे नहा-धोकर पूजा में बैठे हों, तब

उन्हें जन्नत पहुँचाया जाय। तीसरा तरीका जहर देने का भी है। हर हालात में हमें राजकुमार के सारे समर्थकों को एकजुट रखकर यह करना होगा ताकि किसी भी प्रकार का विरोध न हो सके।'

धनराज गोंड : 'उसकी चिन्ता नहीं है, क्योंकि सेना के लड़ाके सैनिक हमारे साथ हैं।'

धुमांगद और दरबार के अधिकतर आदमी हमारे तरफदार हैं। हो सकता है कुछ रोना-धोना, चीख-चिल्लाहट मचे पर इससे अधिक कहीं कुछ नहीं होगा।

शेख रहमान : 'और जनता का क्या रुख रहेगा?'

धनराज गोंड : 'प्रजा के बीच में हमारे आदमी कहेंगे' चलो निकम्मे शासन का अन्त हुआ" और प्रजा भेड़ चाल से इसे दुहरायेगी। वैसे भी हम अच्छी तरह प्रचारित कर चुके हैं कि इस शासन से गया बीता शासन हो ही नहीं सकता और जनता इसे सही इसलिए भी मानने लगी है क्योंकि राजकोष में विशेष कुछ तो बचा नहीं है कि राजा कुछ अच्छा कर दिखाए। राजकर की वसूली तक तो ठप्प है।'

निरभै गोंड : 'हमारा तो ख्याल है कि छोटे सरकार के लिए इससे अच्छी परिस्थितियाँ कभी नहीं हो सकतीं।'

कुछ दिनों बाद।

राजमहल में कोहराम मचा हुआ था पर राजमहल से कोई निकल नहीं पा रहा था। सैनिकों ने राजमहल से बाहर जाने या भीतर जाने पर पूरा प्रतिबन्ध लगा दिया था। अनेक भृत्यों को राजा और बड़े राजकुमार के कमरों की त्वरित सफाई का काम सौंपा गया था। रक्त के छींटे दीवारों से साफ किए जा रहे थे और रक्तरंजित वस्त्रों को महल के प्रांगण में ही जलाया जा रहा था। स्त्रियाँ दहाड़ मारकर रो रही थी। पुरुष अज्ञात भय से चुप थे।

गढ़ा कटंगा के नर्मदा घाट के श्मशान घाट में सूर्योदय होते-होते दो चिताओं को राजकुमार मधुकरशाह मुखाग्नि दे रहा था। चिताओं के चारों ओर मधुकरशाह के मित्र तथा गढ़ा कटंगा के कुछ सैन्याधिकारी मौजूद थे। वे सभी श्मशान घाट में तब तक रुके जब तक दोनों शरीर जल कर राख नहीं हो गए। इसके लिए उन्होंने दो मन घी और एक मन राल शवों पर डाल दी। भयंकर आग ने सभी कुछ थोड़ी ही देर में भस्मसात कर दिया। श्मशान में पहुँचे लोगों ने लट्ठों की सहायता से सब कुछ नर्मदा में प्रवाहित कर दिया। यह था अन्त गढ़ा कटंगा के राजा चन्द्रशाह का। पिता के दुर्भाग्य ने बड़े पुत्र को भी असमय में ही लील लिया था।

मधुकरशाह और उसके साथी श्मशान से सीधे राजमहल लौटे, पर तब तक सारे नगर में राजा और उसके बड़े पुत्र की हत्या की खबर दावानल की तरह फैल चुकी थी। नागरिक भय, क्रोध और घृणा से आपस में बातचीत कर रहे थे। महिलाएँ अपनी आदत के अनुसार विलाप कर रही थीं, परन्तु कहीं भी खुली तौर पर मधुकरशाह का

नाम नहीं लिया जा रहा था। लोगों को डर था, ऐसा कहने से कहीं मधुकरशाह के आदमी उनका भी वध न कर दें।

निर्दयता की चरम सीमा पर लोग विचलित हो गए थे। राज्य की प्राप्ति के लिए पिता और बड़े भाई की नृशंस हत्या। बड़े बूढ़े याद दिला रहे थे कि इसी राजवंश में मृतक राजा चन्द्रशाह के चाचा जोगीदास ने बड़े भाई के उत्तराधिकार की रक्षा के लिए राज्य को ठोकर मारकर आजीवन वनवास ग्रहण कर लिया था।

कितना समय बदल चुका है। कहाँ वह त्याग और कहाँ यह हत्या। कुछ दूसरे लोग इसे इस वंश की त्रासदी बतलाते और उदाहरण देते संग्रामशाह का जिसके द्वारा विशिष्ट परिस्थितियों में उससे अपने पिता का वध हो गया था। जितने मुँह उतनी बातें। वह दिन किसी तरह बीता।

उसी दिन रात्रि में गढ़ा कटंगा के मुख्य महल में चारों ओर सन्नाटा, हर व्यक्ति की पदचाप सुनी जा सकती है। ऐसे में गढ़ा कटंगा के महल के मंत्रणा कक्ष में राजा के आसन पर मधुकरशाह बैठा हुआ है और उसके सभी साथी उसके सामने तनाव की मुद्रा में बैठे हुए हैं।

मधुकरशाह : 'दिन भर में हमारा कितना प्रतिरोध हुआ।'

निरभै गोंड : 'कोई विशेष नहीं मात्र सात-आठ लोगों को उसी रास्ते पहुँचाना पड़ा जिस रास्ते उन्हें जाना चाहिए था।'

मधुकरशाह : 'कौन थे ये लोग'

निरभै गोंड : 'राजदरबार का कोई व्यक्ति नहीं, सभी व्यक्तिगत निष्ठावाले लोग थे। राजा की निजी सेना का प्रमुख, चाँदा से आई हुई महारानी की सेविका चन्दाबाई जो चीख-चीखकर आप को गुनहगार ठहरा रही थी तथा चार छह ऐसे लोग जिन्हें सही और गलत पर चिल्लाने की आदत हो जाती है, इन सबका हमेशा के लिए मुँह बन्द कर दिया गया है, अब सब चुप हैं, सबको सीख लग चुकी है।'

मधुकरशाह : 'अगला कदम क्या होगा।'

शेख रहमान : 'बादशाह से आपको खिलअत पाने का, पर मैंने अपने चचा जान से कहकर यह समस्या पहले ही सुलझा ली है। उनकी वहाँ बहुत पहिचान है। चचा की मुट्ठी गरम है।'

मधुकरशाह : 'यह तुमने नेक काम किया, परन्तु हमारी समस्या गढ़ा कटंगा की है। राज्य की प्रजा हमें राजा माने यह जरूरी है।' फिर रंजन पाठक की ओर देखकर बोले : 'हमें अब क्या करना है?'

रंजन पाठक : 'आपको अब कुछ नहीं करना है, जो करना है सो पंडित दामोदर ठक्कुर को करना है। आपको राजसिंहासन पर बैठाकर राजतिलक करना है उन्हें।'

मधुकरशाह : 'मैं उनसे एक ही बार मिला हूँ। विचित्र व्यक्ति है वह। सीधे राजी हो जाएगा मुझे कुछ संदेह है।'

रंजन पाठक : 'सीधे राजी नहीं होगा तो टेढ़े राजी होगा।'

मधुकरशाह : 'इतना सरल नहीं है फिर भी कुछ तो करना ही होगा।'

रंजन पाठक : 'कल पंडितजी को प्रातः यहीं बुलवा लिया जाय और उनसे कहा जाय कि शुभ लग्न निकालकर राजतिलक की औपचारिकता पूरी करें।'

मधुकरशाह : 'यह ठीक नहीं होगा। कल निरभै, ध्रुमांगद और धनराज को लेकर तुम आओ। हम सब साथ उन्हीं के घर चलते हैं।'

मधुकरशाह के सभी मित्र उससे विदा लेते हैं।

राजधानी में ऊपरी तौर पर तो शान्ति है, पर हर घर में राजा चन्द्रशाह और राजा के बड़े पुत्र की नृशंस हत्या की चर्चा थी। सब कुछ बहुत गोपनीयता के साथ होने पर सचाई लोगों तक किसी तरह से पहुँच चुकी थी, परन्तु गढ़ा कटंगा का राज्य अब वैसा नहीं रह गया था जैसा कभी अर्जुनसिंह के समय था, जब यहाँ की जनता ने राजा के हत्यारे को स्वयं पकड़कर जेल में डाल दिया था। अब जनता को मधुकरशाह के गिरोह से खौफ था। जनता के सामने उन लोगों का हश्र भी था जो विरोध का स्वर ऊँचा करने पर मौत के घाट उतार दिए गए थे। हर घर में यही आशंका जताई जा रही थी कि दिन दो दिन में मधुकरशाह अपना राज्याभिषेक सम्पन्न करा लेगा। दामोदर ठक्कुर जो वैसे भी राजदरबार के कामकाज की जगह पोथी-पत्रों में डूबे रहनेवाले व्यक्ति हैं, अब मन मारकर एक पातकी का साथ देंगे। एक ब्राह्मण करेगा भी क्या प्रतिरोध?

दूसरे दिन प्रातःकाल ही जब वृद्ध पंडित दामोदर ठक्कुर पूजा से निवृत्त होकर निकले तभी भृत्य ने बतलाया कि मधुकरशाह अपने मित्रों के साथ उनसे मिलना चाह रहा है। उसे सम्मान के साथ बैठक में बैठा दिया गया है।

साठ वर्ष से ऊपर हो चुके, पंडित दामोदर ठक्कुर ने आसमान की तरफ देखकर 'ॐ नमोवासुदेवायं' कहा और राजकुमार से मिलने बाहर आने के साथ ही उत्तरीय कंधे पर डाला। एक क्षण में ही मधुकरशाह से पहली भेंट की पूरी याद उनके मस्तिष्क में कौंध गई। रातभर वे ठीक नहीं सो पाए थे, क्योंकि अनेक पड़ोसी उनके पास आकर राजा की हत्या के षड्यन्त्र की देर रात तक चर्चा करते रहे हैं। उनके मन में खटका था—कुछ अवांछित होने का पर क्या करते, पैर तो आगे बढ़ाना ही था।

जैसे ही पंडितजी ने बैठक में कदम रखा वैसे ही चारों आगन्तुक उठकर खड़े हो गए। केवल मधुकरशाह ने आगे बढ़कर पैर छुए और आशीर्वाद माँगा। पंडितजी ने यंत्रवत उसे हाथ उठाकर आशीर्वाद दिया। उसके तीनों साथी खड़े ही रहे। पिछली बार जब वे मधुकरशाह से मिले थे, तब वह स्पष्ट तौर पर उद्दंडता से पेश आया था। इस बार दिखावटी नम्रता थी।

पंडितजी ने सबसे बैठने के लिए कहा। सब बैठ गए।

निरभै ठाकुर : 'पंडितजी, आपको शायद ज्ञात हो, महाराज चन्द्रशाह और उनके बड़े पुत्र का निधन हो गया है। वे इस दुनिया में नहीं रहे। अतः गढ़ा कटंगा का राजसिंहासन सूना हो गया है। राजसिंहासन सूना नहीं रह सकता। अतः आप प्रजा की इच्छा का सम्मान करते हुए राजसिंहासन पर यथाशीघ्र राजगोंडवंश के ही दूसरे उत्तराधिकारी हमारे साथ आए महाराज संग्रामशाह के पौत्र श्री मधुकरशाह का शीघ्र ही शुभ मुहूर्त में राजतिलक कर दें ताकि प्रजा राजा से वंचित न रहे।'

दामोदर ठक्कुर (गम्भीर स्वर में) : 'महाराज या बड़े राजकुमार की मृत्यु नहीं हत्या हुई है। यह समूचा गढ़ा नगर जानता है। राजपुरोहित होने के नाते मैं जानना चाहता हूँ कि हत्यारा कौन हे ताकि हत्यारे की सजा निश्चित होने के बाद प्रजा को उसके अगले राजा के सम्बन्ध में बतलाया जाए।'

धनराज गोंड : 'अब अगर आपको मालूम है कि राजा चन्द्रशाह और उनके बड़े लड़के की हत्या हो गई है तो आप ही बतलाइए इसमें राजकुमार मधुकरशाह क्या करें या आप ही क्या करें? इसके पहले भी जब राजकुमार वीरनारायण मारे गए थे, तब आप क्या कर सके थे? आप व्यर्थ की बातों को तूल न दें? यह मान लें जो हो चुका सो हो चुका।'

दामोदर ठक्कुर : 'राजा वीरनारायण या दुर्गावती ने युद्ध में प्राण त्यागे थे, यहाँ वह स्थिति नहीं है, यहाँ तो जघन्य हत्या हुई है।'

मधुकरशाह (तल्खी से) : 'चलिए, हम भी सुनें क्या विधान है राजहत्या के प्रायश्चित में।'

दामोदर ठक्कुर : 'आत्मदाह, जलती हुई चिता में प्रवेश करना ही पितृघातियों का प्रायश्चित है।'

रंजन पाठक : 'पंडितजी कलजुग में सतजुग की बात मत कीजिए, हम आपसे राजतिलक सम्पन्न कराने को कह रहे हैं। पूरी दक्षिणा दी जाएगी। आप शंका न करें, कहीं कोई कमी न रहेगी।'

दामोदर ठक्कुर : 'मैं धर्म को बेचनेवाला पुरोहित नहीं हूँ, रंजन। उस वंश का नहीं हूँ जो यज्ञों के नाम पर यजमानों से धन ऐंठते हैं।'

रंजन पाठक : 'पर यह सीधी चोट थी। वह उस परिवार से था, जहाँ यज्ञों में पौरोहित्य कर्म से काफी धन कमाया गया था।'

रंजन पाठक (क्रोध छुपाते हुए) : 'अगर आप राजपुरोहित हैं तो राजकुमार मधुकरशाह का राजतिलक कराना आपका कर्तव्य है। बुढ़ापे में आप अपना कर्तव्यबोध भूल गए हैं।'

दामोदर ठक्कुर : 'किसी पितृघाती, भातृघाती और नृपघाती का राजतिलक सम्पन्न कराकर मैं महापातक का भागी नहीं बनूँगा।'

मधुकरशाह (उत्तेजित होकर) : 'तो फिर पंडित, कल से तुम इस राज्य के राजपुरोहित भी नहीं रहोगे। तुम्हारे सफेद बाल देखकर तुम्हें बस इतनी सजा देकर छोड़ रहा हूँ।'

दामोदर ठक्कुर (दृढ़ता से) : 'मधुकरशाह, तुम मुझे पदच्युत कर सकते हो, मेरी सम्पत्ति और मेरे प्राण भी ले सकते हो, पर मैं अपने हाथों जान-बूझकर किसी पातकी को राजा बनाऊँगा—यह भूल जाओ।'

रंजन पाठक : 'ठीक है तो अपनी करनी का फल भुगतने को तैयार हो जाओ। आगे की सोचो—बुढ़ापा कैसे कटेगा।'

इतना कहकर वे सभी शीघ्रता से बाहर चले गए।

रंजन पाठक वहाँ से सीधे माधव पाठक के पास पहुँचे। उन्हें भविष्य में यज्ञ कराने का वचन दिया गया साथ ही उन्हें मंत्री और राजपुरोहित पद की भी पेशकश की गई। माधव पाठक के लिए यह फायदे का सौदा था। भाग्य ने छप्पर फाड़कर धन वर्षा कर दी थी। माधव पाठक ने शुभ लग्न निकालकर मधुकरशाह का राज्याभिषेक कर दिया। मधुकरशाह ने भी अपना वचन निभाया, अब माधव पाठक गढ़ा कटंगा के सर्वमान्य पंडित एवं राजदरबार के रसूखदार व्यक्ति बन चुके थे।

राज्याभिषेक होने के तुरन्त बाद मधुकरशाह ने पीढ़ियों चली आ रही दामोदर ठक्कुर की बारह हजार सालाना की माफी बन्द कर दी ताकि वे वृद्धावस्था में आर्थिक रूप से टूट जाएँ।

दामोदर ठक्कुर यह सब भाँप ही चुके थे। उन्होंने अपने भाई महेश ठक्कुर के पास जाने की योजना बनाई, जो अब तक आगरा छोड़कर दरभंगा में आ बसे थे।

दामोदर ठक्कुर के शुभचिन्तकों ने उन्हें सलाह दी कि वे गढ़ा से किसी रात चुपचाप खिसक जाएँ क्योंकि दिन में जाने से उन्हें खतरा हो सकता है। उनके शिष्यों ने उन्हें रात्रि में चलकर सुरक्षित रूप से दरभंगा पहुँचाने की योजना भी बनाई, पर उन्होंने ऐसी सभी योजनाओं को अस्वीकार कर दिया और एक दिन भरी दोपहर में उन्होंने गढ़ा छोड़ दिया। राज्य की सीमा तक उनके अनेक शिष्यों ने साथ दिया।

राजमहल में दामोदर ठक्कुर के जाने की बात सुनकर राजा मधुकरशाह के साथियों ने उन्हें रास्ते में ही ठिकाने लगाने की आज्ञा माँगी।

मधुकरशाह कह उठा : 'इस आदमी ने सब कुछ खोकर भी अपने धर्म को बचाया है। अतः उसे सुरक्षित जाने दिया जाय।'

मधुकरशाह ने जीवन में पहली बार अपने को हीन महसूस किया।

मधुकरशाह के इस उदार व्यवहार से उसके साथी विस्मित हुए पर यह कोई नई बात न थी। मधुकरशाह अब भी नवदुर्गा में व्रत रखता और अनेक अनुष्ठान करता। मधुकरशाह के राज्याभिषेक के कुछ दिनों बाद आधारकायस्थ का देहान्त हो गया।

मधुकरशाह ने इस पद पर आधारकायस्थ के नाती की नियुक्ति कर दी।

कुछ दिनों की यात्रा के बाद दामोदर ठक्कुर अपने भाई महेश ठक्कुर से जा मिले जहाँ उन्होंने शान्ति से शेष जीवन व्यतीत किया।

ईस्वी सन् 1586

मंडला के समीप देवगाँव में मधुकरशाह को गढ़ा कटंगा का शासन करते दस वर्ष बीतने को हैं। देवगाँव में एक साधु आदित्यनाथ आए हुए हैं। वे तांत्रिक और साधक हैं। मधुकरशाह उन पर श्रद्धा रखता है। साधु आदित्यनाथ अक्सर नर्मदा की परिक्रमा करते रहते हैं। कभी-कभी वे चार माह (चातुर्मास) के लिए नर्मदा के किसी स्थान पर जैसे अमरकंटक, देवगाँव, मंडला या ऐसे ही किसी स्थान में रुक जाते हैं। मधुकरशाह जिस वर्ष राजगद्दी पर बैठा, उसी वर्ष उस पर सम्भवतः राजवंश के ही किसी व्यक्ति ने मारण प्रयोग कराया था मधुकरशाह अचानक ही मरणासन्न होकर गिर गया था, परन्तु ध्रुमांगद राजा को साधु आदित्यनाथ की शरण में ले गया। वे उस समय त्रिशूलभेद पर रुके हुए थे। कहा जाता है आदित्यनाथ ने अपनी सिद्धियों के बल पर राजा पर किया गया मारण प्रयोग विफल कर दिया। ध्रुमांगद को आदित्यनाथ की सिद्धियों पर विश्वास था। ध्रुमांगद ने राजा को बतलाया था कि आदित्यनाथ को देवी की सिद्धि है। राजा को ध्रुमांगद की बातों पर विश्वास हो चला था, क्योंकि उसकी भी देवी पर अटूट श्रद्धा थी। राज्य के छठवें वर्ष पुनः राजा पर मारण प्रयोग हुआ इस वर्ष आदित्यनाथ देवगाँव में रुके थे। ध्रुमांगद ने बिना समय खोये बेहोश राजा को परिजनों सहित हाथियों पर बैठाकर देवगाँव पहुँचाया और आदित्यनाथ की शरण गही। पुनः आदित्यनाथ की सिद्धि ने चमत्कार किया और राजा दो तीन दिनों में पूर्ण स्वस्थ हो गया। इस बार स्वास्थ्य लाभ करने के बाद मधुकरशाह आदित्यनाथ की शक्तियों पर अखंड विश्वास करने लगा।

गढ़ा लौटने पर आदित्यनाथ ने विचार किया कि उसके हर कठिन समय पर उसके पुराने मित्र ध्रुमांगद ने ही सदा साथ दिया था फिर चाहे वह राज्य प्राप्ति का प्रयास रहा हो या कि उस पर किए गए मारण प्रयोगों के फलस्वरूप उसकी अस्वस्थता का समय रहा हो।

अतः उसने आधारकायस्थ के दौहित्र के स्थान पर ध्रुमांगद को दीवान बना दिया जो उसका मित्र भी था और गाढ़े समय का सोचा समझा विश्वस्त अनुचर भी।

पिछले कुछ वर्षों से आदित्यनाथ प्रतिवर्ष जब भी नर्मदा तट चातुर्मास करते, तब मधुकरशाह उनके पास जाता। आदित्यनाथ शाक्त थे, परन्तु धर्म की बारीकियों का उन्हें ज्ञान था। वे निष्पृह व्यक्ति थे। उन्होंने कभी भी राजा के भूतकाल को जानने की इच्छा नहीं थी और न उन्होंने इस सम्बन्ध में कुछ जानना चाहा था। वे मधुकरशाह की अनन्य शक्तिपूजा से उससे प्रसन्न थे।

दो बार जानलेवा मारण प्रयोगों के बाद और आदित्यनाथ की कृपा ने उसके स्वभाव में निश्चित परिवर्तन ला दिया था। इस बार आदित्यनाथ देवगिरी में रुके थे। वे एक विशाल पीपल के वृक्ष के नीचे बैठकर उपदेश देते थे। पीपल का वृक्ष खूब हरा-भरा था।

इसी हरे-भरे वृक्ष की छाया में बैठे हुए एक दिन राजा ने आदित्यनाथ से पूछा– 'स्वामी, व्यक्ति कैसे विपत्तियों में फँसता और निकलता है?'

आदित्यनाथ : 'पाप और पुण्य कर्मों के कारण। पुण्य कर्मों से उसे ऐसा सम्बल मिल जाता है कि विपत्ति दूर हो जाती है।'

मधुकरशाह : 'स्वामी, मेरी विपत्तियों को दो बार तो आपने टाल दिया, पर मुझे लगता है कि उनका अन्त नहीं है।'

आदित्यनाथ (हँसकर) : 'हाँ, अन्त किसी भी चीज का नहीं है। मैं भी समाधि ले लूँ, तुझ पर तो तब भी कोई अनिष्टकारी प्रयोग हो सकता है।'

मधुकरशाह : 'क्या इन प्रयोगों से मुक्ति नहीं मिल सकती। इन दो प्रयोगों से ही मेरा शरीर जर्जर हो रहा है। प्राण तो आपकी कृपा से बच गए, पर कष्टों से मुक्ति नहीं।'

आदित्यनाथ : 'मुक्ति? मुक्ति है क्यों नहीं? तू अपने पापों का प्रायश्चित कर ले फिर मुक्ति ही मुक्ति है।'

मधुकरशाह : 'मैं क्या प्रायश्चित करूँ?'

आदित्यनाथ : 'यह मैं क्या बतलाऊँ जितना बड़ा पाप उतना बड़ा प्रायश्चित, जितना बड़ा रोग उतनी बड़ी दवा।'

आदित्यनाथ आँख मूँदकर ध्यान में खो जाते हैं। काफी देर बाद उनकी आँखें खुलती हैं, फिर कहना प्रारम्भ करते हैं : 'सुन मैं एक कथा सुनाता हूँ, शायद उसमें तुझे कोई रास्ता दिखे। पुराने समय में भारत में बौद्ध धर्म का बोलबाला था। समय बदलते बौद्ध भी अनाचारी हो गए। समाज को सही राह दिखलाने के लिए दक्षिण के एक महापंडित कुमारिल भट्ट ने बौद्ध विद्वानों को शास्त्रार्थ में पराजित करने का संकल्प लिया, पर इस हेतु उन्हें बौद्ध बनकर बौद्ध गुरुओं से शिक्षा लेनी पड़ी। लोककल्याण हेतु इस विद्या की प्राप्ति के लिए उन्हें असत्य का सहारा लेना पड़ा वरन् बौद्ध विद्वान उन्हें दीक्षा न देते। शिक्षा प्राप्त करने के बाद उन्हें बौद्धों की सम्पूर्ण विद्या का ज्ञान हो गया। सनातनी विद्या के वे पहले भी महापंडित थे। कुमारिल भट्ट ने शास्त्रार्थ में भारत के बौद्ध विद्वानों को पराजित कर दिया। यह उन्होंने लोककल्याण में किया था, परन्तु उन्होंने असत्य बोलकर अपना परिचय अपने गुरु से छिपाया था और इस पाप के लिए उन्होंने जीवित ही अग्नि प्रवेश किया। यह उनका प्रायश्चित था। तू इस उदाहरण से अपने प्रायश्चित का स्वयं निर्णय कर।'

मधुकरशाह : 'स्वामी, डर मनुष्य का स्वभाव है सम्भवतः मैं इसीलिए भविष्य से डर रहा हूँ। पर जब आपका हाथ हमारे सिर पर है, तब डर किस बात का।'

आदित्यनाथ : 'मेरा हाथ तेरे सिर पर तेरी शक्तिपूजा के कारण है, किसी व्यक्तिगत सम्बन्ध के कारण नहीं, फिर मेरा हाथ भी तेरे सिर पर तभी तक है, जब तक मेरे पार्थिव शरीर का अस्तित्व है। मैं अतीव वृद्ध ही चुका हूँ और अब इस शरीर का भार नहीं ढोना चाहता, कभी भी इस शरीर से मुक्ति ले लूँगा। फिर भी तुझे मेरी प्रतीत होती रहेगी क्योंकि तू मुझ पर विश्वास रखता है।'

मधुकरशाह खिन्न मन राजधानी लौटने का विचार करने लगा। तभी आदित्यनाथ ने एक माला दी और कहा कि भविष्य में यदि कोई अन्य प्रयोग हुआ तो यह माला रक्षा करेगी, परन्तु यदि यह टूट जाय तो तू समझना कि मैंने समाधि ले ली।

कुछ दिनों बाद मधुकरशाह सिंहासन पर बैठा था कि वह अचानक लुढ़क कर गिर गया। स्वप्न या तंद्रा में उसने देखा कि आदित्यनाथ उसके पास खड़े हैं। उसने स्पष्ट ही सुना है कि इस बार उस पर 'उच्चाटन' मंत्रों का प्रयोग हुआ है ताकि वह राजकाज से विरक्त हो जाए।

राजा की जब तंद्रा टूटी तो उसने पाया कि सारे सभासद उसे घेरे हुए खड़े हैं। कोई उसके मुँह पर छींटे मार रहा है तो कोई गुनिया उसके पास बैठकर जोर-जोर से मंत्र पढ़ रहा है। राजा ने उठने का प्रयत्न किया पर मानो शरीर अकड़ गया था। राजवैद्य आ चुके थे। वे भी चिकित्सा में जुट गए थे।

राजा कुछ दिनों तक कष्ट से पीड़ित रहा, चिकित्सा और समुचित देखरेख से अब वह चल-फिर सकता था पर जब तब उसके मुख से रक्तस्राव हो जाता।

उसे राज्य करते हुए लगभग दस वर्ष हो चुके थे उसने ध्रुमांगद को बुलाया और देवगाँव चलने की आज्ञा दी। ध्रुमांगद से कहा—यात्रा में राजपरिवार का कोई सदस्य साथ नहीं होगा। केवल थोड़े से परिचारकों को लेकर राजा देवगाँव की ओर रवाना हो गया। रास्ते में हाथी के हौदे से एक स्थान पर उतरते समय उसके गले की माला टूटकर गिर गई। यह उसके लिए एक अपशकुन था तो क्या आदित्यनाथ ने समाधि ले ली। यही सब सोचते हुए राजा ने यात्रा जारी रखी।

देवगाँव पहुँचने पर कुछ ग्रामीण भी राजा के साथ हो गए। ध्रुमांगद ने हाथियों को गाँव के वृक्षों के तनों में बंधवा दिया और उनके साथ महावतों को छोड़ दिया। वह भी साथ आए परिचारकों के साथ ग्रामीणों की भीड़ में पीछे-पीछे चलने लगा। ध्रुमांगद भी काफी उद्विग्न था। उसके मित्र और राजा मधुकरशाह की मानसिक स्थिति असामान्य थी।

जैसे ही राजा आदित्यनाथ के प्रवचन स्थल पर पहुँचा, उसके और सभी ग्रामीणों के आश्चर्य का ठिकाना न रहा। यह देखकर कि वह विशाल पीपल का वृक्ष पूरी तौर पर सूख गया है। ग्रामीणों ने ध्रुमांगद को बतलाया कि मात्र एक दिन पहले तक वह पीपल खूब हरा भरा था।

मधुकरशाह को समझने को अब कुछ शेष न था। आदित्यनाथ समाधि ले चुके थे। उन्होंने 'प्रतीति' की बात कही थी, तो अब उसे क्या करना है? उसे लगा कि

अब उसे भी प्रायश्चित करना चाहिए। उसके प्रायश्चित करने का समय आ गया है। आश्चर्य ही तो है, दामोदर ठक्कुर ने स्पष्ट तौर पर और आदित्यनाथ ने परोक्ष रूप से अग्निप्रवेश ही प्रायश्चित का स्वरूप बतलाया था। वह पितृ और भ्रातृहन्ता था। उसने अकारण राजा का वध किया था। इन महापातकों के प्रायश्चित का समय आ चुका था।

मधुकरशाह ने ध्रुमांगद को राजाज्ञा दी कि जैसे ही वह सूखे हुए वृक्ष में प्रवेश कर ध्यान मग्न हो, वैसे ही उस वृक्ष में चारों ओर से अग्नि प्रज्वलित कर दी जाये।

ध्रुमांगद रोने लगा, पर मधुकरशाह ने उसके कंधे पर हाथ रखकर भावुकता से उठकर केवल राजाज्ञा को पालन करने की सलाह दी।

कुछ ही देर में सारे ग्रामवासी, ध्रुमांगद और साथ आए हुए राजपरिवार के सेवक वृक्ष को भीषण लपटों में जलते देख रहे थे। वृक्ष से दो सौ हाथ दूर तक लपटें आ रही थीं।

यह था मधुकरशाह का प्रायश्चित।

तृतीय सर्ग : प्रेमशाह

दातव्यं सर्वदैव दुषभमिलषितं याचकेभ्यो, न पृष्ठम्।
भूषानां मेषधर्मः स्फुटमिहचरितं प्रेमसाहेः प्रमाणम् ॥

(रामनगर शिलालेख का 34वाँ श्लोक)

अर्थ : प्रौढ़ राजाओं को ही युद्ध क्षेत्र में बलपूर्वक बाँधना चाहिए, वैर को नहीं। सदैव दान से लोक में कीर्ति बढ़ानी चाहिए, गर्व नहीं। याचकों को सदैव उनका अभिलषित धन देना चाहिए, पीठ नहीं (दिखानी चाहिए) राजाओं का यह धर्म है। इस विषय में प्रेमसाहि का चरित्र स्पष्ट प्रमाण है।

प्रेमशाह

प्रेमशाह ने अपनी स्थिति मजबूत करने के पश्चात् हिन्दुस्तान के शहंशाह के दरबार में जाकर अपने राजकीय पद की शाही सहमति प्राप्त करने में भी सफलता प्राप्त की। इस तरह गोंडवाना में दुर्गावती के पश्चात् प्रेमशाह ने निश्चित एक सम्मानजनक स्थान प्राप्त किया।

आटविक गोंडों में प्रेमशाह के सम्बन्ध में प्रचलित लोककथाओं में से कुछ को मनमाने ढंग से कतिपय विदेशी विद्वानों ने प्रस्तुत किया, जिससे प्रेमशाह की वास्तविक छवि और अधिक घटिया बनी। ऐसे विद्वानों, जिससे प्रेमशाह का वर्णन कुछ इस प्रकार प्रारम्भ किया है :

'चौरागढ़ में प्रेमनारायण नामक गोंड राजा रहता था। उसकी पत्नी का नाम निंगलपालो था। वे बड़े गरीब थे। एक बार दिल्ली के मुसलमान सम्राट ने उसे बुलाया तो प्रेमनारायण ने उसे महुआ की शराब और चार चिरौंजी भेंट की।'

लिखने की आवश्यकता नहीं है कि इस प्रकार के विदेशी लेखन को पढ़कर ही भारतीय पाठकों के मन में गोंडों की एक घटिया छवि बन चुकी है।

वीरनारायण की मृत्यु के पश्चात् वर्षों तक गोंडवाना कंगाली में रहा। कालान्तर में गोंडों के कृषि में रुचि लेने के कारण गोंडवाने में विपन्नता कम होने लगी। प्रेमशाह या प्रेमनारायण (1590-1634 ई.) ने अपने चार दशक से भी अधिक के राज्यकाल में गोंड राज्य को स्थायित्व प्रदान करने के प्रयास किये। 1617 ई. में उन्होंने हिन्दुस्तान के शहंशाह जहांगीर के सामने मुजरा करके सात हाथी नजराने में पेश किये। बादशाह ने उन्हें एक हजार पैदल और पाँच सौ सवारों का मनसब देते हुए अपने राज्य में वापस जाने की इजाजत दी। प्रेमशाह सम्भवत: बादशाह जहांगीर के मद्यप्रेम से काफी प्रभावित हुए थे। उनके सम्बन्ध में कहा जाता है कि वे स्वयं एवं उनके सभी दरबारी सदैव ही मद्य के नशे में धुत्त रहते थे और उनकी इस मद्यप्रियता ने गोंडराज्य के राजस्व को भारी नुकसान पहुँचाया। इस सम्बन्ध में अनेक किंवदंतियाँ और लोककथाएँ आज भी कही-सुनी जाती हैं। इन किवदंतियों में अतिशयोक्ति का पुट बहुत अधिक है। उसका एक कारण यह भी है कि सामान्य तौर पर जनजातीय व्यक्ति मद्यप्रेमी होते हैं। परन्तु इस मद्यप्रेम की चरम स्थितिं का वर्णन जनजातीय लोककथाओं में उस

समय सर्वथा उपयुक्त माना गया, जब उनका अपना राजा परम मद्यप्रेमी हुआ। कुछ ऐसा ही प्रेमशाह के चरित्र चित्रण की परम्परा में हुआ। यथार्थ कुल इतना ही है कि प्रेमशाह पीने पिलाने में उदार व्यक्ति थे। किन्तु यह भी तथ्य है कि उनके जीवन में कभी भी नैतिकता या राजकीय गरिमा की कमी का कहीं कोई उदाहरण नहीं मिलता। वे कदाचारी नहीं थे।

प्रेमशाह की मृत्यु 1634 ईस्वी में हुई। उनकी हत्या की गई थी।

दुर्गावती की मृत्यु के बाद प्रेमशाह ही एक ऐसे शासक हैं जिनके सम्बन्ध में समकालीन पुरातात्विक अवशेष मिलते हैं। प्रेमशाह सम्भवतः 1586-87 ई. में सत्तारूढ़ हुए। उनके नाम का उल्लेख एक सती लेख में हुआ है जो जबलपुर जिले के आमोदा नामक स्थान में है, इस लेख में उन्हें 'महाराजाधिराज' कहा गया है। आमोदा का शासक कृष्णराय प्रेमशाह के अधीन था। इस आलेख का समय 1594 ई. माना जाता है। इससे यह स्पष्ट होता है कि प्रेमशाह के समय गढ़ा राज्य के आत्म सम्मान में वृद्धि हुई थी। वस्तुतः 1586 ई. के पश्चात् गढ़ा क्षेत्र में मुगल मंसबदारों का उल्लेख बन्द हो जाता है। 1886-87 ई. में खान ए आजम अजीज कोका को गढ़ा तथा रायसेन के अभियान में भेजे जाने का उल्लेख मिलता है। इससे यह भी स्पष्ट होता है कि प्रेमशाह ने इस क्षेत्र में अपनी पकड़ मजबूत कर ली थी और शाही अभियानों का अन्त किसी संधि के रूप में हुआ होगा।

मनसबदारी के जश्न

प्रेमशाह अब प्रेम नारायणशाह थे और उनका नाम बढ़ता भी क्यों न, वक्त अब उनके साथ था। प्रेमशाह जानते थे कि नर्मदा घाटी के वनों में रहते हुए वे भले ही छोटे-मोटे क्षेत्र पर अपना अधिकार बनाए रखने में सफल रहे हों पर देश के बदलते हुए परिदृश्य में जहाँ हिन्दुस्तान के कोने-कोने में मुगलिया सल्तनत की तूती बोल रही हो, उन्हें न तो आसपास के प्रदेश के राजा-रजवाड़े और उनके प्रदेश की खुद उनकी रियाया उन्हें वैध शासक मानती है। वैसे भी उनकी प्रभुता भी श्रीहीन प्रभुता ही है क्योंकि वे गोंडवाना के अपने पैतृक क्षेत्रों के जमींदारों से भी तो लगान नहीं वसूल कर सकते थे। यह वैधता यदि उन्हें मिल सकती थी तो केवल दिल्ली के शहंशाह की कृपा से। अब दिल्ली में भी बदलाव आने को था वे जानते थे कि बहुत ही शीघ्र दिल्ली के तख्त पर जहांगीर काबिज होंगे।

प्रेमशाह ने समय न खोते हुए रीवाँ के महाराजा से सम्पर्क किया। रीवाँ के महाराजा बान्धवेश की उपाधि से विभूषित थे। पीढ़ियों से बान्धवेश गोंड राजाओं के हितू रहे हैं। अतः बान्धवेश ने प्रेमशाह को मुगल साम्राज्य के अन्य राजाओं की भाँति ही राजधानी में एक कोठी दिलवा दी एवं उचित अधिकारियों के चयन में सहयोग दिया और उन्हें सलाह दी कि जहांगीर के राज्याभिषेक के अवसर पर वे दीवाने आम में जरूर अपनी हाजरी दें। आगे भी वे उन्हें सहायता देते रहेंगे।

बान्धवेश की सहायता ने रंग लाया। जहांगीर के राज्याभिषेक के अवसर पर प्रेमशाह की औपचारिक उपस्थिति दर्ज हो गई। इसके पश्चात् एक दशक से भी अधिक की अवधि तक प्रतिवर्ष जहांगीर के राज्याभिषेक की सालगिरह पर प्रेमशाह की उपस्थिति दर्ज होती रही।

23 अगस्त, 1617।

प्रेमशाह की वर्षों लम्बी तपस्या आज पूरी होने को थी। वर्षों तक उन्होंने क्या नहीं किया था। उनसे जितना भी सम्भव हो सकता था, मुगल दरबार के प्रभावशील लोगों से मिलना-जुलना और मैत्री बढ़ाने का प्रयास किया था। हर ऐसे व्यक्ति का बादशाह सलामत के सामने दो शब्द बोल सके, उससे उन्होंने अपनी उस हैसियत का

जिक्र किया था, जिससे उन्हें बादशाह गोंडवाना राज्य का वैध शासक मान ले। जहाँ चिरौरी की जरूरत थी वहाँ चिरौरी की थी और जहाँ पत्र पुष्प की जरूरत थी वहाँ वह भी चढ़ाया था, परन्तु अब जमाना बदल चुका था। मरहूम बादशाह जलालुद्दीन मुहम्मद अकबर जहाँ खुद सल्तनत की हर बात को स्वयं सीधे सुनने में विश्वास रखते थे वहीं उनके पुत्र जहांगीर ने शासन की बागडोर अपनी बेगम नूरजहाँ को सौंप रखी थी। अब बादशाह सलामत तक एक तो ऐरी-गैरी बात पहुँच ही नहीं सकती थी और अगर पहुँच भी गई तो उस वक्त लगता यह कि सब कुछ उस आदमी के मुकद्दर पर निर्भर था जिसे उस बात से सरोकार होता था। बहरहाल प्रेमशाह की मेहनत रंग लाई और उनकी अर्जी बादशाह सलामत के सामने पेश की गई।

बादशाह ने जब गौर किया कि मुगल सेना ने गोंडवाना को बहुत पहले ही फतह कर लिया था परन्तु उसके बाद उस जंगली इलाके में बादशाह द्वारा नियुक्त कोई भी ऐलिची टिककर रहना पसन्द नहीं कर रहा था और इसलिए पच्चीस-तीस बरस से गोंडवंश का एक आदमी वहाँ की व्यवस्था देख रहा है। वही आदमी मुगल दरबार में लगातार दस-बारह सालों से बिना नागा हाजिरी दे रहा है। साथ ही मुगल तख्त की वफादारी की दुहाई दे रहा है, तो वे प्रसन्न हुए। नतीजा यह हुआ कि बादशाह ने प्रेमशाह के द्वारा भेंट कबूल करने के बाद उन्हें एक हजार पैदल और पाँच सौ सवारों का मनसब देते हुए राज्य को सम्हालने के लिए वापस जाने की अनुमति दी। प्रेमशाह अपने किशोर पुत्र के साथ उत्साह से भर गए, और गोंडवाना लौट आये।

प्रेमशाह ने अपने तीस बरस के अब तक के शासन में यह अनुभव कर लिया था कि दुनिया में बहुत कुछ चलता है गलत भी, सही भी। इतने बरस तक उसने कभी भी न तो मुगल दरबार को और न ही मुगल दरबार के मालवा स्थित प्रतिनिधि को कभी कोई राजकीय पद नहीं दिया था। यह जरूर था कि जब भी कोई प्रतिनिधि आता तब उसकी आवभगत में कमी न की जाती। अब भी वह मुगल दरबार में केवल भेंटें ही भेज देता रहा था।

राजगोंडों की राजधानी गढ़ा कटंगा के सामान्य नागरिक भी यह जानते हैं कि राजा प्रेमशाह को जब से राजा प्रेमशाह को खिलअत मिली है तब से उन्हें लगने लगा है कि उन्हें अब अपने जीवन का अन्तिम लक्ष्य मिल चुका है। इस स्थिति में चापलूसों की पूरी फौज ही उनको घेरे रहती है। चापलूसों ने मुगल दरबार में उनकी सफलता को उनके पुण्य प्रताप का प्रतिफल बतलाकर उन्हें आत्मकेन्द्रित-सा कर दिया है। उनके इर्द-गिर्द रहनेवाले लोगों ने उनके दिमाग में कहीं गहरे बैठा दिया है कि वे परम पुण्यात्मा हैं और अब जो उन्हें जन्म मिला है, उसे व्यर्थ न जाने दें। मनुष्य का तन एक ही बार मिलता है और जब उन्हें गढ़ा कटंगा राज्य में निष्कटंक राज्य का अवसर मिला है तब उन्हें जीवन को और अधिक सुखमय बनाने का प्रयास करना चाहिए। इन्द्र के समान जीने का हक है अब उन्हें। स्वर्ग का सा आनंद इन चापलूसों की

परिभाषा में शराब के प्याले में है। राजा को भी अब न किसी राजकाज की चिन्ता है और न ही किसी सत्कर्म की अभिलाषा। शराब के नशे में मस्त राजा साहब स्वयं को महाराजाधिराज ही समझने लगे हैं। जब कभी तीज-त्योहार में नशा कम होता है तब जनता के सामने दान पुण्य करके या विद्वानों को कुछ पुरस्कार आदि देकर अपनी छवि को सुधारने की कोशिश जरूर करते हैं। जनता भी तो भेड़चाल से चलती है। जब उसे न्याय के लिए भटकना पड़ता है तब वह राजा को जी भर कोसती है, पर फिर जब राजा दो एक लोगों के काम कर देता है तो उसकी जय-जयकार से आसमान गुंजा देती है।

सुरापान से जब कभी फुरसत मिलती तो महाराज प्रेमशाह में अपने पुत्र हृदयशाह के प्रति वात्सल्य उमड़ आता। अक्सर उसे वे नजदीक में बैठा लेते, और फिर उनका एक ही वृत्तान्त प्रारम्भ हो जाता, हालांकि इस वृत्तान्त को वे उसी वात्सल्य रस से सराबोर होकर न जाने कितनी बार हृदयशाह को सुना चुके थे, पर न तो प्रेमशाह कहते हुए थकते और न हृदयशाह सुनते हुए।

राजा प्रेमशाह हृदयशाह को सम्बोधित करते हुए कहता–हिरदे, बेटा तू तो छोटा था, तुझे भी वे क्षण याद होंगे जब बादशाह सलामत के दरबार में पहुँचे थे और हमने पहली बार हिन्दुस्तान के शहंशाह को इतने करीब से देखा था।

हृदयशाह : 'हाँ पिताजी, पूरा दृश्य आज भी याद्दाश्त में एकदम साफ है। हम सब नियत समय पर शाही दरबार में पहुँच चुके थे। हमारे हृदय की धड़कनें तेज हो गई थीं। तभी बादशाह सलामत दरबार में आये, तख्त पर बैठे। बादशाह की सलामती के लिए बादशाह की जय-जयकार की गई और फिर वजीर ने घड़ी भर तक रोज का कामकाज बादशाह सलामत के सामने पेश किया था। उसके बाद अदब से गर्दन झुकाकर उसने कहा था–'जिल्ले सुबदानी, आज आपके सामने एक खास खबर पेश करने की इजाजत दी जाए। बादशाह ने कहा था–'इजाजत है।'

उसके बाद उसने आपके सम्बन्ध में यह कहा था कि आप मुगल दरबार की रहनुमाई में गोंडवाना का राजकाज चलाना चाहते हैं। उसने यह भी कहा था–आप सोने की मुहरों के साथ हाथी भी शहंशाह को नजर कर रहे हैं।

यह सुनकर बादशाह ने कहा था–वजीर, हमने प्रेमशाह को शाही मेहरबानी में ले लिया है, हम उसे मनचाही मनसब बताते हैं।

बादशाह के मुँह से नई मनसबदारी का फरमान जारी होते ही हाजिर अमीर उमराओं ने आसमान को देखते हुए 'करामात् करामात् शाही करामात्' अल्फाज बहुत जोर से दुहराते थे।

राजा प्रेमशाह राजमहल के निजी कक्ष में मुसाहिबों के साथ सुरापान कर रहे हैं।

आज वे सम्भवतः सौवीं या दो सौवीं बार फिर अपनी आगरा यात्रा की सफलता को मुसाहिबों के सामने सुना रहे हैं। मुसाहिबों को इससे फर्क नहीं पड़ रहा है कि वे

इसे दो सौंवीं बार सुन रहे हैं क्योंकि वे इसे एक कान से सुनकर दूसरे कान से उड़ा रहे हैं। दिमाग तो सामने रखी हुई शराब की गंध से तर है। उसने राजा के पुराने शब्दों को बार-बार सुनकर अब अपनी प्रतिक्रिया देना बन्द कर दिया है।

परन्तु आज सभी लोग उस समय अचानक परेशान हो गए, जब उन्होंने देखा कि महाराज को पीते-पीते अचानक मूर्च्छा आ गई है। तुरन्त ही राजवैद्य बुलाए गए। महाराज को गद्दी से उठाकर पलंग पर लिटा दिया गया था। महाराज को मूर्च्छा मुश्किल से कुछ पलों के लिए आई थी परन्तु सभी लोग घबड़ा गए थे। सबका घबड़ाना स्वाभाविक भी था, परन्तु महाराज अब भी यह मानकर चल रहे थे कि सुरा का ही कुछ अधिक प्रभाव उन पर हो गया था। सामने वैद्यराज को बैठे देख महाराज पलंग पर लेटे-लेटे मुस्कुराए कहने लगे—वैद्यराज सुरा में तो गुण ही गुण हैं। तभी तो देवता, दैत्य, मनुष्य सभी इसे पसन्द करते हैं।

वैद्यराज : 'महाराज भेषज ग्रन्थों में मद्य के अच्छे और बुरे दोनों ही प्रकार के गुणों का वर्णन है।'

प्रेमशाह : 'क्या संक्षेप में इन अच्छे और बुरे गुणों के सम्बन्ध में आप जानकारी दे सकेंगे।'

वैद्यराज : 'अवश्य महाराज, किन्तु पहले अच्छे गुणों का वर्णन करूँ या कि बुरे गुणों का?'

प्रेमशाह : 'पहिले बुरे गुणों का ही वर्णन कीजिए।'

वैद्यराज : 'मद्य को चरक ने शोकोत्पादक और प्रलाप-कारक बतलाया है। चरक संहिता के बारहवें अध्याय में 'महात्मचिकित्सा' शीर्षक के अन्तर्गत उन्होंने विस्तार से मद्यपान से होनेवाले विभिन्न शारीरिक विकारों और उनके उपचार की चर्चा की है।'

प्रेमशाह : 'अब मद्य के अच्छे गुणों पर भी प्रकाश डालें।'

वैद्यराज : 'चरक ने मद्य के विधिपूर्वक पान को अमृत के समान बतलाया है।'

प्रेमशाह : 'इसका अर्थ यह है कि विधिपूर्वक पान शरीर के लिए हितकर है।'

बैद्यराज : 'परन्तु केवल तब तक वह चिकित्सक के परामर्श के अनुसार हो अन्यथा उससे हानि ही हानि है। साधारण तौर पर कोई भी व्यक्ति धीरे-धीरे चिकित्सक के द्वारा बतलाए गए अनुपात से कहीं कई गुनी अधिक मात्रा में मद्य सेवन करने का आदी हो जाता है। चरक ने उसे 'अत्यन्त मद' की स्थिति कहा है। इस स्थिति में मनुष्य कटी हुई लकड़ी के समान निष्क्रिय होकर गिर जाता है और मृत के समान पड़ा रहता है। जिस आनन्द की प्राप्ति के लिए वह मद्य पीता है, उसका भी उसे कोई भान नहीं रहता। चरक ने कहा है कि अधिक मद्यपान से मनुष्य कल्याण पथ से भ्रष्ट होकर बेहोशी, भय, शोक, क्रोध, उन्माद, मद, मूर्च्छा, अपस्मार एवं अपतानक जैसी व्याधियों से ग्रस्त हो जाता है।

हकीम अली अहमद राजा प्रेमशाह की वही पुरानी दास्तान फिर सुन रहा था जिसमें बादशाह सलामत की शराबनोशी का जिक्र था, लेकिन उसने उनकी बातों पर किसी नागवारी का इजहार नहीं किया। चन्द लम्हे खामोश रहने के बाद वह बोला : 'मुझे दुख के साथ कहना पड़ रहा है कि हालात ने आप जैसे काबिल इन्सान की शख्सियत को मस्ख कर दिया है, आपकी शराबनोशी तबाही का रास्ता है, महाराज! आप बादशाह सलामत का हमेशा गलत उदाहरण देते हैं। यह ठीक है कि वे खूब शराब पीते हैं और उनकी शराबनोशी के किस्से खूब चर्चित भी हैं परन्तु वे भी शराब के दुष्परिणामों से वाकिफ हैं, तभी तो उनके हुक्म से चित्रकारों ने इनायतखान का चित्र बनवाया। शहंशाह ने चित्रकारों को खुद इनायतखान के घर जाने का हुक्म दिया था क्योंकि वे नशे के कारण बिस्तर में लग गए थे। चित्रकारों ने भी क्या हुनर दिखलाया है। इस चित्र में जिसमें इनायतखान खूब पीने और अफीम खाने से हड्डियों के ढेर ही बच रहे हैं। उनकी सूनी आँखें और हड्डियों का ढांचा शराब के सेवन का बुरा नतीजा जिस तरह बयान करता है, वह तारीफ के काबिल है। महाराज, शराबनोशी के लिए शहंशाह का नाम लेना मेरे ख्याल से ज्यादती है, मेरी आपको नेक सलाह है कि आप भी शराब के नशे से तौबा कर लें तो बेहतर होगा।'

अब तक प्रेमशाह पलंग पर बैठे हुए थे, पर उन्होंने निढाल होकर तकिये पर सिर रख लिया और अपने पैर फैला लिए।

हकीम अली अहमद ने दो चार हिदायतें देते हुए कहा–'राजा साहब, इस्लाम में शराब को छूना भी हराम कहा गया है। आप तो सभी धर्मों की अच्छी बातों को सुनने में रुचि लेते हैं तो फिर हमारी इस नेक सलाह पर अमल क्यों नहीं करते। इससे आपको फायदा ही फायदा है।

प्रेमशाह चाहते थे कि हकीम तुरन्त दफा हो, परन्तु ऊपर थोड़ा प्रेम से ही बोले : 'हकीम साहब, दवाएँ भी दे दें।'

हकीम अली अहमद ने कहा : 'दवाएँ तो जो वैद्यराज ने दी है, उनका ही सेवन कीजिए। हमारी नेक सलाह सौ दवाइयों से ऊपर है उसे मानिए।'

तभी राजपुरोहित राज्य के विद्वान और चिन्तक श्रमण शीलभद्र को लेकर राजा के कक्ष में पहुँच गए। राजा ने लेटे ही लेटे दोनों का स्वागत किया। दोनों ने आशीर्वाद दिया। राजा को ज्ञात था कि अब उन्हें मद्यपान से विरत करने के लिए दोनों आगन्तुक सलाह कम और व्याख्यान अधिक देंगे। पुरोहित ने आज्ञा लेकर बोलना प्रारम्भ किया : 'महाराज, हिन्दू परम्परा में मद्यपान की कुप्रवृत्ति को रोकने के सदैव ही प्रयास होते रहे हैं एक सर्वविदित बोधकथा में एक ब्राह्मण का उदाहरण है जिसमें उसे मद्यपान और काम संसर्ग में से किसी एक के चयन के लिए विवश किया गया। उसने मद्यपान चुन लिया किन्तु मद्यपान के बाद विवेकशून्य होकर वह ब्राह्मण पर-नारी

संसर्ग के पातक का भी भागी हो गया। मेरी विनती है कि आप भी मद्यपान को तिलांजलि दें और जीवन में अदृष्ट पाप की छाया से बचें।'

इसके बाद श्रमण शीलभद्र बोले : 'महाराज, पुरोहित का कथन सर्वथा उचित है भारतीय परम्परा में मद्य से सम्बन्धित दोषों को बहुत पहले परख लिया गया था और इसलिए जैन धर्म में श्रावकों और साधुओं के लिए सभी प्रकार के मादक दृव्यों का सेवन वर्जित है।'

जैनाचार्य हरिभद्र ने अष्टक में मद्यपान के फलस्वरूप उत्पन्न विकृतियों की विस्तार से चर्चा की है।

पुरोहित : 'महाराज, किसी भी धर्म के माननेवालों की सुरापान के पश्चात चोर जैसी स्थिति हो जाती है, जिसका मन सर्वदा अशान्त रहता है और जो कर्म के बंधन से मुक्त होने में सर्वथा अशक्त हो जाता है। यह स्थिति राजा के लिए विशेष रूप से घातक है क्योंकि राजा सम्पूर्ण प्रजा का प्रतिनिधि होता है। मन की उद्भ्रांत दशा में उसका एक भी गलत निर्णय उसके साथ ही राज्य को भी पतन के गर्त में गिरा सकता है।'

पुरोहित और श्रमण के उपदेश प्रेमशाह को बहुत रुचिकर न लगे। यद्यपि वे स्वयं स्वभाव से धार्मिक व्यक्ति थे। पर वे यह मानकर चलते थे कि उन्हें पूर्वजन्म के पुण्य से आज जो कुछ प्राप्त हुआ है उसका भलीभाँति उपभोग करना चाहिए। वैसे भी वे कदाचारी तो थे नहीं, हाँ मद्य अवश्य पसन्द थी।

राजा प्रेमशाह को ऐसी धार्मिक सीख पहली बार मिली हो ऐसा न था। पुरोहित कभी किसी जैन सन्त या किसी दूसरे साधु को अवश्य ले आते थे ताकि राजा की पीने में आसक्ति कुछ कम हो। आसक्ति कभी समाप्त होगी ऐसा तो पुरोहित को भी विश्वास नहीं था। पुरोहित और श्रमण भी अपना कर्तव्य पूरा कर वापस लौट जाते, ऐसा जब तब होता रहता था।

राजा प्रेमशाह पुरोहित और साधु-सन्तों को बातों से ऊब कर वे उनकी बातों की काट सुनना चाहते थे। परन्तु चूँकि राजा प्रेमशाह ने स्वयं कभी कहीं विधिवत् शिक्षा ग्रहण न की थी इसलिए उनका ज्ञान सीमित था। इसकी कमी उन्होंने कुछ हद तक पूरी कर ली थी। राममन्दिर के पुजारी के पुत्र बिहारी चौबे ने बनारस में ऊँची शिक्षा प्राप्त की थी। संस्कृत में जब बोलता तब बड़े बड़ों की बोलती बन्द हो जाती परन्तु वह बनारस में रईसों के लड़कों की संगति में उनकी जीवनशैली में जीना भी सीख गया था। शिक्षा समाप्त होने के पश्चात् जब गोंडवाना आया तो उसे जीवन वीरान दिखा, परन्तु शीघ्र ही महाराज की पारखी नजरों ने उसके गुणों को पहली मुलाकात में ही परख लिया, जब वह अपने वृद्ध पिता के साथ प्रेमशाह के सामने आया।

अब हालात यह थी कि राजा प्रेमशाह की जब भी बैठक होती, उसमें बिहारी चौबे न हो। यह सम्भव ही न था यद्यपि भले ही राजा से आधी उम्र का था पर शराब

पीने के बाद जिस शुद्ध संस्कृत भाषा में राजा को आशीर्वाद देता तो उनकी आत्मा कृतार्थ हो जाती, आशीर्वाद के बाद अगर उसे यह पता चल जाता कि किसी साधु सन्त ने राजा साहब को उपदेश वचनों से आहत किया है तो वह उनका प्रतिवाद करने से न चूकता। आज बिहारी कह रहा था : 'महाराज धर्मों में तो निषेधों की भरमार है, परन्तु सुरापान हमारी परम्परा का अविभाज्य अंग है। प्राचीनतम काल से सुरापान होता आया है। देवता, दानव, यक्ष, गन्धर्व तथा राजाओं के सुरापान की चर्चाओं से पौराणिक आख्यान भरे पड़े हैं। प्राचीन कुषाण कालीन मूर्तियों में धन के देवता कुबेर को दोनों हाथों में चषक लिये दिखाया गया है। मैंने स्वयं ऐसी मूर्तियाँ देखी हैं।

महाराज जहाँ धन है, समृद्धि है, वहाँ सुरापान न हो, यह कैसे सम्भव है। हलधर बलराम जो कृष्ण के अग्रज हैं, वे भी सुरापान के बड़े शौकीन थे। बलराम तो कृषि के देवता के रूप में भी हमारे परम आराध्य हैं। हम उनका अनुसरण क्यों न करें।'

यह सब सुनकर प्रेमशाह के मन का भारीपन जाता रहा। वे प्रसन्न हो गए।

राजा बिहारी चौबे की बातों से कुछ समय के लिए तो प्रसन्न हो जाते परन्तु पुनः जब पुरोहित आते और जब वे पुनः मद्य के सम्बन्ध में कुछ बोलते तो वे दुविधा में पड़ जाते। पुरोहित को यह पता था कि मुफ्त शराब की लालच में बिहारी चौबे बहुत कुछ बोलता रहता है। वे इसलिए जब तब प्रसंग न होने पर सामान्य बातचीत में सुरानिषेध की बातें अवश्य करते।

जैसे कि एक दिन उन्होंने कहा : 'महाराज, अधकचरा ज्ञान हमेशा मनुष्य को पतनोन्मुखी बनाता है। जो लोग यह कहते हैं कि वैदिक काल में शराब का खूब प्रचलन था, वे आधी अधूरी बात ही जानते हैं। ऋग्वेद में सुरा और सोम दो अलग-अलग वस्तुओं के वर्णन हैं। मूर्खों ने दोनों को पर्यायवाची मान लिया। सोम एक प्रकार की वनस्पति के डंठल से कूटकर बनाया जाता था, जिसमें दूध, घृत वगैरह भी मिलाया जाता था। यह शक्तिवर्धक पेय था। यह सम्भव है कि इसमें कुछ मात्रा में मादकता रही हो जैसे कि ताजे ताड़ रस में मिलती है। प्रातःकाल का ताड़रस तो आज भी औषधि माना जाता है। देवता सोमपान करते थे, न कि सुरापान। ऋग्वेद में सुरापान की तुलना क्रोध और द्यूत जैसी दुष्प्रवृत्तियों से की गई है। सुरापान को शतपथ ब्राह्मण में अंधकार और असत्य का प्रतिरूप कहा गया है। भेषज शास्त्र में अवश्य सुरापान के औषधीय गुणों का वर्णन किया गया है, परन्तु यह ध्यान रखने योग्य है कि भेषज शास्त्र में सभी प्रकार के जहरों के भी औषधीय गुणों का वर्णन मिलता है।'

पुरोहित ने धार्मिक ग्रन्थों के संदर्भों के पश्चात् नीति विषयक ग्रन्थों के संदर्भों को भी राजा के सामने कहना उचित समझा, उन्होंने कहा : 'मनुस्मृति में तो मदिरापान को एक सामाजिक अपराध ही माना गया है। मनुस्मृति में मदिरा पान करनेवालों के लिए 'सुराध्वज' दंड का विधान है, जिसके अन्तर्गत मदिरापान करनेवाले के ललाट पर

राजा के आदेश से सूची द्वारा एक स्थाई चिह्न उकेर दिया जाता था, जिससे समाज में मदिरापान करनेवाले व्यक्ति को पहिचानना सरल हो जाता था।'

पुरोहित के जाने के पश्चात् प्रेमशाह मन ही मन सोचने लगे कि यह तो सरासर ज्यादती है। यदि व्यक्ति अपने पुरुषार्थ से अर्जित किया हुआ धन सुरा पर व्यय करता है तो उसमें बुराई क्या? हाँ यदि सुरापान के पश्चात् असंयत व्यवहार हो तो वह अवश्य दंडनीय होना चाहिए।

वे यह सोच ही रहे थे कि परिचारक ने आकर सूचना दी कि राज्य के दो सम्पन्न व्यक्ति पन्नालाल कलार और सेठ चन्द्रमणि उनके दर्शन करना चाहते हैं।

यह सुनकर पुरोहित ने चलने की आज्ञा ली परन्तु प्रेमशाह ने उन्हें बैठे रहने को कह दिया। दोनों आगन्तुकों ने आकर पुरोहित से पूछा कि महाराज का स्वास्थ्य कैसा है। पुरोहित ने बतलाया कि कोई चिन्ता की बात नहीं है, राजवैद्य दवाइयाँ दे गए हैं, महाराज उनका सेवन कर रहे हैं, बहुत शीघ्र चल फिर सकेंगे। परन्तु अभी उन्हें विश्राम की आवश्यकता है।

पुरोहित के चुप होते ही राजा प्रेमशाह बोले : 'ये हकीम और वैद्य तो अच्छे स्वस्थ मनुष्य को भी बीमार बनाकर छोड़ते हैं। पर क्या करें शरीर कुछ शिथिल है। इनकी बात माननी ही है।

दोनों आगन्तुकों ने कहा : 'महाराज आप शीघ्र स्वस्थ हों, हमारी भी उम्र आपको लगे। हमारी यही कामना है।'

राजा प्रेमशाह : 'भई तुम जैसे राज्य के शुभचिन्तकों पर हमें बड़ा विश्वास है। फिर भी कोई खास बात हो तो कहो। पुरोहितजी राज्य के सबसे बड़े हितचिन्तक हैं इसलिए इनके सामने कुछ भी गोपनीय नहीं है।'

पन्नालाल कलार इधर-उधर देखते हुए हाथ जोड़कर बोले : 'महाराज, आपकी कृपा से सब कुछ ठीक है परन्तु जब आपकी आज्ञा ही है तो हम कहना चाहेंगे कि हमारा धन जो हमसे ब्याज पर लिया गया है यदि मिल सके तो हम पर बड़ी कृपा होगी। सेठ जी का भी काफी रुपया राज्य पर उधार है। अब तो सूद भी काफी हो गया है।'

राजा प्रेमशाह : 'क्या तुम खजांची से मिले नहीं? हमने हुक्म तो दे दिया था।'

सेठ चन्द्रमणि : 'मिले थे हुजूर, पर उसने कहा कि राजकोष में पर्याप्त धन नहीं है।'

राजा प्रेमशाह (कुछ अविश्वास से) : 'क्या कारण बतलाया उसने?'

सेठ चन्द्रमणि (शरमाते हुए) : 'हुजूर हम न कह सकेंगे।'

राजा प्रेमशाह : 'नहीं, नहीं बोलो?'

सेठ चन्द्रमणि : 'नहीं हुजूर, इस सम्बन्ध में पन्नालाल से ही पूछें तो बेहतर होगा।'

पन्नालाल कलार : 'हुजूर, चिन्ता की ऐसी कोई बात नहीं है। हुजूर की पिछली कुछ गोष्ठियों में मेहमानों को बाहर से मँगाई गई शराब को परोसने का हुक्म आपने दिया था। हमने आपके हुक्म को तामील किया परन्तु बाहर से लाई गई शराब बहुत महँगी थी इसलिए खर्च बढ़ गया। हमें तो बस आपकी आज्ञा माननी है, आपका सम्मान रखना है सो हमने उस समय खजाने से पैसा नहीं माँगा। हम तो अब भी नहीं माँग रहे हैं, आपने हमसे पूछा, हमने जो बात थी वह आपके सामने रख दी।'

राजा प्रेमशाह : 'ठीक है, अब आप जाइए हम आपको शीघ्र ही आपका धन वापस करने की व्यवस्था करेंगे।'

दोनों ने हाथ जोड़कर कहा : 'हुजूर, आप पहले स्वस्थ हो लें, वही हमारी सबसे बड़ी चिन्ता है। पैसा तो आता जाता रहता है, फिर आपने कौन सा अपव्यय किया है। यह हमारा धन्य भाग्य है कि हमारे महाराज अपनी प्रजा को प्रसन्न रखने में कहीं कोई मुकाबला नहीं है। आपकी दरियादिली की राज्य के सभी विशिष्टजन यूँ ही प्रशंसा नहीं करते। इतना कहकर वे दोनों चले गए। पुरोहित ने भी निःश्वास लिया और आज्ञा पाकर अपने घर की ओर प्रस्थान किया।

राजकुमार हृदयशाह ने अपने पिता को केवल दो कार्यों में ही व्यस्त देखा था या तो मद्य में चूर या कि फिर महल के मन्दिर में भगवान के सामने प्रार्थना करते। अब जब राजकुमार युवावस्था को प्राप्त कर चुके थे तब उन्हें अपने पिता के ये दो व्यवहार नैतिकता के दो विपरीत ध्रुव दिखलाई देते हैं।

राजकुमार हृदयशाह को अक्सर अपना बचपन याद आता है। एक बार जब उसका सातवाँ जन्म दिन मनाया जा रहा था, तब उनके पिता ने प्रेमवश उनके मुँह में शराब का एक दोना लगा दिया था। उन्हें पूरी घटना अच्छी तरह से आज भी याद है। वे दिन तबके थे, जब उनके पिता आगरा नहीं गए थे और न तब वे चाँदी के प्याले और सुराहियाँ वहाँ से लाते थे। तब उनके अपने समाज में दोने से पीने की प्रथा थी, अब भी है। उस दिन दिन ढले नृत्य प्रारम्भ हुआ था। चाँदनी रात थी, नर्तक और नर्तकियाँ एक दूसरे के हाथ में हाथ डाले मनोरम नृत्य कर रहे थे। नर्तकियों ने घुटनों तक साड़ियाँ पहिनी हुई थीं और अपने-अपने वक्षों पर एक-एक कपड़ा कस रखा था, पर इससे उनका यौवन फूटकर न निकल पड़ रहा हो ऐसा कुछ नहीं था। नर्तकियों ने सुन्दर केश सज्जा की थी। सभी के बालों में कंघियाँ लगी हुई थीं। साथ ही माथे पर गुरियों की माला कसी हुई थी जिसके एक ओर मोरपंख बँधा हुआ था। सभी युवतियों ने हाथों और गले में आभूषण पहिन रखे थे। पुरुष भी सजधज कर पंक्तिबद्ध होकर नाच रहे थे। मृदंग और टिमकी की ध्वनी से सारे वातावरण में उल्लास छा गया था।

नृत्य के पूर्व बैगा ने पूजा की थी और सभी नर्तकों से प्रसाद स्वरूप शराब दी गई थी। शराब देने का कार्य सबसे सुन्दर युवती ने प्रारम्भ किया था। सबसे पहला

दोना बैगा को दिया गया था जिसने पूजा कराई थी। उसने एक घूँट में ही सारी शराब को हलक से उतार दिया था। हृदयशाह यद्यपि सात वर्ष के हो गए थे। फिर भी पिता की गोद में ही बैठे थे। अतः जब युवती ने राजा प्रेमशाह को शराब भरा दोना दिया तो उन्होंने उसे बड़े दुलार से अपने लाडले पुत्र के मुँह में लगा दिया।

राजकुमार हृदयशाह को शराब की गंध और स्वाद दोनों ही ठीक नहीं लगे, परन्तु फिर भी उसने एक घूँट पी, दोने को पिता प्रेमशाह ने ठीक वैसे ही एक बार में ही खाली कर दिया था जैसे बैगा ने किया था।

उसके बाद अनेक बार सामाजिक उत्सवों में वह घूँट दो घूँट शराब पी लेता, पर शराब में उसकी आसक्ति नहीं हुई।

इसका मुख्य कारण सम्भवतः उनका शिक्षा से सम्बन्ध होना था। प्रेमशाह भले ही पढ़े-लिखे न रहे हों, पर शिक्षा का महत्त्व वे खूब समझते थे। अतः उन्होंने हृदयशाह को बचपन से ही नाना प्रकार की शिक्षाओं की व्यवस्था कर दी थी और इसके लिए उन्होंने उज्जैन से अच्छे शिक्षक बुलवाये। हृदयशाह ने बचपन से ही संस्कृत भाषा और भारतीय संगीत की विधिवत् शिक्षा लेना प्रारम्भ कर दी थी और किशोर वय में ही वे अनेक प्रकार के वाद्यों के बजाने में निष्णात हो गए। परन्तु वीणा वादन में उनकी विशेष रुचि थी और इसीलिए जब वे वीणा के तार छेड़ते तो सुननेवालों के हृदय झंकृत हो जाते।

हृदयशाह की उम्र जैसे-जैसे बढ़ी वैसे-वैसे वे बौद्धिक रूप से परिपक्व होने लगे। उन्हें संगीतशास्त्र और नृत्यशास्त्र के अतिरिक्त धर्मशास्त्र और नीतिशास्त्र का भी अध्ययन कराया जाता था। इन शास्त्रों के चिन्तन मनन से वे यह तो समझ चुके थे कि उनके पिता भले ही मद्यप हों, पर उनमें मानवीय गुणों की कहीं कोई कमी नहीं है। उन्होंने जब भी मद्यपान नहीं किया हुआ होता तब वे हृदयशाह से राजकाज और पारिवारिक मसलों पर सटीक चर्चा करते। मद्यपान करने के बाद भी प्रेमशाह असंयत व्यवहार नहीं करते थे परन्तु मद्य के प्रभाव से उनकी बूढ़ी रगों में गरमी जरूर व्याप्त हो जाती और वे साहस तथा वीरता की बातें करने लगते। प्रेमशाह को कभी भी किसी ने व्यर्थ का प्रलाप करते नहीं देखा था।

निर्दय निर्णय

गढ़ा कटंगा राज्य के अगले कुछ दशकों का भाग्य किस तरह एक सनक निर्धारित करेगी, इसका अन्दाज अभी नहीं लगाया जा सकता है। गढ़ा कटंगा से दूर ओरछा के राजा के मन में कहीं एक विषबीज जमा था जिसके प्रस्फुटन का समय अब आ पहुँचा है।

ओरछा के राजमहल में चहल-पहल मानो रुक गई है। नौकर-चाकर सभी तत्परता से काम तो कर रहे हैं परन्तु कोशिश यह है कि जहाँ तक हो सके इशारों में ही बात हो जाये। सुबह बजनेवाली शहनाई का राग फीका है मानो वह प्रातःकाल पर होनेवाली औपचारिकता पूरी करने के लिए बजाई गई हो। कारण है ओरछा के महाराज वीरसिंह जूदेव की अस्वस्थता।

वैद्य और हकीम रोज दवा देते हैं, नाड़ी पकड़े बैठे रहते हैं पर कितने दिन नाड़ी चलेगी–इसका अन्दाज उन्हें नहीं है। वैसे तो महाराज का राजनैतिक और पारिवारिक जीवन अपने समय के हिसाब से सन्तोषप्रद ही कहा जाएगा परन्तु क्या कभी कोई राजा सन्तोषी हुआ है? राजा का अर्थ ही है असन्तोषी होना। महाराज वीरसिंह के तीन जवान बेटे हैं, सबसे बड़े जुझार सिंह अर्थात् हमेशा जूझने या लड़ने के लिए तैयार। दूसरे हैं हरदौल। हरदौल हर दिल अजीज हैं। सारी प्रजा उनके गुण गाते नहीं थकती और तीसरे हैं पहाड़ सिंह पर्वत के समान स्थिर बुद्धि के लिए विख्यात। कभी किसी काम को जल्दबाजी में न करने का उनका गुण है।

भारत में मुगल साम्राज्य की जड़ें गहरे पैठ चुकी हैं और बुन्देलखंड के ये सारे राजा-महाराजा बस नाममात्र के शासक हैं। सबके सब मुगलों के करद हैं। राजपूती आन, बान और शान राजपूताने के महाराणा प्रताप की मृत्यु के पश्चात् झूठी शान, अहंकार और दर्प में बदल रही थी।

ओरछा के राजा वीरसिंह जूदेव की अस्वस्थता बढ़ती उम्र का प्रतिफल थी जिसकी कहीं कोई दवा नहीं है। महाराज लम्बे जीवन के बाद भी कुछ ऐसी इच्छाएँ पाले हुए थे जो वे वर्षों वर्ष चाहकर भी पूरी न कर पाए थे और अब उनकी अधूरी इच्छाओं को पूरी करना पुत्रों का पावन कर्तव्य है। अतः रोगशैया या यूँ कहें मृत्युशैया पर पड़े महाराज से उनके पुत्रों ने उनकी अन्तिम इच्छा अथवा इच्छाएँ पूछीं।

शिथिल होती हुई आवाज में महाराज वीरसिंह बोले : 'पुत्रों, तुम जैसे सुयोग्य पुत्रों के होते हुए अब जीने में मेरी कोई रुचि नहीं बची है। ईश्वर जितनी जल्दी उठा ले उतना ही अच्छा है। पर मुझे दुख है कि मैं अपनी दो इच्छाएँ पूरी नहीं कर पाया। अब कर भी क्या पाऊँगा जब अन्तिम घड़ी आ चुकी हो।'

सभी पुत्रों ने अनुनय की कि वे अपनी इच्छाओं को अवश्य बतलाएँ ताकि वे उन्हें पूरी करने का बीड़ा उठा सकें।

वीरसिंह जूदेव (खाँसते हुए बोले) : 'पुत्रों, क्या वक्त आ गया है? अब हम राजपूतों की आज्ञा तो दूर, निमंत्रण को लोग ठुकराने की बदतमीजी करने के बाद भी जीवित हैं। चाहता था कि इस बदतमीजी का मजा चखाऊँ, पर व्यर्थ अब मेरे दिन ही कितने बचे हैं।'

पहाड़ सिंह : 'पिताजी, अपनी बात को स्पष्ट करें किसने आपके निमंत्रण की कद्र नहीं की।'

वीरसिंह देव : 'गढ़ा कटंगा के गोंड राजा प्रेमशाह जिसे प्रेमनारायण के नाम से भी जाना जाता है। एक बार हम जंगल में डेरा लगाये हुए थे। वह वहाँ से निकला। हमें पता चला तो सोचा--चलो राजा है। इसलिए उसे डेरे में भोजन का न्योता भिजवा दिया। हमने राजाओं की परम्परा ही तो निभाई थी परन्तु वह मुँह फेरकर निकल गया। हमारा तो बस खून खौल गया। चाहते थे कि उसे उसकी करनी का मजा चखाएँ, पर अवसर ढूँढ़ते-ढूँढ़ते जीवन की शाम घिर आई। अब स्थिति यह है 'जाके दुश्मन नियरे बैठें ताके जीवन को धिक्कार'। हम अपनी राजपूती शान न रख सके। मरते समय बस इसी का दुख है।'

जुझार सिंह : 'इस अपमान का बदला अवश्य लिया जाएगा।'

हरदौल : 'आपने उसे क्यों न्योता दिया थां? गोंड राजपूत राजा तो था नहीं कि आपको उसे बुलाने की सूझी।'

वीरसिंह देव : 'अरे, उसे बुलाकर उसकी कौन सी आवभगत करनी थी। हम तो चाह रहे थे कि हमारे पास आए तो हम उससे कहें कि तुम्हारे राज्य में गायों को हल में जोतने की प्रथा है। उसे तुरन्त बन्द कराओ। पर वह आया ही नहीं, सो गायों का मसला अनकहा रह गया। यदि वह समय पर आ गया होता तो हम उसे ठीक ढंग से समझाते कि हमारी सुनो। नहीं तो यह भी बतला देते कि हमारी बात न सुनने का क्या फल मिल सकता है।'

हरदौल : 'पिताजी, आपने जो गौ वंश की रक्षा के लिए विचार किया, वह प्रत्येक क्षत्रिय का धर्म है परन्तु यही बात हम गोंडों को दूसरे ढंग से सिखला सकते हैं, उन्हें उत्तम बैल देकर। हैं तो हमारे पड़ोसी ही। सभी गोंड गायों को जोतते हों, ऐसा नहीं है। जंगलों में रहनेवाले थोड़े बहुत गोंडों में यह प्रथा है और यह प्रथा नासमझी के कारण है। इन्हें न तो कृषि आती है और न ही पशुपालन, अतः इस प्रकार का

ऊटपटांग कार्य करते रहते हैं। राजगोंडों में तो गोपालकृष्ण की भक्ति प्रचलित है फिर भी उन्हें समझाने की आवश्यकता तो है पर उन्हें सबक सिखाने जैसी बात छोटे अपराध के लिए बड़ा दंड साबित होगी।'

हरदौल समझ चुके थे कि प्रेमशाह का आमंत्रण में न आना पिता के क्रोध का मुख्य कारण है, गौवंश की रक्षा एक बहाना है।

जुझार सिंह : 'हरदौल, तुम चुप रहो। लातों के देव बातों से नहीं मानते' इस कहावत को याद रखो।'

पहाड़ सिंह : 'भाई जी, सीख देने के लिए उचित अवसर देखने की आवश्यकता होती है वरना बादशाह की शान के खिलाफ किसी भी कदम को उठाना खतरनाक हो सकता है क्योंकि चाहे हम हों या प्रेमशाह शंहशाह की नजर में तो दोनों ही बराबर हैं।'

जुझार सिंह : 'तुम दोनों की सलाह माँगी किसने है? पिताजी की इच्छा का पालन करना हमारा कर्तव्य है।'

जुझार सिंह ने यह कहते हुए दोनों भाइयों को अपनी भावी नीति की झलक दे दी।

वीरसिंह देव की श्रवण शक्ति जाती रही थी, अतः वे अपनी बात तो धीरे-धीरे कह गए पर उसकी प्रतिक्रिया न सुन सके क्योंकि तभी वे तन्द्रा में चले गए। कुछ दिनों बाद वीरसिंह देव का निधन हो गया।

जिस वर्ष वीरसिंह देव का निधन हुआ उसी वर्ष हिन्दुस्तान के मुगल सम्राट जहांगीर का भी निधन हुआ।

बादशाह जहांगीर की मृत्यु की खबर आग लगने जैसी तेजी से गोंडवाने तक पहुँची। राजा प्रेमशाह और राजकुमार हृदयशाह जो अब तक परिपक्व आयु को प्राप्त कर चुके थे, बादशाह के निधन से शोकाकुल हो गए। उनका शोकाकुल होना स्वाभाविक भी था क्योंकि यदि आज वे गोंडवाना के वैध शासक थे तो उनकी यह वैधता जन्नतनशी बादशाह जहांगीर के हुक्मनामे से ही प्राप्त हुई थी। राजा प्रेमशाह तो सदैव ही उस स्वर्णिम क्षण को याद करते रहते थे जब शहंशाह ने उन्हें खिलअत प्रदान की थी।

इस खिलअत से जहाँ वे और उनके मित्र प्रसन्न हुए थे, वहाँ कुछ अन्य लोगों को बादशाह की यह कृपा नागवार गुजरी थी। वे बादशाह से तो भला क्या कहते पर उन्हें इस बात का गम जरूर था कि एक जंगली मुल्क के बेहैसियत आदमी को बादशाह सलामत ने बेदजह इज्जत बख्श दी।

मुगल दरबार के इन अप्रसन्न राजाओं में जहांगीर का प्रिय मित्र वीरसिंह देव अपने राज्य के आस-पास के क्षेत्र के राजाओं पर जब तक धौंस जमाने में कभी भी न चूकता था, इससे अधिक वह कर भी क्या सकता था।

बादशाह जहांगीर की मृत्यु के समाचार के साथ ही जब प्रेमशाह और हृदयशाह को वीरसिंह देव की मृत्यु की खबर मिली तो उन्हें समझ न आया कि इस खबर पर वे प्रसन्न हों या दुखी हों, क्योंकि वीरसिंह देव ऊपरी तौर पर प्रेमशाह से भी मैत्रीपूर्ण व्यवहार का दिखावा करता था।

प्रेमशाह के समझ में यह बात धीरे-धीरे बैठने लगी कि जहाँ बादशाह की मृत्यु से राष्ट्रीय परिदृश्य में परिवर्तन होना अवश्यंभावी है, वहीं क्षेत्रीय राजनीति में भी परिवर्तनों की आशंका भी उन्हें होने लगी। उन्होंने निर्णय लिया कि भविष्य की अनिश्चितता का सामना करने के लिए राजकुमार हृदयशाह को तैयार करने का वक्त आ चुका है, और उन्होंने सोचा कि क्यों न अब जब सम्राट जहांगीर का उत्तराधिकारी हिन्दुस्तान के तख्त पर बैठे, तब उस अवसर पर हृदयशाह को आगरा भेजा जाए।

चतुर्थ सर्ग : हृदयशाह

तत्पुत्रोऽभून्महेन्द्रो, हृदय नरपतिः सर्वविद्याप्रवीणान्
वीणावाद्याद्यहीनान् विबुधकवि वरान्नदुयन्स्तीयबुद्धया।
तुल्यं देवेन्द्रपुर्या, नगरममिधया, रामपूर्व नवीनम्।
यश्चक्रेदर्शयित्र द्विज विहितमखैर्यत्रधर्मश्चतुष्पात् ॥

(गजेन्द्र मोक्ष)

अर्थ : उसके (प्रेमशाह के) पुत्र, महान इन्द्र (के समान) हृदय राजा हुए जो अपनी बुद्धि के कारण सर्व विद्याओं में निपुण थे। वीणा वाद्य इत्यादि के ज्ञाता थे। बहुत से कवियों को आनन्दित किया और उन्होंने अमरावती के सदृश्य नए रामनगर की स्थापना की और वहाँ ब्राह्मणों के द्वारा विहित यज्ञों के कारण धर्म को चारों चरणों से युक्त कर दिया।

(संस्कृत कवि लक्ष्मी प्रसाद का काव्य)

हृदयशाह

गोंड राजकुल में करद राजाओं में हृदयशाह का नाम स्वर्णाक्षरों में लिखा जाने योग्य है। हृदयशाह ने सामाजिक रूढ़ियाँ तोड़ीं तथा अपने जीवन काल में मानव कल्याण और कला की विभिन्न विधाओं के विकास में जो योगदान दिया, वह श्लाघनीय है। हृदयशाह ने जीवन की विपरीत परिस्थितियों में भी धैर्य नहीं खोया और उन्होंने उस अकल्पनीय ऊर्जा का परिचय दिया जो असाधारण व्यक्तित्व के लोगों में देखने को मिलती है।

हृदयशाह को गोंड राज्य का राजा तब बनाया गया, जब उनके प्रिय पिता को बलशाली शत्रुओं ने कपटपूर्वक मार डाला। परन्तु अविचिलित होकर उन्होंने परिपक्व राजनीति का अनुसरण कर पितृहन्ता को मृत्युदण्ड दिया। उन पर भीषण आक्रमण हुए पर दूरदृष्टि सम्पन्न राजा ने इन सांघातिक हमलों से स्वयं को, राज्य को बचाए रखने में सफलता पाई।

हृदयशाह की सर्जनात्मक प्रतिभा अद्वितीय थी। उन्होंने गोंड राजवंश के इतिहास में पहली बार नगरों का कायाकल्प किया। वर्ष 1644 ई. में उन्होंने हरखूखेड़ा ग्राम को हृदयनगर के रूप में विकसित किया। उन्होंने कुछ अन्य ग्रामों का भी कायाकल्प किया परन्तु रामनगर नाम के एक आधुनिक नगर को बसाना उनकी सार्वकालिक उपलब्धि कही जा सकती है। रामनगर में शिलालेख की स्थापना उनकी दूरदृष्टि को उजागर करता है। संगीत के प्रति उनके अनुराग ने उन्हें संगीत विषय पर लिखने की प्रेरणा दी। वे स्वयं महान संगीतज्ञ थे। अतः उन्होंने एक नई राग का विकास किया।

उन्होंने राज्य के राजस्व को बढ़ाने के लिए पहली बार वनभूमि को कृषि हेतु तैयार कराया। इतना ही नहीं उन्होंने महोबा से पनवाड़ियों को बुलवाकर राज्य में पान की कृषि प्रारम्भ कराई। आश्चर्य नहीं कि उनके राजत्व काल के समय गढ़ा मंडला राज्य में पुनः समृद्धि लौटी और यह किंवदन्ती प्रचलित हुई कि उनके राज्य में एक बार ढाई दिन तक आकाश से स्वर्ण वृष्टि होती रही।

हृदयशाह के समय की अन्य दो जनश्रुतियों को नजरअन्दाज नहीं किया जा सकता। प्रथम जनश्रुति यह है कि हृदयशाह का उनके राजधानी प्रवास के समय से अनुराग हो गया। इस गायिका के अनेक नाम–'सुन्दरी देवी', सुन्दर देवी, 'सुन्दरा'

तथा प्रेमसुन्दरी—सुनने को मिलते हैं। यह भी कहा जाता है कि यह खत्री वेश्या थी जिसे हृदयशाह ने सर्वप्रथम बादशाह के दरबार में देखा था। हृदयशाह इस 'सुन्दरा पातुर' के प्रेमपाश में बंध गए और वे दिल्ली से लौटते समय उसे लेकर भाग कर अपने राज्य गढ़ा मंडला आ गए। द्वितीय जनश्रुति यह है कि हृदयशाह प्रेमसुन्दरी के साथ एक मुगलवंश की शहजादी को भी लेकर भागे थे।

दोनों जनश्रुतियों का मुगल इतिहासकारों ने कहीं कोई उल्लेख नहीं किया है जो कि स्वाभाविक भी है। ये घटनाएँ किसी भी दृष्टि से मुगल बादशाह, मुगल शासन या मुगल राज्य की प्रतिष्ठा को बढ़ानेवाली नहीं कही जा सकती।

परन्तु यही घटनाएँ गोंड राज्य में प्रतिष्ठा की दृष्टि से देखी गईं एवं जनश्रुतियों का आधार बनीं। सुन्दरा पातुरा और अनाम यवन सुन्दरी के रामनगर में रहने के पर्याप्त ऐतिहासिक प्रमाण हैं।

राजा हृदयशाह ने अपनी नई राजधानी रामनगर में दिल्ली से लाई गई दोनों सुन्दरियों के लिए शानदार महल बनवाये। अर्थात् ये दोनों सुन्दरियाँ गढ़ा मंडला में आने के बाद भी ताउम्र राजा के लिए प्रिय रहीं। सुन्दरी देवी की प्रशंसा में उन्होंने रामनगर के शिलालेख में अनेक श्लोक लिखने की अनुमति दी।

परिचय

हिन्दुस्तान की राजधानी में भारी चहल-पहल थी क्योंकि अब हिन्दुस्तान के तख्त पर नए शहंशाह की ताजपोशी होनेवाली थी। हिन्दुस्तान के सारे राजे अमीर उमराओं की कोठियाँ हिन्दुस्तान की इस शानदार राजधानी में थीं। प्रेमशाह और उसके पुत्र ने हिन्दुस्तान की जिस राजधानी में एक कोठी ले रखी थी, वह शहर आगरा था। बादशाह नुरूद्दीन जहांगीर ने बादशाह अकबर के नाम पर आगरा का नाम अकबराबाद जरूर कर दिया था परन्तु आगरा नाम ही जनसाधारण में प्रचलित रहा। उन दिनों हिन्दू यात्री जब घर से बाहर या परदेश जाते तब उनके मन में मन्दिरों के दर्शन की बड़ी साध रहती, तब तक यद्यपि बहुत सी मजसिदें, इमामबाड़े और ईदगाह बन चुके थे। परन्तु हिन्दू मन भक्तिवश या तो हिन्दू मन्दिरों में रमता था या कि सुन्दरता और सुरुचि के लिए विख्यात् जैन मन्दिरों में। आगरा शहर में तब सैकड़ों मन्दिर थे जिनमें पचासेक जैन मन्दिर भी थे। जिन जैन मन्दिरों में लगातार पूजा हुआ करती थी। इनमें से कुछ मन्दिर अपने बनवानेवालों के नाम से जाने जाते थे। मुनि रत्नकीर्ति का मन्दिर, दीनाशाह का मन्दिर, साहू नारायनी का मन्दिर, या कि फिर दलपतराय का मन्दिर। इन मन्दिरों में जिन जैन विद्वानों के प्रवचन होते रहते थे उनमें पंडित बनारसीदास, पंडित रूपचन्द पाण्डेय और पंडित भगवतीदास अपनी विद्वत्ता के लिए विख्यात थे। हिन्दू मन्दिरों में कुछ विष्णु के, कुछ शिव के तो कुछ राम और कृष्ण के थे। एक चर्च भी थी जेसुआइट ईसाइयों की, पर आगरा अपनी मस्जिदों और शानदार ईदगाहों के लिए भी बहुत अधिक प्रसिद्ध था। इनके अतिरिक्त हाल ही में बनवाये गए एक मकबरे ने तो इतनी प्रसिद्धि प्राप्त कर ली जो सैकड़ों वर्ष पुराने मन्दिरों और दूसरी शानदार इमारतों को भी न मिली थी। यह मकबरा हिन्दुस्तान की मल्लिका ए सल्तनत नूरजहाँ ने (1628 ई.) ने अपने दादा इतिमद्दौला की याद को सहेजने के लिए बनवाया था। इसकी सबसे बड़ी खासियत यह थी कि यह श्वेत धवल संगमरमर से बनाई गई आगरा की पहली इमारत थी। इसके बनने में 6 वर्ष लगे थे। ऐसा नहीं है कि इसके पहले संगमरमरी इमारतें न थीं, पर इस मकबरे की शान और ही थी। पर इस इमारत में मुगल वास्तुकला की अब तक की सबसे विकसित अवस्था देखने को मिलती थी।

कुछ और भी शानदार इमारतें थीं, मसलन शेरशाह की पुराने किले में बनवाई गई मस्जिद, सिकन्दरा में अकबर का मकबरा। पर नूरजहाँ का बनवाया यह मकबरा आगरे को दिया गया स्थापत्य और वास्तुकला का अब तक का नायाब तोहफा था। आगरे के आसपास शानदार इमारतों की कमी न थी। बादशाह अकबर ने पास ही फतेहपुर सीकरी नाम का पूरा शहर ही बसा डाला था परन्तु हिन्दुस्तान का बादशाह अब आगरा में रहता था और इसीलिए आगरा किला हिन्दुस्तान की सत्ता का सबसे बड़ा केन्द्र था।

आगरा में सब कुछ हसीन था, क्या किला, क्या बाजार और क्या हवेलियाँ। मुगल बादशाहों ने आगरा के चारों ओर सैकड़ों बाग लगवाये थे। आगरा के बाजारों में जड़ाऊ सोने-चाँदी के बर्तन हिन्दुस्तान के कारखानों के अलावा ईरान और तुर्की से मँगाये जाते थे। कपड़ों की दूकानों में रेशमी और ऊनी कपड़ों के थान, ढाके की मलमल, मखमली बिछौनों, कालीन और जरी के परदे भी देश-विदेश से मँगाकर रखे जाते थे। मिठाइयों की दूकानें सैकड़ों प्रकार की ताजी मिठाइयों से भरी पड़ी थीं फिर भी हलवाइयों को फुरसत न मिलती। ऐसा ही कुछ लजीज गोश्त की दुकानों में था जहाँ अनेक प्रकार के मुगलई व्यंजन सदैव तैयार मिलते थे। मिठाइयों की दुकानों से हवा में तैरती घी की खुशबू तथा अन्य दूकानों में भुन रहे गोश्त, कलेजी और तरह तरह की कबाब की मिली-जुली खुशबू ग्राहकों को ललचाये बिना न मानती। आगरा में जितने प्रकार के व्यंजन मिलते थे वे बाहर से आए लोगों की कल्पना से बाहर थे और उनके लजीज स्वाद का तो कहना ही क्या। इन दूकानों में नहारी, बिरयानी, हलीम, पाए, मटन कड़ाही, गोला कबाब, दही बड़ा, रबड़ी, सूजी का हलवा खाने के लिए शहर भर के खाने के शौकीन रोज जमा होते, घंटों बैठकर एक से बढ़कर एक जायकेदार व्यंजनों का आनन्द उठाते। इन दूकानों के ग्राहक यहाँ वर्षों से नहीं पीढ़ियों से आ रहे थे और ये जिस दूकान के सामने खड़े होते, वह सामने बैठे हलवाई ने नहीं उसके दादा या परदादा द्वारा प्रारम्भ की गई रही होती। यहाँ पर ग्राहक और दुकानदार दोनों का ही पुश्तैनी रिश्ता था। ग्राहकों के साथ बड़ी संख्या में दूर-दराज के खाने के शौकीन भी आते और तारीफ किए बिना घर न लौटते। शाम को मशालों और रंगीन मोमबत्तियों की रोशनी में सूखे मेवे, पिश्ता, बादाम, किशमिश, काजू और छुआरों के ढेरों के सामने खरीददारों की भीड़ लगी रहती।

हृदयशाह ही क्या, दूर-दूर से आए लोग एक बाजार से दूसरे बाजार में घूमते न थकते थे।

बाजारों में न केवल हिन्दुस्तान के दूर-दराज हिस्सों से वरन् दुनिया के दूर-दराज हिस्सों से आए लोगों की आँखें यहाँ आकर मुगल सल्तनत की चमक से चौंधिया जातीं। मस्जिदों के सामने बहुत से फकीर खड़े रहते, बहुतेरे अपने शरीरों को काले रंग के कपड़ों से ढके रहते और बहुत से अपने हाथों में मिट्टी का प्याला थामे रहते जिसमें लोबान जल रहा होता और जिसकी खुशबू से दूर से ही पता चल जाता कि

फकीर बैठे हैं। इन फकीरों के कपड़े फटे-पुराने और पैबन्द लगे हुए होते। इनके गले में मोटी-मोटी रंगीन पत्थरों की मालाएँ पड़ी होतीं। इनमें से कई हाथ में तस्वीर लिए हुए अल्लाह का नाम जोर-जोर से उच्चारते। कुछ फकीरों के सिर सफाचट होते, तो कुछ की बेतरतीब बढ़ी हुई दाढ़ियाँ होतीं।

शाही खानदान के लोग जब कभी यहाँ से निकलते तो दोनों हाथ से चाँदी के सिक्के लुटाते हुए जाते। खैरात बाँटने में रईस पीछे न रहते।

यह तो ठीक है कि मुगलों की इस राजधानी में बेपनाह दौलत थी परन्तु राजधानी की एक भीतरी जिन्दगी भी थी। यहाँ ऐसे जागीरदारों, राजाओं और अमीर-उमराओं की कमी न थी जिन्हें दावतों, मुजरों और शादियों का शौक था। इन्हें दौलत कमाने में कोई दिलचस्पी न थी। इनका काम तो बस वालिदों से विरसे में मिली हुई दौलत को दोनों हाथों लुटाना होता था। हवेलियाँ कीमती साजो सामान से भरी पड़ी थीं। इनकी खानदानी इज्जत इस बात की इजाजत देती थी कि ज्यादा से ज्यादा औरतें हरम में रहें। इनके खानदानी मुलाजिम उनकी खातिर चुपके-चुपके खूबसूरत जवान औरतों को खोजते रहते। हिन्दुओं ने मुसलमानों की देखा-देखी परदा अपना रखा था। यह उनकी बेटियों और बहुओं की हिफाजत के लिए जरूरी था हालाँकि वह इन खोजियों के आगे हमेशा असरदार हो ऐसा नहीं था। हर जागीरदार और नवाब को आशिकी का शौक था, जिसे वे कोठों में जाकर और शादियाँ दर शादियाँ कर पूरी करते। शादियों में मजहब कहीं भी आड़े न आता। जलालुद्दीन मुहम्मद अकबर ने दर्जनों हिन्दुआनियों से निकाह कर आनेवाली पीढ़ियों को मनचाहे विवाहों का रास्ता दिखला दिया था। अगर खातून हिन्दू काफिर होती तो कहीं भी कुछ भी मुश्किल न था, न मेहर की झंझट और न कोई और मुसीबत। मुगलिया सल्तनत में रईसजादों की नजर में चढ़ी हर औरत को मुसलमान बनाने का मुकम्मल इंतजाम था। उम्रदराज होने पर भी रईसों को कमसिन मुसलमान खातूनें पसन्द न आती हों या उन्हें उनकी जरूरत न महसूस होती हो ऐसा कुछ भी नहीं था। दरअसल कब्र में पैर लटके हुओं को भी शादियों का शौक बरकरार रहता वे इस उम्र में जब कमसिन खातून से शादी रचाते तब उसका मेहर भी लाखों में रखते। उस जमाने में यह सोचना फिजूल ही था कि अगर तलाक की नौबत आई तो लाखों रुपये के जिस मेहर की बात वे कर रहे हैं, कहाँ से देंगे। दरअसल ऐसा मौका आना मुश्किल होता था हकीकत तो यह थी कि कई बार जब तक बेगम तलाक का मतालबा की सोचे तब तक बुजुर्गवार जन्नतनशीन हो चुके होते।

बूढ़े रईसों के शौक को बरकरार रखने के लिए आगरे में सैकड़ों सफाखाने थे जहाँ दुनिया भर से लाई गई जवानी को बरकरार रखने की दवाइयाँ मिलती थीं। बहुत से हकीमों को भले ही नब्ज पकड़ना न आता हो, जवान बने रहने के नुस्खे जरूर याद थे, जो उन्हें पीढ़ी दर पीढ़ी गुप्त ज्ञान के रूप में प्राप्त थे।

रईसों की रईसी शुरू होती थी वेश्याओं के कोठों से, ये कोठेवाली भी गैरमामूली थी। बहुतों के शाही ठाठ थे, बड़ी हवेलियाँ थीं, जिनके ताल्लुकात शाही घराने के लोगों से होते। वहाँ साधारण रईसों के लड़के नजर उठाकर भी नहीं देख सकते थे। कोठेवालियों में जिस्मफरोशी का धंधा करनेवाली भी थीं पर बहुत सी ऐसी भी थीं जिन्हें अपनी सुन्दरता के साथ गायकी और नाच के लिए जाना जाता था। ये ऊँचे दर्जे की कलाकार थीं। वेश्याओं या वारवनिताओं का अपना भी एक बड़ा बाजार था जहाँ पर दुनिया भर से लाई गई कम उम्र लड़कियों की खरीद-फरोख्त होती। इनके अपने कायदे और कानून थे। लौंडियों और बाँदियों की खरीदी और बिक्री इन मंडियों में सबसे अधिक होती थी क्योंकि हर रईस के रईसखाने में इनका होना जरूरी था। आगरा में अमीर उमरावों के मोहल्ले में गढ़ा कटंगा के राजा की भी कोठी थी। यह कोठी आगरा के ही निवासी कस्तूरी साहनी के द्वारा गढ़ा कटंगा के राजपरिवार के लिए खरीदी गई थी। जब भी गढ़ा कटंगा के राजा वहाँ आते उनकी कस्तूरी साहनी के जिम्मे होता जो कामदेव वाजपेयी के साथ मिलकर राजधानी में गढ़ा कटंगा राज्य के अधिकारी के तौर पर रहते थे। प्रेमशाह ने कस्तूरी शाह को विश्वसनीय व्यक्ति पाया था और इसीलिए उन्होंने कस्तूरी साहनी को राजधानी स्थित मुख्यालय का प्रभार दे दिया था। कोठी का प्रमुख भवन राजा प्रेमशाह या राजकुमार का आवास था। शेष में नौकर-चाकर रहते थे। कोठी से लगा हुआ मकान कामदेव वाजपेयी का निवास था। कस्तूरी साहनी अपने पैतृक मकान में रहते। जहाँ उनके परिवार के सदस्यों के साथ एक रिश्तेदार भी रहते थे। कामदेव वाजपेयी के यहाँ उनका मौसेरा भाई अनंग वाजपेयी भी रहता था, साथ ही उसे राजधानी के तौर-तरीकों का अच्छा ज्ञान था। कोठी और कामदेव वाजपेयी के मकान में नौकरों की पर्याप्त संख्या थी परन्तु ये सभी गोंडवाने के विश्वस्त लोग थे जिन्हें प्रेमशाह ने सावधानी से चुनकर इन आवासों में नियुक्त किया था। गढ़ा कटंगा राज्य की सेवा के लिए एक और अधिकारी नियुक्त किए गए थे ये थे बृजेन्द्र सिंह बघेल। ये उच्च शिक्षा प्राप्त अधिकारी थे। संयोगवश बृजेन्द्र सिंह और अनंग वाजपेयी सहपाठी भी थे। दोनों ने तीन वर्ष तक बनारस में एक साथ अध्ययन किया था। दोनों मेधावी छात्र थे। अतः बान्धवेश अपने कोष से इन दोनों के बनारस में रहने का खर्च उठाते थे, वहाँ पर शिक्षा समाप्ति के पश्चात् बृजेन्द्र सिंह को राजकाज की शिक्षा दी गई और अनंग वाजपेयी को पुरोहित्य की। बृजेन्द्र सिंह रहते तो थे बान्धवेश के दिल्ली स्थित भवनों में से एक भवन में परन्तु बान्धवेश ने राजा प्रेमशाह की प्रार्थना पर उन्हें गढ़ा कटंगा राज्य की राजकीय सेवा का अतिरिक्त कार्यभार सौंप रखा था। कामदेव वाजपेयी के यहाँ रह रहे अनंग वाजपेयी को अक्सर ही ब्रजेन्द्र सिंह से मिलना पड़ता, दोनों कभी कभी पुरानी यादों में डूब जाते, दोनों में हास-परिहास चलता रहता।

यद्यपि शहंशाह की ताजपोशी पर सभी करद राजाओं का दरबार में पहुँचना जरूरी होता है परन्तु गढ़ा कटंगा के राजा प्रेमशाह अस्वस्थता के कारण स्वयं आगरा नहीं पहुँच पाए थे अपने स्थान पर उन्होंने अपने युवा पुत्र हृदयशाह को राजधानी भेज देने का निर्णय ले लिया था।

हिन्दुस्तान के तख्त पर शाहजहाँ का बैठना सुनिश्चित हो चुका था। असमंजस की स्थिति कुछ दिनों तक ही रही पर अब सब कुछ साफ था।

हृदयशाह के आगरा पहुँचने की खबर राजा प्रेमशाह ने एक सप्ताह पहले ही आगरा स्थित अपनी कोठी के प्रबन्धक और आगरा में गढ़ा राज्य के प्रतिनिधि कस्तूरी साहनी के पास भेज दी थी। यह खबर और कोई नहीं राज्य के ही दूसरे मुलाजिम कामदेव वाजपेयी के द्वारा भेजी गई थी। हालाँकि कामदेव वाजपेयी के लिए भी राजा प्रेमशाह ने एक मकान आगरा में खरीदकर दे दिया था पर उसमें उनके रिश्ते के भाई अनंग वाजपेयी रहते थे। अनंग वाजपेयी अभी अविवाहित थे, स्वपाकी थे, अतः जब कामदेव आगरा पहुँचते तो छोटे भाई के हाथ का बना खाना खाते।

कस्तूरी साहनी और कामदेव वाजपेयी हमउम्र थे और राजा प्रेमशाह से लगभग दस बरस छोटे। राजकुमार हृदयशाह के लिए वे बड़े भाई की तरह थे। कामदेव वाजपेयी को राजकाज के चक्कर में आगरा और गढ़ा दोनों जगह रहना पड़ता था। यहाँ कुछ दिनों से वे गढ़ा में ही थे क्योंकि उनके घर में पुत्र का जन्म हुआ था।

कामदेव वाजपेयी जब कस्तूरी साहनी से मिले और उन्होंने बतलाया कि शहंशाह की ताजपोशी के जश्न में राजा साहब के स्थान पर राजकुमार हृदयशाह राज्य का प्रतिनिधित्व करेंगे तो कस्तूरी साहनी को थोड़ा आश्चर्य हुआ। कुछ चिन्तित होकर पूछने लगे–'पंडित, सब खैरियत तो है, राजा साहब स्वस्थ तो हैं न?'

कस्तूरी साहनी के पूछने पर कामदेव वाजपेयी थोड़ा मुस्कुराए और कहने लगे : 'हाँ खैरियत है, मगर राजा साहब कुछ अस्वस्थ हैं?'

'क्यों क्या बीमारी है?' साहनी ने पूछा

'बीमारी नई नहीं है, वही पुरानी बीमारी है, खूब पीने की,' वाजपेयी ने उत्तर दिया।

'पंडित, पीते तो वे शुरू से ही थे, पर एक बार जब जन्नतनशीन बादशाह सलामत जहांगीर ने उन्हें खिलअत बख्श दी। फिर उनका मानो अपने ऊपर से नियंत्रण ही खत्म हो गया। मरहूम बादशाह सलामत को शराबनोशी की अवस्था में भी राजकाज करते देख वे यह विश्वास करने लगे कि वे भी कुछ वैसा ही कर सकते हैं।'

वाजपेयी : 'परन्तु अनेक प्रकार की शराबों का चस्का तो उन्हें आप ही के साथ लगा था।'

साहनी : 'हाँ, यह सही है कि वे हमारे साथ ही अति उत्साह और प्रसन्नता की दशा में हमसे बोले थे कि 'साहनी, हमारे देश में तो देशी शराब ही मिलती है,

राजधानी में रहनेवाले राजा और रईस जिन शानदार शराबों को चाहते हैं क्या उनका स्वाद हमें मिल सकता है?'

अब जब हमारा राजा हमसे कुछ कह रहा हो तो हमें उसे केवल सुनना भर तो नहीं है। राजा का कहना राजाज्ञा भी होती है, इसलिए मैंने सोचा नसीमबानू के यहाँ ले जाऊँ, उसी से मेरी थोड़ी बहुत जान पहिचान थी, पर उसके कोठे पर कभी नहीं गया था हाँ पता जरूर थोड़ा बहुत मालूम था। एक दिन शाम को हम राजा साहब को लेकर बालाखानो के चक्कर काटते हुए नसीम के यहाँ पहुँच ही गए। वहाँ गाना-बजाना चल रहा था। गाना तो वह कुछ वाजबी सा जानती थी मगर आवाज रसीली थी। अदाओं में शोखी थी। यह गोरी नारी तवायफ हमें कुछ इस तरह भायी कि हम घंटों बैठे उसका गाना सुनते रहे। राजा साहब को गानों के बोल कुछ समझ न आ रहे थे। इसलिए उनके मुँह पर उकताहट के भाव आ जाते थे। फिर भी वे अपने भावों को जब्त किए हुए थे। जब हम लोग उसके यहाँ पहुँचे थे, तब कुछ दूसरे शौकीन भी बैठे थे, मगर रात ढलते-ढलते रफ्ता-रफ्ता सभी रुखसत हो गए। वह अब भी हमारी फरमाइश पर ठुमरी गा रही थी। उसने समझा कि हम दोनों नाच देखना चाहते हैं तो उसने नाचना प्रारम्भ किया। उसके पैरों के घुँघरू की आवाज तेज हो गई। इधर हम पहले उसके गानों के बोल पर रीझे जा रहे थे और अब उसके घुंघरुओं की आवाज पर राजा साहब को किसी और ही चीज की प्रतीक्षा थी और अब वह उन्हें पूरी होती दीख पड़ी। राजा साहब की गाने और संगीत सम्बन्धी रुचि को होशियार तवायफ ताड़ गई थी और उसके इशारों से लौंडियों को शराब पेश करने को कह दिया। लिहाजा एक लौंडी चाँदी की सुराही में बेशकीमती शराब लेकर आ गई और दो सोने के प्यालों में शराब ढालकर उन्हें हम दोनों के हाथों में थमा दिया।

राजा साहब की शराब में दिलचस्पी वह शीघ्र ही ताड़ गई। उसने एक और सुराही मंगवा ली और साथ ही उसने नाच का दौर भी खत्म कर दिया। राजा खामोश हो गए। साजिन्दे सारंगियों पर गिलाफ चढ़ाने लगे और तबलची हथौड़ी लेकर तबलों को ठोकने पीटने लगे। अब उनके जाने का वक्त आ चुका था।

इधर नसीम ने लौंडियों की जगह खुद ही सोने के प्यालों में शराब डालना प्रारम्भ कर दिया। शराब डालते वह बेहद दिलकश लग रही थी, पर राजा साहब ने शायद एक बार भी उसको नजर उठाकर नहीं देखा। एक बार जरूर प्याले के धोखे में उन्होंने उसका हाथ पकड़ लिया, पर चतुर नसीम ने हौले से प्याले को उनके होंठों तक पहुँचा दिया।

इसके बाद उसने मुझे मादक अदा से देखा और राजा साहब की ओर इशारा कर मुस्कुराई। हम तो खैर उसकी इस अदा पर मर मिटे पर राजा साहब शायद आज पीकर ही मरने का इन्तजाम कर रहे थे।

नसीम अनुभवी तवायफ है उसे शराबियों की आदतें मालूम हैं, फिर वह राजा साहब की हैसियत भाँप चुकी थी।

राजा साहब ने इतनी पी ली थी कि अब उठ भी न पा रहे थे। पर कुछ होश अब भी था। मुझसे धीरे से बोले : 'साहनी, हम यहाँ रात भर रुकेंगे, इसे रात भर रुकने का पैसा दे दो।'

मैंने कहा : 'यह नहीं मानेगी?'

राजा साहब : 'क्यों?'

मैंने कहा : 'यह मामूली गाने बजानेवाली नहीं है। क्या आपको बान्धवेश के मित्र रईस मुहम्मद बदरुद्दीन और इस तवायफ के निजी सम्बन्धों का इल्म है?'

राजा साहब ने कुछ आश्चर्य से कहा : 'नहीं, बिलकुल नहीं।'

इतने में नसीम ने कुछ ऊँची आवाज से पुकारा। फौरन ऊँची कद-काठी और फौलादी जिस्म के खौफनाक से दिखते दो आदमी हाजिर हो गए। राजा साहब कुछ घबराए, पर मैंने उन्हें शान्त रहने को कहा। तवायफ ने उन्हें हुक्म दिया कि हम दोनों को बगल के कमरे में ले जाकर आराम से लिटा दें।

अल सुबह जब हमारी नींद खुली तो राजा साहब ने हमसे पूछा कि बदरुद्दीन इसे माहवारी कितना देते होंगे। मैंने अनुमान के हिसाब से उन्हें वह राशि बतला दी। राजा साहब सुनकर फिर कुछ देर के लिए सो गए।

दिन चढ़ने पर खुद नसीम हमारे पास आई। हम भी जाने को तैयार थे, तभी राजा साहब ने उसके हाथों में कुछ अशर्फियाँ रख दीं। मेरे अनुमान से उसके तीन माह के खर्च के बराबर की रकम थी।

दूसरे दिन भी शाम को प्रेमशाह और कस्तूरी साहनी ने बाजार उबूर किया और फिर उसी गली में दाखिल हो गए जहाँ नसीम बानू की कोठी थी। आज जब वे भीतर पहुँचे तो पता चला नसीमबानू को मुहम्मद बदरुद्दीन ने किसी जलसे के सिलसिले में घर पर याद किया है। पर नसीमबानू चतुर वेश्या थी। उसने लौंडियों को हिदायत दे रखी थी कि अगर ये दोनों वहाँ पहुँचे तो उसे न पाकर लौट न पाएँ, उनकी मिजाजपुर्शी में कमी न हो। लिहाजा एक लौंडी उन दोनों को कोठी के भीतर ले गई जहाँ एक कुशादा सेहन था। उन्हें उसके दाहिने तरफवाले एक सुन्दर मेहराबोंवाले दालान में जिसमें ईरानी कालीन बिछे हुए थे, बैठाया गया।

दोनों की सेवा में दो लौंडियों ने आकर सलाम किया और पूछा कि जब तक वे नहीं लौटकर आतीं, तब तक उनकी क्या खिदमत की जाय। कस्तूरी साहनी को मालूम था कि यहाँ उन्हें आगरा की सबसे बढ़िया किस्म की शराब मिल सकती है। अतः उन्होंने तीन चार प्रकार की सबसे बढ़िया शराबों के नाम गिना दिए और कहा कि हमारा शराब का शौक पूरा किया जाए।

एक दूसरी लौंडी ने पूछा : 'हुजूर, खाने को कुछ लाऊँ।' हमने धीरे से सिर हिला दिया और कुछ देर में उसने चाँदी की तश्तरी में सींक कबाब पेश कर दिया था। हमने आँखों के इशारे से उसे बैठ जाने को कहा। उसने इशारा समझा।

तब तक पहली लौंडी चार शराबों की चार सुराहियाँ ले आई और वह भी बैठ गईं। हमने इशारा किया और एक लौंडी ने चाँदी का प्याला भरकर राजा प्रेमशाह के सामने बाअदब पेश किया। राजा प्रेमशाह ने यहाँ आकर देखा था कि लोग शराब के प्याले को पहले चूम लेते हैं इसलिए उन्होंने भी प्याले को बोसा दिया और गटागट कई घूँट चढ़ा गए, फिर खुश होकर बोले : 'भई, यह तो गजब की चीज है।' हम तब तक कबाब के टुकड़े ही खा रहे थे। कहा : 'दूसरी को चखें, इससे ज्यादा मजा आएगा।'

हमने इशारे से दूसरी सुराही से दूसरी शराब पेश करने को कहा। लौंडी ने ऐसा ही किया।

'बहुत खूब, बहुत बढ़िया,' कहते हुए राजा साहब ने धीरे-धीरे उस प्याले को खाली किया।

इसी तरह तीसरी और चौथी सुराही की शराबों की तारीफों में उन्होंने कोई कोर-कसर न रखी। लौंडियों ने एक के बाद एक प्याले राजा साहब के सामने पेश किए अब राजा साहब को भी जल्दी न थी सो वे भी आनन्द से पूरा स्वाद लेते हुए अपना प्याला खाली करते।

आधी रात को नसीम मुहम्मद बदरुद्दीन के यहाँ से लौटी और जब उसे यह पता चला कि हम लोग उसके यहाँ बैठकर शराब का आनन्द ले रहे हैं, तो वह तुरन्त हमारे पास आई।

हमने पहली बार पाया– नसीम की शराब के प्रकारों के बारे में गहरी जानकारी थी। उसने राजा साहब को कुछ और नई प्रकार की शराबों का स्वाद चखाया जो उसने दूर देश के गोरे लोगों से मुँहमाँगी कीमत देकर प्राप्त की थी। इनका स्वाद चखकर तो राजा साहब निहाल हो गए। राजा साहब ने जाते समय इन शराबों की कीमत की पचास गुनी कीमत तक नसीम को बड़ी प्रसन्नता से अदा कर दी। साथ ही मोतियों का हार भी उसे बख्शीश में दे डाला।

नसीम ही क्या किसी भी तवायफ के लिए शायद यह पहला मौका रहा होगा कि जब उसके कोठे में आनेवाले की दिलचस्पी नाच, गाने, संगीत या हुस्न में न होकर शराब के स्वाद में रही हो। राजा साहब को नसीम के यहाँ से शराबों के बारे में जो जानकारी मिली, वह शायद वे सैकड़ों शराब की दूकानों में घूमकर भी न प्राप्त कर पाते।

कामदेव वाजपेयी : 'तो इस तरह हमारे राजा साहब परम सुराभक्त हो गए।'

कस्तूरी साहनी : 'केवल भक्त ही रहते तब तक तो ठीक था, परन्तु उसके बाद वे जब भी आगरा आते तब वहाँ दिल खोलकर मुद्रा खर्च कर अनेक प्रकार की शराबों के भरे हुए पात्रों को गोंडवाना तक ले जाते।'

कामदेव वाजपेयी : 'पर आगरा तो वे कम ही आते रहे हैं।'

कस्तूरी साहनी : 'यही गनीमत है, वरना सारा खजाना यहाँ लुटा देते।'

हृदयशाह के लिए आगरा की यह यात्रा नहीं थी, परन्तु जब वे पहली बार आए थे, तब से अब तक काफी वक्त बीत चुका था और राजधानी में जहाँ हर दिन वक्त बदलता है, वहाँ छोटे नगरों में समय स्थिर-सा रहता है, फिर जब वे पहली बार आए थे तब सभी जिम्मेदारी उनके पिता के सिर पर थी। दरबार में भी जो कुछ करना था, उनके पिता प्रेमशाह को ही करना था। अल्पवयस्कता का जो लाभ उन्हें तब था वह उन्हें अब न था।

हृदयशाह जब आगरा पहुँचे, तब कस्तूरी साहनी ने राजकुमार को नई व्यवस्था से सम्बन्धित आधारभूत जानकारी दी ताकि उन्हें यह ठीक पता रहे कि कौन-सा व्यक्ति राजनैतिक बिसात पर क्या असर रखता है। साथ ही सभी राजनैतिक घटनाओं को भी सुनाया और उनकी समीक्षा की।

कस्तूरी साहनी ने बतलाया नई व्यवस्था में आसफखाँ, महावतखां, जां सिपारखां, मुखलिसखां और शाईस्ताखां बड़े महत्त्वपूर्ण व्यक्ति होंगे। ये सभी हिन्दुस्तान के मुख्य सूबों के सूबेदार मुकर्रर होंगे, इसमें कोई शक नहीं है। साहनी ने बतलाया कि बादशाह के तख्तनशीन होने के पहले बगावतों और बगावतों को दबाने का एक बड़ा दौर चला था जिसमें हजारों लोग मारे गए। लाहौर में बादशाह के सारे दुश्मनों को चुन-चुनकर कत्ल किया गया, बहुतों को किसी दूसरी तरह से हटाया गया। साहनी मूलतः पंजाब के थे। अतः वहाँ की खबरों में उनकी विशेष दिलचस्पी थी। उन्होंने बतलाया कि शाहजहाँ के खास दुश्मनों में शहरयार, बुलाकी, बुलाकी का भाई गुरशास्प और सुल्तान दानियाल के बेटे तहमुर्श और होसंग थे। बेगम नूरजहाँ जिनका सिक्का शहंशाह जहांगीर के काल में चलता था, के दामाद शहरयार शाहजहाँ के विरुद्ध किए जा रहे षड्यन्त्रों के सबसे बड़े सूत्रधार थे पर सभी का सफाया किया जा चुका है। बादशाह बनने की राह में जो भी रिश्तेदार चाहे वह कितना भी अजीज रहा हो यदि रोड़ा बना तो उसके सफाये में देर नहीं लगाई गई। अतः हृदयशाह को यह पता था कि माहूम बादशाह जहांगीर का राजकाज बेगम नूरजहाँ सम्हालती थीं। उसने धीरे-से पूछा : 'बेगम नूरजहाँ और उनकी बेटी का अब क्या हाल है?'

कस्तूरी साहनी : 'आलाहजरत की आज्ञा से उन्हें लाहौर के किले में नजरबन्द कर दिया गया है, लेकिन उनकी सुख सुविधाएँ नहीं छीनी गई हैं।'

साहनी निःश्वास लेकर बोले : बादशाह का न तो कोई भाई होता है और न कोई रिश्तेदार, बादशाह को केवल ताज नजर आता है और उसकी खातिर वह किसी भी हद तक कदम उठा सकता है। कोठी में सारी व्यवस्था चुस्त-दुरुस्त है। फिर भी यदि आपको कहीं कोई कमी नजर आती है तो किसी भी सेवक से खबर करा दें। सभी मेरा घर देख चुके हैं, मैं हाजिर हो जाऊँगा। किसी भी तरह का संकोच न करें। हमारे रहते आपको कोई कठिनाई नहीं होगी।'

हृदयशाह : साहनीजी, यहाँ सभी कुछ ठीक है। केवल यहाँ वीणा नहीं है क्योंकि मैं उसे गोंडवाने से ला नहीं पाया।'

साहनी : राजकुमार, मुझे मालूम था कि आप वीणा के अच्छे फनकार हैं। मुझे महाराज ने बतलाया था। इसलिए मैंने न केवल वीणा की व्यवस्था कर दी है। वह शाम को यहाँ पहुँच जाएगी। मैंने कामदेव वाजपेयी के छोटे भाई से भी कह दिया है कि वह आपकी खिदमत में मौजूद रहे। बड़ा होशियार और गुणी व्यक्ति है। वह संगीत और कला के बारे में अच्छी जानकार है। इतना ही नहीं वह राजधानी में अच्छे गाने-बजानेवालों को व्यक्तिशः जानता है। कुछ कलाकारों के यहाँ उसकी व्यक्तिगत बैठक है, फिर यह व्यक्ति आपके पिता द्वारा मान्य गढ़ा कटंगा के राजधानी स्थित मुख्यालय के विशिष्ट अधिकारी बृजेन्द्र सिंह का मित्र भी है।

कस्तूरी साहनी चाहते थे कि जब तक शाहजहाँ राजसिंहासन पर नहीं बैठ जाते, तब तक युवराज हृदयशाह मुगलों के बारे जितना अधिक जान सकें उतना जान लें इसलिए उन्होंने उत्तमचन्द कायस्थ को इस बात पर राजी कर लिया कि राजकुमार को फुरसत के वक्त वे मुगलिया तहजीब और बादशाह के पूर्वजों के सम्बन्ध में जरूरी जानकारी दे दें ताकि उन्हें अपने शहंशाहों के इतिहास के सम्बन्ध में स्पष्ट जानकारी रहे। इसी जानकारी से मातहत राजा अपने मालिकों के दृष्टिकोण का अन्दाजा लगाते हैं और उससे प्रेरणा भी लेते हैं।

कस्तूरी साहनी जब यह सोच रहे थे कि उनके ओठों पर मुसकान आ गई उन्हें याद आया कि मरहूम बादशाह जहांगीर को नशे में चूर देखकर प्रेमशाह पहले तो अवाक् रह गए थे परन्तु धीरे-धीरे उन्होंने अपने बादशाह से प्रेरणा ली और अब सुनने में आया है कि अब वे स्वयं इतना पीने लगे हैं कि हिन्दुस्तान के नए बादशाह की ताजपोशी में आने की स्थिति में ही नहीं हैं। कोठी से गोंडवाना आने-जानेवाले नौकर तो कहते हैं कि पीकर धुत्त रहने में वे जन्नतनशीन बादशाह जहांगीर के सच्चे उत्तराधिकारी बन चुके हैं। उन्हें न तो दीन दुनिया की खबर है और न खुद की। फिर सोचने लगे कि दुनिया को तो ऊपरवाला ही चलाता है, जब शराब में धुत्त बादशाह हिन्दुस्तान को चला सकता है तो गोंडवाना का राज भी चल ही जाएगा, क्योंकि हृदयशाह के लक्षण बाप से एकदम अलग हैं। गीत संगीत में दिलचस्पी रखना उतना बुरा तो है भी नहीं, फिर समय के साथ चलने की बुद्धि उसमें है। ऐसा मेरा तजुर्बा कहता है।

हृदयशाह से मिलने वे सभी आए जिनसे कस्तूरी साहनी मिलवाना चाहते थे। सबके स्वभाव और रुचियाँ स्पष्ट तौर पर अलग-अलग थीं, और होना भी चाहिए क्योंकि राजकुमार का दिमागी रुझान एकांगी न हो—यह कस्तूरी साहनी ने बखूबी सोच रखा था।

एक दिन उत्तम कायस्थ ने हृदयशाह को 'आइने अकबरी' और 'अकबरनामा' नाम के दो ग्रन्थ दिखलाए जो कस्तूरी साहनी ने काफी स्वर्ण मुद्राएँ खर्च कर प्राप्त की थीं। वस्तुतः मुगल सल्तनत के अन्तर्गत आनेवाले सभी राजाओं और अमीर उमराओं

से यह अपेक्षा की जाती थी कि वे इन ग्रन्थों को अवश्य खरीदें। इन ग्रन्थों की नकलें लगातार तैयार की जाती रहती थीं जिसके लिए एक पूरा महकमा ही बना दिया गया था। इन ग्रन्थों की साज सज्जा और लिखावट भी गैरमामूली थी।

हृदयशाह को दोनों ग्रन्थ देखने में बहुत अच्छे लगे, सुन्दर इबारत और हाशियों पर बहुत बढ़िया सुनहरी बेलबूटे, पर इससे अधिक कुछ और नहीं। इन ग्रन्थों की लिपि को हृदयशाह न तो ठीक पढ़ सकते थे और न ही ठीक से समझ सकते थे।

उत्तम कायस्थ ने हृदयशाह को बतलाया कि अकबरनामा को अबुलफजल ने सम्पादित किया था, मोटे तौर पर यह ग्रन्थ तीन खंडों का कहा जा सकता है। प्रथम खंड में मुगल वंश के प्रारम्भिक बादशाहों का वर्णन है जो तैमूरलंग से प्रारम्भ होता है। फिर बाबर और हुमायूँ के जीवन वृत्तों का वर्णन है। साथ ही अकबर के बाल्यकाल का भी इसमें वर्णन है। शेष 2 खंडों में वर्ष प्रतिवर्ष के हिसाब से अकबर के राज्यकाल का वर्णन है, किन्तु इसमें तीन वर्षों का विवरण (1602 ई. से 1605 ई. तक) इकबालनामा ग्रन्थ के आधार पर लिखकर जोड़ दिया गया।

आइनेअकबरी भी तीन खंडों में विभाज्य ग्रन्थ है। इसमें अकबर के साम्राज्य की सारी महत्त्वपूर्ण जानकारियाँ संकलित हैं। फिर वे चाहे कानून से सम्बन्धित हो, विज्ञान से सम्बन्धित हों या कि आँकड़ों से। यह अपने प्रकार का भारत में पहला ग्रन्थ माना जाता है।

शाही वंश परम्परा के सम्बन्ध में हृदयशाह को याद आया। जब वह अपने पिता प्रेमशाह के साथ कुछ वर्षों पूर्व आगरा आ रहा था तब उसने इलाहाबाद के पास प्राचीन स्तम्भ पर जिसमें पाली भाषा में एक अभिलेख लिखा गया था और जिसमें उसके बाद समुद्र गुप्त का भी एक अभिलेख था, उसी में एक फारसी इबारत भी उसके खिदमतगार ने उसे दिखलाई थी। यह खिदमतगार मुसलमान था और फारसी पढ़ लिख लेता था। अतः जब उसने उससे पढ़ने को कहा तब उसने जो पढ़ा उसे आज भी शब्दशः याद है।

उसने पढ़ा था :

'अल्लाह अकबर नूरुद्दीन मुहम्मद जहांगीर बादशाही गाजी, या हाफिज इब्ज अकबर बादशाह गाजी या हफीज इब्ज हुमायूँ बादशाह गाजी या हैय इब्ज बाबर बादशाह गाजी या कयूम इब्ज उमरशेख मिर्जा या मुक्तदर इब्ज सुल्तान अबूसईद, या नूर इब्ज मीरां शाह, या बदीज इब्ज अमीर तैमूर साहब कराँ या कादिर अहद इलाही शहरपूर माफ मुवाफिक, रबी उस्सानी, एक हजार चौदह।'

इसे सुनने के बाद जब उसने खिदमतगार से पूछा इसका अर्थ क्या है तब उसने बड़ी शान से कहा था कि यह हिन्दुस्तान के शहंशाह की वंशपरम्परा का विवरण है।

उसने जब खिदमतगार से पूछा था कि यह स्तम्भ तो इस वंश से बहुत पुराना है क्योंकि इसमें अशोक और समुद्र गुप्त का जिक्र है, फिर भी इसी में यह इबारत क्यों लिखाई गई।

इस पर खिदमतगार ने हँसते हुए कहा था कि बादशाह की मर्जी, उसी की मर्जी से आज के बारे में रियाया जानती है और उसी की मर्जी से बीते जमाने की। रियाया का काम है कि वह अपने बादशाह के मनमाफिक सोचे, किसी अलग ढंग से नहीं।

इसके आगे हृदयशाह कुछ और पूछना चाहता था, पर प्रेमशाह ने उसे चुप रहने की हिदायत दी।

हृदयशाह यह तो जानते थे कि उनकी पूर्वज दुर्गावती की प्रशंसा सर्वत्र गोंडवाने में की जाती है। वह अकबर के जमाने में ही राज्य कर रही थी, पर उनकी यह उत्सुकता भी स्वाभाविक ही थी कि वे यह जानें कि अकबरनामा में राजगोंड वंश के सम्बन्ध में क्या लिखा है। हृदयशाह यद्यपि युवा ही थे पर वे लिखित इतिहास का महत्त्व जानते थे।

बिना अपनी उत्सुकता दबाये उन्होंने उत्तम कायस्थ से कहा कि वह अकबरनामा के उन सफों को खोलें जिनमें गोंडवंश का जिक्र किया गया हो।

उत्तम कायस्थ यह सुनकर एक सूखी हँसी हँसे और एक पल के लिए कहीं अतीत में खो गए। परन्तु कुछ बोलने के पहले उन्होंने गौर से हृदयशाह को देखा और फिर अकबरनामा का एक सफा खोलते हुए बोले : 'छोटे राजा साहब, राव बृजेन्द्र सिंह ने हमें गोंडवंश का पूरा इतिहास बतलाया है। मुगलों के किसी भी ग्रन्थ में उसका उल्लेख भला क्यों मिलेगा, जहाँ कहीं एकाध बार नाम आया भी है तो वह लापरवाही के साथ गोंडों की तुच्छता दिखलाने के लिए ही है।'

हृदयशाह ने कुछ सोचते हुए कहा : 'परन्तु, उत्तमजी, अकबरनामा और आइने अकबरी जैसे महान् ग्रन्थ तो परम् विद्वान अबुलफजल की देखरेख में लिखे गए थे।

उत्तम कायस्थ धीमे से बुदबुदाये, 'फिर भी वे चाकर तो अकबर के ही थे। उनकी प्रशंसा के लिए इतिहास तैयार किया जाना था। वह भी क्रमबद्ध तरीके हो ताकि निरक्षर अकबर अपने जमाने के सारे बुद्धिमानों की तुलना में इक्कीस साबित हो। उत्तम कायस्थ कुछ देर चुप रहे, फिर कहने लगे फिर भी अबुलफजल के फन की तारीफ करनी होगी। उसने दोनों पुस्तकों को इतने बेहतर ढंग से लिखवाया है कि उनकी जितनी तारीफ की जाए, उतनी ही कम है। अकबर निरक्षर अवश्य था, पर इस लेखन की अहमियत को वह खूब समझता था। तभी तो जब उसके ही पुत्र ने वीरसिंह के द्वारा अबुलफजल का कत्ल करा दिया तब उसने दुखी होकर कहा : 'अगर अल्लाह अबुलफजल की जगह उन्हें ही उठा लेता तो बेहतर होता। काश सलीम मेरा ही कत्ल करा देता, अकबर ने भरे दरबार में कहा था।

उत्तम कायस्थ बोलते रहे—

'अकबरनामा भले ही अपने जमाने के सबसे विद्वान लोगों द्वारा लिखित ग्रन्थ हो, पर उसमें सभी प्रकार की भूलें हैं। तुम्हारे अपने राजगोंडों की वंशावली के

वर्णन में इस ग्रन्थ ने राजगोंड राजाओं की एक पूरी की पूरी पीढ़ी ही गड़प कर दी। अकबरनामा में संग्रामशाह को खरजी का नाती बतलाया है, जबकि वे उसके पनती थे। और तो और दूसरे मुसलमान सुल्तानों के बारे में भी जो उन्हें ठीक लगा लिखते रहे, मसलन बुरहानपुर के फारूकी सुल्तानों की वंशावली में तो सभी प्रकार की गलतियाँ हैं। इस ग्रन्थ से बाजबहादुर जैसे कायर सुल्तानों को सर्वकालीन प्रतिष्ठा मिल गई परन्तु दुर्गावती के शौर्य और पराक्रम को हाशिये में रख दिया गया।'

यह सब सुनकर हृदयशाह कुछ सोचने लगे। उनको सोचता देख उत्तम कायस्थ कुछ देर के लिए चुप हो गए। फिर पूछने लगे : 'राजकुमार, क्या मन में कोई शंका है?'

हृदयशाह : 'पर, हमारे यहाँ तो उर्दू फारसी के अच्छे जानकार नहीं है—अतः हम दरबारी भाषा में निष्णात नहीं हैं। हमारे यहाँ तो अब भी साहित्य रचना या तो संस्कृत में होती है, हिन्दवी में।'

उत्तम कायस्थ : यह तो ठीक है हमारे मुल्क की सही पहिचान हमारी अपनी भाषाओं से ही मिल सकती है। हम अपना ज्ञान बढ़ाने के लिए दुनिया की अधिक से अधिक भाषाएँ सीखें, इसमें हर्ज नहीं है। पर दूसरों की भाषा के गुलाम न बन जाएँ। ध्यान रहे कि फारसी लिखावट के कारण मुसलमानी इतिहास में अनेक भारतीय नामों के रूप विकृत हो गए हैं। किसी कवि ने कहा भी है :

'तुम्हीं लिख के' अम्बर पढ़ो 'गैर' उसको।
लिखे देर तुम्हीं पढ़ो 'ढैर' उसको॥
तो फिर 'प्रीति' पर्वत न हो क्यों सरासर।
पढ़ो क्यों न 'नटवर' को 'तीतर' व 'पेपर'

भाषा की इस कारगुजारी में गोंड राजाओं के नाम फारसी ग्रन्थों में इतने भ्रष्ट हुए कि उनका जिक्र न करना ही ठीक है।

दो दिनों तक उत्तम कायस्थ और राजकुमार की मुलाकात नहीं हुई, तीसरे दिन की बैठक में उत्तमचन्द ने कहा—अब तो कुछ और नई पोथियों को तुम्हें पढ़ना होगा।

हृदयशाह : 'अकबर बादशाह की दोनों पोथियों को सुनकर तो लगता है कि हिन्दुस्तान का धन्य भाग्य है कि उसे इतना महान् सम्राट मिला जो सभी गुणों की खान था।

उत्तम कायस्थ सही फरमाया, राजकुमार, अब इस देश की सन्तानें जलालुद्दीन मुहम्मद अकबर को हिन्दुस्तान का महानतम् शासक मानेंगी और अब उसे अशोक चन्द्रगुप्त और हर्षवर्धन की पाँत में खड़ी करेंगी। आगे की पीढ़ियाँ अकबर की प्रशंसा में गीत रचेंगी और विद्वान विद्वतापूर्ण ग्रन्थ रचेंगे। इतिहास की वे सारी घटनाएँ गलत या कल्पना प्रसूत साबित होंगी जो इन ग्रन्थों में नहीं है। ये लिखवाये हुए ग्रन्थ

इतिहास के मान्य स्रोत होंगे। अकबर के वे सब कारनामे जिन्हें हम आज जानते हुए घृणास्पद मानते हैं या तो उन्हें भुला दिया जाएगा याकि विद्वान उनके नए अर्थ देकर दूसरे स्रोतों को घटिया और संकुचित साबित कर देंगे।'

हृदयशाह (कुछ सोचते हुए) : मैं आपकी बातों से पूरी तौर से इत्तिफाक नहीं रखता, बादशाह अकबर को या उसके पूर्वजों को आगे की पीढ़ियाँ उतनी ही महान माने जितनी कि राजपूतों के पूर्वजों जैसे अशोक या चन्द्रगुप्त को मानती हैं तो इसमें बुराई क्या है। दोनों के पूर्वज अलग-अलग कालखंड में पैदा हुए थे और दोनों के पूर्वज दुनिया के महान विजेता थे जो कि महान राजाओं की पहिचान होती है।'

उत्तम कायस्थ : 'राजकुमार, यही आधा सच है, दोनों के पूर्वज महान विजेता थे किन्तु एक के पूर्वजों ने जीतने के बाद अहिंसा का व्रत ले लिया कि स्वयं को और अपने समय के समाज को मानवता की उच्च राह दिखलाई, परन्तु दूसरों के पूर्वजों ने नृशंस हत्याओं के कीर्तिमान स्थापित किए और क्रूरता के मानदंड स्थापित किये। मुगल बादशाह जिस व्यक्ति से अपनी वंश परम्परा का प्रारम्भ होना मानते हैं, जानते हो वह कौन व्यक्ति था।'

हृदयशाह : 'हाँ, हमें इलाहाबाद के स्तम्भ में पढ़कर बतलाया गया था–'तैमूर साहब'

उत्तम कायस्थ : 'तुम जानते हो इस तैमूर ने दुनिया और हिन्दुस्तान को क्या दिया।'

हृदयशाह : 'नहीं'।

उत्तम कायस्थ : 'तो सुनो–अब से लगभग हजार साल पहले उसने हिन्दुस्तान की राजधानी दिल्ली पर हमला कर पूरी दिल्ली की आबादी का सफाया कर दिया था। उसने एक लाख लोगों को मौत के घाट उतारा था। उसने अपने जीवन में करीब एक करोड़ सत्तर लाख लोगों की एशिया के अलग-अलग मुल्कों में हत्या कर लोमहर्षक इतिहास रचा था। फिर भी मरते दम तक वह रक्त पिपासु ही रहा।'

हृदयशाह : 'और इससे उनके उत्तराधिकारियों ने क्या सबक लिया।'

उत्तम कायस्थ : 'उससे अधिक क्रूर होने का, वह हत्या कर नरमुंडों की मीनारें बनवाता था। बादशाह अकबर ने भी हल्दी घाटी के युद्ध के बाद यही किया था। आज भी इसे मुगलों की तहजीब के रूप में देखा जाता है।'

खैर छोड़िए, पुरानी बात को। अब तो दो नए ग्रन्थों की बात कीजिए ये हैं– जन्नतनशीं जहांगीर की बादशाहत के सम्बन्ध में पहली किताब है तजुक ए जहांगीरी जिसमें स्वयं बादशाह ने अपने राज्यारोहण के वर्ष (1622 ई.) से लिखना प्रारम्भ किया और यह सिलसिला लगातार 18 वर्ष चला। अन्तिम दो वर्षों तक (1624 ई. तक) उसके व्यक्तिगत लेखनीकार ने उनकी ओर से विवरण लिखे। दूसरी पुस्तक भी मुतमिदखान ने लिखी इसका नाम 'इकबाल नामा ए जहांगीर है। फिर भी अकबरनामा

और आइने अकबरी की बात ही कुछ और है। मेरे ख्याल से अबुलफजल जैसा तवारीख ऐसी ही लिखी जाए। हमने सुना है तख्तनशीन होनेवाले बादशाह को कुछ ऐसा ही एक शख्स मिल गया है, पर उसकी काबिलियत पर अभी कुछ कहा जाना वक्त से पहले की जानेवाली बात होगी।

हृदयशाह : 'कौन है यह शख्स?'

उत्तमचन्द : 'सुनने में आया है कि शाहजादा खुर्रम ने तख्तनशीन होने के बाद 'शाहजहाँनामा' लिखने का हुक्म अबुल हमीद लाहौरी को देनेवाले हैं।'

सुबह-सुबह कस्तूरी साहनी को आया देख हृदयशाह को कुछ आश्चर्य हुआ। उन्हें बैठाने के पश्चात् हृदयशाह ने उनसे पूछ ही लिया कि आज इतनी जल्दी कैसे घर से निकलना हो गया तो पता चला कि उनका पूरा परिवार प्रातःकाल स्थानीय मन्दिर में संकीर्तन के लिए गया है। वे भी परिवार के साथ मन्दिर ही गए थे किन्तु वे दर्शन के पश्चात् यहाँ आ गए। शेष परिवार संकीर्तन के पश्चात् घर लौटेगा इसलिए वे फुरसत में थे। हृदयशाह भी प्रातःकाल वीणा बजाने का अपना रियाज पूरा कर चुके थे अतः दोनों ने मिलकर स्वल्पाहार किया। हृदयशाह जब से आए थे बादशाह के सम्बन्ध में अधिक से अधिक जानकारी लेना चाहते थे। कस्तूरी साहनी ने भी उन्हें समुचित जानकारी देने के लिए उत्तम कायस्थ जैसे योग्य व्यक्ति को हृदयशाह की सेवा में लगा दिया था।

कस्तूरी साहनी : 'राजकुमार, उत्तम कायस्थजी से आपको अपेक्षित जानकारियाँ तो मिल रही होंगी।'

हृदयशाह : 'हाँ, कायस्थजी के ज्ञान की मैं कद्र करता हूँ, परन्तु मुझे अब तक होनेवाले बादशाह के स्वभाव के बारे में कुछ इतना पता नहीं चला कि मैं उनके व्यक्तित्व के सम्बन्ध में कोई राय बना सकूँ।'

कस्तूरी साहनी : 'यह तो ठीक ही है राजकुमार। राजाओं के सम्बन्ध में कोई राय बनाना ठीक नहीं है। एक ही समय में राजा या बादशाह परम दयालु या क्रूर दोनों ही हो सकता है और इसका कारण है ताज या राजमुकुट जिसके लिए किसी से कैसा सम्बन्ध बना सकता है क्योंकि उसके जीवन का सर्वोच्च लक्ष्य ही अपने सिर पर ताज को बनाए रखने में सहायक होता है वह उसका मित्र और जब वही व्यक्ति यदि उसका शत्रु हो जाता है। फिर वह व्यक्ति उसका बाप हो, भाई हो या पुत्र हो उसके लिए इन सम्बन्धों का कोई अर्थ नहीं है।'

हृदयशाह : 'आपका कहना ठीक है, राज्य पाने के लिए राजा कितने कत्ल करवाते हैं इसका कुछ अन्दाज हमें भी है।'

कस्तूरी साहनी : 'बस राजा और बादशाह में केवल अनुपात में ही तो फर्क है। राजा जहाँ छोटी हत्याएँ करवाता है, वहाँ बादशाह अपने करीबी लोगों की बड़ी हत्याएँ कराता है।

मैं आपको एक ऐसी ही घटना सुनाना चाहूँगा जिसमें हिन्दुस्तान के होनेवाले बादशाह और इनके मरहूम पिता के स्वभाव के साथ ही पिता का पुत्र के साथ और भाई का भाई के साथ क्या सम्बन्ध होता है इस पर भी प्रकाश पड़ेगा।

हृदयशाह : 'सुनाइए'।

कस्तूरी साहनी : 'हमारे होनेवाले बादशाह जिन्हें अब शाहजहाँ के नाम से पुकारा जाएगा मरहूम बादशाह जहांगीर के जमाने में शहजादा खुर्रम के नाम से जाने जाते थे। बादशाह सलामत ने शहजादा को दक्कन का सूबेदार नियुक्त कर दिया था, उसी समय की बात है शाहजहाँ के एक सौतेले भाई अर्थात् जहांगीर के एक बेटे शहजादे खुसरो ने बादशाह के खिलाफ बगावत कर दी। बगावत असफल हुई और खुसरो को शाही फरमान से कैद कर शहजादा खुर्रम की देखरेख में कैद कर दिया गया। पिता जहांगीर ने अपराधी शहजादे अपने बेटे खुसरो की आँखों में सलाइयाँ फिरवा दीं। इस तरह बादशाह ने अपने बेटे को लगभग अँधा कर दिया। उसकी एक आँख की रोशनी तो पूरी तौर से खत्म हो गई थी, दूसरी में बहुत ही धुँधला थोड़ा-बहुत दिख जाता था।'

हृदयशाह : 'रोकने के लिए माफ करें। क्या खुसरो खुर्रम के सगे भाई नहीं थे?'

कस्तूरी साहनी : 'नहीं, शहजादा खुसरो शहजादी सुल्तान्नुनिसा के सगे भाई थे। ये दोनों बादशाह जहांगीर की हिन्दू बेगम, जिन्हें बादशाह सलामत ने बादशाह बेगम का खिताब दिया था। उनकी सन्तान थे।'

हृदयशाह : 'अपने पुत्र की ही आँखों को फोड़ देना कितनी क्रूरता है, ओह।'

कस्तूरी साहनी : 'राजकुमार, असली कहानी इसके बाद है।'

हृदयशाह (आश्चर्य से) : 'क्या कुछ और भी शेष है?'

कस्तूरी साहनी : 'हाँ, असली कहानी अब प्रारम्भ होती है। उन दिनों खुर्रम बुरहानपुर में रहता था। अतः जब खुर्रम को खुसरो सौंपा गया तो उसने उसे एक महल में कैद कर दिया। लगभग अंधा खुसरो भाग सकने की तो दूर बमुश्किल चल-फिर ही पाता था। अब वह सारा समय कुरान का पाठ करने में खर्च करता, उस अन्धे शहजादे का भविष्य भी अन्धकारमय ही था, परन्तु खुर्रम इस अन्धे को भी जीवित नहीं रहने देना चाहता था पर खुल्लमातुल्ला उसकी हत्या भी नहीं कर सकता था इसलिए उसने एक चाल चली। खुर्रम ने षड्यन्त्रपूर्वक खुसरो की हत्या के लिए एक ऐसा दिन मुकर्रर किया जिस दिन उसे लाव-लश्कर के साथ बुरहानपुर के जंगलों में शिकार के लिए जाना था। उस दिन जब वह जंगल में एक जंगली भैंसे को मार रहा था तभी उसे सूचना मिली कि उसके द्वारा नियुक्त हत्यारे राजा ने शहजादे खुसरो का उस वक्त कत्ल कर दिया जब वह एक खम्बे से टिककर बैठा था और शहजादे को बुरहानपुर की कब्रगाह में जल्दी-जल्दी दफन करा दिया।'

हृदयशाह : 'परन्तु जब बादशाह जहांगीर को शहजादे की मौत का पता चला, तब उसने क्या किया?'

कस्तूरी साहनी : 'करना क्या था। बेगम के दबाव में उसने खुर्रम से शहजादे की मौत का कारण पूछा। इस पर खुर्रम ने खबर भेज दी कि शहजादे की मौत अचानक पेट में दर्द होने की वजह से हुई है।'

हृदयशाह : 'परन्तु कहते हैं, बादशाह जहांगीर के जमाने में बेगम नूरजहाँ का हुक्म चलता था, उन्होंने क्या किया।'

कस्तूरी साहनी : 'नूरजहाँ यह सब सुनकर बहुत क्रोधित हुई। पर करती भी क्या? हाँ उन्होंने इतना जरूर किया कि शहजादे की कब्र खुदवाकर शहजादे के ताबूत को आगरा मंगवाया और फिर उसे दफन किया। शहजादे का मकबरा इलाहाबाद में बनवा दिया गया।'

कस्तूरी साहनी को यह ज्ञात था कि राजकुमार हृदयशाह सहज और कोमल स्वभाव के व्यक्ति हैं, क्योंकि मूलरूप से वे एक कलाकार हैं। कलाकार दुनियादारी की कठिनाइयों को या तो समझने से कतराते हैं या उनसे मुँह मोड़ना चाहते हैं। कस्तूरी साहनी जानते थे कि राजकुमारों को दुनियादारी की सबसे भीषण समस्याओं से रूबरू होना पड़ता है। अतः वे चाहते थे कि राजकुमार जितना सम्भव हो सके, उतने यथार्थवादी बनें।

उत्तम कायस्थ राजकुमार के पास कब और कितनी देर बैठते हैं–इसकी पूरी जानकारी कस्तूरी साहनी को थी। कायस्थ विद्वान व्यक्ति तो थे, पर कभी कभी उनका दृष्टिकोण एकांगी हो जाता था, यह भी कस्तूरी साहनी जानते थे। अतः एक दिन उन्होंने सोचा–क्यों न जब उत्तमचन्द राजकुमार से चर्चा कर रहे हों, तब स्वयं उनकी बातों का जायजा लिया जाए। और इस तरह वे एक दिन कोठी में जा पहुँचे।

कस्तूरी साहनी : 'राजकुमार, हमारे उत्तम कायस्थजी जरा तल्ख बोलते हैं, पर जो बोलते हैं वह सौ टके का होता है।'

हृदयशाह : 'हाँ साहनीजी, कायस्थजी का नजरिया आम आदमी का नजरिया नहीं है। वे दूर तक की सोचते हैं। उनकी बातें सुनकर हमारे मन में भी अब यह उत्सुकता जाग उठी है कि हिन्दुस्तान के नए बादशाह की नीतियाँ क्या होंगी, विशेषतः हम हिन्दुओं के बारे में।'

तीनों बात कर ही रहे थे कि किसी कार्यवश साहनीजी को ढूँढ़ते-ढाँढ़ते कामदेव वाजपेयी भी वहाँ पहुँच गए। फिर क्या था, चार लोगों की चौपाल ही जम गई। सेवक ने आकर चारों को शरबत पेश किया। शरबत पीकर चारों में स्फूर्ति आ गई और सिलसिला चालू हो गया बातों का। विषय वही था, नए बादशाह के हिन्दुओं के प्रति सम्भावित रुख का।

'हमारी समझ में तो कहीं कुछ नहीं बदलना है। इस समय मुगलों के खजाने भरे हुए हैं इसलिए शाहजादा खुर्रम भी बादशाह बनने के बाद अपने जन्नतशीन अब्बा हुजूर के नक्शेकदम पर ही चलेगा,' साहनी ने कहा।

हृदयशाह : 'मुझे कुछ विस्तार से बतलाइए?

साहनी : 'अरे विस्तार में क्या कहना। जिस तरह बादशाह जहांगीर रोज शराब में डूबे रहते थे, वैसे ये भी शराब में डूबने लगेंगे, जिस तरह बीच बीच में उन्हें इन्साफ पसन्दगी की सनक आती थी ताकि आम आदमी उनकी वाहवाही करता रहे, उसी तरह हमारे नए बादशाह भी इन्साफ पसन्दगी का नाटक करेंगे जिस तरह मरहूम बादशाह को चित्रकारी का शौक था, और उन्होंने दुनिया भर के चित्रकारों को काम दे रखे थे, उसी तरह हमारे नए बादशाह भी अपने शौक को अमली जामा पहनाएँगे। इन्हें शुरू से ही बाग लगवाने और इमारतें बनाने का शौक है।'

बस इसी तरह वर्ष के बाद वर्ष बीतते जाएँगे, मुल्ला मौलवी हिन्दुओं को मुसलमान बनाने की तरकीबें ढूँढ़ते रहेंगे और हिन्दू उनसे बचने की।

कस्तूरी साहनी की बात समाप्त हुई। तभी कामदेव, वाजपेयी ने जोड़ा, 'और जिस तरह मरहूम बादशाह की बेगम नूरजहाँ सल्तनत चलाती थीं, उसी तरह अब बेगम अर्जमन्द बानू सल्तनत चलाएँगी।

हृदयशाह : 'तो क्या मरहूम शहंशाह जहांगीर की ही भाँति शहजादे खुर्रम भी अपनी बेगम से उतनी ही मोहब्बत करते हैं?'

इसका उत्तर दिया अब तक चुप बैठे कायस्थ ने, 'नहीं, नहीं, उनसे कहीं कई गुना अधिक।'

हृदयशाह कुछ आश्चर्य से उनकी ओर देखने लगे। तभी कायस्थ ने बात आगे बढ़ाई, 'शाहजादे खुर्रम के चापलूसों ने सारे आगरा में यह प्रचारित कर रखा है कि उनके आका के बराबर का प्रेमी हिन्दुस्तान तो क्या दुनिया में कहीं नहीं है।'

कस्तूरी साहनी ने कुछ हँसकर बोले : 'भई मोहब्बत नापने का कोई पैमाना होता हो हमें तो अब तक ऐसा मालूम नहीं है?'

उत्तम कायस्थ बोले : 'अरे आप कैसे हैं, जिन्हें इतना साधारण पैमाने की जानकारी नहीं है?'

कस्तूरी साहनी : 'अच्छा भई हम नहीं जानते। आप ही बतला दीजिए?'

उत्तम कायस्थ बोले : 'खुर्रम शुरू से ही रंगीन तबीयत का आदमी है। कितनी रखैलें हैं कोई नहीं जानता। पर हैं दर्जनों। इन सबके बावजूद उसने अर्जमन्दखानू बेगम से अब तक एक दर्जन औलादें पैदा की हैं। इससे बढ़कर और क्या पैमाना चाहिए उसकी मोहब्बत का।

कामदेव वाजपेयी बोले : 'हाँ अभी तो आगे भी पैदा होती रहेंगी।'

हृदयशाह कुछ भोलेपन से, 'इनमें इतना लगाव है, फिर दर्जनों रखैलें क्यों?'

'जब बेगम साल में कई महीने बच्चे को पेट में रखती हैं, तब शाहजादा दूसरी औरतों के पास नहीं जाएगा तो और क्या करेगा? कामदेव वाजपेयी ने अपना मत प्रकट किया।'

कस्तूरी साहनी : 'मुझे तो लगता है कि हर साल बच्चे पैदा करनेवाली यह बेगम कभी भी बेगम नूरजहाँ के मुकाबले सियासी बातों में होशियार हो पाएगी, ऐसा लगता तो नहीं है।'

उत्तम कायस्थ : 'साहनीजी आपका ख्याल एमदम सही है। शाहजादा खुर्रम मरहूम बादशाह जहांगीर से बहुत अलग है। वह सल्तनत की सारी बागडोर अपने हाथ से मरते दम तक नहीं छोड़ना चाहेगा—यह मेरा पक्का विश्वास है।'

कस्तूरी साहनी : 'इसका मतलब यह भी है कि वह मरहूम जहांगीर की तरह नशे में धुत्त होकर बादशाहत नहीं करेगा और जब वह होशोहवाश में बादशाहत करेगा तब हिन्दुओं की कठिनाइयाँ न बढ़ें, यह मुसलमान बादशाह के राज्य में सम्भव नहीं है।'

उत्तम कायस्थ : 'आपकी सोच एकदम सही है।'

कस्तूरी साहनी : 'लेकिन अभी तो कयास ही लगाया जा सकता है कि बादशाह की हैसियत से वह हिन्दुओं को तथा दूसरे धर्म के माननेवालों से कैसा व्यवहार करेगा।

कामदेव वाजपेयी : 'कयास और वह भी शहंशाह की सोच के बारे में। यह तो असम्भव काम है, साहनीजी। हाँ बादशाह की कुंडली देखकर जरूर कुछ विचार किया जा सकता है।'

कायस्थ : 'कुंडली देखकर तो आप लोग अपना भविष्य जरूर सुनिश्चित कर लें, पर मेरी समझ में शहजादे खुर्रम के बारे में यदि हम तर्क पूर्वक विचार करें, तब भी बहुत कुछ समझ में आ सकता है।'

कस्तूरी साहनी : 'हम समझे नहीं?'

उत्तम कायस्थ : 'नहीं ऐसा नहीं है। आपने उस दिशा में सोचा नहीं है। अच्छा हमी से सुनिए। आप याद करें कि मरहूम बादशाह जहांगीर और उनके पिता जन्नतनशीन बादशाह अकबर में मोटी समानता क्या थी?

कस्तूरी साहनी : 'बहुत सी होंगी, पर आप जो सुनना चाहते हैं, वह हमें क्या मालूम।'

उत्तम कायस्थ : 'साहनीजी, सबसे बड़ी समानता तो उनके उस शौक में थी जिससे हमें उनके धार्मिक रूझान के बारे में थोड़ा बहुत तो अन्दाजा होता ही है। यह समानता है उनके चेहरे पर मूँछें और डाढ़ी से सम्बन्धित, न तो अकबर बादशाह को और न ही बादशाह जहांगीर को मुल्ला मौलवियों की पसन्दीदा डाढ़ी रखने का शौक था। दोनों को ही इस मामले में परवाह नहीं थी कि उनकी छवि कट्टर मुसलमान की हो। इस तरह पहला फर्क तो यही है कि अपने पिता और दादा के विपरीत शाहजादा खुर्रम अपने पूर्वज बाबर और हुमायूँ जैसी दाढ़ी रखकर यह सन्देश दे रहा है कि वह अपने मजहबी विचारों में उतना उदार नहीं है, जितना कि लोग उससे अपेक्षा कर रहे हैं। फिर उसने जिस बेरहमी से अपने भाइयों और सगे सम्बन्धियों की हत्या कराई है,

उससे वह भी निश्चित ही है कि वह काफिरों के लिए रहमदिल तो नहीं ही होगा। कुल मिलाकर मेरा तो ख्याल यह है कि वह ताजपोशी के तुरन्त बाद अपना असली रूप दिखला देगा।'

उत्तम कायस्थ : 'पर उन राजनैतिक समीकरणों का क्या होगा, जिनका सम्बन्ध हिन्दू जनता और हिन्दू राजाओं से है?'

हृदयशाह बहस की गम्भीरता को समझ रहे थे।

उत्तम कायस्थ : 'साहनीजी, मेरा ख्याल तो यह है कि अब आप कुछ समय के लिए मुजलिया इंसाफ जैसे शब्दों को भूलकर जमीनी सचाई पर ध्यान दें तो हमारा भी भला होगा और हमारे धर्म का भी।'

कामदेव वाजपेयी : 'भई कायस्थजी, आपने तो भविष्य की बड़ी भयावह तस्वीर पेश कर दी। इस कलियुग में क्या हिन्दू धर्म और हिन्दू बचेंगे भी या नहीं, क्योंकि राजपूतों की तलवारों की चमक तो मेवाड़ के राणा प्रताप के दिवंगत होने के साथ ही गायब हो गई प्रतीत होती है। अब तो सारे राजपूतों की तलवारें मुगलों के इशारों से कभी इस हिन्दू की तो कभी उस हिन्दू की गर्दनें काटने की अभ्यस्त हो चुकी हैं। हमारे बीच के ही लोग जब कहते हैं कि अकबर ने हिन्दुओं से रोटी बेटी के सम्बन्ध बनाने की प्रथा प्रारम्भ की। पर जहाँ तक हमें याद है कि आज तक किसी भी मुगल शहजादी का विवाह किसी भी राजपूत से नहीं हुआ है, सब कुछ इकतरफा है। राजपूतों में तो मानो मुगलों को अपनी बेटियाँ देने की होड़ लगी है।'

कस्तूरी साहनी : 'ये कायर अपनी बेटियों के एवज में पांचहजारी मनसबदारी जो पा रहे हैं उनका धर्म अब बादशाह के पैर चूमना रह गया है। हिन्दू राजाओं से हिन्दू धर्म की रक्षा की सोचना भी बेमानी है।'

कायस्थ : 'साहनीजी आपने एक और बेशर्मी की बात तो कही नहीं। वह यह कि मुगल बादशाह जब अपने मातहत किसी एक हिन्दू राजा द्वारा दूसरे हिन्दू राजा को और उसकी सेना को लड़वाकर नेस्तनाबूद करा देते हैं तब वे कभी-कभी खुश होकर अपने खिदमतगार राजा को मन्दिर बनाने की अनुमति दे देते हैं। सारी हिन्दू प्रजा तब बादशाह की जै-जैकार करती है। ऐसे काम को काफिरों के मजहब के प्रति उदारता कहा जाता है। इस उदारता के जिक्र में मुगल इतिहासकार कभी कोई कोताही नहीं बरतते। आगे की पीढ़ियों को ऐसे मन्दिरों के इतिहास की कमी पूरी जानकारी तो रहेगी नहीं। अगर कुछ मालूम रहेंगे तो सन्दर्भहीन वृत्तान्त। इन मुगल बादशाहों की दरियादिली को लोग बढ़ा-चढ़ाकर बखानेंगे।'

हृदयशाह : 'ताज्जुब नहीं दो चार पीढ़ियों बाद हजारों मन्दिरों को तोड़कर मस्जिद बनानेवाले इन बादशाहों को हिन्दू धर्म का संरक्षक ही मान लिया जाय। लोग भुला दें कि अपनी अस्मिता की लड़ाई में लाखों हिन्दू वीरों ने कभी सर भी कटाये थे।'

कस्तूरी साहनी : 'यह तो पूरी तरह से सम्भव है, क्योंकि स्वतंत्रता से लड़नेवाले वीर तो संग्राम की आहुति बन चुके हैं। अब केवल चापलूस और ऐयास राजाओं की सन्तानें बचेंगी और पनपेंगी, जिनके चरित्रों को देखकर तो आगे की पीढ़ियाँ यही निष्कर्ष निकालेंगी कि तुर्क वीर और ईमान पसन्द लोग थे और देशी क्षत्रिय कायर, निकम्मे और चरित्रहीन।'

कामदेव : 'झुठलाया नहीं जा सकता मत, कहिए झुठलाया जा चुका है। पिछली आधी सदी की घटनाओं के सम्बन्ध में यदि कोई प्रामाणिक बात करनी है तो क्या हम मुगल बादशाहों की दैनन्दिनी को ही नहीं देखते हैं?'

सब जानते हैं कि इन्हें वेतनभोगी नौकरों ने बड़ी बुद्धिमत्ता से तैयार किया है पर उससे क्या होना है। आपकी स्वयं की कौन सी परम्परा है जो तथ्यों को इस प्रकार रखे कि आगे की पीढ़ियाँ उस पर विश्वास करें। आपके लेखन में तो इतिहास ही विलुप्त हो जाता है। अकेले विक्रमाजीत या विक्रमादित्य नाम के न जाने कौन से राजा के दरबार में कालिदास से लेकर दस पीढ़ी बाद तक के कवि उसमें बैठे दिखलाई देते हैं।'

कामदेव : वाजपेयी 'कायस्थजी, ऐसा नहीं है, राजतरंगणी जैसे ग्रन्थों में पीढ़ियों का यथार्थपरक वर्णन है।'

कायस्थ : 'वाजपेयीजी ये सब अपवाद हैं। मैं पूँछता हूँ कि आपके गोंडवाने के ही विशाल मन्दिरों को बनवाने में कलचुरी राजाओं ने कब कितना व्यय किया? आप नहीं बतला पाएँगे। हर मन्दिर में एक मिथक गढ़ दिया गया है कि वह दो ढाई दिनों में विश्वकर्मा द्वारा बना दिए गए। परन्तु यहाँ तो जितनी इमारतें बन रही हैं या बनी हैं सभी के लेखा-जोखा मौजूद हैं।'

हृदयशाह : 'प्रिय कायस्थजी, हमारी वार्ता विचारोत्तेजक तो है, पर हम किसी निष्कर्ष पर नहीं पहुँच पाए, यह मान लिया कि वर्तमान में राजपूती शौर्य की आग पर राख चढ़ गई है। हमेशा तो ऐसा नहीं होगा, यदि यही सत्य होता तो हमारा भारत भी सुदूर देशों जैसे ईरान,तूरान और मिस्र की भाँति अपने प्राचीन धर्मों से हाथ धोकर इस्लाम अपना चुका होता। बेहतर होगा कि हम यह देखें कि बिना राजपूती शक्ति के सहारे हम किस तरह इस झंझावत में सुरक्षित रह सकते हैं।'

कायस्थ : 'सामाजिक शक्ति के जरिए।'

कस्तूरी साहनी : 'पर हम समझते हैं कि उसमें भी हम बहुत सफल नहीं हुए हैं। कबीरदास ने हिन्दू मुस्लिम एकता की बात कही, पर उनके निन्यानबे फीसदी अनुयायी हिन्दू ही हैं, मुस्लिम नहीं। जायसी तथा दूसरे सूफी कवियों की बात न तो हिन्दुओं के गले में उतरी और न ही मुसलमानों के। फलतः उनके अनुयायी तो अंगुलियों पर गिनने लायक ही बचे हैं। भक्ति मार्गी सन्तों ने, चाहे वे कृष्ण भक्त या रामभक्त हों, हिन्दुओं में आशा की किरण जरूर दिखलाई है। पर प्रश्न का पूरा उत्तर हमें कहीं नहीं दीखता।'

कायस्थ : 'आपको दिख गया है सहानीजी, पर आपने उसकी समग्रता पर विचार नहीं किया।'

साहनी : 'स्पष्ट करें।'

कायस्थ : 'सन्तों ने सन्तों के ढंग से उत्तर दिया है। प्रेम के मार्ग से लोगों का हृदय जीतो, ज्ञान के मार्ग से ईश्वर की अनेक पंथोंवाली परन्तु मूलतः एक सत्ता पर विश्वास करो और भक्ति से ईश्वर पर भरोसा करो। परन्तु यह हिन्दू समाज की जिजीविषा का एकपक्ष है। कुछ दूसरे पक्ष भी हैं जो जमीनी हकीकत से जुड़े हैं, जिन पर समाज को विचार करना है। ये पक्ष वह किसी न किसी रूप में समाज की मान्यताओं और नैतिकताओं से भी जुड़ा है। यह पक्ष हिन्दू समाज के व्यवहार में परिवर्तन की माँग कर रहा है।'

हृदयशाह : 'किस परिवर्तन की बात कर रहे हैं, आप।'

कायस्थ : 'उस परिवर्तन की जिससे हिन्दू धर्म बदलते हुए समय में फूटा कटोरा न बनकर रह जाए।'

हृदयशाह : 'फूटा कटोरा।'

कायस्थ : 'हाँ फूटा कटोरा, जिससे पानी बहकर बाहर जा रहा है।' वह खाली हो रहा है। पर इस नए पानी की दरकार है। जी हाँ, आप समझ गए होंगे। बादशाहों, नबावों और रईसों के हरमों में अनगिनत औरतें हर साल शामिल की जाती हैं, पर उसमें से तीन चौथाई से अधिक हिन्दू होती हैं। उसी तरह युद्ध में जब एक हिन्दू राजा हारता है तब उसके कितने रिस्तेदार और रियाया मुसलमान बनने को मजबूर होते हैं, क्या इसका कहीं हिसाब है, शायद नहीं।'

हृदयशाह : 'फिर क्या किया जाए?'

कायस्थ : 'इस चक्र को बदलना जरूरी है जिसके लिए बहुत से सामाजिक नियम बदलने होंगे। हिन्दुओं को हर मजहब की कन्याओं से विवाह करना होगा। उन्हें उन सभी वर्जनाओं को भी तो तोड़ना होगी जिनके चलते एक हिन्दू अंडा छूते या मांस खाते ही अपना धर्म खो देता है।'

हृदयशाह : 'क्या ऐसा कभी होगा?'

कायस्थ : 'होना प्रारम्भ हो चुका है, मात्र पचास-साठ बरस पहले तक मुसलमानों के साथ कोई काम नहीं करना चाहता था। धर्मभ्रष्ट होने का डर था पर कायस्थों ने इस दिशा में कदम उठाया और वे आज वह सब सीख रहे हैं। वे प्रशासन की बारीकियाँ सीख चुके हैं, मुसलमानों की प्रशासनिक भाषा को सीख चुके हैं। कायस्थों ने यह बखूबी सिखा दिया है कि कूप-मंडूक बने रहने रो काम नहीं चलेगा। अगर लड़ाई संस्कृति की भी है तो हमें अपने विरोधी की संस्कृति को गहराई से जानना होगा।

हृदयशाह : 'पर हमारे पुरोहित हमें यह आज्ञा देंगे।'

कायस्थ : 'पुरोहितों ने अपनी संस्कृति बचाने के लिए विकास का मार्ग छोड़ दिया है। ऐसा उन्होंने अपनी इच्छा से नहीं किया है। वे इसके लिए मजबूर हैं, अब पुरोहितों के आशीर्वाद के बिना भी समाज के घटकों को स्वतः स्फूर्त चेतना से काम लेना है।

कस्तूरी साहनी : 'आपकी बात में दम है, अपनी सोच में हमें कूप-मंडूकता छोड़नी ही होगी।'

शाम हो रही थी, अतः सब अपने घर की ओर रवाना होने को तैयार हुए, हृदयशाह भी शाम की फिजां देखने अपने दो नौकरों के साथ निकल पड़े।

शाहजहाँ की ताजपोशी का आगरा के गली-कूचे में भी गर्मजोशी से इंतजार किया जा रहा था। सामान्य परिवारों में भी ईद के समान खुशियाँ मनाई जा रही थी। ताजपोशी से दो रोज पहले से ही पूरा शहर जश्न में डूब गया था। गरीब घरों में सफेदी हो रही थी तो हैसियतवाले मध्यम वर्ग के लोग घरों में चटखदार रंग पुतवा रहे थे। कमरे, दालान, दरीचे, झरोखे वगैरह धुलकर झकाझक थे। बाजारों में मध्यम वर्ग के परिवार सलीमसाही जूतियों की खरीद-फरोख्त कर रहे थे। बच्चों का उत्साह देखते ही बनता था। लड़कियाँ गोटा किनारी का सामान खटिया में रखकर सीना पिरोना कर रही थीं। उनके पास रंग बिरंगे, चटकीले जरीदार कपड़े फैले हुए थे, जिन्हें वे खास ताजपोशी के वक्त पहनने के लिए बाजार से खरीदकर लाई थीं। बड़ी बूढ़ियाँ तुरपाई कर रही थीं। सभी घरों में देखा जा रहा था कि पानदान में मेहमानों के आने पर पानों की कमी न हो जाय।

अगर बाजार व्यंजनों की खुशबू से महक रहे थे तो घरों से भी मुगलई पकवान जैसे सींक कबाब, मुर्गजहांगीरी, नरगिसी कोफ्ते, तंदूरी बर्रा बनने की सुगंध आ रही थी। मुसलमान बच्चे, बूढ़े, सभी गोलटोपी और शेरवानी पहिने हुए घरों के बाहर ताजपोशी से सम्बन्धित बातें करने के मशगूल थे। हिन्दू घरों में भी औरतें नई चूड़ियाँ पहन रही थीं और पड़ोसी मुसलमानों की बहू बेटियों के साथ इस हँसी-खुशी के वक्त का आनन्द उठा रही थीं।

खुशी के इस माहौल को देखकर लौटते वक्त अपनी कोठी में प्रवेश करते समय हृदयशाह आम आदमी और सियासत के फनकारों के नज़रिए के फर्क को तौल रहा था।

प्रेमसुन्दरी

बृजेन्द्र सिंह बघेल के पिता रिपुदमन सिंह बान्धवेश के दूर के सम्बन्धी थे। रिपुदमन सिंह ने जीवन के अधिकांश वर्ष अपनी मातृभूमि से दूर राजधानी में काटे थे। वे भाठ राज्य के सम्मानित अधिकारी थे। उनका कार्यकाल मुख्यतः शहंशाह जहांगीर के समय का था। अतः उनका राजधानी में कुल एक ही काम था कि वे प्रतिस्पर्धी बुन्देलों के किसी कूटनीतिक जाल में बान्धवेश को फँसने से बचाए रखें। यह एक जमीनी हकीकत थी कि बुन्देला वीरसिंह देव शहंशाह का मित्र भी था और खिदमतगार भी। जाम में डूबे बादशाह से वह बान्धवेश के विरोध में निर्णय कराने में सक्षम था, पर रिपुदमन सिंह भी राजनीति के कच्चे खिलाड़ी नहीं थे। वे राजनीति की बिसात पर पैदल से हाथी को मात दे सकने की क्षमता रखते थे। राजनीति में डूबे रिपुदमन सिंह की शामें शराब के प्याले में डूब जातीं, रोज कोई न कोई नया हम प्याला होता पर यह सब कुछ तो उनकी मजबूरी थी और कुछ उनकी आदत। रिपुदमन सिंह अपने पुत्र बृजेन्द्र सिंह को इसी सांचे में ढालना चाहते थे, पर बृजेन्द्र सिंह को शायद अपनी माँ के गुण विरासत में मिले थे। वे निहायत धार्मिक व्यक्ति थे, परन्तु साथ ही अपनी बौद्धिक क्षमता में उनका कोई सानी नहीं था। उन्हें भास्कर्य, खगोल और कीमियागारी जैसे विज्ञानों में महारत हासिल थी। कम उम्र होने पर भी शाही विशेषज्ञ उन्हें मशविरे के लिए याद करते।

पिता पुत्र में सौहार्द की कमी थी, क्योंकि पिता की आदतों के कारण उनकी माँ हमेशा दुखी रहतीं। अतः जब बृजेन्द्र सिंह वयस्क हुए तो उन्होंने पिता के कुछ कार्यों का प्रतिवाद किया फलतः पिता ने क्रोधित हो उन्हें कोई और ठौर ढूँढ़ने की चेतावनी दे दी।

परन्तु विद्वान और योग्य व्यक्ति की कद्र कहाँ नहीं होती? बान्धवेश ने इस गृहकलह पर विराम लगाते हुए बृजेन्द्र सिंह को गढ़ा कटंगा राज्य की सेवा का प्रभार दे उन्हें स्वतंत्र अधिकारी बना दिया। अब बृजेन्द्र सिंह अपनी माता के साथ एक अलग हवेली में रहने लगे थे। बृजेन्द्र सिंह से मिलने अनंग वाजपेयी हमेशा ही पहुँचा करते क्योंकि वे पूर्व सखा भी थे। दोनों में काफी अनौपचारिक चर्चाएँ होती रहती थीं।

अनंग वाजपेयी आज राजकुमार हृदयशाह को लेकर बृजेन्द्र सिंह के यहाँ पहुँच गए। दोनों को आकस्मिक तौर पर आया देख बृजेन्द्र सिंह ने कहा–पंडितजी, मुझे ही बुला लिया होता, मैं सेवा में पहुँच जाता, राजकुमार को क्यों कष्ट दिया परन्तु जब राजकुमार हृदयशाह से कहा कि वहाँ आने का उनका ही प्रस्ताव था तो बृजेन्द्र सिंह प्रसन्न हुए। धीरे-धीरे औपचारिकता अनौपचारिकता में बदल गई।

बृजेन्द्र सिंह : 'पंडितजी, हमें पता चला है कि आप आजकल पतित पावन हो गए हैं।'

अनंग वाजपेयी (व्यंग को ताड़ते हुए) : 'बड़े भइया ऐसा मैंने क्या किया है? हाँ, पूजा पाठ तथा अनुष्ठानों हेतु कभी-कभी कुछ मित्रों के यहाँ चला जाता हूँ। कर्मकाण्ड तो ब्राह्मण ही कराते हैं।'

बृजेन्द्र सिंह (कुछ नाराजगी से) : 'पंडितजी, क्या वेश्याओं के यहाँ भी आपके कर्मकाण्ड की आवश्यकता पड़ने लगी है। वेश्याओं का तो हमारी नजर में एक ही कर्मकाण्ड है, एक ही धर्म है, उनका सारा व्यवहार इस पर ही केन्द्रित होता है :

एषा हसन्ति च रुदन्ति च वित्तहेतो
विश्वासयन्ति पुरुषं न तु विश्वसन्ति
तस्मान्नरेण कुलशील समन्वितेन
वेश्या स्मशान सुमना इव वर्जनीयाः।

(वे (वेश्या) धन के लिए हंसती हैं और धन के लिए ही रोती हैं। वे पुरुषों में प्रेम प्रतीति भरा करती हैं (अर्थात् उनका प्रेम वास्तविक नहीं है) इसीलिए उत्तम कुल शील पुरुष इन्हें श्मशान में (खिले हुए सुन्दर) पुष्प की भाँति (जानकर) इन्हें वर्जनीय मानता है।)

तो पंडितजी जहाँ धन ही धर्म हो वहाँ आपके द्वारा किस कर्मकाण्ड का सम्पादन होना था, यदि बतला सकें तो उचित होगा। आप को यह तो भली-भाँति सदैव स्मरण रखना होगा कि हम दोनों यहाँ गोंडराज्य के प्रतिनिधि की हैसियत से राजधानी में रह रहे हैं। गौंड राज्य हमारा सारा व्यय उठाता है, आप उस राज्य के विद्वान और धार्मिक प्रतिनिधि के रूप में यहाँ रह रहे हैं और चूँकि मैं कूटनीतिक प्रतिनिधि के रूप में यहाँ रह रहा हूँ तो मुझे इस बात की सदैव चिन्ता रहती है कि हमारे सम्बन्ध किन लोगों से हैं। यह बात और अधिक महत्त्वपूर्ण तब है जब गढ़ा मंडला के राजकुमार हृदयशाह भी हमारे संरक्षण में राजधानी में निवास कर रहे हैं।'

अनंग वाजपेयी कब निरुत्तर होनेवाले थे, कहने लगे, 'बड़े भइया आप जैसे वीर एवं जागरूक बघेल राजपुत्र की छाया में हम कहीं भी रहें सदैव सुरक्षित रहेंगे। आपने 'मृच्छकटिकम्' की उत्तम सीख की हमें याद दिलाई, उसका धन्यवाद। परन्तु यदि आपको ध्यान हो तो कहना चाहूँगा कि उसी ग्रन्थ में संध्यावन्दन करनेवाले एक धार्मिक ब्राह्मण का भी वर्णन है जो रात्रि में चोरी करता है। उस

चोरी में परम् पवित्र यज्ञोपवीत के उपयोग का वर्णन भी यदि आप भूल रहे हों तो मैं सुनाये देता हूँ।

'एतेन मापर्यात मित्रिषु कर्ममार्गमेतेन मोचयति।

भूषण उद्घाटको भवति यत्र हढ़े कपाटे दष्टष्य कीट भुजंगैः परिवेष्टनं च ॥'

(हाँ, यह यज्ञोपवीत प्रमाण सूत्र का काम देगा। यज्ञोपवीत ब्राह्मण के लिए, विशेषतः मुझ जैसे ब्राह्मण के लिए बड़ी सहायक वस्तु है। कहीं दीवार में सेंध लगाना हो, तो इससे काम लो, गहनों के जोड़ इनमें बाँध कर तोड़ दो, कुलावे लगाकर बन्द हुए किवाड़ इससे खोल लो, और साँप-बिच्छू काटे तो इससे बाँध दो।)

ब्रजेन्द्र सिंह (मुस्कुराकर) : तो पंडितजी, आपने भी क्या यज्ञोपवीतं परमं पवित्रं का यह उपयोग प्रारम्भ कर दिया। चोरी करते जिस दिन पकड़े गए सिर कलम कर दिया जाएगा। अब मुगलों का जमाना है, राजपूतों का नहीं जहाँ ब्राह्मण कैसा भी हो अवद्य समझकर छोड़ दिया जाए।

अनंग वाजपेयी (कुछ शरारत से) बड़े भइया, राजपूतों की समझ में बस यह कमी है। अमिधा के अतिरिक्त वे कुछ और समझने का प्रयास ही नहीं करते।'

बृजेन्द्र सिंह : 'मृच्छकटिकम् के इन उद्धरणों से क्या कुछ और समझना है?'

अनंग वाजपेयी : 'देखिए बड़े भइया, जिस तरह यज्ञोपवीत के ये सारे उपयोग अपवाद हैं, उसी तरह सभी गणिकाओं को धनपिपासु कहना भी ठीक नहीं है मृच्छकटिकम् की ही बसन्तसेना को थोड़ा याद कीजिए।'

बृजेन्द्र सिंह : 'पंडित वही गलती, अरे भई, यह मैं मान लेता हूँ कि मृच्छकटिकम् के पंडित ने यज्ञोपवीत् के जो उपयोग गिनाये वे अपवाद हों पर गणिकाओं में बसन्तसेना भी अपवाद ही थी, वैसी उदारहृदय। सुन्दर गणिकाएँ अब नहीं होतीं, अब सभी गणिकाएँ धन की लोलुप ही होती हैं। समझे।

अनंग वाजपेयी : 'नहीं बड़े भइया सभी कालों में अच्छे व्यक्ति समाजों में अपवाद स्वरूप सदैव पाए जाते हैं। वार वनिता सुन्दरा तन और मन दोनों से दूसरी बसन्त सेना हैं।

बृजेन्द्र सिंह : 'मैं देख रहा हूँ राजधानी में आजकल सभी पंडितों के ऊपर सुन्दर स्त्रियों का नशा चढ़ रहा है। ठीक भी है। जब शहंशाह के दरबार में ही पंडितराज जगन्नाथ सुन्दरियों की प्रशंसा में देव भाषा संस्कृत में कविताएँ लिखे जा रहे हैं तो तुम जैसे पंडित उनके प्रभाव से अछूते कैसे रह सकते हो।'

अनंग वाजपेयी : 'बड़े भइया मुझ जैसे साधारण ब्राह्मण में वह साहित्यिक क्षमता कहाँ जो मैं पंडितराज की चरण धूलि भी बन सकूँ। उनकी तो कविता लोकोत्तर है। उनकी कविता के लिए जो यह लिखा गया है, एकदम सटीक है–

मधुद्राक्षा साक्षादमृत वामाधरसुधा कदाचि।

त्केषांचिन्न खलु विदधीरन्नपिमुदम्।

ध्रवं ते जीवंतोऽप्यह मृतका मंदमतयो
न येषामानंद जनयति जगन्नाथ मणितिः ॥'

(शहद, अंगूर साक्षात् अमृत व सुन्दरी के अधरोष्ठ भी कदाचित किसी को प्रमोदित न करें, परन्तु जगन्नाथ की कविता सुनकर जो आनन्दित नहीं होता, वे जड़बुद्धि इस संसार में जीते जी मृतक समान हैं।)

बृजेन्द्र सिंह : 'तुम पंडितों को क्या हो गया है। तुम लोग समाज को किस तरह का दिशा-निर्देश करनेवाले हो। तुम्हारे पंडितराज नाचनेवाली वेश्याओं और नर्तकियों पर संस्कृत कविताएँ लिखकर कौन-सा युगान्तकारी दर्शन समाज के सामने रखना चाहते हैं।'

अनंग वाजपेयी : 'लोकधर्म का दर्शन, समाज से समृद्ध है इसलिए कलाओं की उन्नति हो रही है, भोग और मोक्ष के मायने बदल गए हैं–

यत्रास्ति भोगो न तत्र मोक्षा
यत्रास्ति मोक्षा न तत्र भोगः
श्री सुन्दरी सेवन तत पराणा
भोगश्च मोक्षश्च कटस्थ एव'

बृजेन्द्र सिंह : 'इसका तात्पर्य?'

अनंग वाजपेयी : 'शाब्दिक अर्थ पर ना अटकें। याद रखें देशकाल की बदलती परिस्थितियों में समाज धर्म और मनुष्य सभी बदले हैं।'

'भाठ रीवा में तो ब्राह्मण आज भी अंडों को छूने की बात भी मन में नहीं ला सकता। कहने को तो हमारे यहाँ भी मुसलमान हैं, पर वहाँ पंडित मुसलमानों के यहाँ पानी भी नहीं पी सकता। पर हम जब कामाख्या दर्शन के पश्चात् बंग देश गए तो देखकर चकित रह गए। बंगाल में मछली वनस्पति मानकर खाई जाती है। ब्राह्मणों के घर बत्तख का अंडा चल जाता है, यद्यपि मुर्गी का अंडा मुसलमान ही खाते हैं।

'हमारे यहाँ के पंडित के यहाँ तो अंडा छू भी जाए तो भले ही किसी का भी क्यों न हो बिना नहाये शुद्धि नहीं होती। लहसुन-प्याज का छिलका पंडितों के दरवाजे में भी नहीं मिल सकता। यदि किसी के दरवाजे पर प्याज का छिलका पड़ा देख लें तो पंडितजी उनके यहाँ का पानी नहीं पी सकते।'

'लेकिन हमने तो इतना देखा है कि मुगलों के आने के बाद भी लोगों के दिलों में मैल नहीं है। पंडित अपनी तरह रहता है साधारण मुसलमान अपनी तरह। लोगों के दिलों में मैल नहीं है। मित्रता खूब देखने को मिलती है। पर धर्म भी अपनी जगह पुख्ता है।'

फिर कुछ रुककर बोले : 'बड़े भइया भाषाएँ तो अभिव्यक्ति का माध्यम हैं। फिर चाहे वह संस्कृत हो या कि देशज आप संस्कृत में देवलोक की नृत्यांगनाओं और अप्सराओं के सौन्दर्य के वर्णन क्यों पढ़ना चाहते हैं?'

'पंडित राज जनमानस की सौन्दर्य की वृद्धि को यथार्थपरक बनाना चाहते हैं। नारी सौन्दर्य को देखने के लिए स्वर्गवासी होना जरूरी नहीं है, यही तो पंडित राज जतलाना चाह रहे हैं, जब वे कहते हैं कि

यवनी नवनीत कोमलांगी
शयनीये यदि लम्यते कदाचित्।
अवनीतलमेव साधु मन्ये
नवनी माघवानी विलासहेतु ॥'

(मक्खन के समान कोमल शरीरवाली यवन कन्या यदि शैया में प्राप्त हो तो इस भूतल को मैं परम सुखकर मानूँगा। इन्द्र के नन्दनवन में विलास करने का सुख उसके सम्मुख तुच्छ है।)

बृजेंद्र सिंह : 'बस महापंडित, बस।'

'अब तुम कृपाकर हमारे राजकुमार को किसी नवनीत कोमलांगी से न मिलवा देना वरना तुम्हारी संगत में ये भी पंडित जगन्नाथ की तरह उस पर कविता करने लगेंगे और न ही किसी नर्तकी से मिलवाकर इनका चैन छिनवा लेना। हमारा गढ़ा कटंगा के भविष्य के प्रति भी कुछ उत्तरदायित्व है, इसे याद रखना आवश्यक है।'

अनंग वाजपेयी : 'पर राजकुमार कब तक उत्तमचन्द कायस्थ से मुगलिया खानदान के इतिहास और उसके रस्मो-रिवाज के सम्बन्ध में सुनते रहेंगे। पूरा एक सप्ताह हो चुका है। शहंशाह को तख्तनशीन होने पर अभी पखवाड़े भर से भी अधिक वक्त है तब तक ये क्या करें? इन्हें क्या एक माला लाकर दे दूँ ताकि ये वक्त का सही उपयोग करते रहें या कि कहीं कुछ मनोरंजन की व्यवस्था करूँ जैसे कि भइया कामदेव वाजपेयी और चाचा कस्तूरी साहनी चाहते हैं।'

बृजेन्द्र सिंह : 'अवश्य ही इन्हें मनोरंजन के लिए ले जाओ पर यदि किसी नर्तकी के यहाँ ले ही जाना हो तो उनके मूलभूत गुणों से भी राजकुमार को अवगत करा दें।'

अनंग वाजपेयी : 'यदि यह हिदायत आप दे दें तो अधिक अच्छा होगा।'

हृदयशाह : 'ऐसा क्या खतरा है? ठाकुर भइया।'

बृजेन्द्र सिंह : 'राजकुमार, आप जब राजधानी की किसी भी नर्तकी या वेश्या के यहाँ जाएँ, तब यह मानकर चलें कि उसके पास सोना, चाँदी, जवाहरात और रुपयों की कोई कमी नहीं है। आपके एक बार जाने के बाद ही वेश्या की कुट्टनी आपसे कहेगी कि आप जिसके यहाँ गए थे, वह सुन्दरी आप की याद में तड़प रही है, वह आपसे एक बार मिलना चाहती है। कुट्टनी की ऐसी मीठी-मीठी बातों में फँसकर जब नया प्रेमी उसके यहाँ पहुँचता है तो वह अपने नयनबाणों से, तरह तरह के हावभाव से और अपनी मधुरवाणी से अपने नए मिलनेवाले युवक को प्रेमी बनाकर जाल में फंसा लेती है और फिर नए प्रेमी को चैन कहाँ? वह वहाँ उस समय तक पहुँचता रहता

है जब तक उसके पास धन है। जब वह अपनी दौलत लुटा चुकता है तब वेश्या की नजरें फिर जाती हैं। लुटा प्रेमी स्वयं ही वहाँ जाना बन्द कर देता है, यह है वेश्याओं के संयोग श्रृंगार की तथा कथा।'

अनंग वाजपेयी (हृदयशाह से) : 'राजकुमार, बड़े भइया ने जो बात कही वह शब्दशः सत्य है, पर हमने भी गढ़ा कटंगा का नमक खाया है। हम आपको ऐसी जगह ले चलेंगे जो अपनी फितरत में इनसे एकदम अलग है।'

दूसरे दिन शाम को अनंग वाजपेयी हृदयशाह को एक कोठे पर ले गया। कोठा क्या था शानदार कोठी थी। रास्ते भर अनंग वाजपेयी घुमा-फिराकर यह समझाने की भी कोशिश करता रहा कि वेश्याओं के हावों-भावों को कभी भी अपने प्रति अनुराग न समझा जाए।

न तो हृदयशाह ने पूछा और न ही अनंग वाजपेयी ने बतलाया कि वे कहाँ जा रहे हैं। इस तरह बिना किसी परिचय के वह जिस कोठी में पहुँचा उसकी भव्यता देखकर एक पल के लिए हृदयशाह चौंक गए।

हृदयशाह महफिल में आकर जैसे ही बैठे, बाँदियों ने उनका स्वागत किया। वातावरण रंगीन था। कीमती गलीचों और गावतकियों के बीच कुछ अधिक उम्र के और कुछ युवा कद्रदान चाँदी के हुक्के हाथ में पकड़े हुए थे। हृदयशाह के सामने भी एक चाँदी का हुक्का रख दिया गया। हृदयशाह पहली पंक्ति में बैठे, परन्तु अनंग वाजपेयी पीछे की पंक्ति में जा बैठे।

हृदयशाह को इस बात का मलाल था कि उन्होंने बैठने से पहले अनंग वाजपेयी से न तो तवायफों का नाम पूछा था और न ही कोई परिचय। फिर सोचा—तवायफों का भी क्या परिचय? अगर हुनरमंद हैं तो उनका हुनर परिचय होगा वरना बृजेन्द्र सिंह ने जो सामान्य परिचय दिया था, वह तो सभी पर लागू होना ही है।

वे यह सोच ही रहे थे कि कक्ष में एक सुगंध का झोंका-सा आ गया। उन्होंने देखा कि गहरे लाल रंग के चमकीले लिबास में स्वर्णाभूषणों से सजी एक बेहद खूबसूरत युवती महफिल के बीच में सबको सलीके से सलाम कर रही है और सभी प्रसन्न होकर उसका स्वागत कर रहे हैं।

इस महफिल को देखना और सुनना हृदयशाह के लिए नया तजुर्बा था।

हृदयशाह प्रेमसुन्दरी की बांकी चितवन से घायल हो चुके थे। प्रेमसुन्दरी का सौन्दर्य ही कुछ ऐसा था। कालिदास ने जिस श्यामा नारी का अपने काव्यों में अनेक बार चित्रण किया है उसका प्रतिरूप ही तो थी प्रेमसुन्दरी। हृदयशाह प्रेमसुन्दरी के आग्रह पर कभी-कभी उसके भवन भी चले जाते। प्रेमसुन्दरी के चाहनेवालों की कमी न थी। हृदयशाह ने जब पहली बार जाने का मन किया तब अकेले जाने की हिम्मत न हुई। अतः साथ में अनंग वाजपेयी को साथ ले लिया। प्रेमसुन्दरी के भवन के पास

ही दोनों मित्र पहुँचे ही थे कि उन्होंने देखा—दूसरी ओर से प्रेमसुन्दरी की पालकी आ रही है। उसने पालकी से जैसे ही सिर निकालकर देखा तो हृदयशाह से नजर मिली। उसने मुस्कान बिखेर दी।

हृदयशाह को सम्मान सहित बैठाया गया। यद्यपि आज की महफिल एक खास विदेशी मेहमान के लिए मुकर्रर थी। उपस्थित कद्रदानों में सभी को पान की गिलोरियाँ भेंट की गईं। संगीत का दौर प्रारम्भ हुआ जो दो घड़ी चला। इनमें एक लम्बी कद काठी का अधेड़ व्यक्ति भी था, जिसने कुछ अलग ढंग के कपड़े पहन रखे थे। उसके सिर पर कपड़ा ढंका हुआ था और उस पर सुनहरी रस्सियाँ सिर के चारों ओर लपेटी गई थीं। उन दिनों भारत में शासन व्यवस्था हेतु ईरान या तूरान के ऊँची तालीम प्राप्त लोगों को भारत में बुलाया जाता था तथा उन्हें प्रशासन के ऊँचे पद सौंपे जाते थे। यह व्यक्ति भी आगरा स्थित किसी उच्च अधिकारी का करीबी रिश्तेदार था जो शाम को भारतीय संगीत सुनना चहता था। संगीत के जानकार उसे यहाँ लाये थे। उसने नृत्य संगीत के दौरान काफी अशर्फियाँ लुटाईं। वह हिन्दुस्तान में नया ही आया था, इसलिए हिन्दवी के कुछ लफ्ज़ों को ही समझ पाता था, पर वाद्य संगीत का पूरा मजा उठा रहा था। प्रशंसा के स्वर में बीच-बीच में जोर-जोर में 'हलुवा' या 'हेलुवा' शब्द बोल रहा था। महफिल खत्म होने पर सभी रुखसत हो लिए। हृदयशाह भी उठ खड़े हुए। उठते ही प्रेमसुन्दरी से नजर मिली, इजाजत चाही पर शब्द न निकले। प्रेमसुन्दरी ने आँखों ही आँखों कुछ कहा जिस पर हृदयशाह तो संशकित से हो रहे पर अनंग वाजपेयी सब कुछ समझ गए। उन्होंने हृदयशाह का हाथ पकड़ा और कहा—'राजकुमार, इतनी जल्दी कहाँ चले। इतना सुन्दर संगीत सुनकर भी क्या संगीत की प्रशंसा नहीं करेंगे?'

हृदयशाह कुछ सँभले, फिर हँसकर बोले, हाँ अनंग, तुम ठीक कह रहे हो, यह कहकर बैठते हुए कहने लगे कि प्रेमसुन्दरीजी के गायन की प्रशंसा करूँ या कि उनके संगीत और नृत्य की कुछ समझ नहीं आता।'

इस पर प्रेमसुन्दरी ने पास में बैठते हुए हृदयशाह से नजरें मिलाते हुए कहा 'आपको कुछ समझ भी आता है, हमें तो इस पर भी सन्देह है?'

हृदयशाह नजर के इस तीर को न सम्हाल पाए, कुछ हड़बड़ाकर बोले : 'हाँ, हाँ, वह विदेशी, हलुवा कह रहा था, पता नहीं उसे हलुवा की क्या जरूरत पड़ गई।'

प्रेमसुन्दरी ने अनंग वाजपेयी की ओर देखते हुए कहा : 'तुम तो राजकुमार के मित्र हो। साथ ही काव्यशास्त्र के ज्ञाता हो। विदेशी को हलुवा की क्या जरूरत पड़ी अब तुम्हीं समझा दो।'

अनंग वाजपेयी : 'राजकुमार, यह विदेशी हमारी कलाओं का रस लेने आया था पर उसकी प्रसन्नता तो उसकी अपनी भाषा में ही व्यक्त होनी थी। उसकी भाषा में हलुवा का अर्थ होता है बहुत बढ़िया, बहुत खूब, अतिसुन्दर।'

अब तक हृदयशाह प्रकृतिस्थ हो चुके थे। प्रेमसुन्दरी की ओर देखते हुए बोले : 'भई, हम तो ठेठ हिन्दुस्तानी आदमी हैं।' सुन्दरता की कल्पना में जब हम हलुआ कहेंगे तब हमें तो हमारे हिन्दुस्तानी कवि का ही कलाम याद आएगा।'

प्रेमसुन्दरी : 'तो क्या ऐसा भी कोई कलाम है, जिसमें हलुवा और शृंगार रस का योग हो।

हृदयशाह (कुछ याद करते हुए) : कवि का नाम तो याद नहीं पर कलाम हाजिर हैं—

नेह मौन छवि मधुरता, मैदा रूप मिलाय।
बेचत हलवाई मदन, हलुवा सरस बनाय॥

अनंग वाजपेयी : 'वाह राजकुमार, वाह, 'क्या सुन्दर कविता है। मुझे तो लगता है विदेशी का हलुआ इस देशी हलुए के सामने फीका पड़ गया। उसमें तो केवल वाह वाही थी। इसमें तो नायिका की सुन्दरता की एकदम नए ढंग से प्रशंसा की गई है। फिर कुछ विचारमग्न हो प्रेमसुन्दरी की ओर देखते हुए सोचने लगे कि 'कहीं सामने बैठी सुन्दरी की प्रशंसा में स्वयं राजकुमार की यह उक्ति तो नहीं है।'

प्रेमसुन्दरी (लजाते हुए) : 'तुम साहित्यकार कहाँ की बात कहाँ जोड़ देते हो, यह तुमसे कोई सीखे।'

अनंग वाजपेयी : 'अरे, कवि तुम जैसी सुन्दरियों से ही तो अपनी अनुभूति को प्राणवान रखते हैं, अन्यथा तो सभी कविताएँ वाग्जाल हो जातीं।'

प्रेमसुन्दरी : 'अनंगजी, आप जैसे ही लोग तो आदमी के नजरिए की ऊँचाई को समझ सकते हैं और समझा भी सकते हैं। आप आए हमें बहुत अच्छा लगा पर शायद आपके साथ आए राजकुमार आज विदेशी मेहमानों की उपस्थिति में महफिल का पूरा आनन्द नहीं उठा सके।'

यह कहकर प्रेमसुन्दरी ने हृदयशाह की ओर देखा। हृदयशाह वास्तव में कुछ गुमसुम ही थे, सिवा इसके कि उन्होंने एक पद्य सुना दिया था, पर अब जब दूसरे लोग जा चुके थे वे सामान्य हो गए।

हृदयशाह : 'एक बात पूछूँ प्रेमसुन्दरी जी?'

प्रेमसुन्दरी : 'फरमाएँ?'

हृदयशाह : 'मैंने आपके यहाँ आकर पाया कि यहाँ सात सुरों के बजाय कुछ अधिक सुर निकाले जा रहे हैं। लगता है कहीं कुछ मिलावट हो गई हो।'

प्रेमसुन्दरी : 'कुछ आश्चर्य से मन में सोचती है कि संगीत की यह बारीकी इस राजकुमार को कैसे ज्ञात है। पर उसने इतना ही पूछा—हुजूर, आपने ऐसा क्यों सोचा?'

हृदयशाह : 'इसलिए कि विदेशी मेहमान ने आपसे भारतीय स्वरों में कुछ सुनने को कहा था यद्यपि आपका आलाप बेमिसाल था, गायिकी बेजोड़, पर रागों के सुर कहीं वैसे नहीं हैं जैसे हम सुनने के आदी हैं।'

प्रेमसुन्दरी का आश्चर्य अब तक दो गुना बढ़ चुका था। बोली : हुज़ूर कुछ देर क्या हम और आप बैठकर गुफ्तगू नहीं कर सकते।'

'क्यों नहीं, कहते हुए अनंग वाजपेयी ने हृदयशाह का हाँथ खींचते हुए गद्दी पर फिर से बैठा दिया।'

हृदयशाह (कुछ मुस्कुराकर) : 'कहिए, क्या कहना चाहती हैं?'

प्रेमसुन्दरी : 'हमने मौसिकी के इतने कद्रदान देखे पर इतना बारीक फर्क निकालते हुए आपको ही देखा। फिर भी हम यह कहना चाहेंगे कि पुरानी हिन्दुस्तानी गायिकी तो अब दक्षिण भारत में मानो चली गई है। यहाँ तो अब ईरानी और तूरानी स्वरों की लहरी का बोलबाला है जिसमें कभी आठ (और कभी बारह) सुर लहरी होती हैं।'

हृदयशाह : 'हम आपकी बात से सहमत हैं, परन्तु हमारा कहना कुल इतना है कि जब एक विदेशी इस जमीन का संगीत सुनना चाहता हो तो उसे सप्तसुरीय ही होना चाहिए था।'

प्रेमसुन्दरी : 'माफ करें, हिन्दुस्तान में हर बाहरी फन की कद्र होती है यहाँ के लोग तंग मिज़ाज नहीं हैं। वे बाहरी चीजों को–चाहे वह गायिकी हो, नृत्य हो, चित्रकला हो या मूर्तिकला हो यदि सुन्दर है तो उसे अपनाने में नहीं चूकते। हाँ यह जरूर है कि हमारे यहाँ के शुद्धतावादी बहुत हद तक अपनी कला को दूसरों के सामने रखने में संकोच करते हैं। यह ठीक है कि शास्त्रीयता में ढिलाई नहीं बरती जा सकती, परन्तु अब तो उत्तर भारत में प्राचीन शुद्ध रागों का प्रचलन और शुद्धता के रागों को समझनेवाले उँगलियों पर गिने जा सकते हैं। मेरे कान तो बहुत दिनों से शुद्ध शास्त्रीय रागों का आलाप सुनने के लिए तरस रहे हैं।'

अनंग वाजपेयी : 'यदि आपके कान शुद्ध राग सुनने को तरस रहे हों तो हम आपको अभी सुनवा देते हैं।'

प्रेमसुन्दरी (अचकचाकर) : 'अनंगजी, भला यह कैसे सम्भव है?'

अनंग वाजपेयी हृदयशाह से राग यमन पर किसी एक गीत का मुखड़ा सुनाने को कहते हैं। हृदयशाह न न नुच के पश्चात् बिना वाद्य के ही आलाप लेकर रागयमन पर एक पूरा गीत ही सुना देते हैं। गीत के दौरान पूरी निस्तब्धता छा जाती है, लगा पृथ्वी पर अमृत वर्षा हो रही हो।

गीत समाप्त होते ही प्रेमसुन्दरी की आँखों से प्रसन्नता के आँसू निर्झरित होने लगते हैं। उसका गला अवरुद्ध हो जाता है। वह एकटक हृदयशाह को देखती रह जाती है मानो वह कोई सपना देख रही हो।

कुछ देर बाद अनंग वाजपेयी और हृदयशाह बिदा लेकर अपने अपने भवनों की ओर चले गए।

शाम होने के पूर्व ही हृदयशाह के भवन में उनके दोनों मित्र कामदेव वाजपेयी आकर बैठ गए थे। तजुर्बेदार व्यक्ति थे और यह समझ चुके थे कि दिल्ली में शाम

बिताने के लिए राजकुमार हृदयशाह को प्रेमसुन्दरी के यहाँ ले जाया जा सकता है। पिछले दिन लौटने के पश्चात् यद्यपि प्रेमसुन्दरी के सम्बन्ध में राजकुमार ने अपनी कोई प्रतिक्रिया व्यक्त नहीं की थी, पर इतना जरूर था कि उन्हें महफिल रास आई थी। कामदेव वाजपेयी व्यस्त व्यक्ति थे। राजकाज के कई काम उन्हें करने पड़ते थे, इसलिए प्रतिदिन राजकुमार के पास चाहकर भी नहीं बैठ पाते थे। फिर भी उन्होंने ये तय कर रखा था कि यथासम्भव अनंग वाजपेयी राजकुमार का साथ दें। कामदेव वाजपेयी को कस्तूरी साहनी के पास जाना पड़ता था क्योंकि गढ़ा राज्य की ओर से दिल्ली के राजकुमार के निवास की व्यवस्था की पूरी जिम्मेवारी राजा प्रेमशाह ने उन पर ही छोड़ी थी। प्रेमशाह की भाँति कस्तूरी साहनी भी शाम को प्याला लेकर बैठ जाते और उसी समय राजकाज की बातें करते, इस तरह कामदेव वाजपेयी को मुश्किल से ही छुट्टी मिलती।

कामदेव वाजपेयी की व्यस्तता का कारण पिछले दिनों राजधानी में हुआ राज्य परिवर्तन था। शाहजहाँ के गद्दीनशीन होने के पहले उसके पिता के नियुक्त किए गए उच्च पदों पर कार्य कर रहे लोगों को अब बदला जा रहा था। इन नए लोगों से पुरानी जान-पहचान को नया करना कस्तूरी साहनी और कामदेव वाजपेयी दोनों के लिए आवश्यक था।

कामदेव वाजपेयी जानते थे कि उनकी व्यस्तता अन्ततः गढ़ा के राजा और राजकुमार के हित में है। रही बात राजकुमार के समय व्यतीत करने की, सो उनके लिए उनके मौसेरे भाई अनंग वाजपेयी उपयुक्त व्यक्ति थे। उन्होंने इसका जिम्मा वैसे भी उन्हें सौंप रखा था।

दोनों वाजपेयी बन्धुओं को हृदयशाह के स्वभाव का पता था। उन्हें मालूम था कि हृदयशाह अपने खाली वक्त में वीणा और वीणा से मिलते-जुलते नए यंत्रों पर राग रागनियाँ बजाते रहते हैं। उन्हें इस सबमें न केवल आनन्द आता है वरन् उन्हें इसमें महारत भी हासिल है। और हो भी क्यों न, गोंडवाने में महाराज प्रेमशाह ने उन्हें संगीत और गायन की श्रेष्ठतम शिक्षा दिलवाई थी। यह अलग बात है कि हृदयशाह अपनी शिक्षा से पूर्ण सन्तुष्ट नहीं हैं क्योंकि उनमें और अधिक सीखने की ललक है।

थोड़ी ही देर में अनंग वाजपेयी भी आ गए। कामदेव वाजपेयी ने अनंग वाजपेयी से पूछा राजकुमार को रक्कासा के यहाँ कैसा लगा। अनंग वाजपेयी कुछ स्पष्ट उत्तर न दे सके। लेकिन जब दोनों बैठे तो संगीत और कला की चर्चा छिड़ गई। धीरे-धीरे वार्ता वार वनिताओं पर केन्द्रित हो गई।

हृदयशाह दोनों भाइयों की बात को ध्यान से सुन रहे थे।

कामदेव वाजपेयी : 'भारत की प्राचीन मूर्तिकला में यदि वार वनिताओं को स्थान मिला तो क्या आश्चर्य—शृंगारिकता और कामुकता के बीच की सीमा रेखा क्या है—यह मैं नहीं जानता।'

श्रृंगार और कामुकता का सारा विचार समाज की सामूहिक स्वीकृति का सार होता है। कालिदास की श्रृंगारिकता मन्दिरों की देवदासियाँ और तत्कालीन समाज में धनी युवकों को वशीभूत करनेवाली गणिकाएँ सामाजिक बदलाव के प्रतिबिंब हैं।

अनंग वाजपेयी : 'भ्रातृवर आपने ठीक ही कहा, मेरा भी सोचना है कि साहित्य में भी तो उन्हीं विषयों पर पढ़ा लिखा जाता है जिसे तत्कालीन समाज पढ़ना-लिखना पसन्द करता है। भारत में जब मिथुन मूर्तियों से अलंकृत मन्दिर बन रहे थे तभी काश्मीर नरेश जयापीड़ के आश्रित दामोदर पंडित कुट्टनीमतम्, क्षेमेन्द्र 'समय मातृका', 'देशोपदेश' इत्यादि कामशास्त्रीय ग्रन्थ लिख रहे थे। जब समाज ही भोग-लिप्सा में डूबा हो तो क्या शाक्त क्या कापालिक सभी पंथों के लोग धार्मिकता तक में कामुकता ढूँढ़ लेते हैं। कर्मकाण्डियों के लिए कामुकता ठीक वही है जो नागर बुद्धिजीवी या धनाढ्य के लिए है, वे उससे आनन्द प्राप्त करते हैं।

हृदयशाह दोनों भाइयों की चर्चा में पर्याप्त आनन्द प्राप्त कर रहे थे। अतः बोले : 'बन्धुओं, वार वनिताओं के श्रृंगार और सुन्दरता की बातें तो हमेशा से सुनते रहे हैं पर उन पर इतना सुन्दर शास्त्रार्थ तो शायद ही कभी सुनने को मिले।' यह कहकर वे हँस दिए।

कामदेव वाजपेयी : 'यदि आप हमारी प्रशंसा कर रहे हों तो बड़ा कृतार्थ हुआ, पर यदि व्यंग्योक्ति हो तो भी कहना चाहूँगा कि हम वाजपेयी कोरे कर्मकांडी पंडित नहीं हैं, शास्त्रों के निहितार्थ को बदलती हुई समय के परिदृश्य में हम देखने का प्रयास करते हैं, फिर चाहे वह गणिका प्रकरण हो अन्यथा कोई और।

हृदयशाह : 'अरे ऐसा होना भी चाहिए। आखिर गणिका भी तो कलाकार है। कला की सृष्टिकर्ता तो वही है। अतएव यदि पंडितराज समय बदलते कला की तुलना में कलाकार पर अधिक ध्यान देने लगें तो गलत क्या है।

अनंग वाजपेयी : 'खूब चुटकी लेते हैं राजकुमार। पर सचाई यह है कि कलाकार को कला अपनी ओर आकर्षित करे न करे, एक कलाकार दूसरे कलाकार को आकर्षित भी करता है; समोहित भी करता है। तभी तो प्रेमसुन्दरी मेरे पास सन्देश पर सन्देश भिजवा रही है कि राजकुमार को लेकर कब आ रहे हो?'

कामदेव वाजपेयी : 'अरे कला मर्मज्ञों, गणिकाओं के मूल स्वभाव को मत भूल जाना। कहीं ऐसा तो नहीं है कि तुम्हें लग रहा हो—वह राजकुमार के लिए व्याकुल हो, पर व्याकुलता उसे अशर्फियों की ही हो।'

अनंग वाजपेयी : 'नहीं भइया, प्रेमसुन्दरी वैसी नहीं है, वह तो सूफी उस्ताद हफीज खाँ की शागिर्द भी रही है। उनके पिछले साल ही स्वर्गवासी हो जाने के कारण अब शुक्रवार को उसका वहाँ जाना बन्द हुआ है।'

कामदेव वाजपेयी : 'भई, उस्ताद हफीज खाँ को कौन नहीं जानता। सुना है ईरान से आए थे और सौ बरस की लम्बी उम्र भी तो उन्होंने पाई थी। कितने साजों पर

उनका असाधारण अधिकार था। वे मशरिकी (पूर्वी) मौसिकी में मगरिब (पश्चिम) के साजों का बखूब इस्तेमाल करते थे। उनका यह कहना था कि हम दुनिया के किसी भी हिस्से में शेष दुनिया से कटकर जिन्दगी नहीं गुजार सकते। उनका कहना था मगरिक के साजों का इस्तेमाल अगर हिन्दुस्तान की मशरिकी मौसिकी की शक्ल को नहीं बिगाड़ता, तो उसके इस्तेमाल में कोई हर्ज नहीं।'

हृदयशाह : 'बड़े भइया, आपने तो उनकी भाषा में ही उनके विचार सुना दिए।'

कामदेव वाजपेयी : 'हाँ एक बार मैं जब उनके यहाँ गया था, तब मैंने प्रेमसुन्दरी को उनके विचित्र वाद्यों की धुनों पर नृत्य करते देखा था।'

हृदयशाह : 'तो अब बात समझ में आई कि प्रेमसुन्दरी संगीत की किस दिशा को देख चुकी है।'

हृदयशाह के लिए यह एक आकस्मिक सूचना थी। उन्हें ध्यान आया कि पिछली बार जब वे नृत्य देखकर लौट रहे थे तब उस गणिका ने अनंग से अलग ले जाकर कुछ खुसुर-पुसुर तो की थी, पर उन्होंने कुछ पूछना उचित नहीं समझा था। उन्होंने तो गणिका का नाम तक न पूछा था।

अतः आज जब हृदयशाह अनंत वाजपेयी से विदा लेने लगे तो उन्होंने कुछ शरमाते हुए गणिका का नाम पूछ ही लिया। अनंत वाजपेयी ने कहा : 'राजकुमार आप तो गुणग्राहक हैं, नाम धाम से क्या होता है। पर फिर भी बतलाये देता हूँ प्रेमसुन्दरी कोई साधारण तवायफ नहीं है, न ही कोरी कलाकार, वह शहंशाह के दरबार की जानी-मानी नर्तकी है जिसके फन और हुस्न पर हज़ारों कुरबान हैं।'

प्रेम प्रसंग

आज जब हृदयशाह और अनंग वाजपेयी प्रेमसुन्दरी के यहाँ पहुँचे तो वहाँ का वातावरण मानो बदला बदला सा था। प्रेमसुन्दरी ने सुन्दर परिधान तो धारण किए थे, परन्तु उसने मादक श्रृंगार नहीं किया था। उसी तरह साजिन्दे भी अपनी-अपनी साजों के साथ घरेलू पोशाक में बैठे रियाज कर रहे थे।

हृदयशाह और अनंग वाजपेयी केवल दो ही आगन्तुक थे, आज इस शानदार हवेली में। स्वयं प्रेमसुन्दरी ने आगे बढ़कर दोनों का स्वागत किया।

हृदयशाह के आश्चर्य का ठिकाना न रहा जब प्रेमसुन्दरी ने अनंग वाजपेयी के पैर धोकर उन्हें भीतर चलने के लिए आमंत्रित किया।

महफिल में आज न हुक्के थे और न पान की गिलौरियां। धवल श्वेत चादर गद्दों पर बिछे हुए थे। रंगीनी की जगह एक सूफियाना शान्ति दिखी हृदयशाह को। दोनों मेहमान पास ही पास बैठ गए।

अनंग वाजपेयी किंचित उद्विग्न थे। इतने में प्रेमसुन्दरी उन दोनों के सामने पास आकर बैठ गई। हृदयशाह का हृदय मानो एक बार फिर घायल हो गया। वे एक ही स्त्री के आखिर कितने सुन्दर रूप हो सकते हैं? वे यह देखकर मन ही मन उद्विग्न से हो रहे थे। पिछली बार गहरे लालरंग के परिधान में सजी हुई रत्नजटित आभूषणों से अलंकृत नर्तकी जिसकी भवें कामदेव के धनुष की भाँति तनी हुई थीं और जिसकी सुचिक्कण केशराशि कलात्मकता से बांधकर सुंगधित पुष्पों से सज्जित की गई थी और आज कहाँ यह रूप जिसमें मेघ के समान केशराशि कंधों से कटि तक ढंके हुए हैं जिसकी सुन्दर लटें उड़-उड़कर मुख को इस प्रकार ढंकने का प्रयास कर रही हैं मानो काले नाग मुख चन्द्र के अमृत को पीने का प्रयास कर रहे हों। कितना अन्तर है, पर दोनों रूपों को जी चाहता है अपने स्मृति पटल पर सारी जिन्दगी के लिए उतार लूँ। आज प्रेमसुन्दरी ने हल्के आसमानी रंग की साड़ी पहन रखी थीं।

शुक्रवार का दिन होने के कारण आज सूफी गायिकी का दिन था। अतः हृदयशाह ने देखा कि प्रेमसुन्दरी का मिजाज भी सूफियाना है। दोनों आगन्तुकों का स्वागत आज इत्र लगाकर किया गया। कुछ हल्की फुल्की बात करने के बाद में प्रेमसुन्दरी ने वीणा को उठाकर बजाना प्रारम्भ किया, पर यह वीणा वैसी न थी जैसी

हृदयशाह को बजाने की आदत थी। इसके तार कुछ अलग ढंग के थे। वे आश्चर्य के साथ इस वीणा को देखते रहे।

हृदयशाह के लिए आज बहुत नया-सा था। अतः तकिये में टिककर बैठे-बैठे संगीत के सम्बन्ध में ही कुछ सोचने लगे। प्रेमसुन्दरी को यह समझते देर न लगी कि हृदयशाह को फारसी और अरबी शब्दों के अर्थ समझने में कठिनाई हो रही है। अतः उसने पूछा कि क्या राजकुमार कोई भक्ति गीत सुनना चाहेंगे।

फिर क्या था, प्रेमसुन्दरी ने मीरा और सूरदास के पदों को जिस तन्मयता से गाया, उससे दोनों श्रोता भावविभोर होने लगे।

अचानक दोनों को याद आया कि रात्रि भोज में बृजेन्द्र सिंह को उनके घर आना है। अतः दोनों ने प्रेमसुन्दरी से विदाई ली। हृदयशाह अनंग वाजपेयी को भी अपनी हवेली में ले गए। हवेली पहुँचकर उन्होंने पाया कि भोजन का इंतजाम हो गया है। अतः दोनों बृजेन्द्र सिंह की ओर देखने लगे। बृजेन्द्र सिंह समय के पाबन्द थे। वे ठीक समय पर उपस्थित हो गए।

आते ही अनंग वाजपेयी से बोले : 'अरे पंडित क्यों आपने लोक-परलोक बिगाड़ा है। अब कोठों में जाना तो छोड़ दो। अनंग वाजपेयी झूठ-मूठ बोले—मैं तो सुबह से ही राजकुमार के साथ हूँ। इस पर बृजेन्द्र सिंह ने ठहाका लगाया और कहा सही कहा है आदमी एक गलती छुपाने के लिए दूसरी और तीसरी करता है इस पर अनंग वाजपेयी नकली गुस्से से बोले—क्या सबूत है कि हम कोठे पर गए। बृजेन्द्र सिंह बोले—तुम्हारा पूरा शरीर इत्र से महक रहा है और पंडितजी इतना तो हर कोई जानेगा कि यह पूजा अर्चन के पश्चात् लगाए गए चन्दन की खुशबू नहीं है। यह बसरा की कीमती इत्र है जो निहायत नफीस वारवनिताओं के यहाँ ही उनके कद्रदानों को लगाया जाता है। अनंग वाजपेयी की नाक इस सुगंध की आदी हो चुकी थी। अतः इस पर उन्होंने ध्यान ही नहीं दिया था, परन्तु अपने इस झूठ के पकड़े जाने पर वे हँस पड़े।'

बृजेन्द्र सिंह बोले : 'राजधानी में कोठे में जाने की एकबार लत लग जाने पर बड़े-बड़े लोग इन वारवनिताओं की जूतियाँ सहलाने लगते हैं। बहुत बार तो चाँदी का जूता भी इनकी जूतियों को वश में नहीं कर पाता। वह भी छोटा पड़ जाता है।'

हृदयशाह : 'वह कैसे?'

बृजेन्द्र सिंह : 'राजकुमार, अब क्या बतलाएँ? मुगलिया तख्त पर शीघ्र बैठनेवाले हमारे देश के होनेवाले बादशाह शाहजहाँ के हरम में क्या खूबसूरत औरतों की कमी है? कहते हैं कि वह अपनी बेगम मुमताज महल से बेपनाह मुहब्बत भी करता है, पर दुनिया जानती है कि उसके भी एक रखैल है, सुन्दर नाचनेवाली। उसे लोग खुले आम लुक्माये शाहजहाँ कहकर पुकारते हैं। हमारे देश के इस कर्णधार की एक बड़ी खासियत यह भी है कि उसने अपनी इस रखैल को तीन लाख रुपयों के कीमत की जूतियाँ पहनवा दीं।'

हृदयशाह : 'क्या कहने हमारे होनेवाले शहंशाह की दरियादिली का।'

बृजेन्द्र सिंह : 'हाँ, कुछ न ही कहा जाय तो बेहतर है। बादशाह जो कहे सो ठीक, पर हमें जरूर यह ध्यान रखना चाहिए कि कहीं हम किसी खेल का मुहरा न बन जाएँ, और मैं दिल के खेल की बात नहीं कर रहा हूँ। इसे आप ठीक ढंग से समझ लें।'

हृदयशाह और अनंग वाजपेयी दोनों ही बृजेन्द्र सिंह का इशारा समझ रहे थे। रात्रिभोज के पश्चात् जब बृजेन्द्र सिंह चले गए तब अनंग वाजपेयी ने पूछ ही लिया कि राजकुमार क्या आप समझते है कि आपके प्रति आदर सत्कार या प्रेम व्यवहार सब दिखावा है? क्या आप सोचते हैं कि कहीं कोई चाल चली जा रही है?'

हृदयशाह : 'वाजपेयीजी, यह ठीक है कि वान वनिताएँ भाव प्रवीण होती हैं और अक्सर लोग उनके ऊपरी हावभाव से प्रभावित हो जाते हैं, परन्तु मेरा अनुभव यह है कि सब कामुकता और काम के आनन्द के बीच के अर्थ को न समझने के कारण होता है। हमारे आटविक समाज में स्वच्छन्द काम की स्वीकृति है। इस स्वीकृति की सीमा को परिभाषित करना कठिन है क्योंकि भाषा की व्यंजना सामाजिक मूल्यों को बिना लिए नहीं चलती, अतः मूल भावना को सही परिप्रेक्ष्य में समझना कठिन हो जाता है।'

अनंग वाजपेयी : 'तो क्या आप इस बात से बेफिक्र हैं कि कहीं कोई प्रपंच या मुश्किल नहीं है।'

हृदयशाह : 'हँसते हुए, 'पंडितजी राजधानी में रहते हुए और राजकुल से इतनी घनिष्ठता के बाद भी आप प्रपंचों या मुश्किलों की बात कर रहे हैं। ये तो राजाओं के जीवन का चाहा-अनचाहा सत्य है। इनसे निपटने में राजाओं का जीवन व्यतीत होता है।

हृदयशाह ने अनंग वाजपेयी से कह रखा था कि भारतीय नाट्यशास्त्र का यदि संगीत रत्नाकर का 'कर लक्षण' अध्याय मिल सके तो वे उसे क्रय कर लें गढ़ा मंडल के नृत्य गुरु पंडित श्यामसुन्दर से कहा था कि उनकी अपनी प्रति न केवल जीर्ण-शीर्ण हो गई है अपितु कुछ स्थानों पर उसे पढ़ा भी नहीं जा सकता। अतएव यदि उन्हें वह प्राप्त हो जाए तो उन्हें बड़ी प्रसन्नता होगी।

यद्यपि इन दिनों राजधानी के बाजार में इस, प्रकार के ग्रन्थों की प्रतियाँ दुर्लभ थीं, पर फिर भी दक्षिण भारत से आए कुछ पंडित संस्कृत ग्रन्थों की अतिरिक्त प्रतियाँ रखते थे। साधारण तौर पर ये पंडित मंन्दिरों में रुकते थे और यदि प्रचुर दक्षिणा या न्योछावर मिले तो ग्रन्थ उचित हाथों में प्रदान कर दिया करते थे। अनंग वाजपेयी ने राजधानी के एकमात्र शिव कार्तिकेय मंन्दिर के पुजारी से नाट्यशास्त्र को अंश को दिलवाने के लिए कह दिया था। परिणाम यह हुआ कि पुजारी ने अनंग वाजपेयी को यह ग्रन्थ दिलवा दिया।

अनंग वाजपेयी यह ग्रन्थ लेकर घर गए और यह सोचते हुए गए कि ग्रन्थ की प्रति हृदयशाह की है, इसका उन्हें ध्यान रहे। उन्होंने ग्रन्थ के शीर्षक के नीचे छूटी हुई

जगह में 'हृदयशाह' शब्द अंकित कर दिया। अनंग वाजपेयी की लिखावट बेजोड़ थी। अतः ग्रन्थ के प्रथम पृष्ठ पर हृदयशाह शब्द बाद में जोड़ा गया ऐसा प्रतीत ही नहीं होता था लगता था कि यह शब्द भी पूरे पृष्ठ के लेखक द्वारा ही लिखा गया है।

अनंग वाजपेयी ने जब यह ग्रन्थ हृदयशाह को सौंपा तो वे प्रसन्न हुए जितने में क्रय किया गया था, उससे दूनी राशि अनंग वाजपेयी को दी। हृदयशाह यद्यपि संगीत में विशेष रुचि रखते थे पर नाट्यशास्त्र में उनकी रुचि न हो यह कैसे सम्भव था। अतः जैसे ही ग्रन्थ के ऊपर का लिपटा हुआ रेशमी वस्त्र हटाया और प्रथम पृष्ठ देखा तो थोड़ा चौंके। उसमें उनका नाम जो था, पर वे सारी बात समझ गए फिर मुस्कुराए।

अनंग वाजपेयी ने इस मुस्कुराहट को ताड़ लिया। वास्तविक कारण तो यह था कि प्रथम पृष्ठ पर जिस तरह उनका नाम लिखा गया था, उससे यह भ्रांति होती थी कि वे उस ग्रन्थ के लेखक थे। चूँकि पुस्तक का पूरा नाम अर्थात् उसमें न तो नाट्यशास्त्र लिखा था और न ही उससे प्रणीत शब्द लिखा था इसलिए यह प्रति किसी भी लेखक की हो सकती थी। पुस्तक के शीर्षक में केवल अध्याय का नाम लिखा था।

जब अनंग वाजपेयी ने मुस्कुराहट का कारण पूछा तो हृदयशाह ने टालते हुए कहा कि वे पुस्तक पर अतिसुन्दर लिखावट से लिखे गए अपने नाम को देखकर प्रसन्न हुए हैं। अनंग वाजपेयी को राजकुमार का कथन एकदम सही लगा। सभी को सुन्दरता से लिखा अपना नाम अच्छा लगता ही है।

आगे बात छिड़ने पर अनंग वाजपेयी ने हृदयशाह से कहा कि आज शाम वह उनके साथ प्रेमसुन्दरी के यहाँ तक तो चलेंगे पर वहाँ रुक नहीं सकेंगे क्योंकि कस्तूरी साहनी कुछ आवश्यक शासकीय कार्य पूरा करने को कहें हैं। वे उसी समय हो सकेंगे। उन्हें पूरा कर वह पुनः प्रेमसुन्दरी के यहाँ पहुँचेगा और फिर अपने घरों को साथ ही लौटेंगे।

शाम हुई। दोनों मित्र प्रेमसुन्दरी के यहाँ पहुँच गए। वह प्रतीक्षा कर ही रही थी प्रेमसुन्दरी के आग्रह पर भी अनंग वाजपेयी दो घड़ी में लौटने का कहकर चल दिए। प्रेमसुन्दरी राजकुमार को लेकर आज अपने विशिष्ट कक्ष में ले गई।

वैसे तो प्रेमसुन्दरी को भेंट देने के लिए राजकुमार कुछ-न-कुछ तो लाते ही थे, परन्तु वह भेंट वे सदैव अनंग वाजपेयी के हाथों ही दिलवाते। आज अनंग वाजपेयी शीघ्रता में थे अतः भेंट की सुगंधित पुष्पों की डलिया उन्होंने राजकुमार के हाथ में थमा दी थी। राजकुमार ने घर से चलते समय संस्कृत ग्रन्थ संगीत रत्नाकर के करलक्षण अध्याय की प्रति इसी में डाल दी थी तथा व्यस्तता के चलते वाजपेयी इसे नहीं देख पाए।

प्रेमसुन्दरी ने आज विशेष श्रृंगार कर रखा था। उसने कांजीवरम की हरी साड़ी जिस पर स्वर्ण के तारों का कलात्मक काम था पहन रखी थी। दक्षिण भारत में पहने जानेवाले कामदार आभूषण और श्वेत पुष्पों से सजा हुआ उसका सुन्दर जूड़ा उसे खजुराहो के मन्दिरों में शिल्पित सुरसुन्दरी की मूर्ति सा आकर्षक बना रहा था।

हृदयशाह के बैठ जाने के पश्चात् प्रेमसुन्दरी उनके बहुत करीब आकर बैठ गईं। अब तक वह उनके इतने करीब आकर नहीं बैठी थी। हृदयशाह ने डलिया से पुष्प निकालकर उसे स्वयं दिए। यह सब पहली बार ही हुआ था। उसने उन पुष्पों को अपने कपोलों से लगा लिया और अपनी आँखें क्षण भर के लिए बन्द कर ली।

तभी शरारत से आश्चर्य के भाव मुँह पर लाते हुए हृदयशाह बोले–'अरे यह पुस्तक कहाँ से आ गई?' प्रेमसुन्दरी ने आँखें खोली और सिर नीचा कर डलिया में से पुस्तक निकाल ली फिर उसने धीरे से पुस्तक पर लिपटे हुए रेशमी वस्त्र को सावधानी से हटाया और उसके बाद उसने पुस्तक का शीर्षक धीमे से पड़ा वह पढ़ रही थी– 'संगीत रत्नाकर करलक्षण' और उसके बाद उसके मुँह से आश्चर्य और प्रसन्नता निश्चित चीख ही निकल गई। उसके खंजन के समान नेत्रों के पलक फड़फड़ाए। उसने एक बार हृदयशाह को पूरी नजर भर देखा और फिर पुस्तक के सफ़े को फिर उसने पढ़ा–'हृदयशाह', उसके मुख से निकला 'राजकुमार आप!' और वह एक क्षण के लिए आनंन्दातिरेक में विह्वल सी हो गई।

हृदयशाह तो उसके खंजन नयन के भागों को देखते हुए मानो मंत्रमुग्ध हो गए। प्रेमसुन्दरी ने उनके दोनों हाथ अपने हाथों में जोर से पकड़ लिए।

प्रेमसुन्दरी को यह देखकर शब्दातीत प्रसन्नता हुई कि राजकुमार इतनी कम उम्र में भी नाट्य विद्या के न केवल गम्भीर ज्ञाता हैं अपितु संस्कृत जैसी पवित्र देवभाषा के लेखक भी हैं। वह जानती थी कि उसके समय में संस्कृत भाषा के ज्ञाताओं की भले ही कमी न रही हो, परन्तु संस्कृत केवल काव्यशास्त्र के ज्ञाता थे, संगीत या नृत्य पर मौलिक ग्रन्थ इन विद्वानों के वश के बाहर की बात थी।

प्रेमसुन्दरी की यह प्रसन्नता देखकर हृदयशाह मन ही मन कुछ सशंकित होने लगे। उनकी प्रसन्नता धीरे-धीरे कम होने लगी। उन्हें लगा कि जब यह जानेगी कि ग्रन्थ मेरा लिखा नहीं है, तब यह मेरा सामान्य परिहास कहीं मेरी प्रतिष्ठा को न ले डूबे पर वे अपने उतने ज्ञान के प्रति सदैव ही निश्चिंत रहते थे जो उन्होंने गढ़ा कटंगा राज्य में अपने संगीत और नृत्य गुरुओं से सीखा था। वे जानते थे कि वह सीमित है, पर निरंतर अभ्यास और उनकी कलाप्रियता ने उन्हें इन दोनों क्षेत्रों की बारीकियों से अवगत करा दिया था।

प्रेमसुन्दरी की भाव-विभोरता जब कुछ कम हुई तो उसने देखा कि राजकुमार कुछ गम्भीर से हो गए हैं। तब उसे लगा कि राजकुमार को अपनी नृत्य से सम्बन्धित कला से परिचय कराया जाय ताकि वे उसका आनन्द ले सकें। राजकुमार अपने नेत्र बन्द किए हुए विचारमग्न थे।

प्रेमसुन्दरी के सामने दो ही विकल्प थे या तो वह अपना नृत्य प्रस्तुत करे या कि अपने अन्य कक्ष में लगे उन चार चित्रों को दिखलाएँ जो राजधानी के विदेशी चित्रकार की तूलिका ने चित्रित किए थे।

उन चारों चित्रों में उसमें शास्त्रीय नृत्य की ही तो चार मुद्राएँ चित्रित थीं।

प्रेमसुन्दरी ने धीरे से राजकुमार के हाथ को दबाया और उनके हाथ जो अब तक वह अपने हाथों में लिए हुए थे, उन्होंने छोड़ दिए। हृदयशाह पुस्तक के करिश्माई प्रभाव पर चकित थे।

तभी प्रेमसुन्दरी ने लगभग शहद घोलते हुए, हृदयशाह से कहा : 'राजकुमार, मुझे तो लगता है मेरा जन्म सफल हो गया, जो मैं आप जैसे संगीत और नृत्य के इतने बड़े रसिक और ज्ञाता को अपने घर पा रही हूँ। यदि आप इस नाचीज की दो चार नृत्य मुद्राओं की चित्रित कृतियाँ देखना चाहें, तो मेरा सौभाग्य होगा।'

हृदयशाह : 'संगीत या नृत्य से सम्बन्धित कोई भी अमिधान मेरी सदैव ही प्राथमिकता रही है।'

प्रेमसुन्दरी : 'फिर तो आपको हमारे साथ इस पास के ही दालान में चलना होगा जहाँ ये चित्र लगाये गए हैं।'

दोनों दालान की ओर पहुँचे जिसमें जगह-जगह पर सुगंधित फूलों से भरे गुलदान रखे हुए थे। सूर्य की अन्तिम किरणें आने में अब भी थोड़ा वक्त था। बरामदे का मुँह पश्चिम की ओर होने से सूर्य का मध्यम प्रकाश सम्पूर्ण क्षेत्र को आलोकित कर रहा था। उसी बरामदे की एक दीवाल पर चार तैल चित्र लगे थे। सम्राट जहांगीर के राज्य में चित्रकारों की अच्छी पूछ थी। अनेक विदेशी चित्रकार यहाँ आकर अच्छी कमाई कर रहे थे। इन विदेशी चित्रकारों को पता था कि राजघरानों के अलावा केवल वारवनिताओं के यहाँ ही अच्छा पैसा मिल सकता है। अतः वे इनके चित्रों में खूब रुचि लेते थे और ग्राहक के मनमुताबिक मुद्राओं को चित्रित कर देते थे।

हृदयशाह ने पहले तो चारों चित्रों को दूर से देखा। वे आश्चर्य चकित रह गए। चित्रों की रंग योजना तो अद्भुत थी ही, चित्रकार ने प्रेमसुन्दरी की उस सुन्दरता को भी उतार दिया था, जिसे वे अपनी भाषा में 'लुनाई' कहते हैं। वे चित्रों की सुन्दरता में खो से गए। तभी प्रेमसुन्दरी ने कुछ शरारत से कहा : 'हुजूर, लगता है चित्रकार की चित्रकारी पसन्द आई।'

हृदयशाह ने हामी भरी, पर वे प्रेमसुन्दरी के श्लेष को समझ चुके थे।

उत्साहित प्रेमसुन्दरी ने पूछा, राजकुमार पहले चित्र की 'नृत्यमुद्रा' में आप को क्या विशिष्ट लगा?

हृदयशाह समझ चुके थे कि प्रेमसुन्दरी सुन्दर ही नहीं, विदुषी और बेहद शालीन भी है। तभी तो उसने इन चित्रों के माध्यम से यह जानने की कोशिश की है कि उस पुस्तक का वास्तविक लेखक मैं हूँ भी या नहीं। नृत्य-संगीत के प्रति समर्पित होने के कारण पहले तो आनन्दातिरेक में डूब गई फिर उसे जब यथार्थ बोध हुआ तो उसने मेरी कलाभिरुचि की गहराई को टटोलना चाहा।

हृदयशाह : 'आपका पहला चित्र 'लीनम्' मुद्रा का है, शास्त्र में इसे कुछ इस तरह परिभाषित किया गया है :

ऊर्ध्वमण्डलिनौ कृत्वा करौ वक्षः स्थितोऽञ्जलिः
निहंचिंताचसकूटं यत्रग्रीवा नताकृता।
लीनं तत्करणेन योज्यं वल्लभाग्यर्थ ने पुधैः॥

यह नृत्य की प्रारम्भिक पवित्र हावभाव युक्त मुद्रा है। इस चित्र को देखते समय वे कुछ गम्भीर रहे।

प्रेमसुन्दरी : 'दूसरे चित्र को देखें।'

हृदयशाह : 'आपके द्वितीय चित्र में जिस नाट्य मुद्रा को चित्रित किया गया है, वह 'स्वस्तिकरेचितम्' मुद्रा है जो बहुत ही कुशलता से किए जानेवाली मुद्रा है।

दक्षिणः करिहस्तः स्याद्वामस्तु खटकामुखः।
वक्षःस्थः स्वस्तिकौ पाक्षै यत्रार्धस्वस्तिकन्तुतत्॥
अन्ये करिकरस्थाने पक्ष विञ्चतकं परम्
पक्ष प्रद्योत कञ्चार्धचन्द्रं कटिगतं विदुः॥

इस मुद्रा की विशेषताएँ तो श्लोक में स्पष्ट हैं ही पर मैं यह भी कहना चाहूँगा कि स्वस्तिक मुद्राओं के अन्य प्रकारों यथा 'मण्डल स्वस्तिकम्', 'स्वस्तिकम्', 'वक्ष स्वस्तिकम्', दिक् स्वस्तिकम्', पृष्ठ स्वस्तिकम्', अर्धस्वस्तिकम्' में मुझे सबसे प्रिय लगती है, लगता है मेरी और तुम्हारी मुद्राप्रियता एक सी है।

प्रेमसुन्दरी (शरारत से) : स्वस्तिक मुद्राओं में मैंने तो इस मुद्रा को यूँ ही चुन ली थी। आप को दूसरी स्वस्तिक मुद्राओं में यह अधिक पसन्द क्यों है?'

हृदयशाह (प्रेमसुन्दरी की शरारत समझ गए अतः शरारत से कहने लगे) : अब तुम्हीं देखो न जहाँ स्वस्तिकरेचितम् में नर्तकी का पूरा स्वरूप देखने को मिल जाता है वहीं मंडल स्वस्तिकम् में वह दोनों हाथों से अपने सुन्दर वक्षस्थल को छुपाती है। क्या ऐसी मुद्रा हमें पसन्द आती, या कि 'वक्ष स्वस्तिकम्' जिसमें वह अपने वक्षों के नीचे दोनों हाथ कुछ इस ढंग से रखती है कि वक्ष और भी प्रशस्त दिखने लगें। यह मुझे इसलिए कम पसन्द है कि इसे देखने के बाद मन पर काबू रखना मुश्किल हो जाता है।'

प्रेमसुन्दरी (मन ही मन यह स्वीकार करती है कि राजकुमार गहराई से नाट्यशास्त्र को समझते हैं। ऊपर से मुस्कुराते हुए कहती है) : 'वह नहीं मन को कावू में रखिए और स्वस्तिक नाट्यमुद्राओं के अतिरिक्त दूसरी मुद्रा को देखिए।

प्रेमसुन्दरी : 'तीसरे चित्र को देखकर क्या कहेंगे।'

हृदयशाह : 'वाह, इस चित्र को देखकर तो मानो मोक्ष की ही प्राप्ति हो गई। 'विष्णुक्रान्तम्' मुद्रा का क्या सजीवन चित्रण है, नाट्यशास्त्रकार ने जिस चित्र की कल्पना की होगी, वह एकदम साकार है।'

कुंचितः प्रसरत्यंघ्रग्रे यत्रोद्गमोन्मुखः।
करौ च रेचितौ विष्णुक्रान्तं तत्क्रमणे हरेः॥

हृदयशाह हंसते हुए कहने लगे, 'इस चित्र में तो आप देवता की भाँति वर देने की मुद्रा में खड़ी हैं, मुझे भी कोई वर दीजिये न।'

प्रेमसुन्दरी : 'कैसी बातें कर रहे हैं, मेरे देवता तो आप हैं। मैं तुच्छ नर्तकी भला आपको क्या दूँगी।'

हृदयशाह : 'ऐसा मत कहिए, आप जैसी गुणी कलाविद् के मुख से यह सब शोभा नहीं देता।'

प्रेमसुन्दरी : 'यह तो आपकी मेहरबानी है, चलिए चौथा चित्र देखिए वह कुछ दूर लगा है।' (दोनों आगे बढ़ जाते हैं।)

हृदयशाह : 'आपने अपने तीन चित्रों में काव्य और नाट्यशास्त्र के तीनों प्रमुख चरणों को ध्यान में रखकर जो चित्र बनवाये, वे प्रशंसा के योग्य हैं।'

प्रेमसुन्दरी : 'तीन चरण?'

हृदयशाह : 'हाँ 'धर्मार्थकाम मोक्षेसु' में धर्म, अर्थ और मोक्ष की नाट्यमुद्राओं में जिस प्रकार व्यंजना हो सकती है, उसे देखकर मैं क्या कोई भी आपकी बुद्धिमत्ता और चयन की प्रशंसा करेगा, परन्तु इसमें एक तत्व का न होना कुछ खटकता है।'

प्रेमसुन्दरी (कुछ लजाते हुए) : 'देखिए शायद चौथे चित्र में वह भी परिलक्षित हो।'

हृदयशाह चौथे चित्र तक पहुँचकर उसे देखते हैं और उनके मुँह से अनायास निकलता है—अरे यह तो शृंगार रस का अद्भुत चित्र है। काम तत्व का इससे सुन्दर चित्रण क्या होगा? फिर कुछ सोचते हुए यह मुद्रा तो 'मदस्खलितम्' है, जिस पर नाट्यशास्त्र ने लिखा है :

'स्वस्तिका पसृतौ पादौ क्रमेण परिवाहितम्।
शिरो दोलौ यदा हस्तौ मदस्खलितकं तदा॥'

फिर उन्होंने प्रेमसुन्दरी की ओर देखते हुए पूछा—'यह स्थिति तो संयोग शृंगार के बाद की है। ऐसा कहते हुए उन्होंने प्रेमसुन्दरी की चिबुक को अपने हाथों से ऊपर उठाया। प्रेमसुन्दरी का चेहरा लज्जा से आरक्त हो गया और तभी हृदयशाह ने उसे बाहों में कसकर उसके कितने चुंबन ले डाले—कुछ पता नहीं।'

प्रेमसुन्दरी और हृदयशाह कब तक आलिंगन में बंधे रहे उन्हें इसकी सुध ही नहीं रही।

तभी दूर से आहट आई। दोनों अलग हए, बाँदी सूचना दे रही थी। पंडित अनंग वाजपेयी राजकुमार को लेने आ चुके थे।

अब राजकुमार को वहाँ से जाना था। अतः उन्होंने सोचा कि पुस्तक के लेखन की बात परिहास की थी, उसे गम्भीरता से न लिया जाए। पर सोचा कि इससे विपरीत प्रभाव भी पड़ सकता है, अन्त में जाते समय उन्होंने प्रेमसुन्दरी के कान में सही बात बतला दी।

यह सुनते ही उसके चेहरे पर एक क्षण के लिए आश्चर्य मिश्रित कठोरता आई, पर यह भाव तुरन्त ही तिरोहित हो गया और उसने मुस्कुराकर कहा—अच्छा तो मैं ही

मिली थी बनाने को।' यह कहकर वह झूठ-मूठ की नाराजगी जतलाती हुई भवन के भीतर चली गई।

अनंग वाजपेयी : राजकुमार, आज लगता है अकेले में आपका कुछ अधिक ही जादू चल गया है प्रेमसुन्दरी पर।'

हृदयशाह : 'क्यों?'

अनंग वाजपेयी : 'अरे देखा नहीं जब हम आ रहे थे, तब उसने बिना कहे ही जब बहुत कुछ कह दिया तो मुझे उसकी इस अदा पर यह पद याद आ गया।'

'नैन नचाय कही मुसकाय
लला फिर अइयो खेलन होरी'

प्रेमसुन्दरी के यहाँ आज हृदयशाह और अनंग वाजपेयी को समस्यापूर्ति खेल में खेलने के लिए आमंत्रित किया गया था। अनंग वाजपेयी को सैकड़ों संस्कृत और हिन्दी के पद्य याद थे, अतः विशेष आनन्दित थे। आज जब दोनों कोठी में पहुँचे तो बाँदियों ने मुस्कुराकर स्वागत किया।

प्रेमसुन्दरी ने आज गुलाबी परिधान पहन रखा था। आज उसने साड़ी के स्थान पर ईरानी लिबास, ईरानी ढंग की चोटियाँ उसे एकदम नया रूप दे रही थीं, कान में दो बड़े कुंडल दमक रहे थे। समस्या रखी गई 'करै कोई भरै कोई'। दोनों मित्रों ने एक दूसरे की ओर देखा, प्रेमसुन्दरी की चार युवा बाँदियाँ भी आज पूरे बनाव श्रृंगार के साथ हाथ में चाँदी की तस्तरी में सोने के वर्क लगी पान की गिलौरियाँ लिए दोनों को घेर कर बैठी थीं। हृदयशाह ने समस्यापूर्ति की पंक्ति को दुहराया और अनंग वाजपेयी का एक हाथ अपने सिर के बालों की ओर गया और एक क्षण में उनके मुँह पर मुस्कुराहट फैल गई। वे तकिये पर लगभग लेटते हुए बोले :

'रहिमन जिह्वा बावरी
महिगै सरग पताल।
आप तो कहि भीतर रही
जूती सहत कपाल॥'

और हँसते हुए अपना सिर बाँदियों के सामने नीचा कर लिया, पर वे इस चरण में विजयी हो चुके थे। अतः अब उन्हें उन श्रृंगार किए युवतियों में से किसी एक के हाथ से पान का बीड़ा खाना था। यह वारवनिताओं के यहाँ एक कलापूर्ण विधि थी जिसमें युवती अपने मेंहदी से रंगे हुए हाथों से अधलेटे रसिक के पास पान का बीड़ा ले जाती तब उसकी मुद्रा यह रहती कि उसका लगभग आधा शरीर रसिक जन के ऊपर आ जाता वह उसकी गर्म साँसों को अनुभव कर सकता था, युवती के उरोज रसिक के वक्ष पर आघात करते और उसकी आँखें उसकी आँखों से कुछ पूछ रही होतीं। साथ ही अगल बगल की सखियाँ रसिक के दोनों ओर इतना अधिक करीब आ जातीं कि रसिकजन स्वप्नलोक में पहुँच जाता।

प्रेमसुन्दरी की एक बाँदी ने तो अनंग वाजपेयी को मानो सम्मोहित-सा ही कर दिया था। वे उस बाँदी की सुगंधित श्वासों और पान की गिलौरी की मिली जुली सुगंध से मदहोश होकर आँख मीच चुके थे। शेष बाँदियाँ भी उनके दोनों ओर इतनी पास आ चुकी थीं। वे आनंद सागर में डूब गए थे।

इनकी इस अवस्था को देख प्रेमसुन्दरी उठी और भवन के भीतर के कक्ष में जाने लगी। हृदयशाह ने उसकी ओर देखा, वह मुस्कुरा रही थी। हृदयशाह भी उसके पीछे पीछे कक्ष में चले गए। कक्ष के एक ओर की खिड़की से तेज हवा का झोंका आया। प्रेमसुन्दरी की गुंथी हुई चोटी के कुछ बाल हवा में फैल गए और चोटी के ऊपर सजे हुए बेला के फूल ढीले होकर गिरने लगे। चारों ओर फूलों की सुगन्ध फैल गई।

तभी प्रेमसुन्दरी ने कुछ शरारत से पूछा : 'राजकुमार क्या आपके पास इस समस्या का हल नहीं है। हृदयशाह मुस्कुराए और उसके कपोलों के पास आकर उतनी ही शरारत से बोले, सुनो :

कुटिलन संग रहीम कहि
साधू बचते नाहिं।
ज्यों नैना सैना करैं
उरज उमेठे जाहिं॥

पद्य पूरा होने के पहले हृदयशाह ने प्रेमसुन्दरी को प्रगाढ़ आलिंगन में कस लिया। प्रेमसुन्दरी ने प्रतिवाद नहीं किया।

कुछ क्षण बीते कि बाहर बाँदियों की खिलखिलाहट से दोनों मानों तन्द्रा से जगे और उस ओर बढ़ गए जहाँ अनंग वाजपेयी के साथ बाँदियाँ अब भी परिहास कर रही थीं।

जाते-जाते प्रेमसुन्दरी ने हृदयशाह से लजाते हुए कहा–'हमें तो यह विश्वास हो गया है कि कर लक्षणम् का आपका अभ्यास परिपक्व है। आप संगीत रत्नाकर तो क्या सर्वकलारत्नम् की भी रचना कर लेंगे।

प्रेम पाश

आज हृदयशाह प्रेमसुन्दरी के यहाँ अकेले ही आ गए थे। बाँदियों ने उन्हें कक्ष में बैठा दिया था। प्रेमसुन्दरी की प्रतीक्षा में बैठे-बैठे उन्हें याद आया जो उन्होंने संस्कृत साहित्य में पढ़ा था, उन्होंने पढ़ा था कि नायिकाएँ हस्तिनी, चित्रणी और पद्मिनी वर्ग की होती हैं। नायिकाओं के सम्बन्ध में बहुत सी धारणाएँ काव्य में प्रचलित थीं। जैसे अशोक पुष्प के सम्बन्ध में तो सभी कहते हैं कि जब तक कोई रूपवती युवती पक्षघात न करे, वह पुष्पित होता ही नहीं है। बकुल पुष्प के सम्बन्ध में भी यही कहा जाता है कि उसके खिलने के लिए किसी रूपवती कन्या के चुम्बन की आवश्यकता होती है। प्रेमसुन्दरी में सभी वर्ग की नायिकाओं के गुण थे।

गावतकिये पर सिर रखे हृदयशाह आँखें बन्द किए प्रेमसुन्दरी के सम्बन्ध में सोच रहे थे–प्रेमसुन्दरी एक साधारण युवती नहीं है, बत्तीस लक्षणों युक्त नारी रत्न है। इसका प्रफुल्ल कमल की तरह वर्ण और घनी कृष्ण केश राशि तथा इसके कदली स्तंभ की तरह जंघाएँ तो यह बतलाती हैं कि यह सुश्रोणि पद्मिनी है।

प्रेमसुन्दरी हृदयशाह के पीछे आकर कब बैठ गई, उन्हें पता ही न चला।

प्रेमसुन्दरी ने धीरे से हृदयशाह का कन्धा छूकर उनकी तन्द्रा भंग की।

हृदयशाह ने आँखें खोली और प्रेमसुन्दरी के दोनों हाथों को अपने हाथों में ले लिया और उसकी आँखों में झाँककर देखने लगे। प्रेमसुन्दरी ने धीरे से पूछा : 'राजकुमार, क्या देखने का प्रयास कर रहे हो?'

हृदयशाह ने उतने ही धीमे स्वर में उत्तर दिया। 'सुन्दरी, हम दोनों में ऐसी कौन-सी समान चीज है जो हमें एक-दूसरे को इतना निकट पाती है?

'नहीं, समझे राजकुमार?'

'नहीं?'

'हम दोनों में एक ऐसी समान चीज है, जिसे आदमी युगों-युगों से सहेज कर रखता आया है।'

'वह क्या है?'

'वह आग है, जिसे आदमी हमेशा से अपने पास रखता आया है। वह बुझ न पाए इसका यत्न उसने हमेशा से किया है। हमने अपने छोटे जीवन में भी कवियों,

चित्रकारों, संगीतराशों, नर्तकों और संगीतकारों के मन में भी एक आग जलते देखा है। इनमें से एक कलाकार के मन की आग दूसरे कलाकार के मन में जलती हुई आग की ओर आकर्षित हुए बिना नहीं रहती। दो ज्योतियाँ एक दूसरे से मिलने को आतुर हो जाती हैं। दिए की लौ की भाँति जब वे पास आती हैं तो दोनों में कम्पन होता है, दोनों का प्रकाश बढ़ जाता है।'

हृदयशाह ने प्रेमसुन्दरी को कुछ और पास खींच लिया। वे उससे सुनते ही रहना चाह रहे थे।

प्रेमसुन्दरी ने कुछ रुककर कहा : 'राजकुमार, मैंने संगीत के प्रति तुम्हारी लगन को अनुभव किया है। मैंने सीने में यही आग जलती देखी है। इसी आग को मैंने तुम्हारे सीने में जलते हुए देखा है। प्रेमसुन्दरी की विशाल आँखों की सुन्दरता कहीं और भी अधिक बढ़ती जा रही थी, जैसे-जैसे वह संगीत के प्रति अपने मनोभाव प्रकट कर रही थी।

अचानक प्रेमसुन्दरी रुकी। उसने हृदयशाह के बालों को सहलाते हुए कुछ विचारमग्न होकर कहा 'परन्तु राजकुमार मुझे एक डर सता रहा है।'

हृदयशाह ने कहा : 'कैसा डर?'

प्रेमसुन्दरी ने उत्तर दिया : 'राजकुमार, तुम्हारे हृदय में संगीत के प्रति जो आग का अंगारा है, उस पर मैं राख चढ़ने के विचार से ही डर जाती हूँ, कितने ही अच्छे कलाकार दुनियादारी की बाधाओं में पड़कर अपने दिल के इस अंगारे को बेबसी की हालत में बुझे कोयले में परिवर्तित होते अनुभव करते हैं।'

हृदयशाह संभलकर बैठ गए। तभी प्रेमसुन्दरी ने हृदयशाह के प्रशस्त वक्ष पर अपना सिर रख दिया। चिकनी काली घनी केशराशि हृदयशाह के सारे शरीर पर मानो लिपट गई। चन्द्रमा के समान सुन्दरी के चेहरे को हृदयशाह ने एक हाथ से थाम लिया।

खंजन जैसे आँखोंवाली प्रेमसुन्दरी ने राजकुमार की ओर देखते हुए कहा : 'राजकुमार, हम दोनों अग्निधर्मा व्यक्ति हैं। क्या हम दोनों इस पवित्र अग्नि के प्रकाश को दूसरों तक नहीं पहुँचा सकते। क्या हम अपना मनुष्य जन्म संगीत के लिए न्योछावर नहीं कर सकते।'

हृदयशाह अचंभित से हो रहे थे। उन्होंने अब तक प्रेमसुन्दरी की मादक अदाएँ देखी थीं। उसके यौवन की ऊष्मा से वे मदहोश हुए थे परन्तु वारवनिता की इस सुन्दर काया में इतना सुन्दर मन होगा, यह सब उनके लिए भी आशातीत ही था। अगर इस सुन्दरी के अधरोष्ठ का पान स्वर्गीय सुख देनेवाला था तो उसके विचार स्वर्गीय आनन्द की आध्यात्मिकता की राह दिखला रहे थे। उनका प्रेम प्रेमसुन्दरी के प्रति कई गुना बढ़ गया।

दूसरे दिन

अनंग वाजपेयी अतिथि कक्ष छोड़कर भीतर आ गए थे क्योंकि सेवक को उनके आने पर कहा था कि उन्हें भीतर ले आया जाय। अनंग वाजपेयी कुछ समझ कर भी नहीं समझ पा रहे थे।

दोपहर समाप्त ही हुई थी। हृदयशाह भोजन के उपरान्त विश्राम कर अभी उठ न पाए थे कि उन्हें वाजपेयी के आने की खबर मिली। वे मन से भी कुछ उद्भ्रान्त थे इसलिए उन्होंने वाजपेयी को भीतर ही बुला लिया।

वाजपेयी समझ पा रहे थे कि जब भी राजकुमार कोई अन्तरंग बात करना चाहते हैं तो उन्हें भीतरी कक्ष में बुला लेते हैं।

दोनों मित्रों में वार्ता प्रारम्भ हुई।

हृदयशाह : 'हम राजधानी इसलिए आए थे कि बादशाह की ताजपोशी में अपने राज्य का प्रतिनिधित्व करें और हाजरी बजाकर लौट जाएँ, पर क्या तुम्हें लगता है कि हम अब अकेले लौट पाएँगे।'

अनंग वाजपेयी (कुछ सोचते हुए) : 'राजकुमार, मुझे तो नहीं लगता कि आप ऐसा कर सकेंगे। पिछले कुछ ही समय में प्रेमसुन्दरी का अनुराग आप पर इतना बढ़ चुका है कि वह आप के बगैर जीवित भी रह पाएगी मुझे सन्देह है।'

हृदयशाह : 'क्या इस बात की खबर बृजेन्द्र सिंह को है?'

अनंग वाजपेयी : 'नहीं, बिल्कुल नहीं, मैं वर्षों से बृजेन्द्र सिंह का मित्र हूँ। उसकी पारिवारिक विपदा को जानता हूँ उसके पिता यद्यपि माने राजनीति के माहिर खिलाड़ी हैं। फिर भी शराबनोशी और बजारू औरतों के मोह ने उनके परिवार में सदैव ही अशांति रखी थी, अब ऐसा व्यक्ति जो अपनी माँ को साथ लेकर अपने पिता से अलग रह रहा हो उससे नर्तकी प्रेमसुन्दरी की बात करना कहाँ तक उचित होगा। मैं भले ही प्रेमसुन्दरी से पिछले कुछ वर्षों से परिचित होऊँ और यह शपथपूर्वक कह सकता होऊँ कि प्रेमसुन्दरी में वारवनिता का कोई लक्षण नहीं है क्या बृजेन्द्र सिंह कभी मानेंगे? शायद नहीं, क्योंकि उनके जीवन का अनुभव उनका सत्य है और हमारे जीवन का अनुभव हमारा सत्य?'

हृदयशाह : 'प्रेमसुन्दरी हमारे जीवन का सत्य है, परन्तु इस सत्य को हिन्दू धर्म किस तरह देखेगा, विशेषतः अगर हम उसे अपने राज्य में ले जाने की सोचें तब?'

अनंग वाजपेयी : 'हिन्दू धर्म में बहुत सी ऐसी बातें हैं जिन्हें पंडित समुदाय जानते हुए भी नकारता है, हिन्दू धर्म के नीति निर्धारक सिद्धान्तों में कभी भी योग्य स्त्रियों को नकारने की सलाह नहीं दी गई है, वरन् उन्हें सदैव याद रखने की हिदायत दी गई है ताकि यदि कभी जीवन में किसी ऐसी स्त्री का सन्दर्भ उपस्थित हो तो उसके साथ सामाजिक न्याय हो। वह अपने किसी समाज द्वारा अमान्य कृत्य के लिए तिरस्कृत न मानी जाए।

हमारे यहाँ पाँच कन्याओं को नित्य स्मरण करने की सलाह दी गई है :

अहिल्या द्रौपदी कुन्ती
तारा मन्दोदरी तथा,
पञ्चकन्या स्मरेन्नित्यम्
महापातक नाशनम्।

सभी जानते हैं कि ये पाँचों स्त्रियाँ रूढ़ अर्थों में कन्याएँ नहीं थीं अहिल्या का पातिव्रत धर्म छल से इन्द्र द्वारा नष्ट किया गया था। उसके पति गौतम ने उसे पत्थर बन जाने का शाप भी दिया था पर समाज ने उसकी मुक्ति की कामना की। और राम के माध्यम से उसे मुक्ति दिलवाई। द्रौपदी को अनेक पतियों का वरण करना पड़ा, तथा कुन्ती को अनेक देवताओं से पुत्र हुए। एक पति को सर्वोच्च आदर्श माननेवाले धर्म ने इन दोनों को भी महीयसी माना। कहीं भी किसी भी स्तर पर इन दोनों ने मानवीय गरिमा का उल्लंघन नहीं किया था। तारा और मन्दोदरी दोनों ही वृहत्तर भारतीय समाज के हाशिये में रहनेवाले समाज की प्रतिनिधि थीं। वानर आटविक समाज था और राक्षस अनार्य समाज दोनों की ही अपनी सामाजिक मान्यताओं को शास्त्र ने उचित माना। तारा ने पति बालि के वध के पश्चात् अपने देवर सुग्रीव से विवाह किया तथा मन्दोदरी ने रावण वध के पश्चात् अपने देवर विभीषण से। दोनों समाजों में नारी पति की मृत्यु के पश्चात् अपने देवर से विवाह कर सकती है। हाँ, पति के जीवित रहते ऐसा विवाह मान्य नहीं है। इसी तरह किसी भी स्थिति में इन समाजों में जेठ अपने छोटे भाई की पत्नी से विवाह नहीं कर सकता।

हृदयशाह : 'मित्र, यहाँ तक तो ठीक है कि इन सभी उदाहरणों में विभिन्न प्राचीन परम्पराओं को सम्मान दिया गया, परन्तु इन्हें पंचकन्या क्यों माना गया?'

अनंग वाजपेयी : 'नहीं समझे? अरे कन्या का यहाँ अर्थ है जिसका वरण किया जा सके। शास्त्र का मत यही है कि किसी श्रेष्ठ स्त्री के साथ यदि समाज या व्यक्ति ने कदाचार किया भी हो तो उसे भुलाकर उसे कन्या मानते हुए, सुयोग्य वर से विवाह योग्य मानना चाहिए।'

हृदयशाह : 'मित्र यह तो तुम कह सकते हो क्योंकि तुम प्रेमसुन्दरी से भली-भाँति परिचित हो, पर क्या तुम्हारे ही भाई कामदेव वाजपेयी या कस्तूरी साहनी हमारे इस विचार से भी सहमत हो पाएँगे कि हम अपने साथ प्रेमसुन्दरी को अपने राज्य ले जाएँ।'

हृदयशाह : 'वह कैसे?'

अनंग वाजपेयी 'कस्तूरी साहनी ने हमारे भाई की तुलना में दुनिया अधिक देखी है, फिर उनके मित्र कायस्थजी खुले दिमाग के व्यक्ति हैं। उनके विचारों का भी उन पर पर्याप्त प्रभाव है। इसलिए वे आपका साथ देंगे, क्योंकि आप उनके राजा के पुत्र

हैं और राजा के निर्णय को वे सर्वोपरि मानते हैं विशेषतः यदि वह वैयक्तिक निर्णय हो।'

हृदयशाह : 'मित्र तुमने हमारी चिन्ता को आधा कर दिया, अब हमें केवल यह देखना है कि हमारे अपने राज्य में प्रेमसुन्दरी की क्या प्रतिक्रिया हो सकती है।'

अनंग वाजपेयी : 'उस पर अधिक सोच-विचार न करें क्योंकि हर राज्य में हर तरह के लोग रहते हैं। हाँ, यह जानकर कि सुन्दरी एक पातुर है। वहाँ के कुछ ब्राह्मणों में क्षोभ हो सकता है। वह भी तब जब आप उससे विवाह कर रानी बनाना चाहेंगे।'

हृदयशाह : 'क्या वहाँ के पंडित वह सब नहीं जानते कि हिन्दू धर्म में आपाद धर्म में विदेशी कन्याओं से लेकर पुनर्विवाह तक स्वीकृत हैं।'

अनंग वाजपेयी : 'उन सबको भी सब कुछ ज्ञात है पर ज्ञात होना ही काफी नहीं, रूढ़िवादिता हमारे समाज का उतना ही बड़ा सत्य है जितनी कि उदारता।'

हृदयशाह : 'समाज में इतनी विविधता न हो तो फिर समाज ही कैसा।'

अनंग वाजपेयी : 'अब तो आप कुछ दिनों तक शायद प्रेमसुन्दरी से न मिल पाएँ क्योंकि शहंशाह की ताजपोशी के जलसों में वह भी व्यस्त रहेगी इसकी पूरी सम्भावना है।'

हृदयशाह : 'हाँ यह मैं नहीं भूलता कि वह राजनर्तकी है और नर्तकियों को भी अपने आचार व्यवहार में अपने कर्तव्यबोध का ध्यान रखना पड़ता है।'

अनंग वाजपेयी (कुछ हँसते हुए) : 'राजकुमार, लोकव्यवहार में इसीलिए राजकीय अधिकारियों को उन्हीं के वर्ग में रखने की प्रथा है। दोनों ही राजा को रिझाकर अपना उल्लू सीधा करने में माहिर हैं।'

हृदयशाह : 'पर बृजेन्द्र सिंह जैसे कहाँ हैं, खरी बात करते हैं।'

अनंग वाजपेयी : 'राजकुमार, अपवाद कहाँ नहीं हैं।'

ताजपोशी के जलसे में

दीवान-ए-आम के सामने सल्तनत के सबसे होशियार कारीगरों ने एक शानदार लाल मखमली डेरा दल बादल लगाया था। डेरे के चोबों और लट्ठों को रंगीन मखमल से सजाया गया था।

तमाम अमीर-उमरा और सल्तनत की जानी-मानी हस्तियाँ मुकर्रर जगहों पर सुबह से ही बैठक जमा ली थी। यमीनुद्दौला आसफखाँ, शाहजादे दाराशिकोह, शहजादे शुजा, शहजादे औरंगजेब और शहजादे मुरादबख्श के साथ-साथ सल्तनत के सबसे बड़े ओहदेवाले मनसबदार और राजे-महाराजों को खड़े होने की इज्जत बख्शी गई। इनमें बान्धवेश भी एक थे। हृदयशाह की जगह इससे काफी दूर थी, पर वहाँ से वह तख्त और तख्त के करीबी दृश्यों को ठीक ढंग से देख सकता था। उसके साथ बृजेन्द्र सिंह भी थे।

तभी एक ओर से शहंशाह शाहजहाँ गाजी जिन्दाबाद के नारों से आसमान गूंज उठा। बादशाह शाहजहाँ ने हीरे-मोती और जवाहरातों से जड़ी बेशकीमती हरे रंग की पोशाक पहन रखी थी, पगड़ी में जड़े हुए जवाहरातों की दमक निराली थी।

बादशाह नमाज की आयतों की आवाज के बीच सिंहासन पर जैसे ही बैठने को आगे बढ़ा वैसे ही नकीब अपनी बुलन्द आवाज से तमाम हाजरीन को सावधान करते हुए बोला, 'बा अदब, बा मुलाहिजा होशियार, सरताज ए हिन्द, आफ्ताब ए मुगलिया, अब्दुल मुजफ्फर शहाबुद्दीन मुहम्मद साहब ए किरान सानी बादशाह शाहजहाँ जलवा अफरोज हो रहे हैं।

इसके बाद बिस्मिल्लाह उर रहमानुर्रहीम के अल्फाजों से आज की अहम कार्यवाही ताजपोशी की रस्म को पूरा किया गया।

इसी समय दिल्ली दरवाजे पर तोपों का दगना प्रारम्भ हुआ जिससे आगरा और आसपास के इलाकों के लोग जान गए कि बादशाह शाही तख्त पर जल्वा अफरोज हो चुके हैं।

मुगलिया तख्त पर बैठकर शहंशाह ने अपना पहला हुक्म फरमाया : 'आज से दरबार में सिजदा मौकूफ किया जाता है, बन्द किया जाता है।'

मरहबा मरहबा मरहबा दरबारी एक साथ बोल उठे और फिर बादशाह की नजर उतारी गई। साथ ही पास के जनानखाने में बेगमें, शहजादियाँ और शाही खानदान की औरतें बादशाह की ताजपोशी देखने आई थीं। इनके सामने एक महीन परदा लगा था और पीछे लौंडियाँ, खिदमतगुजार औरतें और हिजड़े मौजूद थे।

बादशाह के सामने अब ओहदे और रिश्ते के मुताबिक लोगों को अपनी सौगातों को नजर करने का मौका मिला। बृजेन्द्र सिंह नाम पर नाम गिनाये जा रहा था। सबसे पहले आनेवालों में बादशाह के ससुर यमीनुद्दौला आसफखाँ थे जो बादशाह पर अशर्फियाँ और जवाहरात निसार करते हुए और मुगलिया तख्त को चूमते हुए, उल्टे कदम कोर्निश बनाकर अपनी जगह आ गए। इसी तरह महानुभाव ने भी नजर निसार करते हुए कोर्निश बनाई और वफादारी का सबूत पेश किया। इनके बाद वजीराखान, सैयद मुजफ्फर खान, खान ए आलम, कासिम खाँ वगैरह न जाने कितनों के नाम बृजेन्द्र सिंह बतलाते गए। सभी की ओर से जवाहरातों और सोने से भरे थाल पेश किए जाते और बादशाह उन्हें छूकर, कुबूल करने की रस्म पूरी करता रहता। इसके बाद हिन्दू राजाओं की बारी आई। राजा बिट्ठलदास, राजा मनरूप, राजा जयसिंह, राजा सूरसिंह, राजा भरत बुन्देला के बाद बान्धवेश और उनके ठीक बाद ओरछा से आए पहाड़ सिंह थे।

इसके बाद शहंशाह ने खुदा का शुक्र करते हुए अपने पूर्वजों को याद किया और उपस्थित विशिष्ट लोगों को मनसबदारियाँ प्रदान कीं। यह शाही फरमान के रूप में थीं जिसे सुनने के लिए सभी आतुर थे। घोषणा की जा रही थी–'आलमपनाह बादशाह सलामत, सैयद मुजफ्फर खाँ को चार हजारी, तीन हजार सवार, दिलेर खाँ को चार हजारी, ढाई हजार सवार इत्यादि इत्यादि के नामों के बाद खिलअत सिरोपाव, अलम, नक्कारे अता करते हैं।

बृजेन्द्र सिंह ने कितने नाम गिनाये उसे याद नहीं क्योंकि वह किसी पुराने विचार में खो गया था। अब से लगभग 10 वर्ष पूर्व वह मुगलिया दरबार में आया था। तब उसके पिता गोंडवंश के राजाओं की पीढ़ी में पहली बार हिन्दुस्तान के शहंशाह के सामने रूबरू हुए थे। उन्हें यह इज्जत बख्शी गई थी कि वे बादशाह के सामने भेंट पेश करें।

वह इन्हीं खयालों में खोया था। तभी बृजेन्द्र सिंह ने कहा : 'राजकुमार चलिए, आप भी अपनी भेंट बादशाह को पेश कर दीजिए। हृदयशाह मानो आसमान से गिरा– अरे 'क्या मैं, बादशाह के पास जाऊँगा?'

बृजेन्द्र सिंह ने कुछ हँसते हुए कहा : 'नहीं नहीं यदि मुल्क के सभी छोटे-बड़े राजे बादशाह तक पहुँचने लगे तो बादशाह सलामत को दो चार दिनों तक इसी तख्त पर यहीं बैठे रहना पड़ेगा।' इतना कहकर वह हृदयशाह को एक-दूसरे स्थान पर ले गया जहाँ बादशाह उनकी ओर से उनके वजीर छोटे राजाओं, जागीरदारों और अमीरों से तोहफों को ले रहे थे और फिर उन्हें बादशाह की ओर से सम्मान सूचक वस्तुएँ दे रहे थे। बृजेन्द्र सिंह ने यह कार्य ठीक ढंग से सम्पन्न कराया। वहाँ पर उपस्थित सभी

राजा, जागीरदार और उमरा इनाम, इकरार और मनसबों में हुई बढ़ोतरियों पर आपस में बात कर रहे थे, जिसका सिर पैर हृदयशाह की समझ में न आ रहा था।

अब बादशाह को दीवान-ए-खास में जाना था। वहाँ सभी को जाने की इजाजत नहीं थी, खास मेहमान जा सकते थे। बृजेन्द्र सिंह ने बान्धवेश के साथ हृदयशाह को दीवान-ए-खास में जाने का इन्तजाम कर दिया था। हृदयशाह थोड़ा घबरा रहे थे क्योंकि इस बार बृजेन्द्र सिंह साथ नहीं जा सकते थे। फिर उन्हें बृजेन्द्र सिंह की यह बात सही लगी कि राजाओं को बादशाह के सम्बन्ध में जितना अधिक से अधिक देखने समझने का मौका मिले उसका फायदा जरूर उठाना चाहिए। इसलिए वह दीवान-ए-खास की ओर जाने के लिए बान्धवेश के पास पहुँच गया।

दीवान-ए-आम का दरबार खत्म होने के बाद दीवान-ए-खास शुरू होता था। इसमें कभी-कभी परिवर्तन भी होता था। दीवान-ए-खास में बादशाह सलामत की स्वर्णतुला होनी थी। इस जलसे में केवल उन्हीं मनसबदारों को आने की इजाजत थी, जिन्हें सल्तनत मुगलिया पूरी तौर से अपना वफादार मानता था, जहाँ थोड़ी भी वफादारी की कमी समझी जाती, उस मनसबदार को यहाँ आने का न्यौता नहीं मिलता।

रियासते भाठ के राजा पीढ़ियों से सल्तनत मुगलिया के वफादार मनसबदार थे। वे अपने साथ दो तीन अपने खासमखास लोगों को ले जा सकते थे। शर्त वही थी सल्तनत के प्रति वफादारी।

बान्धवेश ने इस बार अपने साथ जानेवाले प्रतिनिधियों में हृदयशाह को रखा।

दीवान-ए-खास में पहुँचने के पहले सभी की अच्छी जाँच-परख की जाती थी। कहीं कोई ढिलाई नहीं हो सकती थी।

पूरा इलाका बेहद कड़ी सुरक्षा में रखा जाता था। चारों ओर नंगी तलवारें और भाले लिए हुए सैनिक तो रहते ही थे, जनानखाने की ओर हथियारबन्द हिजड़ों की एक पूरी टुकड़ी रहती थी।

दीवान-ए-खास में जनानखाने की प्रतिष्ठित स्त्रियाँ, बेगमें और शाहजादियाँ हाजिर होती थीं। इस बात की पूरी सावधानी रखी जाती कि मर्द जनानखाने की स्त्रियों की आवाजें तो सुन लें पर सहज ही बेगमों और शाही जनानखाने की अन्य औरतों पर उनकी नजर न पड़े।

बादशाह सलामत को पहुँचने में अभी थोड़ा वक्त था। जनानखाने से मीठी आवाज में एक स्वागत गीत गाया जा रहा था। पहले एक मधुर कंठी कुछ शब्द बोलती और बाद में कुछ अन्य महिलाएँ उसे दोहरातीं।

मुखड़ा बोलनेवाली युवती ही थी ऐसा उसकी आवाज से लग रहा था। हृदयशाह पर इस मीठी आवाज ने जादू कर दिया। तभी हवा का एक झोंका आया। सामने पड़े पारदर्शी परदे को वह उड़ाने लगा। इसी बीच मुख्य गायिका की एक झलक हृदयशाह ने देखी। क्या सुन्दरता थी जिसका बयान करना मुश्किल था।

हृदयशाह कुछ देर के लिए सुध-बुध खो बैठे। उस गौर वर्णीय सुन्दरी का चित्र मानो हृदय में समा गया परन्तु हृदयशाह तो मानो अब भी उसे देख और सुन रहा था। तभी पास में खड़े बघेल राजा के मंत्री ने कहा : 'वाह कितना सुन्दर स्वागत गीत है।' गीत कुछ क्लिष्ट भाषा में था। फारसी के शब्द बहुत थे, पर गायिका ने अपने स्वर से उनमें अद्‌भुत माधुर्य भर दिया था। हृदयशाह सोच रहा था—शायद इसी को मणिकांचन योग कहते हैं, जितना सुन्दर शरीर उतनी सुन्दर वाणी।

थोड़ी ही देर में चोबदारों की ललकार गूँजी। शाही अलकाब जोर-जोर से पुकारे गए। बादशाह सलामत तख्ते नशीन हो चुके थे। हृदयशाह मानो देखकर भी कुछ नहीं देख रहा था और सुनकर भी कुछ नहीं सुन रहा था। दरबारियों में चर्चा हो रही थी कि किस-किसका मान मरतब किस-किस तरह होगा। किसी को पाँच हजार की, किसी को छह या सात हजार की मनसब मिलनी थी, किसी को रोकड़ रकम का इनाम तो किसी को खिताब। सभी नयी बादशाहत में अपना-अपना भविष्य देख रहे थे। पर हृदयशाह अब भी स्वागत गीत के बोलों का अर्थ समझने का प्रयास कर रहे थे। उन बोलों की भाषा ऐसी थी जिसके कुछ ही शब्द सारी कोशिशों के बाद हृदयशाह समझ पाए थे। पर वह जिस सुन्दर स्वरलहरी में पेश किया गया था, वे उनके दिलो-दिमाग में गहरे पैठ चुकी थीं।

हृदयशाह समझ चुके थे कि सुन्दर स्वरलहरी अनजान शब्दावली को सहजता से दिमाग में बैठा देने की क्षमता रखती है। उन्होंने मन में एक बार पूरी कविता को बिना उसका शाब्दिक अर्थ समझे दुहरा डाला।

दीवान-ए-खास में बादशाह सलामत भी तख्ते नशीन हो चुके थे। जनानखाने से आई सभी स्त्रियाँ भी बादशाह सलामत को अपनी दुआएँ और नजराने देकर लौट रही थीं। यद्यपि इस बात का पूरा एहितयात बरता गया था कि औरतों पर मर्दों की नजर न पड़े। पर यह कड़ाई विवाहित औरतों पर अधिक थी। तभी उसी सुरीली आवाजवाली सुन्दरी की एक झलक फिर हृदयशाह को मिल गई और हृदयशाह का तो मानो यहाँ आना पूरा सार्थक हो गया। हृदयशाह यन्त्रवत बान्धवेश के साथ पूरे समारोह में रहे और जब वे शाही महल से वापस लौटे तब उन्होंने बान्धवेश से अपने निवास जाने की आज्ञा ली। बान्धवेश ने कहा कि ऐसा समारोह बिरलों को ही जीवन में देखने को मिलता है। सब कुछ अद्वितीय था। हृदयशाह ने हामी-भरी और घर को लौटने लगा।

मगर यह क्या? उसने पाया कि बादशाह की सवारी तख्त-ए-खाँ पर आगरा के किला से शहजादे दाराशिकोह की जमुना किनारेवाली हवेली की ओर जा रही है। शहजादे ने आगरा किले से लेकर अपनी हवेली मुबारक मंजिल तक सड़क के दोनों ओर कनातें लगवा रखी हैं। दोनों ओर हजारों लोगों की भीड़ इकट्ठा है जो बादशाह सलामत की जय-जयकार कर रहे हैं।

शहजादी

शहंशाह शाहजहाँ की ताजपोशी की खुशी में सारे आगरा में जलसों का सैलाब आ गया। कुछ जलसे अगर जनता के लिए हो रहे थे जिनमें हजारों की भीड़ एकट्ठी होती थी तो कुछ जलसे राजा रईसों और नवाबों की कोठियों में भी चल रहे थे। हिन्दू-मुसलमान सभी मिलकर इसमें शिरकत कर रहे थे।

हिन्दू राजा अपने घरों में यदि मुसलमान अमीरों और राजाओं को अपने महलों में हो रहे जलसों में आने का न्योता दे रहे थे तो मुसलमान रईस भी अपनी कोठियों में बुलाकर जश्न मना रहे थे। सारी दिल्ली में आम और खास जगहों पर संगीत और नाच गानों की भी धूम मची हुई थी।

दूसरे दिन दोपहर को कामदेव वाजपेयी ने आकर राजकुमार हृदयशाह को सूचित किया कि आज शाम को बान्धवेश ने मोहम्मद बदरूद्दीन के आमंत्रण पर उन्हें भी साथ चलने का न्योता दिया है। हृदयशाह ने अन्यमनस्कता से अपनी स्वीकृति दे दी। वे आज की शाम कहीं जाने के बजाय अपने घर पर ही बिताना चाह रहे थे। वे चाहकर भी प्रेमसुन्दरी के यहाँ नहीं जा सकते थे। क्योंकि अनंग वाजपेयी ने उन्हें बतला दिया था कि बादशाह की ताजपोशी के बाद प्रेमसुन्दरी को बहुत ही खास लोगों के यहाँ नृत्य संगीत पेश करना होगा। अतः कुछ दिनों तक तो उसके दर्शन भी दुर्लभ होंगे।

बात किसी हद तक सही भी थी, प्रेमसुन्दरी वैसे तो शाही दरबार के अतिरिक्त कहीं और बहुत ही कम जाती थी परन्तु एक परिवार ऐसा भी था जिसमें वह परिवार के सदस्य की ही तरह थी। यह बात बहुत कम लोगों को मालूम थी। हृदयशाह को भी नहीं।

हृदयशाह चाहकर भी उस शहजादी को नहीं भूल पा रहे थे, जिसका गीत उन्हें कंठस्थ हो गया था। शहजादी के बारे में किसी से बात करना भी व्यर्थ ही था अतः मन ही मन कभी उसकी एक झलक को याद करते रहते। अब तक हृदयशाह शाही खानदान की नस्लों के लोगों को कुछ-कुछ पहचानने लगे थे। फिर भी पंजाब के लोगों और ईरानी नस्ल के लोगों में फरक न कर पाते। उन्होंने शाही दरबार में ईरानी रक्कासाओं को भी देखा था पर यह बीस वर्ष की हसीना उनसे कहीं बहुत अधिक

खूबसूरत थी। उसका छरहरा नाजुक बदन काली आँखें और गुलाब की पंखुड़ियों जैसा रंग, सुर्ख लाल होंठ और गालों की लाली के साथ ही उसकी काली चोटियों में सुनहरी-सी आभा इसके ईरानी या तूरानी वंश का होना ही सिद्ध कर रही थी। उसने शाही किस्म की कीमती पोशाक पहन रखी थी। इससे लगता तो यही था कि वह शाही खानदान से है। शाही खानदान की किसी भी हसीना पर नजर डालने का हश्र उसे अच्छी तरह मालूम था, इसलिए वह इस सुन्दरता को मन से हटाना चाह रहा था, पर फिर भी वह जितना भूलने का प्रयास करता उसकी सूरत उसके दिमागी पटल पर उतरकर सामने आ जाती। कभी उसकी सुरीली आवाज की स्वाद लहरी की रागरागिनी भी याद आती, परन्तु तब वे अपने घर में रखी वीणा को उठाया और उस गीत को वीणा के सरगम में ढाल दिया। एक बार, दो बार और तीसरी बार में तो जब वीणा के स्वरों में वह गीत निकला तो वह अद्‌भुत था।

बान्धवेश के महल पर जब हृदयशाह पहुँचे तब बान्धवेश और रानी साहिबा तैयार होकर सेवकों को पालकी लाने का आदेश दे रहे थे। कहारों का मुखिया पालकी में रखे जानेवाले सामान के सम्बन्ध में खिदमतगारों से बात कर रहा था। उसे मालूम था कि रानी साहिबा, बेगम साहिबा और शहजादे के लिए हमेशा ही गुलदस्ते ले जाती हैं। उसे यह भी मालूम था कि शहजादी को अधखिले गुलाब के फूलों का गुलदस्ता बहुत पसन्द था।

हृदयशाह ने पहुँचकर दोनों के चरण स्पर्श किये। दोनों ने उसके सिर पर प्रेम से हाथ फेरते हुए आशीर्वाद दिया। रानी साहिबा ने हृदयशाह की किसी नए जगह जाने की झिझक को ताड़ लिया। उसे दूर करते हुए उन्होंने कहा कि वे जिस जगह जा रहे हैं वे शाही खानदान से ताल्लुक रखते हैं, पर पिछले अनेक वर्षों से उनका इस परिवार से घरोबा है।

बान्धवेश ने स्नेह पूर्वक कहा कि ऐसा क्यों कहती है? हम हिरदे को किसी गैर के यहाँ क्यों ले जाएँगे? हम तो यह चाह रहे हैं कि यह इतने दिनों से यहाँ एकान्त की एकरसता में परेशान हो रहा होगा अतः हमारे साथ चलेगा तो उसका मनोरंजन भी होगा, साथ में ज्ञान भी बढ़ेगा।

रानी सहिबा ने कहा 'यह कैसे कह सकते हैं कि इनका समय नहीं कट रहा होगा। कल तो इसने हिन्दुस्तान का सबसे शानदार जश्न देखा है और क्या चाहिए आदमी को। फिर पिछले दो तीन दिनों में पूरी राजधानी रौशन की गई थी, जगह जगह आतिशबाजियाँ छोड़ी जा रही थीं। इतनी रंगीन फिजा तो हमने भी कहीं नहीं देखी थी।'

बान्धवेश ने मुस्कुराते हुए कहा : 'यह ठीक है कि उसने यह सब कुछ देखा पर अब ये हमारे साथ कुछ खास मनोरंजन के पल काटें तो अच्छा रहेगा। क्या ऐसा तुम नहीं मानती।'

रानी साहिबा ने बान्धवेश के 'खास मनोरंजन' शब्द पर गौर किया और कहा : 'हाँ यह तो मैं भूल ही गई थी कि हमारे साथ आज यह जो देखेंगे वैसा इन्हें अब तक कभी देखने को न मिला होगा।' रानी कहती गई सुन्दरता के साथ इतना हुनर ईश्वर बिरलों को ही देता है।'

बान्धवेश कुछ अनिर्णय की स्थिति में आ गए। फिर भी पूछ ही लिया : 'महारानी, आप शहजादी का जिक्र कर रही हैं या रक्कासा की।'

रानी साहिबा ने हंसते हुए कहा : 'दोनों ही तो नारी रत्न हैं और दोनों ही खानबहादुर की लाडली। दोनों ही फनकार हैं, फर्क इतना है कि उनमें से एक यदि शागिर्द है तो एक उस्ताद।'

बान्धवेश : 'अरे, तुम्हारे वर्णन से तो लगता है मानो एक वयोवृद्ध है और एक शिशु।'

रानी साहिबा (कुछ तुनककर) : यह तो अपनी-अपनी समझ है क्यों क्या दोनों हमउम्र नहीं हो सकते? बान्धवेश : 'हो सकना तो मैं नहीं जानता, पर यहाँ तो ऐसा ही है।'

हृदयशाह को बान्धवेश और रानी साहिबा की नोंक-झोंक में आनन्द आया यह भी समझ में आया कि किन्ही दो हमउम्र सुन्दरियों की बात हो रही है। पर वे कौन हैं इसके बारे में उसे उत्सुकता होने लगी। पर ऐसा कोई प्रश्न पूछना शालीनता के खिलाफ था, इसलिए वह चुप ही रहा।

तभी सेवकों ने सूचना दी कि पालकी तैयार है। रानी साहिबा ने बान्धवेश की ओर देखा। बान्धवेश ने सेवक से पूछा : 'उनके चलने की क्या व्यवस्था है?' सेवक ने कहा उनका हाथी 'रणविजय' बाहर खड़ा है। फिर पूछा : 'महाराज आपके साथ जानेवाले राजकुमार हृदयशाह की सवारी की क्या व्यवस्था करूँ?' बान्धवेश ने कहा : 'व्यवस्था करनी है हिरदे हमारे साथ ही हौदे पर बैठेगा।'

बान्धवेश ने रानी साहिबा से पूछा कि क्या उन्होंने वहाँ जाने पर उपहार देने के लिए कुछ रख लिया है।

रानी साहिबा ने कहा : 'कब से तो मैं उन उपहारों को दिखलाना चाह रही थी, पर आप हैं कि हर बार यह कह कर टाल देते थे कि मेरी और आपकी रुचि में भला क्या अन्तर होगा। वैसे भी कोई झूठी प्रशंसा करना तो आप से सीखे। मैंने कितने चाव से जयपुर के जौहरी से ये वस्तुएँ खरीदी, पर आपको मेरी रुचि की वस्तुएँ देखने का समय मिले तब न।'

रानी साहिबा के व्यंग्य बाणों से थोड़ा परेशान होते हुए बात सम्हालने की गरज से बान्धवेश ने कहा, हमने सोचा, जाते-जाते आपके द्वारा पसन्द किया उपहार देख लेंगे। आखिर जल्दी भी क्या है। हम उनके द्वारा बुलाये गए समय से कुछ पहले ही तैयार भी तो हो गए हैं।'

रानी उठीं और एक रजत मंजूषा पास में लाकर रख लीं। फिर हृदयशाह से कहा : 'आ बेटे तू भी देख ले।'

हृदयशाह भी दोनों के पास आकर खड़ा हो गया। रानी सहिबा ने जैसे ही मंजूषा खोली तो मानों प्रकाश का पुंज ही निकल पड़ा। मंजूषा में दो बेशकीमती स्वर्णहार थे। दोनों की डिजाइनें एक-सी थीं। परन्तु दोनों की लटकनों में दो अलग-अलग रत्न लगे थे एक में बड़ा-सा गहरे रंग का प्रकाश बिखेरता हुआ पन्ना था तो दूसरे में लाल रंग का माणिक्य।

बान्धवेश ने सुन्दर आभूषणों को प्रसन्नता से देखा और सुरुचि की तारीफ की। हृदयशाह ऐसा सुन्दर तोहफा देख प्रसन्न हो गया उसने मन ही मन बान्धवेश की उदारता की प्रशंसा की और इसका यह भी अर्थ लगाया कि उसे पानेवाले व्यक्ति निश्चित ही बान्धवेश के बहुत करीबी होंगे।

महारानी बान्धवेश से अपनी सुरुचि की प्रशंसा सुन मोहित हो गईं और फिर नारी सुलभ वाचलता ने उन्हें आ घेरा। वे हृदयशाह को बतलाने लगीं, 'बेटा हिरदै, तुम इस रक्कासा को ऐसी-वैसी न समझना। उसकी संगीत और नृत्यशास्त्र में बहुत गहरी पकड़ है। भरतनाट्यम से लेकर मुगलों के प्रिय मिसरी (मिश्री) नाचों तक में उसकी प्रवीणता है। इसे मोहम्मद बदरुद्दीन ने रक्कासा नसीमबानू को उस वक्त मुँह माँगे दामों में खरीब कर दिया था। जब वह बेचारी अनाथ हालात में बिहार से आगरा के वैश्या बाजार में बिकने के लिए आई थी। आगरा का यह बाजार वेश्याओं की बोली में शहजादी बाजार भी कहलाता था। यह कम उम्र लड़की उस बाजार में लाई गई। फटेहाली में भी खूबसूरत थी। इसका पूरा परिवार बाढ़ में डूब गया था और बचानेवालों ने उसे यहाँ तक पहुँचा दिया। रक्कासा नसीमबानू की शानदार हवेली बदरुद्दीन साहब की ही उसे भेंट है। नदीरा के यहाँ और भी नाचने वालियाँ हैं परन्तु इसकी बात शुरू से और रही है। इसलिए उसकी परवरिश और संगीत का खर्च खानबहादुर उठाते आए हैं। वह नसीमबानू की कोठेनुमा कोठे में रहती अवश्य है परन्तु वह सब प्रकार से स्वतंत्र है। वह केवल उन जगहों पर अपना हुनर दिखती है, जहाँ हुनर के जानकार और कद्रदान हों। जिन्होंने उसे मालामाल कर दिया है। बदरुद्दीन साहब ने पिछले कुछ दिनों से उसे नूर ए नजर शहजादी को संगीत सिखलाने के लिए नियुक्त कर रखा है। शहजादी की गले की मिठास को उसकी नई गुरु ने गायकी के सुर सिखा चार गुना बढ़ा दिया है, अब वह शास्त्रीय शैली के किसी भी भाषा के गीतों को बखूबी गा लेती है। उस्ताद और शागिर्द दोनों हमउम्र तो हैं ही अब दोनों एक दूसरे के हमराज और दोस्त भी हैं।

महारानी कितना बोल गईं—इसका उन्हें अन्दाज न था। हृदयशाह को समझने में देर न लगी कि रक्कासा और शहजादी में न तो उनके मेजबान कोई फर्क रखते हैं और न ही राजा साहब और रानी साहिबा। लिहाजा वह कुछ अतिरिक्त सतर्क हो गया।

मुहम्मद बदरुद्दीन की कोठी आज विशेष रूप से सजाई गई थी। कोठी में उत्सव का वातावरण था। राजा साहब एवं उनके परिवार के पहुँचने के बाद महफिल शुरू हुई।

महफिल शुरू होने के पहले मोहम्मद बदरुद्दीन ने दोनों हाथ उठाकर अल्लाह का शुक्रिया किया, जिसके रहमोकरम से हिन्दुस्तान को शाहजहाँ जैसा काबिल और नेक बादशाह मिला। बड़े मियाँ की प्रार्थना को सभी उपस्थित लोगों ने दुहराया और फिर नए बादशाह की पसन्द-गैर पसन्द पर चर्चा छिड़ गई।

तभी बाँदी रुखसाना ने बड़े मियाँ के सामने पूरी तहजीब से कहा : 'हुजूर, नाच का इंतजाम हो चुका है। साजिन्दे अपनी साज लेकर आ चुके हैं। प्रेमसुन्दरीजी भी घुँघरू को अपने पैरों में बाँध चुकी होंगी, परन्तु बेगम साहिबा ने आपसे एक इल्तिजा की है?'

बदरुद्दीन : 'अरे भाई, हम तो उनका हुक्म मानते हैं। क्या अर्ज किया है उन्होंने।'

रुखसाना : 'बेगम साहिबा को रानी साहिबा ने बतलाया है कि राजा साहब के साथ आए हुए गढ़ा मंडला राज्य के राजा प्रेमसाह के फरजंद जनाब हृदयशाह वीणा के बड़े फनकार हैं, क्यों न आज की महफिल उनके वीणा वादन से शुरू की जाए,' शोख रुखसाना कनखियों से बार-बार हृदयशाह को देख रहे थी।

बदरुद्दीन राजा साहब के बगल में बैठे हुए हृदयशाह की ओर देखते हुए, 'अरे मियाँ तुम तो बड़े छुपे रुस्तम निकले। हमें अगर आपकी फनकारी का पहले से इल्म होता तो हम अब तक आपसे वीणा बजाने के गुजारिश कर चुके होते। आप की फनकारी को देखने के लिए हम बेसब्र हैं। हृदयशाह ने राजा साहब की ओर देखा तो राजा साहब ने हृदयशाह की ओर देखते हुए कहा : 'भई, कला की सुगंध को कब तक छुपाया जा सकता है। फिर आज का मौका भी ऐसा है कि हम सभी चाहेगे कि आप हमारे मेजबान की शान में वीणा के सुरों से हमें आनंदित करें।'

सामने की बारादरी में एक झीना परदा लगा हुआ था। उसके पीछे शहजादी, बेगम, रानी और अन्य महिलाएँ बैठी थीं। शहजादी ने जब राजा साहब और अब्बा हुजूर की बातें सुनीं तो उसने परदे की ओर से फनकारा की ओर देखा। उसे लगा उसने इस युवक को कहीं देखा है। बहुत सोचने पर याद आया कि यह सलोना, सजीला युवक राजसी पोशाक में जिस दिन बादशाह की पोशी थी तब वह वहाँ के समारोहों में शायद मौजूद था। तब उसकी झलक ही दिखी थी। फिर भी शहजादी यह तय न कर पा रही थी कि उस भव्य आयोजन में यह युवक कहाँ था। वह यह सोच रही थी कि उसके कंधे पर किसी ने धीरे से हाथ रखा। शहजादी ने पीछे मुड़कर देखा तो वहाँ उसकी उस्ताद प्रेमसुन्दरी नृत्य की वेशभूषा धारण किए उसके पास बैठने का उपक्रम कर रही है। दर्शन उस्ताद और शागिर्द की उम्र में अधिक फर्क न था, दोनों हमराज और दोस्त अधिक थीं।

उधर हृदयशाह परदे के पीछे चल रही खातून को पहचानने का निष्फल सा प्रयास कर रहा था। उसकी चाल ढाल से उसे लग रहा था कि उसने उसे कहीं देखा है, पर परदे के कारण उसे पहचानना नामुमकिन था।

सभी हवेली के बीच के एक बड़े से आँगन में बैठे थे, जिसके चारों ओर बारादरियाँ थीं। यदि एक ओर जनानी बैठक थी तो दूसरी ओर मर्दानी। शेष दोनों ओर नृत्य समारोह के पश्चात् स्वल्पाहार की व्यवस्था थी वह भी जनानी और मर्दानी अलग-अलग।

जिस जगह नृत्य होना था, उस पर कीमती गलीचे बिछाये गए थे। दोनों कोनों पर साजिन्दे बैठ चुके थे।

प्रेमसुन्दरी ने जब यह सुना कि हृदयशाह वीणावादन प्रस्तुत करनेवाले हैं तो वह शहजादी के पास ही रुककर बैठ गई। तभी शहजादी ने प्रेमसुन्दरी से कहा : 'उसने इस युवक को ताजपोशी के जलसे में शायद देखा है।' प्रेमसुन्दरी ने उत्तर दिया : 'हाँ, हो सकता है आपने इन्हें उस जलसे में देखा हो। ये गोंडवाना से यहाँ तक उस जलसे में शरीक होने के लिए ही आए थे।'

तभी हृदयशाह ने एक साजिन्दे से वीणा ले ली और वीणा के तार छेड़ दिए। वीणा के स्वरों की मधुरता से सभी आश्चर्य चकित हो रहे थे परन्तु सबके चकित होने के अपने-अपने अलग-अलग कारण थे।

बदरुद्दीन और राजा साहब कला पारखी थे, इसलिए स्वरों की मधुरिता से गद्गद हो गए।

हृदयशाह ने बहुत थोड़े समय में वीणा द्वारा किसी गीत को स्वरों में पिरोकर प्रस्तुत कर दिया। यह प्रस्तुति अद्भुत थी।

सबसे अधिक कुतूहल हुआ शहजादी को, क्योंकि यह उसी गीत की प्रस्तुति थी जिसे उसने बादशाह सलामत के दीवाने खास के प्रवेश के समय स्वागत गीत के रूप में गाया था। वह यह समझ ही नहीं पा रही थी कि कोई व्यक्ति कैसे एक बार गीत सुनने के बाद उसे वाद्ययंत्र के द्वारा पुनः प्रस्तुत कर सकता है।

परन्तु प्रेमसुन्दरी का आश्चर्य अपनी चरम सीमा पर था। वह जानती थी कि वीणा में जिस लफ्जों को हृदयशाह ने बड़ी ही सफाई से प्रस्तुत किया है, उन अल्फाजों को हृदयशाह ने शायद पहली ही बार सुना हो अर्थात् बिना भाषा ज्ञान के ही उन्होंने खालिस फारसी के शब्दों से बनी कविता का मीठापन जस का तस रखा, यह बड़ी बात थी। प्रेमसुन्दरी स्वयं श्रेष्ठ अदाकारा होने के साथ-साथ गायिकी की गहराई को बखूबी समझती थी। उसे मालूम था कि साधारण संगीत प्रेमी को यह शायद ही कभी पता होता है कि गीत किस राग में गाया गया और ताल कौन-सा था। साधारण संगीत प्रेमी को तो यह भी मतलब नहीं रहता कि राग मालकोस था ताल त्रिताल। उसे तो बस वह मिठास चाहिए होती है जो उसे मस्त कर दे। यह

ठीक है कि शहजादी का गला बहुत मधुर है। उनके गाने में 'गानपन' मौजूद रहता है, गानपन यानी कि वह अंदाज जो श्रोता को भावविभोर कर दे। किन्तु शहजादी के गानपन ने यहाँ एक साधारण श्रोता को भावविभोर नहीं किया था वरन् भावविभोर किया था एक रससिद्ध कलाकार हो जिसके लिए भाषा जानने की शर्त भी कोई मायने नहीं रख सकी। वह समझ गई कि हृदयशाह को भाषा का ज्ञान भले ही न रहा हो पर उनके राग और ताल के ज्ञान ने हमेशा के लिए उस गीत को उसकी स्मृति में बैठा दिया है।'

शहजादी और प्रेमसुन्दरी अपना यह कौतूहल छिपा नहीं पा रही थीं। हृदयशाह ने मात्र एक वाद्य यंत्र के सम्पूर्ण गायन को संगीत के सुरों में ढाल कर कमाल कर दिया था। शहजादी ने प्रेमसुन्दरी से पूछा कि क्या हर वाद्य को एकल वाद्य के रूप में बजाकर इतने सुन्दर संगीत की प्रस्तुति की जा सकती है। शहजादी प्रेमसुन्दरी को अपना उस्ताद मानती थी, इसलिए उसने भोलेपन से यह प्रश्न पूछ लिया। प्रेमसुन्दरी ने मन ही मन विचार किया–क्यों न हृदयशाह से ही इस प्रश्न का उत्तर ले लिया जाए। अतः उसने बेगम साहिबा से इजाजत ले हृदयशाह से परदे के भीतर से ही पूछा 'राजकुमार जी, आपका वीणा वादन तो कमाल का है। सुरों ने समा बाँध दिया। पर हमारी शहजादी यह जानना चाहती है। प्रस्तुति कर दी है क्या उसी तरह अन्य वाद्यों से भी ऐसी ही प्रस्तुति की जा सकती है।

हृदयशाह : 'मेरी प्रस्तुति की तारीफ के लिए मैं आपका शुक्रगुजार हूँ, पर उसके प्रश्न के उत्तर में मैं कहना चाहूँगा कि मैं संगीत का कोई बड़ा जानकार नहीं हूँ। हाँ, संगीत में मेरी दिलचस्पी जरूर है इसलिए मेरी धारणा है कि संगीत में हर वाद्य का अपना अलग-अलग स्थान है। उनकी अलग विशेषताएँ हैं और यह उन वाद्यों की संरचना के कारण है। कुछ वाद्यों में सरगम का आयाम बड़ा होता है, कुछ में सीमित जैसे गायन वादन में तबला और ताल का आधार प्रस्तुत करने के लिए बनाया गया है। इसे एकल वाद्य के रूप में बजाकर इससे सितार की तरह रस और भाव की निष्पत्ति नहीं की जा सकती है।'

प्रेमसुन्दरी : 'इसका अर्थ तो यही हुआ कि आप कुछ यंत्रों के स्वतंत्र वादन के स्वतंत्र क्षमता पर विराम लगा रहे हैं।'

हृदयशाह : 'ऐसा नहीं है। मनुष्य में चमत्कारी सृजनकारी शक्ति है। कुछ अच्छे कलाकार शास्त्रीय नियमों को किनारे रख भी कुछ अच्छा प्रस्तुत कर सकते हैं, पर ऐसी सफलता उनकी निजी सफलता होगी। लोक व्यवहार में ये प्रयोग कितने सफल होंगे यह सब समय पर निर्भर रहेगा, परन्तु वाद्यों की अपनी शक्ति तो सदैव ही सुनिश्चित ही होगी।'

हृदयशाह की इस बात पर बदरुद्दीन और बान्धवेश दोनों ने ही रुचि के साथ सुना और उसके गायन की प्रशंसा की।

जब शहजादी और प्रेमसुन्दरी बातें कर रही थी तभी हवा का एक झोंका और झीना परदा ऊपर उठ गया। हृदयशाह की नजरें सीधे शहजादी की नजरों से जा टकराईं। हृदयशाह एक क्षण के लिए भूल गया कि शहजादी के बगल में उसकी प्रेमिका प्रेमसुन्दरी खड़ी है। हृदयशाह का भी क्या दोष? इस मौके पर शहजादी ने भी संकोच छोड़ हृदयशाह को जी भर कर देखना जरूरी समझा। तभी बाँदियों ने परदा ठीक कर दिया।

हृदयशाह के मन की दशा विचित्र हो गई। वह शहजादी के सौन्दर्य से अभिभूत हो गया।

नृत्य के लिए आगे बढ़ रही प्रेमसुन्दरी ने हृदयशाह और शहजादी की नजरों को मिलते देख लिया था। प्रेमसुन्दरी ने काव्य शास्त्र और नाट्यशास्त्र का कोरा अध्ययन नहीं किया था। इन शास्त्रों में वर्जित मुद्राओं के वास्तविक यथार्थ से वह परिचित थीं। उसे समझते देर न लगी। इन नजरों ने कहीं बहुत गहराई तक एक दूसरे को भेद दिया है। उसने यह भी गौर किया था कि शहजादी ने दृष्टिभर देखने के बाद अपनी आँखें बन्द कर ली थीं और लगभग आत्ममुग्ध की-सी स्थिति में पहुँच गई थी।

पर प्रेमसुन्दरी का तो कार्य अब प्रारम्भ होना था। उसे नृत्य करना था, आज का मुख्य कार्यक्रम वही था। प्रेमसुन्दरी ने मन को संयत किया। विचारों के घोड़ों की बेलगाम दौड़ को नियंत्रित किया ताकि वह अपना वह कर्तव्य पूरा कर सके।

प्रेमसुन्दरी ने पैर आज के नृत्य में जिस तेजी से थिरके उसे देख बदरुद्दीन और राजा साहब तो स्तब्ध ही रह गए। लगा मानो किसी ने एक तेजी से घूमनेवाली फिरकी को जमीन पर रख दिया हो जो थमने का नाम न ले रही हो।

नृत्य कब तक चलता रहा—कौन जाने, पर जब बड़े मियाँ और राजा साहब ने दो कीमती हार प्रेमसुन्दरी के गले में डाल दिए, तब उसे याद आया कि वह थक चुकी है।

आज का जश्न तो समाप्त हुआ, पर प्रेमसुन्दरी के मन में तूफान उठ गया। पालकी में बैठे ही बैठे उसके मन में सैकड़ों प्रश्न उठ रहे थे। वह खुद भी शहजादी की खूबसूरती की कायल थी। उसे शहजादी इसलिए भी खूबसूरत लगती थी कि शाही खानदान में पैदा होने के बावजूद उसमें एक ऐसा भोलापन था जो शाही खाददान में दिखना मुश्किल ही था। शहजादी के भोलेपन ने तो कुछ न कहते हुए भी उसे सब कुछ बतला दिया था। प्रेमसुन्दरी अपने युग का सत्य जानती थी। उसके जमाने में एक व्यक्ति का एक से अधिक सुन्दरियों से प्रेम करना बहुत आश्चर्य की बात नहीं थी परन्तु वह बार-बार हृदयशाह के अपने प्रति समर्पण के क्षणों को याद की तो उसे कुछ अजीब लगा। कुछ गुस्सा आया पर यह गुस्सा न तो

शहजादी पर था और न ही हृदयशाह पर, वह अपने भाग्य को कोस भी नहीं रही थी क्योंकि उसका दिल आज भी यह मानता है कि हृदयशाह से मिलना उसके जीवन का सबसे पुण्य कार्य रहा है। यही सोचते उसकी हवेली आ गई। उस रात वह सो भी नहीं पाई।

वह सारी रात यही सोच रही थी कि कहीं हृदयशाह का प्रेम भी कुछ वैसा ही तो नहीं जैसा कि बादशाहों और राजाओं का होता है, जिसमें बड़े-बड़े किस्से गढ़ लिए जाते हैं। उन किस्सों में बेचारी माशूकाएँ क्या सोचती रही हैं–इनका कब किसे पता रहा है? दूर जाने की जरूरत भी क्या है अपने ही बादशाह सलामत की मुहब्बत को देखिए। कहते हैं कि वे मुमताज पर कुरबान हैं, पर फिर भी बादशाह शाहजहाँ के हरम में बेगमों की कहीं कोई कमी नहीं है। जब वह शाहजहाँ था, तब भी न थी। मुमताज बेगम के अलावा उसकी एक ईरानी बेगम, मुजफ्फर हुसैन की शहजादी कन्दहारी बेगम थी, जिसे सफवी बेगम कहा जाता था। इस बेगम के साथ बादशाह की एक बगदादी बेगम भी थी, जिसे मोती बेगम का खिताब बादशाह ने खुश होकर दिया था। बादशाह की एक बलूची बेगम भी थी, जिसे सरहिन्दी बेगम के खिताब से नवाजा गया था।

इनके अतिरिक्त शाहजहाँ की एक बेगम अकबराबादी बेगम थी, जिसका पहिले का नाम अजीजुन्निसा था, सुरैयाबानू बेगम उसकी पुत्री थी। इस बेगम से उसकी यह पुत्री एक हजार छह सौ सत्रह ई. सन् में पैदा हुई थी, जो बेहद ऐयाश थी। इतना ही नहीं बादशाह शाहजहाँ ने कन्धार के सूबेदार अली मर्दानखाँ की साहबजादी परवेज जहाँबेगम से भी शादी की थी। बादशाह शाहजहाँ ने अब्दुर्रहीम खानखाना की पोती और शाहनवाज खाँ की पोती से भी शादी की थी और उनसे जहानअफरोज शहजादी सन एक हजार छह सौ अठारह में पैदा हुई थी। शाहजहाँ की अजीजाबादी बेगम भी थी। यह बेगम पहले बाँदी थी। इस बेगम पर ख़ुश होकर आगरा का मटियामहल उनके नाम कर दिया। शाहजहाँ हिन्दुस्तान के मुकद्दस ताजो तख़्त के मालिक थे। इतनी बेगमों के अलावा खलीलुल्लाह खाँ की बेगम हमीदाबानू और जाफरखां की बेगम फरजाना बादशाह सलामत की खास रखैलें थीं।

बादशाह शाहजहाँ की रंगीन मिजाजी के किस्से तो सारे आगरा में प्रसिद्ध थे वारवनिताएँ उनके सुनने सुनाने में खूब दिलचस्पी लेती थीं। प्रेमसुन्दरी को भी न केवल शाहजहाँ के वरन् शाही खानदान के अन्य लोगों के भी ऐसे किस्से खूब सुनने को मिलते।

प्रेमसुन्दरी मन ही मन यह तो जानती थी कि राजा भले ही बड़े या छोटे राज्य का हो, उसकी एक से अधिक पत्नियाँ तो अवश्य ही होंगी। हृदयशाह की मोहब्बत में वह स्वयं को न तो उसकी प्रेमिका और न ही उसकी रखैल बनकर देख पा रही थी। वह चाहती थी कि जिसको वह अपना तन मन धन सब कुछ न्योछावर करती

है, वह उसे अपनी पत्नी के रूप में स्वीकार करे। भले ही वह पहली, दूसरी या तीसरी पत्नी हो।

प्रेमसुन्दरी ने निश्चय किया कि वह इस सम्बन्ध में हृदयशाह से बात करेगी, पर इस पर निर्णय न ले सकेगी कि वह शहजादी से भी अपने प्रेम सम्बन्धों की बात करे।

इस उहापोह में उसने दो चार दिन किसी से कुछ भी न कहने का निश्चय किया।

अनपेक्षित

मुहम्मद बदरुद्दीन के यहाँ हुई महफिल में शहजादी हृदयशाह को अपना दिल दे बैठी। शाहजादियों को तो अपनी हवेली से बाहर निकलने के लिए भी किसी की जरूरत होती थी। बदरुद्दीन के खाददान में भी शाही तौर-तरीकों का पूरा खयाल रखा जाता था। जवान शहजादी बिना वालिद के हुक्म के तो मनचाही जगह जा सकती थी, बात करने की तो बात ही और थी। शहजादी ने अपने अब्बा हुजूर के किताबघर में रखी उन कुछ पुरानी किताबों को पढ़ा था जिनमें उनके पूर्वज जो तुर्की में रहा करते थे, हुक्म उदूली की सजा बतौर वे अपनी बीवियों और बेटियों को रात के सन्नाटे में किले की मीनारों से नीचे ढकेल देने में गुरेज नहीं करते थे। वह कभी सोचतीं–कितने अलग थे उसके अब्बा हुजूर इन जालिमों से। परन्तु फिर भी खानदान तो खानदान ही है। पाबन्दियों पर किसका कितना जोर चला है?

शहजादी पशोपेश में पड़ी अपने कमरे में लेटी थी। पिछले दो दिनों से वह कुछ थोड़ा-बहुत खा लेती। बेगम दो बार पूछ चुकी थी कि क्या उसकी तबीयत नासाज है, यदि ऐसा हो तो हकीम को बुलाया जाए।

शाहजादी की खास बाँदी रुखसाना ने शहजादी का मर्ज समझ लिया था और उसने उसे बढ़ा-चढ़ा कर बयान किया। फिर बेगम से कहा कि वे शहजादी के मर्ज के इलाज के लिए शाही हकीम को जरूर बुला लें।

बदरुद्दीन भी चिंतित हुए और बेगम से मशविरा किया। सोचा गया कि शाही हकीम को हवेली में बुला लिया जाय। राजधानी में शाही हकीम भी दर्जन भर थे। बाँदी रुखसाना एक हकीम को बुला लाई ये थे तो बुजुर्ग हकीम पर दवाओं से ज्यादा दुआओं पर यकीन किया करते थे। शहजादी को परदे के इस पार से देखने और हाथ में धागा बाँधकर नब्ज देखने के बाद धीरे से बोले : 'नजर लगी है, सीधे कलेजे में आकर उतर गई है। दवा के साथ-साथ इन्हें पन्द्रह दिनों तक रोजाना हम बिना नागा जिस पानी को पढ़कर देंगे उसे पीना होगा तब जाकर ये ठीक होंगीं।'

बेगम साहिबा तो घबरा ही गई, पर हकीम साहब ने धीरे से कहा : 'हुजूर, इस बात का ध्यान रखें–इस बीमारी की खबर किसी को न लगे तो अच्छा है वरना लोग सोचेंगे शहजादी के सिर पर कौन सी बला लगी हुई है। लोग तिल का ताड़ बनाते हैं।

कोई कहेगा कि जिन्नात है तो कोई कहेगा—अगिया बेताल है। भूख लगना और चेहरे का जर्द पड़ना इस बात का गवाह है कि मर्ज रूहानी भी हो सकता है। सात दिन बाद इन्हें हमारे यहाँ भेजना, इन्हें हमारे यहाँ के पीर के सामने एक बार मत्था टेकना होगा। बस खुदा ने चाहा तो सब ठीक हो जाएगा।

बेगम : 'ठीक है, किसी को पता न लगे इसलिए दवा के लिए इसी बाँदी को भेज दिया करूँगी और हाँ यह आपके यहाँ जाकर चुपचाप खड़ी हो जाया करेगी। आप इसके हाथों दवा और दुआ किया हुआ पानी भेज दिया कीजिए। अगर दवाओं को बदलना पड़े तो एक पुर्जे में सब लिख दिया करें।'

हकीम : 'बेहतर होगा, शहजादी हमारे लिखे को खुद पढ़े और उस पर अमल करें क्योंकि मर्ज तो उन्हीं का दूर होना है।'

बेगम : 'बहुत-बहुत शुक्रिया। आपने हमें बड़ी मुसीबत से बचा लिया।'

हकीम : 'ऐसा मत कहिये, सब कुछ करनेवाला तो अल्लाह ताला है।' यह कहकर वे चले गए।

बाँदी रुखसाना ने जब दवा और पढ़कर दिया हुआ पानी शहजादी के सामने पेश किया तो उनके खीझ का ठिकाना न रहा, कहने लगीं 'तू समझदार होकर भी यह सब क्या कर रही है।'

बाँदी : 'मुझे समझदार समझने के लिए शुक्रिया' यह कहकर उसने बतलाया कि यह हकीम के यहाँ से सीधे राजकुमार हृदयशाह के यहाँ गई। वहाँ उसने आपकी तबीयत के सम्बन्ध में बतलाया तो राजकुमार परेशान हो उठे। जब मैंने कारण बताया तो शरमा गए। मेरे बहुत कहने पर उन्होंने आपके लिए यह खत लिखा है।' शहजादी ने कहा : 'अरे तुम्हें किसी ने पहचान लिया होता तो?' बाँदी ने कहा : 'नहीं बुरखा ओढ़कर वहाँ गई थी।' यह कहकर उसने वह खत शहजादी को दे दिया। शहजादी पत्र पढ़ने में जुट गई।

बाहर से आ रही बेगम ने शहजादी को आवाज दी। शहजादी ने सकपका कर पत्र चोली के भीतर छुपा लिया।

यह सिलसिला एक हफ्ते तक चलता रहा, हृदयशाह ने अपने हृदय का सारा प्रेम अपने पत्र में निचोड़ कर रख दिया था। शहजादी पत्र तो न भेजती, पर हर रोज एक शेर जरूर लिख भेजती जो प्रेमरस में डूबा हुआ होता।

हकीम की दवाओं का असर था या कि दुआओं का, शहजादी का जर्द चेहरा फिर से अपने गुलाबी रंगों में आने लगा था। यह देखकर बेगम बहुत खुश थी। बेगम बाँदी से बोली : 'एक हफ्ता हो गया है, हमें लगता है कि शहजादी को पीर के सामने मत्था टेकने भेज देना चाहिए, वे जल्दी भली चंगी हो जाएँगी। मैं उन्हें तुम्हारे साथ भेज देती हूँ, पर ख्याल रखें किसी को रास्ते में भनक भी न पड़े कि तेरे साथ शहजादी हैं।'

बाँदी रुखसाना : 'हुजूर, बेफिक्र रहें, वे मेरे साथ जाएँगी और जितनी जल्दी हो सके उतनी जल्दी लौट आएँगी।'

बेगम : 'शहजादी, हमने तुम्हारे लिए आज नए कहारों का इन्तजाम किया है। ये शाही कहार नहीं हैं, परन्तु भरोसे के लायक हैं क्योंकि चारों हमारी बाँदियों के रिश्तेदार हैं, पर यह उन्हें नहीं मालूम कि उनकी पालकी में कौन है। पालकी भी शाही न होकर वह है जिन पर हम अपने यहाँ आनेवाले रईसों की उन बेगमों को भेजते हैं, जो शाही खानदान से ताल्लुक नहीं रखतीं।'

शहजादी जाने के लिए तैयार हो गईं। वैसे वे किसी भी सूरत में जाना पसन्द नहीं करतीं परन्तु बाँदी उनकी मुँहलगी थी और उसने इल्तजा की थी कि वे हकीम के यहाँ जाने से मना न करें।'

कहार तेज चलनेवाले थे, अतः थोड़ी ही देर में वे हकीम के यहाँ पहुँच गए। हकीम ने शहजादी को बुलवा तो लिया था, पर उनकी मंशा अपनी हकीमी और इल्म के साथ अपनी पाक इबादतों का असर भी बदरुद्दीन परिवार में जमाने की ज्यादा थी। इसी दिखावे ने उन्हें मुँहमाँगी रकम दिलवाई थी परन्तु वे शहजादी को जल्द से जल्द वापस भेजना चाहते थे, इसलिए उन्होंने आनन-फानन में पीर के सामने सिजदा कराया और शहजादी को छुट्टी दी।

सब कुछ बहुत थोड़े समय में निपट गया था। बाँदी ने कहारों से कुछ कहा जिसे शहजादी नहीं सुन पाईं। शहजादी और बाँदी पालकी में बैठकर बातों में मशगूल हो गईं। जब पालकी रुकी और शहजादी ने पैर बाहर निकालकर बुरके में से देखा कि वे अपनी हवेली के बजाय कोई और जगह हैं तो उन्होंने बाँदी रुखसाना से पूछा। बाँदी रुखसाना ने तुरन्त उससे कान में कुछ कहा। शहजादी के पैर एक पल के लिए ठिठके और फिर वे बाँदी के पीछे-पीछे कोठी में दाखिल हो गईं।

अब तक नौकर इस बुर्केवाली से परिचित हो चुका था पर इस बार दो बुर्के वालियों को देखकर चौंका, फिर उन्हें भीतर ले जाकर पूरे आदर से बैठाया।

हृदयशाह कोठी के सबसे भीतरवाले कक्ष में संगीत की तान छेड़ रहे थे। नौकर ने कहा : 'राजकुमार, आज कोई दो बुर्केवालियाँ आपसे मिलने आई हैं।'

हृदयशाह ने उन्हें तुरन्त भीतर भेजने को कहा और हिदायत दी कि जब वे भीतर हों तब बाहर का कोई आदमी भीतर न आये। नौकर ने लौटकर दोनों से कहा कि वे भीतर जाएँ, राजकुमार उनकी प्रतीक्षा कर रहे हैं।

पिछले सात दिनों से लगातार आते रहने के कारण बाँदी को कोठी का नक्शा बखूबी मालूम था। राजकुमार का कमरा सबसे अन्त में और एकान्त में था। उसके पहले एक बरामदा और उसके भी पहले एक और सजी हुई बैठक थी।

बाँदी शहजादी को लेकर बैठक तक गई और फिर शहजादी से कहा कि वे स्वयं बरामदा पार कर कक्ष में जाएँ जहाँ राजकुमार बैठे हैं। शहजादी बेहद शरमायी हुई थीं, पर बाँदी ने हौसला बढ़ाया और कहा : समय जाया न करें। ऐसा मौका फिर नहीं मिलेगा, तुरन्त लौटना भी है।

शहजादी ने हिम्मत की और सीधे राजकुमार के कक्ष में पहुँच गईं। राजकुमार आदाब से खड़े हो गए और पूछा कि हमारी जानेमन शहजादी ने भी आज हमें कौन सा नया शेर भेजा है, पेश करें।

दरअसल शहजादी ने बुरके से सिर ढक रखा था और इसीलिए उन्होंने शहजादी को बाँदी समझ लिया था।

शहजादी ने धीरे से अपना नकाब हटा लिया, लगा बादलों में छुपा चाँद बाहर आ गया हो। राजकुमार हृदयशाह आश्चर्यचकित एक क्षण के लिए स्तब्ध हो गए। उनके लिए यह सोचना भी दुश्कर था कि कभी शहजादी उनकी कक्ष में आ सकती हैं। वे आनंद विभोर हो उठे। उनका रोम-रोम खुशी से पुलकित हो उठा और उन्होंने शहजादी को गले लगाकर उनके कपोल पर चुम्बन जड़ दिया।

दोनों कुछ देर तक मंत्रमुग्ध से एक-दूसरे से आबद्ध लिपटे खड़े रहे, तभी बाँदी रुखसाना ने बाहरी कक्ष में खाँसकर आवाज की। दोनों प्रेमी अलग हुए। शहजादी ने फिर से नकाब सिर पर डाला और बाँदी के साथ वापस चली गई।

रुखसाना ने अगले सात दिनों तक दोनों के बीच खतों की बात चलाने में मदद की। जब भी वह आती, राजकुमार उन्हें सोने की अशर्फियाँ देना न भूलते। वह भी अपनी मालकिन की प्रसन्नता से खुश थी।

यह एक विचित्र संयोग ही था कि दो सुन्दरिया एक ही व्यक्ति से एक ही समय में प्रेम करने लगी थीं परन्तु इनमें से एक को इस बात की जानकारी हो चुकी थी कि दूसरी उसी व्यक्ति से प्रेम करती है जिसे वह दिल दे बैठी है। वह यह भी जानती है कि यह दूसरी बेहद नेक और अल्हड़ किस्म की लड़की है जो दीन-दुनिया से बेखबर है।

पिछले एक सप्ताह से प्रेमसुन्दरी कहीं बाहर न गई थी। अनंग वाजपेयी आए जरूर थे, पर वह बहाना कर उनसे भी न मिली थी। वह समझ नहीं पा रही थी कि वह क्या करे। विडंबना यह थी कि उसके प्रेम को एक ऐसी लड़की बाँटना चाहती थी जिसे वह बेहद चाहती थी और जिसके परिवार की मेहरबानियों के कारण ही वह आज तक वारवनिताओं के बीच रहकर भी स्वतंत्र और आत्म सम्मान का जीवन जी रही थी। विचित्र विडम्बना थी उसकी, जिसमें वह अपनी ही प्रतिस्पर्धी को किसी भी कीमत में मात देना सोच भी नहीं सकती थी।

उसने सोचा, शायद नियति ने उन दोनों को ही हृदयशाह के लिए बनाया है। सोचा—क्यों न शहजादी से ही दो टूक बात कर लूँ। पर क्या ऐसा ठीक होगा, शायद नहीं। पिछले एक माह की अवधि में हृदयशाह शहजादी से मोहब्बत का इजहार कई बार कर चुके थे। शहजादी को विश्वास हो गया था कि हृदयशाह को बेइन्तिहा मोहब्बत हो गई है। शहजादी ने उनकी मोहब्बत कबूल भी कर ली थी और इसीलिए एक दिन वह छुप छुपाकर अपनी बाँदी के साथ उन तक एक बार और पहुँच गई।

बुर्के के भीतर शहजादी ने कश्मीरी कामदार कुर्ता और चूड़ीदार पायजामा पहन रखा था। बिना किसी शृंगार के भी वह रश्केपरी नजर आ रही थी। हृदयशाह ने देखते ही कहा : 'शहजादी, आपका इस तरह से आना आपकी जान को जोखिम में डाल सकता है।'

शहजादी ने कहा : 'आपसे मुहब्बत करने के बाद हमें लगता है कि हमें अब किसी का भी खौफ नहीं है।'

हृदयशाह को शहजादी की भाषा सुनने में बड़ा आनन्द आता था। उसका उच्चारण थोड़ा सा अलग था, और उसे हिन्दी के शब्द बोलने में कुछ वक्त लगता, क्योंकि उसे सही शब्द सोचना पड़ता था।

शहजादी को फारसी और अरबी भाषा पर पूरा अधिकार था। उसके अब्बा हुजूर ने हिन्दवी सिखानें के लिए एक शिक्षक रखा भी, पर शहजादी पूरी तरह से इस भाषा में निष्णात नहीं हो सकी। अतः जब हृदयशाह उसकी सुन्दरता के वर्णन में कोई उपमा देते तो वह ठीक न समझते हुए भोले चेहरे से उनकी ओर देखती रह जाती और हृदयशाह उसकी इस अदा पर कुरबान थे।

हृदयशाह : 'शहजादी, आपने हमारी मोहब्बत कुबूल की यह हमारी खुशकिस्मती है। हम आपसे पहले भी अर्ज कर चुके हैं कि यह मेरी खुशकिस्मती होगी कि आप हमारी उम्र साथ दें। आप हमारी हमसफर बनें। हम आपसे निकाह करना चाहते हैं। आपके साथ जिन्दगी जीना चाहते हैं।'

शहजादी : 'तुम्हारा भी जबाब नहीं, हिरदै, अगर तुम हमारा साथ देना चाहते हो तो हमारा हाथ अब्बा हुजूर से माँग लो। हमारे अब्बा हुजूर हमसे बेइंतहा मुहब्बत करते हैं।'

हृदयशाह : 'तौबा कीजिए, आपके अब्बा हुजूर एक तो हमारी बात को सुनना भी पसन्द नहीं करेंगे और अगर तुम्हारी अम्मा हुजूर के दबाव में सुनना पसन्द कर भी लिया तो उनका सीधा फरमान होगा कि अगर वास्तव में शहजादी से मुहब्बत करते हो तो पहले इस्लाम कुबूल करो, काफिरों के रिवाज छोड़ो। दीन ईमान को जब अपना लोगे तब हम तुम्हारी हैसियत परखेंगे और फिर कुछ और आगे सोचेंगे।'

शहजादी : 'तो, आपने उनसे बिना मिले ही उन्हें तंगदिल इनसान मान लिया, फिर तो आप हमें भी उतना ही तंगदिल मानेंगे जितना हमारे वालिद हैं?

हृदयशाह : 'शहजादी, आप तो बेवजह रूठ रही हैं। आपके अब्बा हुजूर और अम्मी हुजूर की नेकनियती पर हम उतना ही भरोसा रखते हैं जितनी आप। लेकिन आप हमारे निकाह की सियासी अड़चनों से गाफिल हैं, उस पर भी गौर करना जरूरी है।'

शहजादी : 'मुहब्बत के बीच ऐसी कौन-सी सियासत है जो हमें मिलने नहीं देगी।'

हृदयशाह : 'शहजादी, आपको शायद यह मालूम न हो कि शाही खानदान की हर निजी बात का सियासी मतलब भी होता है अगर न भी हो तो भी जासूस जिस खबर को बादशाह तक शायद पहुँचाने में दिलचस्पी न लें, वह खबर दरबार के अमीर उमरा नमक मिर्च लगाकर उन्हें सुना देंगे।'

दूसरे दिन

हृदयशाह आज अपनी कोठी में बैठे हुए संगीत का रियाज कर रहे थे तभी उनके नौकर ने खबर दी कि बदरुद्दीन साहब की बाँदी रुखसाना आपसे मिलना चाहती है। हृदयशाह ने उसे तुरन्त भीतर बुलवाया। वह कुछ मेवे और फल लाई थी। वह उन्हें पेश करती हुई बोली : हजरत, शहजादी के पेश किए हुए इस नजराने को मंजूर कीजिए। यकीन करें इनका स्वाद पसन्द आएगा।' यह कहते हुए उसने भेंट पेश कर दी।

'पर शहजादी हैं कहाँ?' हृदयशाह ने पूछा है।

'उन्होंने अपने को कमरे में कैद कर रखा है। अपनी कोठी में बेहद गमजदा हैं वे। उन्होंने कल रात अपने अम्मी हुजूर और अब्बा हुजूर की बातें छुपकर सुन ली थीं, बस तभी से बेचैन हैं।' बाँदी ने कहा।

'क्या हम बेचैनी बढ़ानेवाली इस बात को सुन सकते हैं', हृदयशाह ने कहा।

'हाँ जरूर,' रुखसाना ने पास आकर धीरे से कहना चालू रखा, 'कल रात का खाना खाने के बाद जब अम्मा हुजूर ने अब्बा हुजूर को पान की गिलौरियों की पेशकश की तो उन्होंने देखा कि हब्बा हुजूर की त्यौरियाँ चढ़ी हुई हैं। अम्मा हुजूर को असली बात का इत्तेफाक था। फिर भी उन्होंने नाराजगी का सबब पूछा। इस पर अब्बा हुजूर ने साफ कहा : 'सब कुछ तुम्हारी लख्ते जिगर के कारण है। कहीं ऐसा न हो कि उसकी एक गलती से हमारी शान पर बट्टा लग जाय।'

'इस पर क्या कहा अब्बा हुजूर ने' हृदयशाह ने पूछा।

बात को हल्का बनाने के लिए अम्मा हुजूर ने कहा कि आपने भी तो हमारे रहते चार-चार हिन्दू औरतों से निकाह किया था, क्या हमने कभी उज्रकिया। फिर आप तो अपनी बेटी से इतनी मुहब्बत करते हैं, कहते भी थे कि उसके लिए एक दूल्हा चुनेंगे जिसका कहीं कोई सानी न हो।

इस पर अब्बा हुजूर परेशान होते हुए बोले : 'बेगम वह तो तुम ठीक कह रही हो। पर हमें फिक्र समाज और सियासत की है। मुगलिया खानदान से हमारा रिश्ता पैदायशी है। इसका मतलब यह है कि हम ऐसी कोई गिसाल न पेश करें, जिससे इस्लाम और जिल्ले सुभानी की शान पर दाग लगे। जहाँ तक हमारे दूसरे निकाहों की बात है उनकी सचाई तो तुम भी जानती हो। हमारी पहले की सभी बेगमें अल्लाह को प्यारी हो गईं, तब आप हमारे यहाँ आईं।'

'तख्तनशीन होनेवाले शहंशाह शाहजहाँ के ख्यालों से हम खूब वाकिफ हैं। वह मरहूम जहांगीर नहीं हैं जो मौलवियों की तीन चौथाई हिदायतों को रोज जाम में डालकर पी लेते थे। क्या तुमने देखा नहीं, मरहूम बादशाह अकबर और जहांगीर के बाद हमारे इस नए बादशाह ने मुल्ला मौलवियों को खुश रखने के हिसाब से साफ दाढ़ी की जगह मुल्लाओं जैसी दाढ़ी रख ली है। वह साबित करना चाहते हैं कि वह अपने पिता और पितामह की तुलना में ज्यादा मजहब परस्त इंसान हैं।'

अरे आप तो छोटी सी बात का बतंगड़ बना रहे हैं। ऐसा कुछ भी नहीं होगा?' बेगम ने कहा।

'पर बेगम मुझे लगता है कि जिल्ले इलाही सारे गुनाह माफ कर सकते हैं। पर वह मुसलमान लड़की का और वह भी जो शाही खानदान की हो, किसी काफिर के साथ मुहब्बत या निकाह मंजूर न करेंगे। आखिर वह हमारी बेटी है और है तो मुगलिया खानदान की शहजादी ही।' अब्बा हुजूर ने कहा।

'यह कैसा सम्बन्ध है? यह ठीक है कि आप शहंशाह हुमायूँ की वंश परम्परा से ताल्लुक रखते हैं।' उनकी बहुत सी बेगमों में एक हमारी भी रिश्तेदार थीं, पर यह रिश्ता तो कहीं जीवित नहीं रह पाया। आज भी तारीख की सच्चाई तो फखत यह है कि हम मुसलमान हैं और वह हिन्दू।' बेगम ने प्रतिवाद किया।

'बेगम, यहीं फर्क ही तो सबसे बड़ा फर्क है। हो सकता है बादशाह भले ही ऊपरी तौर पर इसे गुनाह भी न मानें, पर मुल्ला मौलवी तो उसके कान भरते रहेंगे और फिर हमारे समाज का क्या होगा? क्या राजधानी में ऐसा निकाह कभी हो सकेगा? मुझे तो नहीं लगता। कहीं ऐसा न हो मुहब्बत के इस चक्कर में बादशाह सलामत कुछ सोचें। उसके पहले ही अमीर उमरा इन दोनों का ही खात्मा करा दें।' (कुछ सोचते हुए, बुदबुदाते हैं) 'इन सबका क्या कर लेंगे हम? ये तंगदिल हैवान हैं सब।'

'सब्र कीजिए यदि हम शहंशाह के सामने अपनी बात रखें तो कैसा होगा?' बेगम ने पूछा।

'अरे, बेगम अब जहांगीरी इन्साफ की बात भूल जाओ। मुझमें तो इतनी ताब नहीं कि मैं अपने मुँह से कह सकूँ कि मैं अपनी बेटी का हाथ किसी काफिर को देना चाह रहा हूँ। फिर बादशाह खुद भी तो अर्श आशियानी बादशाह अकबर के जमाने का दस्तूर आज भी जारी किए हुए हैं।'

'अम्मा हुजूर के पास भला क्या जबाब हो सकता था? वे चुप हो गईं, वे केवल इतना ही कह सकीं—खुदा हमारी बच्ची को हर बला से महफूज रखें।'

परन्तु हृदयशाह ने पूछा : 'कौन सा मुगलिया दस्तूर?'

बाँदी 'शायद आप नहीं जानते, शहंशाह अकबर के जमाने से ही मुगल शाहजादियों की शादी पर रोक है, उनकी शादी होना नामुमकिन है, बादशाह और शहजादों के हरम

में अनेक बेगमों के साथ तमाम रखैले रहती हैं परन्तु शहजादियों को कहा जाता है कि वे जड़ाऊ पोशाकें और जड़ाऊ जेवरों से ही अपना दिल बहलाएँ। उनके दिल और उनकी निजी ख्वाहिश का कहीं कोई मतलब नहीं है। वे अपनी तमाम उम्र बगैर शादी के काटने के लिए आज भी मजबूर हैं।'

हृदयशाह : 'फिर ये शहजादियाँ ताउम्र करती क्या हैं?'

रुखसाना (धीरे से) : 'कुछ उनके भी शौक हैं जैसे शराबनोशी। इस्लाम में इस पर भी पाबन्दी है, पर बादशाह नजरअंदाज करते हैं। साथ ही एक से बढ़कर एक प्रपंचों और राजनैतिक षड्यन्त्रों में इनकी भागीदारी रहती है।'

हृदयशाह भारी पशोपेश में पड़ गए। उन्होंने पूछा : 'हम क्या करें, हमें तो कुछ भी नहीं समझ रहा है।'

रुखसाना, बाँदी ने और भी धीरे से कहा : 'हुजूर क्यों न आप इस मसले पर प्रेमसुन्दरी से बात कर लें। वे शहजादी की हमराज हैं।'

रुखसाना ने हृदयशाह को यह भी बतलाया कि पुत्री की जल्दी शादी के फेर में खान साहब किसी ऐसे व्यक्ति से शहजादी की शादी न कर दें, जिसे वे देखना भी पसन्द न करें।

यह कहते हुए रुखसाना ने विदा ली।

पलायन

नसीम बानू को जब यह पता चला कि बदरुद्दीन शहजादी का निकाह कुलीच खाँ कुरैशी से करने का मन बना रहे हैं तो उसे बेमेल शादी के इस विचार पर बड़ी कोफ़्त हुई। उसे कुरैशी की बदचलनी के किस्से याद आये। नसीम ने प्रेमसुन्दरी को बुलाया और पास बैठा कर इस सम्भावित विवाह की विस्तार से चर्चा की। यह सुनकर प्रेमसुन्दरी का मन उलझन में पड़ गया।

मन की उलझन सुलझ न पाने की दशा में प्रेमसुन्दरी ने शहजादी से मिलने का इरादा किया। उसने कहारों को बुलवाया और शहजादी से मिलने चल दी।

आज जब प्रेमसुन्दरी बदरुद्दीन की कोठी पर पहुँची, तब उसने पाया कि बदरुद्दीन अपनी बेगम के साथ शहंशाह की ताजपोशी के जलसे में गए थे, परन्तु शहजादी घर पर ही थी। उसके लिए विस्तार से बातें करने का यह अच्छा अवसर था।

दोनों हमउम्र सहेलियों की बातों में दुराव छिपाव कहाँ? शहजादी ने बिना लाग लपेट के हृदयशाह के प्रति अपनी मोहब्बत के बारे में प्रेमसुन्दरी को बतला दिया। सब कुछ जिस सहजता से कहा गया उसे सुनकर प्रेमसुन्दरी आनन्दित हो गई। और उसे लगा कि इस समय अब उसे अपना प्रेम शहजादी को न बतलाना मित्रता के साथ विश्वासघात होगा। अतः उसने भी विस्तार से अपनी सारी प्रेमकथा शहजादी के सामने रख दी। अब सब कुछ निर्मल जल की तरह पारदर्शी था। प्रेमसुन्दरी ने अपनी उस्ताद नसीम बानू से सुनी गई खबर अर्थात् उनका कुरैशी के साथ विवाह की सम्भावना को उन्हें बतलाया।

शहजादी ने यद्यपि यह खबर सुन रखी थी, पर उसने इस सम्भावना पर अकेले ही विचार किया था और किसी निष्कर्ष पर न पहुँच पाई थी। किसी बाँदी से इस सम्बन्ध में बात कर नहीं सकती थी और हृदयशाह से बात करने में वह लज्जा का अनुभव कर रही थी। यह एक उचित अवसर था जबकि वह एक उचित व्यक्ति से सब कुछ कहती थी। फिर भले ही वह व्यक्ति उसके प्रेम का ही भागीदार क्यों न हो।

दोनों सखियों ने देर तक अपने भावी जीवन की घटनाओं पर विचार किया और निष्कर्ष निकाला कि यदि दोनों को ही जीवन नष्ट नहीं करना है तो औपचारिकता

छोड़ हृदयशाह से सीधे बात करनी चाहिए। यह काम केवल प्रेमसुन्दरी ही कर सकती थी।

उसने एक दो दिन में ही हृदयशाह से सारी बातें करने का निर्णय लिया।

हृदयशाह आज बहुत दिनों बाद बान्धवेश के यहाँ आए परन्तु उन्होंने कोई पूर्व सूचना नहीं दी थी। परिणाम यह हुआ कि बान्धवेश से मुलाकात न हो सकी। बान्धवेश किसी से मिलने बाहर गए थे। अतः वे महल से लौटने लगे। वे सीढ़ियों तक पहुँचे ही होंगे कि सेवक न खबर दी कि माँ साहिबा उनसे मिलने के लिए आ रही हैं। अतः वह उनकी प्रतीक्षा करें। मन मारकर हृदयशाह लौटे और प्रतीक्षाकक्ष से सटे भीतर की ओर के बरामदे में जाकर बैठ गए। महारानी आगन्तुकों से यहीं मुलाकात करती थीं।

रानी साहिबा जैसे ही आईं, हृदयशाह ने उनका चरणस्पर्श किया। उन्होंने उसे 'जुग जुग जिओ' का आशीर्वाद दिया। साथ ही उलाहना भी दिया कि यदि महाराज बाहर गए हैं तो वह उनसे बिना मिले ही क्यों भागा जा रहा था। हृदयशाह के पास कोई जबाव नहीं था सो गलती के लिए सीधे क्षमा याचना की।

रानी साहिबा ने बाँदी को स्वल्पाहार लाने की आज्ञा दी। वह एक चाँदी की तश्तरी में मिष्ठान्न और लोटे में जल लेकर आ गई। रानी सहिबा के आदेश को पालन करना ही था सो हृदयशाह ने स्वल्पाहार कर लिया। बाँदी बर्तनों को वापस ले गई।

हृदयशाह ने महसूस किया कि रानी साहिबा कुछ उधेड़बुन में हैं। पर निर्णय नहीं ले पा रही हैं कि कहें या न कहें। पर वह चुप रहा। उसे मालूम था कि वे अपने मन की बात बतलाकर ही रहेंगी। और हुआ वही जो हृदयशाह सोच रहा था। रानी साहिबा ने पूछा : 'हिरदे, क्या तुम जानते हो महाराज कहाँ गए हैं?'

हृदयशाह भला क्या बोलता, चुप ही रहा।

रानी साहिबा ने बतलाया : 'तुम्हारे महाराज, मुहम्मद बदरुद्दीन की कोठी में उनसे मिलने गए हैं। वे उनके बहुत करीबी दोस्त हैं न, महाराज ने तो मुझे नहीं बतलाया कि उनके जाने का सबब क्या है। पर मैं जानती हूँ क्योंकि बेगम ने मुझे सारी बात व्योरेवार बतलाई थी। बात संगीन है, किसी और के सामने कहीं भी नहीं जा सकती थी, इसलिए बेगम उस दिन के मुजरे के बाद हमें अपने निजी कक्ष में ले गई थीं और दरवाजा बन्द कर पूरे मसले को हमारे सामने बयान किया था। हमारा तो दिल धक करके रह गया। बात यह है कि शहजादी का हाथ शहर के ही एक मुसलमान रईस कुलीच खाँ ने माँगा है। वह खूब दौलतवाला है, मेहर में मनचाही रकम कबूलने को तैयार बैठा है। पर है छह बच्चों का बाप। तीन बीवियाँ घर पर पहले से हैं। पहले चार थीं पर चौथी एक दिन घर छोड़कर किसी लौंडे के साथ न जाने कहाँ भाग गई। खूब तफशीश की गई, पर कहीं पता न चला। उमर भी कोई

कम नहीं है करीब चालीस बरस का अधेड़ है। कहीं कोई मेल नहीं शहजादी और उस मुये में। मुहम्मद बदरुद्दीन भले ही शाही खानदान से हैं, पर हैं सीधे-साधे सच्चे इन्सान। केवल कट्टर मजहबी मुसलमान हैं, पर उन्हें न तो सियासत के दाँव-पेंच आते हैं और न समाज के ठेकेदारों की चालाकियाँ समझ में आती हैं। यही हाल बेगम का है। हालाँकि वे उतनी कट्टर नहीं हैं। पर चाहती हैं कि किसी अच्छे खानदान में बच्ची का निकाह हो। उनकी नजर में कुलीच खाँ का खानदान घटिया है। वह कुरैशी है।

हृदयशाह भला क्या कहता। उसे तो बस सुनना ही था।

रानी साहिबा की पूरी बात सुनकर हृदयशाह ने जाने की आज्ञा ली। रानी साहिबा ने हिदायत दी कि उन्होंने जो कुछ भी कहा है, उसे किसी और को न बतलाए।

हृदयशाह को राजधानी के रईसों की फितरतें मालूम थीं। उन्हें मालूम था कि उम्रदराज रईसों के 'वफादार मुलाजिमों' का काम ही सीधे-सादे परिवारों की खूबसूरत लड़कियों को ढूँढ़ना और उन्हें किसी तरह से अपने मालिकों की हम बिस्तर बनाने की हरचन्द कोशिश करना होता है, फिर वह जायज तरीके से हो या नाजायज तरीके से। गुंडों से लेकर, पुलिस और प्रशासनिक अधिकारियों तक तथा मुल्ले मौलवियों से लेकर कोठे वालियों तक इनका जाल बिछा रहता है।

हृदयशाह यह महसूस करने लगे कि जब तक उनका और शहजादी की मुहब्बत के खेल की आँख मिचौली चले, तब तक कहीं कोई तूफान शहजादी को कहीं उनसे दूर न उड़ा ले जाए।

कस्तूरी साहनी जब तब प्रेमसुन्दरी की उस्ताद नसीम बानू के यहाँ मुजरा देखने जाते रहते थे। उन्हें वहाँ जाकर ऐसी कुछ जानकारियाँ भी मिल जातीं जो गढ़ा मंडला के राज्य के लिए महत्त्वपूर्ण होती थीं।

एक दिन उन्हीं के सामने एक मनचला जवान जिसने जी भर कर शराब पी रखी थी नसीम बानू से बोला, 'खाला जान, बदरुद्दीन की कमसिन लौंडिया पर मुहल्ले के सारे बांके जवान रात भर आहें भरते हैं। उसके पीछे तो कुरैशी हाथ धोकर पड़ गया है। पैसे का बड़ा गरूर है उसे। उसने अपने चार आदमी बूढ़े बदरुद्दीन को मनाने में लगा रखे हैं। वे भी साले मनचाही बख्शिश ले रहे हैं, भड़वागिरी के।'

नसीम बानू : 'कौन हैं ये चार?'

'और कौन होंगे, एक तो काजी बुरहानुद्दीन है जो पैसे लेकर ऐसे निकाह कराता रहता है। तीन उसके खिदमतगार हैं जो वक्त बेवक्त बदरुद्दीन की चापलूसी करने उसके घर जाते रहते हैं। इसी बहाने ये रईसजादी के दीदार की जुगत में रहते हैं।'

नसीम बानू : 'चल हरामी यहाँ से और किसी कोठे में जाकर किसी रंडी के पैर पकड़ ले। अगर मेरे सामने बदरुद्दीन के खिलाफ ऐसी जबान निकाली तो

जबान खींच लूँगी। कोठों पर बाप दादा की दौलत उड़ाना आज के इन लौंडों की आदत है।'

अब तक युवक पर शराब और चढ़ चुकी थी। शराबी युवक झूमते हुए बोला, 'अच्छा तू उस बुढ़उ पर क्यों फिदा है?' यह कहते हुए उसने कस्तूरी साहनी पर एक नजर डाली और जोर से हँसते हुए वहाँ से निकल गया।

कस्तूरी साहनी बोले : 'बोलता तो तुम्हें खाला जान है, पर बात किस घटिया ढंग से करता है।'

नसीम बानू : 'सब शराब की मेहरबानी है।'

कस्तूरी साहनी : 'वह जो बोल रहा है, उसमें कितनी सच्चाई है?'

नसीम बानू : 'यह बात सही है।' और कहा : 'यदि ऐसा होता है तो समझो कि शहजादी के भाग्य फूट गए।' फिर कहने लगी, 'कहाँ वह इतनी नफीस और तालीमशुदा लड़की और कहाँ वह गुंडा? अल्लाह, शहजादी को इस शैतान से बचाए।'

जब कस्तूरी साहनी नसीम बानू के यहाँ पहुँचे तभी कामदेव वाजपेयी हृदयशाह के यहाँ बैठे उनसे बतिया रहे थे।

कामदेव वाजपेयी हृदयशाह से कह रहे थे

'इस्लाम में शादी का मतलब इकरारनामा है। इस इकरारनामे में शर्तें होती हैं। शर्तों में रखरखाव के पैसे की व्यवस्था होती है यह इकरार काजी या मुल्ला के सामने किया जाता है, जिसके मुताबिक दूल्हा-दुलहिन शादी का इकरार करते हैं और एक दूसरे को कुबूल करते हैं। परन्तु हिन्दुओं में शादी विवाह का मतलब है अग्नि को साक्षी मानते हुए सात फेरे लेकर एक दूसरे का हो जाना। पर मुल्ला मौलवियों ने शादी के लिए दुलहिन का इस्लाम में दीक्षित होना एक शर्त गढ़ दी। हालांकि बादशाह अकबर और दूसरे भी बहुत से बादशाहों ने इस शर्त को कड़ाई से नहीं माना, पर जनसाधारण में बिना इस्लाम में दीक्षित हुई वधू के साथ होनेवाले विवाह को 'जिना' कहा जाता है जो समाज द्वारा हीन दृष्टि से देखा जाता है। जहाँ तक समाज के साधारण आदमी की बात है। वह यह मानकर चलता है कि बादशाह या सुलतान इस नियम को न मानने पर भी पक्के मुसलमान है उन पर अधार्मिकता का आरोप यदि लगता भी है तो उसका कोई महत्त्व नहीं है। पर साधारण आदमी इसे कट्टरता से मानता है वह 'जिना' को सही नहीं मानता।'

हृदयशाह : 'इसका मतलब तो यही हुआ कि 'समरथ को नहिं दोष गुसाईं।'

कामदेव वाजपेयी, 'हाँ, कुछ ऐसा ही।'

हृदयशाह : 'हिन्दुओं की व्यवस्था क्या इतनी कड़ी नहीं है?'

कामदेव वाजपेयी : 'एक हद तक तो कड़ी है, पर आपके समाज के विवाहों में तो उसे शास्त्रकारों ने भी छूट दे रखी है।'

हृदयशाह : 'ऐसा क्यों?'

कामदेव वाजपेयी : 'क्षत्रिय सदैव ही युद्ध करते रहे हैं। युद्ध के पश्चात् संधि में प्राप्त कन्याओं को वरण करना राजनैतिक और सामाजिक दृष्टि से आवश्यक था। वहाँ वर्जनाएँ सामाजिक व्यवस्था को और दुरुह बना देती हैं।'

हृदयशाह और कामदेव वाजपेयी बातें कर रहे थे कि अप्रत्याशित रूप से कस्तूरी साहनी को अपने यहाँ आया सुनकर दोनों लोग आश्चर्य में पड़ गए। आमतौर पर कस्तूरी साहनी रात में कहीं दूसरों के यहाँ नहीं जाते थे। उनकी शामें जाम के नाम होतीं परन्तु वे इसके लिए न तो कभी किसी को आमंत्रित करते और न ही किसी के यहाँ जाकर जाम लेते। यह उनका सिद्धान्त था। और तो और वे नसीम बानू के यहाँ भी जाम नहीं उठाते थे। एक राजनैतिक प्रतिनिधि के रूप में उनका यह व्यवहार उनकी सतर्कता का परिचायक था।

प्रेमसुन्दरी और शहजादी दोनों को एक दूसरे की पीर समझते देर न लगी। साथ ही यह भी स्पष्ट हो गया कि उन्हें या तो प्रेम की पीर को जीवन भर झेलने के लिए तैयार होना है अथवा मिलन के सुख की प्राप्ति के लिए तुरन्त ही कोई कदम उठाना है। प्रेमसुन्दरी ने शहजादी को यह बतला दिया कि उनके चाहने न चाहने पर उनका निकाह बहुत दिनों तक रुक पाएगा। इसमें सन्देह है। बेगम साहिबा भी आखिर कितने दिनों तक अपनी जवान बेटी को घर में रखेंगी और फिर जरूरी नहीं कि शहजादी का विवाह बदसूरत कुरैशी से बहुत समय तक टल सके।

'खग जाने खगई की भाषा' और दोनों हम उम्र सहेलियों ने हृदयशाह की सपत्नी होने में कोई बुराई नहीं देखी। प्रेमसुन्दरी और शहजादी दोनों ने ही अपने प्रेमी के साथ जाने का मन बन बना लिया। हृदयशाह को यह सूचना जब प्रेमसुन्दरी ने दी तब उन्हें आश्चर्य न हुआ। उन्होंने उससे केवल यह कहा कि वह शहजादी के साथ किसी भी क्षण उनके राज्य गढ़ा मंडला चलने को तैयार रहे। चलने की पूरी योजना उसे केवल एक दिन पहले बतलाई जा सकेगी, क्योंकि योजना के सभी चरणों को पहले से ही पुख्ता करना पड़ेगा।

प्रेमसुन्दरी ने कुछ डरते-डरते कहा : 'राजकुमार, शहजादी के साथ भागने की गम्भीरता को कम न आँकना, पकड़े जाने पर हम सब का सिर कलम कर दिया जाएगा, और किसी को कानों-कान खबर भी न होगी। बदरुद्दीन साहब किसी हालात में भी अपनी बेटी का हाथ गैर मुसलमान के हाथ में देना तो दूर, वैसा सोच भी नहीं सकते। वे कट्टर मजहबी इन्सान हैं और वक्त आने पर मजहब के लिए अपनी इकलौती बेटी तक को कुरबान कर सकते हैं।'

हृदयशाह ने गम्भीरता से कहा : 'तुम इस सम्बन्ध में चिन्ता मत करो। हमारी योजना एकदम पक्की होगी। इसलिए हम तुम दोनों को अपने राज्य ले जाएँगे, इसमें

सन्देह नहीं है। पर तुम दोनों को राजधानी की इस चहल-पहल को जीवन भर के लिए भुलाना पड़ेगा, यह ठीक ढंग से सोच लो। कहीं ऐसा न हो शीघ्रता में उठाया गया कदम आगे चलकर जी का जंजाल बने।'

प्रेमसुन्दरी (कुछ रुठते हुए) : आपने हमें समझा क्या है? क्या हमें अब भी अपने पराये का भेद समझना है। हर स्त्री की दुनियाँ वहीं होती है जहाँ उसका स्वामी होता है। हमने तो अपनी जीवन डोर तुम्हें सौंप दी है। अब तुम जानो तुम्हें क्या करना है।'

हृदयशाह (मनाते हुए) : 'अच्छा, रुठना छोड़ो और घर जाकर तैयारी करो। हमें शीघ्र ही यहाँ से निकलना है। अब यह तो निश्चित ही है।'

प्रेमसुन्दरी चली गई।

हृदयशाह के रात्रिभोज का निमंत्रण पाकर सभी चकित थे। फिर चाहे वे कस्तूरी साहनी हों, कामदेव वाजपेयी हों या कि उनके अनुज अनंग वाजपेयी यहाँ तक कि बृजेन्द्र सिंह भी। क्योंकि वे स्मरणशक्ति पर जोर डालकर भी याद कर पा रहे थे कि आज ऐसा कौन सा विशिष्ट अवसर है जब राजकुमार ने उन्हें रात्रिभोज पर आमंत्रित किया है। उन्हें जहाँ तक याद है कि हृदयशाह के पिता राजा प्रेमशाह उन्हें सदैव ही मध्यान्ह भोज पर ही आमंत्रित करते रहे हैं। रात्रिभोज का प्रचलन वैसे भी राजगोंडों में कम ही है। राजे महाराजे रात्रि में या तो नृत्य का आनन्द लेते हैं या कि यदि घर पर हैं तो सुरा का। हृदयशाह की कोठी में इन दोनों की कल्पना भी व्यर्थ ही है यह सभी आमंत्रित व्यक्ति खूब समझते थे।

शाम को जब चारों आमंत्रित राजकुमार हृदयशाह की कोठी में पहुँचे, तो उन्हें सब कुछ सामान्य सा ही दिखा। कहीं कोई सजावट या उत्सव का चिह्न नहीं था। सभी को लगा कि यदि कोई पर्व या उत्सव की बात होती तो शायद राजकुमार उन चारों में से किसी न किसी से तो अवश्य ही कहते।

चारों व्यक्ति हृदयशाह की बैठक में निश्चिन्तता से बैठकर बातें करने लगे, क्योंकि चारों व्यक्ति राजकुमार के अन्तरंग मित्र भी थे। वे सभी राजकुमार के निवास को किसी गैर का निवास नहीं मानते थे। इस कोठी के सभी नौकर चाकर चारों से खूब परिचित थे और उन्हें ठीक तरह से मालूम था कि उनके आने पर उनका समुचित आदर सत्कार होना चाहिए। राजकुमार संध्याकाल की पूजा से निवृत्त होने को थे और वे आशा कर रहे थे कि चारों मित्र उसके बाद ही पहुँचेंगे, परन्तु उत्सुकता ने चारों को समय से काफी पहले राजकुमार के घर पहुँचा दिया था।

राजकुमार ने संध्या वंदन से निवृत्त होकर वस्त्र बदले और मित्रों के बीच आकर बैठ गए। इसके बाद उन्होंने सेवक से बाहर का द्वार बन्द करने को कहा और उसे निर्देश दिया कि सभी सेवक ड्योढ़ी पर ही रहें और यदि कोई मिलने आता है तो उसे सीधे भीतर न आने दें।

भोजन के लिए अभी पर्याप्त समय था। चारों ने जब राजकुमार के निर्देशों को सुना तो उन्हें समझते देर न लगी कि राजकुमार कोई गुप्त मंत्रणा करना चाहते हैं। चारों को राजकाज की अच्छी समझ थी, अतः चारों सतर्क होकर बैठ गए।

राजकुमार हृदयशाह ने संक्षेप में उन चारों से अपने प्रेम सम्बन्धों की चर्चा की और कहा कि उन्होंने यह निश्चय किया है कि वे शहजादी और प्रेमसुन्दरी के साथ गोंडवाना जाएँगे। उन्हें इस बात का पूरा इल्म है कि शहजादी को साथ ले जाने से क्या संकट पैदा हो सकता है। चूँकि यह कार्य छुपकर करना है इसलिए उसकी सजा क्या होगी, इसका भी उन्हें अन्दाजा है।

राजकुमार हृदयशाह की बातें सुनकर बृजेन्द्र सिंह दुखी हो गए और कहने लगे, 'राजकुमार, किसी भी शाही घराने की लड़की का किसी भी हिन्दू लड़के से निकाह यहाँ के मुसलमानों की सोच से भी बाहर की चीज है, अगर ऐसा होगा तो वे कहर बरपा देंगे।' यह कहकर वे चुप हो गए।

हृदयशाह : 'ठाकुर भैया, आपकी बातें पूर्णतः सत्य हैं पर हमने वही करने का निर्णय लिया है, जिसे लोग सोच भी नहीं सकते, हमें तो बस आपका सहारा चाहिए।'

अनंग वाजपेयी (आश्चर्य से) : 'राजकुमार, हम तो समझ रहे थे कि केवल प्रेमसुन्दरी ने ही आपका हृदय जीता है, पर शहजादी ने भी आप पर अपना जादू चला दिया, हम तो जान भी न पाए? प्रेमसुन्दरी को ले जाने में तो फिर भी कोई बड़ी अड़चन न थी, पर शहजादी को आगरा से बाहर निकाल ले जाना कैसे सम्भव होगा, हमारी तो समझ के बाहर है।'

कस्तूरी वाजपेयी (गम्भीरता से) : 'राजकुमार, क्या आपने दोनों के साथ भागने का अन्तिम निश्चय कर लिया है?'

हृदयशाह (उतनी गम्भीरता से) : 'हाँ।'

कस्तूरी वाजपेयी (कुछ आश्चर्य से) : 'क्या दोनों युवतियाँ साथ-साथ भागने को राजी हैं, उन्हें आपस में कोई ऐतराज नहीं है?'

हृदयशाह : 'नहीं'

कामदेव वाजपेयी (उत्सुकता से) : 'आप कब उन्हें यहाँ से ले जाना चाहते हैं?'

हृदयशाह : 'उसी की तो योजना आप चारों को आज ही बनानी है, परन्तु पहले भोजन कीजिए और फिर रात्रि में ठंडे दिमाग से योजना बनाइए।'

रात भर चर्चा का दौर चला। योजना के हर पहलू पर विचार विमर्श हुआ नाना प्रकार के सुझाव आए, जिन पर पूरा विचार हुआ। सभी सम्भावित कठिनाइयों की चर्चा हुई। उनके निराकरण की विधियाँ खोजी गईं। अनेक सुझावों में यह भी था कि आगरा से ही शहजादी और प्रेमसुन्दरी को दो घोड़ों पर पुरुष वेश में बैठाकर बाहर ले जाया जाए, पर नारी सुलभ कमनीयता—दोनों के चेहरों से कब तक गुम रख सकेगी या कि वे घोड़ों पर बैठकर चल भी सकेंगी। इस पर सहमति नहीं बनी। एक सुझाव

यह भी था कि रात्रि में दो तेज घोड़ों पर घुड़सवारों के साथ पुरुषवेश में दोनों को बैठाकर तेजी से शहर के बाहर ले जाया जाय, पर इस योजना में खतरे ही खतरे थे। रात्रि में सरपट घोड़ों को देख नगर रक्षक चौकस हो जाते और फिर दो पुरुषों को एक-एक घोड़े में अस्वाभाविक रूप से बैठे देखकर भी उनकी तफशीश न हो, यह भला कैसे सम्भव होगा? अतः यह योजना भी विचार योग्य न समझी गई। शहजादी को रात्रि में घर से निकालकर ले जाना वैसे भी लगभग असम्भव बात थी। कहीं से भी थोड़ी गलती सारे किए-कराए को चौपट कर सकती थी।

कुल मिलाकर घोड़ों पर शहजादी और प्रेमसुन्दरी को बैठाकर भगाने का विचार सभी को अपरिपक्व लगा।

बहुत देर तक सोचने-विचारने के पश्चात् सभी के सुझावों में से कुछ-न-कुछ सार तत्व निकला और फिर सभी विचारों के क्रियान्वयन को एक रूप में पिरोया गया। बृजेन्द्र सिंह ने तुरन्त कोई कदम उठाने के पूर्व यह सुझाव दिया कि सबसे पहले आगरा से गोंडवाना तक जाने का मार्ग सुनिश्चित हो। यह मुगल साम्राज्य की दक्षिणी सीमा के पश्चात् रीवा राज्य में से होकर हो। इस तरह यह बघेल खंड के रास्ते से हो, न कि बुन्देलखंड के रास्ते से। साथ ही रात्रि विश्राम की समुचित व्यवस्था पहले से कर ली जाये, ये सभी स्थान निरापद हों। कस्तूरी साहनी को अपनी पत्नी सहित आगरा छोड़ना होगा इसलिए यहाँ के आवास को वे अपने पुत्र के हवाले कर दें और फिर ऊपरी तौर पर यह घोषणा कर दें कि वे श्रीमद्‌भागवत् सुनने पत्नी सहित मथुरा जा रहे हैं और वे वास्तव में मथुरा पहले से पहुँच जाएँ ताकि रात्रि में जब हृदयशाह वहाँ पहुँचे तो उनके यहाँ विश्राम करें। इस तरह मथुरा तक का रास्ता निरापद हो जाएगा। मथुरा में गोंड राज्य की एक धर्मशाला पहले से ही थी।

मथुरा से इलाहाबाद तक का रास्ता सबसे लम्बी दूरी थी, जिसे सतर्कता से पार करना आवश्यक था। इलाहाबाद पहुँचने के बाद बान्धवेश का राज्य केवल 20 कोस की दूरी पर था, जहाँ पहुँचने के पश्चात् मुगल सैनिक या मुगल चौकियों का मिलना समाप्त हो जाता है। यह रास्ता एक दिन में तय किया जा सकता है। इसके बाद गोंडवाने तक का रास्ता निरापद था।

कुल मिलाकर यह निश्चय हुआ कि जिस दिन मुहम्मद बदरुद्दीन राजकार्य से आगरा से बाहर जाएँ उसी दिन शहजादी बीमारी का बहाना बनाकर बेगम से हकीम के यहाँ जाने का बहाना बनाएँ और अपनी बाँदी के साथ सीधे हृदयशाह के यहाँ पहुँच जाएँ। उधर प्रेमसुन्दरी इस बात की खबर रखें कि बदरुद्दीन किस दिन आगरा से बाहर जा रहे हैं, अतः वे सीधे हृदयशाह के यहाँ पहुँच जाएँ। चूंकि बदरुद्दीन सुबह ही आगरा से बाहर जाते हैं, अतः यह दोनों भी सुबह का एक पल भी बरबाद न करें। आगरा से बाहर मथुरा जाने के लिए तेज बैलोंवाली पाँच बैलगाड़ियाँ तैयार रहेंगी जो चारों ओर से बाँस की चटाई से ढंकी होंगी। इन बैलगाड़ियों को आगरा की नगर सीमा

के बाहर तैयार रखा जायेगा। इनमें तेज गाड़ी चलानेवालों के अलावा छद्मवेश में सैनिक रहेंगे। शस्त्र गाड़ी के नीचे छुपे रहेंगे। उन दिनों नगर के बाहर के रास्ते में छोटे मोटे डाकुओं से पूरी सुरक्षा न थी। उसका भी इन्तजाम जरूरी था।

यह तय हुआ कि जैसे ही शहजादी और प्रेमसुन्दरी हृदयशाह के यहाँ पहुँचे, वैसे ही वे हिन्दू ढंग के वस्त्राभूषण धारण कर लें। जब तक हृदयशाह और दोनों युवतियाँ तैयार होंगी, बृजेन्द्र सिंह अपने दोनों हाथियों को राजकुमार के यहाँ भेज देंगे। दोनों हाथी काफी तेज चलते हैं। दोनों हाथियों में राजकुमार, दोनों युवतियाँ और कुछ अंगरक्षक बैठ जाएँगे। हाथी पर बान्धवेश का राजचिह्न वैसे भी रहेगा। अतः नगर सीमा में कहीं कोई पूछताछ नहीं होगी। सभी समझेंगे राजपरिवार सैर सपाटे के लिए निकला है।

ये हाथी सभी को सुरक्षित रूप से आगरा की सीमा के बाहर जहाँ बैलगाड़ियाँ प्रतीक्षा कर रही होंगी, एक घड़ी में पहुँचा देंगे। इस तरह नगर पार करने की सभी बाधाएँ स्वयमेव समाप्त हो जाएँगी। वहाँ पर सभी योजनानुसार बैलगाड़ियों में बैठकर मथुरा पहुँचेंगे। फिर मथुरा में रात्रि में आवश्यक विश्राम कर पौ फटने के साथ ही इलाहाबाद की ओर चल देंगे। आगरा में सभी बैलगाड़ी सवार ग्रामीण तीर्थयात्रियों का सा स्वरूप धारण कर लेंगे ताकि इलाहाबाद तक की यात्रा में कोई कठिनाई न हो।

यह भी तय किया गया कि अनंग वाजपेयी तुरन्त ही इलाहाबाद चले जाएँ, क्योंकि बनारस, इलाहाबाद और रीवा में उनके बहुत से सम्पर्क थे। जब राजकुमार इलाहाबाद पहुँचेंगे, तब उनकी आवश्यकता पड़ सकती है। डर यह था कि यदि शाही फरमान से शहजादी की खोज प्रारम्भ हो जाए तब इलाहाबाद में इन्हें छद्मवेश में किसी पंडे के यहाँ शरण लेनी पड़ सकती थी।

एक सप्ताह बाद ही वह घड़ी आ गई, जिसका सभी को इन्तजार था। मुहम्मद बदरुद्दीन को एक दिन आगरा से कुछ दिनों के लिए बाहर जाना पड़ा। सुबह उधर बदरुद्दीन निकले, इधर योजनानुसार शहजादी और प्रेमसुन्दरी हृदयशाह के यहाँ पहुँच गईं। दोनों ने आनन-फानन में अपना पुराना लिबास छोड़ा और नए हिन्दू रीति के वस्त्र धारण किए। अब वे सुन्दर हिन्दू गृहणियाँ दीख रही थीं। राजकुमार हृदयशाह दिनदहाड़े शान से हाथी पर सवार होकर उन्हें आगरे से बाहर ले गए किसी को कानों-कान न तो खबर हुई और न किसी को सन्देह हुआ। राजकुमार के साथ कामदेव वाजपेयी भी थे। उसके पश्चात् वे मथुरा पहुँचे। वहाँ पर कस्तूरी साहनी और उनकी पत्नी इन सब की प्रतीक्षा ही कर रहे थे। रात्रि विश्राम के पश्चात् वे इलाहाबाद पहुँचे जहाँ अनंग वाजपेयी अपने कुछ साथियों के साथ रोज आगरा से आनेवाले मार्ग

पर नजर रखे हुए थे। इलाहाबाद में भी उन्होंने केवल रात्रि विश्राम किया और दूसरे दिन शाम के पूर्व ही रीवा राज्य की सीमा में प्रविष्ट हो गए। अब वे निश्चिन्त थे।

इधर आगरा में बृजेन्द्र सिंह सतर्क थे, उन्होंने अपने गुप्तचर प्रेमसुन्दरी और मोहम्मद बदरुद्दीन के यहाँ लगा रखे थे। उन्होंने दोनों जगह की नौकरानियों से सारी बातें पता कर ली थीं। एक गुप्तचर ने शाम को लौटकर बृजेन्द्र सिंह को बतलाया कि शाम तक प्रेमसुन्दरी के न पहुँचने पर नसीम बानो कुछ परेशान हुईं पर जब उन्हें प्रेमसुन्दरी के कमरे में उसके गहनों की पेटी की चाबी मिल गई तो वह बेहद प्रसन्न हुई। क्योंकि प्रेमसुन्दरी जानबूझकर बहुत से सोने के गहने और रोकड़ अपनी पेटी में छोड़कर आ गई थी। साथ ही उसने बहुत से कीमती वस्त्र इत्यादि भी छोड़ दिए थे। वह तो अपने साथ केवल रत्नजटित बेशकीमती गहने और अशर्फियाँ ही लेकर आई थीं। नसीम बानू यह समझ चुकी थी कि प्रेमसुन्दरी उसके यहाँ से जा चुकी है।

नसीम बानू के लिए प्रेमसुन्दरी का जाना कोई घाटे का सौदा न था। उसने रात में ही कोठी के उस भाग में जहाँ प्रेमसुन्दरी रहती थी दो लौंडियों को रहने के लिए दे दिया। बृजेन्द्र सिंह के लिए यह एक अच्छी खबर थी।

दूसरे गुप्तचर ने रात्रि में आकर सूचना दी कि मुहम्मद बदरुदूदीन की गैरहाजिरी में परेशान बेगम कुछ न कर सकीं। घर से शहजादी का इस तरह भागने की बात कहने का अर्थ था, अपनी जबान से अपनी शान में बट्टा लगाना। शहजादी कहाँ गई है, इसे पूछता भी कौन।

बृजेन्द्र सिंह ने आगे की बात पर विचार किया। उन्हें लगा कि जब तक मुहम्मद बदरुद्दीन लौटेंगे, तब तक बहुत देर हो चुकी होगी। बेगम के यह बतलाने पर कि शहजादी घर से भाग गई है, वे बहुत गमजदा होंगे इसमें सन्देह नहीं। पर वे इसे शायद ही जाहिर करें। ऐसी परिस्थितियों में लड़कियों के पिता जो करते हैं, वही वे भी करेंगे। यदि किसी करीबी रिश्तेदार ने पूछा कि शहजादी कहाँ है तो किसी दूर के रिश्तेदार के यहाँ भेजने की बात कहकर बात को टाल देंगे।

बृजेन्द्र सिंह को मालूम था कि मुस्लिम कानून के अनुसार जब तक बदरुद्दीन स्वयं शहंशाह के पास फरियाद लेकर नहीं जाते हैं, तब तक कोई दूसरा इस मशले पर बादशाह के पास शिकायत लेकर नहीं जा सकता, क्योंकि दूसरे को इसका अधिकार नहीं है। इस तरह यदि किसी मुल्ला मौलवी को असल बात का अगर कभी पता चल भी गया तो भी सिवा बदरुद्दीन को शिकायत करने के लिए प्रेरित करने से अधिक कोई कुछ न कर पाएगा।

दोनों गुप्तचर अब भी खड़े थे, बृजेन्द्र सिंह ने उन्हें इनाम देकर विदा किया। वे सोचने लगे—कहीं निकट भविष्य में यह प्रकरण किसी अन्य झगड़े का कारण न बन जाए। फिर उन्हें लगा—कहीं इस प्रकरण से बान्धवेश और बदरुद्दीन के मधुर

सम्बन्धों में दरार न आ जाए। पर तभी उन्हें बनारस में पढ़ा हुआ राजनीति का पहला पाठ याद आया जो महाभारत की उस उक्ति से प्रारम्भ होता था। यह उक्ति थी—

'न सख्यमजरं लोके वर्तते जातु कस्यचित्'

(संसार में किसी की मित्रता कभी अजर नहीं होती)

कुछ दिनों बाद गोंडवाना में

गढ़ा मंडला राज्य की राजधानी मंडला में उत्सव का वातावरण था। राजा प्रेमशाह अपने पुत्र हृदयशाह के साथ दो सुन्दर नई नवेली वधुओं को देखकर प्रसन्न थे।

असमंजस

हृदयशाह जब आगरा से भागे तब उन्होंने इस बात का पक्का बन्दोबस्त किया कि उनके गढ़ा मंडला में रहते हुए भी उन्हें राजधानी के सारे समाचार समय-समय पर मिलते रहे। बृजेन्द्र सिंह ने यह आश्वासन दिया कि वे हरकारों के हाथ जरूरी समाचार भिजवाते रहेंगे। उन्होंने यह भी मशविरा दिया कि हृदयशाह उपयुक्त समय पर बादशाह सलामत को राज्य का कर अवश्य भिजवा दिया करें, अन्यथा कभी उन पर ज्यादती भी हो सकती है।

हृदयशाह मुगल शाहजादी और प्रेमसुन्दरी के साथ गढ़ा मंडला में भागकर रहने लगे थे, परन्तु उनके मन में सदा भय रहता कि कहीं बादशाह के चापलूस दरबारी उसके इस कदम को बढ़ा-चढ़ाकर उनके सामने पेश न कर दें। यह अस्वाभाविक नहीं था। शाहजहाँ ने अब तक कुछ ऐसे कठोर कदम उठाये थे, जिन्हें हृदयशाह ठीक ढंग से अब भी न समझ पाया था, जैसे गढ़ा मंडला आने के बाद उसे पता चला कि शाहजहाँ ने अनेक प्रसिद्ध हिन्दू मन्दिरों को जमीदोज कर दिया। इतना ही नहीं उसने आगरा की जेसुआइट मिशन की सबसे भव्य चर्च को खाक में मिलवा दिया था। परन्तु सबसे कठोर काम तो उसने बंगाल के ईसाइयों के विरुद्ध उठाया था, जिसमें उसने वहाँ की सभी चर्चों को नेस्तनाबूद करवाकर सभी विदेशी ईसाइयों को बंगाल से आगरा तक पैदल चलने का हुक्म दे डाला था। इसके कारण सैकड़ों बच्चे और बूढ़े ईसाई तो रास्ते में ही मर गए जो बचे वे बीमारी और भूख से अधमरे हो गए। आगरा आने पर जिन्होंने इस्लाम स्वीकार कर लिया वे तो बच गए, परन्तु जिन्होंने इस्लाम नहीं कबूला उन्हें मौत के घाट उतार दिया गया। पादरियों को जिस बेरहमी के साथ मौत के घाट उतारा गया उसके किस्से सुनकर तो अच्छे-अच्छों के दिल दहल जाते हैं। विदेशी औरतें जरूर महफूज रहीं क्योंकि उनमें से जो सुन्दर थीं, उन्हें शाही हरम में भेज दिया गया और शेष को गुलाम बनाकर बाजार में बेच दिया गया।

कामदेव वाजपेयी का कम उम्र में विवाह हो चुका था, इसलिए वे पूरी तरह से घर गृहस्थीवाले व्यक्ति थे। आगरे में जब तब जाकर राजा प्रेमशाह की आज्ञा से रहना उनकी मजबूरी थी। राजा जो करे उसे सब फबता है—सिद्धान्त को कामदेव वाजपेयी मानते थे, इसीलिए जब पातुर और म्लेच्छ कन्या के साथ हृदयशाह ने भागने का

विचार किया तो उनके मन में कोई दुविधा न थी। गढ़ा मंडला राज्य में आकर अब उन्हें शीघ्र आगरा जाना पड़ेगा, इसकी सम्भावना लगभग समाप्त हो चुकी थी।

कामदेव वाजपेयी की जड़ें राजकुल में गहरे जमी हुई थीं। वे माधव वाजपेयी के भाई के पौत्र थे। इस तरह पीढ़ियों से गढ़ा मंडला के राज्य से उनका गहरा सम्बन्ध था। उनकी इच्छा थी कि वे अपने पुत्र को इस योग्य बनाएँ कि वह भी आगे चलकर अपने पिता और पूर्वजों के समान सम्मानित राजपुरोहित या राज्याधिकारी बने। यद्यपि इसके लिए बहुत समय था, क्योंकि उनका यह पुत्र अभी बहुत छोटा था। कामदेव वाजपेयी गृहस्थी में पत्नी और पुत्र के बीच में रमे रहते और शेष समय पौरोहित्य में।

हृदयशाह कामदेव वाजपेयी को जब भी बुलाकर राजधानी आगरा से आई किसी नई खबर पर चर्चा करना चाहते तो पाते कि कामदेव वाजपेयी अब बदले से व्यक्ति हैं। उन्हें राजकुमार के हुक्म मानने में दिलचस्पी तो थी, पर अब वे वैसी खुली बातें करने में संकोच करते जैसी वे आगरा में किया करते थे। यह कोई नई बात न थी, आदमी घर में और घर से बाहर अलग-अलग मुखौटे लगाये रखता है। हिन्दू परिवारों में बाहरी दुनिया में उदार चरित्र के लोग घरों में बेहद दकियानूस हो जाते हैं। यह हृदयशाह का अनुभव भी था और सामाजिक सचाई भी।

हृदयशाह यह नहीं समझ पा रहे थे कि शाहजहाँ ने अपने पिता जहांगीर और दादा अकबर की तुलना में ऐसे कठोर कदम उठाएँगे। इस सम्बन्ध में उन्होंने जब अपने पिता से चर्चा करने की कोशिश की तो उन्होंने 'समरथ को नहिं दोष गुसाईं' कहकर बात बन्द कर दी।

हृदयशाह को बृजेन्द्र सिंह की सलाह याद थी पर करें क्या? उपयुक्त समय पर ही वे बादशाह सलामत के सामने जाना चाहते थे। उन्होंने बादशाह सलामत को मुस्कुराते हुए सुन्दर सुगंधित गुलाब को सूँघते हुए देखा था और इसीलिए उनके मन में बादशाह की एक सुशील, नेक और सहृदय इन्सान की तस्वीर खिंच गई थी।

बृजेन्द्र सिंह जब भी कोई नई खबर पाते उसे गढ़ा मंडला जरूर भिजवा देते। राजधानी से सैकड़ों मील दूर नर्मदा नदी की घाटी के घने जंगलों में ये खबरें रोशनी की मद्धिम किरणों की भाँति होतीं, जिसका सहारा ले राजा हृदयशाह आगे की राह देखने की कोशिश करते, पर जब ठीक समझ न आता तो कभी प्रेमसुन्दरी जिसे उन्होंने अब चिमनी बेगम का नाम दिया था, से वे बातें कर किसी निश्चय की ओर जाने का प्रयास करते तो कभी कस्तूरी साहनी और कामदेव वाजपेयी से चर्चा करते। परन्तु समय बीतते कस्तूरी साहनी राजा प्रेमशाह के साथ बैठने में अधिक आनन्द लेने लगे। वे उनके हम प्याला बन गए। उन्हें राजनीति में कुल उतनी ही दिलचस्पी बच रही जितनी प्रेमशाह के साथ बैठने में जरूरी थी, धीरे-धीरे वे हृदयशाह से दूर होते गए। वैसे भी वे मुख्यतः प्रेमशाह के ही आदमी थे। फिर उनकी वय भी प्रेमशाह से भले ही कुछ कम थी। पर हृदयशाह से तो वे काफी हमउम्र के थे ही। आगरा से

राजकुमार के साथ भागने का साथ उन्होंने प्रेमशाह के प्रति अपनी ईमानदारी के कारण ही दिया था, न कि हृदयशाह से मित्रता के कारण। धीरे-धीरे स्थिति यह बनी कि हृदयशाह अपना वक्त अपनी दोनों रानियों के साथ और अधिक गुजारने लगे। प्रेमशाह की दोनों रानियाँ बेहद समझदार थीं और बदलती परिस्थितियों में ढालने की दोनों में ही अद्‌भुत क्षमता थी। यही कारण था कि जब प्रेमसुन्दरी और शाहजादी को गढ़ा मंडला आने पर पता चला कि हृदयशाह न केवल विवाहित हैं, वरन् उनके दो पुत्र भी हैं तो उन्होंने इस समाचार को उत्साह से लिया और कभी भी जब से उन्होंने उसे पहली बार देखा था और जो तब भी चार वर्ष का सुन्दर सलोना सा बच्चा था, न तो उससे और न उसकी माता बघेलिन रानी से कभी कोई ईर्ष्या की। हृदयशाह के इस बच्चे का नाम छत्रशाह था, वह अक्सर अपनी माता के साथ उनके महल में ही रहता, परन्तु जब कभी वह अपने पितामह प्रेमशाह के पास जाता तब हृदयशाह उसे प्रेमसुन्दरी और चिमनी बेगम के पास अवश्य ले आते। हृदयशाह मन ही मन अत्यंत प्रसन्न थे कि न तो उन्हें सौतनों की कलह का सामना करना पड़ा और न ही उनके पुत्रों को विमाताओं की डाह का। हृदयशाह का एक अन्य रानी से एक और पुत्र था जिसका नाम हरिसिंह था। उसकी माता अपने पुत्र को अधिकतर ननिहाल में रखना पसन्द करती थी।

परिवार में सपत्नियों के साथ कैसे सन्तुलित व्यवहार रखना है हृदयशाह बखूबी जानते थे। वे एक ही समय में अगर दो पत्नियाँ साथ आ जाएँ तो उन दोनों से कैसे समान प्रेमपूर्ण व्यवहार किया जाए इसका गुर जानते थे। यह शायद उनके संगीत प्रेम के कारण था जिसने उनमें दाक्षिण्य का गुण विकसित कर दिया था।

हृदयशाह अपनी पत्नियों के अतिरिक्त अपने पिता से बहुत अधिक प्रेम करते थे। अधिकतर लोग उन्हें दुर्व्यसनी मानते थे पर हृदयशाह का विचार इससे विपरीत था। वे जानते थे कि उनके पिता शराब को इसलिए सबसे अधिक चाहते हैं क्योंकि वे मानसिक तौर पर एकदम एकाकी रहना चाहते हैं। शराब के नशे में वे बहुत कुछ भूल जाते हैं और आत्मतुष्टि का अनुभव करते हैं। हृदयशाह का ऐसा मानना उनका पिता के प्रति अन्ध श्रद्धा के कारण न था, क्योंकि हृदयशाह ने अपने पिता को सदैव ही सहृदय, दयालु, ईर्ष्याहीन और धार्मिक व्यक्ति पाया था।

आज जब हृदयशाह चिमनी बेगम के महल में गए तो उन्हें भीतर के कमरे से किसी नारी कण्ठ से उन्मुक्त ठहाके की आवाज सुनाई दी। यह आवाज शहजादी की नहीं थी—यह तो हृदयशाह समझ गए परन्तु यह खनकती आवाज उन्हें पहिचानी सी लगी। यह तय था कि यह हँसी गोंडवाने की किसी बाँदी की नहीं थी। गोंडवाने की बाँदियों को शहजादी की न तो भाषा ठीक समझ आती थी और न ही उनके रहने का सलीका। आता भी कैसे? शहजादी ठेठ मुगलिया ढंग से रहने की आदी थीं और यहाँ सब कुछ राजसी हिन्दू ढंग का भी नहीं था। शहजादी राजपूती रहन-सहन से परिचित

थीं परन्तु यहाँ के राजसी निवास से लेकर आचार व्यवहार सभी में ग्रामीण परिवेश की अच्छी-खासी झलक थी। इस सबके बावजूद चिमनी बेगम को जितना सम्भव था उतने मुगलिया शान शौकत की चीजें मुहैया कराई गई थीं। उनका महल भी सबसे अलग खूब करीने से सजा-धजा रहता था। हृदयशाह ने स्मृति पर जोर डाला पर ठीक कुछ याद नहीं आया। उनके हाथ में बृजेन्द्र सिंह का पत्र था जो उन्हें पिछली शाम को प्राप्त हुआ था। तभी उन्हें याद आया पत्रवाहक के साथ कोई मुगल दम्पत्ति भी आया था, जिसकी ठीक शिनाख्त करने के बाद उसे अतिथि गृह के अलग कमरे में ठहराया गया था। पर इससे क्या? यह सोचते हुए वे कक्ष के भीतर चले गए।

वहाँ पर वे चिमनी बेगम के सामने उनकी आगरावाली बाँदी रुखसाना को देखकर थोड़ा चौंके। फिर प्रसन्न होकर बोले : 'अरे रुखसाना तुम अकेले यहाँ कैसे?'

रुखसाना खुशमिजाज तो थी ही विनोद भरे स्वर में बोली : भला जब हमारी शहजादी यहाँ अकेली नहीं आई तो मैं अकेली कैसे आती।'

यह सुनते ही हृदयशाह सब कुछ समझ गए। रुखसाना, बान्धवेश के यहाँ जब तब अनंग वाजपेयी और बृजेन्द्र सिंह से मिलती रहती। शहजादी के जाने के बाद उसने अनवर हुसैन नाम के एक बेहद शरीफ युवक से निकाह कर लिया था जो उसे दिलोजान से चाहता था। रुखसाना ने अपने पति से यह वचन लिया था कि वह उसे एक बार अपनी प्रिय शहजादी से जरूर मिलवाने ले चलेगा। अनवर हुसैन वादे का पक्का था, इसलिए उसने गोंडवाना के पत्रवाहक के साथ आने का निश्चय किया। वे आगरा में बिना किसी को खबर दिए ही आए थे।

शहजादी ने हृदयशाह को बैठाते हुए सबसे पहले क्षमा याचना की कि उन्होंने बिना उनकी प्रतीक्षा के रुखसाना को राजमहल में बुलवा लिया। इस पर हृदयशाह ने हँसकर कहा : 'हमारी राजधानी में जब ये और इनके पति दाखिल हुए तभी राज्य के कर्मचारियों ने यह सुनिश्चित कर लिया था कि ये राजा के विरोधी न हों, बस फिर हमारे गोंडवाने में कहीं कोई बहुत रोक-टोक नहीं है। आपके मेहमान हमारे मेहमान हैं और फिर रुखसाना तो हमारी खास मेहमान हैं। आप तो व्यर्थ ही हमसे क्षमा याचना कर रही हैं। आपने हमें सूचित तो कर ही दिया था कि आप आगरा से आए मेहमान से मिलना चाह रही हैं, केवल नाम ही नहीं बताया था।' यह कहकर हृदयशाह ने रुखसाना की ओर देखा।

रुखसाना : 'यह तो आपकी मेहरबानी है कि आपने हमें शाही मेहमान का दर्जा दिया।'

हृदयशाह : 'अरे भई यह मेहमानों जैसी बातें तुमने कब से प्रारम्भ कर दीं। तुम्हें तो शहजादी अपनी बहन जैसी मानती हैं। तो तुम मेरी साली हुई न। अच्छा यह तो बताओ तुम्हारे मियाँ को अतिथि गृह में कोई कमी तो नहीं है? आज शाम हम सभी यहाँ बैठकर भोजन करेंगे, उनको भी यहीं बुला लेते हैं।'

रुखसाना : 'राजकुमारजी, लम्बी यात्रा के कारण हम सभी बुरी तरह थक गए थे। हम सभी ने विश्राम गृह में स्नान आदि करने के बाद भोजन किया, परन्तु हमारे मियाँ को जब लजीज खाना मिला तो खाना खाकर गहरी नींद में सो गए। पर मेरा दिल न माना मैंने शहजादी को कब से नहीं देखा था, मेरी आँखें तरस गईं और इसीलिए मैंने बिना समय खोये यहाँ आने का मन बना लिया।'

हृदयशाह सोच रहे थे कि विवाह के पश्चात् शोख रुखसाना कितनी समझदार और गम्भीर हो गई है।

तभी रुखसाना उठी और उसने अपने हाथों में जरी के कामवाली एक कीमती पोशाक हृदयशाह को भेंट की। हृदयशाह ने उसे बड़े प्रेम से ग्रहण किया फिर उसने फिरोजी रंग की एक पोशाक शहजादी को भेंट की, जिसमें सोने का काम किया गया था। बेगम चिमनी अपनी मित्र के इस तोहफे से प्रसन्न हो गईं परन्तु साथ ही उन्हें अपने माता-पिता की भी तभी याद आ गई।

हृदयशाह ने बिना देर किए हुए प्रेमसुन्दरी को रुखसाना के आने का समाचार भेज दिया। थोड़ी ही देर में प्रेमसुन्दरी स्वयं वहाँ आ गई। तीनों एक-दूसरे से गले मिलीं और फिर हृदयशाह के साथ बैठकर आगरा की बातें प्रारम्भ हुईं। सबसे पहले रुखसाना ने बतलाया कि उनके आने के बाद बेगम साहिबा ने दो दिनों तक खाना नहीं खाया। खान साहब आने के बाद पहले तो भौंचक्के हो गए, उन्हें विश्वास ही नहीं हुआ, फिर वे भी दुखी हुए, किन्तु शीघ्र ही उन्हें यह भी एहसास हो गया कि जो हुआ वह अच्छा ही हुआ। बेगम साहिबा दिल से नहीं चाहती थीं कि शहजादी का निकाह कुरैशी से हो।

पारिवारिक बातें समाप्त होने के पश्चात् प्रेमसुन्दरी और हृदयशाह ने बादशाह सलामत की खैरियत के बारे में पूछा। हृदयशाह को अब भी यह यकीन था कि बादशाह बेहद प्रेमी किस्म के इन्सान हैं। यद्यपि उन्हें शाहजहाँ की रखैलों के सम्बन्ध में मालूम था, पर उससे उनके मन में बादशाह के एक निश्छल प्रेमी की छवि पर कोई असर न पड़ा था।

बातों ही बातों में रुखसाना ने उन्हें बतलाया कि बादशाह सलामत की नजर शादीशुदा औरतों पर भी पड़ती रहती है और उन्हें इस बात से भी कोई फर्क नहीं पड़ता कि वह औरत उनकी करीबी रिश्तेदार है। रुखसाना ने बतलाया कि ऐसी रखैलों से शहजादियाँ पूरा लुत्फ उठाती हैं।

प्रेमसुन्दरी : 'अरे, ऐसा क्या किया बादशाह सलामत ने?'

रुखसाना : 'आप लोगों के यहाँ आने के बाद का यदि मैं आपको एक वाकया सुनाऊँ तो आप हैरत में पड़ जाएँगी।'

चिमनी बेगम को ऐसा वाकया सुनने में दिलचस्पी न थी, पर प्रेमसुन्दरी ने उत्सुकता दिखलाई तो रुखसाना ने कहना प्रारम्भ किया।

'बहुत अरसा नहीं बीता, जब एक दिन शहजादी जहाँआरा ने और फरजाना बेगम ने शराबनोशी की और दोनों ने मिलकर जनाब शाइस्ता खाँ की खूबसूरत बेगम जो उनकी मामीजान थीं, को बादशाह सलामत की ख्वाबगाह के अन्दर पहुँचा दिया। बादशाह सलामत ऐसी हसीना को पाकर अपनी हद से आगे बढ़ गए। उन्होंने उस पाक औरत के साथ ज्यादती की। वे बेचारी उस वक्त क्या करतीं। वहाँ से लौटने के बाद अपने साथ हुए सुलूक को बरदाश्त न कर सकीं क्योंकि बेगम शाइस्ता खाँ इस मिजाज की न थीं। अपने महल में पहुँचने पर तुरन्त ही उन्होंने संखिया खा लिया। हकीमों ने उन्हें बचाने की पुरजोर कोशिश की, पर वे अल्लाह को प्यारी हो गईं। पूरे आगरा में आलाहजरत की बड़ी बदनामी हुई।'

गपशप में शाम हो गई, तभी सब उठे। शाम को रुखसाना ने अपने पति से सबको मिलवाया। अनवर हुसैन भी उतना ही खुशमिजाज था जितनी रुखसाना। दोनों ने एक सप्ताह गढ़ा मंडला राज्य में बिताया और उसके बाद उन्होंने फिर आने का वायदा कर विदा ली। हृदयशाह ने दोनों की विदाई में कोई कसर न रखी।

हृदयशाह को जब तब आगरा से बृजेन्द्र सिंह के भेजे सन्देश मिलते रहते, जिसमें वे बराबर बादशाह के दरबार में हाजिरी लगाने की बात कहते या कि कर भेजने को कहते पर हृदयशाह जब भी इस सम्बन्ध में प्रेमसुन्दरी, शहजादी या कि अपने पिता प्रेमशाह से चर्चा करते तो सभी उन्हें वहाँ जाने को रोक देते क्योंकि उनमें से सभी को यह डर लगा रहता था कि कहीं आगरा जाने पर हृदयशाह के साथ ज्यादती न हो जाए। सभी को अलग-अलग कारणों से ऐसी आशंका थी।

इस तरह शहंशाह की ताजपोशी के पश्चात् एक-एक कर सात बरस बीत गए। बृजेन्द्र सिंह क्या करते।

ओरछा की आग

जब तक ओरछा का राजा वीरसिंह देव जीवित रहा तब तक ओरछा राज्य पर मुगल सल्तनत की नजरें इनायत रहीं। पर वीरसिंह के मरते ही राजनैतिक समीकरणों के बदलने की आशंका होने लगी। गोंडवाना के राजा प्रेमशाह भी इस राजनैतिक तथ्य को जानते थे। अब गोंडवाना राज्य भले ही फिर से कुछ विस्तृत हो गया रहा हो, परन्तु यह विस्तार राज्य की मजबूती का पर्याय न था। नर्मदा घाटी में दूर-दूर तक फैले गोंडों के किले मानो अब वेगवती नदी के बीच के द्वीप जैसे ही थे जिन्हें नदी की कोई भी तीव्रगामी धारा डुबा सकती थी। दुश्मन राज्यों की सेनाएँ सम्पूर्ण गोंडवाने में कभी भी कहीं भी और किसी भी दूरी तक प्रवेश कर जातीं। केवल दुर्ग ही सुरक्षित थे और उनसे ही अब गोंडवाने के अस्तित्व का बोध होता था।

प्रेमनारायण को अपनी राजनैतिक स्थिति का बोध था। अतः उन्होंने गढ़ा से लेकर मंडला तक की अपेक्षाकृत सुसंगठित राजनैतिक सीमा के क्षेत्र को अपने युवा पुत्र की देखरेख में छोड़ दिया और स्वयं गोंड राज्य के पश्चिमी सीमान्त के दुर्ग चौरागढ़ में रहने लगे। चौरागढ़ के आसपास की जमींदारियाँ पूरे गौंडवाना की सबसे समृद्ध जमींदारियाँ थीं क्योंकि इस क्षेत्र में नर्मदा के कछार की उत्पादकता मध्य भारत के सबसे समृद्ध इलाके मालवा के मुकाबले कुछ कम न थी।

प्रेमनारायण के चौरागढ़ में रहने से कर के रूप में काफी कुछ धन नियमित रूप से प्राप्त होने लगा और इस तरह इस धन से प्रेमनारायण अब अपने मातहतों को भी महँगी शराब की दावतें दे सकने में समर्थ हो गए थे।

चौरागढ़ क्षेत्र की यह नई समृद्धि पड़ोसी राज्यों को खटकने लगी। ओरछा राज्य को यह सबसे अधिक खटकी।

ओरछा में वीरसिंह देव और बादशाह जहांगीर का देहावसान एक ही दिन हुआ। वीरसिंह देव जीवन भर जहांगीर के विशेष कृपापात्र थे। उन्हें यह कृपा बड़े जोखिम भरे कार्य करने के बाद मिली थी। जब जलालुद्दीन मुहम्मद अकबर दिल्ली के बादशाह थे तभी उनके युवा पुत्र जहांगीर को बादशाह सलामत के एक प्रमुख दरबारी से जिन्हें अकबर ने रत्न का खिताब दे रखा था, बेहद नफरत थी। अकबर का यह रत्न 'अबुल फजल' था। अकबर अपने नौ रत्नों को बेहद

चाहता था। अकबर की कृपा के विशेष पात्र ये नवरत्न बेखौफ होकर पूरे राज्य में घूमते थे।

एक बार जब अबुल फजल दक्षिण भारत से लौट रहे थे, तब जहांगीर की इच्छा पर वीरसिंह ने बादशाह के क्रोध की परवाह न करते हुए अबुल फजल का कत्ल करवा दिया। यह एक बड़ा दुःसाहसिक कदम था, पर इससे जहांगीर बेहद खुश हुआ और वीरसिंह देव को जीवन भर बादशाह का अभय प्राप्त हुआ।

राजमहल में शोक व्याप्त हो गया। मृतक संस्कारों के पश्चात् ज्येष्ठ पुत्र जुझार सिंह ने राजगद्दी सम्हाली। जैसा कि दस्तूर था बादशाह के दरबार में राजघराने का प्रतिनिधि रखा जाता था सो जुझार सिंह को वहाँ जाना पड़ा।

जुझार सिंह स्वभाव से निर्दयी और झक्की किस्म का व्यक्ति था। उसमें न तो दूर दृष्टि थी और न ही नैतिकता। ओरछा का राजकाज मात्र इसलिए सुचारु रूप से चल रहा था कि यहाँ ओरछा का सारा राजकाज हरदौल ने सम्हाल रखा था। हरदौल सुन्दर देहयष्टि का वीर योद्धा मात्र न था वरन् उसके व्यक्तित्व में एक चुम्बकीय आकर्षण था जो उसे उसकी कर्तव्यनिष्ठा, धर्मपरायणता और उदार मानसिकता जैसे गुणों का प्रतिफल था। ओरछा की प्रजा को जुझार सिंह की अव्यवहारिक राजाज्ञाएँ मात्र हरदौल की बुद्धिमत्ता से कष्ट न दे पाते। प्रजा इसे खूब समझती थी और इसीलिए हरदौल ओरछा में लोकप्रियता का दूसरा नाम था। हरदौल की स्थिति राज्य में दीवान की थी परन्तु राज्य में सर्वोच्च सत्ता के रूप में जुझार सिंह का बड़ा पुत्र जगराज जिसे जुझार सिंह प्यार से विक्रमादित्य कहता था, अपने पिता के समान ही निरंकुश और अत्याचारी था। उसके अत्याचारों पर हरदौल भी अंकुश न रख पाते थे। अतः जुझार सिंह की उपस्थिति में ही उसके पुत्र की शिकायत शहंशाह से ओरछा के निवासियों ने की। राजदरबार में अपनी पतली हालत देख बिना शहंशाह की आज्ञा के जुझार सिंह भाग कर ओरछा आ गया।

जुझार सिंह के विश्वासपात्र भी उसी जैसे स्वभाव के थे। उन्होंने हरदौल और जुझार सिंह की पत्नी के बीच अवैध सम्बन्धों की बात कहकर जुझार सिंह के कान भरे। वास्तविकता यह थी कि वह भाभी को मातृवत मानता था। दुष्ट प्रकृति के जुझार सिंह ने अपनी पत्नी से कहा कि यदि उसके अपने देवर से अवैध सम्बन्ध नहीं है तो वह उसे विषयुक्त खीर खिला दे। रानी क्या करती, उसने विषयुक्त खीर परोसी। यद्यपि हरदौल को वस्तुस्थिति पता चल चुकी थी, परन्तु भाभी की निर्दोषिता के लिए उन्होंने विषयुक्त खीर खा ली और इस तरह उनका प्राणान्त हो गया। हरदौल का पार्थिव शरीर तो छूटा परन्तु वे देवता के रूप में सारे बुन्देलखंड में पूज्य हो गए। उनकी पूजा की परम्परा चल पड़ी।

जुझार सिंह के शाही दरबार से अचानक भागने पर उनके विरोधियों ने शहंशाह शाहजहाँ के कान भरे। कहा कि जुझार सिंह के पास बहुत दौलत है। शाहजहाँ के लिए

हुक्मउदूली का बहाना तो था ही, अतः उसने शाही सेनाओं को ओरछा पर आक्रमण की आज्ञा दे दी। जुझार सिंह लड़ा। उसके तीन हजार सैनिक मारे गए और जुझार सिंह पराजित हुआ। उसे पकड़कर राजधानी में कैद कर लिया गया। जुझार सिंह ने महावत खाँ के हाथ पैर जोड़े और महावत खाँ की सिफारिश पर शहंशाह जुझार सिंह को माफी देने के लिए राजी हो गए, परन्तु वे उसकी बदमिजाजी का उसे सबक भी सिखाना चाहते थे इसलिए जब बुन्देला राजा जुझार सिंह को शहंशाह के सामने पेश किया गया तो उसके हाथ पैर में जंजीर डालने और तौक पहनाने के बजाय, उसके गले में काला रूमाल डालकर पेश होने का हुक्म दिया गया जिसका मतलब था कि राजा गुनहगार है।

जब भरे दरबार में उसे बुलवाया गया, तब उसने गिड़गिड़ाकर बादशाह सलामत से माफी की दरखास्त की और उन्हें यह कहकर यकीन दिलाया कि बुन्देला राजपूत हमेशा मुगलिया तख्त का वफादार सिपाही रहेगा। साथ ही, उसने शहंशाह के हुक्म के मुताबिक एक हजार मोहरें, पन्द्रह लाख रुपये और चालीस हाथी बादशाह की नजर किये। बादशाह ने नजर कबूल करते हुए उसे चार हजारी जात, चार हजार सवार का मनसब इनायत करते हुए दो हजार सवारों और दो हजार पैदल सैनिकों के साथ दक्कन कूच करने को कहा, जहाँ उसे मुगल फौजदार के आधीन होकर जंग में भाग लेना था। अब जुझार सिंह पुनः शाहजहाँ के दरबार का करद राजा होकर पहुँच गया, परन्तु राजधानी में वह लगातार न रहता।

ओरछा का प्रशासन अब पहाड़ सिंह देख रहा था। मुख्यतः जुझार सिंह शाहजहाँ के दरबार में हाजरी देता रहता था। परन्तु धीरे धीरे उसका पुत्र उसके एवज में हाजिरी देने लगा था। मुगल सेनापति खान दौरा की मातहती में मध्य भारत के एक युद्ध में वह युद्ध करने भेज दिया गया।

जुझार सिंह अब तक अपनी प्रजा में अपनी पराजय और हरदौल जैसे भाई को प्रपंच से मरवाने के कारण पर्याप्त बदनाम हो चुका था। यदि अन्य कोई व्यक्ति होता तो उसकी निश्चित ही जीवनधारा बदल जाती, परन्तु जुझार सिंह ने पिछली घटनाओं से सबक न लेते हुए गोंडों के प्रसिद्ध किले चौरागढ़ को हथियाने की योजना बनाने लगा।

चौरागढ़ का किला राजगोंडों के साम्राज्य का सबसे शानदार दुर्ग था। संग्राम सिंह और उनके वंशजों ने जब तक वे स्वतंत्र राजा थे चौरागढ़ में राजगोंडों का कोष सुरक्षित रखा था। यह दुर्ग एक ऊँची पहाड़ी पर है और इस स्थान को ऊपरी नर्मदा घाटी का सुरक्षा द्वार भी कहा जा सकता है। चौरागढ़ की अभेद्यता यद्यपि मुगलों के आक्रमण के साथ ही समाप्त हो गई थी, परन्तु अब भी यह किला किसी भी सेना द्वारा सुगमता से नहीं जीता जा सकने योग्य था।

चौरागढ़ दुर्ग के विशाल क्षेत्र में पर्याप्त सैनिक रह सकते थे और पर्याप्त सैनिक सामग्री रखी जा सकती थी। यदि दुर्ग को घेर कर भी रखा जावे तो भी दुर्ग महीनों

तक सुरक्षित रह सकता था। दुर्ग के पास तक तोपें ले जाना बहुत ही जोखिम भरा एवं कठिन कार्य था क्योंकि दुर्ग से बरसाये गए तीर और पत्थर ही ऐसे प्रयासों को काफी अरसे तक विफल कर सकते थे।

चौरागढ़ की इन्हीं सब विशेषताओं के कारण वह गोंड राज्य का मुकुट मणि था। राजगोंडों का साम्राज्य यद्यपि अब समृद्ध भी नहीं था और न ही शक्तिशाली, पर मुगलों की बेरूखी के कारण ही राजगोंडों ने उस पर फिर से अपना कब्जा कर लिया था।

निर्मम हत्या

(ईस्वी सन् 1634, ग्रीष्म ऋतु)

राजकुमार हृदयशाह वैसे तो अपना अधिक समय गढ़ा या मंडला के किलों में ही गुजारते थे, किन्तु इन दिनों वे संग्रामपुर में थे। संग्रामपुर का सिंहगढ़ दुर्ग बिना रख-रखाव के अपनी पुरानी शान खो चुका था। बदलते समय में सिंहगढ़ दुर्ग या सिंगौरगढ़ का किला दुश्मनों की सेना को रोकने के प्रयोजन हेतु उपयोग में आने योग्य न था, परन्तु फिर भी गौंड सैनिकों की चौकी के रूप में उसका अब भी महत्त्व था। हृदयशाह एक छोटी सैन्य टुकड़ी के साथ यह देखने आए थे कि क्या सिंगौरगढ़ में रहकर वे उत्तर पश्चिम में बुन्देलों से और पश्चिम में भोपाल की रियासत की सैन्य शक्ति से गोंडराज्य की शक्ति का सन्तुलन बनाए रख सकते हैं। ऊपरी तौर पर इन दिनों उनके सीमावर्ती राज्यों के राजा मुगल बादशाह शाहजहाँ के सेवक थे। हृदयशाह चाहकर भी बुन्देलों से सम्बन्धों को और अधिक प्रगाढ़ नहीं कर सकते थे, क्योंकि ऐसा करने पर वे बघेल राजाओं और गोंड राजाओं के पीढ़ियों पुराने मधुर सम्बन्धों को कमजोर नहीं करना चाहते थे। उनकी स्वयं की एक रानी बघेल थी। बुन्देलों और बघेलों की आपस में ठनी रहती थी।

राजकुमार हृदयशाह के संग्रामपुर के प्रवास की जानकारी सुदूर चौरागढ़ में राजा प्रेमशाह एवं उनके साथ रह रहे सभी राज्य के अधिकारियों को थी।

संध्या का समय था। राजकुमार हृदयशाह संग्रामपुर में गोंड जागीरदारों के साथ बैठकर विचार-विमर्श कर रहे थे कि उन्हें सूचना दी गई–चौरागढ़ से दो घुड़सवार राजपुरोहित का पत्र लेकर आए हैं जिसे उन्हें तुरन्त ही सौंपा जाना है।

हृदयशाह का माथा ठनका कि पिताजी के रहते भला राजपुरोहित ने उन्हें पत्र क्यों भेजा। उन्होंने सभा बर्खास्त की और अकेले में दोनों पत्र वाहकों को बुलाया। दोनों पत्रवाहकों के शरीर काँप रहे थे, दोनों ने ही बिना रुके इतनी लम्बी यात्रा की थी। हृदयशाह ने दोनों को बैठने को कहा। पत्र लेने के पश्चात् जैसे ही उन्होंने पत्र पढ़ा तो मानो उन्हें साँप सूँघ गया। आधी घड़ी तक वे निश्चेष्ट से बैठे रह गए। तभी परिचारक ने आकर उन्हें जल दिया। काफी देर बाद वे प्रकृतिस्थ हुए उनकी आँखों से आँसू बहने लगे। लगभग अवरुद्ध कण्ठ से उन्होंने पत्रवाहकों

से कहा कि उन्हें संदेश से सम्बन्धित जो भी विवरण ज्ञात हों उसे विस्तार से बतलाएँ।

राजपुरोहित के हस्ताक्षरित पत्र में तो कुल इतना ही लिखा था, 'राजकुमार हृदयशाह को यह हृदयविदारक सूचना देते हुए मुझे भीषण दुख हो रहा कि महाराज प्रेमशाह वीरगति को प्राप्त हो चुके हैं। आपकी अनुपस्थिति में उनकी तुरन्त अन्त्येष्टि करना आवश्यक था, अतः उनका अन्तिम संस्कार ससम्मान पूरा किया गया है। ओरछा नरेश जुझार सिंह ने आक्रमण कर चौरागढ़ पर अधिकार कर लिया है। राजकुमार इस परिस्थिति में अपने कर्तव्य का पालन करें।'

दोनों पत्रवाहकों ने आपात्स्थिति में पत्रवाहक का कार्य सम्हाला था वे वस्तुतः गौंड राजपरिवार के सदस्य तथा स्वर्गीय राजा के अंगरक्षक भी थे। वे सदैव ही राजा प्रेमशाह के साथ रहते थे। इस संकट में ही इन दोनों को राजकुमार के पास भेजा था ताकि वे सारी घटना को क्रमबद्ध रूप से राजकुमार को बतला सकें।

हृदयशाह सिर झुकाकर बैठ गए।

दोनों पत्रवाहकों ने सिलसिलेवार सारी घटना को बतलाना प्रारम्भ किया।

दोनों ने एक साथ ही पिछले माह की बात को विस्तार से बतलाया।

चौरागढ़ के किले में राजा प्रेमशाह दोपहर भोजन कर विश्राम के लिए जा ही रहे थे कि चोबदार ने सूचना दी कि रीवा महाराज का पत्रवाहक उनसे तत्काल मिलना चाहता है। प्रेमशाह ने पत्रवाहक को अतिथि-कक्ष में बैठने की आज्ञा दी और अपने मंत्री जगत सिंह को तुरन्त बुला भेजा।

मन्त्री जगत सिंह राजा का सन्देश सुनते ही तुरन्त आ पहुँचे। जगत सिंह बघेल क्षत्रिय थे।

जैसे ही प्रेमशाह अतिथि कक्ष में पहुँचे पत्रवाहक ने सामान्य औपचारिकता के पश्चात् महाराज रीवा का पत्र पेश किया। पत्र ग्रहण करने के पश्चात् प्रेमशाह ने उसे पढ़ने का प्रयास किया, पर वे उसे ठीक न पढ़ सके शायद वे पढ़कर भी उसमें लिखे सन्देश पर विश्वास न करना चाह रहे थे। वैसे भी पत्र कुट भाषा में लिखा गया था। वृद्ध प्रेमशाह की भौहों पर बल पड़ गए।

राजा को इस प्रकार चिन्तित और भ्रमित देख जगत सिंह ने कहा 'महाराज आपकी उदासी का कारण क्या है?'

उधर रीवा से आए पत्रवाहक ने राजा से आज्ञा माँगी, राजा ने उसे पर्याप्त सम्मान के साथ विदा कर दिया। साथ ही, अतिथि कक्ष के नौकरों को भी बाहर जाने की आज्ञा दी।

अब अतिथि कक्ष में केवल राजा और वजीर और दो अंगरक्षक ही सेवकों के रूप में उपस्थित थे। एक पत्रवाहक अब चुप हो गया, दूसरे ने कहना जारी रखा, 'राजा ने काँपते हाथों वह पत्र वजीर जगत सिंह को पढ़ने को दिया। जगत सिंह ने बुदबुदाते

हुए कहा : 'रीवा महाराज को पता चला है कि दुष्ट जुझार सिंह ने शहजादे आलम शाहजहाँ को धोखे में रखते हुए हमारे राज्य पर चढ़ाई करने की ठानी है।'

'हाँ ऐसा ही है, पर जुझार सिंह की क्या यह हिम्मत हो सकती है? आपको याद होगा अभी बहुत समय नहीं बीता जब उसने शाही सेनाओं से युद्धकर बड़ी शिकस्त पाई थी और उसे भारी हर्जाना भी देना पड़ा था', महाराज ने कहा।

'महाराज : जुझार सिंह बहुत ही दुष्ट प्रकृति का व्यक्ति है। वह किसी भी सीमा तक कोई भी नीच कार्य कर सकता है। हमें सम्हलकर रहना चाहिए।' जगत सिंह ने महाराज को सावधान किया।

'यदि आक्रमण हुआ तो क्या हम उसका सामना कर सकेंगे।' महाराज ने सम्भावित खतरे को भाँपते हुए कहा : 'महाराज, शायद यह सम्भव न हो क्योंकि हमारी सैन्य शक्ति इतनी नहीं है, पर कूटनीति से काम लिया जा सकता है।' जगत सिंह का उत्तर था।

राजा साहब ने इस पर कहा : 'गढ़ा में राजकुमार हृदयशाह को क्यों न तुरन्त सूचित कर दिया जाए ताकि वे स्वयं दिल्ली चले जाएँ और शहंशाह से जुझार सिंह की इस योजना को बतलाकर आक्रमण रुकवाएँ। आखिर शहंशाह के लिए तो गढ़ा कटंगा राज्य और ओरछा राज्य एक समान ही हैं।'

जगत सिंह ने डर व्यक्त किया : 'उत्तम विचार है, हम अपना हरकारा राजकुमार के पास आज ही भेज देते हैं, पर यदि आक्रमण हो ही गया तब क्या होगा?' फिर सोचकर कहने लगा, 'महाराज, चौरागढ़ किसी भी आक्रमण को कम से कम तीन महीने तक तो रोक ही सकता है। हमारे पास इतने सैनिक हैं कि हम दुर्ग में रहकर दुर्ग पर शत्रु का अधिकार तो नहीं होने देंगे और यह अवधि इतनी बड़ी है कि तब तक राजकुमार हमारे राज्य पर हो रहे आक्रमण पर शहंशाह से रोक का फरमान भिजवा देंगे।'

राजा साहब ने कहा : 'ठीक है, राजकुमार को शीघ्र ही हरकारा भेजो।'

अनहोनी को कब तक रुकना था, एक दिन एक बदहवास शाही सवार ने राजा को खबर दी कि एक बड़ी सेना चौरागढ़ पर आक्रमण करने के लिए तेजी से आगे बढ़ रही है।

चौरागढ़ में

चौरागढ़ के किले का मुख्य दरवाजा बन्द कर दिया गया है। भीतर पाँच सौ सैनिकों के साथ वयोवृद्ध गोंड राजा प्रेगशाह चिन्तित होकर बैठा है। प्रेमशाह के सारे बाल सफेद हैं, कमर नहीं झुकी है। फिर भी सत्तर साल के इस वृद्ध में गजब की इच्छा शक्ति है। वह जानता है कि वह अकारण सताया जा रहा है उसका पुत्र हृदयशाह उससे बहुत दूर है। अगर पास भी होता तो जुझार सिंह की सेना का सामना कठिन

था क्योंकि अब गढ़ा कटंगा की समूची सेना भी आक्रमकों की सेना की तिहाई भी नहीं है।

हिम्मत न हारते हुए प्रेमशाह ने जुझार सिंह के सामने आत्मसमर्पण न करने की ठानी है। चौरागढ़ की प्राचीरों में सैनिक गश्त लगा रहे हैं।

आक्रमणकारी जुझार सिंह जानता था कि गोंड भूखे रहकर मर जाना पसन्द करेंगे पर चौरागढ़ के किले की सुरक्षा को आँच न आने देंगे।

चौरागढ़ का किला था भी तो अभेद्य, तभी तो वह गौंडवाने की ऊपरी नर्मदा घाटी के विशालतम उपजाऊ मैदान की सम्पत्ति का रखवाला था। गोंडवाना की बची-खुची समृद्धि नर्मदा घाटी के इस क्षेत्र के लगान पर ही निर्भर थी।

जुझार सिंह ने किले के चारों ओर घेरा डाल दिया। गोंडों ने किले में भोजन की पर्याप्त व्यवस्था कर ली थी वैसे भी अन्य सैनिकों की तुलना में वे बहुत कम भोजन में निर्वाह कर लेते थे।

जुझार सिंह की सेना के मुख्य दस्ते ने जैसे ही दुर्ग के सिंहद्वार पर हमला बोला, वैसे ही उन्हें विष से बुझे तीरों का सामना करना पड़ा। वजीर जगत सिंह जानता था कि दुर्ग में सैनिक कम हैं, अतः उसने तीरों की नोकों में अत्यंत घातक विष का लेप कराया था। पहले आक्रमण में जुझार सिंह के जितने भी सैनिकों को विषाक्त तीर लगे, वे पीड़ा से चिल्लाने लगे। फलतः आक्रमण को रोका गया। जुझार सिंह के सैनिक दस्ते के वैद्यों की दवाएँ असफल साबित हुई और विषयुक्त तीरों से आहत सैनिकों ने एक के बाद एक दम तोड़ दिया।

कुल मिलाकर संख्या की दृष्टि से विशाल सेना को बड़ी हानि तो नहीं हुई, पर जुझार सिंह के दुष्ट मष्तिष्क में नए विचार आने लगे।

जुझार सिंह की सेना ने चौरागढ़ को घेर रखा था। जुझार सिंह साथ ही यह भी घोषणा करा रहा था कि वह गोंडों को किले में ही भूखों मरने पर बाध्य करेगा। परन्तु वह मन ही मन कुटिल चाल खेलना चाहता था।

यहाँ किले में महाराज प्रेमशाह कुछ घबराये हुए से थे क्योंकि उन्होंने किले की दीवार से देख लिया था कि जुझार सिंह ने एक बड़ी सेना लेकर आक्रमण किया था। जगत सिंह महाराज को धैर्य और विश्वास रखने को कह रहे थे।

परेशानी और घबराहट को दूर करने के लिए महाराज थोड़ी बहुत पी लेते थे और इसके बाद वे सामान्य भी हो जाते थे, लेकिन उस शनिवार को उन्होंने राजपुरोहित के रोकने के बावजूद सुबह ही कुछ अधिक पी ली। ऐसा लगने लगा कि वे अब निर्भय हो गए हैं।

उसी समय दुष्ट जुझार सिंह ने किले के द्वार पर जोर से मुनादी पिटवा दी कि वह महाराज प्रेमशाह से दोस्ती करने को तैयार है, पर वे कम से कम बाहर आकर मिल तो लें ताकि वह दोस्ती का हाथ थामकर अपने राज्य वापस लौट सके।

यह घोषणा प्रातःकाल ही प्रारम्भ हो चुकी थी। किले में तैनात गोंड सैनिकों ने महाराज को जब यह खबर सुनाई तो उन्होंने स्वयं किले की दीवार पर चढ़कर इस घोषणा की सत्यता परखी। राजपुरोहित और दीवान के रोकने के बावजूद जुझार सिंह से मिलने को तैयार हो गए, कहने लगे, 'वीरसिंह भले ही मुझसे अप्रसन्न रहे हों, पर जुझार सिंह को तो मैं तब से जानता हूँ जब वह छोटा बच्चा था।'

महाराज ने किसी की न मानी, हम दोनों और पुरोहितों के साथ केवल आठ-दस निहत्थे सैनिकों के साथ उन्होंने किले का दरवाजा खुलवा दिया।

जुझार सिंह पास ही खड़ा था, वह बड़े आदर के साथ महाराज से मिलने आगे बढ़ा, पर तभी उसके घुड़सवारों की टुकड़ी पलक झपकते किले में प्रवेश कर गई। महाराज कुछ समझ पाते, इसके पहले ही षड्यन्त्र के तहत दो लोगों ने अपने खंजर दोनों ओर से महाराज की आंतों में घुसेड़ दिए।

यह वर्णन सुनाते हुए संदेशवाहक रो पड़े।

हृदयशाह रोते हुए : 'बस करो, बस करो।'

कुछ देर बाद उन्होंने अपनी बात यह कहकर समाप्त कर दी, किले पर बिना किसी युद्ध के जुझार सिंह का अधिकार हो गया। राजपुरोहित की याचना पर हमें महाराज का पार्थिव शरीर मिल गया, हमने उसका वहीं संस्कार किया। राजपुरोहित ने संस्कार के बाद हमें यह पत्र देकर आपकी सेवा में भेज दिया।

जुझार सिंह ने चौरागढ़ पर अपना परचम लहरा दिया। जुझार सिंह चौरागढ़ विजय कर फिर ओरछा लौट आया। वह सोचने लगा कि उसने बड़ी विजय प्राप्त कर ली है।

उधर हताश और निराश प्रेमशाह के पुत्र हृदयशाह ने मुगल बादशाह शाहजहाँ से इस अन्याय के विरुद्ध गुहार लगाई। पर वहाँ से मुगलिया न्याय, जिसकी तारीफ करते इतिहासकार नहीं थकते, ने अपना असली चेहरा एक बार फिर इस युद्ध में दिखला दिया।

हृदयशाह, जो मुगल साम्राज्य का अब एक करद राजा था, उम्मीद लगाकर बैठा था कि शहंशाह शाहजहाँ से उसे न्याय मिलेगा। अकारण ही उसके पिता को मारनेवाले जुझार सिंह को सजा मिलेगी पर बादशाह ने सारी बात पर गौर करने के बाद एक संदेशवाहक के द्वारा जुझार सिंह के सामने ये शर्तें रखीं, पहली शर्त थी कि यदि जुझार सिंह चाहे तो वह चौरागढ़ का राज्य अपने पास रख ले। परन्तु उसके एवज में ओरछा राज्य का बियावान क्षेत्र शाही हुकूमत को दे दे। दूसरी शर्त थी कि लूट के माल में से दस हजार रुपए कोष में जमा करा दे।

प्रतिशोध

(ईस्वी सन् 1934 शीतऋतु)

राजा प्रेमशाह की हत्या हुए महीने पर महीने गुजरे जा रहे थे पर हृदयशाह चाहकर भी जुझार सिंह को उसके कुकृत्य का फल नहीं चखा पा रहे थे। बदले की आग अवश्य उनके सीने में उतनी ही तेजी से धधक रही थी जब उन्हें पहली बार अपने पिता महाराज प्रेमशाह की हत्या का समाचार मिला था उनका खून तब से खौल रहा था। वे उठते-बैठते सोच रहे थे कि वे गढ़ा पहुँचकर तुरन्त ही एक सेना एकत्रित करें और चौरागढ़ पहुँचकर अपने पिता के हत्यारे जुझार सिंह का काम तमाम कर दें, पर वे विवश थे। वे जानते थे उनकी शक्ति सीमित है। उन्होंने सोचा–सीधे शहंशाह शाहजहाँ के दरबार में पहुँचा जाए परन्तु तुरन्त पहुँचने से भी क्या होना था। वे जानते थे कि जुझार सिंह के पास बड़ी सेना है तभी तो वह एक बार पहले भी मुगलों से लड़ चुका था और हार भी चुका था, परन्तु इस हार से उसने शायद कोई सबक नहीं लिया, बड़ा घमंडी और दुष्ट प्रकृति का है वह।

हृदयशाह अपनी राजनैतिक समझ में अब अपरिपक्व व्यक्ति नहीं थे। वे जानते थे कि पिता की मृत्यु के पश्चात् अब वे गढ़ा कटंगा के राजकुमार नहीं वरन् राजा हैं और उन्हें यदि दुष्ट जुझार सिंह को सबक सिखाना है तो उस पर पूरा विचार करना आवश्यक है। पर वे शायद विचार कर पाने की स्थिति में नहीं थे। पिता का वध ऐसी घटना नहीं है, जिसे भुलाकर कुछ और सोचा जा सके। बार-बार पिता का चेहरा उनके सामने आ जाता। वे मन को सांत्वना दे ही नहीं पा रहे थे कि उनके जीवित रहते पिता का अन्तिम संस्कार जय गोविन्द वाजपेयी के द्वारा किया गया। धिक्कार है।

हृदयशाह का राजधानी आना वर्षों में कभी-कभार ही हो पाता था। अतः मित्र राजाओं से सम्बन्धों के सूत्र अब उतने मजबूत नहीं थे। वे कभी आते भी तो औपचारिक कार्य निभा कर लौट जाते। पर अब भी बान्धवेश से सम्बन्ध वैसे ही थे।

बृजेन्द्र सिंह को जब पूरी बात का पता चला तो उन्होंने भोपाल के नवाब के साथ मिलकर हृदयशाह को बादशाह से मिलवाने का उपक्रम किया। बादशाह से मिलना वैसे भी साधारण बात न थी।

हृदयशाह अब तक राजनीति के अनेक पहलुओं को समझने लगे थे। उन्होंने भी भोपाल के नवाब के साथ शहंशाह के सामने अपनी सही बात रखने के बावजूद भी उन्हें डर था कि शहंशाह उसे बुन्देल और बघेल राजपूतों की आपसी अनबन से प्रेरित न मान ले।

हृदयशाह को मुगलिया इंसाफ पर पूरा भरोसा था। उसने अकबर से लेकर जहांगीर तक के समय के बहुत से किस्सों को सुना और पढ़ा था। सारे मुल्क में मुगल अपनी इंसाफपरस्ती के लिए अब जाने जाते थे। किन्तु भोपाल के नवाब के साथ जब हृदयशाह ने शहंशाह से भेंट करने का प्रयास किया तो उन्हें दरबार के हाकिमों से ही पता लग गया कि शहंशाह इस मसले पर फैसला ले चुके हैं और उनके फैसले को अमली जामा पहिनाया जा चुका है। उन्हें पता चला कि शहंशाह ने जुझार सिंह को शाही शर्तें भेज दी हैं।

हृदयशाह अब तक राजधानी में ही रुके थे परन्तु अब तक नवाब के सूत्रों ने उन्हें यह स्पष्ट कर दिया था कि बहुत ही शीघ्र शाहजहाँ जुझार सिंह पर आक्रमण करने अपनी सेना भेज देगा।

नवाब भोपाल ने अवसर देखकर हृदयशाह के सामने अपनी इस मैत्री को और मजबूत करने का अवसर देखा और हृदयशाह को सलाह दी, 'शाही सेना जब तक यहाँ तैयारियाँ कर रही है तब तक क्यों न तुम अपने राज्य लौटो और वहाँ अपनी सेना संगठित करो, क्योंकि जुझार सिंह किसी भी हालत में शाही सेना का मुकाबला नहीं कर सकेगा। वह किसी ऐसी जगह भागना चाहेगा जहाँ तक शाही सेना न पहुँचे और ऐसी जगह दक्कन में है जहाँ तुम्हारे राज्य और आसपास के घने जंगलों को पार किए बिना पहुँचा ही नहीं जा सकता है। जंगलों में तुम्हारे पैदल सैनिक बहुत कारगर हैं। परन्तु यदि तुम चाहो तो हम अपना घुड़सवार दस्ता भी तुम्हें दे सकते हैं उससे तुम्हारी ताकत कई गुना बढ़ जाएगी।'

हृदयशाह : 'इस आड़े वक्त में फौजी इम्दाद देने के लिए बहुत-बहुत शुक्रिया।'

और यह कहकर हृदयशाह ने सीधे गोंडवाना की राह पकड़ी। भोपाल के नवाब ने गोंड राज्य की सीमा तक अपने घुड़सवारों को समय सीमा से पहले ही पहुँचा दिया, जिसकी कमान सीधे हृदयशाह ने अपने हाथों ले ली।

अब हृदयशाह ने सतपुड़ा और विन्ध्याचल पर्वतों के मिलन स्थल से लेकर लगभग पचास कोस तक गोंडों की पैदल पंक्ति का एक ऐसा जाल खड़ा किया, जिस तरह नदियों में मछलियाँ पकड़ने के लिए आदिवासी नदी की पूरी चौड़ाई को घेर लेते हैं। हृदयशाह ने घुड़सवारों की छोटी छोटी टुकड़ियाँ इस उद्देश्य से बनाई और उन्हें पूरे वन प्रान्तर में फैला दिया ताकि उसे वक्त आने पर जुझार सिंह की सेना और शाही सेना की गतिविधियों की एकदम सही जानकारी रहे। प्रत्येक घुड़सवार दस्ते का सम्पर्क एक निश्चित पैदल दस्ते से था। इस तरह पैदल दस्ते के सैनिक धनुष-बाण और कुल्हाड़ियों से लैस गोंड ही थे, जो इन जंगलों का चप्पा-चप्पा जानते थे।

हृदयशाह ने गोंड सैनिकों को शाही और जुझार सिंह के सैनिकों की पहिचान ठीक ढंग से समझा दी थी।

एक दिन हृदयशाह जब वनों में अपनी सेना का निरीक्षण कर रहे थे, तभी एक घुड़सवार दस्ते ने आकर उन्हें सूचना दी, 'महाराज, बादशाह शाहजहाँ ने शहजादे औरंगजेब की मातहती में तीन शाही सेनाओं को जुझार सिंह पर आक्रमण करने की आज्ञा दे दी है, परन्तु जुझार सिंह भागकर चौरागढ़ पहुँच चुका है और इस समय चौरागढ़ में है।'

हृदयशाह मन ही मन सोचने लगे कि जुझार सिंह शाही सेना का चौरागढ़ में कितनी देर मुकाबला कर पाएगा? वह क्यों गया है वहाँ पर? वे यही सब सोचने लगे थे, पर कुछ समझ में नहीं आया। अतः घुड़सवार दस्ते के नायक से कहा जैसे–ही नई सूचना मिले तुरन्त हमें पहुँचाओ।

अब यह तो स्पष्ट हो ही गया था कि घटनाक्रम अब तेजी से बदलेगा और हुआ भी वही। हृदयशाह एक गुत्थी सुलझा न पाते पर शीघ्र ही दूसरी सूचना आती और उसके साथ ही वह गुत्थी तो सुलझ जाती, पर एक अन्य गुत्थी सामने आ जाती।

हृदयशाह को शीघ्र ही पता चल गया कि शाही सेना के आतंक से ही घबराकर जुझार सिंह चौरागढ़ भागा था। उसके साथ उसके परिवार के सदस्य थे। चौरागढ़ पहुँचने के पीछे उसकी मनशा मुगल सेना का सामना करना नहीं वरन् दक्कन भाग जाने की थी। हृदयशाह को यह भी बतलाया गया कि जुझार सिंह चौरागढ़ भी छोड़कर भागनेवाला है और इस समय वह दुर्ग के सारे महलों को आग के हवाले कर रहा है, साथ ही उसने चौरागढ़ किले की तोपें नष्ट कर दी हैं।

हृदयशाह के लिए यह दूसरा बड़ा सदमा था। प्रतापी संग्रामशाह ने जिन महलों को बनवाया था, वे सब ध्वस्त हो चुके हैं। यह अब चौरागढ़ की सचाई थी। जब सभी कुछ ध्वस्त कर दिया गया, तब हृदयशाह यह भी समझ गए कि दुर्ग में गोंड राजाओं की बची-खुची सम्पत्ति को भी जुझार सिंह लेकर भागनेवाला होगा।

और जैसा कि हृदयशाह सोच रहे थे, हुआ भी वैसा ही। चौरागढ़ की आगजनी ने वहाँ सब कुछ ध्वस्त कर दिया था। जुझार सिंह अपनी सेना और माल असबाब के साथ शाही सेना के पहुँचने के पहले ही वहाँ से भाग निकला था। शाही सेना के एक भाग ने खाली पड़े हुए चौरागढ़ पर विजय का डंका बजाया, बादशाह की सलामती के लिए वहाँ के मन्दिर के शिखर पर चढ़कर नमाज पढ़ी गई।

हृदयशाह अब और अधिक सतर्क हो गए। अब यह निश्चय हो गया था कि किसी भी दिन उन्हें भागते हुए जुझार सिंह का सामना करना पड़ेगा। वे दो तथ्य जानना चाहते थे, एक तो यह कि जुझार सिंह की फौजी ताकत कितनी है और दूसरा यह कि शाही सेना और जुझार सिंह की सेना में मुठभेड़ सम्भव है या नहीं? यदि सम्भव तो कब और कहाँ?

हृदयशाह को यह सब जानने के लिए बहुत इन्तजार नहीं करना पड़ा। उसे बतलाया गया कि जुझार सिंह के पास हाथी हैं, जिनमें से कुछ पर बहुत सा धन लदा हुआ है और शेष पर उसके परिवार के लोग सवार हैं। जुझार सिंह की सेना चार गोंडी कोस रोजाना की रफ्तार से दक्षिण की ओर भाग रहा है।

हृदयशाह अब यह जान चुके थे कि जुझार सिंह बहुत समय तक नहीं भाग सकेगा। उसे शाही सेना की ताकत का अन्दाज था। वह जानता था कि मुगल सेनानायक जब चाहें तब अपनी सेना की गति बढ़ा सकने में सक्षम हैं।

हृदयशाह जुझार सिंह को चाँदा का सघन जंगल पार नहीं होने देना चाहता था। उसने अपने धनुर्धर गोंडों को निर्देश दिया कि वे जुझार सिंह की सेना के हाथियों की गति को ध्यान में रख उनसे पहले पेड़ों पर चढ़कर हाथी पर बैठे लोगों पर निशाना साधें। घुड़सवार और पैदल सैनिकों में से केवल उन पर निशाना साधें जो हाथियों की सुरक्षा में हों, बाकी पीछे चल रही सेना पर ध्यान केंद्रित न करें।

हृदयशाह को सघन वनों के युद्धों की भलीभाँति जानकारी थी। वह समझ चुका था कि जुझार सिंह और उसका परिवार हाथियों पर अपेक्षाकृत थोड़े घुड़सवारों और पैदल सैनिकों के साथ होगा, शेष पूरी सेना किसी बुन्देला सेनानायक के आधीन होगी। उसे पूरी सम्भावना पीछे से आक्रमण की होगी अतः उसकी अधिकांश शक्ति पीछे ही होगी। वह कभी सोच भी नहीं पाएगा कि गोंडों की काल स्वरूप सैन्य पंक्ति ने आगे जाल बिछा रखा है।

वह निर्णायक घड़ी भी आ गई, जिसकी हृदयशाह को लम्बे अरसे से प्रतीक्षा थी। हृदयशाह को सूचना मिली कि जुझार सिंह की सेना अब शाही सेना से 15 गोंडी कोस आगे हैं। शाही सेना ने भी आगे बढ़ने की अपनी गति जुझार सिंह की सेना से ढाई गुनी तेज कर दी है, ताकि वह वनों में भागकर छुप न जाए।

हृदयशाह पहाड़ी की चोटी से अपने सैनिकों के साथ देख रहा था कि जुझार सिंह की सेना पर शाही सेना ने भीषण आक्रमण किया। दोनों ओर भारी मारकाट मच रही थी। तभी उसने देखा कि इस युद्ध से दक्षिण दिशा में काफी दूरी पर हाथी तेजी से भागे जा रहे हैं। उनके साथ अब बहुत थोड़े से पैदल सैनिक बचे हैं। सभी घुड़सवार शाही सेना के घुड़सवारों से भिड़े हुए हैं।

हृदयशाह अब जानता था कि क्या होनेवाला है। अतः अपने सैनिकों के साथ उस ओर बढ़ा जहाँ हाथी भाग रहे थे। हृदयशाह जब तक हाथियों के निकट पहुँचा तब तक उसने देखा वृक्षों पर चढ़े हुए गोंडों ने बाणों से सारे हाथी सवारों को बींध कर रख दिया था। एक भी महावत अब जीवित न था क्योंकि बाणों से हाथी पर सवारों को बींधने के पश्चात् गोंड सैनिकों ने हाथियों पर अपना अधिकार कर लिया था। जो थोड़े बहुत जुझार सिंह के पैदल सैनिक थे, वे चारों दिशाओं में भाग निकले थे।

हृदयशाह के सामने गोंड सैनिकों ने सारे हाथियों को कतारबद्ध खड़ा कर दिया। गोंडों ने हाथियों पर सवार सारे पुरुषों की मुश्कें बाँध दी थीं। औरतें और बच्चे भी थे पर वे सभी घायल थे। अधिकांश बाणों की मार से घायल होकर और कुछ हाथियों से गिरकर या तो मर चुके थे या फिर मरणासन्न थे। स्त्रियाँ और बच्चे जोर-जोर से रो रहे थे।

इन सबमें हृदयशाह अपने दुश्मन को ढूँढ़ रहा था, उसका पता नहीं चल रहा था। एक क्षण के लिए उसके मन में विचार आया—क्या वह पीछे अपनी सेना का नेतृत्व करते हुए लड़ रहा है। परन्तु उसे तभी याद आया कि यह निर्दयी किन्तु नपुंसक भगोड़ा युद्ध के अन्तिम चरण में युद्ध तो नहीं करेगा, वह कहीं इधर-उधर छुपा होगा।

हृदयशाह अपने सैनिकों को जुझार सिंह को ढूँढ़ने की आज्ञा देना ही चाहता था, परन्तु इसकी आवश्यकता नहीं पड़ी। वन के एक ओर से गोंड सैनिकों का एक दस्ता थोड़े से कटे हुए सिरों को ला रहा था, जिनसे अब भी रक्त बह रहा था। यह बड़ा वीभत्स दृश्य था। सैनिकों ने हृदयशाह के पास पहुँचकर उनकी जय जयकार की और साथ लाये कटे सिरों को एक-एक कर एक पत्थर की बड़ी शिला पर रख दिया।

उनमें से एक सिर को देखते ही एक मध्यम वय की महिला जो स्वयं भी घायल थी जोर-जोर से रुदन करने लगी और दौड़कर उसने वह सिर अपने हृदय से लगा लिया। हृदयशाह महिला के बहुमूल्य वस्त्रों और आभूषणों से अनुमान लगा चुका था कि वह जुझार सिंह की पत्नी होगी और जब उसने जुझार सिंह के सिर को लेकर रोना प्रारम्भ किया तो कहीं कोई शंका की गुंजाइश न रही। एक और सिर को लेकर एक और युवती ने रोना ठान लिया। यह विक्रमाजीत का कटा हुआ सिर था। जुझार सिंह की पत्नी दौड़कर हृदयशाह के पैरों के पास गिर गई और कहने लगी कि वह उसका भी उसी तरह सिर काट ले जिस तरह उसके पति का सिर काटा गया है। इस तरह उसका प्रतिशोध भी पूरा हो जाएगा और वह इस अभिशप्त जीवन से मुक्ति भी पा लेगी।

हृदयशाह जो अब तक क्रोध और प्रतिहिंसा की भावना से भरे हुए थे अचानक दयार्द्र हो गए। उन्हें मालूम था कि युद्ध अब एकाध घड़ी में समाप्त ही होनेवाला है और फिर मुगल सेनापति हर हालत में जुझार सिंह और विक्रमाजीत का सिर उससे माँगेंगे जिसे गोंडों ने काटकर उसे पेश किया है।

तभी रोते-रोते जुझार सिंह की पत्नी मूर्च्छित हो गई। हृदयशाह ने अपने सैनिकों से कहा कि इन्हें और इनके साथ की अन्य घायल महिलाओं और बच्चों को तुरन्त पास के गाँव बैगा के पास उपचार के लिए ले जाएँ। गोंड सैनिकों ने जितने भी बच्चे और महिलाएँ थीं सबको अपने कंधों पर बैठाया और वहाँ से चले गए। फिर भी कुछ महिलाएँ और वयस्क पुरुष वहीं रह गए, जिन्हें गोंडों की टुकड़ी ने घेर रखा था।

कुछ ही देर में युद्ध समाप्त हो गया। मुगलों की युद्ध परम्परा के अनुसार, मुगल सेनापति खान दौरान ने शत्रु सेना के प्रमुख सेनापति तथा कुछ अन्य प्रमुख लोगों के शवों के सिर कटवाकर मंगवा लिए ताकि उन्हें बादशाह की नजर किया जा सके।

उसी समय हृदयशाह ने खान दौरान को एक गोंड हरकारे के द्वारा यह सूचना भेज दी कि वे युद्ध में मारे गए जुझार सिंह और विक्रमाजीत के कटे हुए सिर और जुझार सिंह के परिवार के सारे लोग, सारा खजाना और हाथी जो उनके कब्जे में है शहंशाह के सुपुर्द करना चाहते हैं।

खान दौरान स्वयं भी हृदयशाह को पहिचानता था, अतः वह स्वयं सैनिकों को लेकर उस हरकारे के साथ हृदयशाह के पास पहुँच गया। खान दौरान जुझार सिंह के कटे हुए सिर की अहमियत जानता था और वह उसे तुरन्त ही हासिल करना चाहता था।

खान दौरान ने आकर हृदयशाह के कंधे पर सांत्वना का हाथ रखा और फिर उसने अपने साथ आए हुए हाकिम से सारे धन और हाथियों को गिनवाकर अपने कब्जे में ले लिया। उसने जुझार सिंह के सारे पुरुष सदस्यों और उन महिलाओं को जो वहाँ से जा न सकी थीं मुगल छावनी की ओर बन्दी बनाकर भेज दिया। खान दौरान ने जुझार सिंह और विक्रमाजीत के सिरों को अपने कब्जे में लेते समय एक बार और हृदयशाह का शुक्रिया अदा किया और कहा कि बादशाह सलामत से उसकी इस वफादारी की चर्चा जरूर करेगा।

हृदयशाह ने आज अपने पितृहन्ता से बदला ले लिया था पर अब तक लगभग एक वर्ष बीत चुका था। हृदयशाह यद्यपि अपने पिता का अन्तिम संस्कार तो न कर सका था, परन्तु अब वह आत्मशांति के साथ उनकी बरसी अवश्य मना सकता था।

युद्ध में जुझार सिंह के एक पुत्र को जीवित पकड़ लिया गया था। यह पुत्र था दुर्गभान। इसके साथ ही विक्रमाजीत का पुत्र दुर्जनशाल भी पकड़ा गया था। इन दोनों को बादशाह के सामने तभी पेश किया गया था, जब जुझार सिंह और जुगराज का कटा हुआ सिर बादशाह की नजर पेश किया जा रहा था। इन दोनों ने जैसे ही कटे हुए सिर देखे वैसे ही वे डर से थर थर काँपने लगे और इसके बाद हुआ मुगलिया इन्साफ जो तवारीख में सुनहरे अक्षरों में लिखा गया।

बादशाह ने इनसे कहा : 'जुझार सिंह ने अपने मरहूम बाप वीरसिंह के नक्शे कदम पर न चलते हुए एक गलत रास्ता अपनाया। हमने मरहूम वीरसिंह देव की मुगलिया तख्त की खिदमतों को नजर में रखते हुए उसके संगीन जुर्म को माफ कर दिया। जुझार सिंह ने शाही तख्त के खिलाफ धोखाधड़ी की, साथ ही हमारे मातहत राजा प्रेमशाह का तमाम मुल्क हथिया लिया। हमने इस बार भी उसे सुधरने का मौका दिया, पर सब बेकार। हमने इंसाफ का रास्ता अपनाया और उसे वही सजा दी जिसके लायक था। तुम दोनों भी गुनहगार हो और तुम्हारे गुनाहों को तभी माफ किया जा

सकता है जब तुम दीन-ए-इस्लाम कुबूल कर लो, वरना तुम्हारी भी वही हालत होगी जो बागी जुझार सिंह की हुई है।'

बादशाह के फरमान को सुनते ही दुर्गभान और दुर्जनशाल पर मानों बिजली गिर गई सम्हल कर काँपती हुई जवान से अदब के साथ वे बोले 'आलम पनाह का इकबाल बुलन्द हो, आलाहजरत, हमें मुआफी वख्शें, हम दीन-ए-इस्लाम कबूल करते हैं।'

शाहजहाँ ने ऊँचे स्वर में कहा : 'ठीक है, माबदौलत आज से दुर्गभान का नाम इस्लाम कुली और दुर्जनशाह का नाम अली कुली रखते हैं।'

दोनों राजकुमार अब शाहजहाँ को कोर्निश करते हुए कह रहे थे 'आलमपनाह, हमें कुबूल है।'

ऐसा भी कहा जाता है कि बागी जुझार सिंह और विक्रमाजीत की घायल रानियों को मुगल सैनिकों ने पकड़कर राजधानी भेज दिया जहाँ उन्हें बादशाह के हुक्म के मुताबिक मुसलमान बनाकर हरम में भिजवा दिया गया।

भोपाल के नवाब ने हृदयशाह को जो सहायता दी थी, उसके एवज में हृदयशाह ने नवाब को कुछ महाल भेंट में दिए।

आशंका

वर्ष 1635 ई.

जुझार सिंह की पराजय से गढ़ा कटंगा राज्य एक बड़ी विपत्ति से उबर गया परन्तु अब इस राज्य में इतनी भी शक्ति न थी कि वह मुगल साम्राज्य के अन्तर्गत करद राजाओं की सैन्य शक्ति का दृढ़ता से मुकाबला कर सके। जुझार सिंह की मृत्यु के पश्चात् उसके परिवार की दुर्गति हो गई। चाँदा के पास हुए इस युद्ध में जुझार सिंह की सेना की पराजय के पश्चात् उसका पौत्र दुर्जनशाल जीवित पकड़ कर बन्दी बना लिया गया।

इस युद्ध के फलस्वरूप चौरागढ़ पर मुगल आधिपत्य हो गया। यह स्थिति विचित्र थी। बादशाह की सेना ने एक करद राजा पर दूसरे करद राजा के आक्रमण को विफल कर दिया था परन्तु साथ ही मुगल दरबार ने हृदयशाह को प्रेमशाह का उत्तराधिकारी भी मान लिया। बुन्देलखंड में बुन्देलों की शक्ति बढ़ने लगी। वे गोंडों से तो क्या मुगलों से भी लोहा लेने में पीछे न हटते। गढ़ा राज्य के पुराने गढ़ धामोनी को, जिस पर अब मुगल फौजदार का सीधा नियंत्रण था, उसे पन्ना के बुन्देला वीर चम्पतराय ने लूट लिया। भले ही ओरछा के बुन्देला राजा मुगल सेना में शामिल रहे हों दूसरे ऐसे भी सरदार थे जो चम्पतराय के साथ थे। स्थिति यह थी कि मुगल अधिकार में होने पर भी हृदयशाह ने चौरागढ़ पर अपना कब्जा बनाए रखा।

सत्तर वर्षीय प्रेमशाह की मृत्यु के पश्चात् हृदयशाह गढ़ा कटंगा के सिंहासन पर बैठा। उस समय उसकी आयु लगभग पचास वर्ष थी।

हृदयशाह का निजी मंत्रणा कक्ष

प्रौढ़ हृदयशाह गढ़ा कटंगा के अपने महल के निजी कक्ष में कुछ आवश्यक वार्ता के लिए विष्णु दीक्षित को जो दरबार के प्रतिष्ठित विद्वान हैं, आमंत्रित किया। दीक्षितजी आए और वार्ता प्रारम्भ हो गई।

हृदयशाह : 'दीक्षितजी, दुर्भाग्य से आज हमारे बीच पूज्य पिता महाराज प्रेमशाह नहीं हैं, परन्तु फिर भी राजकाज तो चलाना ही है। अतः हम नई

परिस्थितियों के अनुकूल अपने राजधर्म को स्वरूप देना चाहते हैं। आप अपने विचार रखें।'

विष्णु दीक्षित : 'समस्याओं को हल करना ही कर्तव्य है महाराज, फिर थोड़ा बहुत ज्योतिष पर विश्वास करें। गंगाधर की भविष्यवाणियाँ अब तक सटीक रही हैं। न तो राज्य पर और न आप पर अगले दस वर्षों तक कोई विशेष कष्ट के योग हैं।'

हृदयशाह : 'इस भविष्यवाणी से मुझे सान्त्वना तो मिल सकती है, पर मैं आजकल की राजनीति को देखते हुए निश्चिंत नहीं हो सकता।'

विष्णु दीक्षित : 'सुना है, शहंशाह शाहजहाँ ने एक ऐसा मकबरा बनवाने का काम प्रारम्भ कर दिया है जो सारी दुनिया में बेमिसाल होगा। करोड़ों रुपये खर्च का अनुमान है उस पर।'

हृदयशाह : 'मुगल साम्राज्य का खजाना इस समय लबालब भरा हुआ है। यदि बादशाह दोनों हाथों से उसे दिन रात भी उलीचे तो वह खाली नहीं होनेवाला है। हमने भी सुना है कि इस मकबरे का नाम उसने ताजमहल रखने का विचार किया है जो उसकी एक बीवी मुमताज महल के नाम पर है।'

सन् 1638 ईस्वी

हृदयशाह को समय-समय पर आगरा की खबरें मिलती रहती थीं। यह अलग बात थी कि जब तक जंगलों और पर्वतों से घिरे हृदयशाह के राज्य तक खबरें पहुँचतीं, तब तक अनेक बार वे बासी हो चुकी होतीं। सारी दुनिया को वे खबरें पहले से ही मिल चुकी होती थीं। ताजमहल के निर्माण के कुछ अरसे बाद ही हृदयशाह को इस नायाब मकबरे के बारे में सिलसिलेवार जानकारी मिली। यह जानकारी उनके मित्र बृजेन्द्र सिंह ने उन्हें भेजी थी।

बृजेन्द्र सिंह ने अपने पत्र में ताजमहल का वर्णन करते हुए उसे दुनिया की सबसे सुन्दर इमारत का दर्जा दिया था। इस विवरण में उन्होंने कहा था कि शाहजहाँ ने कन्धार के तजुर्बेकार मुहम्मद हनीफ को मीर-ए-इबारत का ओहदा बख्शा है, जिसकी मातहती में तकरीबन बीस हजार मजदूरों ने मकबरे का काम शुरू किया है। सैनिकों की तादाद में हाथियों, घोड़ों, खच्चरों, ऊँटों और गधों पर पत्थरों की ढुलवाई होनी थी। पीलवान हाथियों द्वारा पत्थरों को लकड़ी के लट्ठों पर रखकर खींचा जाता है। मीर-ए-इबारत के हुक्म के अनुसार, नक्शानवीस उस्ताद ईसा अफन्दी, अब्दुल हक शीराजी तुगरानवीस के साथ-साथ गुम्मद साज इस्माइल खान रूमी, कलशतराश मुहम्मद शरीफ समरकन्दी, काजिम खान लाहौरी के अलावा रूमल कश्मीरी और लकड़ी के काम में माहिर पीर मुहम्मद ने इस मकबरे में अपना पूरा कमाल दिखला दिया था।

यह मकबरा दुनिया में नायाब, कमाल, लतीफ और ऐसा पाक-साफ तामीर हुआ कि दुनिया में इसके मुकाबिले फिर दूसरी इमारत न बन सकेगी।

तैयार करते समय संगमरमर पत्थरों का कुछ ऐसा इस्तेमाल किया गया कि मकबरा सुबह-सुबह नरगिसी दिखलाई देता, दोपहर को झक सफेद और शाम के वक्त हल्का गुलाबी। सूरज की रौशनी में एक ही वस्तु के इतने रूप, इतनी सुन्दरता में कहीं नहीं देखने को मिल सकते। वही मकबरा चाँदनी रात में हल्का नीले रंग का दिखलाई देता है।

खजाने से मकबरे के लिए करीब चालीस हजार तोला सोने का खर्च किया गया। उसमें जगह जगह हीरा, पन्ना, पुखराज, याक्त, नीलम, हफीक, फिरोजा, लाजवर्द, मूंगा और अन्य वेशकीमती पत्थर जड़वाये गए।

पूरा मकबरा बनवाने में लगभग 10 वर्ष का समय लगा। खास गुम्मद बनाने में ही लगभग पाँच साल लग गए। मुख्य द्वार पर कुरआन की आयतें बेहतरीन ढंग से उकेरी गईं।

हिन्दू पच्चीकारों में मोहनलाल, मनोहर सिंह, चिरंगीलाल, छोटेलाल और मुन्नूलाल थे।

मीर-ए-इमारत ने मकबरे की तामीर के वास्ते जिन अनेक प्रकार के संगमरमरों के अनेक प्रकारों का उपयोग किया था। ये संग-ए-गोरी, संग-ए-मूसा, संग-ए-यशब, संग-ए-सुर्ख, संग-ए-अजूबा, संग-ए-खरा, पितूनिया, संग-ए-रक्तू, संग-ए-सुलेमानी, संग-ए-बादल, संग-ए-बंसी, संग-ए-गुलाबी, संग-ए-यमनी, संग-ए-याक्त, संग-ए-जमुर्रद, संग-ए-रुखम, संग-ए-मुसल्लम और संग-ए-ग्वालियर। ये सभी मकबरे में लगाये गए। इनके अलावा सबसे अधिक लगाए जानेवाले संगमरमर संग ए मरमर मकराना और संग ए मरमर कश्मीरी थे।

हृदयशाह अपने स्वभाव से कलाकार तो थे ही, ताजमहल की विशेषताओं को पढ़कर उनका मन प्रसन्न हो गया।

हृदयशाह ने जब प्रेमसुन्दरी को यह बतलाया कि बादशाह शाहजहाँ ने अपनी पत्नी की मृत्यु पर उसे बेजोड़ तोहफे के रूप में एक ऐसा मकबरा बनवाया है तो वह केवल हँसकर रह गई। प्रकट में उसने इतना ही कहा : 'बादशाह की इस बात के लिए तो तारीफ की जानी चाहिए कि उन्होंने एक शानदार मकबरा बनवाया। बादशाह की कलाप्रियता की तारीफ भी की जानी चाहिए परन्तु उन्होंने प्रेम के वशीभूत यह मकबरा बनवाया। यह बात कम से कम मेरे गले से तो नहीं उतरती। हाँ यह अवश्य है कि इतिहासकार उसे प्रेम के स्मारक के रूप में निश्चित ही प्रतिष्ठित कर देंगे।'

हृदयशाह प्रेमसुन्दरी की बात से सहमत न थे, फिर भी इस बिषय पर उन्होंने मौन रहना ही उचित समझा। हृदयशाह को मौन देख प्रेमसुन्दरी ने कहा : 'महाराज, यदि आपने मकबरे की तारीफ सुनी है तो यह भी सुना होगा कि उसे बनानेवालों को इनाम के बतौर उनके हाथ काट डालने का हुक्म भी मिला था।'

हृदयशाह : 'हाँ मैंने यह अफवाह सुनी है।'

प्रेमसुन्दरी : 'यही तो दुनिया की विचित्र रीति है कि वह प्रभावी लोगों के कुकर्मों पर आँख मूँद लेने को प्रेरित करती है। वह कुकर्मों को या तो असत्य निरूपित करने का प्रयास करती है या ऐसे तथ्यों को दुरभिसंधि से प्रेरित बतलाकर पल्ला झाड़ने को कहती है। न जाने क्यों इतिहास ऐसे तथ्यों से मुँह चुराता है?'

हृदयशाह : 'हमने तो यह भी सुना है कि शहंशाह अपने लिए भी काले संगमरमर का ऐसा ही एक मकबरा बनवाना चाह रहे हैं।'

प्रेमसुन्दरी (हँसते हुए) : 'इस काले हृदय के बादशाह के लिए काला संगमरमर एकदम सही रहेगा।'

महाराज प्रेमशाह की मृत्यु को अब एक दशक से भी ऊपर का समय हो चुका था। हृदयशाह प्रतिवर्ष स्वर्गीय महाराज की मृत्यु तिथि पर धार्मिक अनुष्ठान कराते थे। इस वर्ष के अनुष्ठान के उपरांत हृदयशाह और विष्णु दीक्षित बैठकर भविष्य के सम्बन्ध में विचार करने लगे।

विष्णु दीक्षित : 'महाराज, स्वर्गीय महाराज ने अपने चालीस वर्ष सुदीर्घ शासन काल में धर्माचरण से सफल राज्य किया है। चालीस वर्ष का लम्बा शासन काल किसी भी राजा के लिए गौरव की बात है। उनका निधन दुखद अवश्य था, परन्तु क्षत्रियों को वीरगति मिलना पूर्णतः अस्वाभाविक भी तो नहीं है। हमारे शिष्य पंडित गंगाधर वाजपेयी ने भविष्य गणना कर अगले एक दशक को निरापद माना है, आगे ईश्वरीय इच्छा है। मैं तो यही कहूँगा कि स्वर्गीय महाराज प्रेमशाह ने जिस वैष्णव धर्म में प्रवृत्त होकर शासन किया और जिसके पुण्य स्वरूप वे दीर्घ काल तक सुयश के पात्र रहे, वही धर्म भविष्य की राह दिखलाए।'

हृदयशाह : 'दीक्षितजी, गढ़ा कटंगा का राज्य सदैव से वैष्णव रहा है। सम्भवतः इसीलिए इस राज्य पर बड़ी कठिनाइयाँ आईं, परन्तु वे उसे नष्ट न कर सकीं। राजवंश सतर्कता से शासन करता रहा है। स्वर्गीय पिताश्री ने तो सभी पड़ोसी राजाओं से सौहार्दपूर्ण सम्बन्ध बनाए रखे थे, परन्तु जुझार सिंह की निर्दयता का कुठार हम पर गिरा।'

विष्णु दीक्षित : 'महाराज, दुखित न हों, दुष्टों को दुष्टता का फल मिल चुका है।'

हृदयशाह : 'दीक्षितजी, मैं अनेक बार मुगल दरबार गया हूँ वहाँ रहा भी हूँ परन्तु मेरे अनुभव मुझे सदैव ही आशंकित करते रेहते हैं।'

विष्णु दीक्षित 'कैसी आशंका?'

हृदयशाह 'दीक्षितजी, यह ठीक है कि जुझार सिंह एवं उसके पुत्र का प्राणान्त हो गया है, पर क्या बुन्देले अब हमारे सदैव के शत्रु नहीं हो गए? शत्रु सत्यासत्य का विचार किए बिना मात्र अपना पक्ष ही देखता है।'

विष्णु दीक्षित : 'महाराज, बुन्देलखंड की प्रजा में तो आपकी प्रशंसा ही होगी क्योंकि चौरागढ़ के युद्ध में दुष्टों का दमन हुआ है। फिर आपने युद्ध के पश्चात् जिस सहृदयता का परिचय दिया, वह तो इतिहास में सदैव ही प्रशंसा का कार्य माना जाएगा।'

हृदयशाह : 'दीक्षितजी, आप बुन्देलखंड की प्रजा की भावनाओं का आकलन कर रहे हैं, जो सम्भवतः सत्य है परन्तु दिल्ली के दरबार में क्या कूटनीतिक चाल खेली जाए, कौन जानता है?

विष्णु दीक्षित : 'महाराज, स्पष्ट कहें किस व्यक्ति से आशंका है।'

हृदयशाह : 'दीक्षितजी, ओरछा राज्य के प्रतिनिधि के रूप में जुझार सिंह और जगराज की मृत्यु के पश्चात् उनका स्थान अब सम्भवतः पहाड़ सिंह लेगा। पहाड़ सिंह को मैं जहाँ तक जानता हूँ वह जुझार सिंह और जगराज से कम निर्दय अवश्य है परन्तु कूटनीति या धूर्त्तता में वह अपने भाइयों से बहुत आगे है, पक्का काला नाग है।'

विष्णु दीक्षित : 'तब तो काले नाग के विष के तोड़ का हमें पता होना चाहिए।'

हृदयशाह : 'इस समय सारी नर्मदा घाटी और विन्ध्याचल में अधिकतर राजा मुगलों के करद राजा हैं, थोड़े-बहुत जो मुगलों से टक्कर ले रहे हैं, हमारे दुर्भाग्य से वे बुन्देला हैं।'

विष्णु दीक्षित : 'हाँ, चम्पतराय बुन्देला है, उस पर कितना विश्वास किया जाए, कुछ कहना मुश्किल है।'

हृदयशाह : 'दीक्षितजी, यह सोचना तो और भी भयावह है। यदि मुगलों के दुश्मनों की हमने मदद लेने की सोची तो समझिए कि गढ़ा कटंगा राज्य का बचा-खुचा अस्तित्व भी साफ हो जाएगा।'

विष्णु दीक्षित : 'फिर तो दूसरा विकल्प ढूँढ़ना होगा।'

हृदयशाह : 'दूसरा विकल्प हमारा पुराना और विश्वसनीय विकल्प है।'

विष्णु दीक्षित : 'पुराना विकल्प?'

हृदयशाह : 'हाँ, बघेल राजाओं के साथ हमारे मैत्री सम्बन्ध दो सौ साल पुराने हैं। पीढ़ियों से उन्होंने हमारी मैत्री बनाए रखी है, परन्तु इस समय उनकी शक्ति कम है।'

विष्णु दीक्षित : 'कितनी भी कम क्यों न हो उसे हमें और मजबूत करना चाहिए, क्योंकि एक की तुलना में दो निश्चित रूप से शक्ति का द्विगुणन है।'

हृदयशाह : 'मुगल साम्राज्य की जड़ें अब भारत में मजबूती से जम चुकी हैं। ऐसे में हमारी नीति उनसे मिलकर रहने के अलावा कुछ और हो भी नहीं सकती।'

विष्णु दीक्षित : 'राजनीति की बात आप जानें पर यवनों के पास जाने के पहले यह अवश्य पता लगा लें कि उसकी हिन्दुओं के प्रति क्या नीति है।'

हृदयशाह : 'वह भी सर्वज्ञात है, उसमें नया क्या होना है।'

विष्णु दीक्षित : 'फिर भी जब वहाँ जाने का सोचें तब तात्कालिक घटनाओं से सबक लें।'

हृदयशाह : 'यह तो उचित सलाह है।'

वर्ष 1644 ई.–लगभग दस वर्ष बाद हृदयशाह स्वयं राजधानी जाने की सोच रहे थे ताकि शहंशाह के सामने राज्य की वास्तविक स्थिति का बयान कर सकें। परन्तु तभी बृजेन्द्र सिंह का भेजा गया हरकारा हृदयशाह के दरबार में पहुँचा। उन्होंने शाही दरबार की घटनाओं की जानकारी लेनी चाही। तब उसने कहा : 'शहंशाह के दरबार में मरहूम मीरबख्शी के बेटे सलावत खाँ रौशन जमीर की तूती बोलती थी। बादशाह ने उसे चार हजारी जात, दो हजार सवार का मनसब और बख्शी जैसा महत्त्वपूर्ण पद उसे दे रखा था। अपनी जवानी में यह सब हासिल कर वह मगरूर हो गया। उसकी नजर जोधपुर के स्वर्गवासी महाराज गजसिंह के बड़े बेटे राव अमर सिंह की अट्ठारह वर्षीय जवान बेटी तारा पर पड़ गई। राव अमर सिंह इन दिनों बादशाह के दरबार से लम्बी छुट्टी लेकर राजपूताना में अपने राज्य गए हुए थे। यहाँ राव अमर सिंह की गैर मौजूदगी में सलावत खाँ ने अमर सिंह की बेटी के साथ मौका पाकर भद्दे मजाक किये। जब अमर सिंह राजपूताने से लौटे, तब तारा ने उनसे सलावत खाँ द्वारा की गई बदसलूकी की शिकायत की। उसकी हरकतें सुन राव का राजपूती खून उबल पड़ा। बादशाह के दरबार में भी उनका ओहदा कम न था। वे चार हजारी जात, तीन हजार सवार के मनसबदार थे। एक दिन (25 जुलाई 1644 को) दोपहर को अमर सिंह ने सलावत खाँ की हरकतों की शिकायत बादशाह से करने की ठानी। वह बादशाह के पास पहुँचे। बादशाह उस समय कुछ और लोगों के साथ थे और राजकाज के कुछ जरूरी फरमान लिखवा रहे थे। सलावत खाँ बादशाह का मुंहलगा तो था ही राजकाज के वक्त वह बादशाह के पास ही रहता था। अतः जब अमर सिंह बादशाह के सामने पहुँचे तो उन्होंने देखा कि सलावत खाँ बादशाह के पास खड़ा है। सलावत खाँ ने अमर सिंह को देखकर उन्हें जलील करने के लिए कुछ इशारे किए। फिर पास खड़े खलीलुल्लाह खाँ से धीमे से कुछ गुफ्तगू करने लगा। यह सब अमर सिंह को नागवार गुजरा। वह सीधे खिलवतखाने में घुसा और बादशाह की आँखों के सामने ही अपनी तेज कटार सलावत खाँ रोशन जमीर के पेट में घुसेड़ कर उसकी आँतें बाहर कर दीं।

बादशाह की हिफाजत में खड़े खलीलुल्लाह खान और अर्जुन गौड़ ने तुरन्त तलवार निकालकर अमर सिंह पर वार किया। अमर सिंह ने भी तलवार निकालकर उनका वार बचाया पर तभी और सैनिकों ने घेर कर उसे मार डाला। मरने के पहले अमर सिंह सलावत खाँ के मित्र रोशन जमीर को भी मार डाला।

अभी सलावत खाँ, रोशन जमीर और अमर सिंह की लाशें शाही हुक्म से उनके घरों पर भिजवाने का इन्तजाम हो ही रहा था कि यह खबर सारे आगरा में फैल गई। अमर सिंह के मारे जाने की खबर सुनकर उसकी ओर से तमाम राजपूत शहजादे उसकी हवेली की ओर चढ़ आए।

अमर सिंह की लाश अभी हवेली से बाहर आ रही थी कि मरहूम अमर सिंह की ओर से दस पन्द्रह राजपूत शाही सैन्य टुकड़ी पर तलवारें लेकर टूट पड़े। इस बेवजह के युद्ध में मलूकचन्द्र मारा गया और मीर खाँ मीर तुजुक घायल हो गया। ये दोनों शहंशाह की आज्ञा से केवल अमर सिंह की लाश को उनके घर सौंपने जा रहे थे। जल्द ही दूसरी शाही टुकड़ी ने इन हमलावर राजपूतों को मौत के घाट उतार दिया। यह बेवजह की लड़ाई थी। इस लड़ाई में राजपूतों के मारे जाने पर कुछ राजपूत फिर भड़क गए और फिर एक छोटी लड़ाई हुई जिसमें वे सभी मारे गए। इस लड़ाई में शाही लश्कर के भी एक दो लोग हलाक हो गए जिनमें, अब्दुल रसूल और गुलाम मुहम्मद प्रमुख थे।

हृदयशाह : 'इस मार काट के बाद इन परिवारों का क्या हुआ?'

हरकारा : 'इस लड़ाई के अन्त में मुगलिया इन्साफ ने फिर एक बार यह जाहिर किया कि हर शाही मुसलमान को किसी भी हिन्दू या मुस्लिम की बेटी से मनचाही जलील हरकत का हक हासिल है। तभी बादशाह ने मरहूम सलावत खाँ, रोशन जमीर के चार साल के बेटे मुहम्मद मुराद को चार सदी जात और दो सौ सवार का मनसब अता किया। लड़ाई में गम्भीर रूप से घायल मीर खाँ मीर कुछ दिनों बाद मर गया। तब उसके बेटें, जो उम्र में छोटा था, को एक सौ जात और पचास सवार का मनसब बराबर बाँट दिया गया। गुलाम मुहम्मद के कोई बेटा न था, इसलिए बादशाह ने उसके छोटे भाई अली अकबर के नाम उसका मनसब कर दिया।'

इस पर हृदयशाह ने पूछा : 'अमर सिंह के उत्तराधिकारियों का क्या हुआ?'

हरकारे ने कहा : 'हुजूर, शहंशाह के बेटे दाराशिकोह और शहजादी जहाँआरा की सिफारिश के कारण शहंशाह ने अमर सिंह के बेटे रामसिंह को एक हजारी जात और सात सौ सवार का मनसब देने का निर्णय लिया।'

हृदयशाह : 'इसका मतलब यह हुआ कि राजा अमर सिंह के परिवार की हैसियत उनके मरने के बाद चौथाई रह गई। बेटी के आत्मसम्मान की बड़ी कीमत चुकाई राजा अमर सिंह के परिवार ने।'

हृदयशाह (पास बैठे हुए विष्णु दीक्षित से) : 'पंडितजी, क्या आप बतला सकते हैं कि मुगल बादशाह अपने दैनन्दिनी में इस घटना को किस तरह लिखवाएँगे?'

विष्णु दीक्षित : 'लिखवाएँगे, या लिखवा चुके होंगे?'

हृदयशाह : 'कुछ भी समझ लीजिए?'

विष्णु दीक्षित : 'दुनिया की सभी लड़ाकू जातियों में युद्ध के पहले भाँग या अफीम या इस प्रकार की किसी वस्तु का सेवन करने की परम्परा को तो आप जानते ही हैं। परन्तु इसे कभी लिखा नहीं जाता क्योंकि इससे वीरता के वर्णन और वीर की छवि धूमिल होती है। पर जब दो आपस में लड़ रहे लोग शाही के तख्त के वफादार हों, उस समय किसी एक को नशेलची बतलाना जरूरी होगा और यह व्यक्ति शहंशाह के दरबार में काफिर ही होगा।'

हृदयशाह : 'आपका मन्तव्य यह है कि बेटी की अस्मिता की रक्षा की बात को बिना मतलब की साबित करने के लिए या बेटी की अस्मिता पर हुए हमले की नाराजगी को बेकार बतलाने के लिए राव अमर सिंह को नशे में धुत्त बतलाया जाएगा।'

विष्णु दीक्षित : 'हमें तो ऐसा ही लगता है।'

हरकारा : 'क्षमा करें, सारे शाही कागजों में अमर सिंह को शराब के नशे में धुत्त होकर महावत खाँ की हत्या का दोषी बतलाया गया। साथ ही, यह भी कहा जा रहा कि किसी जमीन जायदाद के झगड़े की वजह से जिसमें इंसाफ पसन्द महावत खाँ ने राव अमर सिंह के विरोध में मन्तव्य दिया था जिससे अमर सिंह महावत खाँ से नाराज थे।'

हृदयशाह : 'राजकाज में जमीन जायदाद के झगड़े तो चलते ही रहते हैं, कभी लाभ होता है, कभी हानि। परन्तु इससे कभी कोई क्या इतना बड़ा बदला लेगा? अविश्वसनीय है।'

इस बार काफी अरसे के पश्चात् बृजेन्द्र सिंह ने पत्र भेजा था। पत्र में खास समाचार यही था कि शहंशाह अब दिल्ली के पास एक नया नगर शाहजहाँनाबाद बनवा रहे हैं जो हर दृष्टि से अत्याधुनिक है और मुगल साम्राज्य की राजधानी के अनुरूप है। उन्होंने यह भी लिखा था कि बहुत ही शीघ्र शहंशाह अपनी राजधानी आगरा से इस नई राजधानी में स्थानान्तरित कर लेंगे। उन्होंने शाहजहाँनाबाद की सारी विशेषताओं का भी वर्णन किया था।

हृदयशाह शहंशाह की स्थापत्य प्रियता के कायल हो गए। वे इस सम्बन्ध में कभी चिमनी बेगम से तो कभी प्रेमसुन्दरी से चर्चा करते। प्रशंसा करते समय हृदयशाह जब अतिशयोक्ति पर उतर आते, तब प्रेमसुन्दरी उन्हें कभी-कभी टोक भी देती। परन्तु हृदयशाह 'वचने किं दरिद्रता' पर विश्वास रखते थे।

एक दिन वे शहंशाह की तारीफ कर ही रहे थे कि प्रेमसुन्दरी ने उनसे कहा : 'महाराज यह ध्यान रखें कि शहंशाह का यह चरित्र उनका ओढ़ा हुआ चरित्र है। जिस तरह मद्यप मद्य में मस्त होकर उसी के नशे में खो जाता है उसी तरह बादशाह भी अभी अपने स्थापत्य प्रेम में डूबे हुए हैं और वे तब तक डूबे रहेंगे जब तक खजाने को लुटाते हुए उन्हें यह ऐहसास नहीं होगा कि उनका खजाना कारूं

का खजाना नहीं है। जब उन्हें लगेगा कि अक्षय भंडार में कहीं कुछ कमी आ रही है तो वे अपने पुराने लुटेरे रूप में आ जाएँगे और फिर उनकी सौन्दर्यप्रियता और कलाबोध सब कपूर की भाँति उड़ने लगेंगे, उस समय वे किस राजा से क्या वसूलने लगेंगे--इसे कोई नहीं जानता। पर ऐसा भविष्य में हो सकता है, यह आप मानकर चलिए।'

हृदयशाह को क्षण भर के लिए लगा कि प्रेमसुन्दरी ने उन्हें यथार्थ के धरातल पर लाकर खड़ा कर दिया है। वे चिन्तित हो गए।

मुसीबत

(ईस्वी सन् 1651)

राजा हृदयशाह को गढ़ा कटंगा का राज्य करते हुए अब लगभग सोलह वर्ष होने को आया। सिंहासनारोहण के समय ही उसकी अवस्था लगभग 50 वर्ष की थी। उसी वर्ष उनके सत्तर वर्षीय पिता की भी युद्ध में हत्या की गई थी। तब से समय काफी बीत चुका है। हृदयशाह ने मुगल दरबार से सम्बन्ध अच्छे रखे हैं। वह लगातार दस वर्षों तक कर भेजता रहे, परन्तु उन्होंने अनुभव किया कि यदि वह समय पर कर भी न चुकाये तो बादशाह के राजकोष में कोई फर्क नहीं पड़नेवाला था, इसलिए उसने पिछले कुछ वर्षों से बादशाह के खजाने में कोई पैसा नहीं भेजा। अब उनकी उम्र पैंसठ वर्ष से कुछ अधिक होने को थी।

राजा हृदयशाह का दरबार

गढ़ा कटंगा के राजा हृदयशाह के किले में राजदरबार आयोजित है, सभी दरबारी सशंकित से बैठे हुए हैं। दरबार की कार्यवाही की औपचारिकताओं के पश्चात् राजा हृदयशाह दिल्ली से आए हरकारे गुमान सिंह को आज्ञा देते हैं कि वह दिल्ली के समाचार से अवगत कराए।

हरकारा गुमान सिंह : 'महाराज की जय हो, शाही दरबार में रहनेवाले महाराज के खैरख्वाहों ने महाराज के लिए खबर भेजी है कि पिछले पाँच-छह वर्षों से सरदार खान जिन्हें मालवा का सूबेदार बनाया गया था और बाद में उन्हें चौरागढ़ का तुयूलदार बनाया गया, वे अपने कामकाज से बादशाह को सन्तुष्ट न रख सके। इसलिए उन्हें अब उस पद से हटा दिया गया है। इधर कुछ वर्षों से ओरछा के राजा पहाड़ सिंह बुन्देला ने शाही खिदमत में खूब मन लगाया, इसलिए उसे अब एक हजार जात, एक हजार सवार, दो अस्पा से अस्पा के पद पर तरक्की देने के बाद चौरागढ़ में जागीरदार बनाकर भेजा जा रहा है।' यह कहकर हरकारा गुमान सिंह चुप हो गया। यह सुनते ही सभा में सन्नाटा छा गया।

हृदयशाह ने सभासदों से उनकी राय ली। सभी ने कहा कि बुरा वक्त नजदीक है, इससे आगे वे कुछ न कह सके।

हृदयशाह (मंत्री से) : 'हमने कितने वर्ष से कर अदा नहीं किया।'

मंत्री रामसिंह : 'यही पाँच वर्षों से, उसके पहले बादशाह के खजाने में कभी-कभी कर भेज दिया करते थे।'

हृदयशाह : 'जब बादशाह ने हमें चौरागढ़ का राजा मान लिया था तभी तो हम यहाँ राज्य कर रहे हैं। पाँच वर्षों से यदि कर नहीं दिया गया तो यह हमसे चूक हुई, पर इसके लिए चौरागढ़ में जागीरदार क्यों नियुक्त किया जा रहा है।'

मंत्री रामसिंह 'महाराज, : वहाँ जागीरदार नियुक्त नहीं किया जा रहा है। हमारे दुश्मन को नियुक्त किया जा रहा है।'

हृदयशाह : 'बेशक हमारे दुश्मन को हमारे सिर पर बैठाया जा रहा है, (पंडित विष्णु दीक्षित की ओर देखते हुए) 'पंडितजी इस सम्बन्ध में आपका क्या विचार है।'

विष्णु दीक्षित : 'महाराज, मैंने आपकी ग्रहदशाओं को देखते हुए पहले ही सूचित किया था कि आपके राज्यारोहण के दस वर्ष तो निरापद रहेंगे पर आगे के कुछ वर्षों में आपको बहुत सावधानी से रहना होगा क्योंकि आपके शत्रु प्रबल हो जाएँगे। कुछ ऐसा ही तो हुआ है, जैसा कि अभी रामसिंहजी ने सूचित किया कि पिछले पाँच वर्षों से बादशाह के प्रति उदासीनता ने हमारे शत्रुओं को बादशाह के कान भरने का अवसर दिया।'

रामसिंह : 'उसके लिए देर हो चुकी है क्योंकि बादशाह फरमान निकाल चुके हैं। दूसरा हमारे प्रयास को पहाड़ सिंह सफल होने देगा इसमें संदेह है।'

राजा हृदयशाह : 'तब क्या किया जाए? आज से पन्द्रह-सोलह वर्ष पहले जब जुझार सिंह ने आक्रमण किया था तब मुगल बादशाह हमारे साथ थे। पर तब भी उन्होंने हमारे साथ क्या न्याय किया था? हमीं ने अपने पिता के हत्यारे से किसी प्रकार बदला लिया था, परन्तु अब तो जुझार सिंह का भाई बादशाह का ही प्रतिनिधि है। उसका सामना हम कैसे करेंगे। उससे युद्ध का अर्थ बादशाह से युद्ध होगा यही तो पहाड़ सिंह चाहता है कि हम युद्ध करें ताकि वह अपने भाई का बदला ले सके।'

विष्णु दीक्षित : 'महाराज ने सही विचार किया। अब आपको युद्ध नहीं राजनीति से इस कुसमय को काटना है। हम विचार करेंगे, संकट का हल खोजेंगे। परन्तु अब सभा विसर्जन की आज्ञा दें।'

राजा हृदयशाह : 'सभासदों, हम पर संकट की घड़ी आ गई है, पर गढ़ा कटंगा राज्य में संकट पहली बार आया हो, ऐसा नहीं है। हम इस संकट का राजनैतिक हल खोजेंगे। आप सब धैर्य रखें। आज की सभा का समापन होता है।' सभी सभासद अपने-अपने ढंग से समस्या पर विचार करते हुए घर लौट गए।'

राजा हृदयशाह ने रामसिंह को बुलाया और तुरन्त ही एक हरकारे के द्वारा एक पत्र बान्धवेश के पास भेजा। इस पत्र में बघेल राजाओं से गोंडों के पीढ़ियों पुराने मधुर सम्बन्धों का हवाला तो था ही। हृदयशाह ने आपात् स्थिति में बान्धवेश और अनूप सिंह से अपने कठिन समय में सहायता की याचना की।

इन दिनों बान्धवेश नाम के लिए बान्धवेश रह गए थे, क्योंकि मुगलों के पूर्व आक्रमण में बान्धवगढ़ का किला बहुत कुछ नष्ट कर दिया गया था। अब बघेलों ने अपनी राजधानी रीवाँ में स्थानान्तरित कर ली थी। रीवाँ में रहने पर भी उसकी पुरानी उपाधि बान्धवेश अब तक प्रचलन में थी। राजा अनूपसिंह पीढ़ियों पुराने सम्बन्धों को मजबूत रखना चाह रहे थे, अतः उन्होंने गोंडराजा हृदयशाह को अभय दे दिया। उन्होंने पत्र के उत्तर में लिखा कि वे गोंडों के किसी भी संकट में उनका साथ देंगे।

हृदयशाह ने बिना समय गँवाये चौरागढ़ में जो भी सोना, चाँदी या खजाना था तुरन्त गढ़ा मँगवा लिया और चौरागढ़ की सुरक्षा में नाम मात्र की एक सैन्य टुकड़ी रखी।

पहाड़ सिंह एक विशाल सेना लेकर चौरागढ़ पर जा पहुँचा और वहाँ की नाममात्र की सुरक्षा पंक्ति को कुछ ही देर भी नष्ट कर दिया।

अब चौरागढ़ पर पहाड़ सिंह का अधिकार था। वह चौरागढ़ का नया सूबेदार था। सदियों बाद चौरागढ़ अब पूरी तौर से गोंड साम्राज्य से अलग हो चुका था। वही चौरागढ़ जिसमें गोंडों की स्वतंत्रता की अन्तिम लड़ाई किशोर वीरनारायण ने अन्तिम साँस तक लड़ी थी, वही चौरागढ़ जो लुटकर भी अन्त में फिर गोंडों के पास आ गया था, वही चौरागढ़ जहाँ कपटपूर्वक वृद्ध राजा प्रेमशाह की हत्या कर दी गई थी। कहाँ तो पहले वृद्ध राजा प्रेमशाह का हत्यारा जुझार सिंह दिल्ली के बादशाह का दुश्मन घोषित किया गया था और उसे तथा उसके बेटे को मृत्यु का वरण करना पड़ा था और अब उसी बादशाह के द्रोही जुझार सिंह का भाई बादशाह का सेवक बन अपने मृत भाई के खून का बदला लेने चौरागढ़ पर चढ़ आया था।

पहाड़ सिंह ने चौरागढ़ पर अधिकार करने के पश्चात् अपने भाई जुझार सिंह की हत्या करनेवाले हृदयशाह को मारने का अभियान छेड़ दिया।

पहाड़ सिंह को जैसे ही पता चला कि हृदयशाह चौरागढ़ में नहीं है तो उसने गढ़ा जाने की ठानी, सबसे पहले उसने चौरागढ़ की सुरक्षा व्यवस्था ठीक की। वह नहीं चाहता था कि उसकी किसी कमजोरी के कारण से बादशाह कहीं उसे चौरागढ़ से हटा न ले क्योंकि ऐसा करने पर उसके मन की साध मन ही में रह जाती।

उसने मन में यह विचार बना रखा था कि जैसे ही उसे अवसर मिलेगा, वह हृदयशाह और उसके पुत्र का सिर उसी तरह काट लेगा जैसा कि उसके भाई और भतीजों के सिर काटे गए थे। पहाड़ सिंह की इच्छा थी कि वह इन सिरों को बादशाह सलामत को नजर कर देगा।

हृदयशाह अब पैंसठ वर्ष का परिपक्व राजनीति का खिलाड़ी राजा था। वह किसी भी तरह स्वयं को एवं अपने परिवार को बुन्देला पहाड़ सिंह के हाथ नहीं पड़ने देना चाहता था। वह पहली लड़ाई बिना लड़े हार चुका था। उसने सदैव के लिए चौरागढ़ खो दिया था, पर वह चौकन्ना था। बुन्देला पहाड़ सिंह के दूसरे कदम का उसे

इन्तजार था। इसी बीच उसने बादशाह के दरबार में अपने मित्रों के द्वारा क्षमा याचना भी भिजवा दी।

कुछ महीनों बाद हृदयशाह को उसके गुप्तचरों ने खबर दी कि पहाड़ सिंह गढ़ा पर आक्रमण करनेवाला है। हृदयशाह ने पहले से ही सारी व्यवस्था कर रखी थी। तेज चलनेवाले हाथियों पर सारी दौलत रखकर कुछ सबसे अच्छे घुड़सवार योद्धाओं के साथ अपने परिवार को लेकर एक रात हृदयशाह गढ़ा से रीवाँ रवाना हो गया। राज्य की देखरेख के लिए मंत्री रामसिंह को अधिकृत कर दिया। ऊपरी तौर पर यह कहा गया कि वह परिवार सहित बान्धवेश के पुत्र के कर्णछेदन समारोह में उपस्थित होने जा रहा है। परन्तु जाने की वास्तविक तिथि राज्य में घोषित नहीं की गई।

रीवाँ में बान्धवेश अनूप सिंह राजा हृदयशाह से बड़े प्रेम से मिले। उन्होंने राजपूती आन को रखा, किन्तु इस तरह एक बहुत बड़े संकट को आमंत्रित कर लिया।

एक सप्ताह बाद पहाड़ सिंह जब एक बड़ी सेना लेकर गढ़ा पहुँच रहा था तो उसे रास्ते में ही पता चल गया कि हृदयशाह ने रीवाँ में शरण ले ली है फिर क्या था बिना समय खोये पहाड़ सिंह ने रीवाँ पर आक्रमण कर दिया। अब बुन्देले क्षत्रिय बघेल क्षत्रियों से मुगल साम्राज्य के विस्तार के लिए प्राणपण से लड़ रहे थे। राजपूतों के दो कुलों के वीरों की तलवारें आपस में टकराकर अंगारे गिरा रही थीं। बघेल सेनापति को युद्ध की परिणति का सही अन्दाज था, वह केवल शाही सेना को देर तक उलझाए रखना चाहता था।

युद्ध में बघेलों की हार निश्चित थी। अनूप सिंह और हृदयशाह खजाने और अपने-अपने परिवारों के साथ त्योंथर की पहाड़ियों पर भाग कर छुपने में सफल हो गए।

पहाड़ सिंह विजय पर विजय प्राप्त कर रहा था पर उसके हाथ कुछ भी नहीं आ रहा था। न ही उसका दुश्मन जिससे वह बदला लेना चाहता था और न ही रीवाँ की लूट से इतना धन जिससे बादशाह प्रसन्न हो सके।

दिल्ली में पहाड़ सिंह की अनुपस्थिति में बृजेन्द्र सिंह ने हृदयशाह के शुभचिन्तकों को इकट्ठा किया और उन्होंने बादशाह के सामने हृदयशाह का पक्ष मजबूती से रखा। बादशाह को हृदयशाह की क्षमा-याचना विश्वसनीय लगी और उसने पहाड़ सिंह को तुरन्त सेना सहित वापिसी का फरमान भेजा जिसे तुरन्त तामील करने को कहा गया था।

निराश पहाड़ सिंह को दिल्ली लौटना पड़ा।

स्वर्गीय वीरसिंह देव के विचारों की परिणिति यह हुई कि चौरागढ़ सदैव के लिए गोंडों के हाथ से निकल गया। साथ ही, बघेल राजा अनूप सिंह की राजधानी भी बुरी तरह से लुट गई और उजाड़ हो गई।

गोंडों के बुरे वक्त में बघेल राजपूत ने सब कुछ लुटाकर भी दोस्ती की लाज रखी।

पहाड़ सिंह को दिल्ली वापस बुलाया जाना बेवक्त की बात नहीं थी और न ही शाहजहाँ का कोई आकस्मिक निर्णय। दरअसल चौरागढ़ की विजय के पश्चात् शाहजहाँ यह देख चुका था कि चौरागढ़ का दुर्ग और आस-पास का उपजाऊ इलाका अब मुगल सल्तनत में ठीक ढंग से हिस्सा बन चुका था। बादशाह के लिए पश्चिमोत्तर सीमा में चल रहा युद्ध इस वक्त अधिक परेशानी का सबब था। मुगल साम्राज्य की सबसे अहम लड़ाई पश्चिमोत्तर सीमा में चल रही थी। इस बार कमान औरंगजेब के हाथ सौंपी गई थी। शहजादा मुहम्मद औरंगजेब बहादुर को सुलतान से कन्धार की ओर बढ़ने में अनेक कठिनाइयों का सामना करना पड़ा था। रास्ता बहुत खराब था और मौसम उससे भी अधिक खराब। खूब बर्फ गिर चुकी थी। रास्ते में सैनिकों के लिए अनाज और घोड़ों के लिए घास की किल्लत से शाहजादा औरंगजेब परेशान था। यह लड़ाई मध्य भारत की पहाड़ी लड़ाइयों की तुलना में बहुत कठिन थी। साथ ही, निर्णायक युद्ध की भी यहाँ कम उम्मीद रहती थी। दक्षिण मोर्चे की ओर से शाही सेना के सेनापति औरंगजेब और सादुल्ला खाँ सैनिकों का मनोबल बढ़ाते हुए लड़ रहे थे और दोनों लगातार साढ़े तीन महीने तक कन्धार का घेरा डाले रहे। इन साढ़े तीन महीनों में तमाम गोला बारूद खत्म हो चुके थे। सर्दी ने भयंकर रूप धारण कर लिया था और जहाँ बादशाह की सेना के सैनिक इस कड़ी ठंड के आदी न थे, वहीं बादशाह के दुश्मन मेहराब खाँ ने शाह ईरान की मदद से कन्धार में भारी सेना इकट्ठा कर रखी थी। ये सैनिक कड़ाके की ठंड में लड़ने के अभ्यस्त थे। अतः वे औरंगजेब के आक्रमण से खौफजदा न थे।

कन्धार की लड़ाई में शहजादे औरंगजेब बहादुर को असफलता के अलावा कुछ और हाथ न लगा था। शाहजहाँ इस अनिर्णयकारी युद्ध से ऊब चुका और उसने औरंगजेब को लौटने का फरमान जारी कर दिया।

शाहजहाँ नहीं चाहता था कि उसकी सेना बेवजह अलग-अलग जगहों पर पड़ी रहे। इसीलिए उसने पहाड़ सिंह को भी आदेश दिया था कि चौरागढ़ फतह हो जाने पर वह तुरन्त वापस आए। शाहजहाँ इस बात से खुश नहीं था कि पहाड़ सिंह मनमाने तौर पर शाही सेना का इस्तेमाल करे।

रामनगर

युद्ध में हुई पराजय से मिली आत्मग्लानि के बोध ने हृदयशाह को कहीं भीतर तक झकझोर दिया था। उन्होंने न केवल स्वयं ही पराजय का दंश झेला था, वरन् उनके कारण उनके परम हितैषी बान्धवेश भी अपनी श्री खो चुके थे। इसका भी उन्हें बड़ा दुख था। पहाड़ सिंह ने बादशाह शाहजहाँ के हुक्म के पालन में देर तो नहीं की, किन्तु उस थोड़ी अवधि में ही उसने रीवाँ नगर को जी भर कर लूटा। इस तरह उसने बरसों पुरानी बघेलों और बुन्देलों के आपसी वैर से उपजी अपनी ओछी मानसिकता को तुष्ट किया। उसने एक ही तीर से दो निशाने साधने में काफी हद तक सफलता प्राप्त की थी। इस युद्ध में वह भले ही हृदयशाह को शारीरिक क्षति न पहुँचा पाया हो, पर उनके राज्य को रौंदने में उसने पर्याप्त सफलता पाई थी। गढ़ेश और बान्धवेश दोनों ने ही वनों में भागकर अपनी और अपने परिवार की जान तो बचा ली थी, परन्तु वे अपना सम्मान न बचा सके थे। पहाड़ सिंह ने अपनी कूटनीतिक चाल से शाही फौज का प्रयोग कर दोनों राजाओं को प्राणान्तक संकट में तो डाल ही दिया था। परन्तु दोनों का भाग्य इस विपरीत परिस्थिति में भी प्रबल था। बान्धवेश और गढ़ेश के राजधानी स्थित मित्रों ने उन्हें समय पर संकट से उबार लिया। उनके मित्र शहंशाह को वक्त पर यह विश्वास दिलाने में सफल रहे कि दोनों करद राजाओं को उनके मुगल तख्त की ओर उदासी रखने की पर्याप्त सजा मिल चुकी है। वे यह भी सिद्ध करने में सफल रहे कि दोनों राज्यों के राजा सदैव मुगल तख्त के सच्चे खिदमतगार रहे हैं, यदि गढ़ा राज्य से कर की धनराशि नहीं भेजी गई तो इसका कारण उस क्षेत्र की विपन्नता थी। किसी भी स्तर पर गढ़ा के राजा की ओर से बादशाह की हुक्म उदूली नहीं की गई है। बादशाह शाहजहाँ को ये तर्क तथ्यपूर्ण लगे। यद्यपि ताजमहल बन चुका था और शाहजहाँनाबाद भी आबाद हो चुका था, परन्तु अब मानों मुश्किल प्रारम्भ होने को था। शहंशाह शाहजहाँ की कुछ नई मुश्किलें साम्राज्य के उत्तर पश्चिगमी इलाके में पैदा हो रही थीं। ईरान के शाह अब्बास की सेनाएँ लगातार पश्चिमोत्तर सीमाओं पर पिछले कुछ वर्षों से मुगल साम्राज्य के एक महत्त्वपूर्ण इलाके में घुसपैठ कर रही थीं और इस घुसपैठ में उन्हें सफलता भी मिल रही थी। कन्धार का समूचा क्षेत्र नाममात्र को

मुगलों के अधिकार में रह गया था, बहुत से किलों में जो किलेदार थे, वे अपनी वफादारी अब तक अपनी सुविधा के हिसाब से बदल रहे थे। ईरान का बादशाह शाह अब्बास द्वितीय एक महत्त्वाकांक्षी व्यक्ति था। उसने मुगल साम्राज्य के पश्चिमोत्तर सीमाओं को पूरी तरह असुरक्षित कर दिया था। शाहजहाँ का चैन सीमाओं पर हो रहे शत्रुओं की सेना के जमाव के कारण छिन गया था। शहंशाह शाहजहाँ के लिए यह स्थिति असह्य हो रही थी और उन्होंने शहजादे औरंगजेब की कमान में कन्धार के इलाकों को पुनः पूर्णरूप से मुगल साम्राज्य का हिस्सा बनाने की योजना बना डाली। ऐसी स्थिति में वे नहीं चाहते थे कि उनके राज्य के दक्षिणी इलाकों में बिना किसी ठोस कारण के शाही सेना का कोई भी भाग वहाँ पर उलझा पड़ा रहे। यही कारण था कि शहंशाह ने पहाड़ सिंह को तुरन्त ही युद्ध समाप्त कर लौटने का आदेश दे दिया था।

पराजित हृदयशाह परिवार सहित गोंडवाना की राजधानी मंडला लौट आये। वनों में शरण लेते समय हृदयशाह का परिवार और खजाना भी साथ ही था। इसलिए किसी सीमा तक वे ईश्वर के शुक्रगुजार भी थे कि उसकी कृपा ने उन्हें जन और धन दोनों के सर्वनाश से बचा लिया।

राजधानी में आकर परिवार को मंडला के किले में जब वे लाये तो चारों दिशाओं से स्वामिभक्त सेवकों ने उन्हें गुजरे हुए हादसे से उबारने का हर सम्भव प्रयास किया और बीती घटना को दुखद स्वप्न मानकर भूल जाने का सुझाव दिया। पर उन पर जो बीती थी उसे भुलाया जाना सहज न था।

उनकी पत्नियों और पुत्रों ने तथा आमात्यों आदि ने अपने तौर-तरीकों से हृदयशाह को पुनः सामान्य स्थिति में लाने का प्रयास किया, पर उनकी खिन्नता दूर होने का नाम ही नहीं ले रही थी।

अवसाद की इसी अवस्था में एक दिन उनके परिवार के ही एक वृद्ध गोंड ने उन्हें सलाह दी कि वे नर्मदा की एक लघु परिक्रमा करें ताकि उनके मन को शान्ति मिले। साथ ही उन्होंने हृदयशाह को इस परिक्रमा में पड़नेवाले दो पवित्र स्थल देवगाँव और परशुराम कुंड में जाकर आराधना करने का भी परामर्श दिया।

हृदयशाह ने नर्मदा का उत्तरी तट पकड़ा। उनके साथ मात्र एक अंगरक्षक था। उसे यह आज्ञा दी गई कि वह अनावश्यक रूप से जब वे भ्रमण कर रहे हों तब उनकी मानसिक एकाग्रता नष्ट न करे। मंत्री ने हृदयशाह की इस यात्रा में रुकने और भोजन इत्यादि का स्थान-स्थान पर पर्याप्त इंतजाम कर दिया। सुरक्षा की इतनी व्यवस्था थी कि जिससे हृदयशाह की एकाग्रता में बाधा न पड़े। साथ ही वे सुरक्षित भी रहें। हृदयशाह ने नर्मदा तट न छोड़ने का निश्चय किया और नर्मदा के तट के किनारे चलने लगे। रास्ते में सघन वन थे। कहीं संकरे मैदान थे तो कहीं पत्थरों से पटी ऊबड़-खाबड़ जमीन। वे पश्चिम दिशा से पूर्व की ओर बढ़ रहे थे जिस ओर नर्मदा

का उद्गम है। वे पैदल ही चलते थे। उनके साथ उनका परिचायक एक भाला लिए हुए तथा कुछ आवश्यक सामग्री लिए हुए साथ दे रहा था। सैनिक टुकड़ी कुछ दूर ही रहती।

हृदयशाह ने समकालीन भारत के नगर भी देखे थे, और सामाजिक परिस्थितियों से भी वें रुबरू हुए थे। उन्होंने यदि मुगल बादशाहों की नीतियों के वास्तविक रूप को देखा था तो उन्होंने हिन्दू राजाओं की संकीर्ण मानसिकता का फल भी भुगता था। अतः जब वे नर्मदा के किनारे-किनारे आगे बढ़ रहे थे, तब उनके मस्तिष्क में यह बात रह-रहकर कौंध जाती थी कि वे अपने राज्य को किस तरह कुछ और अधिक सुरक्षा प्रदान कर सकते हैं। उनका पश्चिमी किला चौरागढ़ तो सदैव के लिए हाथ से निकल चुका था पर इतना भी सुरक्षित नहीं कि वहाँ अधिक निश्चिंतता के साथ राज्य किया जा सके। वे ऐसा सुरक्षित स्थान ढूँढ़ना चाह रहे थे जो मंडला के समान नर्मदा तट पर हो, पर जो अभी भी मंडला की तुलना में अधिक दुर्गम स्थान पर स्थित हो। उनकी इस धार्मिक यात्रा के पीछे कहीं ऐसे निरापद स्थल को ढूँढ़ने का संकल्प भी था। इस तरह यात्रा का प्रारम्भ तो निश्चित था, पर अन्त कहाँ होगा—इसका उत्तर उनके स्वयं के पास भी न था।

नर्मदा के उत्तर तट पर आगे बढ़ते हुए अन्त में वे नर्मदा और बुढ़नेर नदी के संगम पर पहुँच गए। यह स्थान विगत अनेक वर्षों से नर्मदा तट का एक महत्त्वपूर्ण पवित्र स्थल भी माना जाता था। इसके एक ओर जमदग्नेश्वर का प्रसिद्ध मन्दिर था जिसमें भगवान परशुराम की प्रतिमा थी तो दूसरी ओर देवगाँव का वह पवित्र स्थल था जहाँ उनके पूर्वज मधुकरशाह ने जलते हुए वृक्ष में बैठकर अपने जीवन में किए गए पाप के प्रायश्चित के रूप में अपने प्राण त्याग दिए थे। वह वृक्ष तो तब ही जल गया था परन्तु उसके स्थान पर एक विशाल पीपल का वृक्ष वहाँ पर उग आया था। इसी वृक्ष के निकट ही उनके पूर्वज के गुरु की धूनी आज भी प्रज्वलित रहती थी। आस-पास के ग्रामीण इस धूनी में सूखी लकड़ियाँ डालकर प्रज्वलित रखते, केवल भीषण वर्षा में ही धूनी की आग शान्त रहती थी। आस-पास के ग्रामों के लोगों में इस वृक्ष और धूनी के सम्बन्ध में तरह-तरह के विश्वास थे। दूर के कुछ नगरवासी इन विश्वासों को अंधविश्वास मानते थे, पर वे भी जब यहाँ आते तो श्रद्धावश शीश झुकाने से न चूकते। यह वन प्रान्तर आज भी निर्जन था।

थके हुए हृदयशाह जब तक देवगाँव के प्रसिद्ध वृक्ष के समीप पहुँचे तब तक मध्यान्ह हो चुका था। उन्होंने अपने साथ लाए पवित्र नर्मदा जल को अश्वथ वृक्ष के नीचे अर्पित किया। उसके बाद एक धागा वृक्ष के चारों ओर अनेक बार लपेट दिया, पुष्प चढ़ाए और प्रणतिपात हुए।

फिर ध्यान लगाकर बैठ गए। बैठे-बैठे वे ध्यान में निमग्न हो गए अथवा सो गए इसका उन्हें आभास न था। पर जो वह नेत्र बन्द होने की अवस्था में देख रहे थे या

कि अनुभव कर रहे थे—उसका उनको अनुभव हुआ। बहुत स्पष्ट कहीं कोई भूल या दिग्भ्रांत होने की गुंजाइश नहीं थी।

हृदयशाह ने अनुभव किया कि सामने प्रज्वलित धूनी की राख में गड़ा हुआ चिमटा अचानक हवा में उछला मानो किसी अदृश्य शक्ति ने उसे खींच लिया हो। तभी उन्हें ऐसा लगा कि धूनी से निकलता हुआ धुआँ मानो दो धुँधली सी आकृति बना रहा है। एक आकृति लम्बी सीधी तनकर खड़ी हो गई है और उसने चिमटे को पकड़कर उससे एक तीव्र टंकार जैसी ध्वनि निकाली। इस ध्वनि को सुनकर धूएँ की दूसरी आकृति ने चिमटा धारण करनेवाली आकृति को मानो प्रणाम किया। प्रणाम करने के पश्चात् इस आकृति ने दूसरी आकृति से कुछ अस्फुट शब्दों में निवेदन किया। उन्हें याद है कि इस आकृति ने कहा था—'गुरुवर, इसके कष्ट का निवारण करें।' इसके बाद उसे लगा कि दूसरी आकृति कुछ और अधिक स्पष्ट हो रही है, वह एक योगी की आकृति थी जो स्पष्ट ही कह रही थी :

'मा भेः, मा संक्वित्थाः'

इन शब्दों के उच्चरित होते ही दोनों आकृतियाँ हवा में विलीन हो गईं, परन्तु एक ठंडी-सी हवा का झोंका आया और पीपल के हजारों हजार पत्ते मानो नाच उठे। प्रत्येक पत्ता कुछ इस तरह हिला जैसे संगीत सुनकर मुग्ध होते हुए रसिक जनों के सिर हिल उठते हैं।

हृदयशाह जाग्रत थे, अर्धजाग्रत थे या सोये हुए थे—उन्हें ठीक याद नहीं परन्तु जब अंगरक्षक ने उन्हें साथ चलने के लिए कहा, तब वे चैतन्य हुए। अंगरक्षक ने कहा : 'महाराज़, आज दोपहर का प्रसाद आपको परशुराम के जमदग्नेश्वर मन्दिर में ग्रहण करना है, वहाँ के तपस्वी धरणीश और पुजारी पंडित रामप्रकाश ने आपको आमंत्रित किया है।'

हृदयशाह बिना कुछ बोले संस्कृत के शब्दों को स्मरण कर रहे थे। हृदयशाह को संस्कृत का सामान्य ज्ञान था और उनकी स्मृति अच्छी थी। अतः उन्हें वह सब कुछ याद रहा जिसकी उन्हें प्रतीति हुई थी। परन्तु वे इसका अर्थ ठीक ढंग से समझना चाह रहे थे।

हृदयशाह जब परशुराम कुंड पहुँचे तो सीधे तपस्वी धरणीश के समीप पहुँचे। वे मानो अपनी कुटिया में हृदयशाह की प्रतीक्षा ही कर रहे थे। धरणीश ने वर्षों से नर्मदा के विभिन्न पवित्र स्थलों पर रहकर तपस्या की थी। उनकी उम्र भी लगभग सौ वर्ष की थी। इस क्षेत्र के वे जाने-माने साधक थे।

धरणीश ने हृदयशाह को कुटिया में बैठाते हुए कहा : 'राजा, तुझे परशुराम के भक्त ने स्वयं प्रकट होकर अभय दे दिया है, अब तू जा और मदिर में प्रसाद ग्रहण कर, पुजारी नैवेद्य लगा रहे होंगे, शीघ्र जा।'

इस तरह हृदयशाह साधक के पास कुछ क्षण ही रुक पाए कि उन्हें वहाँ जाने का आदेश मिल गया।

मन्दिर में प्रसाद ग्रहण करने के उपरान्त पुजारी पंडित रामप्रकाश ने उनसे विश्राम करने को कहा, परन्तु हृदयशाह के मन में तो उथल-पुथल मची थी इसलिए उन्होंने पुजारी से कहा कि वे कुछ देर उनसे बैठकर वार्ता करना चाहेंगे। पुजारी पंडित रामप्रकाश के लिए यह सौभाग्य की बात थी कि राजा उनसे बात करना चाहते हैं।

इस मन्दिर में सभा मंडप बहुत छोटा था किन्तु परिक्रमा विस्तृत थी। वहाँ पर पहले से ही एक लकड़ी का तख्त पड़ा था और एक दो चौकियाँ पड़ी थीं। विशिष्ट दर्शनार्थियों के विश्राम के लिए पुजारी उन्हें इसी जगह ठहरा देते थे।

पुजारी ने तख्त पर एक दरी लाकर बिछा दी और स्वयं एक चौकी पर बैठ गए। वार्ता प्रारम्भ हुई। हृदयशाह ने बिना लाग लपेट के पूछा : 'पुजारीजी, मैं संस्कृत के एक पद का अर्थ जानना चाहता हूँ, क्या आप बतला सकेंगे।'

पुजारी : 'अवश्य पूछें, महाराज।'

हृदयशाह : 'मा भेः, मा संक्तित्थाः' का अर्थ क्या है?'

पुजारी : 'महाराज, इसका अर्थ है कि न तो तुम डरो, न उद्विग्नता को प्राप्त करो।'

हृदयशाह : 'क्या इसका सन्दर्भ भी बतला सकेंगे?'

पुजारी : 'जी हाँ, जहाँ तक मुझे ज्ञात है यह यजुर्वेद के मन्त्र का एक भाग है।'

राजा कुछ विस्मित हो गए, उनको विस्मित देख पुजारी से न रहा गया। उसने हाथ जोड़कर पूछ ही लिया : 'महाराज, क्षमा करें यदि इस मन्त्र के सम्बन्ध में कोई गोपनीयता न हो, तो मुझे यह बतलाने की कृपा करें कि ऐसा क्या विशिष्ट है, इस मन्त्र और इसके अर्थ के सम्बन्ध में?'

हृदयशाह : 'पुजारीजी, इसमें गोपनीयता तो विशेष कुछ नहीं है पर कुछ ऐसा अवश्य है जिसे यदि मैं सुनाऊँगा तो वह आश्चर्यजनक और अविश्वसनीय भी लग सकता है। फिर भी आप विप्र हैं, विद्वान हैं आपसे मन की बात करने में मुझे कोई संकोच नहीं है।'

पुजारी : 'महाराज, विश्वसनीयता व्यक्ति के व्यक्तित्व से जुड़ा तथ्य है। आप जो भी कहेंगे उसे मैं तो अक्षरशः सत्य ही मानूँगा, फिर चाहे वह कितना भी आश्चर्यजनक क्यों न हो। आप अपनी बात सुनाकर मुझे उपकृत करें।'

यह सुनने के पश्चात् हृदयशाह ने पीपल के वृक्षवाली सम्पूर्ण घटना और साधक धरणीश की पूरी बात पुजारी को सुना दी।

पुजारी : 'महाराज, आपने जो कुछ कहा, वह उन लोगों को असत्य लग सकता है जिन्हें इस प्रकार के दैवीय अनुभव नहीं हुए। परन्तु इस क्षेत्र में इस प्रकार के

अनुभव बहुत लोगों को हुए हैं और अनेक लोगों ने मुझसे अपने अपने अनुभव सुनाये भी हैं।'

हृदयशाह (कुछ आश्चर्य से) : 'यदि ऐसा है तो जो मैंने अनुभव किया है, क्या उसका कोई अर्थ है?'

पुजारी : 'हाँ, महाराज उसका सुनिश्चित अर्थ है। आप सौभाग्यशाली हैं कि आपको आपके पूर्वज मधुकरशाह और उनके गुरु ने दर्शन दिए। उनके गुरु पर भगवान परशुराम की कृपा थी और आप समझ सकते हैं कि परशुराम के भक्त का यदि भयमुक्ति का आशीर्वाद किसी को प्राप्त हो जाय तो उसका क्या अर्थ होगा। महाराज, साधक धरणीशजी ने भी यही कुछ कहा है। मैं यह निश्चित रूप से कह सकता हूँ कि आज से लेकर आप अपने सम्पूर्ण जीवन में भयमुक्त रहेंगे। महाराज इस मन्त्र के द्वारा दिए गए आशीर्वाद के दूसरे चरण में आपसे उद्विग्नता से विरत होने को कहा गया है अर्थात् अब आप उहापोह छोड़िए जो हो चुका सो हो चुका, शेष जीवन को सार्थक कीजिए कुछ ऐसा श्रेष्ठ कार्य प्रारम्भ कीजिए जिससे आपका यश बढ़े, आपको मनोवांछित फल मिलने का आशीर्वाद भी है यह।'

हृदयशाह (उत्साह के साथ) : 'तो क्या मैं अब निश्चिंत हो सकता हूँ?'

पुजारी : 'हाँ महाराज, अब आपको यदि चिन्ता होगी तो केवल उन कार्यों की जिससे आपका सुयश बढ़े। महाराज, आप सद्विचारों का क्रियान्वयन कीजिए भगवान परशुराम का अभय आपके साथ है।'

हृदयशाह : 'परन्तु, पुजारीजी यवनों का वर्चस्व जिस प्रकार भारत में बढ़ रहा है उससे मैं आतंकित हूँ, इस तथ्य को मैं कैसे भुलाऊँ।'

पुजारी : 'महाराज, प्रभु की कृपा से सब कुछ हो सकता है, सब बाधाएँ दूर हो सकती हैं और सभी विपरीत परिस्थितियों में मनुष्य की आशातीत उन्नति हो सकती है। भविष्य को कब किसने देखा है। दैवीय शक्तियाँ हमें सन्मार्ग की ओर प्रेरित करती हैं। यह उनका कार्य है, उनके बतलाये रास्ते पर चलना हमारा कार्य।'

हृदयशाह : 'तो इसका अर्थ यह है कि इस समय मेरे मन में जो विचार हैं, उनके क्रियान्वयन में मुझे आगे बढ़ना चाहिए।'

पुजारी : 'अवश्य ही महाराज, आपकी मनोकामना अवश्य सफल होगी।'

पुजारी की बातों के पश्चात् हृदयशाह का मन शान्त और प्रसन्न हो गया। उन्हें उनके उठाये प्रश्नों के उत्तर मिल चुके थे और अब उन्होंने लौटने का निश्चय किया।

नर्मदा तट के एक ओर उन्हें विस्तृत मैदान दीख पड़ा। यहाँ नर्मदा का यह अत्यन्त सुन्दर क्षेत्र था। जहाँ नर्मदा पर्याप्त गहरी थी और जिसके तट के करीब ही सागौन वृक्षों का सघन वन था। हृदयशाह को लगा कि यही वह स्थान है, जिस पर उन्हें अपनी नई राजधानी स्थापित करना चाहिए।

नर्मदा की इस परिक्रमा में हृदयशाह ने स्वयं को एक साधारण यात्री बना लिया था, न तो उन्होंने कोई राजकीय अलंकरण धारण किए थे और न ही उनके साथ कोई लाव लश्कर था। एक गोंड सैनिक अवश्य ही परिचारक के रूप में साथ रहता था। सैनिकों की एक छोटी टुकड़ी उनसे इतनी दूर रहती थी कि लोगों को अन्देशा न हो कि राजा पैदल भ्रमण कर रहे हैं। साथ ही, राजा पर कोई आकस्मिक प्रहार न हो सके–इसकी भी सतर्कता उनका परिचारक और सैनिक टुकड़ी का नायक सदैव ही रखते। यह परिचारक हृदयशाह की छोटी-मोटी आवश्यकताओं को पूरा करते हुए चलता था।

लौटते समय एक स्थान पर पीने का पानी समाप्त हो गया। अतः हृदयशाह ने परिचारक से नर्मदा जल भर लाने को कहा। उन्होंने देखा कि पास ही पुराण वाचन चल रहा है। अतः जब तक परिचारक तुंबी में नदी से जल भरने गया, तब तक वे कथा सुनने लगे। कथा वाचक कह रहे थे 'मथुरा पर जरासंघ लगातार आक्रमण पर आक्रमण कर रहे थे। हर युद्ध में कृष्ण बलराम उसे पराजित कर देते, परन्तु वह अपने दामाद कंस की मृत्यु का बदला लेने के लिए प्रत्येक बार हारकर भी बहुत दिनों तक चुप न बैठता। प्रत्येक युद्ध में मथुरावासियों को कुछ-न-कुछ धन और जन की हानि अवश्य हो जाती। प्रत्येक मथुरावासी स्वयं को असुरक्षित समझने लगा। यद्यपि उन्हें यह ज्ञात था कि कृष्ण और बलराम के रहते जरासंघ मथुरा के राज्य को कभी पराजित न कर सकेगा परन्तु एक अनिश्चितता, दुविधा और आशंका नगरवासियों के मन में कहीं भीतर तक बैठ गई थी। भगवान कृष्ण ने इसका निराकरण करना उचित समझा। यदि भगवान कृष्ण चाहते तो सुदर्शन चक्र से जरासंघ को बीच में से चीरकर उसका वध कर देते, पर प्रभु ने उसका वध तो भीम के हाथों नियत किया था। अतः वे प्रत्येक आक्रमण को विफल करते रहे। एक दिन उनके बड़े भाई बलराम ने कहा कि भैया यह लीला कब तक चलती रहेगी?' तब भगवान कृष्ण ने कहा कि हमें मथुरावासियों सहित पश्चिम समुद्र तक यात्रा करनी है। बलरामजी ने कृष्णजी की आज्ञा मानते हुए सभी मथुरावासियों से लम्बी यात्रा के लिए तैयार होने को कहा। राजा उग्रसेन, वसुदेव के साथ सारे मथुरावासी सैकड़ों मील लम्बी यात्रा कर पश्चिमी समुद्र तट पर पहुँच गए। वहाँ पर भगवान कृष्ण ने समुद्र से एक नगर बसाने के लिए जगह माँगी। समुद्र ने हाथ जोड़कर कहा–आप त्रिलोक के स्वामी हैं, परन्तु पृथ्वी पर ब्रह्मदेव के बनाए गए प्राकृतिक नियम आपकी इच्छा के अनुसार ही चलते हैं। अतः हे परमेश्वर मैं आपको जो जगह दे रहा हूँ उस पर नगरी अवश्य बसाइये, परन्तु वह तभी तक बसी रह सकेगी जब तक आप मानव शरीर में वहाँ रहेंगे। इतना कहकर समुद्र ने प्रभु श्रीकृष्ण के हाथ जोड़े और वह अन्तर्ध्यान हो गया। भगवान कृष्ण ने एक निश्चित अवधि तक अस्तित्व में रह सकनेवाली नगरी को भी विश्वकर्मा द्वारा इतनी

सुन्दर और सुव्यवस्थित बनवाया कि उसके सामने देवताओं की नगरी भी फीकी लगने लगी।

पंडितजी भगवान कृष्ण के द्वारा बसाई गई नगरी द्वारिकापुरी के वैभव का वर्णन कर रहे थे। तभी परिचारक तुम्बी में नर्मदा जल लेकर आ गया।

हृदयशाह ने भी तो माँ नर्मदा से प्रार्थना कर उसके तट पर एक नगर बनवाने का संकल्प ले लिया था। द्वारिका बनवाने में भगवान कृष्ण की सेवा में विश्वकर्मा आ खड़े हुए थे, परन्तु यहाँ मुश्किल यह थी कि नगर निर्माण के लिए धन कहाँ से आएगा क्या प्रभु उसकी व्यवस्था करेंगे? यदि करेंगे तो कब तक? बिना धन के उनके अपने समय के विश्वकर्मा (कारीगर) बेचारे क्या कर सकेंगे। यह सोचते हुए वे आगे बढ़ गए।

वे मुश्किल से दो कोस चले होंगे कि उनके सामने से तीन नेवले भागते हुए निकले। हृदयशाह का परिचारक जो पास ही था जोर से कह उठा : 'महाराज, यह तो बहुत अच्छा शकुन है।' हृदयशाह कुछ नहीं बोले, पर कुछ ही कदम आगे बढ़े होंगे कि उन्हें पास की एक कुटिया से रोने की आवाज सुनाई दी।

हृदयशाह ने परिचारक की ओर देखा और दोनों तेजी से कुटिया की ओर बढ़े। वहाँ का दृश्य देखकर वे भौंचक रह गए। कुटिया में एक युवक और एक प्रौढ़ व्यक्ति मृत पड़े थे और एक वृद्धा चीख-चीख कर रो रही थी। फूल, लाल चन्दन और पूजा की सामग्री पड़ी हुई थी। राजा और उनके परिचारक को देख उस वृद्धा ने राजा के पैर पकड़ लिए और कहने लगी : 'महाराज मैंने आपको पहचान लिया है। आप हमारे हिरदेसाह हैं। बोलिए हैं न? मुझे बचा लीजिए।'

हृदयशाह ने इस वृद्धा को कभी नहीं देखा था। राजा और परिचारक दोनों ही आश्चर्य से उस वृद्धा का मुँह ताकने लगे। तभी वृद्धा ने कहना प्रारम्भ किया : 'महाराज, ये दोनों मृत व्यक्ति उसके पति और पुत्र हैं। दोनों को ओझागिरी का बड़ा शौक था। इन्होंने अपने जादू मन्त्रों से यह जान लिया कि जंगल में एक पीपल के वृक्ष के नीचे धन गड़ा है और ये कल रात वह धन वहाँ से उखाड़ कर यहाँ ले आये।' यह कहते हुए वृद्धा ने झोंपड़ी में पत्तों में छुपाए हुए दो हंडे दिखलाये। दोनों ने दो हंडे देखे जिनमें पुराने सोने के सिक्के भरे हुए थे। कोठरी के दूसरी ओर एक गड्ढा भी खुदा हुआ था। तभी वृद्धा ने रोते हुए फिर कहना प्रारम्भ किया : 'महाराज कल रात में सोते समय हम तीनों को एक ही स्वप्न आया जिसमें एक बहुत बड़ा नाग दिखा। उसने मनुष्य की भाषा में कहा—इस धन का अधिकारी गोंड राजवंश का उत्तराधिकारी है क्योंकि यह धन उनके पूर्वजों द्वारा गाड़ा गया है। इसको निकालकर तुम लोगों ने ठीक नहीं किया। तुम लोगों की भलाई इसी में है कि तुम दोनों इस धन को राजा को दे देना। कल दोपहर बाद राजा स्वयं चलकर यहाँ पहुँच जाएगा।'

परन्तु महाराज, इन दोनों ने सपने की बात को सच न मानते हुए दोनों हंडों को आपको न देने का निर्णय लिया। ये कह रहे थे कि राजा भला हमारी झोंपड़ी तक क्यों आएगा। इसके बाद दोनों ने मिलकर झोंपड़ी के एक ओर गड्ढा खोदना प्रारम्भ किया ताकि सारा धन उसमें सुरक्षित रूप से छुपा दिया जाए और जब आवश्यकता हो तब थोड़ा-थोड़ा उसमें से निकाल कर खर्च करें। पर ये इतना नहीं समझ सके कि यह धन तो इतना ज्यादा है कि हम पीढ़ियों तक खर्च करें तब भी खर्च न होगा, आखिर हमारा खर्च है ही क्या!'

हृदयशाह ने ध्यान से देखा कि दोनों मृत शरीर एकदम नीले पड़ गए हैं।

हृदयशाह के परिचारक सैनिक ने पूछा : 'फिर क्या हुआ।'

वृद्धा रोते हुए बोली : महाराज इसी गड्ढे से एक बड़ा नाग निकला। ये दोनों दूर भागे परन्तु मैंने हाथ जोड़कर नाग के सामने फूल और चन्दन चढ़ाया और अपनी गलती के लिए क्षमा माँगी। इस पर वह नाग फन फैलाकर रुक गया परन्तु मैंने देखा मेरे पति और पुत्र की मति मारी गई। उन दोनों ने लकड़ी उठाकर उसे मार डालना चाहा। नाग ने तुरन्त ही दोनों को डस लिया और मुझ अभागन को छोड़कर सरसराता हुआ बाहर चला गया।'

हृदयशाह ने वृद्धा को ढाढ़स बँधाया और कहा : 'उसके पति और पुत्र की मृत्यु पर उन्हें भी दुख है, पर अब वह राजकीय संरक्षण में सुख से अपना जीवन बिता सकेगी।' वृद्धा ने दोनों हंडे हृदयशाह को सौंप दिए और उन्हें आशीर्वाद दिया।

हृदयशाह ने परिचारक से सैनिक टुकड़ी के नायक को बुलवाया और पूरा धन उनकी हिफाजत में राजधानी ले चलने की व्यवस्था की। वृद्धा के पुत्र और पति के अन्तिम संस्कार की व्यवस्था के पश्चात् वृद्धा को राजधानी लाने का आदेश भी हृदयशाह ने नायक को दिया।

हृदयशाह को सारी घटनाएँ दैवीय कृपा का प्रतिफल लगीं। अब नया नगर बसाने में आर्थिक कठिनाई नहीं थी। राजधानी पहुँचने पर उन्होंने अपनी पत्नियों से नए नगर बसाने की इच्छा प्रकट की। उन्हें सारी घटनाएँ भी बतलाईं। सभी ने उनके विचार से सहमति जताई।

केवल राजनैतिक परिस्थितियाँ ही इस बात के लिए उत्तरदायी नहीं थीं कि जनजातीय राजा हृदयशाह के नाम के साथ एक नया आधुनिक नगर बसाने की उपलब्धि जुड़े। यह हृदयशाह के असाधारण व्यक्तित्व के कारण ही सम्भव होनेवाला था कि वे सफलता पूर्वक एक नए नगर का निर्माण करें। कलचुरी राजवंश के राजाओं के पश्चात् ऊपरी नर्मदा घाटी में नगर बसाने का श्रेय अब राजगोंडों को भी प्राप्त होनेवाला था। भारतीय परम्पराओं के विपरीत विदेशी परम्परा में जब भी नगर बसाये जाते थे, तब अधिकतर उनका नाम नगर बसानेवाले व्यक्ति के नाम पर ही होता था। सबसे पहले ऐसे नगरों की शुरुआत विश्व के महान विजेता सिकन्दर ने

की थी, जिसने अपने नाम पर विश्व के अनेक भाग में 'सिकंदरिया' नगर बसाये थे। यह परम्परा भारत में अब भी किसी न किसी रूप में जारी थी जैसे जलालुद्दीन मुहम्मद अकबर ने आगरा को अकबराबाद नाम दे दिया था। यह जुदा की बात थी कि यह नाम लोगों की जुबान पर ज्यादा नहीं टिका। शहंशाह ने दिल्ली से लगे इलाके में जिस नए नगर को बसाया था, उसका नाम शाहजहाँनाबाद था। हृदयशाह उदार व्यक्ति थे। जब उनसे नए नगर बसाए जानेवाले नगर का नाम पूछा गया तो उन्होंने उसे प्रभु राम की कृपा को समर्पित करते हुए उसका नाम रामनगर रखा। इसका यह अर्थ नहीं है कि हृदयशाह ने विदेशी परम्पराओं को किसी भी तरह से हेय समझा। वस्तुतः हृदयशाह तो भारत में उस प्रत्येक परम्परा को अपने राज्य में पल्लवित होते देखना चाहते थे, जिसमें कुछ नवीनता हो परन्तु जो भारतीयता के लिए त्रासदायी न हो। उन्होंने स्वयं 'हृदयनगर' नाम के एक छोटे कस्बे को बसाया था परन्तु जब भव्य नगर की बात आई तब उन्होंने उसे व्यक्तिगत नाम देना उपयुक्त न समझा।

रामनगर की नगर योजना हृदयशाह बहुत सोच समझकर बनाना चाहते थे। अतः उन्होंने आगरा से बृजेन्द्र सिंह को आमंत्रित किया। बृजेन्द्र सिंह बहुत वर्षों से अपने गृह राज्य रीवाँ नहीं आए थे। उनके न आने के कई कारण थे। पहला कारण तो यह था कि पिछले लगभग एक दशक से रीवाँ राज्य की साख बादशाह के दरबार में लगातार घटती रही है और उसके साथ ही गोंडवाना का भी शाही दरबार में बड़ा महत्त्व घटा था। यद्यपि एक दशक पूर्व तक उनकी आय के प्रमुख स्रोत यही दो राज्य थे। वे इन दोनों राज्यों के राजकीय सेवक थे, परन्तु बदलती हुई परिस्थितियों में बृजेन्द्र सिंह ने अपने वास्तु स्थापत्य ज्ञान का पूरा फायदा उठाया था और अब वे राजधानी आगरा में अपने इस ज्ञान के कारण अधिक जाने जाते थे। उनकी पैठ अब भी शाही दरबार में थी। साथ ही, अनेक हिन्दू रजवाड़ों में वे अब विशेषज्ञ वास्तुविद् की हैसियत से आमंत्रित किए जाते थे। वे अब भी व्यस्त व्यक्ति थे। बृजेन्द्र सिंह बहुत अरसे से गृह राज्य रीवाँ इसलिए भी नहीं आए थे क्योंकि वहाँ उनके अन्य भाइयों से कोई विशेष सौहार्दपूर्ण सम्बन्ध न थे। पिता रिपुदमन सिंह की मृत्यु हो चुकी थी और मरने के पूर्व वे अपनी सारी जायदाद अपने दूसरे पुत्रों के नाम कर गए थे। यद्यपि उनके पिता का यह व्यवहार किसी भी दृष्टि से उचित न था पर फिर भी उन्हें इसका मलाल न था, वह कुछ इसलिए भी कि उन्होंने स्वयं की प्रतिभा के बल पर राजधानी में काफी कुछ कमा लिया था। सात्विक प्रकृति के होने के कारण बचत भी खूब थी। घर में प्रसन्न रहते क्योंकि उनका स्वयं का भरा पूरा परिवार तो था ही, साथ ही वयोवृद्ध माता भी अभी तक जीवित थीं।

हृदयशाह से आमंत्रण मिलने पर बृजेन्द्र सिंह स्वयं मंडला पहुँचे। हृदयशाह ने उनको बहुत प्रेम से अपने राजमहल में ठहराया।

वैसे तो बृजेन्द्र सिंह रामनगर की योजना की रूपरेखा को अन्तिम रूप देने आए थे, परन्तु वे अपने दो पुराने परिचितों से भी मिलना चाहते थे। ये परिचित थे कस्तूरी साहनी और कामदेव वाजपेयी।

मंडला आने के पश्चात् उन्होंने मात्र एक दिन का विश्राम किया और दूसरे दिन ही महाराजा हृदयशाह के साथ उस स्थान की ओर रवाना हो गए, जहाँ नगर बसाया जाना था। बृजेन्द्र सिंह और हृदयशाह दो हाथियों पर चढ़कर रामनगर के लिए चुने गए स्थान तक पहुँचे। हृदयशाह ने उत्तम व्यवस्था कर रखी थी, क्योंकि चारों ओर सघन वन था।

बृजेन्द्र सिंह को इस वन्य क्षेत्र में सर्वप्रथम उपयुक्त स्थान का सीमांकन करना था। अतः वे आगे बढ़ते हुए एक स्थान पर रुके। यह वह जगह थी जहाँ से नर्मदा नदी पूर्व से पश्चिम की ओर बहने के बजाय उत्तर से दक्षिण की ओर बहने लगती है, यहाँ पर नर्मदा का स्वरूप आदमी की कोहनी जैसा है, यहाँ पर नर्मदा पश्चिम गामिनी के स्थान पर दक्षिण गामिनी दिखलाई देती है। बृजेन्द्र सिंह को नर्मदा तट का यह स्थान उचित लगा। उन्होंने महाराज से कहा कि नर्मदा के दक्षिणी तट जिसे यहाँ पूर्वी तट कहना अधिक उपयुक्त होगा, नगर बसाव के लिए चुना जाय। बृजेन्द्र सिंह ने एक विशाल मैदानी क्षेत्र को चारों ओर से चिन्हित करने का कार्य कराया ताकि नगर की सीमा सुनिश्चित हो सके। उन्होंने इस हेतु नर्मदा के समतल काँस के मैदान से पूर्वी पर्वतीय प्रदेश के पाद पहाड़ियों के आधार तक के भाग में पत्थर के टुकड़े सीमांकन हेतु गड़वा दिए। इस तरह इस पठारी क्षेत्र में भी एक विशाल समतल मैदान पर रामनगर बसाने की योजना बनी।

जब बृजेन्द्र सिंह ने हृदयशाह की प्रशंसा की कि उन्होंने इतना सुन्दर स्थान राजधानी के लिए नर्मदा घाटी में चुना तो विनम्र महाराज हृदयशाह ने नगर क्षेत्र के सीमांकन हेतु बढ़िया मैदान चुनने का श्रेय बृजेन्द्र सिंह को दिया।

बृजेन्द्र सिंह हृदयशाह के क्षेत्रीय ज्ञान और क्षेत्र चुनाव से प्रभावित हुए क्योंकि नर्मदा की ऊपरी घाटी में यही वह पहला स्थान था जहाँ नर्मदा से वर्ष भर पर्याप्त जल की प्राप्ति हो सकती थी साथ ही पूर्व में यह मैदान धीमे-धीमे ऊँची पहाड़ियों के रूप में परिवर्तित हो गया था। ये पहाड़ियाँ दो ढाई सौ हाथ ऊँची थीं। साथ ही, ये सघन वनों से आच्छादित भी थीं, जिससे रामनगर को पर्याप्त प्राकृतिक सुरक्षा प्राप्त थी।

बृजेन्द्र सिंह ने प्रमुख राजकीय भवनों, राजपरिवार के भवनों, प्रशासकीय भवनों तथा गन्दिरों के लिए स्थान चिन्हित किए। साथ ही, प्रगुख गार्गों का भी सीगांकन किया। हृदयशाह ने पाया कि बृजेन्द्र सिंह नगर योजना बनाने में विशेषज्ञ व्यक्ति हो चुके हैं और इस क्षेत्र में यदि उनकी दूर दूर तक ख्याति फैली है तो वह अकारण और आकस्मिक नहीं हैं। हृदयशाह को बृजेन्द्र सिंह में जो सबसे अच्छा गुण लगा, वह था

उनकी कार्यशैली जिसके चलते वे जब से गढ़ा पहुँचे थे तब से उन्होंने महाराज हृदयशाह से केवल रामनगर की नगर योजना पर ही चर्चा की थी। यहाँ तक कि उन्होंने गढ़ा में आवश्यक विश्राम के अतिरिक्त समय बर्बाद नहीं किया और जितने समय भी वे गढ़ा में रहे महाराज से रामनगर की भावी योजनाओं में पूरी रुचि से बात करते रहते।

रामनगर क्षेत्र में सीमांकन इत्यादि के कार्य के बाद जब बृजेन्द्र सिंह मंडला लौटे तब उन्होंने महाराज हृदयशाह से अपने दोनों पुराने मित्र कस्तूरी साहनी और कामदेव वाजपेयी से मिलने की इच्छा जाहिर की। इस पर हृदयशाह ने दुख के साथ बतलाया कि कस्तूरी साहनी का तो कुछ वर्षों पहले देहान्त हो गया तथा कामदेव वाजपेयी पिछले कुछ वर्षों से लगातार अस्वस्थ रहने से काफी कमजोर हो गए हैं, और अब घर पर ही रहते हैं।

हृदयशाह ने बतलाया कि कस्तूरी साहनी के स्थान पर अब भगवत राय राज्य के दीवान हैं और वे उनसे उनका परिचय अवश्य कराएँगे। जब बृजेन्द्र सिंह मंडला आए तब भगवत राय गढ़ा गए हुए थे। रामनगर क्षेत्र से मंडला लौटने पर महाराज हृदयशाह ने बृजेन्द्र सिंह को अपने नए दीवान भागवत राय से मिलवाया। ये युवा व्यक्ति थे। बृजेन्द्र सिंह ने पाया कि भागवत राय अपने काम में चुस्त-दुरुस्त व्यक्ति हैं।

दूसरे दिन दोपहर के कुछ पहले बृजेन्द्र सिंह महाराज के साथ जब कामदेव वाजपेयी के यहाँ पहुँचे तो वे उनकी प्रतीक्षा कर रहे थे क्योंकि महल से आवश्यक सूचना उन्हें प्राप्त हो चुकी थी। बृजेन्द्र सिंह ने पाया कि कामदेव वाजपेयी अब अपने पुराने व्यक्तित्व की छाया मात्र ही बचे हैं, उनका तेजस्वी चेहरा मलिन हो गया है और शरीर पूरी तरह से शिथिल। फिर भी उनका रहन-सहन सम्पन्नता से पूर्ण था जो कि निश्चित ही हृदयशाह की कृपा का परिणाम था। बृजेन्द्र सिंह कामदेव वाजपेयी से औपचारिक बातें ही कर सके क्योंकि वाजपेयीजी की जीवन्तता का क्षरण हो चुका था। कामदेव वाजपेयी ने महाराज हृदयशाह के सामने ही निष्कपट भाव से कहा कि उन्होंने अपने पुत्र रामकृष्ण वाजपेयी को वाराणसी में इसलिए शिक्षा दिलवाई थी कि वह प्रकांड पंडित बने। उसने शास्त्रों का अध्ययन तो किया, पर चिन्तन के नाम पर शून्य ही रहा। वह बहुत ही हठी और अड़ियल स्वभाव का है। उसने कभी ज्ञान के कर्म को समझने का प्रयास नहीं किया, पूरा लकीर का फकीर है। बड़ा मुंहफट है कब किससे क्या कहना चाहिए इसकी तमीज नहीं है उसे, बड़े बूढ़ों की इज्जत करना भी नहीं आता। इतना कहते हुए कामदेव वाजपेयी का गला रुंध आया और उन्होंने विषय बदलने की चेष्टा की। अब वे पिछले दो चार वर्षों में गढ़ा राज्य पर आए संकटों पर चर्चा करने लगे, पर यह एक ऐसा विषय था जिसे न तो महाराज हृदयशाह सुनना चाहते थे और न ही बृजेन्द्र

सिंह अतः दोनों ने वहाँ से उठना ही उचित समझा। दोनों ने उन्हें शीघ्र स्वास्थ्य लाभ की शुभकामनाएँ दीं और वहाँ से राजमहल की ओर प्रस्थान किया।

बृजेन्द्र सिंह का कार्य पूरा हो चुका था। अब वे पुनः राजधानी लौटना चाह रहे थे। हृदयशाह ने अपनी सभी पत्नियों से बृजेन्द्र सिंह को मिलवाया और उसके बाद एक पच्चीस-छब्बीस साल के युवक को। बृजेन्द्र सिंह को पहचानने में देर न लगी क्योंकि उसके नैन नक्श हृदयशाह से मिलते-जुलते थे। यह राजकुमार छत्रसाह थे। राजकुमार छत्रसाह की सादगी देखकर बृजेन्द्र सिंह थोड़ा चौंके, क्योंकि इस युवा राजकुमार ने न केवल सादे वस्त्र धारण कर रखे थे वरन् उसके व्यवहार में भी राजकीय गरिमा के स्थान पर देशज सरलता थी। बृजेन्द्र सिंह ने सोचा कि पिता पुत्र में यह अन्तर शायद इसलिए हो, क्योंकि पिता ने अपनी युवावस्था में भारत की राजधानी की रंगीनी देखी थी, पर पुत्र तो उसी उम्र में नर्मदा तट पर सन्तों की वाणी सुन रहा है। बृजेन्द्र सिंह गम्भीर व्यक्ति थे, पर फिर भी उनसे रहा न गया। उन्होंने हृदयशाह को सलाह दी कि वे राजकुमार को राज्य के कुछ उत्तरदायित्व पूर्ण कार्यों में यदि लगा दें तो इससे राजकुमार को राजकाज में रुचि बढ़ जाएगी, जो कि राज्य और राजकुमार दोनों के लिए हितकर होगा।

हृदयशाह ने बृजेन्द्र सिंह की बातें सुनीं अवश्य, पर वे मन ही मन इस बात से अधिक सन्तुष्ट थे कि उनका पुत्र कम से कम उनके पिता की राह तो नहीं जा रहा है क्योंकि उनके समय में छोटे राज्यों में राजकाज के प्रति रुचि का अर्थ व्यसनी होना होता जा रहा था।

बृजेन्द्र सिंह जब लौटे तो मन ही मन हृदयशाह की दूरदर्शिता और अदम्य इच्छाशक्ति के कायल हो गए। हृदयशाह ने चौरागढ़ क्षेत्र को खोने के बाद भी हिम्मत न हारते हुए नई राजधानी बनाने का संकल्प लिया। यह कितनी बड़ी बात थी—यह बृजेन्द्र सिंह अच्छी तरह समझते थे। अभी रामनगर के निर्माण का प्रथम चरण प्रारम्भ ही हुआ था कि शहंशाह के आदेश से गोंडवाना में इफ्तेखार खाँ की एलिची के रूप में नियुक्ति हो गई। एलिची इफ्तेखार खाँ को यह अधिकार मिल गया कि वे गोंडवाना के राजा हृदयशाह से शाही खजाने में प्रतिवर्ष न केवल कर जमा कराएँ अपितु उनकी राजनैतिक गतिविधियों पर नजर भी रखें। नियमतः इफ्तेखार खाँ को गढ़ा या मंडला में रहना चाहिए था। इफ्तेखार खाँ यह जानते थे कि पिछले लगभग पचास वर्षों से शहंशाहों के आदेशों से एलिचियों की गोंडवाने में नियुक्तियाँ होती रहीं हैं, परन्तु अब तक किसी भी एलिची ने गोंडवाने के घने जंगलों में अपना जीवन बरबाद नहीं किया है। जिस किसी भी एलिची की गोंडवाना में नियुक्ति होती है वह मालवा में रहना पसन्द करता है और समय-समय पर गोंडवाने के राजाओं को वहीं से हिदायतें भेजता रहता है। मुगल बादशाह प्रशंसकों की इस मनमानी को हुक्मउदूली नहीं मानते, क्योंकि बादशाह कुल इतना चाहते हैं

कि यह इलाका मुगल तख्त की मातहती को मानता रहे। इस इलाके से बादशाहों को कोई बड़ी रकम मिलने की गुंजाइश नहीं दिखती थी इसलिए प्रशासकीय ढील ढाल बर्दाश्त कर ली जाती थी।

एलिची इफ्तेखार खाँ खूब पढ़े लिखे व्यक्ति थे। वे शान्त प्रकृति के आराम पसन्द व्यक्ति थे। राजनैतिक उत्तरदायित्यों के प्रति बहुत अधिक सजग न रहने की प्रकृति के कारण ही उन्हें दूरस्थ गोंडवाने में पदस्थ किया गया था। शाही खानदान के होने के कारण उच्च पदों पर उनका पैदाइशी हक था पर उच्च पदों में भी श्रेष्ठतर पदों की नियुक्ति पर सियासत चलती है और वहाँ इफ्तेखार खाँ दूसरों से बहुत पीछे थे। इस सबके बावजूद उनके पास पद का रुतबा भी था और शाही जिन्दगी जीने के लिए काफी दौलत भी।

हृदयशाह को इफ्तेखार खाँ की नियुक्ति से कोई आश्चर्य न हुआ, परन्तु उन्हें भी औपचारिकता का निर्वाह करना था। अतः जब इफ्तेखार खाँ की नियुक्ति के फरमान की सूचना उन्हें दी गई तो वे समझ गए कि गोंडवाने के नए एलिची शीघ्र ही मालवा के किसी नगर में रहने के लिए पहुँच जाएँगे।

हृदयशाह ने जैसा सोचा था, वैसा ही हुआ। अतः जब इफ्तिखार खाँ मालवा पहुँच गए तो हृदयशाह ने औपचारिक रूप से उन्हें मंडला आने का आमंत्रण भेज दिया। कायदे से एलिची को परिवार सहित मंडला आ जाना चाहिए था और वहीं रहना चाहिए था परन्तु वे नहीं आये। इफ्तिखार न तो यह जाहिर करना चाहते थे कि वे मंडला नहीं आना चाहते और न ही भीतरी तौर पर यह चाहते थे कि वे मंडला में सपरिवार तो क्या अकेले एक दिन भी रहे। फिर भी उन्होंने हृदयशाह द्वारा भेजा गया आमंत्रण स्वीकार करते हुए स्पष्ट कर दिया कि वे फिलहाल अकेले ही मंडला पहुँचेंगे।

हृदयशाह ने गढ़ा मंडला राज्य की सीमा से मंडला तक एलिची इफ्तेखार खाँ को लाने की उत्तम व्यवस्था कर दी, साथ ही मंडला में हर सम्भव ठहरने का बढ़िया इंतजाम कर दिया। इफ्तेखार खाँ समय पर मंडला पहुँचे, एक सप्ताह रुके भी। मंडला में हृदयशाह ने उनसे काफी देर तक बातचीत की। इफ्तेखार खाँ हृदयशाह के व्यक्तित्व से प्रभावित हुए। हृदयशाह ने दीवान भागवत राय को आदेश दिए कि इफ्तेखार खाँ की मेहमाननवाजी में कहीं कोई कसर न रहे। दीवान वैसे भी चतुर व्यक्ति थे। इफ्तेखार खाँ राजा और दीवान के व्यवहार से बहुत खुश हुए परन्तु एक सप्ताह बाद ही उन्होंने हृदयशाह से लौटने की बात कही, और हृदयशाह को यह मशविरा देते हुए लौट गए कि वे शीघ्र ही राज्य का कर बादशाह सलामत की नजर कर दें। एलिची का मशविरा वस्तुतः शाही आदेश ही होता था।

हृदयशाह : 'यह तो तुमने ठीक ही किया था।'

भागवत राय की 'सारी झंझटें तो तब प्रारम्भ हुईं, जब हमने आधा मार्ग तय कर लिया और हम चिरई डोंगरी के निकट पहुँचे। एलिची हाथी पर बैठे वनों का दृश्य देख रहे थे। इतने में जब हाथी एक वृक्ष के नीचे से गुजरा तभी वृक्ष पर बैठे एक गुलबाघ ने दूसरे वृक्ष पर बैठे बन्दरों को पकड़ने के लिए एक छलांग लगा दी। इस पर सारे बन्दरों ने बहुत ही जोर से आवाज दी। गुलबाघ की छलांग भी हाथी के हौदे से अधिक दूर नहीं थी। बन्दरों की चीत्कार, वृक्षों का जोर जोर से हिलना और गुलबाघ के रूप में मौत को इतने करीब से देखना एलिची के लिए नई बात थी। वे बहुत अधिक घबरा गए थे, पर अपनी घबराहट कहते किससे? ऊपरी तौर पर उनके लिए निर्णय दिखना भी जरूरी था। हमने जब सघन वन पार कर लिया तभी उनके मन को शान्ति मिली।'

हृदयशाह : 'यह तो बुरा हुआ, यदि बघेरा उन पर आक्रमण कर देता तो?'

भागवत राय : 'यह तो सम्भव नहीं था क्योंकि हमारे यहाँ के बघेरे नरभक्षी नहीं हैं फिर उनकी सुरक्षा के लिए हौदे पर ही हमारे दो भालाधारी सैनिक थे।'

हृदयशाह : 'परन्तु मंडला में क्या हुआ?'

भागवत राय : 'मंडला में पहली रात्रि में ही जब वे सो रहे थे तो आधी रात में समीपवर्ती वृक्षों पर बन्दरों और बनौकाओं की जमकर लड़ाई हुई जो दो घड़ी चली। डर के मारे एलिची रात भर न सो पाए।'

हृदयशाह (हँसते हुए) : पर ऐसी लड़ाइयों में डर की क्या बात थी?'

भागवत राय : 'उन्होंने तो शायद पहली बार ही बनौका देखा था। उसकी लाल लाल आँखें और लम्बी जीभ देखकर वे काफी डर गए थे। इसके बाद एक दिन ही ठीक से बीता था कि तीसरे दिन जब वे शाम को बाहर टहल रहे थे तभी उन्होंने एक पाँच हाथ लम्बे अजगर को देखा, जिसने उनके देखते-देखते एक बकरी को निगलना प्रारम्भ कर दिया। वे इसे देखकर तो चीख ही पड़े थे।

हृदयशाह ने भागवत राय से इतनी शीघ्रता से एलिची के लौटने का कारण पूछा तो उन्होंने बतलाया—जिस दिन से इफ्तिखार खाँ मंडला पहुँचे, उसी दिन से उन्हें यहाँ की किसी भी चीज में मन नहीं लग रहा था। जिस लजीज खाना खाने के वे आद्री हैं उन सब चीजों के सम्बन्ध में यहाँ के रसोइयों ने सुना भी नहीं है, इसी तरह जिस तरह की महफिलों में वे रातें गुजारते हैं उनकी कल्पना भी यहाँ मुश्किल है, और तो और जिस तहजीब के वे आदी हैं वह भी हमारे राज्य से नदारद हैं। अतः उनके लिए यहाँ हर घड़ी काटना मुश्किल हो रहा था, मुझे तो लग रहा था कि वे दूसरे या तीसरे दिन ही लौट जाएँगे, पर वे एक सप्ताह रुके यही कुछ क्या कम था।'

हृदयशाह ने पूछा : 'कोई ऐसी घटना तो नहीं हुई जिससे वे अप्रसन्न हुए हों।'

भागवत राय : 'घटनाएँ तो रोज हुईं, पर वे उनसे अप्रसन्न नहीं हुए, परेशान अवश्य हुए, और शीघ्र लौटने का फैसला लिया।'

हृदयशाह : 'ऐसा क्या हुआ जो हमें पता नहीं और जिससे एलिची वापस जाने को तैयार हो गए।'

भागवत राय : 'ऐसी घटनाएँ जो हमारे यहाँ रोजमर्रा की घटनाएँ हैं, पर वही एलिची के लिए दुःस्वप्न-सी साबित हुईं।'

हृदयशाह : 'कुछ विस्तार से बतलाओ।'

भागवत राय : 'महाराज, मैं सिलसिलेवार सारी घटनाएँ सुनाता हूँ। जब हम एलिची के स्वागत के लिए अपने राज्य की सीमा पर पहुँचे तब उनको पहुँचाने मालवा के कुछ सैनिक भी आए थे। एलिची के लिए हाथी की सवारी की व्यवस्था की थी और उनके सेवक के लिए घोड़े की सवारी की। मैं स्वयं दस सैनिक लेकर आगवानी में पहुँचा था। सीमा पर उनके भोजन तथा विश्राम की जो भी व्यवस्था हो सकती थी वह हमने की थी और उस व्यवस्था से वे प्रसन्न भी थे। हमने वहाँ राई नृत्य का भी आयोजन करा दिया था।'

हृदयशाह : 'फिर क्या हुआ?'

भागवत राय 'पाँचवे दिन उन्होंने मुझसे कहा कि वे आसपास का इलाका देखना चाहते हैं। एलिची हैं इसलिए उनके इलाका देखने की इच्छा वाजिब थी, इसलिए मैं स्वयं उनके साथ घोड़े पर निकला। यहाँ से हम दो कोस भी न गए होंगे कि हमने रास्ते में एक शेर को खड़े देखा। उसे देखकर हम दोनों के घोड़े क्षण भर को ठिठक गए। शेर दूसरी ओर देख रहा था, परन्तु जैसे ही उसने हमारी ओर देखा उसने दहाड़ मारी तो ऐसा लगा मानो बादल गरज उठा हो। हमारे घोड़े सरपट भाग निकले। यह तो अच्छा था कि उन्होंने घोड़े की गर्दन को मजबूती से पकड़ रखा था वरना हादसा भी हो सकता था। काफी देर बाद जब हम एक दूसरे से मिले, तब मैंने इफ्तिखार खाँ साहब को पसीने से तर बतर देखा। हमने अतिथि गृह में उन्हें ठंडा शरबत वगैरह पिलाया तब जाकर वे ठीक हुए। बस इस घटना के बाद उन्होंने लौटने का निश्चय कर लिया और अपना निर्णय हमें बतला दिया।

हृदयशाह : 'चलो अच्छा ही हुआ। सिर पर से बोझ हटा।'

भागवत राय : 'जाते-जाते मुझसे भी बादशाह को कर भिजवाने की बात जब वे करने लगे तो मैंने कहा—आपने हमारा इलाका तो देखा है, यहाँ पर कृषि की पैदावार नगण्य है और इसलिए राजस्व भी उतना ही आता है कि राज्य का कार्य किसी तरह चल सके। मैंने कहा कि आपने यह भी देखा है कि पूरा राज्य जंगलों और जंगली जानवरों से भरा पड़ा है। यदि आप एक टीप लिख दें जिसमें इन तथ्यों का उल्लेख हो तो हम जब भी कर देने राजधानी पहुँचेंगे तब शाही अधिकारियों को हमारी वास्तविक आय का पता लगेगा और तब हम जो भी भेंट वहाँ नजर करेंगे वह कुबूल हो जाएगी।'

इसके बाद एलिची इफ्तिखार खाँ स्वयं तो कभी मंडला नहीं आए, न ही उन्होंने कभी गोंडवाने के किसी और शहर की ओर आने की सोची। हाँ समय-समय पर शाही फरमानों से वे राजा हृदयशाह को अवश्य अवगत कराते रहते।

रामनगर के प्रारम्भिक चरण का कार्य अब भी चल रहा था अब तक तीन वर्ष से कुछ अधिक समय बीत चुका था। नगर का रूप बहुत कुछ स्पष्ट होने लगा था। परन्तु तभी हृदयशाह को अनुभव हुआ कि रामनगर के चारों ओर के वनों में शेरों की संख्या बहुत बढ़ गई है और जब नगर का कार्य चल ही रहा था, तब मंडला नगर से रामनगर की ओर जानेवाले मजदूरों कारीगरों आदि का सामना शेरों से होना सामान्य सी बात थी। चूँकि अब बड़ी संख्या में सभी वर्गों के लोग रोज ही रामनगर की ओर जाते। जाने-अनजाने में उनकी शेरों से सामना होने लगा। सभी के लिए शेरों की उपस्थिति चुनौती बनने लगी, क्योंकि अब तक अनेक लोगों पर शेरों ने हमला कर दिया था। प्रजा की ओर से अनेक बार लोगों ने इस इलाके को शेरों से मुक्त करने की फरियाद की थी।

हृदयशाह ने एक तीर से दो शिकार करने की सोची। उन्होंने सोचा—मंडला से रामनगर के तीस मील के इस क्षेत्र को शेरों से मुक्त कर दिया जाय और शेरों के चमड़े अच्छी तरह तैयार करवाकर बादशाह को कर के रूप में पेश कर दिए जाएँ। जब हृदयशाह ने भागवत राय से सलाह ली तो उन्होंने भी इस पर सहमति जतलाई।

कुछ दिनों बाद भागवत राय स्वयं बैलगाड़ियों को लेकर राजधानी गए। उन दिनों मीर जुमला मुगल सल्तनत के सबसे प्रभावी शख्स बन चुके थे। शाही घराने में फूट पड़ चुकी थी और बादशाह शाहजहाँ अपने बेटों और बेटियों के कार्यकलापों पर अधिक ध्यान दे रहा था। ऐसे समय पर जब भागवत राय ने थोड़ी-बहुत स्वर्ण मुद्राओं के साथ शेर के चमड़े बादशाह को नजर किए तो बादशाह ने उसे बुरा नहीं माना। खजाने के अधिकारी ने बादशाह सलामत को एलिची इफ्तखार खाँ की टीप से अवगत करा दिया था। नतीजा यह हुआ कि गोंडवाना के शासक हृदयशाह की भेंट कबूल की गई। पर साथ ही यह हिदायत भी दी गई कि वह अपने इलाके में जंगलों को साफ करवाकर और अधिक जमीन पर खेती प्रारम्भ कराए।

भागवत राय राजधानी में बृजेन्द्र सिंह से मिले। उन्होंने उन्हें शाही परिवार में हो रही नित नयी घटनाओं से परिचित कराया। भागवत राय ने मंडला लौटकर राजा हृदयशाह से सभी बातें विस्तार से बतलाईं।

सब कुछ सुनकर हृदयशाह को यह तो स्पष्ट हो गया कि घरेलू उठापटक के चलते शहंशाह शाहजहाँ की ओर से वह निश्चिंत हो सकता है। भविष्य इस बात पर निर्भर होगा कि शाहजहाँ कब तक तख्त पर बैठे रह पाएँगे तथा उनका

उत्तराधिकारी कौन होगा। पर इन बातों पर अभी से कयास लगाना कठिन था। सहज तो यह था कि रामनगर में भवन निर्माण के कार्यों में तेजी लाई जाए। अतः हृदयशाह ने यही किया।

हृदयशाह स्वयं घंटों जाकर रामनगर में निर्माणाधीन भवनों का निरीक्षण करते। स्वयं देखते कि राजमिस्त्रियों से कहीं कोई चूक तो नहीं हो रही है। ऐसे ही एक दिन जब वे व्यस्त थे, उन्हें सूचना मिली कि कामदेव वाजपेयी का आकस्मिक निधन हो गया है। महाराज तुरन्त ही रामनगर से मंडला की ओर लौटें। कितनी स्मृतियाँ थीं कामदेव वाजपेयी के साथ, बिजली की तरह उनके मष्तिष्क में कौंधने लगी। मृत्यु पर भला किसका वश है? हृदयशाह ने राजकीय कोष से कामदेव वाजपेयी के अन्तिम संस्कार की व्यवस्था की ताकि कहीं कोई कमी न रह जाए।

हृदयशाह ने कामदेव वाजपेयी के पुत्र रामकिशन वाजपेयी को राजपुरोहित का पद दे दिया।

संयोजन

हृदयशाह प्रेमसुन्दरी के कक्ष में बैठे हुए उनसे रामनगर के नवीन भवनों के निर्माण की प्रगति के सम्बन्ध में चर्चा करने आए थे परन्तु प्रेमसुन्दरी अभी अपने शृंगार कक्ष से बाहर न निकली थीं। अतः वह कक्ष में पड़े पर्यंक पर बैठकर साथ में लाये रामनगर के मानचित्र का अध्ययन करने लगे। सम्पूर्ण रामनगर एक सुनिश्चित ढंग से तैयार किया जा रहा था। सड़कें व नालियों के अतिरिक्त बाग-बगीचों के लिए पर्याप्त जगह छोड़ी गई थी और भवनों के बनने के साथ ही उनमें कदंब, चम्पा और हरसिंगार के वृक्ष पहले से ही लगवा दिए गए थे ताकि भवनों के पूरा होने तक नगर का सारा वातावरण हरा भरा और पुष्पों की सुगंध से सुरभित रहे। हृदयशाह नगर योजना की प्रगति से प्रसन्न थे और मानचित्र देखने में तल्लीन थे कि पीछे से प्रेमसुन्दरी ने उनके कंधों पर दोनों हाथ रख दिए और कहा : 'महाराज, कब से खड़ी हूँ पर आप कुछ ऐसे खोये हुए हैं कि हमारे ही कक्ष में हमारी ही खबर नहीं।'

हृदयशाह (कुछ संकोच से) : महारानी, सर्जना का सुख कुछ ऐसा ही होता है कि व्यक्ति अपने आपको भी कुछ देर के लिए भूल जाता है।'

प्रेमसुन्दरी (विनोद भरे स्वर में) : 'महाराज, यह तो अच्छा है कि आप कुछ देर के लिए ही स्वयं को भूले पर हमें न भूलने लगिएगा।'

हृदयशाह जो अब तक अपना सिर झुकाए हुए मानचित्र को देख रहे थे, अपना सिर ऊपर उठाए और प्रेमसुन्दरी को देखकर कुछ क्षण के लिए उनके चेहरे से नजर नहीं हटाते।

प्रेमसुन्दरी (लजाते हुए) : 'महाराज, अब इस उम्र में ऐसा क्या देख रहे हैं?'

हृदयशाह : 'सुन्दरी, आज तो तुमने ठीक वैसा ही शृंगार किया है, जैसा बरसों पहले तुम्हें आगरा में देखा था। वैसी ही साड़ी वैसी ही केश सज्जा (कुछ शरारत से) और कुछ वैसी ही कपोलों की लाली।'

प्रेमसुन्दरी (कुछ और अधिक शरारत से) : 'अच्छा तो महाराज को सब कुछ याद है! उन दिनों हम आपके सामने ऐसा ही शृंगार करते थे, क्योंकि हम जान चुके थे कि हमारे इस शृंगार को आप विशेष रूप से पसन्द करते हैं। फिर भी क्या वे क्षण आपको याद हैं, जब हमने पहली बार यह शृंगार किया था?'

हृदयशाह (मुस्कुराते हुए) : 'एकदम याद है, या यूँ कहिए पूरा दृश्य ही याद है। यह तब की ही बात है जब आपने हमें 'संगीत रत्नाकर कर रत्नम्' का लेखक समझ लिया था। पर क्या करें हम इतने यशस्वी भला कैसे हो सकते थे? इस झूठ का हमें मलाल भी था।'

प्रेमसुन्दरी (भोलेपन का दिखावा करते हुए) : 'अच्छा तो आपको अपने झूठ का मलाल भी था, पर कर लक्षण की कारगुजारी का क्या?'

और दोनों हँस पड़े।

हृदयशाह ने प्रेमसुन्दरी से कहा कि वे आज उसे रामनगर के निर्माण की प्रगति को बतलाने ही आए थे। उन्होंने कहा–लगता है कि जीवन का एक बड़ा कार्य पूरा किया।

'महाराज, यह सच है रामनगर अब शीघ्र ही पूरा होनेवाला है और यह कार्य गोंड राजवंश में आपको अद्वितीय व्यक्तित्व के धनी व्यक्ति के रूप में स्थापित करने को पर्याप्त है पर महाराज जिस तरह चन्द्रमा में सोलह कलाएँ होती हैं, उसी तरह आपकी कलात्मक क्षमताएँ विविध हैं। रामनगर के बन जाने पर भी ऐसे बहुत से कार्य हैं जो आपको करने हैं। मैं चाहती हूँ कि आपकी कलाबोध के चन्द्रमा का प्रकाश गोंडवाना से भी बहुत दूर-दूर तक फैले।'

हृदयशाह : 'सुन्दरी, तुम मेरी प्राणवल्लभा हो, इसीलिए मेरी इतनी प्रशंसा करती रहती हो वरना मैं तो आटविक समाज का साधारण सा व्यक्ति हूँ, जिसे नियति ने राजा बना दिया। मैं तो कभी-कभी यह सोचता हूँ कि ईश्वर ने मेरे भाग्य में तुम जैसी सुन्दर, सुलक्षणा और महान् कलानेत्री को मेरी जीवन संगनि के रूप में लिखा। तुम्हारी प्रेरणा के बिना न तो मुझमें कलाप्रियता रह जाती और न ही ज्ञान पिपासा।'

प्रेमसुन्दरी : 'महाराज, बस भी कीजिए, कलाकारों के साथ सबसे बड़ी मुश्किल यह है कि वे दूसरों के छोटे से अवदान को भी हजारों गुना बढ़ाकर देखने को आदी होते हैं। महाराज, मुझ जैसी तुच्छ नाचनेवाली नर्तकी को आपने कहाँ से कहाँ पहुँचा दिया–इसे तो इतिहास भी नहीं भुला पाएगा। मैं तो भला इस जीवन में (कहते हुए प्रेमसुन्दरी का गला भर आया और आँखों से आँसू झरने लगते हैं।) भुला पाऊँगी।'

हृदयशाह (कुछ सँभलकर) : अरे-अरे प्रेमसुन्दरी, तुम यह क्या कह रही हो। अच्छा हम अपनी इन बातों को यहीं विराम देते हैं। यह कहकर वे प्रेमसुन्दरी को पास ही बैठा लेते हैं।'

कुछ देर में प्रेमसुन्दरी प्रकृतिस्थ हो जाती है, तब हृदयशाह उसके दोनों हाथ अपने हाथों में लेकर धीरे से पूछते हैं, 'अच्छा, तुम यह स्पष्ट बतलाओ कि अब जब रामनगर का कार्य पूरा होने को है, मैं कौन-सा ऐसा कार्य करूँ जो तुम चाहती हो।'

प्रेमसुन्दरी : 'महाराज, मैं चाहती हूँ कि आप जैसे यशस्वी व्यक्ति के रूप में मुख से निकला हुआ कोई भी वचन मिथ्या न हो, आपने परिहास में ही सही अपने लेखक

होने की बात हमसे की थी, मैंने तब भी आपकी क्षमता पर विश्वास किया था अब तो आपकी क्षमताओं पर पहले से कई गुना अधिक विश्वास बढ़ गया है। महाराज तब तो एक ग्रन्थ के लेखक होने की बात थी, पर मुझे पूरा विश्वास है कि अगर आप निश्चय करें तो संगीत, नृत्य या किसी भी कला का एक क्या अनेक ग्रन्थ रचने में समर्थ हैं।'

हृदयशाह : 'सुन्दरी, मन में तो एकाधिक ग्रन्थों की रूपरेखा विद्यमान है।'

प्रेमसुन्दरी : 'अच्छा महाराज अब तक तो आपने अपने ग्रन्थों का नाम रख लिया होगा, क्योंकि वर्ण्य विषय की रूपरेखा अब पूर्णतः स्पष्ट हो चुकी होगी।'

हृदयशाह : 'हाँ, तुम्हारी आधी बात तो मेरे मन में घर कर गई है, पर शेष आधी मैं चाहता हूँ तुम ही पूरी करो।'

प्रेमसुन्दरी : 'मैं भला इसमें क्या कर सकती हूँ?'

हृदयशाह 'कर सकती हो, पहले पूरी बात सुनो। हमने दो ग्रन्थों के सृजन का निर्णय लिया है। विषयवस्तु मन में है। संगीत के जिस बिन्दु को मैं चुनूँगा वह तो तुम वैसे भी जानती हो, उसे मैं अपने ढंग से लिखूँगा। पर दोनों ग्रन्थों का नामकरण तुम्हें ही करना है।'

प्रेमसुन्दरी (हँसते हुए) : महाराज, बड़ी कृपा की आपने वरना हमें मालूम था कि आप दोनों ग्रन्थों के नाम अपने किसी गुरु या किसी प्रसिद्ध संगीतकार के नाम कर देते और फिर आगे आनेवाली पीढ़ियों के इतिहासकार उन्हें यह बतलाते हैं कि महाराज हृदयशाह के दरबार में ये ग्रन्थ किन्हीं बहुत बड़े संगीतकार ने रचे थे।'

हृदयशाह (कुछ मुस्कुराते हुए) : 'अगर इन रचनाओं को किसी सफेद डाढ़ीवाले बाबा के नाम रखना ठीक न हो तो हम इनका नामकरण कर देते हैं—एक का नाम 'प्रेमप्रकाश' कर देते हैं और दूसरी का 'चिमनी कौतुकम्।'

प्रेमसुन्दरी (मुस्कुराते हुए) : 'महाराज आपने हमारी समस्या हल कर दी। अब दो ग्रन्थों में से पहले ग्रन्थ का नाम होगा 'हृदयकौतुक' और दूसरे का 'हृदयप्रकाश' तथा अब इस सम्बन्ध में हमारा निर्णय आपको मान्य होगा। यह हमारी आपसे विनती भी है और हमारी माँग भी।'

हृदयशाह : 'भई, पतियों का तो काम ही है पत्नियों की माँग पूरी करना, फिर वह माँग कैसी भी हो। जो चाहो सो नाम रख लो।' इस तरह हृदयशाह ने दो ग्रन्थ लिखने का मन बना लिया।

समय बीतते हृदयशाह ने हृदय कौतुक नामक ग्रन्थ की रचना की। संस्कृत भाषा में लिखे गए इस ग्रन्थ में उन्होंने संगीत शास्त्र से सम्बन्धित जिन बिन्दुओं की चर्चा की वह चाहते थे कि उनका और अधिक विस्तार हो। अतः उन्होंने एक और ग्रन्थ 'हृदय प्रकाश' का प्रणयन किया। यह भी संस्कृत भाषा में ही लिखा गया।

हृदयशाह ने संगीत शास्त्र का गहन अध्ययन किया था। उनका सम्पर्क उच्च कोटि के कलावन्तों से था। स्वयं उनकी प्राणवल्लभा सुन्दरी देवी भारतीय संगीत की उच्च कोटि की जानकार थी। संसार भर के संगीत में भारतीय 'राग' का वैशिष्ट्य अनुपम है। 'राग' जन-मन रज्जक ध्वनि के रूप में प्रतिष्ठित है। संगीत के किसी भी राग की सृष्टि के लिए न्यूनतम पाँच स्वर अनिवार्य हैं। सात स्वरों से युक्त राग 'सम्पूर्ण' छः स्वरों के प्रयोग से 'षाडव' और पाँच स्वरों पर आधारित राम औडुव होती है। तेरहवीं शताब्दी में निर्शा देव ने प्रचलित मार्गी और देशी रागों का वर्गीकरण दशविध किया, पाँच गीतियाँ बतलाईं तथा ग्रामराग, भाषा राग आदि दस विभागों में दो सौ चौंसठ राग वर्गीकृत किये। पार्श्वदेव ने राग, भाषा, क्रिया और उपा चार भाग सम्पादित किए।

क्रमशः उत्तर भारत में 'राग रागिनी वर्गीकरण' मान्य होने लगा। पुरुष प्रकृति के राग को 'पुरुष' मानकर स्त्री प्रकृति की 'रागिनी' को उसकी भार्या के रूप में परिकल्पित किया गया, फिर रागों का वंश विस्तार हुआ। अन्ततोगत्वा राग वर्गीकरण की यह प्रणाली अनेक संगीतविदों को असंगत लगने लगी।

हृदयशाह ने अपनी प्रज्ञा से भारतीय संगीत में 'संस्थान राग विभाजन' प्रस्तुत किया और उसे सरल रीति से शास्त्रबद्ध किया, फलस्वरूप 'राग रागिनी' पद्धति का स्थान 'थाट राग व्यवस्था' ने लिया। हृदयशाह ने तेरह संस्थानों में एक समान प्रकृत और विकृत स्वरों से युक्त रागों को अलग-अलग विभाजित किया। यह 'संस्थान' ही आज संगीत में 'थाट' या 'ठाठ' के नाम से प्रयुक्त होता है। दक्षिण भारतीय संगीत में यह मेल है।

हृदयशाह ने 'हृदय प्रकाश' ग्रंथ की रचना के प्रारम्भिक पदों में सातों स्वरों के परिचय के पश्चात् स्वरों के समूह, जिन्हें 'मेल' कहा जाता है, के सम्बन्ध में लिखा कि उनमें रागों की निष्पत्ति की शक्ति विद्यमान रहती है इसी विवेचना में उन्होंने रागों के स्वरों के स्थान का निरूपण किया। सामान्य पाठक के लिए इसे उदाहरण सहित समझाया। हृदयशाह ने ग्रन्थ की रचना काल में प्रेमसुन्दरी से लगातार संगीत शास्त्र पर चर्चाएँ कीं।

मिथः संवादिनौ तौस्तौ राज्ञः सचिव सन्निभौ।
विवादी रक्ति विहृदयशाह विच्छेदी शत्रुतुल्यः स कीर्तितः॥

वे दोनों स्वर परस्पर वादी संवादी होते हैं। संवादी स्वर वादी स्वर के 'मंत्री' के समान होता है। विवादी स्वर राग की रंचकता को नष्ट करनेवाला राग के शत्रु के समान कहा जाता है।'

प्रेमसुन्दरी ने पूछा : 'महाराज, इसका अर्थ तो यही हुआ कि वादी-संवादी स्वरों के परस्पर सम्बन्ध राजा सचिव का होता है।'

हृदयशाह : 'आपने ठीक समझा, महारानी।'

इसके पश्चात् हृदयशाह ने ग्रन्थ में वर्णित स्वर के धर्म गमक (हुम्फित) की विवेचना की। साथ ही, यह भी लिखा कि दो, तीन या चार प्रीतिकर स्वरों के संयोजन से तानों का निर्माण होता है। उन्होंने आगे लिखा है कि राग के गठन हेतु पाँच, छह अथवा सात स्वरों का होना अनिवार्य है तथा रागों को तीन प्रकार से जाना जाता है यथा जिस राग में केवल पाँच स्वरों का प्रयोग होता है उसे औडुव राग, जिसमें छह स्वरों के साथ गायन हो उसे षाडव राग और जिस राग में सातों स्वर लिए जाते हैं उसे सम्पूर्ण राग कहते हैं।

इस तरह संज्ञा की परिभाषा को हृदयशाह ने शुद्ध प्रांज्जल संस्कृत में प्रस्तुत किया, परन्तु भाषा में न तो कहीं दुरूहता थी और न व्यर्थ का पंडिताऊपन। प्रेमसुन्दरी ने बहुत से पंडित देखे थे जिन्हें संस्कृत के प्रकांड पंडित माना जाता था परन्तु वास्तव में उन्हें बहुत कुछ रटा रटाया रहता था। उसी को प्रभावी ढंग से बोलकर वे पढ़े-लिखे समाज पर भी पांडित्य का रौब झाड़ते रहते थे। कुछ ऐसे भी थे जो व्याकरण में निष्णात थे और जरा जरा सी बात पर बाल की खाल खींचते रहते। प्रेमसुन्दरी को हृदयशाह इन कूपमंडूक विद्वानों से एकदम अलग लगे, जिसमें स्वयं की रचनाधर्मिता कूट-कूटकर भरी थी। प्रेमसुन्दरी हृदयशाह के संगीत ज्ञान की प्रायोगिक क्षमताओं से तो परिचित थी, परन्तु वह हृदयशाह के सैद्धान्तिक ज्ञान और उस ज्ञान को मौलिक रूप से ढालने की क्षमता को देखकर हतप्रभ थी।

इधर हृदयशाह ने शुद्ध स्वरों की स्थापना या निरूपण के पश्चात् विकृत स्वरों की भी विवेचना की। अब वे अपने ग्रन्थ के मूल प्रतिपाद्य विषय पर आ रहे थे, उन्होंने बारह मेलों की संकल्पना की थी, जिसमें प्रथम मेल शुद्ध स्वर मेल था। हृदयशाह ने शुद्ध सप्त स्वर मेल अर्थात् भैरवी मेल में सैन्धव, भैरवी और नीलाम्बरी रागों को संकलित किया। तभी उन्हें ध्यान आया कि प्रेमसुन्दरी उनकी विवेचना सुनते-सुनते कहीं खो-सी गई है।

हृदयशाह कुछ हँसते हुए बोले : 'सुन्दरी, कहीं भैरवी और नीलाम्बरी रागों की चर्चा सुनते सुनते पुराने गीतों की याद में तो नहीं खो गईं।

प्रेमसुन्दरी : 'महाराज आपने सुगम संस्कृत में जिस तरह संगीत की बारीकियों को जिस सहजता से प्रस्तुत किया है, उससे मैं आश्चर्य चकित हो गई हूँ, और हाँ, यह मत समझिए कि मैंने आपके प्रथम मेल की व्याख्या नहीं सुनी कहिये तो सैंधव राग की विवेचना सुना दूँ।'

और प्रेमसुन्दरी के मुख से स्वर सरिता बह निकली।

हृदयशाह आनन्दित हो गए और इस तरह प्रथम सप्ताह में लिखे गए सामग्री पर समुचित चर्चा सम्पन्न हुई।

संगीत के आधारभूत अंगों और प्रत्यागों की विवेचना के पश्चात् फिर उन्होंने कहा : 'हमने मेल (अथवा संस्थानों) का वर्णन किया है।'

प्रेमसुन्दरी : 'महाराज, ये तो मुख्यतः दो वर्ग के ही हैं। प्रथम वर्ग तो शुद्ध स्वर मेल का ही है, यह भैरवी मेल (या संस्थान) है। क्या आपने भैरवी के स्वरों सा रे ग म प ध नि सां के वीणा के तार पर उनके स्थान को भी निर्देशित किया है?'

हृदयशाह : 'अवश्य, वीणा के तारों की सम्पूर्ण लम्बाई और उनके अलग-अलग स्थानों के स्वरों की हमने विवेचना की है। शुद्ध स्वरों की स्थापना (निरूपण) हमने सबसे पहले की है। तदन्तर हमने क्रमशः एक विकृत वर्ग के अन्तर्गत कर्णाट और मुखारी मेलों को, द्विविकृत वर्ग के अन्तर्गत तोड़ी एवं केदार मेलों को, त्रिविकृत वर्ग के अन्तर्गत ईमन, मेघ और हृदय रमा मेलों को, चतुर्थ वर्ग के अन्तर्गत गौरी, सारं और पूर्वा मेलों को तथा पंचम वर्ग के अन्तर्गत एक मेल धनाश्री का वर्णन किया है।

प्रेमसुन्दरी : 'इस तरह आपने कुल मिलाकर बारह मेल माने हैं?'

हृदयशाह : 'हाँ, सुन्दरी इतने ही मेल हमने माने हैं। इनमें से प्रथम मेल भैरवी की विवेचना जैसी भी हमने की है, वह तुम सुन ही चुकी हो। शेष ग्यारह मेल विकृत स्वरों के हैं यह भी मैंने तुमसे अभी कहा है।'

प्रेमसुन्दरी : 'इसका अर्थ यह हुआ कि अब आप अगले सप्ताहों के अन्तिम दिनों में क्रमशः एक, दो, तीन, चार और पाँच विकृतिवाले स्वरों के मेलों के सम्बन्धों में अपना लिखा हुआ सुनाएँगे।'

हृदयशाह : 'हमारा प्रयास तो यही रहेगा कि एक सप्ताह में कम से कम एक वर्ग के मेलों का विवरण हम लिख सकें।'

प्रेमसुन्दरी : 'महाराज आप यह अवश्य कर सकेंगे और आपका लेखन समय पर पूरा होता रहेगा, क्योंकि मुझे आपके ऊपर पूरा विश्वास है।'

हृदयशाह ने स्वयं भी एक राग का विकास किया, जिसका नाम उन्होंने हृदयरमा रखा। हृदयप्रकाश के पैंतालीसवें पद्य में उन्होंने हृदयरमा के विषय में लिखा :

'गस्यतीव्रतमत्वेऽथ तथा तीव्रतमौ मनी।
इहैवोत्प्रेक्षिता पूर्णा हृदयाद्या रमोच्यते॥

स म ग ध प म रि स नि प स स रि म स
रि स म म रि स।
इति हृदयरमा॥'

गान्धार के तीव्रतम होने पर तथा तीव्रतम मध्यम् व निषाद् रहने पर जो राग हृदय से (या हृदयशाह द्वारा) कल्पित की गई है, वह हृदयरमा कहलाती है। इसकी जाति सम्पूर्ण है।)

स्वर : सा म ग ध प म म रे सा, नि प सा सा रे म सा रे सा म म रे सा।

इस तरह इस मेल का वर्णन ग्रन्थ के तीन विकृत स्वरों से युक्त मेलों में से अन्तिम मेल का निरूपण था।

प्रत्येक सप्ताह के अन्त में महाराज हृदयशाह जितने भी मेलों का विवरण लिखते, वे प्रेमसुन्दरी को सुनाते और ज्ञान के विनिमय का आनन्द उठाते। धीरे-धीरे लगभग एक माह का समय बीत गया और उन्होंने अब तक शुद्ध स्वर मेल के अतिरिक्त, एक विकृत और तीन विकृत रागवाले मेलों का विवरण पूरा कर लिया।

आज महाराज ने तीन विकृत रागवाले मेल में छठवे मेल ईमन और सातवें मेल की विवेचना की। परन्तु जब आठवें मेल की बारी आई तो प्रेमसुन्दरी कुछ आश्चर्यचकित हुई, क्योंकि यह नया 'मेल' था। इस आठवें मेल में महाराज ने स्वयं निर्मित हृदयरमा राग को रखा था।

षष्ठम सप्ताहान्त जब हृदयशाह प्रेमसुन्दरी के यहाँ पहुँचे तो वह अपने प्रियतम के द्वारा विकसित राग हृदयरमा स्वर संयोजन पर विचार कर रही थी। हृदयशाह के आने पर प्रेमसुन्दरी ने महाराज के द्वारा विकसित राग पर कुछ और चर्चा की परन्तु महाराज ने जो कुछ नया लिखा था उसे स्वयं शीघ्र ही प्रेमसुन्दरी को सुनाना चाह रहे थे।

हृदयशाह : 'सुन्दरी, आज चार चार विकृत स्वरों के तीन मेलों का प्रसंग है। प्रथम मेल में ऋषभ, धैवत, कोमल तथा गान्धार निषाद तीव्रतर होते हैं। (गौरी संस्थान में) राग गौरी, मूलतानी, धनाश्री और श्रीराग, षड्राग, चैतीगौरी, वसन्तक, जयश्री, रामकली, परज तथा पंचम और पुनः गान्धार, आसावरी, देशी तोड़ी, मालव, भैरव, बहुली, गुर्जरी, गौंड और गुणकरी रागे, गणनीय हैं। देशकाल, मालश्री, विभास तथा त्रिवण भी इसी मेल में सम्मिलित हैं।'

प्रेमसुन्दरी : 'दूसरा मेल कौन सा है?'

हृदयशाह : 'द्वितीय मेल में अति तीव्रतम गान्धार, तीव्रतर मध्यम धैवत और काकली निषाद होते हैं। (सारंग संस्थान)'

प्रेमसुन्दरी : 'और तीसरे मेल में?'

हृदयशाह : 'तृतीय मेल में गान्धार, मध्यम धैवत और काकली निषाद होते हैं। हमने सभी मेलों के रागों का परिचय भी दिया है।'

प्रेमसुन्दरी : 'यह तो आपने बहुत अच्छा किया परन्तु प्रत्येक राग के परिचय में क्या क्या लिखा है।'

हृदयशाह : 'सभी रागों का वर्णन तुम स्वयं पढ़ लेना। परन्तु मैं उनमें से एक राग वसन्तक के लक्षण पढ़कर सुना रहा हूँ, लो सुनो–

आरोहे पोज्झितो माद्यः पूर्णो धांशो वसन्तकः।

म ध नि स नि ध प म ग रि स।'

प्रेमसुन्दरी : 'आपने तो इतने संक्षेप में वह सब कुछ कह दिया, जिसे समझाने में न जाने कितना वक्त लग जाता है। सभी कुछ है इस परिचय में। वसन्तक राग सम्पूर्ण है। आरोह में पंचम वर्णित है। ग्रह स्वर मध्यम है और अंश स्वर धैवत है, वाह।'

फिर उसने सस्वर म ध नि सां नि ध प म ग रे सा का उच्चारण किया।

हृदयशाह : 'तुम्हारे स्वरों के उच्चारण तो वाकई कमाल के हैं सुन्दरी, वाह।'

अब तक डेढ़ माह से अधिक का समय बीत चुका था। पर समय कैसे बीता न तो इसका भान महाराज को था और न प्रेमसुन्दरी को। आज के सप्ताहान्त में महाराज अपने ग्रन्थ के अन्तिम मेलों की विवेचना सुनानेवाले थे। प्रेमसुन्दरी के यहाँ पहुँचने के पश्चात् उन्होंने ग्रन्थ के अन्तिम पृष्ठ खोले और पढ़ना प्रारम्भ किया।

'हमारे ग्रन्थ का दसवाँ मेल सारंग है। सारंग और बड़हंस राग सम्मिलित हैं। चार विकृत स्वरों के मेल में गान्धार, मध्यम और धैवत तीव्रतर हैं और निषाद काकली है। इस तरह ग्यारहवाँ मेल पूर्वा है। पूर्वा राग वहाँ सम्पूर्ण जाति का राग है। इसकी मूर्च्छना पञ्चम से प्रारम्भ होती है। अन्तिम या बारहवाँ मेल धनाश्री है। यह पाँच विकृत स्वरोंवाला मेल है। पाँच विकृत स्वरों के मेल धनाश्री में गान्धार और मध्यम तीव्रतर, ऋषभ और धैवत कोमल तथा निषाद काकली या तीव्रतर है।'

प्रेमसुन्दरी : 'महाराज यद्यपि मैंने आपके मुख से सभी बारह 'मेलों' का संक्षिप्त वर्णन सुनना, परन्तु मुझे विश्वास है कि ग्रन्थ में दी गई विस्तृत सामग्री आगे आनेवाली संगीत प्रेमी पीढ़ियों के लिए बहुमूल्य साबित होगी। जब भी यह ग्रन्थ सुलेखकार द्वारा लिपिबद्ध कर लिया जाय तब मैं उसे आद्यान्त स्वयं पढ़ना चाहूँगी। महाराज, इस कार्य में विलम्ब न कीजिए।'

हृदयशाह : 'नहीं-नहीं विलम्ब कैसा? सुलेखकार से हमने बात कर ली है।'

प्रेमसुन्दरी : 'महाराज, आप दो क्या अनेक कार्य साथ ही सम्पादित करने में समर्थ हैं परन्तु साहित्य रचना के सन्दर्भ में मैं आपकी बात नहीं समझ पाई।'

हृदयशाह : 'सुन्दरी, दोनों ग्रन्थों में हमें स्वरों राग रागनियों और इनके मेलों के सम्बन्ध में ही तो रचना करनी थी। अतः दूसरा ग्रन्थ इस ग्रन्थ के साथ ही साथ तैयार होता गया। केवल उसके पद्यों को क्रमबद्धता देनी थी, सो हमने उस कार्य को पूरा कर लिया है।'

प्रेमसुन्दरी : 'अर्थात् दूसरा ग्रन्थ भी तैयार हो चुका है?'

हृदयशाह : 'हाँ, दोनों ग्रन्थों की रचना पूरी हो चुकी है। दोनों ग्रन्थों को हम एक साथ ही सुलेखकार को दे रहे हैं। कहिए हुआ न आश्चर्य?'

प्रेमसुन्दरी : 'आश्चर्य तो आपके कार्यों से अनेक बार हुआ है, पर इस बार मुझे आत्मिक सन्तुष्टि मिल रही है। वैसे तो जब सुलेखकार से ग्रन्थ मिल जाएगा तब मैं उन्हें आद्योपान्त पढ़कर उसका आनन्द उठाऊँगी।'

कुछ ही दिनों में 'हृदयकौतुक' और 'हृदयप्रकाश' नाम के दोनों ग्रन्थों को आद्योपान्त पढ़कर हर्षित होनेवाली प्रथम पाठिका हृदयशाह की पट्टमहिषी सुन्दरी देवी हुईं। महाराज अपनी इस प्रिय पत्नी को प्रेमसुन्दरी के नाम से सम्बोधित करते हैं परन्तु जनसामान्य में उन्हें सुन्दरी देवी के नाम से अधिक जाना जाता था।

चौदहवीं शताब्दी में भारतीय संगीत को बेमिशाल माननेवाले अमीर खुसरो को भारतीय संगीत की आधार स्वरूप ग्राम मूर्च्छना पद्धति का ज्ञान न था। वे ईरानी संगीत के नियमों के ज्ञाता थे। अतः उन्होंने भारतीय रागों का वर्गीकरण 'मुकाम पद्धति' से किया। उनके इस वर्गीकरण ने भारतीय संगीत की समझ की दिशा ही बदल दी। भारतीय और ईरानी रागों को लेकर संसृष्ट (मुरक्कब) रागों का सर्जन हुआ। यद्यपि उनके नाम भारतीय ही रखे गए। दोनों संस्कृतियों के मेल-जोल से नए 'थाट' नवीन सप्तक, नूतन ताल और अभिनव साज बने। यह परम्परा पहले 'इल्मे खुसरो' फिर 'इन्द्रप्रस्थ मत' के नाम से प्रसिद्ध हुई। पूरे भारत के संगीत जगत पर इसका प्रभाव पड़ा।

भारतीय संगीत में सात स्वर थे किन्तु ईरानी संगीत में बारह नाम थे। भारतीय स्वरों के पाँच स्वरों को विकृत कर कुल बारह स्वर बनाए गए और उन्हें ईरानी साँचे में जमाने का कार्य किया गया। वीणा पर बारह अचल सारिकाओं की स्थापना की गई। यह कार्य अमीर खुसरो और चतुर्दण्डि सम्प्रदाय के प्रवर्तक गोपाल नायक के सम्मिलित प्रयास से हुआ। भारतीय 'सप्तक' अब ईरानी पद्धति की शैली पर 'अष्टक' बना। चार स्वर तथा छः ध्वनियों के पूर्वार्ध में रास्त, शहनवाज, दोका, कुर्द, सीका, गिरका और हिजाज की समानता पर सा, कोमल रे, शुद्ध रे, कोमल ग, शुद्ध ग, शुद्ध म और तीव्र म रखे गए। इसी प्रकार उत्तरार्ध के नवा, हिसार, हुसेनी, अगनू, नीम माहुर और रास्त के समकक्ष प, शुद्ध घ, कोमल नि, शुद्ध नि और तार साँ रखे गए। यहाँ केवल 'सा' को ही सभी मुकामों या संस्थानों का आरम्भिक स्वर माना गया जबकि मूर्च्छना पद्धति में किसी भी मूर्च्छना का प्रथम स्वर उसका आरम्भिक स्वर होता था, न कि केवल षडज।

1651 ईस्वी : रामनगर का मोतीमहल

रामनगर में यद्यपि अभी भी निर्माण कार्य चल रहा था, परन्तु मोतीमहल जिसमें हृदयशाह अपने परिवार के साथ रहने लगे थे, पूरा बन चुका था। रानियों के महल अब भी निर्माणाधीन थे।

इन दिनों गढ़ा मंडला राज्य की सारी राजनैतिक और सांस्कृतिक गतिविधियों का केन्द्र मोतीमहल है। मोतीमहल का वह भाग जहाँ से नर्मदा के दर्शन होते हैं महाराज को विशेष प्रिय है। वे वहाँ पर बैठकर वीणावादन करते हैं तो कभी रात्रि के प्रथम प्रहर में यदि कभी एक राग की स्वर लहरी महल को झंकृत कर देती है तो कभी रात्रि के अन्तिम प्रहर में दूसरे राग की स्वरलहरी। महाराज रागों के भावों से उतना ही परिचित हैं जितना रागों के आरोह अवरोह से। महारानी सुन्दरी देवी अहर्निश महाराज के इस संगीत प्रेम को बढ़ावा देती हैं।

एक दिन महारानी सुन्दरी देवी ने महाराज से कहा कि अब चूँकि 'हृदयकौतुक' और 'हृदयप्रकाश' की सुलेखकों द्वारा संगीत के विद्वज्जनों को भेंट करने के लिए अनेक प्रतियाँ तैयार करा ली गई हैं, तब एक संगीत सभा का आयोजन क्यों न कर लिया जाय? विचार उत्तम था और महाराज को स्वीकार्य भी। निश्चित तिथि और समय पर एक विशाल संगीत सम्मेलन का आयोजन हुआ जिसकी अध्यक्षता महाराज ने स्वयं की। महारानी सुन्दरी देवी आसन्दी पर साथ ही बैठीं। वीणा वादकों ने स्वरों का जादू बिखेर दिया। इसके पश्चात् गुणी जनों को महाराज ने दोनों ग्रन्थों की प्रतियाँ भेंट कीं।

ग्रन्थों को पाकर सभी संगीत के आचार्य प्रसन्न हुए। उनमें से कुछ इन ग्रन्थों के सम्बन्ध में प्रश्न पूछना चाहते थे। यह बात महारानी सुन्दरी देवी ने ताड़ ली और उन्होंने यह घोषित कर दिया कि उपस्थित सुधी जन यदि इन ग्रन्थों के सम्बन्ध में कुछ और अधिक जानकारी चाहेंगे तो उसे स्वागत योग्य समझा जाएगा। वस्तुतः ग्रन्थों की विषय वस्तु पर संगीत प्रेमी तरह तरह की आपस में चर्चा करने लगे थे।

सभा में उपस्थित दो विद्वान पंडित गंगाप्रसाद और पंडित बनारसीदास कुछ पूछना चाहते थे। यह हृदयशाह ने भी लक्षित किया और उन्होंने उनसे अपने प्रश्न पूछने का आग्रह किया।

पंडित गंगाप्रसाद : 'महाराज ने विदेशी संगीत शास्त्र का अनुकरण करते हुए बारह मुकामों के स्थान पर बारह संस्थानों की संरचना की है अर्थात् बारह स्वरों की सत्ता मानने का क्या यह अर्थ नहीं कि हमने भारतीय मूर्च्छना पद्धति का परित्याग कर एक नवीन अभारतीय पद्धति का वरण कर लिया है। यह आयातित विचारधारा भरतमुनि, **शो देव, मत** आदि की प्राचीन परिपाटी से सर्वथा भिन्न है। मेरी समझ से इससे प्राचीन स्वर प्रणाली को तो आघात पहुँचा ही प्रमाण श्रुति के आधार की उपेक्षा भी हुई है।'

महाराज हृदयशाह इस प्रश्न का उत्तर देने के लिए जैसे ही तैयार हुए समीप ही बैठी हुई महारानी सुन्दरी देवी ने महाराज से आज की सभा में पूछे गए प्रश्नों के उत्तर देने की आज्ञा माँगी।

महाराज हृदयशाह सुन्दरी देवी की कला मर्मज्ञता से परिचित थे। उनके लेखन के काल में उन्होंने कितनी ही बार उनसे संगीत शास्त्र पर लम्बी चर्चाएँ की थीं। अतः उन्होंने उन्हें उत्तर देने की सहर्ष आज्ञा दे दी।

सुन्दरी देवी ने नम्रतापूर्वक संगीतविद् पंडित गंगाप्रसाद का अभिनन्दन कर उत्तर देना प्रारम्भ किया :

'संस्कृतियों के मिलन से अनेक नई व्यवस्थाओं का जन्म होना अनिवार्य हो जाता है। भारत में दो संस्कृतियों के समागम से संगीत में नई धाराएँ बह निकली हैं। उन्हें यदि लाभ के नाम से देखा जाए तो परवर्ती संगीत में सा प को अनिवार्यतः

रखकर और शेष पाँच स्वरों के शुद्ध या विकृत रूप में से किसी एक को सम्मिलित कर, कुल सात स्वरों से संयोजन करना सरल हो गया था। इसी संयोजन द्वारा पूर्वी, भैरवी, तोड़ी और माखा जैसे थाटों की उत्पत्ति हुई। इन थाटों में वर्गीकृत रागों के नाम भारतीय हैं, किन्तु मूल मुकाम पद्धति में है।'

गंगाप्रसाद का दूसरा प्रश्न था–'संस्थानों की रचना का क्या आधार है?'

सुन्दरी देवी : 'महाराज हृदयशाह ने ईरानी संगीत शास्त्र के बारह मुकामों के अनुकरण पर बारह संस्थानों की संरचना की। उन्होंने विकृत स्वरों के 'तीव्रतम' रूप लिए हैं और 'सारंग' जैसे थाट में 'अति तीव्रतम्' गान्धार की स्थिति मानी है। दक्षिण के स्वरों के अनुरूप जो एक रागिनी 'हृदयरमा' उन्होंने स्वयं गढ़ी, उसे समाहित करके तेरहवाँ संस्थान 'हृदयरमा' भी रचा। इनके नाम हैं भैरवी, कर्णाट, मुखारी, तोड़ी, केदार, ईमन, मेघा, हृदयरमा, गौरी, सार, पूर्वा, धनाश्री और दीपक। उन्होंने अपने संस्थानों या मेलों को 'विकृत स्वरों की संख्या के आधार पर' पुनः समुदायबद्ध कर इस प्रणाली को सरलीकृत करने की व्यवस्था भी की है। 'हृदयकौतुक' और 'हृदयप्रकाश' में कुल मिलाकर 92 रागों का वर्गीकरण और सविस्तार वर्णन है। लेखक ने 'जयत्केदार', 'पूरियाकेदार', 'देवगान्धार' और हृदयरमा राग स्वयं ही गढ़े हैं। राग के स्वरों को 'अनुष्टुप' छन्द में बांधकर गत्यात्मकता के साथ राग वर्णन उत्तम ढंग से प्रस्तुत किया गया है।'

पंडित बनारसीदास : 'महाराज ने अपने ग्रन्थों में वीणा पर स्वर की सुनिश्चित स्थिति किस प्रकार बतलाई है?'

सुन्दरी देवी : 'महाराज स्वयं एक सुश्रुत वैणिक हैं, इसलिए वीणा पर सारा विधान करते हुए तार की लम्बाई पर स्वर की सुनिश्चित स्थिति की आवश्यकता को उन्होंने अनुभव किया है और ज्यामितीय ज्ञान के द्वारा इस समस्या का हल भी प्रदान किया है। 'हृदयप्रकाश' ग्रन्थ में वीणा के दण्ड पर प्रस्तारित एक तार की लम्बाई के आधार पर सप्तक के सा, रे, ग, म, प, ध, नि सात शुद्ध और कोमल रे, ग, ध, नि और तीव्र म इन पाँच विकृत स्वरों की सुनिश्चित स्थिति का निर्देशन किया गया है, जो कि वीणा पर 'परदे' या 'सा' 'रे' रखने में उपयोगी होगा। महाराज ने वीणा के तार का अधिग्रहण कर स्वर संस्थिति के सिद्धान्त का निर्देश किया है। उन्होंने किसी माप विशेष का विवरण देने की आवश्यकता संगीतविदों के लिए आवश्यक नहीं मानी। सैद्धान्तिक ज्ञान के आधार पर यह कार्य सुगम हो जाता है। इस तरह महाराज ने अपने दोनों ग्रन्थ तीन प्रयोजनों की सिद्धि के लिए लिखे हैं ये प्रयोजन हैं त्रयोदश संस्थान प्रकरण, वीणा के तार की लम्बाई के आधार पर स्वर स्थापन और समकालीन प्रचलित रागों का रूप निरूपण।'

संगीत के आचार्यों को अब अधिक कुछ पूछने को न रहा। सभी प्रसन्न थे। प्रसन्नता के इस वातावरण में सभा विसर्जित हुई।

कटूक्ति का फल

(ईस्वी सन् 1666)

रामनगर के सभी प्रमुख भवनों का निर्माण कार्य लगभग पिछले डेढ़ दशक से चल रहा था। हृदयशाह चाहते थे कि औपचारिक उद्घाटन समारोह के अवसर पर आगरा से अनंग वाजपेयी आएँ। रामनगर के अनेक भवनों में अब भी रँगाई और पुताई चल रही थी। यद्यपि रामनगर दस बारह वर्ष पूर्व ही गोंड राज्य की राजधानी बन चुका था, प्रशासनिक कार्य और राजकाज भी वही से चलता था, परन्तु राज परिवार मंडला के राजमहलों में वर्ष के कुछ दिन अवश्य बिताता। राजधानी के भवनों को पूरा होने में काफी समय लग चुका था। राजपरिवार वहाँ जाकर रहने भी लगा था, पर महलों का सौन्दर्यीकरण बाकी था। पिछले दिनों जब रुखसाना आई थी, तब उससे ज्ञात हुआ था कि उसका पति इन्हीं सब वस्तुओं की तिजारत करता है। अपने पहले प्रवास में ही रुखसाना और उसके पति ने अपने सहज व्यवहार से हृदयशाह के राजपरिवार का दिल जीत लिया था, यहाँ तक कि बघेलिन रानी ने भी उन दोनों की तारीफ की थी। रुखसाना और उसके पति जब वापस लौट रहे थे तब उन्होंने केवल चिमनी बेगम और महाराज को ही सुन्दर वस्त्रों की भेंट नहीं दी थी वरन् उन्होंने प्रेमसुन्दरी सहित महाराज की सभी रानियों और राजकुमार को भी सुन्दर और सुरुचिपूर्ण वस्त्र एवं अन्य भेंटें जिनमें हाथीदांत की कलात्मक कृतियाँ और राजपरिवार की महिलाओं को सुन्दर काँच की चूड़ियाँ भेंट की थीं। अतः जब हृदयशाह ने परिवार के सदस्यों से यह राय ली कि क्यों न राजमहलों में सजावटी वस्त्रों और सजावटी सामान की आपूर्ति का काम रुखसाना के पति को सौंप दिया जाए तो सभी ने इसका समर्थन किया।

दीवान भागवत राय अपने महल के पूर्ण होने पर वहाँ निवास करने लगे थे। उनके महल की भी सजावट बाकी थी, क्योंकि राजा चाहते थे कि सजावट का कार्य निर्माण के पश्चात् हो। भागवत राय भी अपने महल की सजावट वैसी ही कराना चाहते थे जैसी कि राजपरिवार के महलों की सजावट की रूपरेखा बन रही थी।

दीवान भागवत राय को महाराज ने ही कहा कि वे अनंग वाजपेयी को रामनगर के औपचारिक समारोह के अवसर पर अपने परिवार के बीच देखना चाहते हैं। इस पर भागवत राय ने महाराज को सलाह दी कि जब वे अनवर हुसैन से राजसी महलों

की सजावटी सामग्री क्रय करने का मन बना चुके हैं। तब वे अनवर हुसैन के साथ रुखसाना तथा अनंग वाजपेयी को भी बुला लें। इस पर महाराज ने कहा कि अब भी उद्घाटन समारोह के लिए एक माह से अधिक का समय है और इतने दिनों तक क्या मेहमानों को रोकना उचित होगा।

इस पर दीवान भागवत राय ने कहा—महाराज वैसे तो इतने बड़े अवसर पर एक माह रुकना कोई बड़ी अवधि नहीं है, पर जहाँ तक मेरी जानकारी है कि अनवर हुसैन व्यस्त व्यापारी है। वह और उसकी पत्नी संकोचवश यदि रुक भी गए तो उन्हें निजात में नुकसान होगा क्योंकि अनवर हुसैन का व्यापार आगरा और दिल्ली दोनों जगह फैला है। यही स्थिति पंडित अनंग वाजपेयी की है वे अब आगरा के समीप ही एक संस्कृत पाठशाला के प्राचार्य हैं जिसका खर्च राजपूताने के किसी राजकोष से होता है। उन्हें भी शायद इतनी अवधि तक रुकने में कठिनाई हो सकती है। यह अलग बात है कि आपके अनुरोध को वे भी न टालेंगे।

इस पर हृदयशाह ने कहा कि हमारा उद्देश्य तो इस अवसर पर इन दोनों से मिलना है। अब यदि ये कुछ दिनों पहले भी आ जाते हैं और कुछ दिन रुककर चले जाते हैं तो भी मुझे प्रसन्नता होगी।

भागवत राय ने कहा महाराज मैं पंडित अनंग वाजपेयी तथा रुखसाना और उसके पति अनवर हुसैन को आवश्यक सूचना भिजवाये देता हूँ तथा उनके आने और लौटने का इंतजाम भी कर देता हूँ। आप हमें सारे सामान की सूची बनवा दें। इस पर हृदयशाह ने कहा कि आपसे हम अपनी सारी जरूरतों के बारे में पहले भी चर्चा कर चुके हैं, अतः यह काम भी आप ही कर लें। साथ ही अनवर हुसैन को सूचित कर दें कि महलों में सजावट की ऐसी सामग्री जो हमारी सूची में न भी हो, पर उनकी दृष्टि से उपयोगी हो, वे उसे भी लेते आवें।

भागवत राय न केवल चतुर व्यक्ति थे पर राजाज्ञा के समुचित पालन में भी उनकी दक्षता के सभी कायल थे। उनकी तत्परता से पंडित अनंग वाजपेयी, रुखसाना और उसका पति अनवर हुसैन राजमहलों में उपयोग में लाई जानेवाली अनेक वस्तुएँ और कीमती परदों व कालीनों इत्यादि के साथ अपेक्षित समय से पूर्व ही मंडला पहुँच गए।

अनंग वाजपेयी, रुखसाना और उसके पति अनवर हुसैन को यह ज्ञात था कि गोंडवाना की राजधानी पिछले अनेक वर्षों से रामनगर है। फिर महाराज और उनका परिवार मंडला में क्यों है यह जिज्ञासा वे अधिक देर तक दबाये न रह सके। और जब महाराज हृदयशाह और भागवत राय की उपस्थिति में कुछ देर के लिए मंडला के विश्राम गृह में बैठे तो उन्होंने अपनी जिज्ञासा भागवत राय से प्रकट कर दी। इस पर भागवत राय ने बतलाया कि यह ठीक है कि अब रामनगर के सभी प्रमुख भवनों का निर्माण हो चुका है। पर यह कार्य एकदम तो हुआ नहीं इसमें अनेक वर्ष लगे। अतः

राजधानी के मुख्यालय को महाराज ने रामनगर में बहुत पहले ही स्थापित कर दिया, परन्तु राजपरिवार ने वर्ष के कुछ दिन मंडला के किले में रहने की परम्परा कायम रखी है और जब महाराज यहाँ हैं तो सभी अधिकारी भी यहीं हैं। इसका अर्थ यह नहीं है रामनगर खाली है। वहाँ का सारा कामकाज चल रहा है। अभी भी अनेक राजकीय और प्रशासकीय भवनों को अन्तिम रूप दिया जा रहा है। महाराज का परिवार वर्ष के अधिकांश समय रामनगर में ही रहता है। वहाँ के महलों की व्यवस्था के लिए पर्याप्त परिचारक वहीं पर ही रहते हैं। महाराज मंडला के महत्त्व को कम नहीं होने देना चाहते, क्योंकि यह उनके पूर्वजों की पुण्य भूमि है। इसीलिए उन्होंने यह सदैव ही ध्यान रखा है कि इस नगर की चमक फीकी न पड़े। इसे आप स्वयं अनुभव कर सकते हैं।

अनंग वाजपेयी अपने स्वर्गीय चचेरे भाई कामदेव वाजपेयी के यहाँ रुकना चाहते थे। स्वर्गीय भाई के स्थान पर अब उनका पुत्र रामकिशन वाजपेयी राजपुरोहित था। परन्तु हृदयशाह के आग्रह को वे टाल न सके और वे महल के अतिथिगृह में ही ठहर गए। इसी अतिथिगृह के एक दूसरे भाग में रुखसाना और उसके पति अनवर हुसैन भी ठहरे थे, परन्तु उनके साथ लाई गई बैलगाड़ियों में भरी हुई सामग्री की गणना का काम भागवत राय ने भाण्डारिक विश्वम्भर ओझा को पहले से सौंप दिया था। सम्पूर्ण सामग्री को करीने से रखा गया, क्योंकि उसकी सभी सामग्री को महाराज या महारानियाँ स्वयं देखकर अपने-अपने महलों की सजावट के लिए चुननेवाली थीं। भागवत राय ने महाराज की आज्ञा से ही लाई गई चार सामग्रियों को भंडार गृह के चार कक्षों में रखवाया था। चतुर भागवत राय यह जानते थे कि महाराज अपनी चारों रानियों को चार प्रकार की सामग्रियाँ यथा दरवाजों और खिड़कियों के परदे एक कक्ष में, गलीचे दूसरे कक्ष में, झाड़ फानूस तीसरे कक्ष में और सजावटी सामान चित्र कक्ष में रखवाये थे। इस तरह चार प्रकार की सामग्रियाँ अलग-अलग कक्षों में रखीं गईं। एक साथ आने पर भी अब प्रत्येक रानी को एक सामग्री को सर्वप्रथम चुनने का अवसर मिलेगा अर्थात् महाराज किसी भी रानी के प्रति पक्षपात् के आरोप से बच जाएँगे। महाराज स्त्रियों की मानसिकता खूब समझते थे और उन्हें एक साथ प्रसन्न करने के गुर भी वे खूब जानते थे।

अनंग वाजपेयी, रुखसाना और उसके पति से महाराज स्वयं मिले परन्तु अब शाम हो रही थी और सभी यात्री लम्बी यात्रा से खूब थके हुए थे इसलिए महाराज को मध्यान्ह के पूर्व अपनी पत्नियों के साथ भंडार गृह के अधिकारी और भागवत राय से मिलना था ताकि दिल्ली और आगरा से लाई गई सामग्रियों को रानियों से पसन्द करवाकर उन्हें क्रम से रखा जा सके। महिलाओं को सामग्री चुनने में बहुत वक्त लगता है। उनको पर्याप्त समय मिले, इसलिए महाराज ने उन सभी के संयुक्त भोज का इंतजाम भी भागवत राय को सौंप दिया। रानियों को भंडार गृह में छोड़कर

महाराज व अनंग वाजपेयी को लेकर उन्हें रामनगर ले जाना था, अतः इसकी भी पूरी व्यवस्था शाम को ही कर ली गई।

दूसरे दिन नियत समय पर जब महारानियाँ अपनी दासियों के साथ भंडार गृह के कक्षों में हास-परिहास के बीच अपने-अपने मनपसन्द की वस्तुएँ छाँटने में व्यस्त हो गईं, तब महाराज अनंग वाजपेयी को लेकर रामनगर रवाना हो गए।

रामनगर पहुँचने के पश्चात् उन्होंने अंगरक्षकों में से केवल दो लोगों को साथ लिया और अनंग वाजपेयी को नए नगर को दिखलाना प्रारम्भ किया। अनंग वाजपेयी तो वैसे भी रामनगर पहुँचने के पूर्व ही बड़ी संख्या में बैलगाड़ी, हाथी और खच्चरों पर ले जा रहे अनेक प्रकार की सामग्रियों को देखकर विस्मित हो रहे थे। जंगलों में मंगल का माहौल उन्होंने शायद पहली बार देखा था।

अनंग वाजपेयी को रास्ते में रामनगर की भव्यता का गुमान न था। परन्तु जब वे नर्मदा के तट से कुछ ही दूर चलकर मुख्य महल (मोती महल) पहुँचे तो उनकी भव्यता देखकर चौंक गए। महाराज के पहुँचते ही मुख्य द्वार खोल दिया गया। यद्यपि महल में अभी भी पुताई का कार्य चल रहा था, परन्तु अब सभी महलों के मुख्य द्वारों पर द्वार रक्षक तैनात कर दिए गए थे ताकि अनचाहा व्यक्ति भीतर न जा सके। अंनग वाजपेयी ने भीतर जाकर देखा कि महल के बीच में एक विशाल चौकोर पक्का और कम गहरा सुन्दर तरणताल नुमा तालाब बनाया गया है और उसके चारों ओर भव्य कक्ष बने हुए हैं।

ऐसा नहीं था कि राजधानी में जीवन बितानेवाले अनंग वाजपेयी ने भव्य महल नहीं देखे थे वस्तुतः उनका तो अनेक राजे रजवाड़ों में सदैव ही आना-जाना रहता था। इसलिए अपने प्रवासों में उत्तम भवनों को न केवल देखने का अवसर मिला था वरन् अनेक सुन्दर भवनों में अतिथि के तौर पर रहने का उन्हें सौभाग्य भी प्राप्त था। अनंग वाजपेयी की प्रसन्नता इस बात को लेकर थी कि दुर्गम अरण्य प्रदेश के भीतर भी हृदयशाह ने न केवल भवनों की शृंखला बनवा दी थी, वरन् सभी कुछ आधुनिक और सुरुचिपूर्ण भी था। वे इन विचारों में खोये चल ही रहे थे कि महाराज ने उन्हें विशाल बरादरी में रखे हुए तख्त पर बैठने को कहा। यह महल का वह स्थान था जिसे महाराज ने आम दरबार लगाने हेतु नियत किया था। इसके पीछे बहुमंजिली इमारत थी जिसमें जमीनी तल पर अनेक कक्ष थे। महल का यह भाग महाराज ने अपनी प्रिय पत्नी प्रेमसुन्दरी के साथ निवास करने के लिए बनवाया था। इसके ठीक सामने तथा तरणताल के उस पार दो मंजिल का भवन था, जिसमें अनेक कक्ष थे।

महाराज और अनंग वाजपेयी ने तख्त पर बैठकर कुछ समय बिताया तथा जल ग्रहण किया।

इसके पश्चात् वे सामनेवाले भवन के ऊपरी कक्ष पर गए। अनंग वाजपेयी का मन हर्षित हो गया क्योंकि यहाँ से वे नर्मदा के सुन्दर दृश्य का अवलोकन कर रहे थे।

वनों की हरीतिमा ने प्राकृतिक दृश्य का सौन्दर्य द्विगुणित कर दिया था। तभी नर्मदा की जलधारा के ऊपर से वायु की एक ठण्डी लहर का झौंका कक्ष के भीतर तक आया जिसने अनंग वाजपेयी के चित्त को और अधिक प्रफुल्लित कर दिया। अब तक उन्होंने ऐसा वर्णन आगरा के किले का सुना था, जहाँ औरंगजेब ने अपने पिता शाहजहाँ को बन्दी बनाकर रखा था, जहाँ से शाहजहाँ यमुना के किनारे बने हुए ताजमहल को देखकर समय काट रहा था तथा उसका किसी भी दिन प्राणान्त हो सकता था। विचारों में मग्न अनंग वाजपेयी से हृदयशाह ने जब उनकी इस अवस्था का कारण पूछा तो उन्होंने महल की स्थिति की प्रशंसा करते हुए मन की बात को छुपा लिया। इस महल के एक ओर प्रशासनिक कार्यालय बनाए गए थे तो दूसरी ओर राजकार्य से सम्बन्धित अनेक कक्ष, जिनमें महाराज के निकटतम लोगों के लिए विश्राम गृह तथा महाराज के अंगरक्षकों के निवास इत्यादि थे।

महाराज और अनंग वाजपेयी घोड़ों पर चढ़कर एक दूरस्थ महल में गए। यह एक अत्यन्त सुन्दर और निराला महल था, जिसमें दूर से ही मुगल स्थापत्य कला की छाप दिखलाई दे रही थी। अन्य भवनों से यह अलग और विशिष्ट था। महाराज ने बतलाया कि यह महल उन्होंने 'शहजादी' के लिए बनवाया है। अनंग वाजपेयी चिमनी बेगम को अभी भी 'शहजादी' ही कहते थे। दोनों इस महल के भीतर गए। महल में हर छोटी-बड़ी सुविधा का ध्यान रखा गया था। अनंग वाजपेयी को महल के भीतर लगा मानो वे आगरा में जनाब बदरुद्दीन की कोठी में आ गए हों, परन्तु यह तो उससे भी अधिक विशाल थी।

अनंग वाजपेयी यह देखकर प्रसन्न थे कि महाराज ने सभी रानियों के लिए उत्तम महल बनवाए थे। उनकी ज्येष्ठ रानी बघेल वंश की थीं अतः उनका निवास अभी से बघेलिन महल के नाम से पुकारा जाने लगा था। राजपरिवार के लिए बनवाए गए अनेक महलों को देखते हुए उन्होंने एक विशाल महल देखा, जिसे महाराज ने बतलाया कि वह उनके दीवान भागवत राय का है। इस महल की विशालता को देखकर चकित हुए अनंग वाजपेयी से महाराज ने कहा कि भागवत राय इसी क्षेत्र के निवासी हैं। उनका संयुक्त परिवार बहुत बड़ा है इसलिए उन्हें एक विशाल आवास देने की हमने व्यवस्था कर दी ताकि उनके परिवार के लोगों को इधर-उधर न रहना पड़े।

अनंग वाजपेयी देख रहे थे कि रामनगर में रास्तों को पर्याप्त चौड़ा रखा गया है और बीच में वृक्षों को लगाने के लिए पर्याप्त जगह नियत की गई है। अनेक स्थानों पर तो वृक्ष अब फल भी दे रहे थे।

तभी महाराज ने अनंग वाजपेयी को एक विशाल चौरस मैदान दिखलाया। अनंग वाजपेयी ने कुछ विस्मित होकर पूछा—महाराज यह मैदान किसलिए बनवाया गया है? तब हृदयशाह ने बतलाया कि यह मैदान पोलो खेल का मैदान है। इसे तो दो वर्ष पूर्व

ही पूरा कर लिया गया था और इसका उपयोग उन्होंने पोलो खेलने में प्रारम्भ भी कर दिया है।

अनंग वाजपेयी : 'परन्तु, महाराज नगर उद्‌घाटन के पूर्व ही?'

हृदयशाह : 'हाँ, हम नगर के भवनों का उपयोग उद्‌घाटन के पश्चात् ही करेंगे। इस मैदान में घोड़ों को दौड़ाने को हम नगर का उपयोग नहीं मानते। खुले मैदान में दिन भर के कार्य की ऊब के पश्चात् घोड़ों पर बैठकर खेलने से शरीर में चुस्ती आ जाती है। बड़ा आनन्ददायक है यह खेल। अभी भी हम मंडला में ही रह रहे हैं इसलिए यहाँ खेलने का आनन्द मुश्किल से ही उठा पाते हैं।'

रामनगर में दोनों घूमते-घामते एक स्थल पर पहुँचे जहाँ नगर का राजकीय मन्दिर बन रहा था। मन्दिर तो लगभग पूरा ही हो चुका था, मूतियों की स्थापना और प्राण-प्रतिष्ठा का कार्य रामनगर के उद्‌घाटन कार्यक्रम का मुख्य हिस्सा था।

मन्दिर के एक ओर सुन्दर वाटिका तैयार की गई थी, जिसमें अनेक प्रकार के पुष्प पुष्पित हो रहे थे। महाराज को आया देख मन्दिर के रखवालों ने महाराज और अनंग वाजपेयी को वाटिका के भीतर बैठने की व्यवस्था की। महाराज तो थके नहीं दिख रहे थे पर अनंग बाजपेयी दिन भर की घुड़सवारी और महलों के प्रांगणों में पैदल चल चलकर और सीढ़ियों में चढ़ते चढ़ते थक गए थे। यहाँ बैठकर दोनों को ही आराम मिला। भृत्यों ने जल लाकर दिया। ठंडे जल से मुँह धोने के बाद दोनों फिर से तरोताजा हो गए।

महाराज ने हँसते हुए कहा : 'पंडितजी, लौटने की चिन्ता नहीं करना। हम हाथियों पर बैठकर चलेंगे, घोड़ों पर नहीं।'

अनंग वाजपेयी महाराज की आत्मीयता से अभिभूत थे। इतने समय किसी राजा के साथ रहकर भी उन्हें नहीं लगा कि वे कहीं किसी औपचारिकता के बंधन में हैं। महाराज के सहज व्यवहार ने उन्हें वर्षो पुराने हृदयशाह की याद ताजा कर दी थी। वर्षों का अन्तराल उनके व्यवहार पर कोई प्रभाव नहीं छोड़ पाया था। हृदयशाह आज भी उतने ही निश्छल व्यक्ति थे। ऐसा अनंग वाजपेयी महसूस कर चुके थे।

कुछ देर बैठने के पश्चात् हृदयशाह ने कहा : 'पंडितजी, आपने देखा कि रामनगर का निर्माण कार्य लगभग पूर्ण है और अब हम चाहते हैं हम विधिवत् नगर प्रवेश करें। हमारी इच्छा है इस कार्य में यदि आप भी उपस्थित रहें तो हमें अतीव आनन्द प्राप्त होगा।'

अनंग वाजपेयी : 'आपकी आज्ञा पर मैं सौ कार्य छोड़कर भी उपस्थित हो जाऊँगा परन्तु मेरी समस्या कुछ ऐसी है जिसे केवल आप ही समझ सकते हैं।'

हृदयशाह : 'ऐसी कौन सी समस्या है।'

अनंग वाजपेयी : 'नगर प्रवेश के समय किए जानेवाले धार्मिक कर्मकाण्ड का भार राजपुरोहित पर होता है। हमारे अग्रज कामदेव वाजपेयी के निधन के पश्चात्

आपने यह पद उनके पुत्र को दिया है, जो सर्वथा न्यायोचित है। परन्तु उस विशिष्ट अवसर पर आप मेरा अपने मित्र होने के नाते तथा कामदेव वाजपेयी के अनुज के नाते भी जो सत्कार करेंगे वह शायद बहुतों को स्वीकार्य न होगा। मैं इस अवसर पर कोई भी धर्मसंकट नहीं पैदा करना चाहता।

हृदयशाह (कुछ सोचते हुए) : 'आपने अपने भतीजे के प्रति शंका प्रकट की है क्या इसका कोई आधार है?'

अनंग वाजपेयी : 'महाराज, मैं उससे वर्षों से नहीं मिला हूँ परन्तु आगरा में बृजेन्द्र सिंह जी ने उस समय बीमार तथा अब स्वर्गीय हमारे भाई कामदेव वाजपेयी की अपने पुत्र के प्रति धारणा की जैसी सूचना मुझे दी उससे मेरा मन बहुत प्रसन्न नहीं है। मैं उससे मिलने अवश्य जाऊँगा, क्योंकि यह मेरा कर्तव्य है। पर मेरा मन इस कार्य हेतु जरा भी उत्साहित नहीं है।'

हृदयशाह : 'पंडितजी, अपने प्रियजनों, विशेषकर अपने से छोटों के प्रति हमें उदार होना चाहिए। हर पीढ़ी का दृष्टिकोण अलग होता है, इसका भी ध्यान हमें रखना पड़ता है ताकि ऐसी स्थिति में मतभेद न हो।'

अनंग वाजपेयी : 'महाराज, आप जो कह रहे हैं वह सर्वथा सत्य है। पर लोक व्यवहार में मतभेद को एक सीमा तक ही नजरअन्दाज किया जा सकता है।'

हृदयशाह : 'हाँ उस सीमा का निर्धारण ही तो एक कठिन कार्य है, पर किया क्या जाए, दुनिया तो अपने ढंग से ही चलती है। मुझे भी अपने प्रिय स्वर्गीय मित्र के रुक्ष व्यवहार के सम्बन्ध में काफी शिकायतें मिली हैं। वे अपने उद्धत व्यवहार को अपनी स्पष्टवादिता मानते हैं।'

शाम होने में अब अधिक समय नहीं बचा था। अतः महाराज के अंगरक्षकों और परिचारकों ने महाराज को सूचना दी कि मंडला रवाना होने के लिए दो हाथी मन्दिर से कुछ दूर पर तैयार हैं, महावत रास्ता देख रहे हैं। अब और अधिक रुकने का कोई कारण भी न था। राजा और पंडित दोनों ने दो अलग-अलग हाथियों पर बैठकर मंडला की ओर प्रस्थान किया।

मंडला पहुँचते-पहुँचते रात का एक प्रहर बीत गया। अतः उस रात्रि को अनंग वाजपेयी चाहकर भी अपने भतीजे रामकिशन वाजपेयी के यहाँ न जा सके।

इधर रामकिशन वाजपेयी को अनंग वाजपेयी के आगमन की सूचना मिल चुकी थी। उनको अपने काका का महाराज के यहाँ रुकना न सुहाया और इस पर उन्होंने अपनी पत्नी के सामने अनंग वाजपेयी की भर्त्सना करते हुए चापलूस तक कह डाला। दूसरे दिन जब अनंग वाजपेयी अपने भतीजे के यहाँ पहुँचे तो उन्हें घर में आदर के साथ भीतर बैठाया गया। उचित आदर सत्कार भी किया गया परन्तु रामकिशन के व्यवहार में सहज आत्मीयता का स्पष्ट अभाव था। अनंग वाजपेयी ने कुछ-न-कुछ चर्चा कर बिदा लेने का मन बनाया। वे स्वयं को असहज पा रहे थे।

अनंग वाजपेयी ने पारिवारिक कुशल क्षेम की जानकारी लेने के पश्चात् रामकिशन से कहा : 'रामकिशन हमें यह देखकर बड़ी प्रसन्नता हुई कि स्वर्गीय भाई जी के निधन के पश्चात् महाराज ने तुम्हें राजपुरोहित का पद सौंपा।'

रामकिशन (सूखे स्वर से) 'जी हाँ, महाराज ने कृपा की परन्तु यह कृपा मुझे बहुत रास नहीं आ रही है। फिर भी आजीविका का प्रश्न है, इसलिए राजाज्ञा का पालन कर रहा हूँ।'

अनंग वाजपेयी : 'ऐसी कौन सी मुश्किल है, राजपुरोहित के पद पर कार्य करने में?'

रामकिशन : 'मुश्किल तो कुछ नहीं है, अगर मनुष्य अपनी आत्मा को गिरवी रख दे।'

अनंग वाजपेयी : 'महाराज हृदयशाह तो धर्मानुरागी राजा हैं। उनके राज्य में राजपुरोहित तो क्या, किसी सामान्य व्यक्ति को भी आत्मा गिरवी रखने की जरूरत नहीं पड़ेगी।'

रामकिशन : 'यह तो अपनी सोच है काकाजी, वरना एक शुद्ध कर्मकांडी ब्राह्मण को तो इस राज्य में साँस भी नहीं लेना चाहिए इतना सांस्कृतिक प्रदूषण है यहाँ।'

अनंग वाजपेयी : 'मैं कुछ समझा नहीं, रामकिशन?'

रामकिशन : 'काकाजी, आप सब कुछ समझ रहे हैं, पर कुछ भी स्वीकार नहीं करना चाहते।'

अनंग वाजपेयी : 'जैसे।'

रामकिशन : 'महाराज हृदयशाह को धर्मानुरागी आप कुछ इसलिए कह सकते हैं कि उन्होंने आपको राजकीय अतिथि का दर्जा देकर आपको सम्मानित किया है। इस अतिथि सत्कार से आपका प्रसन्न होना उचित ही है, वरना महाराज ने अपने जीवन में जिन कृत्यों के उदाहरण रखे हैं, वे तो सब धर्म के विपरीत ही हैं।'

अनंग वाजपेयी : 'ऐसा क्या किया है महाराज ने?'

रामकिशन : 'काकाजी एक यवनी और एक नाचनेवाली पातुर से विवाह करना हिन्दूधर्म में कहाँ लिखा है। इतना ही नहीं एक पातुर को पट्टमहिषी का पद देना तो शास्त्रों की दृष्टि से उधम कार्य ही माना जाएगा। इस तरह के अधम कार्य को करनेवाले व्यक्ति को चाहे वह राजा हो या रंक हम धर्मानुरागी तो कभी नहीं कहेंगे। यह अवश्य है कि जब पानी सर से ऊपर निकलने लगेगा, तब हम भी चुप नहीं बैठेंगे।'

अनंग वाजपेयी सोच में पड़ गए। वे समझ गए कि इस कूप-मंडूक व्यक्ति से राष्ट्र और धर्म की बातें करना बेमानी हैं। उनके मन में आया कि वे कहें कि इसी कछुआ धर्म के चलते हजारों स्त्रियाँ मुसलमान बन रही हैं। इस चक्र को उलटने के लिए हृदयशाह के साहस की प्रशंसा की जानी चाहिए जिसने एक यवनी और नर्तकी को वैध पत्नी का दर्जा दिया। परन्तु वे कुछ न बोल सके। वे जानते थे कि उनकी हर बात को गलत सन्दर्भ में समझा जाएगा।

फिर भी उन्होंने शाम का भोजन रामकिशन के यहाँ किया और रात्रि के पूर्व राजमहल के अतिथि गृह में लौट आए।

महाराज को जब पता चला कि अनंग वाजपेयी अतिथि गृह में हैं तो उन्होंने परिचारक भेजकर उन्हें अपने कक्ष में बुलवा लिया, जहाँ महाराज के अतिरिक्त चिमनी बेगम, प्रेमसुन्दरी, रुखसाना और उसका पति अनवर हुसैन बैठे हुए गप्पें मार रहे थे। अनंग वाजपेयी इनमें से किसी के लिए भी नए न थे। अतः वे भी सहज रूप से गोष्ठी का आनन्द लेने लगे।

प्रेमसुन्दरी ने रुखसाना से पूछा कि बादशाह सलामत के क्या हाल-चाल हैं? तो रुखसाना ने वे सारी घटनाएँ संक्षेप में बतला दीं, जिनके फलस्वरूप शहंशाह शाहजहाँ अब अपने पुत्र औरंगजेब की कैद में दिन गुजार रहे थे। साधारण गृहस्थ रुखसाना को राजनैतिक बारीकियों की न तो जानकारी थी और न ही उनमें दिलचस्पी। उसे तो बस उन बातों में दिलचस्पी थी जो राजधानी के गली कूचों में मिर्च मसाले लगाकर सुनी-सुनाई जा रही थीं, अतः उन्हीं पुरानी बातों को वह यहाँ सुनाने का मन बना चुकी थी।

इन बातों को यहाँ सुनने-सुनाने का मजा भी कुछ और था। पहला तो यह कि यहाँ पर वह जिन लोगों के साथ बतिया रही थी, वे भले ही गोंडवाना के परम यशस्वी महाराज हों या आगरा के लब्ध प्रतिष्ठ विद्वान, उनसे तो उसका आत्मीय सम्बन्ध साली बहनोइयों का-सा था।

अनंग वाजपेयी ने कक्ष में बैठते ही समझ लिया कि रुखसाना शहंशाह शाहजहाँ के सम्बन्ध में प्रचलित कहानियों को सविस्तार सुना रही हैं। वे भी बैठकर उसकी बातों का आनन्द लेने लगे। उन्हें मालूम था कि महाराज को यहाँ तक तो पता है कि शाहजहाँ अब वास्तविक बादशाह नहीं रहे। सुदूर मंडला में महाराज को इससे अधिक और ज्ञात भी क्या होता इसीलिए चिमनी बेगम, प्रेमसुन्दरी और महाराज को रुखसाना की बातों में अतिशयोक्ति नहीं लग रही थी। रुखसाना ने भी पुरानी नई घटनाओं को घालमेल कर दिया था। अब वह इतिहास तो सुना नहीं रही थी कि तारीखें एकदम सही हों। रुखसाना सात आठ साल पुरानी उस घटना को सुना रही थीं जिसमें बेचारे शहंशाह मूत्रकृच्छ की बीमारी से ग्रस्त होकर मौत के मुँह तक पहुँच गए थे। पूरी राजधानी में गप्प यह फैली थी कि मुमताज महल के मरने के बाद बूढ़े बादशाह और अधिक कामुक हो गए थे। शरीर में दम था नहीं, पर नई कमसिन लौंडियों की हमेशा दरकार रहती थी। सो हकीमों से नित नई शक्तिवर्धक दवाएँ मँगवाते और सेवन करते। शरीर थक चुका था पर कामेच्छा बलवती थी। रुखसाना शाहजहाँ की मूत्रकृच्छ होने की बीमारी होने से कुछ पहले फैली एक अफवाह को सुना रही थी। वह कह रही थी–'एक बार बादशाह सलामत आइने में अपनी शक्ल देख रहे थे। उन्होंने अपनी दाढ़ी मूंछे रंगकर जवानों की तरह खूब काली कर ली थीं, उसी समय एक अल्हड़ बाँदी

आई और उनके पिलपिले शरीर और सूखे चेहरे पर रंगी दाढ़ी देखकर मुस्कुरा उठी। बादशाह से यह छुपा न रह सका। फिर क्या था उन्होंने उससे कुछ जोर-जबरदस्ती की। पर बुढ़ऊ करते क्या इसलिए पारा सातवें आसमान पर पहुँच गया। गुस्से में उठाया कोड़ा और उस बेचारी की खाल खींच ली। बस इसके दो एक दिन बाद शहंशाह की पेशाब तक बन्द हो गई। उस जैसी बहुत-सी लड़कियों की ऐसी आह लगी कि शहंशाह मरते-मरते बचे। इसके बाद तो शहंशाह का दीवाने आम में रोज दर्शन मिलना भी मुश्किल हो गया लोग कहने लगे कि अब वे खाट पर लग गए हैं। उन्हें खिदमतगार उठाकर करोड़ों की कीमत के मयूर सिंहासन पर बैठा दिया करते थे। सब कुछ चुपके से होता था ताकि शहंशाह की बीमारी का पता न लगे।'

प्रेमसुन्दरी : 'परन्तु यह तो अब पुरानी बात है क्योंकि अब तो जैसा तूने बताया कि शहंशाह नजरबन्द हैं और हुकूमत शहजादे औरंगजेब के पास है।'

रुखसाना : 'शहजादा क्यों, शहंशाह औरंगजेब कहिए, शहजादे ने मुगलों के खानदान में एक नई परम्परा डाल दी है। वह यह कि अब अब्बा हुजूर के जिन्दा होते हुए भी दिल्ली की गद्दी पर उन्होंने हक जमा लिया है।'

हृदयशाह : 'मुझे तो यह सुनकर कष्ट हो रहा है कि इतने कलाप्रिय और प्रेमी शहंशाह का यह हस्र हमें सुनने को मिल रहा है।'

इस पर प्रेमसुन्दरी ने प्रतिवाद किया और कहा : 'महाराज, बादशाह के लिए जब आप इन सुन्दर विशेषणों का प्रयोग करते हैं तो मुझे दुख होता है। वह तो पक्का कामुक व्यक्ति है, जिसके चरित्र को सभी जानते हैं।'

रुखसाना तभी बीच में बोल पड़ी : 'जीजी, आप सही कहती हैं, जब तक उनके हाथ में राज्य की बागडोर रही तब तक वे न जाने कितनी औरतों से सम्बन्ध बनाते रहे। अब यह तो सभी को मालूम है कि बेगम मुमताज महल के मरने के बाद बादशाह आलम ने बेगम हमीदा बानू को अपनी खिदमत में रख लिया है।'

चिमनी बेगम : 'कौन हमीदा बानू?'

रुखसाना : 'वही हमीदा बानू जो यमीनुद्दौला आसफखाँ की नातिनी हैं। उन्होंने बादशाह-ए-आलम की सभी प्रकार से खिदमत की और उन्हें खुश रखा और ईनाम के तौर पर उन्होंने बूढ़े बादशाह से अपने जवान खाविन्द को शाहजहाँनाबाद जैसे खास सूबे की सूबेदारी दिलवा दी। मान गईं न दीदी, एक म्यान में दो तलवार।'

अनंग वाजपेयी को यद्यपि पिछले वर्षों की घटनाएँ कहीं अधिक अधिकारिक तौर से मालूम थीं। उन्होंने इस चर्चा में कुछ जानकारियाँ दीं। परन्तु रुखसाना की रसीली बातों के आगे उनकी तथ्यमय बातें एकदम रूखी सूखी साबित हुईं। उनके प्रतिवाद को तो एकदम अनसुना कर दिया गया। कुछ दिनों तक मंडला में रुकने के पश्चात् राजपरिवार के साथ रुखसाना और उसका पति अनवर हुसैन दोनों ही रामनगर पहुँचे। यहाँ भी उन्हें राजकीय विश्रामगृह में ठहराया गया। उन्हें बतलाया गया कि रामनगर

के सभी भवनों का निर्माण कार्य पूरा हो चुका है, रंग-रोगन में अभी समय लग रहा था। राजधानी के अनेक भद्रजनों एवं व्यापारियों ने भी रामनगर में भवन बनवा लिए हैं, सभी कुछ तैयार है, अतः महाराज ने राजज्योतिषी को बुलवाकर उत्तम मुहूर्त निकलवाने का निश्चय किया है, जिसमें समारोह पूर्वक नगर प्रदेश की रस्म पूरी की जाएगी।

रुखसाना रामनगर का वैभव देखकर चकित रह गई। उसका पति अनवर हुसैन जब अपने साथ भवनों की सजावटी सामग्री और परदे गलीचे इत्यादि लाया था, तब उसे लग रहा था कि महाराज ने रामनगर में मंडला के महलों जैसे ही पुराने ढंग के भवन बनवाए होंगे और उनमें उसकी लाई नए ढंग की सामग्री कितनी फबेगी—इस पर वह सोचता रहा, परन्तु जब उसने चिमनी महल तथा अन्य महलों को देखा तो उसे लगा कि उसका पूरा श्रम सार्थक हो गया। महाराज ने भवनों की भव्यता और आधुनिकता के मेल में दूरदृष्टि का सहारा लिया था।

एक सप्ताह बीतने के बाद राजधानी से आए मेहमानों के लौटने का वक्त आ गया। चिमनी बेगम और प्रेमसुन्दरी ने रुखसाना को भरे मन से विदा किया। महाराज हृदयशाह ने अनंग वाजपेयी से पुनः आने का वचन लेकर विदा किया। उन्होंने एक दिन पूर्व ही भंडारक विश्वम्भरनाथ से सुनिश्चित कर लिया था कि अनवर हुसैन को उसके द्वारा सौंपे गए सामान का पूरा मूल्य स्वर्ण मुद्रा में चुका दिया गया। सभी प्रसन्न थे।

सभी मेहमानों को गए अभी एक महीना भी न बीता था कि हृदयशाह को सूचना मिली कि शहंशाह शाहजहाँ का निधन हो गया है। हृदयशाह की समझ में यह नहीं आ रहा था कि वे क्या करें। राजधानी जाकर नए बादशाह को उत्तराधिकार प्राकृतिक तौर पर नहीं मिला था, यह एक हथियाया गया अधिकार था। नए बादशाह औरंगजेब के सम्बन्ध में वाजपेयी ने जो कुछ कहा था, वह उत्साहवर्धक नहीं था। काफी वर्षों पूर्व वे ही औरंगजेब से मिल चुके थे, तब वह शाहजादा था। तब भी उन्हें वह शख्स बड़ा काइयाँ लगा था। फिर जैसा कि उन्होंने सुन रखा था कि उसे कट्टर मुल्ला मौलवियों का समर्थन है और उसके चलते वह किसी भी हिन्दू राजा की किसी भी सीमा तक बेइज्जती कर सकता है। यह सोचकर हृदयशाह सिहर उठे। अनंग वाजपेयी जाते-जाते राजा जसवंत सिंह की बेइज्जती का किस्सा सुना गए थे। न तो चिमनी बेगम और प्रेमसुन्दरी इस पक्ष में थीं कि हृदयशाह राजधानी जाएँ। उनका पुत्र छत्रसाल यद्यपि अब युवा तो क्या प्रौढ़ हो रहा था, परन्तु उन्हें मालूम था कि वह सीधा-साधा व्यक्ति है और उसे वहाँ भेजना खतरे से खाली न होगा। यह सोचते हुए उन्होंने राजपरिवार के किसी सदस्य को राजधानी भेजने का विचार त्याग दिया।

हृदयशाह चाहते थे कि रामनगर का मन्दिर बन जाने के पश्चात् उसमें एक शिलालेख लगवाया जाए, जिसमें सम्पूर्ण वंशावली हो। और यही वह अवसर है जब

रामनगर का औपचारिक नगर प्रवेश माना जाए। राजज्योतिषी ने इस कार्य हेतु शुक्रवार, विक्रम संवत् सत्रह सौ चौबीस की ज्येष्ठ सुदी नवमी की तिथि को मुहुर्त निकाला। महाराज को यह आशंका थी कि राजपुरोहित रामकिशन भले ही उनके स्वर्गीय मित्र पंडित कामदेव वाजपेयी के पुत्र हैं और उन्होंने ही अपने मित्र की मृत्यु के पश्चात् उन्हें राजपुरोहित का पद दिया है। परन्तु वे शुभ अवसर पर कोई नया विवाद खड़ा कर सकते हैं, वे ऐसे अवसर को नहीं आने देना चाहते थे। महाराज की शंका निराधार न थी।

महाराज ने भागवत राय के माध्यम से राजपुरोहित पंडित रामकिशन से शुभ मुहूर्त के अवसर पर होनेवाले पूजा में प्रयोज्य वस्तुओं की सूची माँगी तथा उस दिन होनेवाले पूजा में बैठनेवाले यजमानों अर्थात् उन्होंने अपने और अपनी मुख्य पत्नी प्रेमसुन्दरी के उन आचारों इत्यादि के सम्बन्ध में जानकारी चाही जिन्हें ऐसे अवसर पर यजमानों को ध्यान में रखना पड़ता है।

परन्तु जब भागवत राय लौटे तो वे उद्विग्न थे। उन्होंने महाराज को संक्षेप में बतलाया कि राजपुरोहित ने स्पष्ट रूप से कहा है कि वे पातुरा प्रेमसुन्दरी को राज्य की पट्टमहिषी के रूप में स्वीकार करने में असमर्थ हैं। साथ ही, यदि महाराज उनके साथ बैठकर यदि उनके द्वारा अनुष्ठान कराना चाहते हैं तो यह उनके लिए सम्भव न होगा।

महाराज कुछ क्षण के लिए स्तब्ध रह गए। उन्होंने भागवत राय से एक आज्ञापत्र निकलवाया जिसके अनुसार पंडित रामकिशन को तुरन्त राजपुरोहित के पद से मुक्त कर दिया गया, उनके स्थान पर पंडित जय गोविन्द की नियुक्ति कर दी गई।

चूँकि मंडला राज्य के राजपुरोहित पद को अब तक साधारणतः वे ही विद्वान सुशोभित करते आए थे जिन्होंने 'वाजपेय यज्ञ' किया था। अतः महाराज ने यह निश्चय किया कि पंडित जय गोविन्द से वाजपेय यज्ञ करवाकर उन्हें वाजपेयी बना दिया जाए। यह कार्य अब शीघ्र ही करना था। जय गोविन्द विद्वान व्यक्ति थे। महारानी प्रेमसुन्दरी के वे विश्वासपात्र भी थे अतः राज्य में राजसूय यज्ञ समय पर ही सम्पन्न कर लिया गया।

शिलालेख

हृदयशाह रामनगर का निर्माण कर चुके थे। मुख्य नगर के बन जाने के पश्चात् उन्हें याद आया कि वे भी कुछ ऐसा क्यों न करें, जिससे गोंड राजवंश की यश-कीर्ति अक्षुण्ण रहे। उन्होंने अपने आगरा प्रवास के दौरान रास्ते में प्राचीन शिलालेखों को देखा था। सोचा–क्यों न एक ऐसा ही शिलालेख वे भी तैयार कराएँ। उन्होंने राज्य के सभी भाषाओं के विद्वानों एवं राजपुरुषों को विचार गोष्ठी में आमंत्रित किया, जिसमें यह तय होना था कि शिलालेख की भाषा क्या हो। विचार गोष्ठी की अध्यक्षता वयोवृद्ध विष्णु दीक्षित को सौंपी गई। गोष्ठी में सबसे पहले राजपुरुषों के मत को प्राप्त किया गया, सभी राजपुरुषों ने एकमतेन फारसी भाषा में शिलालेख खुदवाने की बात कही, क्योंकि वह सारे देश की प्रशासन की भाषा थी। किन्तु पंडित वर्ग ने इस पर असहमति जताई।

पंडित बैजनाथ दीक्षित : 'यह सत्य है कि फारसी कुछ लोगों को नौकरी या रोजगार भले ही दे रही हो, पर वह हमारे चिन्तन, विचार, दर्शन और साहित्य की भाषा कभी नहीं हो सकती और न ही वह कभी भी भारतीय संस्कृति के विकास में सहायक हो सकती है। क्योंकि उसकी जड़ें भारत में नहीं, कहीं और हैं, उसमें प्रयुक्त प्रत्येक बिंब और प्रतीक कहीं और के हैं वे किसी अन्य संस्कृति की ओर ले जाने का काम करते हैं। ये प्रतीक भारतीय मिट्टी के नहीं हैं। आप किसी और भाषा में भारतभूमि से अपने जुड़ाव को कैसे दर्शा सकते हैं। आप जब अपने वंश की गरिमा एवं प्राचीनता से सामान्य जनता को परिचित कराना चाहते हैं तो उसे भारतीय भाषा में ही कराना होगा, किसी विदेशी भाषा में नहीं।'

पंडित बैजनाथ दीक्षित अध्यक्षता कर रहे विष्णु दीक्षित के सुपुत्र थे। दीक्षित परिवार में विद्वानों की कमी न थी। यह परिवार वर्षों से गोंड राज परिवार से जुड़ा हुआ था।

पंडित जय गोविन्द : 'महाराज, पंडितजी का कथन सर्वथा सत्य है। आज स्थिति यह है कि हमारी अपनी रोजमर्रा की भाषा पंगु हो गई है। उस पर फारसी और अरबी शब्दों का इतना अधिक बोझ पड़ चुका है कि उसका खुद का कोई विकास होगा। यह समझ ही नहीं पड़ रहा है। हमारी बहुसंख्य जनता अरबी, फारसी के शब्दों के अर्थ न

जानने से गूंगी भी हो गई और बहरी भी। आज के साहित्यकार जो कहते हैं उसे दो चार लोगों के अतिरिक्त कौन समझता है? बोलनेवाले तो उतने भी नहीं हैं।

हृदयशाह : 'पंडितद्वय, यह तो स्पष्ट है कि आप दोनों किसी भारतीय भाषा में शिलालेख लिखवाने की बात कर रहे हैं पर क्या यह उचित नहीं होगा कि हम समकालीन सामाजिक परिदृश्य की अनदेखी न करें।'

अनवर हुसैन : 'महाराज, आपने ठीक फरमाया कि आपकी मंशा शिलालेख के द्वारा हमारे मुल्क की सभी कौमों को एक मुख्लिस संदेश देना ही तो है। यह सन्देश अन्य सभी फरमानों की तरह ही जनता तक पहुँचेगा। इस समय शहंशाह औरंगजेब की सारे हिन्दुस्तान पर हुकूमत है। हिमालय से लेकर दक्खन तक उनके फरमान पढ़े जाते हैं और हर जगह की जनता व राजाओं को उन्हें समझना जरूरी है। इस तरह फारसी और अरबी दोनों भाषाएँ आज हिन्दुस्तान की न केवल राजभाषाएँ हैं वरन् राष्ट्रीय भाषाएँ भी हैं। देश का राष्ट्रीय धर्म भी इस्लाम है। यदि हम ऐसी स्थिति में फिरकापरस्ती से ऊँचे उठकर कौमी सतह पर सोचें तो निश्चित ही हम सारे हिन्दुस्तान को एक सूत्र में बाँध सकेंगे। कौमी एकता के लिए यह जरूरी है।'

गोबरधन दास : 'महाराज, हमारे राज्य के वरिष्ठ अधिकारी जनाब अनवर हुसैन ने बहुत ही सटीक बात कही है, परन्तु मैं उनसे अलग बिन्दु पर बात करना चाहता हूँ। हमारा निवेदन यह है कि जब आप सर्वकालीन लेख तैयार कराने का विचार कर रहे हैं तो आपको यह भी विचार करना होगा कि अगले सैकड़ों वर्षों तक हमारी सांस्कृतिक स्थिति क्या होगी? क्योंकि यदि उसके अनुरूप शिलालेख बनेगा तो वह सदैव ही पठनीय रहेगा। वर्तमान राजनैतिक परिस्थितियों को देखते हुए जब कि मुगल साम्राज्य सम्पूर्ण भारत में मजबूती से जड़ें जमा चुका है, तब यदि भविष्य है तो वह अरबी तथा फारसी भाषाओं का ही है। महाराज, पंडित गण कितने भी विद्वान क्यों न हों, उनमें दूरदृष्टि का अभाव होता है। वे भारत में मुगल साम्राज्य के उज्ज्वल भविष्य और देश की राजभाषा के भविष्य को देखने में असमर्थ हैं।'

पंडित जय गोविन्द (कुछ क्रोधित होकर) : 'महाराज व्यक्ति और राष्ट्र का भविष्य राजाओं के हाथ नहीं होता। उसका नियामक ईश्वर है, कौन सा राज्य कब तक टिकेगा और कौन सा राजा कब तक राज्य करेगा, इस पर भविष्यवाणियाँ करना राजनैतिक समझ का दीवालियापन कहा जाएगा।'

हृदयशाह : 'पंडितवर, रुष्ट न हों। मैंने ही सबको अपने मत को स्पष्ट रखने की छूट दी है। आप भी अपना मत एक बार और रख सकेंगे।'

पंडित गण यह सुनकर चुप हो गए। उधर राजपुरुषों की पंक्ति में हर्ष व्याप्त हो गया सभी राजपुरुष पंडितों को व्यंग्यभरी नजरों से देखने लगे।

हृदयशाह : 'अच्छा, पंडित जय गोविन्द, आप अपने मत को कुछ और अधिक स्पष्टता से रखें क्योंकि आपने अभी अरबी, फारसी भाषाओं में शिलालेख लिखवाने

के विचार का विरोध तो किया, पर वह किस भाषा में लिखा जाए, इसे आपने स्पष्ट नहीं किया।'

पंडित जय गोविन्द : 'महाराज, जहाँ तक मेरी इच्छा का प्रश्न है, मैं शिलालेख की भाषा हिन्दवी को ही रखने का परामर्श देना चाहता हूँ परन्तु जिसकी लिपि देवनागरी हो। मैं उसी हिन्दवी की बात कर रहा हूँ जिसे अमीर खुसरो ने सुन्दर स्वरूप दिया जिसे पूरे देश की जनता समझती है। इसी हिन्दवी के किसी क्षेत्रीय रूप अवधी अथवा ब्रज भाषा में चाहें तो सुन्दर दोहों, सवैयों या अन्य किसी पद्य में इसे लिखवाएँ, अति सुन्दर रहेगा।'

तभी एक ओर से कुछ हँसी की आवाज आई। सबने देखा कि राजपुरुष अपनी हँसी को दबाने का प्रयत्न कर रहे हैं।

हृदयशाह (कुछ मुस्कुराते हुए) : गोबरधन दास, पंडितजी के कथन में हास्य का पुट कहाँ से आ गया? हमें भी बतलाइए।

गोबरधन दास (बनावटी गम्भीरता के साथ) : 'महाराज क्षमा करें। पंडितजी आपके कुल के वर्णन में अवधी की जब चर्चा कर रहे थे तो हमें चाहते न चाहते गोस्वामी तुलसीदासजी का वह पद्य याद आ गया जो उन्होंने दोहावली में लिखा है, किन्तु वह यहाँ सुनाने योग्य नहीं है।'

हृदयशाह : 'नहीं, नहीं, गोस्वामीजी जैसे लोकोत्तर भक्त सन्त के द्वारा लिखा गया कहीं कुछ भी ऐसा नहीं हो सकता जो साधु समाज के बीच में कहा न जा सके, आप बेखटके उस दोहे को सुनाइए।'

गोबरधन दास : 'महाराज, मुझे क्षमा करें। इस समय मैं आपकी आज्ञा का ही पालन करने के लिए वह दोहा सुना रहा हूँ :

गोंड गंवार नृपाल महि, जमन महा महिपाल।
साम न दाम न भेद कलि, केवल दंड कराल॥'

यह दोहा सुनते ही गोष्टी में कुछ देर के लिए सन्नाटा छा गया, परन्तु शीघ्र ही हृदयशाह ने सन्नाटा तोड़ा : 'गोस्वामीजी ने जब यह दोहा लिखा था, वह कालखंड यदि आप सब याद करें तो आपको याद आएगा कि वह हमारी पराजय का कालखंड था। स्वतंत्र गोंड राज्य समाप्त हो चुका था और उसके स्थान पर स्थान-स्थान पर छोटे-मोटे जमीदार स्वयं को राजा कहकर क्रूरतापूर्वक शासन कर रहे थे। वस्तुतः उस कालखंड में प्रशासन जैसी वस्तु रह ही नहीं गई थी। अतः यदि गोस्वामीजी ने तत्कालीन गोंड राजाओं की भर्त्सना की तो क्या गलत किया? वस्तुतः जब हम किसी भी साहित्यिक रचना के किसी भी खंड को बिना उसके सन्दर्भ के याद करते हैं तो भ्रांतियाँ पैदा होना अवश्यंभावी है।'

हृदयशाह ने कुछ रुककर कहा : 'मैं तो स्वयं तुलसीदासजी की कृति मानस का नियमित पाठक हूँ। तुलसी के राम ही मेरे पुरुषोत्तम राम हैं और इसीलिए इस नवीन

नगर का नाम मैंने रामनगर रखा है। मैं स्वयं तुलसीदासजी की कल्पना के रामराज्य की कल्पना पर विश्वास करता हूँ और मैं चाहता हूँ इस रामनगर से यदि मैं यत्किंचित् भी रामराज्य की कल्पना को साकार कर सकूँ तो मेरा जीवन धन्य होगा। यह तुलसीदासजी की ही तो उक्ति है जिसमें 'सब नर करहिं परस्पर प्रीति' की बात कही गई है। कहाँ है इसमें किसी भी समाज के प्रति दुराग्रह? फिर चाहे वह गोंड हों, विप्र हों या कि यवन ही क्यों न हों।'

चूँकि हृदयशाह ने सभी को अपने विचार प्रकट करने की छूट दे रखी थी तो भला कौन चुप रहता। गुणज्ञ राजा के सामने अपनी विद्वता को रखने का ऐसे सुवसर न तो राजकीय अधिकारियों को बार-बार मिलते हैं और न ही विद्वजनों को छींटाकसी में भी कोई किसी से पीछे न रहा। मसलन जब काफी विचार विमर्श के पश्चात् जय गोविन्द ने संस्कृत भाषा में शिलालेख लिखवाने का प्रस्ताव दिया तो राजकीय अधिकारियों में से एक ने कबीरदास के एक दोहे को उद्धृत कर दिया। यह दोहा था–'संसकीरत है कूप जल, भाषा बहता नीर'। पर यह तर्क भी अधिक प्रभावी साबित न हुआ क्योंकि इसके पहले गोंडी से लेकर ब्रज, अवधी यहाँ तक कि तेलुगू भाषा में शिलालेख लिखवाने के प्रस्ताव आ चुके थे। तेलुगू भाषा में इसलिए क्योंकि गोंडों की बोली गोंडी का मूल स्रोत तेलुगू भाषा थी। सभी प्रस्तावों में यदि कुछ अच्छाइयाँ थीं तो कुछ कमियाँ भी थीं। अन्त में राजा हृदयशाह ने गोष्ठी की अध्यक्षता कर रहे विष्णु दीक्षित से अपना निर्णय सुनाने को कहा।

विष्णु दीक्षित ने सभी विचारों की समीक्षा के उपरान्त कहा : 'शिलालेख का मूल उद्देश्य यह है कि गोंडवंश की दी गई आधिकारिक जानकारी समूचे भारतवर्ष के लोगों को आज और भविष्य में बिना किसी भाषागत कठिनाई के उपलब्ध हो सके। जहाँ तक मेरी जानकारी है सम्पूर्ण भारत में हजारों बोलियाँ हैं और वे निरन्तर बदलती भी रहती हैं। परन्तु इन सभी भाषाओं की जननी संस्कृत भाषा का स्वरूप विगत हजारों वर्षों से आज भी अविच्छिन्न है और इसका कारण इस भाषा की व्याकरण की गुणवत्ता है। यह भाषा सम्पूर्ण विश्व में अपने सही अर्थों में आज से हजारों वर्ष पूर्व भी समझी जाती थी, आज भी समझी जाती है और आगे भी समझी जाती रहेगी। जहाँ तक अरबी या फारसी भाषाओं का प्रश्न है वे हमारी दासता की अधिक सूचक हैं, हमारे वैश्विक चिन्तन की कम। ये भाषाएँ हमारे समाज पर थोपी गई हैं। इन्हें हमने अपनाया नहीं है। चूँकि देश परतंत्र है और हमें शासकों की भाषा सुननी और माननी ही पड़ती है इसलिए इन भाषाओं को हमारे देश में स्थान मिला है न कि हमारे विदेशी भाषा प्रेम के कारण। अतः मेरा यह सुनिश्चित मत है कि शिलालेख को संस्कृत भाषा में लिखवाया जाय। शिलालेख में क्या लिखा जाए, इसका निर्णय महाराज की देखरेख में एक विद्वत्मंडली करे, मेरा यही अभिमत है।'

विष्णु दीक्षित के कथन के पश्चात् यह निश्चय हो गया कि शिलालेख की भाषा संस्कृत होगी। महाराज हृदयशाह ने पंडित जय गोविन्द की अध्यक्षता में शिलालेख का सारा काम एक विद्वत्मंडली को सौंप दिया। जय गोविन्द स्वयं संस्कृत के प्रकाण्ड विद्वान थे। परन्तु उन्होंने विद्वत्मंडली की सहायता से सर्वप्रथम गोंडवंश के राजाओं की एक सूची बनाई जिसमें एक के बाद दूसरी पीढ़ी के राजा का नाम रखा गया। साथ ही, गोंड राजवंश के राजाओं के कर्तव्य के सम्बन्ध में जो भी थोड़ी-बहुत जानकारी मिली, उसे भी उन्होंने संकलित किया। जैसा कि हमेशा होता है मनुष्य को अपने वर्तमान की ही जानकारी सबसे अधिक होती है, वैसा ही यहाँ भी हुआ। बीती हुई पीढ़ियों में जो व्यक्ति अति विशिष्ट थे, उन्हीं के सम्बन्ध में जानकारियाँ मिलीं, शेष राजाओं के नामों का भी कठिनाई से पता चला। भारत में अब भी राजा अपनी दैनन्दिनी नहीं लिखवा रहे थे, जबकि भारत के मुगल बादशाहों ने अपनी इस प्रथा को बनाए रखा था।

कुछ दिनों पश्चात् हृदयशाह ने पंडित जय गोविन्द को याद किया क्योंकि उन्हीं की अध्यक्षता में शिलालेख का कार्य सम्पन्न होना था। महाराज के सामने ही वंश के बहुत से प्रश्न अनुत्तरित थे। अतः वे चाहते थे कि शिलालेख में लिख जाने के पूर्व सम्पूर्ण तथ्यों की सम्यक् जानकारी उन्हें हो।

पंडित जय गोविन्द विद्वत्मंडली के वरिष्ठ सदस्य विद्यानाथ दीक्षित के साथ आये। उनके आने के पश्चात् महाराज हृदयशाह ने पूछा : 'पंडितजी, हमारे गोंड राजकुल के राजाओं की कितनी पीढ़ियों का आपकी विद्वत्मंडली ने विवरण संकलित किया है।'

पंडित जय गोविन्द : 'महाराज, हमने पंडित विद्यानाथ दीक्षित को गोंड राजकुल के राजाओं के विवरणों को संकलित करने का कार्य सौंपा था जो उन्होंने पूरा कर लिया है। वे इस सम्बन्ध में आपके सभी प्रश्नों का समुचित उत्तर दे सकेंगे।'

हृदयशाह : 'विद्यानाथजी, आपने हमारे पूर्वजों की कितनी पीढ़ियों का विवरण प्राप्त किया?'

पंडित विद्यानाथ : 'महाराज यदि आपको सम्मिलित किया जाय, तब चौवन पीढ़ियों का।'

हृदयशाह (पंडित जय गोविन्द से) : पंडितजी, यह तो हमारा सर्वज्ञात इतिहास है कि हमें अधिक से अधिक दस पीढ़ियों तक की जानकारी है क्योंकि उनके ये सन्दर्भ कहीं न कहीं लिखित मिल जाते हैं, पर उससे पहले की चौवालीस पीढ़ियों का विवरण कहाँ से प्राप्त हुआ, हमें तो बस हमारे पूर्वज दादीराय तथा उनके पिता रायसिंह तक के सम्बन्ध में जानकारी है या कि फिर हमें इतना मालूम है कि गोंड राजवंश के आदि पुरुष यादव राय थे।

पंडित जय गोविन्द : 'यह तो पंडित विद्यानाथ ही बतला सकेंगे। परन्तु मैं सैद्धान्तिक रूप से इस विषय पर कुछ अवश्य कहना चाहूँगा जो सभी वंशों से सम्बन्धित है।'

हृदयशाह : 'ऐसा कौन सा तथ्य है यह?'

पंडित जय गोविन्द : 'मैं यवनों की बात नहीं कह रहा हूँ जो मात्र छह सात सौ वर्ष पूर्व भारत में आए और जो अपने वंशों की जड़ें विदेशों में मानते हैं, फिर भले ही उनकी अपनी माताओं की पीढ़ियाँ भारतीय ही रही हों। मैं भारतीयों के वंशों की बात कर रहा हूँ। भारतवर्ष की भूमि शस्य श्यामला रही है और वे हमारे यहाँ हजारों वर्षों से इसी भूमि में रह रहे हैं। इस देश से बाहर जाने की किसी को कभी कोई आवश्यकता नहीं थी। इस देश के भीतर ही हमारे पूर्वज भ्रमण करते रहे हैं। परन्तु इसके बाद भी वे एक ही भौगोलिक क्षेत्र में पाँच सौ या हजार वर्ष तक रहे। यह ठीक है कि हमारे यहाँ कुछ लोकोत्तर महापुरुषों की वंशावलियों को संकलित किया गया, पर प्रत्येक व्यक्ति की वंशावली चाहे वह राजा ही क्यों न हो, उसे लिखकर रखना अनावश्यक माना गया। यही कारण है कि पुराणों में लोकोत्तर राजाओं की वंशावलियाँ संकलित हैं, परन्तु साहित्य में चाहे वह संस्कृत ग्रन्थों में 'रघुवंशम्' हो या कि 'राजतरंगिणी' सीमित वंशों का ही विवरण लिखने और पढ़ने योग्य माना गया। हाँ, भारत में पवित्र स्थलों पर पंडे सामान्य तीर्थयात्रियों के भी विवरण संकलित करते हैं, जिनसे सामान्य जनों को भी अपने पूर्वजों के सम्बन्ध में जानकारी हो जाती है।'

हृदयशाह (कुछ सोच में पड़ते हुए) : 'विद्यानाथजी आपने बहुत बड़ा कार्य किया है, किन्तु चौवन पीढ़ियों के विवरणों के स्रोत क्या थे? मुझे चौवन पीढ़ियाँ वास्तव में एक बहुत प्राचीन इतिहास प्रतीत हो रही हैं। क्योंकि मैंने मुगलों की वंश परम्परा से सम्बन्धित पुस्तकें पढ़ी हैं, जिनमें उनके वंश तैमूर से प्रारम्भ होते हैं, बाबर उनका प्रथम महत्त्वपूर्ण पूर्वज माना जाता है, परन्तु ये सब सम्भवतः आठ दस पीढ़ियों से अधिक की बात न होगी। लिखित विवरणों में बाबरनामा से हमें क्रमबद्ध रूप से हिन्दुस्तान के बादशाहों की जानकारी मिलती है। वैसे यह जरूर है कि फिरदौसी के शाहनामा में उनके बहुत से पूर्ववर्ती राजाओं का वर्णन हमने पढ़ा है।'

पंडित विद्यानाथ : 'हर जाति और देश में अलग-अलग काल में तेजस्वी पुरुष हुए हैं। जहाँ तक भारतीय राजवंशों की प्राचीनता का प्रश्न है, वह विश्व के अन्य सभी राजवंशों से प्राचीन हैं। राजगोंड वंश भी उन्हीं प्राचीन राजवंशों में से एक है। जिस तरह मुगल बादशाह बाबर का पिता उमरशेख मिर्जा आर्यावर्त से बाहर अर्धमरुस्थली क्षेत्र के एक अनुपजाऊ भाग का जागीरदार था, उसी तरह राजगोंड राजवंश के प्रारम्भिक राजा भी तत्कालीन भारत के छोटे राजा थे। परन्तु जिस तरह बाबर ने दिल्ली पर राज कर अपने राज्य का विस्तार किया, ठीक उसी तरह और लगभग उसी

काल में आपके यशस्वी पूर्वज महाराज संग्रामशाह ने भी बावनगढ़ जीतकर नर्मदा की ऊपरी घाटी में विशाल साम्राज्य की स्थापना की। जिस तरह बाबर के मात्र एक पुत्र था, उसी तरह महाराज संग्रामशाह के भी एक पुत्र था दलपति शाह। किन्तु वे अल्पजीवी रहे और सारा प्रशासन उनकी विधवा पत्नी गोंडवाना राज्य की गौरव दुर्गावती ने पुत्र वीरनारायण के अल्पवय होने के कारण न केवल डेढ़ दशक से अधिक समय तक सम्हाला, वरन् अपने राज्य काल में यवनों की विशाल सेनाओं को दो बार पराजित भी किया। उनकी और उनके वीरगति के पश्चात् का इतिहास तो महाराज सभी को ज्ञात है। मैं तो कुछ इतना कह सकता हूँ कि यदि गोंडवाना में फिर कभी यदि सुख, सम्पन्नता और समृद्धि आई तो वह आज आपके काल में ही देखने को मिल रही है।'

पंडित जय गोविन्द : 'विद्यानाथजी महाराज को बतलाइए कि महाराज के पूर्वज दादीराय और उनके पिता रायसिंह के पूर्वजों के नाम आपने कैसे संकलित किए?'

पंडित विद्यानाथ : 'महाराज, हमारे पास आपके अनेक पूर्वजों के द्वारा दिए गए दानपत्र मौजूद हैं, जिनका हमने बड़ी कठिनाई से संकलन किया है। ये सभी दानपत्र हैं। इन दानपत्रों में आपके किसी न किसी पूर्वज ने जब किसी ब्राह्मण को दान के रूप में किसी भूमि का कोई भाग दिया था तो उस संवत् का उनमें समुचित उल्लेख है।'

हृदयशाह (कुछ प्रसन्नता से) : यह तो हमारे लिए बड़ी प्रसन्नता की बात है। हम इस प्राचीन धरोहर को सम्हाल कर रखेंगे ताकि आगे आनेवाली पीढ़ियों के सामने यह साक्ष्य मौजूंद रहें।

पंडित जय गोविन्द : 'महाराज, न केवल आपके यशस्वी पूर्वजों ने वरन् दूसरे राजकुलों के पूर्वजों ने भी अनेक बार इतिहास में स्थान बनाए रखने के लिए क्या कुछ नहीं किया। परन्तु कितना कुछ बच पाता है काल के निर्मम प्रहारों से, यह आप भी जानते हैं। फिर भी मनुष्य लगातार प्रयास करता है और उसे यह प्रयास करते रहना चाहिए।'

हृदयशाह : 'हाँ, पंडितजी एक समय वह भी था जब महाराज संग्रामशाह की स्वर्ण, रजत और ताम्र मुद्राओं का सारे गोंडवाना में प्रसार था। घर-घर में मुद्राएँ मौजूद थीं। पर आज हमारे अपने राजकोष में गिनी चुनी मुद्राएँ ही तो शेष हैं जो हमने बहुत सम्हाल कर रखी हैं। गोंडवाना की लूट के पश्चात् उन सभी को गलाकर धातु में परिवर्तित कर दिया गया। आगे की पीढ़ियों को तो शायद यह भी मालूम न रहेगा कि हमारे राजकुल की स्वर्ण मुद्राएँ भी थीं, उनमें क्या लिखा था, किस वर्ष वे प्रचलित की गईं थीं, यह तो शोध की वस्तु हो जाएगी।

पंडित जय गोविन्द : 'महाराज इतिहास का यथार्थ तो यही है, पर मनुष्य को इससे अपना मन छोटा नहीं करना चाहिए। आप मुगलों के शासन के उस काल में

हिन्दू धर्म और संस्कृति को अक्षुण्ण बनाने की सोच रखते हैं, यह बहुत बड़ी बात है। आपने रामनगर बसाया और अब शिलालेख बनवाना चाह रहे हैं, हमारे समाज के लिए यह गौरव की बात है। महाराज, सम्पूर्ण उत्तर भारत मुगल संस्कृति के सैलाब में डूब चुका है। संस्कृतियों की अच्छी बातों को स्वीकार करने में हिन्दू हमेशा आगे रहे हैं, परन्तु अब तो तलवार के बल पर सब कुछ हो रहा है। आज उत्तर भारत में यदि आप किसी से भी किसी शानदार इमारत का नाम पूछेंगे तो उत्तर में किसी मकबरे का नाम मिलेगा किसी मन्दिर का नहीं। जो न केवल हमारी संस्कृति और धर्म के प्रतीक थे वरन् अपनी श्रेष्ठ कला और स्थापत्य के लिए भी हमारे गौरव की वस्तु थे। मथुरा के भगवान कृष्ण के जन्मस्थान पर बने मन्दिर का इतिहास पंडित विद्यानाथ को अच्छी तरह मालूम है। यदि महाराज की आज्ञा हो तो इस विषय पर कुछ प्रकाश डाल सकते हैं।'

हृदयशाह : 'हमें तो यही मालूम है कि मथुरा के प्राचीन मन्दिर को तोड़कर मुसलमानों ने जमीदोज कर दिया था। पर यदि विद्यानाथ कुछ अधिक बतला सकें तो हमारा ज्ञान बढ़ेगा।'

पंडित विद्यानाथ : 'महाराज, किंवदन्ती के अनुसार भगवान कृष्ण का पहला मन्दिर उनके जन्म स्थान पर भगवान कृष्ण के पौत्र ब्रजनाथ ने बनवाया था। यह मन्दिर वर्षों तक हिन्दुओं की आराधना का केन्द्र रहा। सबसे प्राचीन ऐतिहासिक साक्ष्य महाक्षत्रप शोडास के समय का है (ई.पू. 50-57) इसके पश्चात् विक्रमादित्य ने (400 ई. में) दूसरा अत्यंत भव्य मन्दिर बनवाया यह मन्दिर लगभग सात शताब्दियों तक हिन्दू-काल का भव्य उदाहरण रहा। परन्तु महमूद गजनवी (1017 ई.) ने इस मन्दिर को लूटा और तोड़ा। इसका वर्णन महमूद गजनवी के मीर मुंशी अलाउद्दीन ने किया है।

'तीसरी बार मथुरा के शासक विजयपाल देव (1150 ई.) ने इस मन्दिर को उसके तोड़े जाने के मात्र तैंतीस वर्षों बाद पुनः पुराना स्वरूप दे दिया। कुछ समय पश्चात् चैतन्य महाप्रभु (1515 ई.) में यहाँ आए जिसका वर्णन चैतन्य चरितामृत में मिलता है परन्तु फिर (सोलहवीं शताब्दी के प्रारम्भ में) सिकन्दर लोदी ने इस मन्दिर को नष्ट किया। इसके पश्चात् लगभग एक सौ पच्चीस वर्षों तक इस मन्दिर का पुनर्निर्माण नहीं हो सका और अन्त में यह जहांगीर के काल में सम्भव केवल इसलिए हुआ क्योंकि इस मन्दिर के निर्माता वीरसिंह देव जहांगीर के मित्र थे जिन्होंने जहांगीर की प्रसन्नता के लिए अबुल फजल का कत्ल करा दिया था। राजा वीरसिंह जू देव ने तैंतीस लाख रुपयों की लागत से नया मन्दिर बनवाया। परन्तु अभी-अभी हमें सूचना मिली है कि इस मन्दिर को बादशाह औरंगजेब ने तोड़ने का निश्चय कर लिया है। अब यह मन्दिर बहुत अधिक समय तक नहीं सुरक्षित रह पाएगा। यदि साल दो साल भी बचा रह जाए तो बहुत समझिए। यही हश्र काशी विश्वनाथ के मन्दिर का भी

होनेवाला है। गोंडवाना में नर्मदा परिक्रमा के यात्रियों से रोज ही मन्दिरों के ध्वस्त होने की सूचनाएँ मिल रही हैं।'

हृदयशाह : 'दुखद है, यह सब कुछ। पर पंडितजी, जैसा कि आपने कहा कि मनुष्य को सत्कर्म करते रहना चाहिए उसी से मनुष्य को जीवनदायिनी शक्ति मिलती है, सो मैं भी अपनी इस अवस्था में वही कुछ कर रहा हूँ।'

विद्यानाथजी, ताम्रपत्रों के भविष्य को तो मैं समझ गया जब महाराज संग्रामशाह की स्वर्ण मुद्राएँ ही न बचीं तब महाराज संग्रामशाह की चालीस-बयालीस पीढ़ियों से संचित ताम्रपत्र कब तक बचे रह सकेंगे, और जब ये न बचे रहेंगे तब यदि हम शिलालेख में कुछ लिखवा भी दें तो शायद लोग उसे मनगढ़ंत ही मानेंगे।

पंडित जय गोविन्द : 'लोग क्या मानेंगे या क्या न मानेंगे, इस पर हमारा कहीं कोई वश नहीं है। महाराज आप के पूर्वजों के सम्बन्ध में ठोस जानकारी के लिए आज की तिथि में न केवल हमारे पास ताम्रपत्रों का भंडार है जिनमें तिथियाँ अंकित हैं वरन् आपके अनेक पूर्वजों की कुंडलियाँ भी हमारे पास हैं जो भूर्णपात्र में लिखित हैं और जिन्हें पीढ़ी दर पीढ़ी सम्हाल कर रखा गया है। जब भूर्णपत्र पुराने हो जाते हैं तब उनकी नकल कराकर रख ली जाती है। इन सबसे अलग आपके अनेक पूर्वज जो क्षेत्र के महत्त्वपूर्ण व्यक्ति रहे हैं, के सम्बन्ध में अनेक लोकगीत और लोककथाएँ आज भी प्रचलित हैं। उनका भी संकलन विद्यानाथ ने किया है और इस आधार पर ही हम शिलालेख में लिखे जानेवाला संस्कृत पाठ तैयार करेंगे।'

हृदयशाह : 'पंडितजी, आपने बड़ा श्रम किया परन्तु इतनी अधिक सामग्री होने पर भी हमें शिलालेख में तो कुछ ही पंक्तियाँ लिखनी होती हैं।'

पंडित जय गोविन्द : 'हाँ महाराज, यह सच है, परन्तु सिद्धान्त के तौर पर ऐसी स्थिति में हम वर्तमान की जानकारी सबसे अधिक देना उचित समझते हैं, क्योंकि वर्तमान ही सबसे अधिक विश्वसनीय होता है। जैसे-जैसे हम भूतकाल की ओर जाते हैं वैसे-वैसे सामग्री की विश्वसनीयता भी कम होती जाती है।'

हृदयशाह : 'यह तो उचित ही है, पर वंश परम्परा का प्रारम्भ कहाँ से करेंगे?'

पंडित जय गोविन्द : 'इस पर विष्णु दीक्षितजी निर्णय ले चुके हैं।'

'क्या निर्णय लिया है?' हृदयशाह ने पूछा।

'महाराज, वंश प्रारम्भ कब से हुआ अथवा गोंडराज्य की उत्पत्ति के सम्बन्ध में जब विष्णु दीक्षितजी ने विद्वानों से उनके मत जानना चाहे तो उन्हें प्रमुख रूप से तीन मत प्राप्त हुए ये तीनों मत गोंडवाना राज्य में ही प्रचलित मान्यताओं तथा पुराने ग्रन्थों या अन्य लिखित साक्ष्यों के आधार पर थे। प्रथम मत यह था कि वंश का प्रारम्भ ब्रह्मदेव से किया जाए। अनेक ग्रन्थों में जगत्पिता ब्रह्मा को ही 'वंशानुचरित' में प्रथम स्थान दिया गया है। परन्तु विष्णु दीक्षितजी इससे सहमत नहीं हुए। उनका मानना था आधुनिक समय में यह स्थान वंश की परम्परा के

अनुसार ही तो उत्तम होगा, उन्होंने कहा—यह ठीक है ब्रह्मदेव जगत्पिता हैं पर इससे वंश विशेष की पहचान स्पष्ट नहीं होती। दूसरा मत, महाराज संग्रामशाह के स्वर्ण सिक्के पर अंकित इबारत के आधार पर था, जिसमें उन्होंने स्वयं को पौलस्त्य या मुनि पुलस्त्य का वंशज माना है, पर इस पर भी दीक्षितजी सहमत नहीं हुए। पंडित जय गोविन्द ने कहा।

हृदयशाह : 'यह तो दीक्षितजी ने ठीक ही किया क्योंकि हमारे अपने समय में अधिकतर लोग मुनि पुलस्त्य की तेजस्विता को भुला चुके हैं तथा पौलस्त्य या मुनि पुलस्त्य के वंशज का रूढ़ अर्थ रावण हो चुका है। महात्मा तुलसीदासजी की रामचरित मानस में यद्यपि विभीषण जैसे परम धार्मिक पौलस्त्य का भी समुचित वर्णन है। पर उनमें जनमानस किसी न किसी रूप में देशद्रोह का दाग देखता है। इस तरह चाहे रावण हो या विभीषण दोनों ही लोकमानस में श्रद्धा के पात्र नहीं हैं। पौलस्त्य रावण का नाम तो अधर्म का प्रतीक ही हो गया है। अच्छा बतलाएँ कि तीसरा मत क्या था।'

पंडित जय गोविन्द : 'महाराज, मंडला में गोंड राज्य के प्रवर्तक यादवराय के साथ नागराज की कथा सम्पूर्ण गोंडवाने में बड़े चाव से कही-सुनी जाती है। अतः दीक्षितजी ने आपके वंश को नागवंश माना। साथ ही, गढ़ा मंडला के संस्थापक राजा यादवराय को आपके कुल का आदि पुरुष स्वीकार किया। मैं समझता हूँ यह एक उत्तम निर्णय है।'

हृदयशाह : 'पंडितजी का निर्णय सदैव ही उत्तम होता है। यह भी एक उत्तम निर्णय है। शिलालेख का जब पाठ तैयार हो तब इसे उचित ढंग से प्रस्तुत करें।'

कुछ दिनों बाद पंडित जय गोविन्द ने शिलालेख के पाठ को अन्तिम स्वरूप दिया। उन्होंने उसे टंकित कराने के पूर्व महाराज से उसका पाठ देखने का आग्रह किया। महाराज हृदयशाह ने प्रेमसुन्दरी के साथ बैठकर सम्पूर्ण पाठ को सुनने की इच्छा प्रकट की। पंडित जय गोविन्द ने महाराज और महारानी से समय लेकर उनके सामने सम्पूर्ण पाठ प्रस्तुत करने का उपक्रम किया।

हृदयशाह : 'पंडितजी, आपने तो हमारे वंश से सम्बन्धित बहुत सी सामग्री एकत्रित की है, पर सभी को तो शिलालेख में स्थान नहीं दिया जा सकता। आपको बहुत से महत्त्वपूर्ण विवरण भी छोड़ने पड़े होंगे, पर मैं आपकी बाध्यता समझ सकता हूँ, कितने श्लोक में आपने पूरी सामग्री को लिपिबद्ध किया है।'

जय गोविन्द : 'महाराज, हमने गढ़ा मंडला राजवंश के कुल त्रेसठ राजाओं का वर्णन लिपिबद्ध किया है। हमने सर्वप्रथम गणेशजी की वन्दना कर उनका ही नाम लिखा है जो इस प्रकार है :

श्री गणेशायनमः। श्री सुन्दर चित्रकर्मा जयति।
इत्थं भावेन के नापि सर्वज्ञाताय विप्लवे।
स्वमंत्रेणैव कतिधा भवते भवते नमः ॥1॥

(श्री गणेशाय नमः, उनकी जय हो जिनके कर्म विचित्र और सुन्दर हैं। आपको प्रणाम। आप जो अपनी मन्त्रशक्ति से संकट के समय किसी भी रूप में अनेक प्रकार से प्रकट होते हैं, इस प्रकार सब के द्वारा जाने जाते हैं।)

इस वन्दना के पश्चात् हमने आपके वंश के प्रथम पुरुष श्री यादव राय और उनके पुत्र माधव सिंह और पौत्र जगन्नाथ का नामोल्लेख किया है। यह इस प्रकार है :

यादवरायः क्षितिभृद्बभूव गुणनीरधि गढ़ा देशे।
सूर्नुमाधवसिंह तस्य यतोऽभूज्जगन्नाथः ॥2 ॥

(गढ़ा देश में गुणों के समुद्र यादव राय राजा हुए। उसका पुत्र माधव सिंह। उसका पुत्र जगन्नाथ)।

हृदयशाह : 'पंडितजी क्या वंशावली में नामोल्लेख ही किए गए हैं या हमारे कुछ पूर्वजों के जीवन काल की घटनाओं के विवरण भी हैं?'

जय गोविन्द : 'महाराज, हमने शिलालेख के लिए कुल बावन श्लोक लिखे हैं जिनमें त्रेसठ वंशों का उल्लेख करना है। साथ ही, यह भी सुनिश्चित किया जा चुका था कि शिलालेख में वर्तमान काल का समुचित विवरण हो। साथ ही, इस वंश के गौरव राजपुरुषों का सुयश को भी उचित स्थान मिले। इन सभी को ध्यान में रखते हुए सैंतालीस राजाओं के नाम केवल बारह श्लोकों में देना आवश्यक हो गया था। श्लोक क्रमांक दो से श्लोक क्रमांक तेरह तक आपके वंश के प्रारम्भिक सैंतालीस राजाओं के नाम ही सम्मिलित किए जा सके हैं, इससे अधिक हम चाहकर भी उनके सम्बन्ध में कुछ और नहीं लिख सके क्योंकि शिलालेख में टंकित की जानेवाली प्रस्तावित सामग्री का यह चतुर्थांश है।'

हृदयशाह : 'लेखन कार्य में किसी भी प्रकार की सीमा निर्धारित होना कष्टप्रद है, परन्तु शिलालेख की भी अपनी सीमाएँ हैं, जिन्हें मैं समझ पा रहा हूँ।'

प्रेमसुन्दरी : 'पंडितजी, आप तेरहवें श्लोक तक का पाठ हमें सुनाएँ।'

जय गोविन्द : 'सुनिए।'

जय गोविन्द तेरहवें श्लोक तक का पाठ सुनाने के पश्चात् प्रेमसुन्दरी को बतलाते हैं कि संग्रामशाह गोंड राजवंश के सबसे प्रतापी राजा हुए हैं, और यह कहकर वे शिलालेख में लिखा जानेवाला चौदहवाँ श्लोक सुनाते हैं।

आसीत्सूनुस्तस्य संग्रामसाहि विद्विट् तूलस्तोम कल्पात्तवह्निः।
विश्वव्याप्ते यत्प्रताप प्रकाशे मध्यारनार्को विस्फुलिंगी वभूव ॥14 ॥

(उसका (अर्जन सिंह) का पुत्र संग्रामशाह था। उसके शत्रु कपास के पुंज के समान थे। वह उनके लिए प्रलयंकारी अग्नि के समान था। उसके प्रताप के प्रकाश के विश्व में व्याप्त होने के कारण दोपहर का सूर्य भी निस्तेज सा हो गया।)

प्रेमसुन्दरी 'पंडितजी, आपकी काव्य प्रतिभा की प्रशंसा करनी होगी। वीरवर संग्रामशाह की प्रचंड शक्ति का बहुत ही उत्तम वर्णन आपकी लेखनी से निकला है।'

इसके पश्चात् अगले श्लोक में भी संग्रामशाह की प्रशस्ति थी, जिसमें उन्हें बावन गढ़ों को जीतनेवाला कहा गया था और फिर उनके पुत्र दलपतिशाह और उनकी पत्नी दुर्गावती का वर्णन तीन श्लोकों में किया गया। चौथे श्लोक में दलपतिशाह की असामयिक मृत्यु एवं उनके अल्पवयस्क पुत्र वीरनारायण के राज्याभिषेक का वर्णन किया गया। इस तरह शिलालेख में प्रस्तावित उन्नीस श्लोकों का पाठ अब तक सम्पन्न हुआ।

इतना सुनने के पश्चात् महाराज हृदयशाह अगले वर्णन के श्रवण की उत्सुकता को न दबा सके। पाठ के बीच में ही बोल उठे, 'पंडितजी गोंड राजवंश की ही क्या आर्यावर्त की गौरव हमारी पूर्वज वीरांगना दुर्गावती के सम्बन्ध में आपने जो लिखा है उसे सुनने को हम अधीर हैं।'

जय गोविन्द : 'महाराज, देवी दुर्गावती का चरित्र तो लोकोत्तर है। मुझ जैसा साधारण कवि उनकी प्रशंसा भला क्या लिख सकता है। फिर भी, अपने प्रयास को आपके समक्ष रखता हूँ।'

इसके उपरांत अगले दो श्लोकों में उन्होंने दानवीरता की प्रशंसा की तथा तीसरे श्लोक में उन्होंने दुर्गावती की वीरता की और युद्ध कौशल की प्रशंसा की।

हृदयशाह और प्रेमसुन्दरी इस श्लोक को सुनकर पुलकित हो गए और उसे पुनः सुनने की इच्छा प्रकट की।

पंडित जय गोविन्द ने उसे पुनः सुनाया :

'स्वयं समारूह्य गजं रजेषु
बलाज्जयंती प्रबलान्विपक्षान्
सदा प्रजापालन सावधाना
सा लोकपालन्विफलीचकार ॥22॥'

प्रेमसुन्दरी ने महाराज हृदयशाह से दुर्गावती की वीरता के सम्बन्ध में पर्याप्त रूप से सुना था, परन्तु इस पद्य के पुनर्पाठ कर चुकने के पश्चात् पंडित जय गोविन्द ने महारानी प्रेमसुन्दरी को दुर्गावती के उन सभी कार्यों के सम्बन्ध में जानकारी दी जिनके कारण पूरे गोंडवाना में आज तक उनके जस (गीत) गाये जाते हैं। जय गोविन्द ने बतलाया कि उनके समय में सारे गोंडवाने के जंगलों में शेरों का आतंक था। जब भी कोई शेर नरभक्षी हो जाता था तो वह स्वयं हाथी पर चढ़कर जब तक स्वयं उस शेर का वध न कर देती, तब तक अन्न तो क्या जल तक ग्रहण न करतीं। उन्होंने गोंडवाने की प्रजा में शिक्षा प्रसार के लिए दूर से विद्वान बुलवाए थे तथा उस समय नरबलि और पशुबलि प्रधान धर्म के स्थान पर भगवान कृष्ण की प्रेमभक्ति प्रधान धर्म से अपनी प्रजा को परिचित कराया ताकि उनमें प्रेम और सद्भाव की भावना बढ़े। उनके दान की कहीं कोई सीमा नहीं थी। दूर-दूर तक उन्होंने पाठशालाएँ और सराएँ बनाई थीं।

तभी हृदयशाह ने बतलाया कि वे और प्रेमसुन्दरी मथुरा की जिस सराय में रुके थे। वह दुर्गावती ने ही बनवाई थी। दुर्गावती ने मथुरा ही नहीं राज्य से बाहर अन्य धार्मिक स्थलों पर भी लोकोपकारी कार्य किए थे और यही यश लोगों की आँखों में खटक गया और उन पर आक्रमण पर आक्रमण हुए। उन्होंने दो बार मालवा के सुल्तान के आक्रमणों को सफलतापूर्वक विफल किया। 'इन युद्धों का संचालन उन्होंने स्वयं किया'। इतना कहकर हृदयशाह चुप हो गए।

इसके पश्चात् दो श्लोकों में जय गोविन्द ने वीरनारायण एवं दुर्गावती पर मुगल आक्रमण का वर्णन किया और छब्बीसवें श्लोक में उन्होंने वीरांगना दुर्गावती की वीरगति के साथ ही वीरनारायण की वीरगति का भी वर्णन इन शब्दों में किया :

संविक्षता लक्ष विपक्ष बाणौ, स्वापाणि खड्गेन शिरः स्वकीयम्।
छित्वा क्षणेन द्विरदे निषण्णाऽमिनद्रवेर्मण्डलमात्मश्च ॥26॥

(जो शत्रु के लाखों बाणों से क्षत विक्षत हो गई थी (ऐसी उस दुर्गावती ने) अपने हाथ के खड्ग से अपना सिर तत्काल काटकर सूर्यमंडल को भेदा। पुत्र (वीरनारायण) ने भी (सूर्यमंडल को भेदा)।

यह श्रवण कर प्रेमसुन्दरी की आँखों में आँसू बह निकले। वह कहने लगी : 'महाराज धिक्कार है जमीन के टुकड़ों के लोभी उस बादशाह अकबर को जिसने बिना वजह एक ऐसी नारी रत्न की हत्या की, जिसने अपना जीवन प्रजा की उन्नति और समृद्धि के कार्यों में लगा दिया था।'

जय गोविन्द : 'मुझे तो और अधिक दुख तब होता है, जब मैं कुछ फारसी पढ़े लोगों से देवी दुर्गावती और वीरनारायण की वीरगति के सम्बन्ध में अनाप-शनाप सुनाता हूँ। अकबर के इतिहासकार अबुल फजल और उसके एक साथी बदायूँनी ने सारे तथ्यों को झुठलाकर गोंडवाने के वीरों की वीरता पर प्रश्नचिह्न लगाने के सारे प्रयास किए हैं।'

प्रेमसुन्दरी : 'और किसी हद तक ये प्रयास सफल भी कहे जाएँगे क्योंकि हमारे यहाँ तो किसी को अपने समय की बातों को लिखने की भी फुरसत नहीं है। पंडितों को काव्यशास्त्र में स्त्री की सुन्दरता का बोध तक श्लेष और उपमा अलंकारों से होता है। स्त्री की वीरता, देशभक्ति और सामाजिक उत्थान के प्रति समर्पण की चर्चा तो दूर की कौड़ी है।'

हृदयशाह : 'महारानी, क्षुब्ध न हों, आगे का पाठ सुनें।'

और इसके पश्चात् जय गोविन्द ने सात-आठ श्लोकों में वीरनारायण के परवर्ती राजाओं का वर्णन किया पर उनमें विशेष वर्णन महाराज के पिता प्रेमशाह का वर्णन था। अपने पिता की प्रशस्ति सुनकर हृदयशाह प्रसन्न हुए। शेष आलेख जो कि सम्पूर्ण भाग का एक तिहाई था, हृदयशाह और उनकी पत्नी महारानी प्रेमसुन्दरी की प्रशंसा में था। अन्तिम दो श्लोकों में उन्होंने स्वयं का परिचय दिया। साथ ही, उन कारीगरों

के नाम दिए जिन्होंने उस देवालय को तैयार किया, जहाँ शिलालेख को लगाया जाना था। ज्योतिषियों ने अब तक उचित मुहूर्त भी निकाल लिया था। जय गोविन्द ने शिलालेख में प्रयोज्य इस विवरण का पाठ भी तैयार कर लिया था।

सम्पूर्ण पाठ सुनने के पश्चात् राजा ने पंडित जय गोविन्द से पूछा : 'मुझे तो यह सम्पूर्ण पाठ ठीक लगा। महारानी भी पाठ की प्रस्तुति से प्रसन्न हैं। परन्तु इस पाठ को आपने अन्तिम स्वरूप देने के पश्चात् किसी अन्य विद्वान को भी दिखलाया था या नहीं।'

पंडित जय गोविन्द : 'अन्त में ही नहीं बीच-बीच में भी अनेक स्थलों के विवरणों में अपने पिता पंडित मंडन कवि से सलाह ली। हमारे पिता मीमांसा के प्रकांड पंडित हैं, तर्कशास्त्र के ज्ञाता हैं तथा उनमें छन्दों के अंगों को समझने की तीव्र मेधा है। मैंने उन्हीं के आशीर्वाद या कहूँ कि उनकी आज्ञा से ही यह कार्य सम्पन्न किया।'

हृदयशाह : 'आपने अपने पाठ में जिन कारीगरों के नाम लिखे हैं। उनका कौशल मैं पहले भी देख चुका हूँ। उन्होंने सुन्दर मन्दिर बनाया है सिंहशाह, दयाराम और भगीरथ वस्तुतः उत्तम कारीगर हैं। सदाशिव का नाम भी आपने दिया जो उचित है क्योंकि वह शिलालेख में लेखन के उत्तम कलाकार हैं।'

प्रेमसुन्दरी : 'महाराज, इस शिलालेख को कब लगना है। मैं कुछ ठीक समझी नहीं।'

हृदयशाह : 'पंडितजी, विवरण को थोड़ा स्पष्ट कर महारानी को समझाएँ।'

पंडित जय गोविन्द : 'मैंने लिखा है :

'वेदनेत्रहयेन्द्वब्दे ज्येष्ठे विष्णुतिथौसिते।
सदाशिवेन लिखितमुत्कीर्णं तैः सुशिल्पिभिः ॥

महारानीजी वेद का अर्थ यहाँ चार से है। नेत्र का अर्थ दो से है। हय का अर्थ सात से है (सूर्य के सात घोड़े) और चन्द्र का अर्थ एक से है। इस प्रकार इस पंक्ति का अर्थ साधारण है जिसका अर्थ सदाशिव ने लिखा और उन कुशल कारीगरों ने खोदा।'

प्रेमसुन्दरी : 'तो क्या सदाशिव उत्कीर्णन का कार्य नहीं करेंगे?'

पंडित जय गोविन्द : 'शिलालेख दो चरणों में होता है। पहला चरण सुलेख का है जिसमें अशुद्धि नहीं होनी चाहिए साथ ही, वह स्पष्ट और सुवाच्य हो। यह कार्य सदाशिव करेंगे। उस लिखे हुए पर ही कारीगर उत्कीर्णन का कार्य पूरा कर देंगे।'

शिलालेख नियत समय पर तैयार किया गया। जिस पत्थर पर यह तैयार किया गया वह काले रंग का था परन्तु यह रंग गहरा काला नहीं है उसमें सर्वत्र सफेद छींटें थे। आलेख में हाशिया नहीं के बराबर छोड़ा गया। सम्पूर्ण आलेख पैंतीस पंक्तियों में पूरा किया गया। इस तरह पत्थर के क्षेत्र का पूरा-पूरा उपयोग हुआ। कहीं कोई स्थान खाली नहीं बचा।

शिलालेख को उसमें दी गई तिथि के अवसर पर रामनगर के महल में स्थापति किया गया (ज्येष्ठ शुक्ल एकादशी संवत् सत्रह सौ चौबीस अर्थात् 5 जून, 1668 ईस्वी)।

प्रत्येक लेखन के समान ही इस आलेख के भी समर्थक और आलोचक हुए। आलोचकों ने प्रेमसुन्दरी और हृदयशाह की प्रशंसा को चापलूसी कहा और उसकी गुण ग्राहकता को अतिरंजित ठहराया। समर्थकों ने इन वर्णनों को किंचित अतिशयोक्ति पूर्ण मानते हुए विवरण को विश्वसनीय दस्तावेज ठहराया।

जहाँ अबुल फजल ने संग्रामशाह को दुष्कर्मी और पितृहन्ता कहा है तथा दुर्गावती को घमंडिन और चापलूसों से घिरी हुई बतलाया है, वहीं शिलालेख में संग्रामशाह को धीरोदात्त नायक और दुर्गावती को महनीय देवी निरूपित किया है। क्या ये विरोधी वर्णन मात्र दो राजकुलों के विरोधी स्वर हैं या उन दो विरोधी संस्कृतियों के स्वर हैं, जिनमें एक आक्रामक है और दूसरी आक्रांता।

सब कुछ इस बात पर निर्भर करता है कि आपकी विश्वसनीयता की कसौटी क्या है।

कुछ भी हो, यह निर्विवाद है कि भारतीय इतिहास को एक प्रमाण देने की दिशा में एक जनजातीय राजा का यह एक असाधारण प्रयास था।

पंचम सर्ग : छत्रशाह-केसरीशाह

पुण्यंकृत्वाति मात्रं द्विजकथितमथो
वर्द्धयामास चायुः।
सच्छत्रं क्षत्रियाणां हृदयनृपते
नन्दनश्छत्रसाहिः ॥

अर्थ : हृदय राजा के पुत्र छत्रसाहि ने जो क्षत्रियों के श्रेष्ठ छत्र थे, ने ब्राह्मणों द्वारा बताये गए बहुत से पुण्य करके अपनी आयु को बढ़ाया।

(कवि गंगा प्रसाद की अल्पज्ञात संस्कृत रचना)

कान्त्या कामोप मानोप्यनुपममृदुताकाम्य मानोपमेयो।
दुष्टे मानां विमर्दे खरतरनखरः केशरीवत्प्रतापात् ॥
ऐश्वर्य देवदेवानिलषितमधिकं दर्शयामास लोके।
पुत्रोऽन्यश्छत्रसाहेर्नृपति मुकुटमणि केशरीसाहिराजा ॥

(गजेन्द्र मोक्ष)

अर्थ : कान्ति के कारण काम जिनके उपमान हैं फिर भी जिनकी मृदुता अनुपम है, अतः जो उपमेय (राजा) केवल काम्यमान होता है। प्रताप के कारण जो दुष्ट शत्रु हाथियों के विमर्चन के लिए अत्यन्त तीक्ष्ण नखवाले सिंह की भाँति है। उन छत्रसाहि के द्वितीय पुत्र नृपों के मुकुटमणि केसरीशाह राजा ने ऐसे अधिकतम ऐश्वर्य को संसार में प्रदर्शित किया, जिस (ऐश्वर्य) की इन्द्र भी अभिलाषा करते हैं।

(संस्कृत कवि लक्ष्मी प्रसाद का काव्य)

छत्रशाह-केसरीशाह

हृदयशाह के दीर्घशासन काल में जो राजनैतिक स्थिरता और शान्ति थी, उनकी मृत्यु के पश्चात् उतनी अस्थिरता और अशान्ति राजगोंडों के राज्य में व्याप्त हो गई। अगले सत्रह वर्षों में चार अल्पजीवी शासक हुए।

हृदयशाह की मृत्यु अनुमानतः 1671 ई. में हुई। उनकी चार रानियों में से दो अर्थात् प्रेमसुन्दरी और चिमनी बेगम निःसन्तान थीं और अन्य दो रानियों से दो पुत्र थे छत्रशाह और हरिसिंह। छत्रशाह उम्र में बड़े थे इसलिए उन्हें राजगद्दी दी गई।

चूँकि हृदयशाह ने काफी लम्बी आयु पाई थी अतः दोनों राजकुमार उनके जीवनकाल में ही वार्धक्य को प्राप्त हो चुके थे। दोनों राजकुमारों का स्वभाव एक दूसरे से विपरीत था। छत्रसाह जहाँ सांसारिकता से विरक्त स्वभाव का व्यक्ति था, वहीं उनके अनुज हरीसिंह में बेहद राज्य लिप्सा थी। छत्रशाह की यह विरक्ति किसी ज्ञानी व्यक्ति की विरक्ति नहीं थी। यह अकर्मण्य व्यक्ति की स्वाभाविक मानसिकता थी।

हृदयशाह के जीवित रहते उनके विशाल व्यक्तित्व के तले दोनों पुत्रों ने सदैव यह आभास दिया था कि वे दोनों सौतेले भाई एक दूसरे से सगे भाइयों जैसा प्रेम करते हैं। हृदयशाह जितने विशाल व्यक्तित्व के धनी व्यक्ति थे, उनके दोनों पुत्र उतने ही संकुचित व्यक्तित्व के लोग थे।

हरिसिंह का यह छद्म व्यवहार पिता की मृत्यु तक कायम रहा। हृदयशाह की मृत्यु के पश्चात् कर्तव्यों के प्रति उदासीन छत्रशाह ने राज्य का भार स्वेच्छा से हरिसिंह को देने की पेशकश की। परन्तु मन में चाहते हुए भी हरि सिंह ने ऊपरी तौर पर शालीनता का परिचय दिया और अपने अग्रज से सिंहासन पर बैठने को कहा।

छत्रशाह गढ़ा मंडला के राजा हो गए। उसके पश्चात् वही हुआ जो अपेक्षित था। सिंहासन पर बैठते ही छत्रशाह को अपने सौतेले भाई के बागी तेवरों का पता चल गया। दोनों में वैमनस्य बढ़ा। सौतेला भाई हरिसिंह गढ़ा में जाकर रहने लगा तथा छत्रशाह राजधानी रामनगर से अपना राज्य चलाते रहे। उन्होंने लगभग तेरह वर्ष तक शासन किया।

वृद्ध छत्रशाह ने अपना सम्पूर्ण जीवन एक प्रतिभाशाली पिता के संरक्षण में अवश्य काटा था, परन्तु उनसे उसने न तो कर्मठता और न ही महत्त्वाकांक्षा जैसे आवश्यक गुणों का पाठ पढ़ा था। तेरह वर्ष के निष्प्रभ शासन के उपरान्त उसकी मृत्यु हुई और उसके पश्चात् उसका पुत्र केसरीशाह 1684 ई. (चैत्र कृष्ण ग्यारह, शुक्रवार संवत् सत्रह सौ इकतालीस) को राजगद्‌दी पर बैठा।

केशरी शाह का चाचा हरिसिंह जो गढ़ा में रहता था, स्वयं ही राजा बनना चाहता था। उसने स्वयं को राजा घोषित कर दिया। राज्य षड्यन्त्रों का शिकार केसरीशाह केवल तीन वर्ष ही शासन कर सका। चाचा हरिसिंह ने एक षड्यन्त्र रचकर उसे मरवा डाला। इन तीन वर्षों में कोई उल्लेखनीय घटना नहीं हुई।

चौथेपन का राज्य

यह वह समय था जब औरंगजेब हिन्दुस्तान का बादशाह था और उसके लगातार अत्याचारों से हिन्दू राजा संगठित होने का प्रयास कर रहे थे। इन प्रयासों को जोड़ने में अनेक साधुओं की विशिष्ट भूमिका थी। उनमें से एक सन्त प्रणामी सम्प्रदाय के प्रवर्तक प्राणनाथ भी थे। महाप्रभु प्राणनाथ रामनगर आए और उन्होंने छत्रसाह को आत्मसम्मान और वीरता के साथ जीने के लिए मध्य भारत में एकत्रित हो रहे हिन्दू राजाओं के संघ में अपना योगदान देने के लिए प्रेरित किया। परन्तु तभी औरंगजेब ने अपनी कुटिल नीति के तहत शाही आदेश से अपने एक अधिकारी पुरदल खाँ को आदेश दिया कि वह महाप्रभु प्राणनाथ को शाही खर्च से दिल्ली भेजने की व्यवस्था करे। शाही आदेश को पाते ही पुरदल खाँ ने एक सैन्याधिकारी शेख खिदिर को साढ़े तीन सौ सैनिकों के साथ महाप्रभु को लेने रामनगर भेजा। पुरदल खाँ ने छत्रशाह को एक पत्र लिखा, जिसमें उसने महाप्रभु प्राणनाथ को दिल्ली भेजने में शेख खिदिर का सहयोग करने को कहा।

छत्रशाह औरंगजेब की रीति और नीति जानते हुए भी महाप्रभु को दिल्ली भेजने को तैयार हो गया। यह घटना 1682 ईस्वी की शीत ऋतु (अगहन बदी दसवीं संवत् सत्रह सौ उन्तालीस) की है। इस घटना के कुछ पहले ही छत्रशाह आलमगीर औरंगजेब के दरबार में उपस्थित हुआ था और उसने बादशाह से यह याचना की थी कि उसकी मृत्यु के पश्चात् उसके पुत्र को ही गढ़ा मंडला राज्य की राजगद्दी मिले, बादशाह सलामत ने भी उसकी प्रार्थना पर गौर करने का आश्वासन दे दिया था।

छत्रशाह का अपना अद्भुत सत्य महाप्रभु के वचनों से मेल नहीं खाता था। जिस वर्ष (1671 ई.) उसे राजगद्दी मिली थी, तब से अब तक एक दशक से भी अधिक का वक्त बीत चुका था। यद्यपि वह स्वयं इस तेजी से बीतते वक्त का एकमात्र मूक दर्शक बना रहा, परन्तु वह सोचता था कि यदि वह सक्रिय होता भी तो क्या समय चक्र की दिशा बदल पाता? शायद नहीं। रामनगर में राज्य सम्हालने से कुछ पहले जब उसने हिन्दू शक्ति के उदय की बात सुनी थी, तब उसके पिता बीमार थे। पर तभी उसने यह भी सुना कि बादशाह औरंगजेब ने पहले वाराणसी में काशी विश्वनाथ का मन्दिर तोड़ दिया (वर्ष 1669) और फिर कुछ दिनों बाद (वर्ष 1670) लाखों की लागत

से बने मथुरा का केशवराव मन्दिर न केवल तोड़ दिया वरन् उसे जमीदोज कर उस जगह मस्जिद बनवा दी। पिता हृदयशाह हिन्दू भक्ति और श्रद्धा के इन दोनों केन्द्रों को ध्वस्त हुआ सुन भीतर से टूट गए थे। फिर जो बिस्तर में लगे तो कभी उठ न सके।

महाप्रभु की बातों पर उसका विश्वास नहीं जमने का कारण यह भी था कि उसने स्वयं दिल्ली जाकर बादशाह औरंगजेब की सैनिक शक्ति को देखा था, जिसने सारे हिन्दुस्तान को रौंदकर रख दिया था। वह शक्ति कितनी भयावह थी, पागल हाथी की तरह जिसके सामने कोई भी नहीं टिक पा रहा था। यह सही है कि उसे गद्‌दी मिलने के तीन वर्ष बाद (1674 ई.) हिन्दू शक्ति के प्रतीक शिवाजी को सारे भारत ने छत्रपति के रूप में स्वीकार किया था, पर उनकी मृत्यु के पश्चात् उनके वंशजों की दुगर्ति को भी तो उसने देखा था। छत्रपति शिवाजी के गुरु समर्थ रामदास की शक्तियों के सम्बन्ध में उसके पिता उसे बतलाते रहे हैं, सम्भव है उनमें दैवीय शक्ति रही हो। पर क्या महाप्रभु में भी दैवीय शक्ति है? इसका उत्तर उसका न तो मस्तिष्क दे पा रहा था, न ही उसका मन।

राजा छत्रसाह को आज अगर चिन्ता थी तो केवल अपने पुत्र की, वही उसके जीवन का एकमात्र सत्य था। यदि वह गोंडवाना का राजा बना रहता है तो वह अपने जीवन को सार्थक मानेगा अन्यथा सब कुछ निरर्थक है। उसने जीवन में जो कुछ भी सक्रिय कार्य किया था, बस इसी पुत्र की राजगद्‌दी को सुनिश्चित करने के लिए ही तो किया था। महामति की बात मानकर न तो वह अपने पुत्र का भविष्य निश्चिंत कर सकेगा और न ही अपना।

छत्रशाह के पश्चात् पिछले कुछ दिनों से लगातार दो ओर से दबाव पड़ रहा था एक दबाव विन्ध्याचल क्षेत्र के उन असंगठित हिन्दू राजाओं और जमींदारों का था जो यह मानते थे कि यदि वे सब संगठित हो जाएँ तो मुगल सेना को शिकस्त दे सकते हैं। इन जागीरदारों का मुखिया बुन्देला छत्रशाल था पर यह विचार भी तो मूल रूप से इस क्षेत्र में महामति प्राणनाथ का ही फैसला हुआ था दूसरा दबाव हिन्दुस्तान की सबसे बड़ी शक्ति से था, आलमगीर की ताकत जिसने बड़े-बड़े बहादुरों को धूल चटा दी थी, अब वह हिन्दू विरोधी था तो क्या किया जा सकता था। उसका अपना बेटा तो उसी की कृपा से राजा बना रह सकता था। बादशाह की हुक्म उदूली सोचने मात्र से छत्रशाह को कँपकँपी छूट गई।

राजा छत्रशाह अनिर्णय की स्थिति में तो नहीं थे, पर वे ऊपरी तौर पर कोई ऐसा कार्य नहीं करना चाहते थे, जिससे उनकी प्रतिष्ठा गिरे। वे जानते थे कि सामान्य जनता में महाप्रभु वन्दनीय व्यक्ति हैं। राजा छत्रशाह को यह पता लग चुका था कि शहंशाह आलमगीर इस सन्त को दंडित करना चाहता है। राजा को बहुत दिनों तक बादशाह के हुक्म का इन्तजार न करना पड़ा। बादशाह ने पुरदल खाँ के माध्यम से

जो आदेश भेजा था, उसमें महामति को मुगल सैनिकों की सुरक्षा में तुरन्त भेजने की बात कही गई थी।

पत्र के तीसरे दिन ही मुगल घुड़सवारों का दस्ता रामनगर पहुँच गया। प्रेमशाह ने नायक शेखखिदिर की आवभगत की और सैनिकों के रुकने की व्यवस्था की। यद्यपि पत्र में महामति को शाही खर्चे से ले जाने की बात कही गई थी, परन्तु पुरदल खाँ ने स्पष्ट तौर पर अतिरिक्त धन की माँग की।

राजा छत्रशाह तो अब अधिक कुछ कर नहीं पाते थे, जो कुछ भी करते थे मानो बेबसी में किया गया कार्य होता था, परन्तु राजकुमार केसरीशाह चुस्त व्यक्ति थे। उन्होंने सभी व्यवस्थाएँ ठीक ढंग से की थीं। धन का इन्तजाम हो गया था। शाही सेना के नायक ने माँग की थी कि अतिरिक्त हिफाजत के लिए रामनगर से भी गोंड सेना के ग्यारह घुड़सवार गोंडवाना के दूसरे प्रमुख नगर गढ़ा की सीमा तक साथ दें। इसका भी इन्तजाम हो गया था। सन्तू गोंड की कमान में रामनगर का एक घुड़सवार दस्ता शाही दस्ते के साथ जाने की व्यवस्था कर दी गई।

इस सबके बावजूद केशरीसिंह भी मन ही मन में उद्विग्न था, परन्तु उसकी उद्विग्नता का कारण महामति नहीं थे। उसे अपने सूत्रों से पता चल गया था कि उसके चाचा हरिसिंह ने कूटनीतिक चाल खेली है, उसने औरंगजेब के अधिकारी पुरदल खाँ को तो खुश कर दी दिया है परन्तु छिपे तौर पर वह बुन्देला छत्रशाह का भी साथ दे रहा है।

इसी सोच-विचार में डूबता-उतराता वह अपने पिता के पास पहुँचा, परन्तु पिता की हालत देखकर चिन्तित हो गया। उसने पूछा : 'पिताजी, आपका चेहरा एकदम पीला पड़ गया है। क्या बात है क्या रात में नींद नहीं आई।'

'कल ही रात क्यों पिछली कई रातों से नींद नहीं आ रही है।' प्रेमशाह ने कहा।

'पिताजी, चिन्ता किस बात की है? यही न कि आप महामति को दिल्ली भेजने न भेजने पर व्यर्थ की मगजमारी कर रहे हैं। पर यह सब सोच विचार क्यों? हमें तो बस बादशाह की आज्ञा का पालन करना है। हमारे पास कोई दूसरा रास्ता नहीं है। महामति की बातों पर मत जाइए, इन साधुओं की बातों पर मत जाइए। इन साधुओं के पास खोने को है क्या? कहते हैं बादशाह से मुकाबला करने को तैयार हो जाओ। पत्थर में सिर फुड़वाना चाहते हैं ये बाबा बैरागी।' केसरीशाह ने कहा।

'बेटा तुमने मेरे हृदय की व्यथा हर ली, कितना स्पष्ट और परिपक्व सोच है तुम्हारा, मुझे तुम पर इसीलिए तो गर्व है।' छत्रशाह ने केसरीशाह को पास बैठाते हुए स्नेह से कहा।

'पिताजी, मैंने कोतवाल को आदेश दे दिया है कि वह कल प्रातःकाल ही महाप्रभु को आदर सहित रामनगर से हमारे राज्य की सीमा के बाहर तक छोड़ दे।' केसरीशाह ने राजा को बतलाया।

'पर राज्य की प्रजा क्या कहेगी?' राजा ने पूछा।

'प्रजा को जो कहना है सो कहती रहेगी। प्रजा के कहने या न कहने से हम बादशाह की हुक्म उदूली तो करेंगे नहीं। फिर प्रजा की सोच के बारे में सोचने से क्या फायदा?' केसरीशाह ने कहा।

'हमने सुना है महामति ने हमारे लिए संदेश भिजवाया था?' छत्रशाह ने कहा।

'हाँ, उनके एक शिष्य ने आपको सुनाए जानेवाला भाषण मुझे सुनाया था। आपके स्थान पर मैंने उसे ध्यान से सुना। मैं नहीं चाहता था कि प्रजा के सामने मैं उनका असम्मान करूँ। भले ही वे वह सब कुछ बोल रहे हों जो मैं नहीं सुनना चाहता था।' केसरीशाह का उत्तर था।

छत्रशाह : 'बेटा मुझे भी एक बार महामति के प्रमुख शिष्य का प्रवचन सुनने को मिला था। वह कह रहा था कि महामति का धर्म हिन्दू और मुसलमान में भेद नहीं करता। सत्य क्षर, अक्षर और अक्षरातीत में समाहित है। इसी तरह उसने सत्, चित् और आनन्द का भी जो वर्णन किया था वह तो मुझे कुछ भी समझ में नहीं आया।'

केसरीशाह : 'पिताजी, वह सब समझने की आवश्यकता भी नहीं है। ये बाबा, बैरागी, सूफी और महन्त न जाने क्या-क्या बोलते हैं परन्तु इनके बोलने से होता क्या है? जनता अवश्य प्रभावित होती है पर ये आलमगीर को तो प्रभावित नहीं कर पाते। आपको भी पुराना किस्सा याद है न कि आलमगीर ने हिन्दू तो क्या मुसलमान सन्तों तक को नहीं छोड़ा। अगर उनकी दृष्टि से वे अपना धर्म सही ढंग से पालन नहीं करते। सरमद का गला तो बादशाह ने सरेआम कटवा दिया था। वह आधी नमाज पढ़ा करता था केवल इसलिए।'

छत्रशाह : 'हमें बादशाह के कार्यों पर विचार नहीं करना है। हमें तो महामति को बादशाह के पास भेज देने का कार्य करना है। बाकी महामति जाने और बादशाह सलामत।'

केसरीशाह : 'अपने पत्र में तो बादशाह सलामत ने महामति को इज्जत बख्शी है।'

प्रेमशाह : 'पर यह राजनैतिक चाल भी तो हो सकती है।'

केसरीशाह : 'मुझे भी यही लगता है।'

प्रेमशाह : 'हमने सुना है कि शेख खिदिर ने अपने एक साथी भिखारीदास को भेजा है।'

केसरीशाह : 'हाँ पिताजी, भिखारीदास को आए दो दिन हो गए हैं। मैंने उसके रहने की उत्तम व्यवस्था कर दी थी। बड़ा चतुर व्यक्ति है वह। पिछले दो दिनों में उसी ने तो महामति को दिल्ली चलने के लिए सहमत कर लिया वरना वे दिल्ली जाने को कहाँ तैयार थे।'

प्रेमशाह : 'हाँ तुम ठीक कहते हो। यह व्यक्ति बड़ा चतुर होना चाहिए वरना हमने जब इसी बात को कहने के लिए अपने कोतवाल और आमात्य सुवंश राय को भेजा था, तब क्या प्रतिक्रिया हुई थी, तुम जानते ही हो।'

केसरीशाह : 'हाँ, उन्होंने उनके माध्यम से बेवजह आपको बहुत फटकारा था। परन्तु ये साधु सन्त हैं इनकी बात का बुरा नहीं मानना चाहिए।'

छत्रशाह : 'बेटे, मैं तो वैसे भी किसी की बात का बुरा कब मानता हूँ।'

केसरीशाह : 'पिताजी, महाप्रभु चाहते हैं कि जिस तरह छत्रशाल बुन्देला के निकट सम्बन्धियों किशोरसिंह और सुजान सिंह ने उनसे दीक्षा ले ली है, आप भी उनसे दीक्षा ले लें।'

छत्रशाह : 'तुमने ठीक समझा, वे आए ही इसीलिए थे परन्तु मैं किसी झंझट में नहीं पड़ना चाहता।'

महामति को साथ लेकर चलनेवाले शाही घुड़सवारों का दस्ता आ पहुँचा। शेख खिदिर को भिखारीदास से जब यह पता चला कि महामति स्वेच्छा से दिल्ली चलने को तैयार हो गए हैं तो उसने चैन की साँस ली और वह स्वयं भी महामति से मिलने गया। शेख खिदिर को शाही आज्ञा का शीघ्रता से पालन करना था, अतः उसके घुड़सवारों के संरक्षण में महाप्रभु और उनके शिष्य भिखारीदास को रामनगर छोड़ना पड़ा। गोंड नायक सन्तू के फौजी घुड़सवारों का एक छोटा दस्ता साथ था।

रामनगर छोड़ने के पहले शेख खिदिर छत्रशाह से मिला और उसने उससे महामति की प्रशंसा की। यद्यपि अब तक बहुत देर हो चुकी थी। छत्रशाह अब तक महामति से व्यक्तिशः नहीं मिला था। अतः उसने सोचा कि जाते समय महामति से मिलना उचित होगा। इस मुलाकात में महामति ने छत्रशाह को गोंड राजवंश के प्राचीन गौरव का स्मरण कराया। मानव धर्म का परिचय दिया तथा आत्म-सम्मान से जीने का महत्त्व समझाया। पर सब व्यर्थ।

यह एक लम्बी किन्तु निरर्थक मुलाकात थी। जिस तरह पके घड़े पर मिट्टी नहीं चढ़ती, उसी तरह महामति का उद्बोधन छत्रशाह के लिए निरर्थक रहा।

कुछ दिनों पश्चात् जब रामनगर के महल में छत्रशाह अपने पुत्र केसरीशाह के साथ बैठे थे, तभी गोंड नायक सन्तू ने उनसे मिलने की आज्ञा चाही। उसे तुरन्त बुलाया गया। नायक सन्तू ने बतलाया कि वह महाप्रभु के साथ रामनगर से गढ़ा तक रहा। चार दिन की यात्रा के पश्चात् वे गढ़ा पहुँचे थे। वहाँ महाप्रभु कुछ दिन रुकनेवाले थे, इसलिए वह अपने सैनिकों सहित लौट आया।

लगभग एक माह पश्चात् छत्रशाह को सूचना मिली कि महामति प्राणनाथ दिल्ली तो नहीं गए वरन् वे अब बुन्देला वीर छत्रसाल की राजधानी मऊसहानियाँ में पहुँच चुके हैं। छत्रशाह को अपने चौथेपन के राजत्व काल में यह जानने में रुचि न थी कि महामति प्राणनाथ के मऊसहानियाँ पहुँचने पर क्षेत्रीय राजनीति में क्या बदलाव आ

सकता है। वह राजनैतिक तथ्यों का विश्लेषण करने में असमर्थ थे, उन्होंने छत्रसाल को वर्षों पहले एक साधारण सैनिक के रूप में देखा था, परन्तु इन वर्षों में एक साधारण पौधा विशाल वृक्ष बन सकता है, इसकी कल्पना अपनी इस उम्र में वे नहीं कर पा रहे थे। यह वह समय था, जब छत्रसाल की तलवार महाबली औरंगजेब की सेनाओं के सेनानायकों की तलवारों से न केवल टकरा रही थीं, परन्तु उन्हें धूल भी चटा रही थी। सम्पूर्ण विन्ध्याचल में अब उसकी तूती बोल रही थी। बुन्देलखंड में शाही फरमानों को छत्रसाल ने कागज के टुकड़ों से अधिक महत्त्व का न रहने दिया था, औरंगजेब की बादशाहत के समय से ही यह उक्ति प्रसिद्ध हो गई थी।

इत जमुना, उत नर्मदा, इत चम्बल उत टौंस।
छत्रसाल से लरन की, रही न काहू हौंस॥

मृगया

देश में राजनीति का परिदृश्य तेजी से बदल रहा था परन्तु राजगोंड वंश का उत्तराधिकारी छत्रशाह उससे कदम न मिला सका। स्वर्गीय राजा हृदयशाह की दूरदर्शिता के गुण से उनके उत्तराधिकारी राजा छत्रशाह वंचित थे। रामनगर के शानदार भवनों की देखरेख तो हृदयशाह की मृत्यु के साथ ही बन्द हो चुकी थी। फिर भी हृदयशाह के समय में जो व्यापारी सुदूर क्षेत्रों से गोंडवाना तक व्यापार करने आते थे, उन्होंने अपना आना-जाना बन्द नहीं किया था। वे प्रतिवर्ष अब भी आते, अब भी तिजारत होती, पर न तो अब रामनगर के राजकोष में पर्याप्त धन था और न ही रामनगर के नगर सेठों के पास। फिर भी व्यापार तो व्यापार ही है, नफा-नुकसान सभी चलता ही रहता है। रामनगर के नगर सेठ कस्तूर चन्द का व्यापार अब भी चलता था। उनके यहाँ अब भी बाहर के व्यापारी आते थे फिर वे चाहे हिन्दू हों या मुसलमान। इन्हीं व्यापारियों में एक थे शेख रज्जाक जो बारह-तेरह वर्षों से लगातार यहाँ आ रहे हैं और सदैव ही सेठ कस्तूर चन्द के मेहमान होते थे। सेठ कस्तूर चन्द ने एक बड़ी सराय बनवाई थी जहाँ व्यापारी आराम से रुकते रहे हैं। शेख रज्जाक पहले तो हफ्ते-दो हफ्ते रामनगर में रुका करते थे, पर अब दिन-दो दिन में ही जाने का मन बना लेते हैं।

जाने की बेला में शेख रज्जाक सेठ कस्तूर चन्द की कोठी में आए और दोनों में वार्ता होने लगी।

सेठ कश्तूर चन्द : 'खान साहब, अब यहाँ से किस ओर जाने की सोच रहे हैं?'

शेख रज्जाक : 'सेठजी, अब तो हम बस दिल्ली ही लौटेंगे, यहाँ तो बस एक ही काम बचा है राजा साहब और राजकुमार को उनके मनपसन्द तोहफे पेश कर दें और फिर यहाँ से रुखसत लें।'

पर वास्तविकता इससे अलग थी शेख रज्जाक को मालूम था कि गढ़ा मंडला राज्य में अब सत्ता के दो ध्रुव हैं। रामनगर वह आ चुका था, यहाँ से उसे गढ़ा जाना था।

सेठ कस्तूर चन्द : 'हाँ यह सालाना दस्तूर तो आप बेनागा निभा रहे हैं। फर्क इतना पड़ा है कि स्वर्गीय महाराज हृदयशाह के समय जब आप आते थे, तब

पहले अपना माल वहाँ ले जाते थे और उसके बाद हमारे यहाँ आपका आना होता था।'

शेख रज्जाक : 'वक्त-वक्त की बात है सेठजी। हमारे नसीब में जन्नतनशीन बादशाह का दीदार तो थोड़ा ही लिखा था हम दो साल ही तो यहाँ आकर उनके दीदार कर सके। शाही तबीयत थी और क्या नेक इन्सान थे। खुदा का उन पर रहमोकरम था। हम उस जमाने से इसकी तुलना करते हैं तो दिल रंज से भर जाता है। पहले जब हम आते थे तो हमें मालूम होता था कि सबसे शानदार और बेशकीमती चीजें ही राजमहल में खरीदी जाएँगी और हमें हमेशा मुँह-माँगा ईनाम मिलता था और बख्शीश अलग से। अब तो सब कुछ उलट-पलट गया है। हमें तिजारत करनी है से अब भी आते हैं पर अब हमें मालूम है कि रामनगर के राजमहल में हमसे कोई खरीददारी नहीं होनी है। हमें वहाँ जाकर उनके मनपसन्द की चीजें भेंट करनी है, वह हमारी मजबूरी भी है।'

सेठ कस्तूर चन्द : 'हाँ खान बहादुर, यही सच है अब अगर बाहर का व्यापारी नजराना देने राजमहल न पहुँचे तो वह जीवित लौट सकेगा, इसमें सन्देह है। बहुत से किस्से सुनने को मिलते हैं, कितने सच हैं नहीं जानता।'

शेख रज्जाक : 'सेठजी, तुम ठीक कह रहे हो, पर यह जंगल राज का सच है। कुलीन राजवंशों का सच यह नहीं होना चाहिए।'

सेठ : 'सामाजिक सत्य किसी एक व्यक्ति के आचरण पर निर्भर नहीं होते। इसीलिए उन्हें सामाजिक सच कहा जाता है और इसीलिए उन्हें जंगली सच भी कहा जा सकता है। तुम जानते हो न कि जंगल का राजा शेर होता है, पर वही शेर अपने शावकों में से मादा शावकों को छोड़कर सभी नर शावकों को मार डालता है। केवल वही नर शावक जीवित बच पाता है जिसे उसकी माँ कहीं और ले जाकर छुपा लेती है। शेरों के परिवार जैसा क्या हमारे राजा का अपना परिवार नहीं है? फर्क इतना है कि यहाँ माँ के स्थान पर राजकुमार का पिता उसके हक के लिए लड़ रहा है और उसका सगा चाचा उसके हकों की हत्या करने का हरचन्द प्रयास कर रहा है।'

शेख रज्जाक साल दर साल राजा छत्रशाह और उसके भाई हरिसिंह के सम्बन्धों में बढ़ती दरार देख रहा था। वह तिजारत के सम्बन्ध में दोनों से ही प्रतिवर्ष मिलता था। अतः उससे राजघराने का यह वैमनस्य छिपा हुआ नहीं था।

शेख रज्जाक अपने एक साथी के साथ रामनगर के राजमहल में पहुँचता है, वहाँ कार्यरत कर्मचारी शेख रज्जाक को अच्छी तरह से पहचानते हैं। एक कर्मचारी उसे बाहर बैठाकर राजा से आज्ञा लेने जाता है।

कुछ समय के पश्चात् शेख रज्जाक को राजा छत्रशाह और राजकुमार केसरीशाह से मिलवाया गया। शेख रज्जाक ने देखा कि राजा पिछले कुछ दिनों में अत्यंत वृद्ध दिखने लगा है। ऐसा प्रतीत हो रहा था मानो उसकी जीवनी शक्ति ही समाप्त हो रही

हो। उसका पुत्र केसरीशाह अब पूर्ण युवा व्यक्ति था। शेख रज्जाक राजपरिवार के लिए कुछ तोहफे बहुत सोच-समझकर लाया था। सबसे पहले उसने राजा और राजकुमार को अदबपूर्वक सलाम किया। दोनों प्रसन्न हुए।

राजा छत्रशाह : 'भई, रज्जाक पूरे हिन्दुस्तान में तुम घूमते रहते हो, पर ताज्जुब है कि तुम थकते नहीं। हम तो पिछले दिनों राजधानी से लौटे, तो इतना थक गए कि महीने भर बिस्तर से उठ ही नहीं सके।'

शेख रज्जाक : 'हुजूर, उम्र का तकाजा है वरना आप इतनी बड़ी हुकूमत चला रहे हैं, वह क्या कम है। हुजूर का इकबाल बुलन्द हो। हुजूर अभी भी किसी जवांमर्द से कम नहीं है। हुजूर को दुश्मनों की बुरी नजर से खुदा महफूज रखें।'

राजा छत्रशाह (उसांस लेते हुए) : 'शेख, समझ नहीं आता कि खुदा भी हमारी हिफाजत कब तक करेगा। जबकि हमारे अपने ही हमसे अपनी दुश्मनी निकाल रहे हैं।'

केसरीशाह : 'पिताजी, दुश्मन दुश्मन होता है। जिस दिन हमारा अपना हमसे दुश्मनी रखने लगता है उसी दिन से वह हमारा दुश्मन हो जाता है। फिर वह हमारा कितना भी निकट का सम्बन्धी क्यों न हो।'

शेख ने हिम्मत कर राजा से पूछा : 'हुजूर पिछले दिनों जब आप बादशाह सलामत की खिदमत में पधारे थे, तभी हमने यह भी सुना था कि आपके भाई हरिसिंह भी बादशाह सलामत की खिदमत में पहुँचे थे। ऐसा क्या हुआ था कि आप दोनों को राजधानी तक जाने की जरूरत पड़ी।

केसरीशाह : 'शेख, हमारे पिताजी और हमारे चाचा हरिसिंह गए तो थे बादशाह से मिलने, पर मुलाकात हुई कहाँ? बादशाह सलामत औरंगजेब तो पहले ही (1681 ई.) दक्कन की ओर चल दिए थे। सुना है वहाँ काफी विद्रोहों का उन्हें सामना करना पड़ रहा है।'

शेख रज्जाक : 'तो फिर क्या हुआ?'

केसरीशाह : 'होना क्या था चाचा हरिसिंह पिताजी से कुछ पहले पहुँच गए थे। वे भरी गरमी (9 मई, 1683) में पहुँचे थे। उन्हें मालूम था कि इतनी गरमी में हमारे पिताजी महल से बाहर नहीं निकलते। वहाँ जाकर उन्होंने क्या कैसी गोटी बिठाई, हमें भला क्या पता। पर इतना जरूर हुआ कि बादशाह की मोहर लगा हुआ फरमान उन्हें मिल गया, जिसमें कहते हैं कि उन्हें गढ़ा जो हमारे राज्य का ही भाग है, का उन्हें जमींदार मान लिया गया है।'

शेख रज्जाक : 'अरे, यह तो आपके साथ बड़ी ज्यादती हो गई।'

राजा छत्रशाह : 'शेख, हमें जब अपने भाई की कारगुजारी का पता चला तो हम भी राजधानी गए। उन सब अधिकारियों से मिले और अपनी अर्जी बादशाह सलामत तक दक्कन में पहुँचवाई, जिसमें हमने अर्ज किया कि बादशाह सलामत राजकुमार केसरीशाह को ही सही वारिस का हक दें।'

शेख रज्जाक : 'बादशाह सलामत ने आपकी अर्जी पर जरूर गौर किया होगा?'

राजा छत्रशाह : 'हाँ, उनका आश्वासन हमें मिल गया है।'

केसरीशाह : 'पिताजी, चाचा हरिसिंह की गतिविधियाँ तो अब बर्दाश्त के बाहर हो रही हैं।'

छत्रशाह कुछ उत्तर दे पाते उसके पहले उनको खांसी का दौरा पड़ गया और केसरीशाह ने तुरन्त राजवैद्य को बुलाने एक भृत्य को भेजा और जल मंगवाया। जल पीने के पश्चात् राजा स्वस्थ महसूस करने लगे।

शेख रज्जाक भी स्वयं को असहज स्थिति में पा रहा था। अतः उसने धीरे से कहा : 'हुजूर, हम कुछ तोहफे आपको भेंट करना चाहते हैं, कृपया उन्हें कुबूल करें।'

छत्रशाह तो आँखें बन्द किए हुए गद्दे पर बैठे रहे उन्होंने कोई जबाब न दिया परन्तु केसरीशाह ने ललचाई आँखों से पास में रखी गठरियों को देखा जिसे शेख रज्जाक का साथी खोल रहा था।

शेख रज्जाक ने सबसे पहले कश्मीर से लाया गया ऊनी शाल महाराज और राजकुमार को भेंट किया फिर कुछ रेशमी वस्त्र राजकुल की महिलाओं के लिए भेंट किए और अन्त में एक बन्दूक तथा थोड़े से कारतूस निकाले और उन्हें राजकुमार केसरीशाह को भेंट किया। राजकुमार इस भेंट को पा परम प्रसन्न हुए। उन दिनों बन्दूकें बेशकीमती वस्तु हुआ करती थीं। राजगोंड परिवार के लिए तो वह अतिविशिष्ट वस्तु थी।

शेख रज्जाक जब पिछले वर्ष यहाँ आया था तब उसने सुन रखा था कि राजकुमार को शिकार का बेहद शौक है। यद्यपि वे भाले और तीर से ही शिकार करते हैं परन्तु उन्होंने इस शौक के खातिर बन्दूक चलाना सीख लिया है। राजघराने में दो-एक बन्दूकें कुछ वर्ष पहले खरीदी गई थीं, पर ये पुराने प्रकार की थीं। शेख रज्जाक ने नए किस्म की बन्दूक भेंट की थी।

रामनगर में राजा का परिवार सदैव ही शेख रज्जाक के तोहफों से प्रसन्न हो जाता था। इस बार भी वैसा ही हुआ। शेख रज्जाक ने रामनगर के व्यापारियों को इस वर्ष भी पर्याप्त सामान बेचा। अब उसे मंडला जाकर रुकने की आवश्यकता न थी क्योंकि वह रामनगर में ही उन सभी प्रमुख व्यापारियों से मिल चुका था, जिनके प्रतिष्ठान मंडला में भी थे।

उसने प्रकट रूप से सबसे यही कहा कि वह सीधे राजधानी लौटेगा, परन्तु जैसे ही वह रामनगर से मंडला और मंडला की सीमा से बाहर निकला उसने गढ़ा नगर की राह पकड़ी।

गढ़ा पहुँचकर शेख रज्जाक ने सराय में रात्रि विश्राम किया और सुबह निवृत्त होकर गढ़ा के व्यापारियों से मिलने निकल पड़ा। गढ़ा में व्यापारी दूकानें दोपहर के कुछ पूर्व ही खोलते थे, परन्तु वह अपने करीबी व्यापारी मित्रों से घर पर मिल लेना

पसन्द करते थे ताकि उसे राजनैतिक और समसामयिक घटनाओं की जानकारी मिल सके। उसके व्यापार में कुछ ऐसा सामान भी होता था जिसके क्रय-विक्रय में यह जानकारी होना जरूरी था। ऐसे ही सामानों में देशी-विदेशी शस्त्र आते थे। शेख रज्जाक चतुर व्यापारी था। यद्यपि उसके पास अनेक प्रकार के सामान रहते थे, पर हर शहर में वह अलग सामान बेचता था।

शहर के व्यापारियों से जब वह मिलता तब केवल उसी माल की बात करता जिसकी उसे तिजारत करनी होती। रामनगर में सेठ कस्तूर चन्द का वह अन्तरंग मित्र था। पर कस्तूर चन्द को यह पता नहीं था कि वह शस्त्रों को भी बेचता है। रामनगर में उसका व्यापार कीमती वस्त्रों, इत्र, मेवे और चाँदी के नक्काशीदार बर्तनों तक सीमित था। रामनगर के राजकुमार को उसने बन्दूक भेंट में दी। यह उसने और अपने अन्तरंग सहायक के अतिरिक्त किसी को पता न चलने दिया था।

गढ़ा में शेख रज्जाक की बैठक अब्दुल समद नाम के व्यापारी के यहाँ थी। अब्दुल समद का व्यापार मुख्य रूप से पालतू पशुओं की खरीद-फरोख्त का था, पर उसकी एक दूकान लोहे के सामान की भी थी, जिसमें कृषि के लिए उपयोगी औजारों को भी रखा जाता था। अब्दुल समद ये सब औजार स्थानीय लोहारों और जनजातीय अगरिया लोगों से क्रय करता था और बदले में उन्हें अनाज देता था। पर अपनी दुकान से वह सब कुछ नकद लेकर ही बेचता था।

अब्दुल समद के यहाँ भाले के फल, खंजर और तलवारें भी कभी-कभी क्रय-विक्रय के लिए आती रहती थीं जिन्हें आसपास के सम्पन्न किसान और जागीरदार खरीदते थे। अब्दुल समद के यहाँ शेख रज्जाक की एक घड़ी तक बैठक जमी। अब्दुल समद ने बतलाया—गढ़ा का जमींदार हरिसिंह बागी हो गया है। वह न तो राजा को कुछ समझता है और न ही उसके लड़के को। बूढ़ा होने पर भी वह बड़े ठाठ-बाट से रहता है, जिससे सारे इलाके में उसका दबदबा है। इस इलाके की पूरी चौथ वही वसूलता है और उसका कोई भाग राजा को नहीं देता।

अब्दुल समद की बातों को ध्यान से सुनने पर शेख रज्जाक समझ गया कि हरिसिंह महत्त्वाकांक्षी व्यक्ति है और उसे बन्दूकें बेची जा सकती हैं। उसे यह भी यकीन हो गया कि शेष चार बन्दूकें अच्छे दाम में बिक जाएँगी। उसने बन्दूकों के विक्रय की सम्भावना पर अब्दुल समद से बात की। अब्दुल समद ने कहा कि निश्चित ही उसके हथियार यहाँ मुँहमाँगी कीमत में बिक जाएँगे, क्योंकि वे आधुनिकतम हैं।

अब्दुल समद का हरिसिंह के अन्तरंग मित्रों से अच्छा परिचय था। अतः उनकी सहायता से उसने शेख रज्जाक को हरिसिंह से मिलवाया। हरिसिंह को शेख रज्जाक ने जब बन्दूकें दिखलाईं तो वह प्रसन्नता से झूम उठा। शेख रज्जाक ने बतलाया कि वे चारों बन्दूकें पुरानी बन्दूकों की तुलना में न केवल वजन में हलकी हैं और इसलिए

आराम से कंधे पर बहुत दूर ले जाई जा सकती हैं अपितु उनकी मार भी पुरानी बन्दूकों से बहुत दूर तक है।

हरिसिंह ने अपने चार निशानेबाजों को बुलवाया और बन्दूकों की जाँच पास के खेत में करने को कहा। अब्दुल रज्जाक और हरिसिंह की उपस्थिति में चारों निशाने बाजों ने बन्दूकों से दूर-दूर तक के निशानों पर सफलतापूर्वक घात की। हरिसिंह तो बन्दूकों को देखकर पहले से ही उन्हें खरीदने का गन बना चुका था। अब उनकी गुणवत्ता देखकर उसने अब्दुल रज्जाक को मुँहमाँगी कीमत दी।

अब्दुल रज्जाक शस्त्र बेचकर लौट गया। अपने वतन में बीमार पड़ जाने के कारण उसका गोंड़वाना आने का प्रतिवर्ष का नियम समाप्त हो गया। वह दुबारा फिर कभी गोंडवाना नहीं आया।

कुछ समय पश्चात्

चैत्र कृष्ण 11, शुक्रवार, संवत् 1741 को रामनगर में उत्सव का माहौल था राजा छत्रशाह का देहावसान हो चुका था और अब इस दिन उनके पुत्र केसरीशाह को राज्याभिषेक कर दिया गया। गढ़ा मंडला राज्य की स्थिति डावाँडोल थी। यद्यपि राजपुरोहित और रामनगर के श्रेष्ठियों ने केसरीशाह को गढ़ा मंडला राज्य का राजा मान लिया था परन्तु हरिसिंह की नीयत का उन्हें ज्ञान था।

हुआ भी वही। रामनगर में केसरीशाह के राज्याभिषेक के कुछ दिनों बाद ही उसके चाचा हरिसिंह ने स्वयं को गढ़ा का राजा घोषित कर दिया। सारे राज्य में हरिसिंह के खुफिया घूमते रहते और रामनगर की प्रतिदिन की खबर गढ़ा पहुँचाते।

हरिसिंह ने यह निश्चय किया कि किसी भी उचित समय पर अपने भतीजे राजा केशरीशाह को ठिकाने लगाना है। अतः इसलिए उसने योजना बनाई। उसने अपने चरों को इस हेतु नियुक्त किया कि वे नए राजा की दिनचर्या पर पूरी नजर रखें और यह बतलाएँ कि राजा कब सबसे कम सुरक्षा कर्मियों के बीच रहता है।

लगातार राजा की दिनचर्या पर नजर रखने के पश्चात् हरिसिंह को जो सूचनाएँ मिलीं, उसके आधार पर वह इस निर्णय पर पहुँचा कि युवा राजा शिकार का बेहद शौकीन है और जब वह शिकार कर रहा होता है, तभी वह जंगल में अकेला भी पड़ जाता है।

अब हरिसिंह को अन्तिम निर्णय लेना था कि किस शिकार यात्रा में भतीजे केशरीशाह का काम तमाम किया जाय। इस हेतु उसने जल्लाद निशानेबाजों को बढ़िया बन्दूकें दे दीं।

केशरीशाह के राजा बनने के तीन वर्ष पश्चात् हरिसिंह के जल्लादों को वह अवसर मिल गया जिसकी, उन्हें तलाश थी। केशरीशाह जब अंगरक्षकों से दूर

अलग-थलग बिदी के जंगल के मुहारे की घाटी में एक मचान पर बैठे अपनी बन्दूक बगल में दबाये दूर खड़े साम्भर को गोली का निशाना बना रहे थे तभी उन पर निशाना साधा जा रहा था। यह उन्हें मालूम न था केशरीशाह ने साम्भर पर गोली छोड़ी, परन्तु इससे पहले कि वह गोली दूर खड़े पशु को लगे, चारों ओर से चार गोलियों की आवाज से सारा जंगल गूंज उठा और वे सारी गोलियाँ केशरीशाह के शरीर में धंस गईं। मृगया प्रेमी केशरीशाह का रक्त से लथपथ शरीर निर्जीव होकर मचान से नीचे आ गिरा।

षष्ठम् सर्ग : नरेन्द्रशाह

नरेन्द्र साहिर्नृपतिस्तदंते
बभूव राजा पुरूहूत कल्पः।
यो बाल भावेन गतंहि राज्यं
पुनः पुनः स्वं वशामाचकार ॥41॥
बाणद्रि वर्ष परिपाल्य पृथ्वी
पुत्रो समुत्पाद्य विधाय यज्ञान्।
मुक्त्वा च भोगान् विविधान जगाम
सुरालयं सूर्य समान तेजाः ॥42॥

(मैथिल रूपनाथ कृत गढेशनृपवर्णनम्)

(उनके अन्त के पश्चात् नरेन्द्रशाह राजा हुए, जो इन्द्र के तुल्य थे। जिनकी बाल्यावस्था के कारण राज्य चला गया (परन्तु) उन्होंने उसे-धीरे धीरे (पुनः) वश (प्राप्त) किया। उनका तेज सूर्य के समान था, उन्होंने पच्चीस (बाणाद्रि) वर्षों तक पृथ्वी का पालन किया। दो पुत्रों को जन्म दिया, अनेक यज्ञों का विधान किया। विविध भोगों का भोग किया और देवलोक को प्रस्थान किया।)

स्वामिभक्ति

(रामनगर का राजमहल–ईस्वी सन् 1687)

रामनगर के राजमहल में आज भारी भीड़ है। प्रातःकाल से ही लोगों का आना-जाना जारी है पर इतनी भीड़ में भी कहीं कोई उत्साह महल में नजर नहीं आ रहे। सभी आगन्तुकों के सिर झुके हुए हैं। लोग मानो चाहकर भी एक दूसरे से बात नहीं कर रहे हैं। यदि बात करते भी हैं तो लगता है खुद को सुनाकर स्वगत भाषण कर रहे हैं। लोगों के पास कहने को तो है, पर क्या कहें कुछ समझ नहीं आ रहा है। रामनगर का राजमहल जिसमें प्रशासनिक कार्य होते थे, वह नर्मदा से पास ही है। अतः लोग डोंगियों से उतरकर सीधे राजमहल में पहुँच रहे हैं, परन्तु जंगल के रास्ते से आनेवाले घोड़ों पर चढ़कर या पैदल आ रहे हैं। घोड़ों पर आ रहे लोगों के साथ साईस और खिदमतगार भी हैं। सभी को मानो राजमहल में पहुँचने की शीघ्रता है।

राजमहल जाने के लिए अमरकंटक की ओर से कुछ लोग पैदल ही आए हैं। महल के द्वार पर ये सब आपस में मिलते हैं। सबसे पहले चैतू परधान आनेवाले कुछ समूहों के प्रमुख व्यक्तियों को पहचानने की कोशिश करते हैं। वे राजमहल से कुछ दूर लगे एक विशाल वृक्ष के नीचे खड़े हैं। समूह कुछ दूर है और चैतू भी तो अब साठ वर्ष पार कर चुके हैं इसलिए नजरें उतनी तेज नहीं रहीं। फिर भी पूरे इलाके में शायद ही कोई भी गोंडों का ग्राम प्रमुख हो जिसे वे न जानते हों। वे खड़े होकर आते हुए लोगों को देख ही रहे थे कि उनके अपने दल का युवा व्यक्ति 'घन्सू' उनके पास आ गया। घन्सू भी परधान ही है, पर उसे लोग गायता परधान कहते हैं।

परधान अपने व्यवसाय से वैसे कृषक हैं पर वे परम्परा से गोंडों के चारण भी हैं। चैतू को गोंडों के खानदान के सभी प्रमुख लोगों के सम्बन्ध में तो जानकारी है ही उसे राजगोंड वंश परम्परा की भी पूरी जानकारी है। घन्सू चैतू का प्रिय मित्र है जिसे वह अपने छोटे भाई जैसा ही मानता है। घन्सू को भी राजगोंडों की परम्परा के सम्बन्ध में खूब जानकारी है। वह अपने दल के साथ पूरी ठंड भर 'रमायनी' 'पंडवानी' और न जाने-कौन कौन सी लोककथाओं का गायन करता रहता है। वह देवी गीत या जस गाने में भी बड़ा निपुण है। चैतू और घन्सू दोनों की आवाज में

जादू है। दोनों मीठा बोलते हैं, पर जो बोलते हैं, उससे लोगों के दिल तक बात उतर जाती है। यही कारण है कि घन्सू की रमायनी में गोंडों के गाँव उमड़कर आ जाते हैं।

परन्तु आज चैतू और घन्सू दोनों की वाणी में मानो विराम लग गया था। दोनों सूनी आँखों से कभी आगन्तुकों को देख रहे थे तो कभी महल को।

घन्सू ने देखा कि चैतू खड़े होकर भी कुछ बोल नहीं रहे हैं तो उसी ने बात प्रारम्भ की पूछा : 'दादा, क्या देख रहे हैं।' चैतू ने कहा कि मैं यह देख रहा हूँ कि हमारे (गोंड) समाज के कौन-कौन से कुटुंब के लोग यहाँ पहुँच चुके हैं? घन्सू ने पूछा : 'अच्छा तो कौन-कौन से आ चुके हैं?'

चैतू : 'अभी तो मुझे नरसिंह दिखे थे।'

घन्सू : 'कौन नरसिंह, कहीं अगरिया नरसिंह तो नहीं?'

चैतू : 'हाँ भई अगरिया नरसिंह की ही बात कर रहा हूँ वे पैदल ही आते दिखे थे पर उनके साथ दस-ग्यारह लोग और थे जो उन्हीं के समाज के थे। दो को तो मैं जानता हूँ। वे छत्तीसगढ़ के थे और तीन सोनभद्र इलाके के थे।

अगरिया गोंडों की ही एक शाखा है जो लोहे के सामान बनाने का कार्य करती है। अगरिया इन वन्य क्षेत्रों के घुमन्तू लुहार हैं। इन्हें लौह अयस्क की अच्छी पहिचान है। चूने की सहायता से लोहा गलाते हैं और फिर उस लोहे से कृषि में काम आनेवाले औजार और अस्त्र-शस्त्र भी बनाते हैं। पिछले कुछ वर्षों से इन्हें बना बनाया लोहा भी बाहर से मिलने लगा है। अतः वे उसे गलाकर फिर पीट-पाटकर नई वस्तुएँ बनाने में भी दक्ष हो गए हैं।'

घन्सू : 'दादा, नरसिंह तो आपकी ही उमर के होंगे?'

चैतू : 'हाँ, हमारी उमर के ही हैं पर काफी कड़क किस्म के आदमी हैं। बीसियों गाँवों तक के अगरिया परिवार उनकी बात को हुक्म की तरह मानते हैं।'

घन्सू : 'हमने तो सुना है कि नरसिंह का परिवार अब खुरपी, सांकल, हल और दराँती की जगह भालों के फल, तीरों के फल, और फरसे ही बनाता है।'

चैतू : 'हाँ स्वर्गीय महाराज हृदयशाह के जमाने में जब यह छोटा ही था, तब से यहाँ आ रहा है, महाराज इसे बहुत चाहते थे उन्होंने कह रखा था कि नरसिंह जो भी शस्त्र बनाएगा उसे राजकीय उपयोग के लिए खरीद लिया जाएगा। फिर क्या था नरसिंह भी अपनी कला में निखार लाया और धीरे-धीरे एक से एक बढ़िया हथियार बनाने लगा।'

घन्सू : 'पर अगर यह इतना होशियार है तो बन्दूक क्यों नहीं बनाता।'

चैतू : 'तू नहीं समझेगा, बन्दूक तो अच्छे-अच्छे कारीगर नहीं बना पाते, नरसिंह में कम से कम इतनी कूबत तो है कि जब बन्दूकें बिगड़ जाती हैं तो उन्हें सुधार देता है।'

चैतू : 'रामनगर के महल के लिए अपरिचित न था। उसे भी वहाँ के कर्मचारी और अधिकारी सभी जानते थे। अतः एक कर्मचारी ने महल के भीतरी कक्ष में बैठे मंत्री रामकिशन से जाकर कह दिया कि राजपरिवार का वयोवृद्ध चारण चैतू आकर राजमहल के बाहर खड़ा हुआ है। मंत्री रामकिशन आज बहुत व्यस्त थे। आज ही क्या पिछले एक पखवाड़े से न तो वे ठीक से सोये थे और न ही उन्होंने ठीक ढंग से भोजन किया था। उनका परिवार उनकी यह दशा देखकर चिन्तित था परन्तु रामकिशन को गढ़ा मंडला राज्य की चिंता थी। युवा राजा केसरीशाह जिसकी एक पखवाड़े पूर्व तक बैठकर चर्चा किया करते थे वह अब इस संसार में न था। यदि राजा की मृत्यु प्राकृतिक कारणों से हुई होती, तब भी चिन्ता का विषय तो होता ही क्योंकि राजकुमार नरेन्द्रशाह अभी मात्र सात वर्ष के ही तो हैं। परन्तु दुखद बात तो यह है कि युवा राजा केसरीशाह की मृत्यु षड्यन्त्र के कारण हुई है। उन्हें षड्यन्त्र का पता लग चुका है। षड्यन्त्र की काली छाया बहुत बड़ी है। षड्यन्त्र का सूत्रधार कोई और नहीं केसरीशाह का चाचा है। वह आगे क्या करना चाहता है इसके संकेत उन्हें मिल चुके हैं। राज्य विनाश की कगार पर है। गोंड राजवंश के कुल दीपक को बुझाने के लिए केसरीशाह का चाचा और अल्पवयस्क राजा नरेन्द्रशाह के पितामह मानो अंधड़ बन कर आ चुके है। राजवंश के इस टिमटिमाते दीपक को वह राज्य के महामंत्री होने के नाते हर कीमत पर बचाना चाहता है, पर उसकी अकेले क्या बिसात। वह तो उस वंश का ब्राह्मण है जिसने पीढ़ियों से गोंडों का साथ दिया है, उनका नमक खाया है। राजवंश से उसकी अपनी भी अनबन हुई, उसे स्वयं भी राजकोप का शिकार होना पड़ा, पर इस सबसे क्या? सब कुछ मतभेद के कारण था मनभेद कहीं न था।

महामंत्री के मन में उथल-पुथल मची थी, अतः जब प्रहरी ने पहली बार चैतू के आने की बात उनसे कही तो वे उसे ठीक सुन न पाए, परन्तु एक वही बात सुनने के पश्चात् उन्होंने उसे तुरन्त भीतर बुलवाया।

चैतू ने महामंत्री को जाकर नमस्कार किया। घन्सू भी उसके साथ ही आ गया था। महामंत्री चैतू को पहले से जानते थे, अतः उसे बैठाते हुए उन्होंने पूछा 'चैतू तुम सीधे सभागार क्यों नहीं पहुँचे वहाँ सभी के बैठने की व्यवस्था है, राजकर्मचारी सबका ध्यान रख रहे हैं, मुझे पल-पल की खबर दे रहे हैं कि कौन कौन से लोग आ चुके हैं। आज पूरे राज्य के सभी प्रमुख लोगों का यहाँ पहुँचना जरूरी है, इसीलिए मैंने स्वर्गीय महाराज केसरीशाह को श्रद्धांजलि देने के बहाने यहाँ बुलाया है।'

चैतू : 'पंडितजी, आपकी विद्या और पंडिताई की तो सभी तारीफ करते हैं, पर आपकी सूझ-बूझ और गोंडवंश के राजा के प्रति आपका प्रेम देखकर तो मैं सचमुच बहुत प्रसन्नता महसूस कर रहा हूँ। मुझे आशा है कि महाराज भले ही अभी सात बरस के हों आपकी देखरेख में उनको राजकाज चलाने में कोई अड़चन न आएगी।'

महामंत्री : 'नहीं चैतू, तुम लोग वनों में रहते हो, पूरी बात तुम्हें पता नहीं है। मैं तुम्हें पूरी बात बतलाना चाहता हूँ ताकि गोंड समाज के प्रमुख कुलों के जो लोग यहाँ आनेवाले हैं और जिन्हें तुम पहचानते हो, उन्हें सारी बात ठीक ढंग से बतला सको ताकि हमारे छोटे महाराज कुशल रहें और राज्य चला सकें। हाँ, पहले तुम बतलाओ कि गोंडवंश के कौन-कौन से प्रभावशाली लोग यहाँ आनेवाले हैं।'

चैतू : 'पंडितजी आपने जिस अधिकारी को यह कार्य सौंपा था वह उन सभी लोगों को जानता है क्योंकि जब मैं रास्ते में था तब मुझे गोड़ों के एक कुल के प्रमुख मिल गए थे। उनसे यह पता लग गया कि सभी गोंड कुलों के प्रमुख लोगों को बुलाया गया है, साथ ही हम परधानों और अगरिया लोगों के भी प्रमुख लोगों को। नरसिंह अगरिया को तो मैंने कुछ देर पहली ही आते देखा।'

महामंत्री (चैन की साँस लेते हुए) : 'चैतू, विमल राजगोंड हमारे सबसे विश्वस्त अधिकारियों में से हैं। उन्होंने यह कार्य ठीक ढंग से निश्चित रूप से सम्पन्न किया होगा हमें विश्वास है।'

फिर महामंत्री ने पास खड़े परिचारक से कहा कि वह तुरन्त विमल को बुलाकर लाये। महामंत्री विमल को चैतू से मिलवाना चाहते थे।

महामंत्री : 'चैतू, जब तक विमल यहाँ आते हैं तब तक मैं तुम्हें वह सब बतलाना चाहता हूँ जिसे तुम लोगों ने हो सकता हो सुना हो या न सुना या कि फिर आधा अधूरा सुना हो, पर तुम ध्यान से सुनो क्योंकि इसे सभी प्रमुख गोंडों के प्रमुख व्यक्तियों को ठीक ढंग से बतलाना आवश्यक है।'

चैतू : 'पंडित जी निःसंकोच होकर कहें। हमारा तो कर्तव्य भी यही है कि हम राजगोंड वंश की कीर्ति को आगे बढ़ाने में सहायक हों।'

महामंत्री : 'तो सुनो, आज से मात्र एक पखवाड़े पहले तक हम सभी गढ़ा मंडला के राजा स्वर्गीय केसरीशाह की छत्रछाया में पल रहे थे। महाराज का स्वभाव इतना सरल था कि कोई भी कभी भी उनसे मिल सकता था। वे प्रजा के हितू थे परन्तु उनके ही वंश के ही क्यों, उनके ही कुल के उनके चाचा हरिसिंह ने दिल्ली जाकर बादशाह सलामत से खिलअत प्राप्त कर ली और स्वयं को गढ़ा राज्य का राजा घोषित कर दिया। हमारे महाराज भी गए पर बात जितनी बिगड़नी थी उतनी बिगड़ गई। एक ही समय में गढ़ा मंडला राजा के दो छोरों में दो राजा राज्य करने लगे। रामनगर में केसरीशाह तो गढ़ा में उनके चाचा हरिसिंह।'

महामंत्री कुछ देर के लिए चुप हो गए। वे बहुत अधिक दुखी थे।

फिर बोले : 'चैतू, इसके बाद जो हुआ उसे कहते मेरा हृदय फटा जा रहा है। हरिसिंह ने अपने गिरोह के लोगों द्वारा अपने भतीजे और हमारे महाराज केसरीशाह पर उस समय गोली चलवा दी जब वे शिकार खेलने गए थे।' हमारे पास पूरे प्रमाण हैं कि यह हत्या हरिसिंह ने कराई। तुम लोग तो राजगोंड वंश के

हितेच्छु हो, तुमसे यही कहना है कि राजगोंडों के सिंहासन पर अत्याचारियों का अधिकार न हो जाए।'

चैतू : 'नहीं पंडितजी, राजा नरेन्द्रसिंह भले ही बच्चे हों। आपकी देखरेख में वही राजा होंगे और कोई कैसे होगा?'

महामंत्री : 'यह तो तुम्हारा सोचना है, मैंने राजकुल के सभी सदस्यों तथा रामनगर राज्य के अधिकारियों के सामने वह पत्र रखा था जो हरिसिंह ने हमें भेजा था, महाराज की मृत्यु के तुरन्त बाद। यदि तुम पढ़ना चाहो तो पढ़ लो। तुम तो पढ़े लिखे भी हो, इसलिए खुद उसका आशय समझ सकोगे, हमें सन्देह नहीं है।'

यह कहकर महामंत्री पास में रखी हुई मंजूषा में से एक पत्र निकालकर चैतू को पढ़ने को देते हैं। चैतू पत्र को पढ़ता है। चेहरे पर गुस्से के भाव स्पष्ट रूप से परिलक्षित होते हैं। महामंत्री उसके भावों को पढ़ते हैं।

चैतू : 'पंडितजी, यह कभी नहीं होगा।'

महामंत्री : 'इस पत्र से स्पष्ट ही है कि हरिसिंह देर-सबेर रामनगर पर आक्रमण की योजना बना रहा है।'

चैतू : 'हाँ महाराज'

तभी विमल राजगोंड वहाँ आ जाते हैं और महामंत्री से कहते हैं कि मुख्य सभागार लगभग भर चुका है, यदि आप आज्ञा दें तो राजकुमार और राजमाता को सभागार में बुलाने की व्यवस्था करें।

महामंत्री : 'सभी को उचित स्थानों पर बैठा दिया गया है न।'

विमल राजगोंड : 'हाँ, मंत्रीजी, तीन दिशाओं में तीन वर्गों के लोगों के बैठने की व्यवस्था हमने की है।' दक्षिण की ओर रामनगर और मंडला के सभी वर्गों और जातियों के प्रमुखों को बैठाया गया है, इनमें बनिये, ब्राह्मण, चौरसिया, कलार, कसेर इत्यादि जातियों की सभाओं के प्रमुख हैं।'

पूर्व की ओर सारे जमीदारों और सैनिक अधिकारियों को बैठाया गया है। दूर-दर के कुछ जागीरदार भी आए हैं जो हरिसिंह से दुश्मनी रखते हैं।

पश्चिम की ओर गोंड समाज के सभी प्रमुख लोग तथा गोंड समाज से सम्बन्धित अन्य समाज जैसे अगरिया, थोटी, ख़ोंद, गायता, कंडरी, बैगा, झारिया इत्यादि को बैठाया गया है और उत्तर की ओर राजघराने के लोग तथा रामनगर के मंत्रि परिषद के लोग बैठेंगे। उनके आसन लगा दिए गए हैं।

महामंत्री : 'अतिथियों की व्यवस्था में कोई कमी तो नहीं थी।'

विमल राजगोंड : 'जी नहीं इस व्यवस्था का मैंने खुद निरीक्षण किया है।'

महामंत्री : 'ठीक है, तुम जाकर राजपरिवार को सभागार लाने की व्यवस्था करो। मैं यहीं से सीधे पहुँचूँगा। परिचारकों को आदेश दो कि जो लोग आए हैं उन्हें किसी प्रकार की अड़चन न हो।'

विमल राजगोंड महामंत्री से विदा लेकर राजपरिवार को लेने समीपवर्ती महल की ओर बढ़ जाता है।

महामंत्री : 'चैतू तुम भी जाकर अपना कर्तव्य करो। गोंडों के प्रमुखों को यह बात ठीक ढंग से ज्ञात होनी चाहिए कि उन्हें अब एक निर्दयी चाचा को राजवंश के उत्तराधिकारी के रूप में चुनना है या एक अबोध बच्चे को, जिसके पिता को उनके चाचा ने मौत के घाट उतार दिया।'

चैतू : 'ठीक है पंडितजी', कहकर घन्सू के साथ महल के उस ओर चला जाता है जहाँ गोंड समुदाय के प्रमुख व्यक्ति बैठे हैं। चैतू को ठीक जगह पहुँचाने का कार्य महामंत्री का एक परिचारक करता है।'

चैतू ने देखा कि गोंड सगा (समाज) के बारह प्रमुख लोग अपने साथियों के साथ बैठे हैं। ये प्रमुख थे गोंडों के उन उपसमाजों के, जो गुण संस्कारों के आधार पर थे जिन्हें उंदीवेनसगा, रंडूवेन सगा, नालवेन सगा, सैंवेन सगा, सार्वेन सगा, येर्वेन सगा, नर्वेन सगा, पदवेन सगा, पारूंदवेन सगा और पारंडवेन सगा कहा जाता था। चैतू जानता था कि इन सभी सगा के लोगों की संख्या राज्य में एक सी नहीं है, फिर भी सभी सगा छोटी-बड़ी संख्या में पाए जाते थे।

बारह सगाओं के बारह प्रमुख सभी एक से न तो चतुर और न बुद्धिमान थे और न ही अनुभवी, परन्तु परसापेन की उपासना उन सभी को जोड़नेवाली एक मजबूत कड़ी थी। अतः चैतू ने सभी पर नजर डाली और उनमें से एक ऐसे व्यक्ति को ढूँढ़ने का प्रयास करने लगा जिसकी बात को लोग तुरन्त एक स्वर में मानें। वह यह सोच ही रहा था कि तभी उसकी पीठ पर एक वयोवृद्ध आदमी ने हाथ रखा उसने मुड़कर देखा और उसके मुँह से अचानक निकला : 'संसारसिंह मरकामजी।'

संसार सिंह मरकाम ने धीरे से सिर हिलाया और कहा : 'किसे ढूँढ़ रहे हो?' चैतू ने कहा : 'अब मुझे किसे ढूँढ़ना है जब आप मिल गए हैं।'

यह कहकर चैतू ने केशरीशाह की हत्या तथा हरिसिंह के द्वारा राज्य हड़पने की पूरी योजना संसार सिंह मरकाम को विस्तार से समझा दी। संसार सिंह मरकाम गोंड समाज के सबसे प्रभावी व्यक्ति थे। बुद्धिमान थे इसलिए वक्त की नजाकत को समझने में उन्हें देर न लगी।

अब चैतू का काम समाप्त हो गया था। संसार सिंह ने सभी गोंड प्रमुखों को पास बुलाकर कहा कि इस कठिन समय पर यदि समाज एकजुट होकर खड़ा नहीं होता तो गोंड समाज कहीं का न रहेगा। संसार सिंह मरकाम लम्बे चौड़े व्यक्ति थे। यद्यपि वे वृद्ध हो गए थे पर सीधे तनकर चलते थे। गोंड समाज में जब वे गोंड बन्धुओं से राज्य की बिगड़ती हालात पर एक जुट होने को कह रहे थे तभी नरसिंह अगरिया ने उन्हें दूर से देख लिया जो अपने समाज का प्रतिनिधि तो था ही अपितु दूसरे अन्य आटविक समाजों में भी उसकी बात का मान रखा जाता था। नरसिंह अगरिया चिरई डोंगरी में

जहाँ संसार सिंह मरकाम रहते थे, अनेक बार उनसे मिलने गया था। संसार सिंह मरकाम अच्छे शिकारी थे और वे नरसिंह अगरिया के भालों के बड़े खरीददार थे। नरसिंह अगरिया जब संसार सिंह के पास पहुँच गया तो दोनों प्रेम से मिले। नरसिंग अगरिया को हरिसिंह की कुचाल का जब पता चला तो वह आपे से बाहर हो गया परन्तु संसार सिंह मरकाम ने उसे शान्त होने को कहा।

जिस तरह गोंडों में हरिसिंह के कुकृत्य को सुनने के बाद उससे घृणा व्याप्त हो गई उसी तरह मंडला और रामनगर से आए हुए नागरिक हरिसिंह के कृत्यों पर थूक रहे थे। राज्य के जमींदार और जागीरदार तो स्पष्ट रूप से हरिसिंह के विरुद्ध अपना आक्रोश व्यक्त कर रहे थे।

अब तक महल का सभागार खचाखच भर गया था। राजमहल में लगा हुआ घंटा जोर से बजा, जिसका अर्थ सावधान होना था। और उसके बाद राजमाता अपने सात वर्ष के पुत्र राजकुमार नरेन्द्रशाह के साथ मंच पर आ गईं। राजकुमार राजसी वस्त्र पहने बहुत सुन्दर लग रहा था। अब यह राजकुमार गढ़ा-मंडला राज्य का भविष्य था।

राजकुमार के एक ओर राजमाता और दूसरी ओर महामंत्री रामकिशन वाजपेयी थे। पीछे दो गोंड सैनिक छत्र और चंवर लिये खड़े थे। इनके प्रवेश करने के बाद तुरही की आवाज बन्द हो गई और राज्य के एक अधिकारी ने सभी से अपने स्थानों पर बैठने को कहा और घोषणा की कि आज की सभा का उद्‌देश्य महामंत्री स्वयं अपने सम्बोधन में बतलाएँगे। इसके साथ ही उसने महामंत्री को सम्बोधन के लिए आमंत्रित किया।

महामंत्री रामकिशन वाजपेयी बोलने के लिए खड़े हुए। उन्होंने कहना प्रारम्भ किया--गढ़ा मंडला राज्य के प्रजाजनों के प्रतिनिधिगण, हम आपका राजपरिवार की ओर से स्वागत करते हैं। गढ़ा मंडला में अब तक इस प्रकार की महासभा के आयोजन का अधिकार केवल राजा को रहा है, क्योंकि राजा प्रजा का पालनकर्ता होता है। ऐसे आयोजनों में राजा प्रजा को कुछ देता है, यह राजपरम्परा है। राजा का धर्म प्रजा को देना है। परन्तु, प्रजाजनों आज का यह आयोजन विपरीत परिस्थितियों में आहूत आयोजन है। इसे राजा ने नहीं एक फूल से कोमल बच्चे के लिए जो आपका राजा है उसे मुरझाने से बचाने के लिए, एक माँ की गोद उजड़ने से बचाने के लिए एक ब्राह्मण ने इस आयोजन को बुलाया है। ब्राह्मण का धर्म भिक्षा माँगना है। मैं आज इस राज्य के दुधमुंहे राजा को बचाने के लिए गढ़ा मंडला की समस्त प्रजा से एक भिक्षा माँगता हूँ, यह भिक्षा आपके सहयोग की है। मैं आप सबसे भिक्षा माँगता हूँ कि आप सब इस दुधमुँहे बच्चे को अपना राजा स्वीकार करें।

मैं विस्तार में नहीं जाना चाहता हूँ, पर इतना अवश्य कहना चाहता हूँ कि मैंने प्रतिज्ञा की है कि मैं इस राज्य के दुधमुँहे राजा को किसी भी कुचक्र का शिकार नहीं

होने दूँगा। हम सब का हृदय फटा जा रहा है कि हमारे महाराज केशरीशाह की उनके चाचा गढ़ा के जमींदार हरिसिंह ने धोखे से हत्या करा दी। उस दुष्ट का अब दूसरा कदम इस बच्चे के हक को छीनकर स्वयं राजा बनने की दिशा में है। इस आशय का पत्र उसने मुझे भेजा है, जिसे मैं मंत्रिपरिषद, राजपरिवार तथा अन्य गण मान्य व्यक्तियों के सामने रख चुका हूँ।

'मैं आप सबसे यह भिक्षा माँगता हूँ कि गोंडवंश के महान शासकों ने यदि अनेक पीढ़ियों से आपके परिवारों की कुशलक्षेम को आज तक बनाए रखा है तो क्या एक बार आप अपने प्रिय राजा के परिवार की सुरक्षा के लिए एकजुट होने का साहस नहीं दिखलाएँगे?'

मुझे आपसे आपका जबाब चाहिए।

महामंत्री की बात पूरी भी न हो पाई थी कि तीनों ओर बैठे लोगों की मुट्ठियाँ भिंच गईं। लोगों में जोश सवार हो गया। सभी खड़े हो गए। एक गगनभेदी स्वर में सब ओर से आवाज आई :

'गढ़ा मंडला राज्य की जय हो।

महाराज नरेन्द्रशाह अमर हों।

हम सभी महामंत्री के साथ हैं।'

यह ध्वनि सुनते ही राजमाता की आँखों से आँसू बह निकले। महामंत्री ने देखा कि लोग ऊर्जा से भर गए हैं और जय जयकार रुकने का नाम ही नहीं ले रही है। उन्होंने कुछ देर तक लोगों को अपने इस उद्गार को निकलने का अवसर दिया और फिर कहना प्रारम्भ किया।

'गढ़ा मंडला के वीर नागरिको, हमें आपसे यही उम्मीद थी, हम संकटवेला में हैं। अतः हम आपसे जो कुछ भी माँगना चाहते हैं, उसे आपके सामने स्पष्ट करना चाहते हैं।'

तभी सब ओर से आवाज आने लगी कि हम सब तन, मन और धन से अपने राजा की रक्षा करेंगे।

महामंत्री ने आचार्यों को बुला रखा था। अतः इसी अवसर पर बालक नरेन्द्रशाह का राज्याभिषेक कर उन्हें राजा घोषित कर दिया गया।

महामंत्री के लिए। यह शुभ संकेत था। उन्होंने सभा विर्सजन के पूर्व आए हुए अतिथियों को धन्यवाद दिया और कहा कि अगले तीन दिनों तक अपनी सैन्य परिषद के साथ नागरिक प्रतिनिधियों, गोंड प्रतिनिधियों तथा आए हुए सभी जामींदारों और जागीरदारों से अलग अलग मिलेंगे तथा उनसे राज्य पर आए संकट से उबरने के सम्बन्ध में सम्भावित प्रयत्नों की रूपरेखा को अन्तिम रूप देंगे। उन्होंने यह भी कहा कि बाहर से आए सभी प्रतिनिधि राजकीय अतिथि रहेंगे। उनके रुकने की पूरी व्यवस्था है।

विमल राजगोंड की चुस्त-दुरुस्त व्यवस्था में तीन दिनों तक विचार-विमर्श चला। गोंडों ने अपने ग्रामों से शीघ्र ही श्रेष्ठ तीरंदाज युवकों को भेजने की पेशकश की। मंडला और रामनगर के सेठों ने राजकोष में पैसे की कमी न होने देने की बात कही तथा जमीदारों और जागीरदारों ने युद्ध की स्थिति में अपने घुड़सवारों और हाथियों को भेजने का निर्णय लिया।

दूसरे दिन रामकिशन वाजपेयी से मिलनेवाले व्यक्तियों में सबसे महत्त्वपूर्ण व्यक्ति थे राजमाता के भाई उमरिया के जमींदार जुगराज सिंह। जुगराज सिंह अपनी युवा भगिनी की वैधव्य अवस्था में अत्यंत मर्माहत थे और हर कीमत पर अपने भानजे नरेन्द्रशाह की रक्षा करना चाहते थे। अतः उन्होंने सभा में खुलकर हरिसिंह के विरोध में अपनी आवाज उठाई थी। रामकिशन वाजपेयी भी चाहते थे कि अल्पवयस्क राजा को कोई मजबूत संबल मिले। रामकिशन वाजपेयी के मन में अनेक शंकाएँ कुशंकाएँ थीं। वे चाहते थे कि जुगराज सिंह से मिलकर स्थिति स्पष्ट हो।

दूसरे दिन दोनों की गोपनीय कक्ष में भेंट हुई क्योंकि इस वार्ता के परिणाम दूरगामी होनेवाले थे। जुगराज सिंह अपनी बहन से मिलकर सीधे रामकिशन वाजपेयी से गोपनीय कक्ष में मिले। वार्ता प्रारम्भ हुई।

रामकिशन वाजपेयी : 'ठाकुर साहब, कल आपने दुष्ट हरिसिंह के विरोध में जो अपना स्पष्ट मन्तव्य दिया उससे हम सबको बड़ी राहत मिली। आपका साथ गढ़ा मंडला को मिल रहा है, यह हमारे लिए सौभाग्य की बात है।'

जुगराज सिंह : 'वाजपेयीजी, हमने तो तय कर लिया है कि हम अपने बहनोई के खून का बदला उसे मारकर ही लेंगे, फिर चाहे हमें जो भी करना पड़े, हम पीछे नहीं हटेंगे।'

रामकिशन वाजपेयी : 'क्षत्रियों का कर्तव्य भी यही है। आप केवल वीर क्षत्रिय ही नहीं हैं बच्चे के मामा भी हैं। उसकी राह के हर कांटे को हटाना आपका कर्तव्य है और गढ़ा राज्य आपके इस कार्य में हर कदम पर आपके साथ रहेगा, यह हमारा कर्तव्य है। हम अपना कर्तव्य निभाना खूब जानते हैं।'

जुगराज सिंह : 'फिर देर क्या, टूट पड़ें दुश्मन पर, मिटा दें हरिसिंह और उसके बेटे का नाम सदा के लिए गोंडवाना के इतिहास से।'

रामकिशन वाजपेयी : 'ठाकुर साहब, ऐसा ही होगा पर होश रखना होगा, हरिसिंह और उसका बेटा पहाड़ सिंह हमेशा मुगल बादशाह औरंगजेब की खिदमत में रहते हैं इसलिए जो करें, सोच-समझकर करें। हाँ, इस बात पर कोई दो मत नहीं है कि हरिसिंह को उसके पाप की सजा जल्द से जल्द हमें देनी है।'

जुगराज सिंह : 'यह तो ठीक है कि हरिसिंह का बेटा पहाड़ सिंह अपने बाप की तरह ही मुगल बादशाह के तलुए चाटता रहता है। हम यह भी जानते हैं कि औरंगजेब ने हिन्दुस्तान का बहुत सा हिस्सा जीत लिया है।' पर पंडितजी ध्यान रखें किसी समय

हमें लगता था कि अंधेरी रात कभी खत्म न होगी खासकर उस समय जब छत्रपति शिवाजी का देहान्त हुआ और उनके पुत्र का कत्ल हुआ, पर दुर्दिन सदैव नहीं रहते। हमें भी कुछ प्रयास करने पड़ते हैं। मराठे फिर शक्तिशाली हो गए हैं और अपने क्षेत्र में तो छत्रसाल महाराज की तलवार के सामने भला कौन टिक सकता है। मुगल सेनाओं ने तो अपने दक्खन जाने के रास्ते बदल लिए हैं। फिर हमारा तो यह कहना है कि जिन्दगी भले दो दिन की हो आत्म-सम्मान की होनी चाहिए हम तो अपनी जान दाँव में लगाकर भी अपने बहनोई के हत्यारे को न छोड़ेंगे।

रामकिशन वाजपेयी : 'ठाकुर साहब, कल गोंड प्रमुखों से भी चर्चा कर लें और हरिसिंह को राजकुमार के लिए बड़ा कांटा न बनने दें।'

जुगराज सिंह ने दूसरे दिन गोंडों के प्रमुखों से अपने-अपने ग्रामों में जाकर तीर चलाने में निपुण युवकों को भेजने का आग्रह किया। गोंडों के प्रमुखों ने अपनी बात पर अमल किया और एक सप्ताह में रामनगर में एक अच्छी खासी नई फौज तैयार हो गई। गोंडों की यह फौज रामकिशन वाजपेयी के इशारे पर प्राण न्यौछार करने को तैयार थी।

रामकिशन वाजपेयी ने हरिसिंह के विरोध में इतना जनसमर्थन तैयार कर लिया कि यदि वह रामनगर में प्रवेश करता तो वहाँ की जनता ही उसका वध कर देती। हरिसिंह दूर गढ़ा में रहकर प्रपंच करता रहता परन्तु रामकिशन वाजपेयी भी बालक नरेन्द्रशाह के अभेद्य कवच बन चुके थे।

नरसिंह अगरिया ने उत्तम फरसे, भाले और बाणों के फल बनाकर संसार सिंह मरकाम को दिए, जिनसे गोंड युवकों की यह नई सेना सुसज्जित की गई।

विषवृक्ष का उच्छेद

गढ़ा मंडला राज्य के दूसरे छोर पर

हरिसिंह को जबसे बादशाह औरंगजेब ने 'खिलअत' प्रदान की थी तब से वह स्वयं को गढ़ा मंडला का राजा समझ बैठा था और यह चाहता था कि वह शीघ्र ही गढ़ा मंडला का वैध राजा बन जाए, इसीलिए उसने केसरीशाह की हत्या भी करा दी थी परन्तु रामनगर का महामंत्री रामकिशन उसकी योजना को असफल करने पर कटिबद्ध था। केसरीशाह की हत्या के पूर्व गोंडवाना की सामान्य जनता यही मानकर चलती थी कि हरिसिंह की अपने भाई छत्रसाह से नहीं पटती, इसलिए वे रामनगर से दूर गढ़ा में रहने लगे हैं। परन्तु जिन्हें राजनीति की समझ थी वे यह जानते थे कि हरिसिंह ने गढ़ा मंडला राज्य के दूसरे बड़े नगर गढ़ा में केवल इसलिए रहने का निर्णय लिया है ताकि वह गढ़ा क्षेत्र से राजस्व की वसूली करता रहे और मौका पड़ने पर अपने अधिकार क्षेत्र का पश्चिम की ओर विस्तार करे। सब कुछ जैसे-तैसे चल रहा था। छत्रसाह के मरने के पश्चात् गढ़ा राज्य के वैध शासक केसरीशाह का वास्तविक अधिकार क्षेत्र रामनगर और मंडला के आसपास के क्षेत्र तक सिमट गया था, मानो वे एक टापू में कैद कर दिए गए हों और टापू के चारों ओर के समुद्री डाकू हरिसिंह की तूती बोल रही हो।

स्थितियाँ तब और बिगड़ गईं, जब गढ़ा मंडला का शासक अब एक अबोध नादान बच्चा था।

महामंत्री रामकिशन ने गोंडों के कुलों के लोगों से केवल सैनिक ही नहीं लिए वरन् बिना समय खोए उन्हें इस बात के लिए प्रेरित किया कि वे सम्पूर्ण राज्य के गोंडों में यह ऐहसास पैदा करें कि हरिसिंह निर्दय, अधम और अवैध शासक है।

बहुत ही शीघ्र गोंडवाने में यह बात आग के समान फैल गई कि हरिसिंह बेईमान व्यक्ति है और उसे सत्ता से हटाना समय की माँग है।

हरिसिंह ने अनुभव किया कि उसके विरुद्ध वातावरण बन रहा है। अतः उसने फिर वही चाल चलने की कोशिश की जिसे वह अपने भतीजे केसरीशाह पर अपना चुका था उसने रामनगर के कुछ लोगों को धन देकर अपनी ओर मिला लिया और सात वर्षीय राजकुमार को विष देकर मारने का प्रयास किया, परन्तु षड्यन्त्र विफल

हुआ। रामकिशन वाजपेयी बेहद सतर्क प्रशासक थे, उन्होंने हरिसिंह के एक के बाद एक षड्यन्त्रों को नाकाम कर दिया।

जब राजकुमार नरेन्द्रशाह की माँ ने अपने भाई जुगराज सिंह से सारे षड्यन्त्रों को विस्तार से बतलाया तो उसने समय खोने के बजाय सीधे आक्रमण की योजना बनाई। परन्तु जुगराज को यह मालूम था कि हरिसिंह ने चापलूसी के द्वारा बुन्देला वीर छत्रसाल को प्रसन्न कर लिया है, और उसे यह भी मालूम था कि यदि छत्रसाल को यह पता चल सके कि हरिसिंह ने अपने भतीजे को मारने का अपराध किया है तो उनकी हरिसिंह के प्रति सारी शुभाकांक्षा तिरोहित हो जाएगी। जुगराज को यह पता चल चुका था कि हरिसिंह ने छत्रसाल के सामने जाकर अपने पितामह हृदयशाह और उनके सौहार्दपूर्ण सम्बन्धों का हवाला देकर उनसे अच्छे सम्बन्ध स्थापित कर लिए थे तथा बाद में यह कहकर कि उसका और उसके भाई छत्रसाह का वैमनस्य उसका कुटुंबी मामला है छत्रसाल को अंधेरे में रखा था।

जुगराज ने अपना दूत भेजकर हरिसिंह से सम्बन्धित दो तथ्यों से छत्रसाल को अवगत करा दिया पहला तो यह कि हरिसिंह ने कपटपूर्वक अपने भतीजे की अकारण हत्या की है तथा वह उसके पुत्र को मारने का प्रयास कर रहा है और दूसरा यह कि हरिसिंह और उसका पुत्र औरंगजेब की सेवा में लगातार पहुँचकर बुन्देलखंड को मुगलों के अधीन रखने में हर सम्भव मदद कर रहे हैं। बुन्देला वीर छत्रसाल न्यायप्रिय व्यक्ति थे। साथ ही, उनके प्रिय सम्बन्ध गढ़ा कटंगा राज्य से थे। अतः वे उसके वैध शासकों को ही मान्यता देने के पक्ष में हो गए।

स्थिति यह बनी कि गढ़ा में हरिसिंह पर किसी भी शक्तिशाली व्यक्ति का वरद हस्त न रहा। हरिसिंह के लिए यह मुश्किल की घड़ी थी। पुराने गोंडवाना का बहुत सा हिस्सा अब छत्रसाल के अधिकार में था। छत्रसाल ने अब से बारह-तेरह साल पहले ही बुन्देलखंड में तब मुगल साम्राज्य की चूलें हिला दी थीं, जब उसने एक निर्णायक युद्ध में औरंगजेब के सेनापति रोहिल्ला खाँ को (1673 ई.) बुरी तरह पराजित कर दिया था। दिल्ली की बादशाहत का बुन्देलखंड में केवल नाम ही शेष रह गया था।

फिर भी हरिसिंह की राज्य लिप्सा कम न हुई और बच्चे नरेन्द्रसाह को वह लगातार मारने का प्रयास करता रहा, एक समय यह भी आया कि सारे जन समर्थन के बावजूद महामंत्री रामकृष्ण वाजपेयी को बालक राजा नरेन्द्रशाह को लांजी के जंगली क्षेत्र में ले जाकर सुरक्षित रखना पड़ा।

लांजी वन क्षेत्र अत्यंत दुर्गम था और महामंत्री ने व्यवस्था यह कर रखी थी कि गोंडों के धनुर्धर मीलों दूर तक किसी भी बाहरी व्यक्ति को वन में घुसने ही नहीं देते थे, जब तक स्वयं महामंत्री साथ में न हों। इस तरह कुछ समय तक तो यह लगने लगा था कि गोंडवाना का राजकाज लांजी के वनों में किसी अज्ञात स्थान से चल. रहा

है, यद्यपि तब भी राजधानी रामनगर ही थी। रामकृष्ण वाजपेयी समय-समय पर रामनगर और मंडला आते और राजकार्य चलाते।

गढ़ा मंडला की जनता में लगातार आक्रोश बढ़ रहा था। सबको यह पता था कि नन्हें राजकुमार के प्राणों के पीछे हरिसिंह हाथ धोकर पड़ा है।

कुछ काल पश्चात्

गढ़ा नगर की बाहरी सीमा।

अर्धरात्रि में एक घुड़सवार दस्ता गढ़ा की शाही घुड़साल की ओर बढ़ता है। शाही घुड़साल को चारों ओर से घेर लिया जाता है। परन्तु जब घुड़साल के अधिकारी पुरानिक उइके को यह पता चलता है कि उनकी घुड़साल को घेरनेवाले लोग रामनगर और मंडला के सैनिक हैं तो वह प्रतिरोध करने के स्थान पर घुड़सवारों के दस्ते के प्रमुख के पास पहुँचता है। वहाँ वह अपने ही चचेरे भाई राघव उइके को देखकर हैरान हो जाता है।

पुरानिक उइके : 'इतनी रात में यहाँ आने का कारण?'

राघव उइके : 'मैं आपसे ही मिलने आया हूँ, महामंत्री रामकृष्ण वाजपेयी ने कहा है कि आप लोग सभी राज्य के असली वारिस बालक नरेन्द्रशाह के जीवन की रक्षा करें तथा गैर कानूनी राजा हरिसिंह को पद से हटाएँ।'

पुरानिक उइके : 'यह इतना सरल नहीं है। यह ठीक है, मैं घुड़सवार सैनिकों को रोक लूँगा पर पैदल सैनिक और हाथी सैनिकों का क्या भरोसा? फिर तुम लोग हो ही कितने? तुम लोग तो गढ़ा की पैदल सेना से भी पार न पा सकोगे, कुछ बड़ी सेना होती तो बात और थी।'

राघव उइके : 'बड़ी सेना भी है। जुगराज सिंह अपनी सेना लेकर सुबह तक आक्रमण कर देंगे। हम तो यह चाहते हैं कि युद्ध में हमारे अपने लोग कम से कम मारे जाएँ, सजा तो दुष्ट को ही मिलनी चाहिए।'

पुरानिक उइके : 'ठीक है मैं कुछ लोगों को जगाकर सैनिक छावनी तक बात पहुँचाता हूँ कि बड़ा युद्ध न हो। कुछ सैनिक तो हरिसिंह के लिए लड़ेंगे ही, बिल्कुल युद्ध न हो, यह सम्भव नहीं है।'

इसके बाद राघव उइके अपने घुड़सवार दस्ते के साथ उस ओर बढ़ गया जहाँ पर उसे जुगराज की सेना से मिलना था। रात भी तेजी से बीत रही थीं। राघव उइके ने अपने आदमियों द्वारा अधिक से अधिक सैनिकों को पूरी खबर भेज दी।

परन्तु तभी एक गुप्तचर ने बाहरी घुड़सवार दस्ते के आने और लौटने की सूचना सीधे राजा हरिसिंह को दे दी। हरिसिंह बौखलाकर उठ बैठा। उसका पुत्र पहाड़ सिंह गढ़ा से बाहर था, इसलिए उसे जो कुछ भी करना था खुद ही करना था। तभी दूसरे

गुप्तचर ने सूचना दी कि गढ़ा से कुछ दूर एक सेना को देखा गया है। वह तेजी से कक्ष से बाहर निकला और महल के रक्षकों से कहा कि वे जाकर सबसे पहले हाथी शाला के प्रमुख से कहकर पाँचों हाथियों को युद्ध के साज सामान से सजाकर महल तक ले आएँ। इसके साथ ही पौ फूटने के पहले ही तुरही बजा दी गई। पूरे गढ़ा नगर में अफरा-तफरी का माहौल बन गया। किसी के समझ न आया कि क्या हो रहा है।

आनन-फानन में पाँचों हाथियों के महावत महल के द्वार पर खड़े हो गए हौदों पर अस्त्र शस्त्र सहित सैनिक बैठे थे। राजा का हाथी सबसे बड़ा था। उसमें भी राजा के साथ बैठनेवाला एक अंगरक्षक शस्त्रों सहित बैठा था। राजमहल के द्वार पर जैसे ही हाथियों के आने की सूचना मिली वैसे ही हरिसिंह कवच पहनकर शस्त्र धारण कर दरवाजे पर पहुँच गया। हरिसिंह ने महल बन्द कराया और महल के रक्षकों तथा हाथियों को लेकर सीधा सैनिक छावनी की ओर बढ़ा। उसने यद्यपि गुप्तचर से यह ज्ञात होते ही कि कुछ अज्ञात घुड़सवार गढ़ा में घुस आए थे। सैनिकों को युद्ध के लिए तैयार होने का आदेश दे दिया था, पर वह स्वयं बिना बिलंब किए सैनिकों की तैयारी देखना चाहता था।

सैनिक छावनी जो कि गढ़ा नगर की सीमा के कुछ बाहर स्थित थी वहाँ हाथियों पर हरिसिंह के दल ने जब सेना की टुकड़ियों को तैयार देखा तो उन्होंने चैन की साँस ली। हरिसिंह ने तभी हाथी के हौदे पर से चिल्लाकर सेना नायक से पूछा : 'घुड़सवार दस्ता कहाँ है?'

सेना नायक : 'हमने उसे यहाँ आने के लिए खबर भेज दी है।'

अभी पूरी तौर से सबेरा भी नहीं हुआ था कि एक ओर से घुड़सवारों का दस्ता उन्हीं की ओर आता हुआ दिखलाई दिया। आ रहे घुड़सवार दस्ते के सैनिकों ने हर हर महादेव, जै बड़ादेव की गगनभेदी आवाज लगाई।

हरिसिंह कुछ विस्मित हुआ क्योंकि यह आवाज उसके अपने घुड़सवार दस्ते भी लगाते थे। पर शीघ्र ही उसका भ्रम टूट गया, जब वह दस्ता युद्ध के लिए व्यूह रचना करने लगा। देखते ही देखते घुड़सवारों के पीछे सैनिकों की टोलियाँ भी व्यूह रचना करने लगीं। इसी समय इस सेना की पैदल पंक्ति ने भी 'हर हर महादेव, जै बड़ादेव' की ध्वनि के साथ ही महाराज नरेन्द्रशाह और कुँअर जुगराज सिंह की जब जयकार की तब हरिसिंह को समझ में आ गया कि उस पर आक्रमण हो चुका है।

क्रोध से भरा हुआ हरिसिंह ने अपने हाथियों को घुड़सवारों पर आक्रमण का आदेश दिया। हरिसिंह ने हाथियों पर भरी हुई बन्दूकें रखी थीं। बन्दूकों के चलने से आक्रमणकारी घुड़सवार तितर बितर होने लगे, परन्तु तभी उन सबने हाथियों को घेर लिया और पैदल सैनिकों के धनुषधारियों ने हाथियों पर बैठे सैनिकों पर वाणों की झड़ी लगा दी। हरिसिंह के पैदल सैनिक सारी बात समझ चुके थे अतः उनमें से इक्के-दुक्के ही युद्ध के लिए आगे बढ़े और आक्रमणकारी घुड़सवारों की सेना के

सरलता से शिकार बन गए। पैदल सैनिकों ने गढ़ा की घुड़सवार सेना की रहस्यमयी अनुपस्थिति को तब तक और ठीक ढंग से समझ लिया था। दोनों ओर के पैदल सैनिक हाथियों के सवारों और घुड़सवारों की टुकड़ी के युद्ध का आनन्द लेते मूक दर्शक बनकर खड़े हो गए।

हरिसिंह के हाथी सवार अब बन्दूकों से मार नहीं कर पा रहे थे। भरमार बन्दूकों को भरने का मौका ही नहीं था चारों ओर से तीरों की वर्षा हो रही थी।

हरिसिंह अपने पैदल सैनिकों से आक्रमणकारियों को मुंहतोड़ जबाब देने के लिए चिल्लाने लगा, पर सब व्यर्थ।

तभी उसने देखा कि घुड़सवारों के पीछे से एक घुड़सवार आगे आया। यह जुगराज सिंह था।

जुगराज : 'हरिसिंह आज तेरे पापों का घड़ा भर चुका है, ले मेरा वार सम्हाल।'

हरिसिंह ने हौदे पर छिपना चाहा, पर तब तक जुगराज की फेंकी सांग जुगराज की छाती के कवच को भेदते हुए लगी और वह वहीं ढेर हो गया।

वंशवृक्ष की विषबेल

(ईस्वी सन् 1698)

किशोर नरेन्द्रशाह अब युवा हो गए हैं। वैसे उन्होंने अभी अठारहवें वर्ष में ही प्रवेश किया है। अब वे तख्त पर बैठकर राजकाज सम्हाल रहे हैं। उन्होंने अपने संरक्षक महामंत्री रामकृष्ण वाजपेयी से कूटनीति का पाठ बचपन से ही सीखना प्रारम्भ कर दिया था, परिस्थितियाँ सब कुछ सिखा देती हैं, नरेन्द्रशाह के साथ भी यही हुआ था। पर अब तो रामकृष्ण वृद्ध होने के कारण लगभग अशक्त से हैं, राजकाज से विरत हैं और मामा जुगराज को स्वर्गवासी हुए अनेक वर्ष हो चुके हैं। पुराने लोगों में कोई शेष नहीं है। हाँ उनका अपना मित्र सुन्दरराव अवश्य है जिसे उनके प्रपितामह ने पालपोसकर बड़ा किया था। उसने सदैव ही मित्रता निभाई है, इसलिए उसे अब दीवान बना दिया गया है। लोग उसकी काबिलियत पर जब तब सवाल उठाते रहते हैं, पर इससे क्या आदमी विश्वसनीय है और राजतंत्र में विश्वसनीयता से बढ़कर और किस गुण की जरूरत होती है। तंत्र तो अपने ढंग से चलता ही रहता है। कुछ महत्त्वपूर्ण कार्यों के लिए बुद्धिमान व्यक्तियों की जरूरत पड़ती है, सो इतने बड़े राज्य में कोई न कोई जरूरत के वक्त मिल ही जाता है। नरेन्द्रशाह के दीवान सुन्दरराव में इतनी योग्यता अवश्य थी कि वे राजकाज की गुत्थियां सुलझाने में नरेन्द्रशाह को योग्य व्यक्ति ढूँढ़कर दे देते। राज चलाना अपने आप में तब एक बड़ी गुत्थी तब होती है जब राजा स्वतंत्र न होकर करद हो। समय भी ऐसा था कि कहने को तो मुगल साम्राज्य के आधीन गोंडवाना का राज्य था पर सारे बुन्देलखंड में तूती बोलती थी बुन्देला छत्रसाल की। नरेन्द्रशाह को बचपन से ही इन दो शक्तियों के टकराव से गढ़ा मंडला राज्य को बचाने की सीख दी गई थी। गढ़ा मंडला के राजकाज को चलाने में राजमाता अभी भी अपने पुत्र को सलाह देती और वे उसे मानते। गढ़ा मंडला की सेना का सेनापति अहमद खाँ था, जो एक बहादुर अफगान था।

रामनगर का राजमहल

राजा नरेन्द्रशाह अपने दीवान सुन्दरराव के साथ बैठकर राजकाज की बातें कर रहे हैं।

राजा नरेन्द्रशाह : 'दीवानजी, काफी दिनों से पहाड़ सिंह की गतिविधियों का पता नहीं चल रहा है।'

दीवान सुन्दरराव : 'राजा साहब, आपको तो पता ही है कि जिन दिनों हमारी सेनाओं ने गढ़ा में उसकी कोठी पर आक्रमण किया था तब हरिसिंह तो लड़ते हुए खेत रहा था परन्तु पहाड़ सिंह का कहीं कोई पता न चला था। बाद में पता चला कि वह अपने ससुराल गया था और उसे वहीं अपने पिता की मृत्यु की खबर मिली थी। उसे यह भी पता चल गया था कि गढ़ा अब उसके कब्जे में नहीं है। अतः वह हमारे दुश्मनों के साथ मिलकर दूसरे षड्यन्त्रों में लिप्त हो गया था, और कई बरस बीत जाने पर भी उसकी नीयत की खोट में कहीं कोई कमी नहीं आई है।'

राजा नरेन्द्रशाह : 'हाँ, आप ठीक कह रहे हैं, हमने तो यह भी सुना है कि वह मुगल सेना में भरती हो गया है और लगातार इस कोशिश में है कि जब भी मौका मिले हम पर हमला करे।'

दीवान सुन्दरराव : 'जी हाँ, किस्सा वही पुराना है। कुछ वैसा ही जैसा आपके प्रपितामह और हमारे परम श्रद्धेय स्वर्गीय हृदयशाह के समय हुआ था, उसी की पुनरावृत्ति होती निकट भविष्य में दिखलाई दे रही है।'

राजा नरेन्द्रशाह प्रश्न वाचक नजर से दीवान को देखते हैं।

दीवान सुन्दरराव : 'हाँ राजा साहब, उस समय भी श्रद्धेय हृदयशाह ने जब जुझार सिंह से अपने पिताजी की हत्या का बदला ले लिया था जब जुझार सिंह के भाई पहाड़ सिंह बुन्देला ने मुगल सेना में नौकरी कर पहले बादशाह को अपनी ओर मिलाया और फिर गोंडवाना पर हमला किया। यह अलग बात है कि पहाड़ सिंह बुन्देला कुछ ज्यादा नहीं कर सका पर इसमें हमारे पूज्य स्वर्गीय दादा हृदयशाह की दूरदर्शिता ही थी। इस बार भी पहाड़ सिंह है, पर वह कुलांगार गोंड वंश का है। सारी घटनाएँ कुछ वैसी ही घटित होती दिख रही हैं।'

नरेन्द्रशाह : 'हाँ दीवानजी आप सही कर रहे हैं, पर हम उस तीस चालीस वर्ष पुरानी घटना से सबक भी तो ले सकते हैं ताकि हम किसी दुष्चक्र में न फँसे।'

सुन्दरराव : 'राजा साहब, पहाड़ सिंह तो मुगल सेना में रहकर राक्षसों के समान तपस्या कर रहा है और सोच रहा है कि कब देवता प्रसन्न हो और कब वह इन्द्रपुरी के समान रामनगर को अपना निशाना बनाये। उसे भी राक्षसों के समान 'इन्द्रपद' की बड़ी लालसा है।'

नरेन्द्रशाह : 'यह तो हम भी जानते हैं, पर क्या मुगल बादशाह औरंगजेब उसकी किसी याचना को स्वीकार कर लेगा?'

सुन्दरराव : 'हो भी सकता है और नहीं भी। आपके पितामह और हरिसिंह के बीच जो वैमनस्य हुआ उसके भी बादशाह औरंगजेब की हरिसिंह को दी गई

'खिलअत' का भी बड़ा महत्त्व है। बादशाह सलामत ने कहीं कुछ अधिक तहकीकात की जरूरत भी नहीं समझी और खिलअत बख़्श दी। फल यह हुआ कि सारे मुसलमान हाकिम हरीसिंह को ही गोंड राज्य का असली राजा समझने की भूल करते रहे और कुछ ऐसा ही उसका पुत्र भी कर सकता है, मुगल सेना में भरती होकर वह मुगलों में अपना विश्वास बढ़ा तो रहा ही है।'

नरेन्द्रशाह : 'आप ठीक कह रहे हैं, पहाड़ सिंह किसी न किसी प्रकार की अप्रिय स्थिति पैदा करने के लिए बादशाह से याचना कर ही सकता है, पर हम करें क्या?'

सुन्दरराव : 'हम भी वही करें जो पहाड़ सिंह करना चाहता है, तभी हमारे राज्य की बचत है।'

नरेन्द्रशाह : 'अर्थात्।'

सुन्दरराव : 'बात साफ है जिस तरह पहाड़ सिंह के पिता हरीसिंह ने बादशाह को राज्य के कुछ महाल भेंट कर खिलअत प्राप्त कर ली थी और जनता की नजरों में न सही सर्वोच्च सत्ता की नजरों में तो वह गढ़ा कटंगा का शासक बन ही गया था। आपको भी अपनी वैधता को पुष्ट करना है अर्थात् बादशाह की आज्ञा के द्वारा भी आप को गोंडवाना का असली वारिस बनना है।'

नरेन्द्र शाह : 'वह तो हम हैं ही, जनता भी हमें शासक मानती है, फिर हमने अपने शत्रु से गढ़ा भी छीन लिया है।'

सुन्दरराव : 'यह सब क्षेत्रीय सच है, कल यदि स्वर्गीय हरिसिंह की खिलअत के आधार पर यदि उसका बेटा बादशाह से गढ़ा की जागीरदारी की माँग करे और बादशाह जैसा कि वह एक बार पहले भी कर चुका है, अपनी ही आज्ञा को पुनः प्रभावी कर दे तो इस बार हम क्या कर लेंगे क्योंकि अब पहाड़ सिंह बादशाह की सेना में कार्यरत है और वह शाही सेना लेकर वैसे ही हम पर धावा बोल सकता है जैसे वर्षों पहले बुन्देला पहाड़ सिंह ने गोंडवाने पर धावा बोला था।'

नरेन्द्र शाह : 'इसका अर्थ तो यही हुआ कि हम वैध राजा होते हुए भी, बादशाह को प्रसन्न करें।'

सुन्दरराव : 'आप ठीक कह रहे हैं राजा साहब, मेरा यही मन्तव्य है।'

नरेन्द्रशाह : 'क्या करना होगा हमें?'

सुन्दरराव : 'बादशाह औरंगजेब तो इस समय दक्खन की लड़ाइयों में फँसा रहता है, उसकी सारी शक्ति और समझ इन दिनों वहीं लगी हुई है। इन दिनों यदि आप के स्थान पर आपका प्रतिनिधि भी राजधानी पहुँचकर आपकी बात प्रभावी ढंग से रखे तो आप की स्थिति अधिक सुदृढ़ हो जाएगी।'

नरेन्द्रशाह : 'पर क्या इससे छत्रसाल अप्रसन्न न होंगे। उन्हें राजनैतिक दाँवपेंच की गहरी समझ है।'

सुन्दरराव : 'वे आपके इस कदम को एक राजा के स्वयं के बचाव के प्रयास से अधिक कोई महत्त्व न देंगे। बात उन तक न पहुँचे यह तो सम्भव नहीं है, पर छत्रसाल बात के धनी हैं और वे आपके पितामह का बहुत आदर करते थे। उन दिनों छत्रसाल नवयुवक ही थे तब स्वर्गीय दादा हृदयशाहजी ने छत्रसाल को प्रेम के साथ अपने यहाँ रखा भी था और उन्हें कुछ सहायता भी दी थी। छत्रसाल मान-सम्मान को न भूलनेवाले राजा हैं।'

नरेन्द्रशाह : 'मुझे बादशाह सलामत के सामने जाने का विचार भी भयावह लगता है और फिर जब बादशाह औरंगजेब हो तो भला कौन जानबूझकर उसके सामने जाने का खतरा मोल लेगा'।

सुन्दरराव : 'राजा साहब, राज्य चलाना तो सबसे बड़ा खतरनाक खेल है, पर इससे निजात कहाँ, आप भला वहाँ क्यों जाएँगे। हमारे राज्य में हमने बड़ा वेतन देकर कुछ बहुत ही काबिल लोगों को प्रशासन में उच्च पद दे रखे है। उनकी प्रतिभा का भी उपयोग होते रहना आवश्यक है।'

नरेन्द्रशाह (चैन की साँस लेते हुए) : 'चलिए, आपने व्यवस्था तो सोच रखी है।'

सुन्दरराव : 'हाँ, राजा साहब, हमारे राज्य के गंगाधर भट्‌ट एक अत्यंत योग्य अधिकारी हैं। उन्हें राजदरबारों में जाने का पर्याप्त अनुभव है और कूटनीति में इतने निपुण हैं कि जब भी राज्य के हित की बात आएगी, वे कम से कम खर्च में राज्य के लिए अधिक से अधिक मुनाफा उठा सकते हैं, इतनी उनमें क्षमता है।'

नरेन्द्रशाह : 'फिर उन्हें बुलाइए सारी बात आज ही तय कर ली जाए।'

सुन्दरराव : 'हाँ, अवश्य, वे आज राजमहल के प्रशासनिक कक्ष में कार्य कर रहे हैं।'

नरेन्द्र शाह अपने परिचारक को भेजकर गंगाधर भट्‌ट को अपने कक्ष में बुलवाते हैं। कुछ ही देर में गंगाधर भट्‌ट हाजिर होते हैं। गंगाधर भट्‌ट बेहद शालीन व्यक्ति हैं तथा भव्य व्यक्तित्व के धनी हैं। कक्ष में प्रवेश करते हुए वे राजा और दीवान को आदर से नमस्कार करते हैं। राजा उन्हें बैठने की आज्ञा देते हैं।

औपचारिक बातों के पश्चात् नरेन्द्रशाह : 'भट्‌टजी, हम आपको बादशाह सलामत के दरबार में भेजना चाहते हैं ताकि आप हमारे लिए बादशाह औरंगजेब से यह फरमान ला सकें कि दिल्ली दरबार हमें ही गोंडवाना का एक मात्र वैध शासक मानती है।'

गंगाधर भट्‌ट : 'जी, महाराज आपकी आज्ञा का पालन होगा।'

सुन्दरराव : 'भट्‌टजी, महाराज आपको हुक्मनामा दे रहे हैं कि आप दिल्ली में राज्य के हित में जो निर्णय लेंगे, वह महाराज की आज्ञा से माना जाएगा।'

गंगाधर भट्‌ट : 'जी दीवान साहब, यह पर्याप्त होगा।'

सुन्दरराव : 'भट्टजी, आपको इस विषय पर यदि कोई विचार-विमर्श करना हो तो आप कल किसी भी वक्त हमारे साथ बैठ जाएँ। जिस प्रकार के आज्ञापत्रों की आवश्यकता होगी कल तैयार कर लिए जाएँगे तथा आपके जाने की और राजधानी में रुकने की पूर्ण व्यवस्था राज्य की ओर से कर दी जाएगी।'

गंगाधर भट्ट : 'दीवान साहब, आपके रहते मुझे भला किस चीज की चिन्ता हो सकती है। मैं चाहूँगा कि मैं एक माह के भीतर बादशाह सलामत से भेंट कर पुनः महाराज और आपके दर्शन करूँ।'

दीवान साहब : 'यह तो ठीक है पर हो सकता है बादशाह सलामत से मिलने में कुछ अधिक वक्त लग जाए।'

गंगाधर भट्ट : 'वैसे तो बादशाह सलामत राजधानी में कब रहेंगे, इसकी जानकारी हमें मिलती रहती है। इसका हमने इंतजाम कर रखा है। पर फिर भी राजनैतिक स्थितियों के अनुसार बादशाह से मिलने में कभी देर हो भी सकती है। फिर मेरा विचार है कि हम एक माह में अपना कार्य कर सकेंगे।'

इस विचार विमर्श के पश्चात् गंगाधर भट्ट दिल्ली गए और उन्होंने बादशाह सलामत से भेंट की। उन्होंने जैसा सोचा था सब कुछ वैसा ही नहीं हुआ और वे एक माह के भीतर ही पुनः रामनगर लौट आए।

एक माह पश्चात्

राजा नरेन्द्रशाह और दीवान सुन्दरराव आज शाम होने पर भी रामनगर के प्रशासनिक कक्ष से उठ नहीं पाए थे। उन्हें जब ज्ञात हुआ गंगाधर भट्ट रामनगर आ चुके हैं तो दोनों की उत्सुकता का ठिकाना न रहा। वे चाहते थे कि तुरन्त भट्ट से मिलें। उन्हें अधिक इंतजार नहीं करना पड़ा। गंगाधर भट्ट के एक सेवक ने दीवान साहब को सूचना दी कि भट्टजी ने उनसे मिलने के लिए समय माँगा है। दीवान ने महाराज की ओर देखते हुए उन्हें तुरन्त मिलने का समय दे दिया और सूचित कर दिया कि वे महाराज के साथ बैठे हैं।

गंगाधर जानते थे कि रामनगर पहुँचने पर उन्हें तुरन्त तलब किया जाएगा, अतः वे रास्ते में मंडला नगर में रुककर पूरी तरह तैयार हो चुके थे। वहाँ उन्होंने लम्बी यात्रा के पश्चात् आवश्यक विश्राम भी कर लिया था, अतः जब वे रामनगर पहुँचे तो एकदम तरोताजा थे।

सामान्य औपचारिकता के पश्चात् राजा नरेन्द्रशाह की उपस्थिति में दीवान और गंगाधर भट्ट की वार्ता प्रारम्भ हो गई।

सुन्दरराव : 'भट्टजी आपकी यात्रा कैसी रही?'

भट्ट : 'महाराज और आपके आशीर्वाद तथा ईश्वर की कृपा से सफल रही।'

सुन्दरराव : 'क्या बादशाह सलामत से मुलाकात हुई?'

भट्‌ट : 'एक नहीं अनेक बार।'

सुन्दरराव : 'वह क्यों?'

भट्‌ट : 'परिस्थिति वश।'

सुन्दरराव : 'परिस्थिति? कैसी परिस्थिति? क्या कोई आकस्मिक या अप्रत्याशित परिस्थिति पैदा हो गई?'

भट्‌ट : 'मुस्कुराते हुए 'दीवान साहब राजनीति में आकस्मिक तो शायद ही कभी होता हो। जो कुछ होता है सब कुछ पूर्व निर्धारित होता है। हमें केवल उसे देखने या भांपने का प्रयास करना पड़ता है।'

सुन्दरराव : 'ऐसा क्या हुआ? और क्या तुम उस अप्रत्याशित स्थिति को जानते थे? यदि ऐसा था तो हमसे भी क्या उस पर चर्चा हुई थी।'

भट्‌ट : 'नहीं दीवानजी आपसे या महाराज से उस बिन्दू पर कोई चर्चा नहीं हुई थी, परन्तु जो हुआ उसकी आशंका मुझे थी।'

सुन्दरराव : 'क्या हुआ, विस्तार से बतलाओ।'

भट्‌ट : 'जब हमने बादशाह सलामत के दरबार में अपनी अर्जी लगाई तब दरबार के किसी अधिकारी ने यह बात पहाड़ सिंह, जो उन दिनों दिल्ली में ही था, तक पहुँचा दी। फिर क्या था, उसने भी बादशाह सलामत के पास स्वयं मिलने की अर्जी लगा दी और उसमें लिखा कि उसकी बात गढ़ा कटंगा से आए प्रतिनिधि से पहले सुनी जाए।'

सुन्दरराव : 'फिर क्या हुआ?'

भट्‌ट : 'होना क्या था बादशाह ने दूसरे दिन का वक्त उसकी अर्जी पर विचार करने को दिया। मुझे आज्ञा दी गई कि मैं भी उस वक्त वहाँ पर मौजूद रहूँ।'

राजा नरेन्द्रशाह : 'तो वह दुष्ट वहाँ पहले से मौजूद था?'

भट्‌ट : 'हाँ महाराज, दूसरे दिन जब मेरी और पहाड़ सिंह की अर्जियाँ बादशाह सलामत के सामने रखी गईं तब बादशाह सलामत ने, चूँकि मेरी अर्जी पहले लगी हुई थी, मुझे पहले बोलने का मौका दिया।'

सुन्दरराव : 'तुमने क्या कहा?'

भट्‌ट : 'हमने कहा कि बादशाह सलामत की हमारे राज्य पर हमेशा से नजरें इनायत रही हैं। हम चाहते हैं कि हमारे ऊपर आगे भी उनकी वैसी ही कृपा रहे।'

सुन्दरराव : 'बादशाह ने क्या कहा?'

भट्‌ट : 'बादशाह कुछ कह पाते इसके पहले हमने दरबार के अधिकारी से कह रखा था कि हम बादशाह की इस कृपा पर अपनी खुशी व्यक्त करने के लिए कुछ भेंट करना चाहते हैं। उस अधिकारी ने पत्र के साथ मेरी इस बात को एक टीप के रूप में प्रस्तुत कर दिया था, अतः बादशाह ने मुझसे ही पूछा : 'तुम हमारे पुराने वफादार

हो, यह ठीक है। पर तुम भविष्य में भी इसी तरह वफादार रहो हम यह चाहते हैं। इस वफादारी के बदले तुम हमसे क्या चाहते हो?'

भट्ट : 'मैने तुरन्त बादशाह सलामत से आज्ञा पत्र की याचना की और यह स्पष्ट कर दिया कि इस कृपा को प्राप्त करने पर गढ़ा मंडला के राजा की ओर से राज्य के कुछ किले हम बादशाह की नजर करना चाहते हैं।'

सुन्दरराव : 'फिर क्या हुआ?'

भट्ट : 'मैंने धामोनी, हटा, शाहगढ़, गढ़ाकोटा और मड़िया के पाँच किलों को देने का प्रस्ताव किया। ये पाँचों किले अभी भी मुगल दस्तावेजों में हमारे अधीन माने जाते हैं, पर इन पर हम अपना कब्जा कब का खो चुके हैं। इनमें से अधिकांश अब छत्रसाल के अधीन हैं। अतः इनके वास्तविक कब्जे के लिए यदि कभी संघर्ष हुआ भी तो छत्रसाल और मुगल सेना के बीच होगा। हम इस सत्ता संघर्ष से दूर ही रहेंगे।'

नरेन्द्रशाह : 'राज्य के किसी भी हिस्से को किसी भी संधि द्वारा दूसरों को देना दुःखद निर्णय है, पर आपने जो कुछ किया वह ठीक ही किया, ऐसी सम्पत्ति किस काम की जिसका हमारे लिए उपयोग न हो।'

सुन्दरराव : 'हाँ महाराज, यह कष्टकर निर्णय तो है, परन्तु इससे वर्तमान स्थिति में राज्य को किसी तरह का नुकसान नहीं हुआ।'

नरेन्द्रशाह : 'लाभ हानि को हम बाद में देखेंगे। अभी यह बतलाएँ कि उस दुष्ट पहाड़ सिंह ने बादशाह से क्या कहा।'

भट्ट : 'पहाड़ सिंह ने अपने पिता की खिलअत दिखलाते हुए खूब मिन्नतें कीं, पर सब बेकार। बादशाह औरंगजेब ने पहले ही जमीनी हकीकत का जायजा ले लिया था। उन्हें पता था कि पहाड़ सिंह से कुछ भी मिलनेवाला नहीं है इसलिए वे ध्यानपूर्वक उसकी बातें सुनते रहे और अन्त में उसका दावा खारिज कर दिया।'

सुन्दरराव : 'पहाड़ सिंह की क्या प्रतिक्रिया थी?'

भट्ट : 'वह अन्त तक बादशाह से मिन्नत करता रहा कि वह मुगल सेना की वर्षों से सेवा कर रहा है और करता रहेगा, बादशाह सलामत उस पर रहम करें।'

सुन्दरराव : 'फिर बादशाह ने क्या कहा?'

भट्ट : 'इतना ही कहा कि वह मुगल सेना का अच्छा सिपाही बने। उसे एक दिन इसका अच्छा फल मिलेगा। पर इंसाफ के नाम पर हमें किसी को भी गलत फायदा पहुँचाने का खयाल भी नापाक लगता है। हम अपने फरियादी से कहना चाहेंगे कभी किसी नापाक बात को अपनी जबान पर न लाए।'

इतना सुनते ही राजा और दीवान प्रसन्नता से झूम उठे और राजा ने अपने गले का हार उतारकर गंगाधर भट्ट के गले में डाल दिया।

परन्तु विदा लेते समय भट्ट जानते थे कि विषबेल अभी भी बढ़ रही है। कौन जाने पहाड़ सिंह कब और कैसे बदला लेने का प्रयास करेगा।

राजनीति के खिलाड़ी गंगाधर भट्ट और सुन्दरराव दोनों ही यह जानते थे कि भले ही बादशाह ने पहाड़ सिंह की प्रार्थना को ठुकरा दिया हो, पर वह अपने पिता के वध को क्या यूँ ही भुला सकेगा? शायद कभी नहीं।

राजा नरेन्द्रशाह प्रसन्न थे, बहुत दिनों बाद वे इतने प्रसन्न थे। उन्हें लगा कि वे कम-से-कम मुगलों के आक्रमण से तो निश्चिन्त हो सकते हैं। प्रसन्नता के आवेग में कभी-कभी राजनीति का वह ज्ञात तथ्य भुला दिया जाता है कि राजनैतिक मैत्री और शत्रुता को कभी भी अपना रूप बदलते देर नहीं लगती।

निर्णायक युद्ध

(सन् 1699 ईस्वी)

औरंगजेब अब काफी वृद्ध हो चुका था, दक्कन के युद्धों की शृंखला में वह इतना अधिक उलझ चुका था कि उसका असली घर अब दक्षिण भारत के युद्ध शिविर हो गए थे। राजधानी में वह अब आता-जाता और देश के दूर दराज हिस्सों में मुगल साम्राज्य की खबरें लेता और आवश्यक फरमान निकालता रहता था। उसे उम्मीद थी कि शिवाजी की मृत्यु और उनके बाद उनके पुत्र की हत्या के साथ ही दक्षिण भारत में उसके राज्य की जड़ें सदैव के लिए मजबूत हो जाएँगी, पर हुआ इसके विपरीत। राज्य तो बढ़ा पर राज्य की लम्बी जड़ें खोखली हो गईं। शाही सेनाएँ दक्कन जाने के लिए तीन रास्ते अपनाती थीं। सबसे अधिक सहज रास्ता मालवा से जाता था, शेष दो रास्ते बुन्देलखंड से जाते थे।

हरिसिंह का पुत्र मुगल सेना में भरती हो गया था उसका एक ही मकसद था कि किसी न किसी तरह गोंडवाने की सत्ता को प्राप्त करना है, जो काम उसका पिता न कर पाया था, उसे वह करना चाहता था।

हरिसिंह को मुगल सेना की उस वाहिनी में सेवा का अवसर दिया गया था जिसका गठन बीजापुर रियासत की सेनाओं से लड़ने के लिए किया गया था। इस सेना का सेनापति दिलेर खाँ था। पहाड़ सिंह के दिलेर खाँ से अच्छे सम्बन्ध पिछले दस-पन्द्रह वर्षों से थे। पहाड़ सिंह ने बीजापुर के युद्ध में (1686 ई.में) अद्भुत वीरता दिखलाई थी तब वह मुश्किल से बीस पच्चीस वर्ष का युवक था। उस समय उसके पिता हरिसिंह जीवित थे और वह उन दिनों जब भी शाही सेना में एक सैनिक की हैसियत से गोंडवाने से दक्षिण भारत की ओर गुजरता तब उसे यह बात सदैव याद रहती कि एक दिन उसे इस इलाके का राजा बनना है।

मुगल सेनापति दिलेर खाँ का शिविर

मुगल सेनापति दिलेर खाँ शाही लश्कर के साथ शाही फरमान के मुताबिक दक्कन की यात्रा पर जा रहा है। रास्ते में लश्कर का पड़ाव है। दिलेर खाँ ने अपने लश्कर के

नायकों को आज्ञा देने के लिए बुलाया है, जिनमें पहाड़ सिंह भी एक है। दिलेर खाँ ने सभी को यह हिदायत दे रखी है कि बुन्देलखंड में आगे बढ़ते समय विशेष सतर्कता रखें, क्योंकि पश्चिम की ओर का क्षेत्र बुन्देला छत्रसाल के अधिकार में है भले ही ऊपरी तौर पर हमारा डंका वहाँ बज रहा हो, छत्रसाल को पराजित करने के सारी कोशिशें नाकाम हुई हैं। हम यहाँ पर अपनी पराजयों की फेरहिस्त में एक और पराजय का नाम नहीं जोड़ना चाहते, इसलिए हम हटा पहुँचने से पहले दक्षिण पूरब का रास्ता अपनाएँगे। दक्षिण पश्चिम का नहीं। मुगल सेनापति ने सबको खूब सतर्क रहने के आदेश देकर सबको अपनी-अपनी सैन्य टुकड़ियों की ओर जाने को कहा।

परन्तु पहाड़ सिंह अपने स्थान से न उठा। वह बैठा ही रहा। दिलेर खाँ ने उससे पूछा : 'पहाड़ सिंह, क्या बात है तुम अपने शिविर में क्यों नहीं जा रहे?'

पहाड़ सिंह : 'आपसे एक इल्तिजा है।'

दिलेर खाँ : 'हाँ, हाँ कहो, तुम तो हमारे सबसे वफादार सिपाही हो और फिर तुम्हारी उस बहादुरी को हम आज तक नहीं भूले हैं जो तुमने बीजापुर की लड़ाई में दिखलाई थी। परन्तु हमारा दिल तब बाग-बाग हो गया जब तुम्हारे जैसे शेर दिल इन्सान ने काफिरों का मजहब छोड़ दीन-ए-इस्लाम को अपनाया। कहो, अपने दिल की बात?'

पहाड़ सिंह कुछ कहना ही चाहता था कि इतने में शिविर के द्वारपाल ने खबर दी कि दो सैनिक पहाड़ सिंह से मिलना चाहते हैं।

दिलेर खाँ : 'पहाड़ सिंह, क्या तुम्हारी टुकड़ी के सैनिक हैं? उन्हें यहाँ क्यों बुलाया, जबकि हमने केवल नायकों को ही मिलने की तस्दीक की थी।'

पहाड़ सिंह : 'नहीं हुजूर, ये सैनिक तो हैं पर दोनों मेरे पुत्र भी हैं।'

दिलेर खाँ (हँसते हुए) : 'अच्छा तो अपने अब्बा हुजूर से मिलने आए हैं। क्या नाम बतलाया था तुमने इनका?'

पहाड़ सिंह : 'आप मिलने का हुक्म दें। वे खुद ही अपना परिचय देंगे। दिलेर खाँ दोनों को भीतर बुलाता है।'

पहला सैनिक : 'हुजूर को अब्दुल रहमान वल्द पहाड़ सिंह का सलाम।'

दूसरा सैनिक : 'हुजूर को अब्दुल हाजी वल्द पहाड़ सिंह का सलाम।' दोनों आदाब से कोर्निश करते हैं।

दिलेर खाँ प्रसन्न होते हुए अभिवादन का उत्तर देता है।

फिर कहता है : 'हाँ तो तुम दोनों के आने का क्या मकसद है?' क्योंकि जब तुम अपने अब्बा हुजूर के सामने हमसे मिलना चाहते हो तो कोई जरूरी बात ही होगी?'

दोनों : 'हुजूर, इसका खुलासा तो अब्बा हुजूर ही करेंगे।'

पहाड़ सिंह : 'हुजूर, मैंने बहुत पहले आपसे अर्ज किया था कि हम एक बार अपने मुल्क गोंडवाना का राजा बनना चाहते हैं। फिर जैसा कि आपको मालूम ही है

हमने बादशाह सलामत को अर्जी पेश की परन्तु उन्होंने हमारी बात पर इत्तफाक नहीं किया। आप हमारी बात पर यकीन भी करते हैं कि हम ही गोंडवाना के असली वारिस हैं। हमने और हमारे पुत्रों ने इस्लाम इसीलिए कुबूल किया है कि हम गोंडवाने में इस्लाम की रौशनी फैलाने में बेहद दिलचस्पी रखते हैं। यह एक अच्छा मौका है जब आप गोंडवाने के पास ही से गुजर रहे हैं। आप तो खुद जंगों के तजुर्बेकार हैं लश्कर का इतना हिस्सा हमारी कमान में दे दीजिए कि मैं गोंडवाना फतह कर लूँ। जब तक आप दक्कन की ओर आगे बढ़ते रहें मैं फतह के बाद सेना सहित आपसे आगे आकर मिल लूँगा। हमारे दोनों लड़के यदि हमारी इस जंग में हमारा साथ दें तो हमारा हौसला बढ़ा रहेगा। वैसे भी शाही फौज से गढ़ा मंडला की गोंडी फौज तो टक्कर लेने से रही। फिर भी जंग तो जंग ही है, भले ही रस्मी क्यों न हो।'

दिलेर खाँ (कुछ सोचते हुए) : 'पहाड़ सिंह, हमें खूब याद है कि जब हमारी सलाह पर तुमने और तुम्हारे खानदान ने दीन-ए-इस्लाम कबूल किया था तब हमने तुम्हें सहायता का वायदा किया था। इस सम्बन्ध में हमने बादशाह सलामत से भी अर्ज किया था पर वे कुछ बोले नहीं थे। तुम एक पाक काम करने जा रहे हो इसलिए मैं तुम्हें रोकूँगा नहीं, पर ध्यान रहे कि गढ़ा मंडला को फतह करने के बाद तुम फौज समेत सीधे हमसे मिलना। हमारा दक्कन की ओर जाने का रास्ता तुम्हें मालूम ही है, तुम तो वैसे भी हमारे साथ कई बार गए हो।'

और इसके बाद दिलेर खाँ ने अपनी यात्रा को धीमा करते हुए पहाड़ सिंह को शाही सेना का एक भाग दे दिया और उससे कहा कि मुख्य शाही सेना उसके पीछे ही है। अतः वक्त जरूरत पर वह उससे सम्पर्क कर सकेगा। दिलेर खाँ ने मीर जैना और मीर मनीउल्ला की कमान की दो सैन्य टुकड़ियाँ पहाड़ सिंह को दीं।

पहाड़ सिंह की प्रसन्नता की सीमा न रही। उसके दोनों पुत्र अब्दुल रहमान और अब्दुल हाजी उसके साथ ही थे। शाही फौज की पूरी कमान उसके हाथ में थी। दिलेर खाँ ने उसे एक युद्धक हाथी भी दिया, जिस पर बैठकर वह घुड़सवारों और पैदल सैनिकों को आसानी से आदेश दे सकता था। अब्दुल रहमान और अब्दुल हाजी को दो शानदार अरबी घोड़े मिले, जिनकी गति का कोई ठिकाना न था। अब्दुल रहमान नायक मनीउल्ला की सैन्य टुकड़ी के साथ था तथा अब्दुल हाजी मीर जैना की सैन्य टुकड़ी के संरक्षण में लड़ने की तैयारी कर चुका था। पहाड़ सिंह के नेतृत्व में शाही फौज गढ़ा मंडला की उत्तरी पश्चिमी सीमा पर पहुँच गई और उसने अपना डेरा डाल दिया। दुधी नदी के किनारे विशाल मैदान में शाही रोना के तम्बू गाड़ दिए गए। पहाड़ सिंह अपने पुत्रों सहित जंग के लिए उतरा था। उसे पूरा विश्वास था कि मीर जैना और मीर मनी उल्ला जैसे तजुर्बेकार सिपहसालारों के रहते गोंडों की सेना शाही सेना के सामने एक घड़ी भी जंग के मैदान में खड़ी न रह सकेगी।

किसी हद तक पहाड़ सिंह का यह सोचना बहुत गलत न था क्योंकि जहाँ शाही सेना युद्धों की पूर्ण अभ्यस्त और बढ़िया प्रशिक्षित सेना थी, वहाँ गोंडी सेना के पास कुछ वीर योद्धा तो थे, पर पूरी सेना में रणनीति की उतनी परिपक्व समझ न थी।

गढ़ा मंडला राज्य की सीमा पर शत्रु सेना आकर डट गई है, यह समाचार शीघ्र ही रामनगर तक पहुँच गया। युवा राजा नरेन्द्रशाह से बादशाह सलामत ने उन्हें जो निर्भयता का वचन दिया था, वह इतनी शीघ्र ही टूटनेवाला है। नरेन्द्रशाह को यह पता चल चुका था कि आक्रमणकर्ता पहाड़ सिंह है तथा उसके पास शाही सेना है।

युद्ध का समाचार राजभवन में उफान ला देनेवाला था। नरेन्द्रशाह राजमाता दीवान सुन्दरराव, गंगाधर वाजपेयी और सेनापति अहमदशाह के साथ राज्य पर आई इस विपत्ति का सामना करने की योजना बनाने के लिए विचार करने के लिए साथ में बैठे।

राजमाता : 'दीवानजी, वाजपेयीजी और सेनापतिजी, हमारे महाराज नरेन्द्रशाह अभी किशोर ही हैं, उन्होंने राजनीति के दाँव पेंच तो देखे हैं, पर युद्ध से उनका सामना कभी नहीं हुआ है। हम क्या करें, कुछ समझ नहीं आ रहा है। गंगाधर वाजपेयीजी जो हमारे संरक्षक हैं अब सत्तर वर्ष पार कर चुके हैं और अस्वस्थ हैं इसीलिए हमने उन्हें यहाँ नहीं बुलाया है। अन्यथा वे और अधिक अस्वस्थ हो सकते हैं।'

तभी कक्ष के बाहर से कुछ आवाज आती है। राजा नरेन्द्रशाह परिचारक को बाहर देखने को भेजते हैं। परिचारक आकर बतलाता है कि गंगाधर वाजपेयी भृत्यों की सहायता से राजमहल आ चुके हैं। सभी एक दूसरे की ओर देखते हैं।

राजा, दीवान सुन्दरराव और गंगाधर भट्ट को तुरन्त बाहर जाकर वृद्ध गंगाधर वाजपेयी को सादर लाने की आज्ञा देते हैं। कुछ ही देर में गंगाधर वाजपेयी कक्ष में आ जाते हैं। सभी उनका चरण स्पर्श करते हैं। वे आशीर्वाद देकर बैठ जाते हैं। वे थोड़ा चलने पर ही बहुत थक गए थे, उनकी श्वास फूलने लगी थी।

बैठते हुए राजमाता की ओर देखकर कहते हैं : 'बहू, अभी मैं जीवित हूँ, जब तक श्वास साथ दे रही है तब तक गढ़ा मंडला की हिफाजत की जिम्मेवारी मेरी भी है, यह ठीक है कि अब शरीर नहीं चल रहा है पर श्वास तो चल रही है। मुझसे मेरे गिरते स्वास्थ्य के कारण सबने यह बात छुपाई कि राज्य की उत्तरी पश्चिमी सीमा पर दुष्ट पहाड़ सिंह सेना लेकर आ गया है। हरीसिंह राजगोंड वंश का यदि विषवृक्ष था तो उसका पुत्र विषबेल क्यों न होगा। इस कठिन समय में भी हमें धैर्य नहीं छोड़ना है। धैर्य से बड़ी से बड़ी कठिनाइयों पर विजय प्राप्त की जाती है।

'हाँ तुम लोगों ने क्या सोचा कहो। सबसे पहले हम सेनापति अहमद खाँ से सुनना चाहेंगे कि उनकी क्या योजना है? बोलिए।'

सेनापति अहमद : 'पंडितजी, सेना और सेना नायक का यही फर्ज है कि दुश्मन के फन को कुचलकर रख दिया जाए ताकि वह दुबारा जंग की हिम्मत न कर सके।'

राजमाता : 'पर सेनापति, हमारी सेना को शाही सेना से मुकाबला करना है?'

नरेन्द्रशाह : 'माँ, मैं स्वयं युद्ध में जाऊँगा। सेना का मनोबल सबसे बड़ी चीज है। मेरे युद्ध क्षेत्र में रहने पर हमारे सैनिक स्वयं देखेंगे कि एक ओर विदेशी लुटेरा है तो दूसरी ओर उनका अपना राजा।'

राजमाता : 'पर बेटे तेरी उम्र ही क्या है।'

रामकृष्ण वाजपेयी : 'बेटे, तूने मेरा सीना चौड़ा कर दिया। मेरी शिक्षा व्यर्थ नहीं गई। तूने राजा शब्द की गरिमा को बढ़ाया है। यदि तू युद्ध में जाएगा तो निश्चित मान तेरी विजय अवश्य होगी। युद्ध में विचलित न होना। मेरा आशीर्वाद तेरे साथ है।'

सेनापति अहमद खाँ : 'पंडितजी, मैं आपको विश्वास दिलाता हूँ कि इस खान के रहते महाराज का बाल बाँका न हो पाएगा।'

गंगाधर वाजपेयी : 'राजमाता, मुझ पर विश्वास रखें, महाराज पर वार करने के पहले किसी भी आततायी को मुझसे निपटना होगा। मैं पूरे समय महाराज की ढाल बनकर उनके साथ ही रहूँगा।'

रामकृष्ण वाजपेयी : 'नरेन्द्र, तुझे नाम से ही नहीं अपनी वीरता से भी अपना नाम सार्थक करना है। यह एक अवसर है जब तुम दुष्टों का दमन करने स्वयं युद्ध स्थल पर जाओ। उम्र वीरता में कहीं कोई आड़े नहीं आती। देवताओं ने तो किशोर स्कन्द को सेनापति बनाकर अजेय और दुर्दमनीय दैत्यों की सेना को जीता था। तू भी स्कन्द बनकर नराधमों का विनाश कर।'

सेनापति अहमद खाँ : 'पंडितजी, आपके आशीर्वाद से गढ़ा मंडला की सेना शाही फौजों को हराकर ही दम लेगी, मैंने गढ़ा मंडला के ग्रामों के सभी धनुषधारी गौंड़ वीरों को तुरन्त बुलवा लिया है। इस समय हमारे पास पर्याप्त घुड़सवार हैं जो शाही सेना को मुँहतोड़ जवाब देंगे।'

रामकृष्ण वाजपेयी : 'तुम्हारा आत्मविश्वास उचित है। मैं यह प्रयास करूँगा कि तुम्हारी सहायता के लिए बान्धवेश के सैनिक भी युद्ध भूमि तक पहुँचे। यह भी विश्वास रखना कि अब शाही सेनाएँ बुन्देलखंड में अजेय नहीं हैं, हम चाहते थे कि हमें बान्धवेश की फौजी मदद मिल जाए, पर रीवा के सैनिकों की राह देखने के लिए वक्त शेष नहीं है।'

गढ़ा मंडला की सेना ने युद्ध स्थल की ओर कूच कर दिया और तेजी से नदी नाले पार करते हुए तीन दिनों में दुधी नदी के दक्षिणी तट के जंगलों तक पहुँच गए। गोंडों की

सेना ने यह सावधानी पर्याप्त रूप से बरती कि दुश्मन को न तो उनकी शक्ति का अन्दाज लगे और न ही उनकी योजना का। दुधी नदी के दूसरी ओर मुगल सेना थी।

सेनापति अहमद खाँ अपने अफगान घुड़सवार सैनिकों के साथ थे और गंगाधर भट्ट राजपूत घुड़सवार सैनिकों के साथ मुगल सेना के मुकाबले के लिए बढ़े।

देखते ही देखते दोनों सेनाएँ आपस में भिड़ गईं। युद्ध बराबरी का चल रहा था तभी अहमद खाँ की तलवार ने मीर जैना का सिर धड़ से अलग कर दिया। अफगान घुड़सवारों ने मुगल सेना की पश्चिमी रक्षापंक्ति को भेद दिया। दूसरी ओर मीर मनीउल्ला का सामना कर रहे गंगाधर भट्ट को काफी चोटें लग चुकी थीं, फिर भी वे युद्ध में डटे हुए थे। पहाड़ सिंह ने हाथी पर से जैसे ही नरेन्द्रशाह को घोड़े पर सवार देखा तो उसने अपने हाथी को उस ओर दौड़ा दिया परन्तु नरेन्द्रशाह के अंगरक्षकों ने भालों के प्रहार से पहाड़ सिंह के महावत को मार डाला, और फिर पहाड़ सिंह आगे न बढ़ पाया।

तभी मुगल सैनिकों ने युद्ध के बीच फिर से रणभेरी बजा दी और यह अफवाह फैल गई कि एक बड़ी शाही सेना युद्ध स्थल के पास तक पहुँच चुकी है।

इस कथन में कुछ सचाई भी थी। इसी समय युद्ध स्थल से चार कोस दूर दिलेर खाँ के नेतृत्ववाली मुख्य शाही सेना दक्षिण की ओर जा रही थी। दिलेर खाँ ने दो घुड़सवारों को पहाड़ सिंह के पास यह सूचना भेजी थी कि यदि युद्ध समाप्त हो गया हो तो वह शीघ्र ही शाही सेना से आ मिले। पर यहाँ तो युद्ध चल ही रहा था। इस समाचार ने शाही सेना का जहाँ मनोबल बढ़ा दिया, वहाँ गोंड सेना और बड़ी सेना के आक्रमण की आशंका से त्रस्त हो गई और सेनापति अहमद खाँ के न चाहने पर भी वह पीछे हटने लगी। हताश अहमद खाँ को व्यूह रचना के साथ पीछे हटना पड़ा ताकि कम से कम सैन्य हानि हो। नरेन्द्रशाह भी अपने अंगरक्षक घुड़सवार दस्ते के साथ पीछे हटे। तभी गंगाधर भट्ट उनसे आ मिले।

शाम होते-होते पीछे हटती हुई गोंड सेना दुधी के तट से दूर के वनों में फिर से इकट्ठा हो गई। मुगल सैनिकों ने गोंड सेना का पीछा नहीं किया।

युद्ध पूर्व गोंड सेना ने अहमद खाँ के नेतृत्व में जहाँ एक ओर युद्धस्थल की तरफ प्रस्थान किया था वहाँ रामकृष्ण वाजपेयी ने बिना समय खोये बान्धवेश से सैनिक सहायता के लिए एक पत्र लिखा और दो अश्वारोहियों के हाथों रीवा भेज दिया था।

रीवा राजघराने से राजगोंडों से पीढ़ियों के सम्बन्ध थे। हृदयशाह के समय ये सम्बन्ध और अधिक प्रगाढ़ हो गए थे। परन्तु इन दिनों रीवा के बघेल शासक उतने शक्तिशाली न थे जितने कि वे कभी हुआ करते थे। फिर भी, बघेलों ने अपनी मर्यादा को रखते हुए घुड़सवार सैनिकों का एक बड़ा दस्ता ठाकुर केहरी सिंह की कमान में भेज दिया तथा बान्धवेश ने राजा नरेन्द्रशाह की विजय के लिए एक पत्र भी नायक के साथ भेज

दिया। रामनगर में रामकृष्ण वाजपेयी को जब यह सूचना मिली कि बघेल वीरों की टुकड़ी गढ़ा मंडला की सेना की सहायता के निकल पड़ी है तो वे आश्वस्त हुए।

दुधी नदी के किनारे के युद्ध क्षेत्र में तीसरे दिन

युद्ध के मोर्चे पर दोनों सेना के सेनापतियों को धीरे-धीरे यह पता लग गया कि दोनों सेनाएँ सतर्क हैं तो दो-एक दिन लुका छिपी का खेल चला और अन्त में दोनों ओर से युद्ध की तुरही बजा दी गई।

पहाड़ सिंह हाथी पर बैठकर सेना के बीच में खड़ा हो गया उसके दोनों ओर दो लम्बी कतारों में शाही सैनिक आगे बढ़े। मुख्य कमान मीर मनीउल्ला के हाथ में थी। शाही फौज के पैदल सैनिक 'अल्लाह हो अकबर' की आवाज करते आगे बढ़े।

गोंड सैनिकों में पैदलों की सेना एक लम्बी कतार के रूप में शाही सेना का सामना करने बढ़ी। राजा नरेन्द्रशाह बीच में एक अश्व पर सवार थे तथा उनके चारों ओर घुड़सवारों का एक दल था जिसमें सैनिक तलवार और भाला लेकर चल रहे थे। गोंड सेना में घुड़सवारों की संख्या कम थी। विपक्ष की सेना को गोंड सेना का सामना करने के लिए वैसी ही व्यूह रचना करनी पड़ी अर्थात पूरी सेना एक पंक्ति में सामने थी। मुगल सेना को डर था कि पीछे सघन जंगलों में गोंडों के धनुर्धर उन्हें बेमौत मार सकते हैं।

नरेन्द्रशाह पराजित होकर बड़े खिन्न थे, यद्यपि गंगाधर भट्ट उन्हें लगातार समझा रहे थे कि युद्ध में थोड़ा बहुत पीछे हटना पराजय नहीं है। अहमद खाँ ने अपनी सेना के सैनिकों को पुनः इकट्ठा कर लिया था और उनमें नया जोश भरने में वह सफल हो गया था।

तभी नरेन्द्रशाह को समीपवर्ती गाँव के लोगों ने सूचित किया कि शाही लश्कर तो तेजी से आगे बढ़ गया है और अब दुधी नदी के किनारे युद्ध में घायल सैनिक तथा आक्रामक सैन्य टुकड़ी के सैनिक ही बचे हैं। यह सुनकर नरेन्द्रशाह और अहमद खाँ को शान्ति मिली। अब दोनों को यह विश्वास हो गया कि किसी भी हालत में मुगल सैनिक उनका पीछा करने के लिए वनों की ओर नहीं बढ़ेंगे। इस तरह एक दिन और निकल गया तब तक मुख्य शाही लश्कर और बहुत दूर निकल गया। यह गोंड सेना के लिए अच्छी खबर थी। तभी बघेल घुड़सवारों का दस्ता नरेन्द्रशाह की सेवा में उपस्थित हो गया। इस दस्ते के सभी सैनिक तरोताजा थे और युद्ध कौशल में भी किसी से कम न थे। अहमद खाँ तो प्रसन्नता से उछल पड़ा और उसने तलवार उठाकर युद्ध के पहले ही फतह की घोषणा कर दी।

उधर शाही लश्कर युद्ध क्षेत्र से इतना आगे जा चुका था कि पहाड़ सिंह चाहकर भी उसे वापस नहीं बुला सकता था। साथ ही, मुगल सेनापति दिलेर खाँ को उसके

अपने भेजे हुए दोनों घुड़सवारों ने सूचना दी कि राजा नरेन्द्रशाह हार कर भाग चुका है और अहमद खाँ अफगान शाही सेना का मुकाबला न कर सका इसीलिए वह भी जंगलों की ओर भाग गया है। पहाड़ सिंह शीघ्र ही जंगलों में उनको ढूँढ़कर मौत के घाट उतारने का इन्तजाम कर रहा है। दिलेर खाँ इस समाचार को सुनकर प्रसन्न हुआ तथा उसने सेना की गति और अधिक बढ़ा दी।

बघेल घुड़सवार दस्ते के आने के पश्चात् दिलेर खाँ ने बिना वक्त खोये सेना की पुनः व्यूह रचना की और इस बार केतुगाँव के निकट के मैदान में पहाड़ सिंह को युद्ध के लिए ललकारा। इस युद्ध में जैसे ही पहाड़ सिंह हाथी पर चढ़कर आगे बढ़ा, वैसे ही गोंड सैनिकों ने उसे बाणों से छलनी कर दिया और वह हौदे से नीचे आ गिरा। मनी उल्लाखाँ ने कुछ देर अहमद खाँ का सामना किया किन्तु वह भी खेत रहा। मीर जैना, मनी उल्ला खाँ और पहाड़ सिंह के मारे जाने पर पहाड़ सिंह के दोनों पुत्र अब्दुल रहमान और अब्दुल हाजी ने अपने अपने अरबी घोड़ों को एड़ लगाई और युद्ध स्थल से भाग खड़े हुए।

यहाँ अहमद ख़ाँ ने घोषणा कर दी कि हथियार रख देने पर विपक्षी सैनिकों के प्राण बख्श दिए जाएँगे। इस घोषणा का परिणाम यह हुआ कि सारे विपक्षी सैनिकों ने नरेन्द्रशाह की जय जयकार करना प्रारम्भ कर दी। सारे सैनिक गोंड सेना से आ मिले।

विजयी नरेन्द्रशाह जब रामनगर पहुँचे, तब उनका भव्य स्वागत हुआ। राजमाता को मानो फिर से जीवन मिल गया।

परन्तु इस युद्ध में अहमद खाँ और गंगाधर भट्ट को सांघातिक चोटें लगी थीं और सारे प्रयासों के बावजूद दोनों को बचाया न जा सका। उनकी शवों पर वयोवृद्ध रामकृष्ण वाजपेयी ने महाराज नरेन्द्रशाह के साथ पुष्प मालाएँ अर्पित कीं और कहा कि जिस राज्य में इस प्रकार के वीर पुत्र हों उस राज्य का कभी बाल बाँका भी न होगा। रामकृष्ण वाजपेयी मन ही मन यह कह रहे थे कि हे प्रभु यह युद्ध अब अन्तिम और निर्णायक हो, परन्तु सोचने से क्या होता है होता तो वही है जो मंजूरे खुदा होता है। अहमद खाँ की वीरता इतिहास बन चुकी थी।

दुष्चक्र का भेदन

(ईस्वी सन् 1690)

युद्ध में पहाड़ सिंह की पराजय के साथ ही उसके दोनों पुत्र भागकर शाही लश्कर पहुँचे और वहाँ जाकर मुगल सेनापति दिलेर खाँ से सैनिक सहायता माँगी, परन्तु दिलेर खाँ अनुभवी सेनापति था, वह पहाड़ सिंह की मातहती में शाही लश्कर के काफी सैनिक गंवा चुका था, वह भी तब जब पहाड़ सिंह अनुभवी योद्धा था। पहाड़ सिंह की मुगल साम्राज्य की सेवाएँ बादशाह औरंगजेब को ज्ञात थी साथ ही उसे शाही लश्कर से सैनिक सहायता इस कारण भी दी गई थी कि उसने अन्तिम समय में सपरिवार इस्लाम कुबूल कर लिया था। दिलेर खाँ पहाड़ सिंह के दोनों बेटों अब्दुल रहमान और अब्दुल हाजी को सैनिक सहायता देकर बादशाह के सामने उलझन में नहीं पड़ना चाहता था क्योंकि दिलेर खाँ इन दोनों की संदिग्ध वीरता तथा युद्ध में अनुभव की कमी से अवगत था। अतः उसने इनको सलाह दी कि वे सीधे बादशाह सलामत के पास जाकर अपनी फरियाद रखें।

दोनों ने बादशाह औरंगजेब के सामने सैनिक सहायता की याचना की। बादशाह औरंगजेब एक बहुत ही परिपक्व सेनापति भी था। वह किसी भी ऐरे-गैरे के हाथ शाही सेना की कमान भला क्यों सौंपता। फिर भी, बादशाह इन दोनों राजगोंडों के इस्लाम में दीक्षित होने का कुछ इनाम देना चाहता था। अतः उसने इन्हें मुगल सेना की एक सैनिक टुकड़ी शाही मदद के नाम पर देकर रुखसत किया। शाही मदद के नाम पर इन्हें जो कुछ भी मिला था, उससे ये गढ़ा मंडला का राज्य प्राप्त नहीं कर सकते थे, अतः इन्होंने कूटनीतिक षड्यन्त्र रचना प्रारम्भ किया। दोनों ने गढ़ा मंडला राज्य के उन पड़ोसी शासकों अथवा शक्तिशाली जमीदारों से मिलना प्रारम्भ किया जो उनकी शक्ति में वृद्धि कर सकें। प्रत्येक सम्भावित सहायकों को उन्होंने सभी प्रकार के प्रलोभन देना प्रारम्भ कर दिया।

अब्दुल रहमान और अब्दुल हाजी को तीन लोगों से यह वचन प्राप्त हुआ कि वे उन दोनों की सहायता करेंगे। इनमें से दो मुसलमान और एक हिन्दू था। मुसलमानों में बारहा का जमींदार अजीम खाँ था। दूसरा चौरई का जागीरदार लोंडीखान था। ये दोनों अब तक गढ़ा मंडला राज्य के वफादार जागीरदार थे। पर अब्दुल रहमान और

अब्दुल हाजी ने उन्हें अपनी ओर मिलाकर उनसे राज्य के विरुद्ध बगावत का डंका पिटवा दिया। नरेन्द्रशाह की मुसीबतें कुछ और बढ़ीं जब उन्होंने सुना कि गंगाजी पंडित नामक एक मराठा सरदार ने भी धन के लालच में अब्दुल रहमान और अब्दुल हाजी का साथ देने की इच्छा व्यक्त की है।

रामनगर का महल

राजा नरेन्द्रशाह इतना अधिक अकेला कभी महसूस नहीं कर रहे थे जितना कि अब। उनके दोनों वीर सहायक सेनापति अहमद खाँ और गंगाधर भट्ट युद्ध में वीरगति को प्राप्त कर चुके थे। अब उन्हें फिर वृद्ध रामकृष्ण वाजपेयी की याद आई। वे ही इस घोर संकट से गढ़ा राज्य को उबार सकते थे। अतः एक दिन प्रातः राजा स्वयं ही रामकृष्ण वाजपेयी के घर पहुँच गए। यद्यपि रामकृष्ण स्वस्थ नहीं थे, पर फिर भी उनका भजन-पूजन प्रातःकाल से प्रारम्भ होकर पूरे एक प्रहर चलता था। राजा यह जानते थे। अतः ठीक उसी वक्त उनके यहाँ पहुँचे, जब वे पूजा से निवृत्त हो चुके थे।

राजा को आया देख रामकृष्ण वाजपेयी के परिवार ने आदर सम्मान के साथ उन्हें बैठाया। कुछ देर में वाजपेयी उनके पास आकर बैठ गए। रामकृष्ण वाजपेयी ने राजा को पुत्रवत् पाला था, इसलिए अब जब राजा वयस्क हो गए, तब भी उनका स्नेह उन पर यथावत् था। उन्होंने राजा के मुख पर चिन्ता की रेखाएँ देखकर पूछा : 'नरेन्द्र क्या बात है, क्यों परेशान है?'

राजा : 'गुरुजी एक बार फिर हम संकट में घिर गए हैं। इस बार का संकट पहाड़ सिंह के संकट से कम नहीं है।'

वाजपेयी : 'क्या हुआ, क्या कोई दुश्मन फिर से चढ़ाई कर रहा है?'

राजा : 'गुरुजी, एक दुश्मन हो तो कहूँ, चारों ओर से दुश्मन हमें घेरने की कोशिश कर रहा है। इस बार एक नहीं चार दुश्मन हैं। एक होता तो मैं निपट भी लेता, पर चार से कैसे निपटूँ, बुद्धि काम नहीं कर रही है।'

वाजपेयी : 'चार दुश्मन, अरे आज के जमाने में चार दुश्मन कैसे हो सकते हैं। दो ही हो सकते हैं या तो मराठे या मुसलमान। यही दो ताकतवर लोग हैं आजकल।'

राजा : 'हैं तो यही दो, पर वे ही संख्या में चार हो गए हैं।'

वाजपेयी : 'वह भला कैसे?'

राजा : 'गुरुजी दो मुसलमान जागीरदार तो हमारे राज्य के ही हैं, जिन्होंने हमारे खिलाफ बगावत का डंका बजा दिया है।'

वाजपेयी : 'उनकी हिम्मत कैसे हुई।'

राजा : 'पहाड़ सिंह के दोनों लड़कों ने बारहा के अजीम खाँ और चौरई के लोंड़ीखान को अपनी ओर मिला लिया है। पहाड़ सिंह के लड़कों को सुना है कुछ शाही फौज की सहायता भी मिल चुकी है।'

वाजपेयी : 'सभी विधर्मी एकजुट हो रहे हैं।'

राजा : 'विधर्मी ही क्यों गंगाजी पंडित तो ब्राह्मण है, पर है पक्का लुटेरा वह। पहाड़ सिंह के बेटों ने उसे कुछ दे दिलाकर अपनी ओर मिला लिया है। सुना है यदि हग पर आक्रमण होता है तो वह भी उन सबका साथ देगा।'

वाजपेयी : 'तो दुष्ट शक्तियों ने दुरभि सन्धि कर ली है।'

राजा : 'हमारे विरुद्ध पूरा मोर्चा खुल गया है। हम किस-किस से लड़ेंगे? यदि चारों ने एक साथ हमला किया, तब तो राज्य की नाव डूबना तय है।'

वाजपेयी (कुछ सोचते हुए) : नरेन्द्र, बुरे वक्त में भी कहीं न कहीं कोई अच्छाई होती है। कम से कम तुम्हें यह तो पता चला कि तुम्हारे राज्य के गद्दार जागीरदार कौन हैं?

राजा : 'गुरुजी, पर यह ज्ञात होने पर भी हम इनसे कैसे निपटेंगे? यह समझ नहीं आ रहा है। मुगलों को हमने अपनी जमीन दी पर कोई फल नहीं निकला। बादशाह औरंगजेब की शह पर पहले पहाड़ सिंह ने हम पर आक्रमण किया और अब उसके लड़कों ने आक्रमण के लिए हमारे विरुद्ध पूरा एक ब्यूह ही खड़ा कर दिया है।'

वाजपेयी : 'पहली बात, तुम याद रखो कि ये चारों शक्तियाँ अर्थात् पहाड़ सिंह के दो लड़के, बारहा का जागीरदार, चौरई का जागीरदार और पंडित चार अलग-अलग सोच के लोग हैं। यह ठीक है कि वे चारों मिल सकते हैं, पर उनके मिलने में समय लगेगा, तब तक तुम अपनी सेना की उतनी वृद्धि करो जितनी तुम्हारी सामर्थ्य है।'

राजा : 'आपका सुझाव बहुत ही उत्तम है। मैं इस पर अमल करता हूँ, पर हमारी रणनीति क्या हो?'

वाजपेयी : 'इन चारों को तुम चार अलग-अलग शक्ति मानो। वह इसलिए कि इन चारों की पराजय के लिए हमें भी चार शक्तियों की आवश्यकता होगी।'

राजा (आश्चर्य से) : 'चार शक्तियाँ, वे कौन सी चार शक्तियाँ हमारी ओर से लड़ेंगी?'

वाजपेयी : 'जब चार बाहरी शक्तियाँ मिलकर आक्रमण करने की योजना बना रही हों, तब हमें भी उतनी शक्तियों को मिलाकर महाशक्ति बनना होगा। ध्यान रहे कि यह युद्ध लम्बा भी खिंच सकता है।'

राजा : 'लम्बा युद्ध तो हमारे हित में नहीं है?'

वाजपेयी : 'यह सत्य है। पर इससे हम अपनी क्षति को कुछ कम कर सकेंगे, यह तय है।'

राजा : 'गुरुजी, पर हमारी चार शक्तियाँ कौन सी हैं उन्हें। पहले बतलाइए।'

वाजपेयी : 'नरेन्द्र सुनो। जैसा कि तुमने बतलाया कि पहाड़ सिंह के लड़के सबसे पहले पंडित से मिले। क्यों ठीक है न?'

राजा : 'हाँ गुरुजी।'

वाजपेयी : 'यह संधि स्थाई रूप की हो ही नहीं सकती, क्योंकि मराठों और मुगलों में 'मेष-श्वान' वैर है। वे दोनों साथ-साथ कभी नहीं होंगे और यदि किसी लालच में हुए भी तो हमें भी वही लालच पंडित को अपनी ओर मिलाने के लिए देना होगा, अतः सबसे पहले इस व्यक्ति को दुश्मनों के गुट से न केवल तोड़ा जा सकता है, अपितु उसे अपनी ओर मिलाया भी जा सकता है।'

राजा : 'क्या वह हमारी ओर मिल जाएगा?'

वाजपेयी : 'पंडित कभी भी छत्रपति राजाराम की राजनीति के विरुद्ध नहीं जा पाएगा। यदि हमारा आदमी किसी तरह उसे यह विश्वास दिला दे कि यदि उसने मुगलों का साथ दिया तो बात छत्रपति तक पहुँचा दी जाएगी। फिर पंडित की क्या बिसात जो यह जानते हुए हम पर आक्रमण करने के लिए मुगलों से जा मिले। हाँ, इसके साथ ही लुटेरे की मुट्ठी जरूर गरम करनी होगी, क्योंकि लुटेरों का धरम-करम सब कुछ रुपया ही तो है।'

राजा : 'हमारे दरबार में विनायक नाम का एक चतुर व्यक्ति है। उसे इस कार्य के लिए लगाया जा सकता है। पैसे देने में कमी न की जाएगी क्योंकि यदि वह हमारे पक्ष में आ जाए तो हमारी शक्ति निश्चित रूप से बढ़ जाएगी।'

वाजपेयी : 'राजा, तुम भोले हो। भूतों से पूत नहीं मिलते। लुटेरों से राजशक्ति नहीं बढ़ती। वे इस युद्ध में हमारे विरुद्ध न खड़े हों हमारे लिए यही यथेष्ट है। हाँ पंडित ब्राह्मण है, इसलिए गंगाजल की सौगन्ध जरूर दिलवा देना।'

राजा : 'विनायक है तो चतुर। मुझे उम्मीद है कि वह अपने कार्य में सफल होगा। आपने इस लुटेरे का हल बतलाकर समस्या के एक भाग का हल तो सुनिश्चित कर दिया, बाकी समस्या का क्या हल है।'

वाजपेयी (कुछ सोचते हुए) : 'नरेन्द्र हमारी चार शक्तियों में से पहली शक्ति तो कूटनीति की शक्ति है, काँटा से काँटा निकालने की।'

राजा : 'मैं समझा नहीं?'

वाजपेयी : 'यह बहुत सरल है। तुम्हें वही कुछ करना है जो मुगल बादशाह अब तक सफलता पूर्वक कर रहे थे अर्थात् हिन्दू तलवार को दूसरे हिन्दू की तलवार से लड़वाने का कार्य। यहाँ पर तुम्हें एक मुसलमान को दूसरे से लड़वाना है।'

राजा : 'यह तो असम्भव है, हमने सुना है कि दीन-ए-इस्लाम में छोटे बड़े, गरीब अमीर ताकतवर और निर्बल सब एक दूसरे के प्रिय हो जाते हैं। हिन्दुओं की लगातार हार का भी यही कारण है। हमारा साथ कौन मुसलमान देगा?'

वाजपेयी (हँसते हुए) : 'नरेन्द्र तुमने मुल्लाओं की बातों पर कब से विश्वास करना प्रारम्भ कर दिया? अगर यह सच होता तो दिल्ली के तख्त पर बैठनेवाले बादशाह अपने ही रक्तसम्बन्धियों को बकरों की तरह हलाल न करते। फिर अफगानों और दूसरे मुसलमानों में जो युद्ध हुए हैं, क्या वे मुसलमानों के बीच के युद्ध नहीं हैं?'

राजा : 'गुरुजी, यह सब ठीक है परन्तु एक हिन्दू की ओर कौन मुसलमान खड़ा होगा, यह है हमारी वर्तमान चिन्ता।'

वाजपेयी : 'अरे भई नरेन्द्र, वही मुसलमान जो तुम्हारे रिश्तेदार हैं। वे ठीक वैसे ही तुम्हारे लिए लड़ेंगे जैसे राजा मानसिंह अकबर के रिश्तेदार थे और महाराणा प्रताप से लड़े थे। तुम्हारी बड़ी बहन मानकुंअरि बख्त बुलन्द को ब्याही है न। बख्त बुलन्द ने इस्लाम भले ही स्वीकार कर लिया है पर वे तुम्हारे रिश्तेदार पहले हैं। मुसलमान बाद में। फिर इन दिनों औरंगजेब उनके पीछे पड़ा है। उनकी गद्दी छीन ली है। वे भाग रहे हैं। पर फिर भी उनकी अपनी सेना है और शाही सेना से बचते-बचाते जंगलों में घूम रहे हैं। यह अच्छा वक्त है तुम उनकी मदद करो।'

राजा : 'पर हो सकता है उनका बादशाह से समझौता हो जाय।'

वाजपेयी : 'यदि ऐसा हो भी गया तो फर्क नहीं पड़ेगा क्योंकि बादशाह अब दक्षिण की लड़ाइयों में इतना उलझा है कि उसे क्षेत्रीय बारीकियाँ देखने की फुरसत नहीं रहेगी। बख्त बुलन्द तुम्हारा साथ देते रह सकते हैं। हाँ उन्हें भी दक्षिणा देनी पड़ेगी। राजा रहे हैं तो कुछ किले देने पड़ेंगे।'

राजा : 'गुरुजी, तीसरी शक्ति का क्या उपयोग होगा और वह कौन सी होगी। बख्त बुलन्द की सेना और हमारी सेना मिलकर हम विद्रोहियों और पहाड़ सिंह के लड़कों की मुगल सेना का बखूबी सामना कर पाएँगे?'

वाजपेयी : 'राजा को आत्मविश्वास होना चाहिए। तुम्हारी बात सुनकर मुझे प्रसन्नता हुई, परन्तु युद्ध में किन्तु-परन्तु की स्थिति भी बनती-बिगड़ती रहती है।'

राजा : 'विद्रोहियों और हमारे बीच ऐसी कौन सी स्थिति हो सकती है?'

वाजपेयी : 'एक स्थिति यह हो सकती है कि बख्त बुलन्द को सबक सिखाने यदि मुगल सेना ही मानो युद्ध स्थल पर आ जाए तब क्या होगा। मान लो दिलेर खाँ स्वयं ही आ जाए तब तो बख्त बुलन्द उसका सामना न कर पाएगा और वह स्थिति हमारे लिए घातक होगी।'

राजा : 'क्या बादशाह इस सीमा तक जा सकता है।'

वाजपेयी : 'वह किसी भी सीमा तक उतर सकता है। और जब हम संकट को पूरी तरह से मिटाना चाहते हैं तो हमें हर स्थिति का सामना करने के लिए तैयार होना चाहिए।'

राजा : 'यह तो सबसे बड़ी समस्या है। ऐसी स्थिति में जीती हुई बाजी हाथ से जा सकती है।'

वाजपेयी : 'बिना पूरी योजना के युद्धों के निर्णय हमेशा भयावह होते हैं।'

राजा : 'फिर क्या करें?'

वाजपेयी : 'करना क्या है। इस समय की सबसे बड़ी क्षेत्रीय शक्ति से हमें हाथ मिलाना पड़ेगा। वह शक्ति है बुन्देलों की शक्ति।'

राजा : 'परन्तु अब तक हम बघेलों का साथ देते रहे हैं। वे क्या सोचेंगे?'

वाजपेयी : 'समय बदल चुका है। बघेल निस्तेज हैं। और फिर हम उन बुन्देलों से हाथ नहीं मिला रहे हैं, जो कभी गोंडों के दुश्मन थे, हम ओरछा के बुन्देलों से याचना नहीं करेंगे, हमारी याचना पन्ना के उस वीर बुन्देला से होगी जो आपके प्रपितामह के वक्त से गढ़ा मंडला राज्य का शुभेच्छु रहा है। हम क्षत्रियों के सिरमौर वीर छत्रसाल से याचना करेंगे, इस याचना में भी हमारा मान ही बढ़ेगा।'

राजा : 'गुरुजी, पर उनके पास जाएगा कौन?'

वाजपेयी : 'गढ़ा मंडला राज्य और अपने प्रिय राजा के लिए मैं स्वयं छत्रसाल से मिलूँगा और उन्हें गढ़ा मंडला के संकट की वास्तविक जानकारी दूँगा, मुझे पूरा विश्वास है कि वीर छत्रसाल की तलवार हमारे पक्ष में रहेगी और तब किसी भी मुगल सेनापति की हिम्मत नहीं होगी कि वह हमारे इस युद्ध में हमारे दुश्मनों का साथ दे।'

राजा : 'यदि ऐसा हो सके तब तो हमारी विजय सुनिश्चित है, परन्तु चौथी शक्ति कौन सी है?'

वाजपेयी (हँसते हुए) : 'अरे भई जब मनुष्य परिवार की गणना करता है तो स्वयं को थोड़े ही छोड़ देता है। चौथी शक्ति तुम्हारी अपनी दृढ़ इच्छा शक्ति और गढ़ा राज्य की सेना की शक्ति है जो दूसरी सभी शक्तियों के साथ कदम पर कदम मिलाकर चलेगी।'

नरेन्द्रशाह के चेहरे पर मुस्कान आ जाती है।

राजा : 'गुरुजी अब हमें आज्ञा दें ताकि हम अपनी योजना के चारों चरणों पर कार्य कर सकें।'

इस योजना के कार्यान्वयन में वक्त लगा पर योजना ठीक ढंग से पूरी की गई। गंगाजी पंडित के पास विनायक नाम के एक चतुर दूत को भेजा गया। उसे रास्ते में ही पहाड़ सिंह के लड़कों के गुप्तचरों ने पकड़ लिया और कैद कर लिया। उसे काफी शारीरिक कष्ट दिए गए पर उसने भेद न खोला और एक दिन मौका पाकर वह कैद से छूटकर भाग निकला और सीधे गंगाजी पंडित के पास पहुँचा। वह गंगाजी पंडित को यह समझाने में सफल रहा कि उसे मुगलों का साथ नहीं देना चाहिए। उसने वहीं रुककर रामनगर से धन मँगवाकर उसे दिया। गंगाजी पंडित ने प्रसन्न होकर वचन दिया कि वह आड़े वक्त पर गढ़ा मंडला की ओर से युद्ध करेगा। पर इसकी आवश्यकता नहीं पड़ी।

बख्त बुलन्द राजगोंडों के रिश्तेदार थे। इन दिनों औरंगजेब उनसे अप्रसन्न था। गुस्सा और घृणा जाहिर करने के लिए औरंगजेब ने अपने इस पुराने करद राजा का

नाम अब बदल कर 'निगूनबख्त' कर दिया था। बख्त बुलन्द देवगढ़ का राजा था, पर उसे हटाकर औरंगजेब ने उसे बेइज्जत कर दिया था। बख्त बुलंद भी समय की मार झेलते हुए अपनी सेना के साथ जंगलों में घूम रहा था। ऐसी स्थिति में नरेन्द्रशाह का सौहार्द्र उसके लिए बड़ी राहत बनकर आया।

वयोवृद्ध रामकृष्ण वाजपेयी अस्वस्थ होते हुए भी छत्रसाल से मिले। रामकृष्ण वाजपेयी की विद्वता की धाक सारे क्षेत्र में थी। वे सिद्धान्तप्रिय कट्टर वैष्णव माने जाते थे। अपने सिद्धान्त के लिए उन्होंने लोकप्रिय राजा हृदयशाह और उनकी पत्नी सुन्दर देवी का क्रोध झेला था, जिसके कारण उन्हें पद भी गँवाना पड़ा था, पर अपने इस गुण के कारण वे हिन्दू समाज में पूज्य व्यक्ति बन चुके थे। गढ़ा मंडला के राजकुमार नरेन्द्रशाह की जीवन रक्षा के उनके प्रयास पूरे बुन्देलखंड में अब कथाओं के रूप में कहे सुने जाते थे। बुन्देला वीर छत्रसाल मात्र तलवार का धनी न था वह विद्वानों का आदर करना जानता था। उसने वचन दिया कि वह गढ़ा राज्य का बाल बांका भी न होने देगा।

कुछ और राजाओं ने भी खुलकर नरेन्द्रशाह का साथ देने की घोषणा की।

फिर चली युद्धों की शृंखला जो लगभग नौ वर्षों में समाप्त हुई कभी बख्त बुलन्द की सेना के साथ गढ़ा मंडला की सेना युद्ध क्षेत्र में शत्रु का सामना कर रही होती तो कभी छत्रसाल की बुन्देली सैन्य टुकड़ियों के साथ। फतेहपुर जागीरदारी के कुछ जागीरदारों ने भी नरेन्द्रशाह के लिए अपनी पूरी शक्ति झौंक दी।

बख्त बुलन्द ने वीरता के साथ युद्ध लड़े। पहला युद्ध सिवनी के निकट हुआ, जिसमें चौरई का जागीरदार लोंड़ी खाँ लड़ते हुए मारा गया, दूसरा बड़ा युद्ध गंगई खलरी में हुआ जिसमें बारहा का जागीरदार सुंडे खाँ खेत रहा।

यह युद्ध काफी दिनों तक चला क्योंकि अब्दुल रहमान और अब्दुल हाजी ने अपनी सारी शक्ति इसमें झौंक दी थी। यह एक निर्णायक युद्ध था। इसमें गढ़ा मंडला के सारे दुश्मन अजीम खाँ, अब्दुल हाजी तथा अब्दुल रहमान मारे गए। इस युद्ध में पहाड़ सिंह के दोनों पुत्रों के मारे जाने के साथ ही गढ़ा मंडला के दुश्मनों का जड़ से सफाया हो गया। इस युद्ध में राजपूत और गोंड सैनिकों के अतिरिक्त पाँच सौ अफगान सैनिक तथा दूसरे मुसलमान सैनिक खेत रहे।

यह युद्ध पहाड़ सिंह की मृत्यु के लगभग नौ वर्ष बाद हुआ, किन्तु इस निर्णायक युद्ध में नरेन्द्रशाह के सारे बड़े दुश्मनों का सफाया हो गया।

युद्ध के कुछ महीनों बाद

नरेन्द्रशाह अपनी पत्नी सोन कुँअरि से वार्ता कर रहे थे।

'महाराज, युद्ध में सभी देवताओं को भोग लगाना पड़ा होगा? किसको कितना देना पड़ा?' महारानी ने पूछा।

नरेन्द्रशाह : 'क्या बतलाएँ, राज्य का बड़ा भाग हाथ से निकल गया, पर यह कहो कि राज्य बच गया। जीजा बख्त बुलन्द को चौरई, डोंगरताल और घुंसौर इस तरह तीन महाल दे दिए हैं। महाराज छत्रसाल को गढ़ा पहरा, इटावा, रहली, खिमलासा और दमोह। इस तरह पाँच महाल अर्पित किए। इसी तरह फतेहपुर जागीरदारी के लड़ाकों को सांडिया, चौरासी और छातेर मैंने दे दिए हैं।'

सोनकुँअरि : 'काश गुरुजी, हमारी विजय को देखने लिए जीवित होते।'

नरेन्द्रशाह : 'उनका आशीर्वाद ही है कि हम आज सब ओर से सुरक्षित हैं। हमने उनके रिश्तेदार भोपतिराय वाजपेयी को दीवान बनाकर उनके प्रति अपनी श्रद्धा प्रकट की है।'

सोनकुँअरि : 'पर महाराज, राजनीति में स्थानापन्न कहाँ होते हैं। एक व्यक्ति का जो व्यक्तित्व होता है, उसका पुत्र भी उसी व्यक्तित्व का हो, यह तो देखने में कम ही आता है।'

नरेन्द्रशाह : 'महारानी, आप सौ टके की बात कह रही हैं। मैं खुद उलझन में हूँ क्योंकि मुझे लगता है। राज्य को किसी नए दीवान की आवश्यकता है।'

सोनकुँअरि : 'महाराज आप राज्य के प्रति इतने समर्पित हैं। यह तो ठीक है, पर कभी घर की ओर भी ध्यान कर लिया करें।'

नरेन्द्रशाह : 'महारानी, हमने ऐसी कौन सी गुस्ताखी की है, जो आप ऐसा कह रहीं हैं।'

सोनकुँअरि : 'महाराज, घर का अर्थ घरवाली और सन्तान ही नहीं है। अपने समाज में परिवार के अन्तर्गत बहन भाई सभी आते हें। आपकी छोटी बहन विवाह योग्य हैं कब तक बैठाये रहेंगे लाड़ली को घर में? अब तो राज्य निष्कंटक है। अच्छा अवसर है किसी अच्छे राजकुमार को ढूँढिए और दानकुँअरि के हाथ पीले कर दीजिए।'

नरेन्द्रशाह : 'काश इस कार्य को भी हम अपनी बड़ी बहन मानकुँअरि और जीजा बख्त बुलन्द को सौंप सकते।'

सोनकुँअरि : 'जो कुछ घटित हो चुका उसे भूल जाइए, भविष्य में हमारे बड़े जीजा का परिवार अब हमारा मित्र ही रह पाएगा, सम्बन्धी नहीं उनके सम्बन्धियों से हमारे सम्बन्ध तो कभी हो ही नहीं सकते। यह तो आप भी जानते हैं।'

नरेन्द्रशाह : 'हाँ, यही तो विधि की विडम्बना है।'

नियति चक्र

(सन् 1700 ईस्वी)

राजा नरेन्द्र शाह ने युद्धों की शृंखला जीतकर स्वयं की स्थिति अनेक तरह से मजबूत कर ली थी। राज्य के दक्षिणी भाग में अब उनके बहनोई बख्त बुलन्द की तूती बोल रही थी तो उत्तर पश्चिम में बुन्देला छत्रसाल की ओर से उसे अभय प्राप्त हो गया था। उत्तर पूर्व में बघेल राजाओं से जो सौहार्दपूर्ण सम्बन्ध पीढ़ियों से कायम थे उन्हें नरेन्द्रशाह ने कभी भी कमजोर नहीं होने दिया था। यह अवश्य था कि पिछले कुछ वर्षों में उसके अनेक विश्वस्त लोग एक एक कर चल बसे थे। किसी ने युद्ध में वीरगति पाई थी तो कोई वार्धक्य के कारण। अब उनके सिर पर रामकृष्ण वाजपेयी का हाथ न था, न तीव्र मेधा के धनी गंगाधर भट्ट उनके साथ थे और न ही असंग्धि स्वामिभक्त अहमद खाँ उनके साथ था। मृत्यु ने इन सबको उससे छीन लिया था। यही वह समय था जब नरेन्द्रशाह को सभी महत्त्वपूर्ण निर्णय अब स्वयं लेने थे। अब राज्य के दीवान खिजिर खाँ (खिज्र खाँ) थे। नरेन्द्रशाह ने राज्य में अनेक अधिकारी नियुक्त किए थे जिनमें ताराचन्द, उदैभानु, गोपालपति, रायसिंह, त्रिभुवन, भागवत, साहिबराय, अनूपसिंह और कमलनयन प्रमुख थे। ब्राह्मणों में वाजपेयी ब्राह्मणों की प्रधानता थी। वह इसलिए भी कि अब तक राजगोंडों के कुल में अनेक वाजपेय यज्ञ हो चुके थे और इन यज्ञों को करानेवाले ब्राह्मण अर्थात् वाजपेयी ब्राह्मणों की सन्तानें भी पैदायशी 'वाजपेयी' थीं। वाजपेय यज्ञ राजा कराते थे। अतः वाजपेयी ब्राह्मण राजकुलों के अधिक निकट थे और इसीलिए उन्हें राज्य की सेवा में अवसर भी मिल जाता था परन्तु पुराने समय से ही अन्य वर्णों के लोगों को यहाँ तक कि मुसलमानों को भी उच्च राजकीय पद प्राप्त हो सकते थे। राजगोंड राजाओं के राज्य में अनुवांशिक राज्याधिकारियों की संख्या बहुत कम रही है। राज्य के प्रति निष्ठा एवं योग्यता के बिना कोई भी व्यक्ति उच्च पद का अधिकारी नहीं हो सकता था। राजगोंडों के राज्य में राजज्योतिषी का भी एक महत्त्वपूर्ण राज पद हुआ करता था।

रामनगर का राजदरबार

राजा नरेन्द्रशाह सिंहासन पर बैठे हुए हैं और सभासद राज्य से सम्बन्धित अपनी अपनी बात कह चुके हैं। इसके पश्चात् राजज्योतिषी कुछ कहना चाहते हैं, अतः

राजा से आदेश माँगते हैं। इन दिनों राजज्योतिषी का पद खड्गेश्वर ज्योतिषी सुशोभित कर रहे हैं। उनका परिवार ज्योतिष ज्ञान के लिए सारी नर्मदा घाटी में विख्यात है। खड्गेश्वर ज्योतिषी अब सत्तर वर्ष से ऊपर के हैं। अतः सहायता के लिए सदैव अपने अनुज इन्द्रमणि ज्योतिषी को साथ रखते हैं। इन्द्रमणि ज्योतिषी भी चौथेपन की ओर बढ़ चुके हैं, पर उनका स्वास्थ्य अपने अग्रज की तुलना में बहुत अच्छा है।

नरेन्द्रशाह : 'पंडितजी, आपको हमसे आदेश लेने की भला क्या आवश्यकता, हम तो स्वयं ही आपसे आदेश लेकर सभी नए कार्य करते हैं।'

राजज्योतिषी जानते हैं कि राजा केवल औपचारिक रूप से यह बोल रहे हैं। उन्हें ठकुर सुहाती बहुत पसन्द है, स्वभाव में भी वे धीर-गम्भीर व्यक्ति न होकर थोड़े में प्रसन्न और थोड़े में क्षुब्ध हो जानेवाले व्यक्ति हैं। एक दिन जब उन्होंने अपने छोटे भाई इन्द्रमणि के साथ राजा की कुंडली देखी थी तभी उन्होंने यह देख लिया था कि इस अस्थिरता का मुख्य कारण उसकी कुंडली ग्रह-दशा ही है। पर क्या करें राजज्योतिषी हैं और जब राजकोष से दक्षिणा प्राप्त होती है तो अपना कर्तव्य भी पूरा करना पड़ता है।

खड्गेश्वर ज्योतिषी : 'महाराज, यह आपकी उदारता है, जो आप हमें यह आदर दे रहे हैं।'

नरेन्द्र शाह (प्रसन्न होकर) : 'पंडितजी, यदि आप उचित समझें तो महल में पधारें। परिवार के अन्य सदस्य भी आपसे कुछ न कुछ पूछने को सदैव ही उत्सुक रहते हैं। उनके प्रश्नों के उत्तर भी मिल जाएँगे।'

खड्गेश्वर ज्योतिषी : 'महाराज की आज्ञा शिरोधार्य है। कल प्रातः ही इन्द्रमणि राजमहल पहुँच जाएँगे। राजपरिवार जो भी पूछना चाहे सो पूछ सकता है।'

इतना कहकर वे इन्द्रमणि की ओर देखते हैं। इन्द्रमणि ज्योतिषी अपने भाई की आज्ञा को सुनकर सहमति में सिर हिला देते हैं और राजा से कहते हैं। 'माननीय अग्रज ने कल प्रातः पहुँचने का आदेश इसलिए दिया है क्योंकि ज्योतिषीय दृष्टि से प्रश्नोत्तर के लिए वह समय सर्वोत्तम माना जाता है।'

राजा नरेन्द्रशाह मन ही मन चाहते थे कि इन्द्रमणि ही महल में आएँ क्योंकि उन्हें और उनके परिवार को उनकी वार्ताशैली बहुत पसन्द थी। फिर उनका ज्योतिषीय ज्ञान भी अपने बड़े भाई से कुछ कम न था। खड्गेश्वर की भविष्यवाणियों पर आज तक किसी ने उंगली न उठाई थी, पर वे स्वभाव से रूक्ष थे। यद्यपि मीठा बोलने की कोशिश करते थे, फिर भी बहुत मीठा नहीं बोल पाते थे। उनकी हँसी तो सदैव ही बनावटी लगती पर फिर भी ज्ञान के क्षेत्र में वे अग्रणी व्यक्ति थे, इसलिए आदर के पात्र थे।

नरेन्द्रशाह : 'हाँ, पंडितजी आप जो भी कहना चाहते हैं कहें।'

खड्गेश्वर : 'महाराज, जब मैं यहाँ पर कुछ बोलने जा रहा हूँ तो वह राज्य के सम्बन्ध में ही है, किसी व्यक्ति विशेष के सम्बन्ध में नहीं है। किन्तु राजा राज्य के सभी निर्णय लेता है इसलिए आपके सामने ही मुझे अपनी बात रखनी है। अपनी बात को मैंने राजदरबार में इसलिए रखना उचित समझा कि आप प्रजापालक नरेश हैं और राजकीय कार्यों में आपने अधिक से अधिक लोगों को सहभागी बनाया है। मैं जिस विषय पर बोलने जा रहा हूँ उस पर आप अनेक लोगों के विचार सुनना चाहेंगे।'

'मेरा निवेदन आप ध्यान से सुनें कि मैं जो कुछ कहने जा रहा हूँ वह ज्योतिषीय गणना के आधार पर है। मेरा कथन राजनीति या अर्थनीति के सन्दर्भ में न लिया जाए।' इतना कहकर उन्होंने राजा की ओर देखा।

नरेन्द्रशाह : 'पंडितजी, आप निश्चिन्त होकर अपनी बात दरबार के सामने रखें।'

खड्गेश्वर ज्योतिषी : 'महाराज, पिछले कुछ दिनों से मैंने ज्योतिषीय दृष्टि से आपकी और 'रामनगर' की कुंडलियों का अध्ययन किया है और मैंने यह पाया है कि इन कुंडलियों में कहीं कोई मेल नहीं है। कदाचित् इसलिए भी आप बाल्यकाल से लेकर आज तक इस राजधानी में चैन से नहीं रह पाए। अभी-अभी शत्रुओं का जो शमन हुआ भी है, यदि आप रामनगर में ही रहेंगे तो सूर्य की महादशा में सफल तो अवश्य रहेंगे, परन्तु आपको वह सुख शान्ति सम्भवतः न मिल सके जिसके कि आप हकदार हैं। अतः मेरी सलाह है कि आप अपनी राजधानी अन्यत्र कहीं भी ले जाएँ। वह आपके लिए हितकारी होगा।'

खड्गेश्वर ज्योतिषी की भविष्यवाणी सुनकर राजसभा में सन्नाटा छा गया। किसी की हिम्मत नहीं थी कि राजज्योतिषी की भविष्यवाणी का प्रतिवाद करे। खड्गेश्वर ज्योतिषी राजगोंड परिवार के सदस्यों की जन्मकुंडलियाँ सम्हाल कर रखते थे। यही कारण था कि उन्होंने हरीसिंह की आपात् मृत्यु के सही समय की घोषणा पहले से ही कर दी थी जो कि एकदम ठीक साबित हुई थी। उन्होंने गंगाधर भट्ट जो कि उनके पूर्व परिचित थे के अल्पायु होने की बात उनसे बहुत पहले कह दी थी।

राजज्योतिषी के ज्योतिषीय ज्ञान से नरेन्द्रशाह पहले भी अनेक बार लाभान्वित हो चुके थे, इसलिए उनके अविश्वास का प्रश्न ही नहीं था। राजा नरेन्द्रशाह तो खैर कुछ न बोले। उन्हें चुप देख राज्य के अन्य अधिकारी और सभासद सभी चुप रहे। बहुतों को राजज्योतिषी की यह भविष्यवाणी ठीक न लगी क्योंकि वे एक ऐसी बात कर रहे थे जिसके कारण राज्य पर अनावश्यक खर्च बोझ बढ़नेवाला था। फिर रामनगर राजगोंडों की प्रतिष्ठा का चिह्न भी था। यह अकेला ऐसा महानगर था जिसे समकालीन स्थापत्य को ध्यान में रखकर बसाया गया था। सब कुछ सुन्दर था। चौड़े रास्ते, भव्य महल, बाग-बगीचे, शानदार पोलो मैदान, उत्तम बाजार क्या नहीं था, इस नगर में। ज्योतिषी की एक बात पर यह सब कुछ यहीं रह जाना था और फिर एक नए ठौर को ढूँढ़ना था।

दरबार में राजा नरेन्द्रशाह कुछ ऐसा नहीं बोलना चाहते थे जिससे राजज्योतिषी की प्रतिष्ठा में आँच आए, क्योंकि इस समय उनका कुछ भी पूछना राजज्योतिषी के ज्योतिष ज्ञान पर प्रश्नचिह्न उठाना होता, परन्तु वे यह भी अनुभव कर रहे थे कि सभा में बहुत से लोग यह जानते हुए भी कि राजज्योतिषी की भविष्यवाणियाँ सटीक हुई हैं। इस भविष्य वाणी से असन्तुष्ट से हैं, यद्यपि प्रकट में वे कुछ बोल नहीं पा रहे हैं।

महाराज ने इसका हल ढूँढ़ा और उन्होंने घोषणा की : 'राजज्योतिषी खड्गेश्वरजी की भविष्यवाणियों पर सारा राजपरिवार पूर्ण विश्वास रखता है, परन्तु जहाँ तक राजधानी परिवर्तन की बात है, वह प्रजा से भी सम्बन्धित है अतः हम अपने सभासदों और प्रजाजनों से कहना चाहते हैं कि पंडितजी के इस ज्योतिषीय निर्णय पर किसी को आपत्ति हो या फिर कोई उससे सम्बन्धित प्रश्न पूछना चाहे तो वह अपने प्रश्न पूछने के लिए स्वतंत्र है।'

राजसभा में खुसफुसाहट बढ़ी पर प्रश्न पूछे कौन, कोई भी आगे नहीं आना चाहता था, भले ही महाराज ने प्रश्न पूछने की इजाजत दे दी हो।

सभा में व्याप्त चुप्पी को तोड़ा दीवान खिज्र खाँ ने। उसने खड़े होकर कहा : 'पंडितजी, हमारी बात को गैर न समझें। हम कुंडली पर इत्तफाक करने या न करने की बात नहीं कह रहे वरन् हम यह कहना चाहते हैं कि हमने अब तक आदमियों की कुंडली की बात तो सुनी थी, पर शहरों की कुंडली की बात हमारे लिए नई है। क्या इस पर कुछ रौशनी डालेंगे?'

खड्गेश्वर ज्योतिषी जो स्वभाव से ही थोड़ा कटु बोलनेवाले व्यक्ति थे। सामने दीवान को पाकर वाक्य को मीठा बनाने की कोशिश करते हुए बोले : 'दीवान साहब, अच्छा हुआ आपको इतना तो मालूम है कि आदमियों की कुंडली होती है। थोड़ा और सोचिए तो सब कुछ स्पष्ट हो जायेगा। आदमी की कुंडली या जन्म कुंडली इसलिए होती है कि जब पैदा होता है तब ग्रहों की स्थिति क्या होती है ज्योतिष में यह मायने रखते हैं, इसी तरह जब वह नगर बसाया जाता है तब उसका मुहुर्त निकाला जाता है वह उसका जन्म समय होता और जब उसका जन्म समय होता है तब उसकी जन्म कुंडली भी बन जाती है। अब आप दूसरा प्रश्न पूछेंगे वह कि आदमी और नगर की कुंडली में सम्बन्ध कैसा? उसका उत्तर है कि हर पैदा हुए आदमी का सम्बन्ध विश्व की उस हर वस्तु से होता है। जिससे उसका सम्बन्ध हो अब यदि उस व्यक्ति का जन्म समय पता हो जाय तो यह भी पता लग जाता है कि वह वस्तु सम्बन्धित व्यक्ति के लिए शुभ होगी या अशुभ।'

दीवान खिज्र खाँ : 'इसका मतलब तो यह हुआ कि एक शहर एक के लिए अच्छा हो सकता है तो दूसरे के लिए बुरा।'

खड्गेश्वर ज्योतिषी : 'बिल्कुल ठीक समझे दीवान साहब ऐसा ही होता है। इसीलिए एक नगर में आने पर जहाँ एक आदमी के भाग्य खुल जाते हैं तो दूसरों के भाग्य का दिया कभी-कभी बुझ भी जाता है।'

चतुर दीवान समझ चुके थे कि ज्योतिषी ने यह व्यंग्य उन्हीं के ऊपर किया है फिर भी हिम्मत न हारते हुए बोले : 'परन्तु पंडितजी, स्वर्गीय महाराज हृदयशाह से लेकर अब तक तो रामनगर राजकुल की सभी पीढ़ियों के लिए उत्तम रहा है। कहीं ऐसा तो नहीं है कि नया नगर उसी के लिए अधिक शुभ होता हो जिसने उसे बसाया है।'

खड्गेश्वर ज्योतिषी : 'दीवान साहब आपने बहुत से प्रश्नों को एक साथ गूँथ दिया है। पहली बात तो यह कि जब हम यह कहें कि कोई स्थान हमारे लिए शुभ है या अशुभ फलकारी है तो उसका विस्तृत विश्लेषण जरूरी होता है। राजपरिवार इसका विश्लेषण स्वयं कर सकता है। इसके लिए उसे दूसरे व्यक्ति के विश्लेषण की आवश्यकता नहीं है। दूसरे प्रश्न का उत्तर यह है कि यह कहीं कोई ज्योतिषीय नियम नहीं है कि कोई भी नया नगर या नया आवास उसके निर्माता के लिए शुभ होगा या अशुभ सब कुछ ग्रहों और राशियों की स्थिति पर निर्भर है। क्या आप नहीं जानते मुगल बादशाह जलालुद्दीन मुहम्मद अकबर ने एक नई शानदार राजधानी फतेहपुर सीकरी में बनाई थी पर उसका हस्र क्या हुआ? क्या आप नहीं जानते कि अकबर से लेकर हमारे वर्तमान बादशाह औरंगजेब के वक्त तक कितनी बार मुगल साम्राज्य की राजधानी आगरा से दिल्ली बदली? मैं तो यही कह रहा हूँ कि ज्योतिष आपको शुभाशुभ संकेत देता है, उस पर अमल करना न करना व्यक्ति पर निर्भर करता है।'

दीवान खिज्र खाँ को टका-सा उत्तर मिल गया था। अतः वे चुप हो गए। अब किसी की भला क्या हिम्मत थी जो कि बूढ़े ज्योतिषी से और प्रश्न करे।

नरेन्द्रशाह : 'हमें राजज्योतिषी की बात पर गौर करना है अतः अगले सप्ताह तक हम जन प्रतिनिधियों और राजकीय अधिकारियों से मिलकर इस विषय पर अन्तिम निर्णय लेंगे।'

यह कहकर सभा विसर्जित कर दी गई।

रामनगर का रंग महल

महाराज नरेन्द्रशाह और उनकी पत्नी सोनकुँअरि शीत ऋतु की प्रातःकाल की धूप का आनन्द ले रहे थे। तभी रानी ने परिचारिका से कहा कि क्या बात है राजकुमारी अभी तक नहीं आईं, उन्हें सूचित करो कि छोटे ज्योतिषी आ रहे हैं। परिचारिका ने उत्तर दिया कि वह उनके पास ही आ रही है राजकुमारी प्रातःकाल की पूजा सम्पन्न कर शीघ्र ही उपस्थित हो रही हैं।

रानी : 'उसकी आवश्यकता नहीं है। इन्द्रमणि जब भी यहाँ आते हैं तब उनके साथ पूरे राजपरिवार की कुंडलियाँ रहती हैं।'

तभी राजकुमारी दानकुँअरि आ जाती हैं और पूछती हैं कि उन्हें किसलिए याद किया। पर भावज विनोद से कहती हैं कि कुछ दिनों में पता नहीं फिर वे कितनी देर बाद अपनी प्रिय ननद से मिल पाएँगी इसलिए प्रातः की इस सुन्दर बेला में उन्हें पास में बैठने के लिए ही बुलाया गया है। राजकुमारी प्रसन्न होती हैं। उसके भाई और भावज का व्यवहार उसके प्रति बहुत ही स्नेहमय है।

राजा : 'दोनों बच्चे कहाँ हैं।'

रानी : 'दोनों की उम्र खेलने कूदने की है। दोनों अल्पाहार करके खेल कूद रहे हैं।'

राजा : 'उन्हें नहीं बुलाया।'

रानी : 'अरे बच्चों के पेट में बात नहीं रहती। हम ज्योतिषीजी से कुछ निजी बातें करना चाहते हैं।'

राजा (परिहास से) : फिर दानकुँअरि को क्यों बुला लिया?'

दानकुँअरि सब समझती है, उसे ज्योतिषी से पूछे जाने के विषय में पता है इसलिए शरमाकर रह जाती है।

तभी परिचारक ज्योतिषी इन्द्रमणि को लेकर आ जाते हैं। महारानी उन्हें बैठने को कहती हैं। इन्द्रमणि आकर उपस्थित लोगों को आशीर्वाद देते हैं और आसन ग्रहण करते हैं।

राजा : 'पंडितजी, कल राजदरबार में बड़े पंडितजी की बातों ने लोगों को परेशान कर दिया है।'

इन्द्रमणि : 'महाराज, जो कुछ भी कल कहा गया है वह ज्योतिषीय गणना के आधार पर है, निर्णय आपको लेना है।'

राजा : 'सर्वसम्मति से हम यह निर्णय लेना चाहते हैं। इसलिए प्रजा के प्रमुख लोगों से हम स्वयं वार्ता करेंगे तभी कोई निर्णय लेंगे।'

इन्द्रमणि : 'यही उचित है, महाराज।'

राजा : 'हमारी रानी साहिब की बड़ी इच्छा हो रही थी कि हम लोग अपनी कुछ चिन्ताएँ कम करें, आपके ज्योतिष ज्ञान के द्वारा।'

यह कहकर राजा पास में बैठी दानकुँअरि को देखते हैं।

इन्द्रमणि (राजकुमारी की ओर देखकर) : 'हाँ महाराज, यह आपका सबसे बड़ा दायित्व है, मैं राजकुमारी की कुंडली लाया हूँ।' इन्द्रमणि अपनी रेशमी पोटली से राजकुमारी की कुंडली निकालते हैं और उसे ध्यान से देखकर मुस्कुरा उठते हैं।'

महारानी : 'पंडितजी, किस दिशा की ओर अपनी ननद के वर को खोजने के लिए दूत भेजें ताकि अतिशीघ्र सफलता मिले और कब विवाह का योग है यह भी बतलाएँ।'

इन्द्रमणि : 'किसी दिशा में किसी दूत को भेजने की अब जरूरत नहीं है महारानी जी। राजकुमारीजी का भाग्य बहुत प्रबल है। उनके ग्रह उनके होनेवाले वर को यहीं खींचकर ले आएँगे। किसी यत्न प्रयत्न की आवश्यकता नहीं है सब कुछ पूर्व निर्धारित है। न कहीं जाने की आवश्यकता है और न किसी को भेजने की। राजकुमारी दानकुँअरि का बृहस्पति इतना प्रबल है कि अगले छह माह के भीतर ही राजकुमारी का परिणय हो जाएगा।'

राजा (आश्चर्य से) : 'पंडितजी, कैसी बातें कर रहे हैं? छह माह में विवाह हो जाएगा, वह भी तब जब हमने अब तक न तो वर को देखा और न कहीं बात ही चलाई है।'

इन्द्रमणि : 'महाराज, कुछ करिए भी नहीं, दानकुँअरि को घर बैठे इतना सुन्दर और सुशील वर मिलेगा जो आपकी कल्पना में भी नहीं होगा।'

राजा : 'अच्छा, पर वह मिलेगा कैसे? कुछ तो यत्न करना पड़ेगा।'

इन्द्रमणि : 'नहीं महाराज कुछ भी नहीं, केवल दानकुँअरि मेरे बतलाये हुए मंत्र का जाप करें तथा सोमवार को प्रातःकाल विल्वपत्रों से भगवान शिव की पूजा करें।'

महारानी :'पंडितजी, अच्छा यह बतलाइये कि इनकी ससुराल किस दिशा में होगी।'

इन्द्रमणि (गणना कर) : 'पूर्व दिशा में और हमारे रामनगर से काफी दूर होगी।'

राजा : 'परिवार कैसा होगा?'

इन्द्रमणि : 'श्रेष्ठ उत्तम कुल का और अत्यन्त सम्पन्न।'

राजा : 'सब कुछ इतनी सरलता से हो जाए, यह तो हमारे जीवन में कभी नहीं हुआ। फिर यह कैसे हो रहा है।'

इन्द्रमणि : 'भाग्य सर्वोपरि है महाराज, यहाँ पर राजकुँअरि का भाग्य प्रबल है। विग्रह का योग भी है, पर उसका इतना अच्छा निराकरण होगा कि आप विस्मित हो जाएँगे।'

महारानी (दानकुँअरि को पास बैठाते हुए) : 'मेरी प्यारी ननद सदा सुखी रहे, यही हमारी कामना है।'

दानकुँअरि शरम से लाल हो जाती है।

इसके पश्चात् वह महल के सामने बने चबूतरे पर बने शिवलिंग पर एक सौ आठ विल्व पत्र प्रति सोमवार को प्रातःकाल चढ़ाने लगी। इस कार्य में उनकी भावज भी उनका साथ देतीं। वे भी उनके साथ जाकर शिव अर्चना करतीं। साथ ही इन्द्रमणि के द्वारा दिया गया मंत्र का जाप भी पूरे मनोयोग से करती।

इसके पश्चात् घटनाक्रम तेजी से घूमता है। रतनपुर रियासत जो गढ़ा मंडला राज्य के पूर्व में थी, के राजकुमार रायसिंह से नरेन्द्रशाह को युद्ध करना पड़ता है। नरेन्द्रशाह ने सेना की कमान हजारी खाँ को सौंपी और साथ में वासुदेव वाजपेयी को

भी भेजा। रतनपुर और गढ़ा मंडला की सेनाओं में युद्ध हुआ और राजकुमार रायसिंह को बन्दी बना लिया गया। रतनपुर से मंडला की यात्रा में वासुदेव वाजपेयी ने यह अनुभव कर लिया कि राजकुमार न केवल सुदर्शन व्यक्ति हैं वरन् वे वीर एवं बुद्धिमान व्यक्ति भी हैं। रतनपुर का युद्ध निश्चित ही वैर बढ़ानेवाली घटना थी परन्तु वासुदेव वाजपेयी ने विचार किया कि इस युद्ध को मैत्री में भी बदला जा सकता है। परिणाम यह हुआ कि रायसिंह बन्दी तो बनाए गए परन्तु वासुदेव वाजपेयी ने उन्हें राजकुमार का पूरा सम्मान दिया और उन्हें रामनगर तक कुछ इस प्रकार लाया गया कि उनके सम्मान को ठेस न लगे। राजकुमार रायसिंह ने गोंडों के बर्बर व्यवहार की कहानियाँ तो सुनी थीं, पर उनके द्वारा इतना सौहार्दपूर्ण व्यवहार उनके मन को छू गया।

चतुर वासुदेव वाजपेयी ने हरकारे भेजकर यह व्यवस्था कर दी कि जब रायसिंह रामनगर पहुँचे तब असावधानी से भी उनका अपमान न हो। उनके रहने की उचित व्यवस्था भी उन्होंने करा दी। रायसिंह को एक सजे हुए आवास में सैनिकों की निगरानी में छोड़कर जब वासुदेव महाराज से मिले तो महाराज ने कैदी के लिए इतना सब करने के लिए उनसे जवाब तलब किया।

वासुदेव वाजपेयी ने सीधे ही कहा कि महाराज समय की नजाकत समझें इतना सुन्दर सुशील और वीर क्षत्रिय राजकुमार हमारी गिरफ्त में है। उसे हम दुश्मन न बनाकर अपना सदैव के लिए मित्र भी बना सकते हैं। यदि वे उसे देखकर अपनी बहिन के लिए उपयुक्त वर समझें तो दो राज्य मित्रता के सूत्र में बँध सकते हैं।

महाराज को वाजपेयी की बात में दम लगा। महाराज ने भी कैदी को और अधिक सुविधाएँ प्रदान कर दीं, किन्तु पहरा कड़ा ही रखा। रायसिंह की दिनचर्या से राजा को ज्ञात हुआ कि वे रोज प्रातः कुछ देर ध्यान तथा पूजा करते हैं। सोमवार को राजा ने इन्द्रमणि ज्योतिषी को बुलाकर कहा कि वे साधारण पंडित के रूप में जाकर खुले चबूतरे पर जो शिवालय बना है वहाँ बन्दी को ले आएँ और उससे रुद्राभिषेक कराएँ। रुद्राभिषेक में वैसे भी काफी वक्त लगता है। वासुदेव वाजपेयी ने रामनगर आते ही रायसिंह का क्षौर कर्म करवा दिया था। साथ ही, उनके स्नानादि की उत्तम व्यवस्था कर दी थी तथा उनके लिए कीमती कौशेय वस्त्र भेज दिए थे ताकि पूजा के वक्त उन्हें धारण कर सकें।

इस सोमवार को प्रातः जब राजकुमारी दानकुँअरि और महारानी पूजा स्थल पर पहुँची तो देखा कि वहाँ पर एक गौर वर्ण का सुन्दर और वलिष्ठ युवक सुन्दर रेशमी धोती पहने तथा कन्धे पर अंगवस्त्र धारण किए हुए मन्त्रोच्चार कर रहे हैं। राजकुमारी तो इस युवक को देखकर मानो अपनी सुधि ही खो बैठी, भावज ने धीरे से उसका ध्यान अपनी ओर जब दिलाया तो उसका चेहरा लज्जा से आरक्त हो गया। उन दोनों ने यह भी देखा कि सैनिकों का मजबूत पहरा उसके चारों ओर लगा है।

इन्द्रमणि अब तक पूरी पूजा करा चुके थे, युवक ने भगवान के पैर पड़ने के बाद इन्द्रमणि को पुरोहित मानते हुए पैर पड़े और इसके बाद उसने अपने हाथ से सोने का एक कड़ा उतारते हुए उन्हें दान में देना चाहा, यह देखकर इन्द्रमणि एक क्षण के लिए अवाक् हो गए क्योंकि ऐसा दान राजकुल के संस्कारी युवक से ही अपेक्षित हो सकता है।

ननद और भावज को युवक ने अब तक नहीं देखा था, यद्यपि वे पास ही थीं शायद इसलिए कि वह प्रारम्भ से ही नजरें झुकाये था। परन्तु अब दोनों स्त्रियों और उनकी परिचारिकाओं की उपस्थिति ने उसका ध्यान भंग किया और उसकी नजर राजकुमारी पर पड़ी। वह भी एक क्षण के लिए अवाक् हो गया। सोचने लगा—तो क्या गोंड राजकुमारियाँ भी इतनी सुन्दर हो सकती हैं?

महाराज को प्रतिपल की खबर थी। महारानी और इन्द्रमणि ने जब राजकुमार की तारीफों के पुल बाँध दिए तब कुछ और सोचने को शेष न रहा।

महाराज ने धूमधाम से राजकुमार रायसिंह और राजकुमारी दानकुँअरि का विवाह कर दिया तथा रतनपुर का जीता हुआ राज्य उन्हें दहेज में दे दिया।

कुछ दिनों में राजा नरेन्द्रशाह ने नगरवासियों और राजघराने के सभी लोगों की सलाह पर राजधानी परिवर्तन का निर्णय ले लिया और उन्होंने गोंडराज्य की नई राजधानी मंडला को घोषित कर दिया। उन्होंने मंडला में एक मजबूत किला भी बनवाया जिसके तीन ओर नर्मदा बहती थी।

मंडला गढ़ा-मंडला की अब नई राजधानी थी।

सप्तम् सर्ग : महाराजशाह

नृपाली महाराज साहिस्तदन्ते,
सदा संगरं कुर्तकामीतिकोपी।
प्रजापालने दत्तचित्तः सदा यो,
धनुर्धारणे फल्गुणेनैव तुल्यः ॥43 ॥

(मैथिल रूपनाथ कृत गढ़ेशनृपवर्णनम्)

(उनकी (पिता की) मृत्यु के पश्चात् महाराज साहि राजा हुए। उनकी इच्छा सदैव युद्ध करने की रहती थी। वे (रणभूमि में) अतिक्रोधी थे। प्रजापालन में सदा दत्तचित्त थे। धनुष के धारण करने में वे अर्जुन के तुल्य थे।)

महाराजशाह

नरेन्द्रशाह का बाल्यकाल यदि राजनैतिक अस्थिरता की चरम सीमा में बीता था तो उनका वार्धक्य राजनैतिक स्थायित्व में कटा। मृत्यु के समय स्थिर राज्य का आनन्द उन्हें कुछ तो अपनी दूरदृष्टि से प्राप्त हुआ था परन्तु इसमें बहुत कुछ योगदान उनके युवा पुत्र महाराजशाह का भी था।

महाराजशाह ने अपने पिता के जीवनकाल में ही गढ़ा मंडला राज्य की डूबती नाव को मंझधार में से निकाल लिया था। उन्होंने अनेक छोटे बड़े युद्धों में स्वयं भाग लिया था और सदैव विजय प्राप्त की थी। नरेन्द्रशाह के पश्चात् महाराजशाह के रूप में गढ़ा मंडला राज्य को एक यशस्वी उत्तराधिकारी मिला। यद्यपि महाराजशाह का शासन काल एक दशक की अवधि का ही था परन्तु वास्तविकता यह है कि उन्होंने अपने पिता के राजत्वकाल में उनका पर्याप्त हाथ बंटाया था।

महाराजशाह के गद्दी पर बैठते ही उन पर दक्षिण से पानपाटिया सूबेदार ने राज्य पर भीषण आक्रमण किया, परन्तु राजा स्वयं वीरता से लड़ा। युद्ध में निर्णायक विजय प्राप्त न होते देख उन्होंने अपने पड़ोसी राज्यों अर्थात् भोपाल और गन्नौर के शासकों से सैनिक सहायता ली तथा युद्ध में निर्णायक विजय प्राप्त की।

महाराजशाह के जीवनकाल में भारतीय राजनैतिक परिदृश्य काफी तेजी से बदला। मुगल साम्राज्य का विशाल वृक्ष खोखला होकर गिर चुका था। सन् 1739 ईस्वी की 10 मार्च तिथि को नादिरशाह ने दिल्ली को जी भरकर लूटा। इस हमले का प्रभाव मराठा शक्ति पर भी पड़ा। मराठों की सेना की दिशा बदल गई। गढ़ा मंडला राज्य के सन्दर्भ में मराठों की दिशा बदलती यह शक्ति अब गोंड राजाओं के लिए घातक बन रही थी। गंगा यमुना के मैदानों की ओर रुख करनेवाली मराठों की सेनाओं ने अब अपना रुख ऊपरी नर्मदा घाटी के वनों में स्थित राज्यों की ओर किया।

फाल्गुन संवत् 1799 (सन् 1742 ईस्वी) में मराठों की सेना ने मंडला के किले को घेर लिया। महाराजशाह अपने प्रबल शत्रु का वीरता से मुकाबला कर रहा था कि उसके ही साथियों ने उसे दगा दे दिया और उसे मौत के मुँह में सुला दिया। एक वीर राजा ने गद्दारों के कारण अपने प्राण गँवाये।

लुटेरों का युग

सन् 1707 ईस्वी में औरंगजेब की मृत्यु के साथ ही मुगल साम्राज्य एक ऐसे विशाल वृक्ष की तरह हो गया था, जिसकी सारे जड़ें खोखली हो चुकी थीं। इस खोखले किन्तु विशाल वृक्ष को यदि जस-तस जीवित रखने के प्रयास किए जा रहे थे तो दूसरी ओर दूसरी शक्तियाँ उसे नेस्तनाबूद करने में जुटी हुई थीं। जब सम्पूर्ण भारत की राजनीति में तूफान आ चुका था तब भी छोटे राज्यों के राजा अपनी-अपनी किश्तियों को बड़ी तूफानी लहरों से किसी तरह बचाकर अपना अस्तित्व कायम किए हुए थे। इन राजाओं की समझ क्षेत्रीय राजनीति से ऊपर न थी, परन्तु अब समय की माँग थी कि वे राजा क्षेत्रीय समझ से आगे राष्ट्रीय और अन्तराष्ट्रीय परिदृश्य को समझें। इस समझ के विकास में बाधाएँ आ रही थीं। सबसे बड़ी बाधा थी केन्द्रीय शक्ति के लड़खड़ाने पर बहुत से असंगठित शक्तियों का अभ्युदय। क्षेत्रीय शक्ति के रूप में उभरे प्रतापी बुन्देला छत्रसाल भी वृद्ध होकर निस्तेज हो गए थे। उन्हें भी अब अपने राज्य की रक्षा के लिए उभरती असंगठित शक्ति का सहारा लेना पड़ा। गढ़ा मंडला के राज्य को तो समय की मार ने राजा नरेन्द्रशाह के काल में बहुत ही सीमित कर दिया था। महाराजशाह प्रतापी थे। वे राज्य की उन्नति की आखिरी किरण थे।

सन् 1732 ईस्वी

महाराजशाह ने अब तक के अपने जीवन में गढ़ा मंडला राज्य की दो राजधानियों में रहने का अनुभव प्राप्त किया था। उनके स्वर्गीय पिता राजा नरेन्द्रशाह ने यह मान लिया था कि रामनगर में रहकर उन्हें अनेकानेक कष्टों का सामना करना पड़ा था और यह सोचकर ही उन्होंने अपनी राजधानी रामनगर से हटाकर मंडला कर दी थी, पर महाराजशाह के मस्तिष्क में दूसरा विचार भी आता था। वे यह सोचते थे कि रामनगर बुरा क्यों? उनके पिता का जीवन भी तो सुरक्षित रहा था रामनगर में। बूढ़े बैगा भिम्मा का तो पक्का मत था कि रामनगर में स्वर्गीय पिताजी के पुरखों का बड़ा आशीष था और उस आशीष से ही बचपन से लेकर सारे जीवन की उनकी सारी कठिनाइयाँ कटती चली गईं।

उसके पिता राजा नरेन्द्रशाह ने मंडला के किले में जब अपनी राजधानी बनाई तब उन्होंने सारे कर्मकाण्डों को पूरा किया था। पंडितों ने शतचण्डी यज्ञ किया था

और बैगाओं ने न जाने कितने रतजगे कर मंडला के किले की भयानक आत्माओं को बाहर किया था, उफ कितने भयानक कर्मकाण्ड थे सब। बकरों और भैंसों की बलि ने किले के भीतर और बाहर के पूजास्थलों में रक्त के नाले बहा दिए थे।

महाराजशाह सोच रहे थे कि सफलताएँ मनुष्य को आगे बढ़ने की राह दिखलाती हैं उनके पिता भी अपने अन्तिम दिनों में सफल व्यक्ति के रूप में उभर चुके थे। हालांकि वे यह भी मानते थे कि उनकी सफलताओं में स्वयं उसका बड़ा हाथ था। महाराजशाह ने अपने पिता की आज्ञा को हमेशा शिरोधार्य किया था।

महाराजशाह अपने कक्ष में एकान्त में बैठे यह सब सोच ही रहे थे कि दीवान ने प्रवेश किया। महाराजशाह ने उसे कमरे में बैठाया और पूछा कि उसके स्वयं आने की क्या आवश्यकता पड़ गई। किसी भृत्य को भेज दिया होता। परन्तु दीवान के माथे पर चिन्ता की लकीरें स्पष्ट तौर पर उभरी हुई थीं। वह अपनी चिन्ता छिपा नहीं पा रहे थे, संयत होते हुए बोले : 'महाराज गुप्तचरों से ज्ञात हुआ है कि हमारी दक्षिण सीमाएँ अब खतरे में है। पानपाटिया सूबेदार ने हमारी सीमा के भीतर के ग्रामों से लगान वसूली का हुक्म जारी किया है।

महाराजशाह : 'शायद, उसे अभी हमारी ताकत का अन्दाजा नहीं है।'

दीवान यही तो आश्चर्य है महाराज, जब तक स्वर्गीय महाराज सिंहासन पर विराजमान थे और जब दक्षिण में लांजी के देखरेख की कमान आपके हाथ में थी, तब यही सब आपसे कितना खौफ खाते थे, हमें अच्छी तरह ज्ञात है।

महाराजशाह : 'हाँ, पिताजी के स्वर्गवास को अभी एक बरस भी नहीं हुए और हमारे इन पड़ौसियों ने हमारी शक्ति को भुला दिया।'

दीवान : 'यही बात है महाराज, उन्हें यह याद रखना चाहिए था कि आपके प्रताप से गोंडवाना का राज्य पुनः अपना पुराना स्थान प्राप्त करने जा रहा है। आपने सुदूर पश्चिम के चौरागढ़ को जबसे आपने अधिकार में लिया है, तब से आपसे ईर्ष्या रखनेवालों की संख्या बढ़ गई है और सबसे अधिक ईर्ष्यालु पानपाटिया सूबेदार हैं।'

महाराजशाह : 'तुम तो जानते ही हो, चौरागढ़ का हमारे गोंड राज्य के लिए क्या महत्त्व है। पानपाटिया चाहता है कि चौरागढ़ से हम दूर हो जायं।'

दीवान : 'महाराज, गोंड राज्य का विस्तार आपकी शक्ति और निर्भय प्रवृत्ति का परिणाम है, परन्तु शत्रु तो शत्रु ही हैं। वे आपकी शक्ति को देखकर भी अनदेखा कर रहे हैं।' उन्हें आपको दण्डित करना ही होगा वरना चौरागढ़ ही क्या मंडला भी दुश्मनों की नजर में खटक सकता है।'

महाराजशाह : 'ठीक है, युद्ध का डंका बजा दो, हम स्वयं युद्ध का नेतृत्व करेंगे।'

महाराजशाह युद्ध विद्या में निपुण था। साथ ही, वीर और दृढ़ निश्चयी भी। राज्य के दक्षिणी जंगलों के चप्पे-चप्पे की जानकारी गोंड सैनिकों को थी। उधर पानपाटिया भी उसी क्षेत्र का निवासी था, परन्तु उसके पास उत्तम शस्त्र थे। अब तक और भी

अच्छी बन्दूकें उपलब्ध होने लगी थीं। यद्यपि इन बन्दूकों की मार की अपनी सीमा थी, पर उनसे धनुषधारी गोंडों को बखूबी रोका जा सकता था।

युद्ध बहुत दिनों तक चलता रहा। अन्त में पानपाटिया अपनी रणनीति के तहत पीछे हटा। महाराजशाह यही चाहते थे, पानपाटिया के पीछे हटते ही उन्होंने उन सारे रास्तों पर सेना की संख्या बढ़ा दी जहाँ से पानपाटिया उनके राज्य में घुस सकता था।

शत्रु पानपाटिया को विशेष हानि नहीं पहुँची थी। वह नए सैनिकों की भर्ती कर फिर से बड़े आक्रमण की योजना बनाने में लग गया। इधर महाराजशाह ने बिना समय गँवाये अपने राजदूत भोपाल और गन्नौर रियासतों को भेजे।

इन दिनों छोटे राज्यों की संधियाँ बनती-बिगड़ती रहती थीं क्योंकि किसी को भी एक दूसरे पर भरोसा न था, फिर भी कोशिश यह रहती कि पुराने गठबंधन बने रहें। इन गठबंधनों से फायदे भी थे। युद्ध में सहायता देने पर अच्छा धन मिलता, दोस्ती कायम रहती, सो अलग।

दोनों राज्यों के राजाओं ने महाराजशाह को अपने बन्दूकची और घुड़सवारों के दस्ते भेज दिए। इन राजाओं के लिए दोस्ती का यह सौदा महँगा न था।

महाराजशाह वक्त गँवाने के पक्ष में नहीं थे, इसलिए संयुक्त सेना का स्वयं संचालन करते हुए उन्होंने पानपाटिया पर आक्रमण कर दिया। दक्षिणी सीमा पर होनेवाला यह निर्णायक युद्ध था। महाराजशाह के युद्ध कौशल के सामने पानपाटिया की सेना अधिक देर सामना न कर सकी और मैदान छोड़कर भाग खड़ी हुई। इस युद्ध में विरोधी पक्ष की निर्णायक पराजय हुई। महाराजशाह को भारी मात्रा में शत्रु की बन्दूकें मिलीं जो एक बड़ी उपलब्धि थी।

महाराजशाह ने इस युद्ध के पश्चात् नए शस्त्रों से अपनी सेना को सज्जित करना प्रारम्भ किया, क्योंकि उन्हें उत्तरी भारत के युद्धों में नए शस्त्रों की भूमिका की सूचना मिलती रहती थी।

महाराजशाह द्वारा पानपाटिया सूबेदार को पराजित करने के मात्र तीन वर्षों में उत्तर भारत का परिदृश्य और तेजी से बदला। अब मराठे दिल्ली और आगरा तक पहुँचने लगे थे। उनकी युद्ध नीति अब तक बेहद कामयाब थी। वे छोटे-छोटे समूहों में युद्ध करते। वनों और पहाड़ों में बड़ी सेनाओं को मात देने में वे सिद्धहस्त थे। वनांचल के गोंडराज्य की परम्परागत युद्ध प्रणाली बहुत कुछ इसी प्रकार की थी पर उनके पास न तो उतने आधुनिक शस्त्र थे और न ही उतना बड़ा संगठन कि वे मराठों के आक्रमण का सामना कर सकें।

गोंड राज्य अब तक केवल इसीलिए महफूज था कि अब तक उस पर इक्का-दुक्का मराठों की असंगठित टुकड़ियों ने आक्रमण किए थे।

महाराजशाह के राज्य काल में छह वर्षों तक मराठे उत्तर भारत में अपनी शक्ति बढ़ाने में लगे थे और सातवें वर्ष में मराठा शक्ति नादिरशाह का प्रतिरोध करने में

विफल रही। विफल मराठों की एक सेना ने उत्तर भारत से लौटते हुए गढ़ा मंडला पर आक्रमण कर दिया। महाराजशाह ने पूरे जोश और वीरता के साथ मराठों का मुकाबला करने का निश्चय किया। धूमा के निकट भयंकर युद्ध हुआ। इस युद्ध में महाराजशाह की वीरता और रणनीति की कड़ी परीक्षा हुई क्योंकि इस युद्ध में राजगोंड सैनिकों ने भी बड़ी मात्रा में नए शस्त्रों का प्रयोग किया। इस भयंकर युद्ध में दोनों पक्षों के सैकड़ों सैनिक हताहत हुए पर अन्त में प्रशिक्षित मराठों की अश्व सेना को भी युद्ध क्षेत्र से भागना पड़ा।

महाराजशाह की विजय-दुन्दुभी ने यह साबित कर दिया कि जब भी उन्हें आवश्यक शस्त्रास्त्र मिले तब युद्ध भूमि में उनका कोई मुकाबला नहीं था।

इस युद्ध की विजय ने महाराजशाह और गढ़ा मंडला की सेना का मनोबल बढ़ा दिया।

भितरघात

(ईस्वी सन् 1742)

महाराजशाह को राज्य करते वैसे तो दस वर्ष ही हुए थे, परन्तु गढ़ा मंडला के वास्तविक शासक तो वे अपने पिता नरेन्द्रशाह के समय से ही थे। वे युद्धों में जाने से कभी नहीं हिचकिचाये और अपने पराक्रम से उन्होंने सदैव ही विजय प्राप्त की थी।

महाराजशाह की प्रशासन व्यवस्था में भी पूर्ववर्ती गोंड राजाओं की तरह ही थी। राजज्योतिषी पद हुआ करता था। जब राजकीय पद था तो पद पर बैठा राजज्योतिषी भी अपनी सतर्कता सिद्ध करने के लिए कुछ न कुछ करता रहता था। कभी दुष्टग्रहों की स्थिति बतलाकर उनके कुप्रभाव के शमन हेतु हवन यज्ञ कराता या कि फिर राजा या राजवंश के प्रमुख लोगों की कुंडलियों में ग्रहों की दशा बतलाकर अपना महत्त्व स्थापित करता। इन राजज्योषियों के अतिरिक्त बैगाओं और ओझाओं की भी अच्छी पूछ थी।

महाराजशाह अपने पूरे परिवार के साथ नहीं बैठ सकते थे। इसका कारण यह था कि उनकी तीन पत्नियाँ थीं। उनकी पहली पत्नी राजगोंडवंश की ही थी। उनसे एक पुत्र था जिसका नाम शिवराजशाह था। उनका यह पुत्र किशोर वय का हो गया था और पिता के हर कार्य में सहायता करता था। महाराजशाह की दूसरी पत्नी राजपूत थीं। उनसे भी एक पुत्र था जिसका नाम धनसिंह था। यह उम्र में काफी छोटा था। महाराजशाह की एक और तीसरी पत्नी थी जिससे उनका विधिवत विवाह तो नहीं हुआ था। पर वह गोंड परिवार की थी और एक सुन्दर स्त्री थी। गोंडों की कुल परम्परा में बिना विधिवत विवाह के भी स्त्री अपने प्रेमी के साथ पत्नी के रूप में रह सकती थी। इसे सामाजिक दृष्टि से हेय नहीं समझा जाता था, परन्तु इतना अवश्य था कि उत्तराधिकार के प्रश्न पर विवाहिता का पुत्र वरीयता क्रम में ऊपर रहता था।

महाराजशाह राजज्योतिषी दूदाराय की भविष्यवाणियों पर विश्वास रखते थे और इसीलिए उन्होंने ज्योतिषी की सलाह पर अपने दो किशोर पुत्रों का विवाह भी कम उम्र में ही कर दिया था। मंडला में महाराजशाह ने तीनों पत्नियों के निवास के लिए तीन

अलग-अलग महल बनवाये थे जो किले की परिधि में ही थे तथा एक दूसरे से अधिक दूर न थे।

आज महाराज अपनी पत्नी और पुत्र शिवराजशाह के साथ बैठे हुए थे। तभी प्रहरी ने सूचना दी कि राजज्योतिषी ने महाराज से मिलने की इच्छा व्यक्त की है। महाराज से अधिक महारानी ज्योतिषियों पर विश्वास रखती थीं, अतः उन्होंने भीतर आने की आज्ञा दी।

राजज्योतिषी ने आकर राजपरिवार की कुशल क्षेम पूछी और आने का मनतव्य बतलाया। वे बोले : 'महाराज, मेरे आने का मुख्य कारण यह है कि मैं आपकी कुंडली में चल रही आपकी ग्रह दशाओं के सम्बन्ध में बतलाना चाहता हूँ। अब तक आपकी गुरु की महादशा चल रही थी, जो कि आपके लिए बहुत ही उत्तम थी। आपका सूर्य उच्च स्थान पर है, अतः आपने सदैव ही अपने दुश्मनों को पराजित किया है। किन्तु अब आपका सूर्य राहु से बाधित हो रहा है।'

महाराजशाह : 'पंडितजी, शनि, राहु, केतू क्या हैं? उनकी दशा क्या है। इन्हें हम न तो आज तक समझ पाए हैं और चाहें भी तो शायद हम कभी समझ न पाएँगे। कुंडली में क्या चल रहा है वह हमारी समझ कभी नहीं आया। आप तो केवल यह बतलाइए कि यदि कोई अशुभ ग्रह है तो उसके अशुभ प्रभाव का निवारण कैसे हो? यदि सब कुछ शुभ है तो फिर चिन्ता किस बात की, और हाँ अब हमारे बच्चे भी वयस्क हो गए हैं। हमारी कुंडली के ग्रहों के साथ इनकी कुंडली के ग्रहों की भी दशाएँ देख लिया करें।'

तभी महारानी अपने पुत्र शिवराजशाह की ओर देखकर बोलीं : 'पंडितजी पहले शिवराज का भविष्य बतलाइए, महाराज की यही इच्छा है।'

राजज्योतिषी : 'हाँ, राजमाता हमने राजकुमार की कुंडली का भी अध्ययन किया है। उनके ग्रहों की स्थिति लगातार श्रेष्ठतर होती जा रही है और चैत्र मास विक्रमाब्द 1800 तो उनके लिए परम सौभाग्यशाली होगा। यद्यपि क्रूर ग्रहों की दृष्टि से वे इस परम उन्नति के क्षणों में भी सम्भवतः प्रसन्न न रहें।'

महाराजशाह : 'अरे पंडितजी, क्या उलटबांसी बजा रहे हो। हमने तो सोच रखा है कि चैत्र की नवरात्र में शिवराज को राज्य का युवराज घोषित कर उसे कुछ राजनैतिक अधिकार दे दें, जैसे हमारे पिता ने कभी हमें दिए थे। यदि हमने अपने पिता को सुख आनंद दिया तो हमारी भी यही कामना है कि हमें भी वही सब कुछ प्रतिफल के रूप में प्राप्त हो।'

राजज्योतिषी : 'महाराज आपका तर्क एकदम सटीक है। ईश्वर करे ऐसा ही हो। राजकुमार शिवराज सिंह की पितृभक्ति की तुलना आपकी पितृभक्ति से करना सर्वथा उपयुक्त है, परन्तु मैं अपनी इच्छा की बात नहीं कर रहा हूँ, ग्रह दशा के अध्ययन से उत्पन्न परिस्थिति की बात कर रहा हूँ।'

महारानी : 'पंडितजी, एक ओर जब आप यह कह रहे हैं कि अगले कुछ माह में हमारे पुत्र की असाधारण उन्नति के योग हैं, तब यह कहना कि हमारा पुत्र अपनी इस उन्नति से प्रसन्न न होगा—क्या विरोधाभासी नहीं है?'

राजज्योतिषी : 'भविष्य के विरोधाभास ही तो समझ में नहीं आते, ज्योतिष बहुत कुछ कहकर भी कहीं चुप रहता है।'

महाराजशाह (कुछ सोचते हुए कहते हैं) : 'हमारा दूसरा पुत्र निजामशाह भी अपने भाई का प्रियपात्र है।'

महारानी : 'हमारा पोता दुर्जनशाह भी अब बड़ा हो रहा है और वह भी अपने कुल की परम्परा को आगे बढ़ाएगा, इसमें क्या सन्देह है।'

राजज्योतिषी : 'वह तो काफी दूर की बात है, राजमाता। मैं तो अगले कुछ महीनों की बात कर रहा हूँ। महाराज की कुंडली में गुरु के अस्त होने पर तथा राहु की प्रबलता महाराज के लिए प्रतिकूल प्रभाव पैदा कर सकती है।'

महाराजशाह : 'पंडितजी, आज का जो समय चल रहा है उसमें युद्धों की सदैव आशंका रहती है। हमारी सेनाएँ तैयार हैं और मैं 'वीर भोग्या वसुंधरा' के नीति वाक्य पर विश्वास करता हूँ। मुझे अपने ऊपर और अपनी सेना की शक्ति पर पूरा विश्वास है। फिर दो युवा पुत्रों के रहते हम किसी भी शक्ति का मुकाबला कर सकते हैं। यह हमारा विश्वास है।'

राजज्योतिषी :'महाराज आपकी शक्ति और आपके युद्ध कौशल पर हम सभी को पूर्ण विश्वास है। गढ़ा मंडला राज्य की ओर तब तक कोई आँख उठाकर भी देखने की हिम्मत नहीं करेगा जब तक महाराज के हाथ में तलवार की मूठ है।'

महाराजशाह : 'फिर ऐसा कौन सा सन्देह है, पंडितजी जरा खुलकर कहो।'

राजज्योतिषी : 'महाराज, राहु और केतु कुटिल ग्रह हैं। वे सीधे आपकी हानि सम्भवतः न कर सकें। पर पाप ग्रह होने के कारण वे राजनीति की कुटिल चाल चलेंगे, इसमें सन्देह नहीं है। महाराज छल और प्रपंचों से कुछ अधिक ही सम्हलकर रहें, यही मेरी प्रार्थना है।'

महाराजशाह : 'पंडितजी, मैं आपकी बात का ध्यान रखूँगा। युद्ध में सतर्कता वैसे भी सबसे महत्त्वपूर्ण तत्त्व है। इन दिनों कब किससे युद्ध होने लगे कहना मुश्किल है।'

राजज्योतिषी को दक्षिणा देकर महाराजशाह विदा करते हैं। महाराजशाह अन्यमनस्क मन से उठकर पुत्र शिवराजशाह को दो चार राजकार्य बतलाकर वहाँ से उठ जाते हैं और अपनी गोंड प्रेयसी पत्नी के महल पहुँच जाते हैं। राजा को परेशान देख वह भी परेशान हो जाती हैं। राजा ज्योतिषी के द्वारा कही गई बात को उसे समझाने का प्रयास करते हैं, पर वह सीधी-साधी वन बाला ठीक कुछ नहीं समझ पाती, पर इस हेतु वह महल के भृत्य से अपने पुत्र निजामशाह को बुलवाती है जो

किले में ही अन्यत्र मित्रों के साथ बैठा था। निजामशाह को जैसे ही यह पता चलता है कि पिता महाराजशाह और माता ने उसे याद किया है, वह तुरन्त ही महल पहुँच जाता है। माता बिना समय खोये उसे लक्खी बैगा को साथ लाने की आज्ञा देती है। साथ ही, उससे साथ में लाई जानेवाली आवश्यक पूजा सामग्री को न भूलने की हिदायत देती है।

महाराजशाह का यह पुत्र भी किशोर वय का ही था, परन्तु इसकी उम्र शिवराजशाह से कुछ कम थी। उसके वैमत्रेय भाई शिवराजशाह की तरह इसका भी विवाह करा दिया गया था। रानी को लगता था कि विवाह के बाद पुत्र अधिक आज्ञाकारी हो गया है। महाराजशाह चाहते न चाहते रानी के पास बैठ जाते हैं कुछ इधर-उधर की बातें करते हैं। पर रानी अपलक बैगा की राह देख रही थी, उनका सारा ध्यान दरवाजे पर था।

कुछ देर बाद पुत्र निजामशाह लक्खी बैगा के साथ लौट कर आ गया। बैगा ने अपनी पूजा प्रारम्भ की, थोड़ी ही देर में लगा जैसे किसी अदृश्य शक्ति ने बैगा के शरीर पर अधिकार कर लिया हो। बस फिर क्या था, वह लगा बोलने : 'राजा दूर कर दे, दूर कर दोनों को। साँप हैं, साँप। बहुत विश्वास न कर, धोखेबाज हैं।'

रानी और राजा उपर्युक्त पंक्तियों को तो समझ सके, पर बहुत कोशिश करने पर भी बैगा के अस्फुट वाक्यों को न समझ पाए और फिर बैगा पुनः सामान्य अवस्था में आ गया। रानी ने बलि के लिए बैगा को कुछ पैसे दिए और उसे विदा किया।

महाराजशाह ने अपने दोनों पुत्रों को बुलाया। दोनों को राजज्योतिषी और बैगा की बात पता चल चुकी थी। तीनों ने भविष्य की गुत्थी खोलने के प्रयास किए, पर सब व्यर्थ।

पर तीनों ने इस आशंका पर विचार किया कि इन दिनों मराठों की सेनाएँ सर्वत्र घूम रही हैं और उनसे सतर्क रहना आवश्यक है।

होली के उत्सव का माह गोंडवाने में खास होता है। महाराजशाह ने अपने दो जागीरदारों को विशेष रूप में बुलवाया। एक थे, जागीरदार बिलहरीवाले संभाजी मूंगाराव और दूसरे भेड़ाघाट के महन्त कल्याणपुरी। तीनों बैठकर राजनैतिक परिस्थितियों पर चर्चा कर रहे थे।

महाराजशाह : 'मूंगाराव, तुम्हें क्या लगता है, मराठे हम पर आक्रमण करने की योजना बना सकते हैं।'

मूंगाराव : 'महाराज, मराठों का क्या भरोसा, कब क्या करें? पर हम तो आपके साथ हैं। मगर मराठों ने आक्रमण की योजना बनाई भी तो वे हमारा क्या बिगाड़ लेंगे। आपके सामने आज तक युद्ध में कौन टिका है? आप पहले भी मराठों के दाँत खट्टे कर चुके हैं।'

महाराजशाह : 'सो तो है, पर तब मैदानी युद्ध था, अब हो सकता है हमें किले में रहकर युद्ध करना पड़े।'

कल्याणपुरी : 'महाराज तब तो हमारी जीत और भी पक्की है। हमने तो ऐसे किसी भी युद्ध के लिए बन्दूकों और गोलियों का जखीरा तैयार कर रखा है। बस आपके हुक्म की देर है हम आपकी सेवा में हाजिर हो जाएँगे।'

महाराजशाह : 'मूंगाराव, तोपों के बारूद की क्या स्थिति है?'

मूंगाराव : 'कहीं किसी प्रकार की कोई कमी नहीं है, और हम तो यह कह रहे हैं कि आप निश्चिंत रहें। यदि मराठों ने आक्रमण किया भी तो हम दोनों सबसे पहले अपने सैनिकों और बन्दूकों सहित आपकी सेवा में हाजिर होंगे।'

महाराजशाह : कुछ निश्चिंत हुए और उन दोनों को विदा किया।

पर यहीं महाराजशाह गलत साबित हुए, वे जिन लोगों पर विश्वास कर रहे थे वे पूरी तौर से अविश्वसनीय और धोखेबाज व्यक्ति थे।

मराठे अब बहुत शक्तिशाली थे। उन्होंने गोंडों के सीमान्त देवरी के दुर्ग पर आक्रमण कर जीत लिया। धीरे-धीरे मराठों की सेना मंडला की ओर बढ़ चली, वास्तविकता यह थी कि उत्तर पश्चिमी रास्तों से मराठों की सेना की अनेक टुकड़ियाँ मंडला के आस-पास पहुँच चुकी थीं। महाराजशाह को जब उनके अपने आदमियों ने यह बतलाया कि मंडला के आस-पास कुछ ऐसी सैन्य टुकड़ियाँ पहुँच रही हैं जिनकी गतिविधियाँ संदिग्ध हैं तब मूंगाराव और कल्याणपुरी ने महाराजशाह से कहा कि वे चिन्तित न हों। वे सैन्य टुकड़ियाँ उनकी सेनाओं की हैं। मूंगाराव और कल्याणपुरी मराठों के सेनापति से पहले से मिल चुके थे तथा उसने उन्हें राजा को धोखा देने के लिए पर्याप्त धन दे दिया था।

महाराजशाह वीर तो था परन्तु कूटनीति में कच्चा था। सरल हृदय राजा महाराजशाह मूंगाराव और कल्याणपुरी की दोहरी चाल को न समझ सका। मूंगाराव और कल्याणपुरी अपने सैनिकों सहित किले में आ पहुँचे और अचानक एक दिन महाराजशाह से कहा कि उन पर मराठे आक्रमण करनेवाले हैं। अतः वे दोनों समय पूर्व ही उसकी सेवा में पहुँच गए हैं।

बाजीराव प्रथम की मृत्यु के पश्चात् (1740 ई.) उसके उत्तराधिकारी बालाजी बाजीराव ने सेना की कमान सम्हाली। बालाजी पेशवा काफी समय से गढ़ा मंडला पर अपना अधिकार करने के लिए अवसर देख रहा था। उसे यह अवसर तब मिला जब रघुजी भौंसला कर्नाटक में त्रिचनापल्ली के युद्ध में व्यस्त था। रघुजी का सेनानायक भास्कर राय भी उस समय रघुजी भौंसला के साथ था।

बालाजी बाजीराव ने कुछ समय पहले ही छत्रपति से नर्मदा के उत्तर के प्रदेशों से कर उगाहने का अधिकार प्राप्त कर लिया था। बालाजी पेशवा ने अपना सैन्य अभियान सागर की ओर से किया। सबसे पहला आक्रमण गढ़ा मंडला के

सीमान्त देवरी के दुर्ग पर हुआ और (8 मार्च 1741) दुर्ग को बिना कठिनाई के जीत लिया गया। महाराजशाह को इसकी सूचना जब तक मिली तब तक देर हो चुकी थी।

वैशाख शुक्ल तृतीया

(सन् 1741 ईस्वी)

महाराजशाह किले में मूंगाराव और कल्याणपुरी के साथ सेना का मुआइना कर रहे थे। मराठों की सेना ने किले को चारों ओर से घेर लिया था, परन्तु महाराजशाह के हौसले में कोई कमी नहीं थी, वे युद्ध का संचालन कर रहे थे।

महाराजशाह ने मूंगाजी को किले की बचरी बुर्ज के पास भेजा ताकि वह सेना को लड़ते रहने के लिए प्रेरित कर सके, पर तभी मूंगाजी ने चाल चली। उसने बुर्ज के पास सुरंग लगा दी, जोर से आवाज हुई और किले की दीवार का एक बड़ा भाग टूटकर गिर गया। फिर क्या था मराठों की सेना उस ओर से घुसने के लिए दौड़ी। महाराजशाह ने बन्दूकों की मार उस ओर कर दी पर इन बन्दूकों की गोलियों में बारूद नहीं थी और एक भी पेशवा के सैनिक आहत नहीं हुआ। गोंड सैनिकों की बन्दूकों में ये बेकार गोलियाँ मूंगाजी के छल के कारण थी। अतः प्रतिरोध पूरी तौर से निरर्थक हो गया।

महाराजशाह ने हिम्मत न हारते हुए तलवार लेकर सीधे उस ओर बढ़े जहाँ दुर्ग की दीवार ढहने के पश्चात् भीषण युद्ध चल रहा था। गोलियों के नाकाम होने पर भी गोंडों के पैदल सैनिक ने पेशवा की सेना से टक्कर लेनी प्रारम्भ कर दी थी। दोनों ओर तलवारों से युद्ध चल रहा था। जैसे ही महाराजशाह गोंड सैनिकों के बीच पहुँचे, सेना का मनोबल बढ़ गया। उत्साह में महाराजशाह की जय का नारा लगा, परन्तु तभी एक सनसनाती गोली ने महाराजशाह के हृदय को चीर दिया।

युद्ध में महाराजशाह वीरगति को प्राप्त हुए।

युद्ध बन्द हो गया।

गोंड सेना को आत्मसमर्पण करना पड़ा। महाराजशाह के दोनों पुत्र शिवराजशाह और निजामशाह विजयी पेशवा के सामने प्रस्तुत किए गए।

पेशवा ने कहा कि महाराजशाह जैसे वीर को राणा कभी भी मारना नहीं चाहते थे। उनका लक्ष्य इतना ही था कि गोंड राज्य मुगलों का करद न होकर, अब मराठों का करद राज्य बने। तभी पेशवा ने यह भी घोषणा कर दी कि राजगोंड राज्य के अगले राजा शिवराजशाह होंगे।

वैशाख शुक्ल पूर्णिमा

(संवत् 1800, ईस्वी 1741)

पेशवा ने शिवराजशाह को एक सादे समारोह में गोंडवाने का राजा घोषित कर दिया।

राजतिलक के कुछ दिनों बाद जब पेशवा लौट रहे थे तब शिवराजशाह उनको औपचारिक विदा देने आए। तब पेशवा ने उसे एकान्त में ले जाकर कहा : 'शिवराज, मूंगाराव और कल्याणपुरी विश्वासघाती व्यक्ति हैं। यदि निष्कंटक राज्य करना है तो इन दोनों पर विश्वास न करना।'

अष्टम् सर्ग : शिवराजशाह-दुर्जनशाह

नरपति शिवराजाहिरासीदथ
जनरक्षण लब्ध कीर्तिमानः
धरणितलमिदं स्वधन्यमासीत्
यदवनतो धन धान्य संघपूर्ण ॥45 ॥
ततो भवददर्जन साहिनामा
राजातपल्लो क्रमहर्न्निशं यः
वाण्मा सिकं भोगमलं प्रकुर्वन्
जगामलोकं शशिशेखस्य ॥47 ॥

इसके पश्चात् शिवराजसाहि नरपति थे, जिन्होंने अपने प्रजारक्षण में कीर्ति अर्जित की। जिनके संरक्षण में यह पृथ्वी का तल धन-धान्य से पूर्ण होकर, स्वधन्य हो गया।

इसके बाद दुर्जनसाहि नाम के राजा हुए, जिन्होंने रात-दिन लोगों को सताया। छह माह का यथेष्ठ भोग करते हुए वे शिवलोक चले गए।

शिवराजशाह-दुर्जनशाह

महाराजशाह की मृत्यु के पश्चात् उनका पुत्र शिवराजशाह गढ़ा कटंगा के राजसिंहासन पर बैठा। परन्तु मात्र सात वर्ष राज्य करने के पश्चात् उसका स्वर्गवास हो गया। शिवराजशाह की पत्नी का नाम विलासकुँअरि था। शिवराजशाह की यह राजपूत पत्नी निःसंतान रही। शिवराजशाह की दो अन्य पत्नियां क्रमशः एक नर्तकी एवं एक बाँदी थी। इनसे उसे एक-एक पुत्र थे। शिवराज का सहोदर भ्राता निजामशाह ऐसी स्थिति में स्वयं राजा बनना चाहता था परन्तु शिवराज की पत्नी ने अपने देवर के स्थान पर नर्तकीपुत्र दुर्जनशाह को सिंहासन पर बैठा दिया। यह युवक दुराचारी निकला। अतः एक षड्यन्त्र में इसकी हत्या करा दी गई इसी तरह बाँदी का पुत्र मोहनसिंह भी मारा गया। शिवराजशाह की मृत्यु के पश्चात् छहः महीनों में ही उसकी दोनों सन्तानें मौत के घाट उतार दी गईं और अन्त में उसका भाई निजामशाह गढ़ा कटंगा का राजा बना जिसने लगभग 27 वर्ष राज्य किया। विलासकुँअरि के सामने अपने देवर की मृत्यु के बाद नई राजनैतिक समस्याएँ आईं, जिन्हें हल करते हुए उसे भी अपने प्राण गँवाने पड़े।

विश्वासघाती को सजा

शिवराजशाह को यदि परम्परा से धार्मिकता और साहित्यानुराग मिला था तो उसे मध्ययुग की वे सारी सुविधाएँ भी उपलब्ध थीं जिन्हें उन दिनों राजकुमारों के मनोरंजन और सामान्य लोक व्यवहार के कौशल को समझने के लिए सायास उपलब्ध कराया जाता था। ऐसी परम्पराओं से राजकुमारों को किशोरावस्था से ही नर्तकियों और गणिकाओं के यहाँ जाने की आदत पड़ जाती अब यह राजकुमार के व्यक्तित्व के ऊपर निर्भर रहता कि वह इनसे कितनी नजदीकी रखे।

शिवराजशाह अपनी माता को किशोरावस्था में ही खो चुके थे। पिता महाराजशाह कुछ तो पहले से ही धर्मभीरू थे, परन्तु पत्नी के चल बसने के पश्चात् वे और भी अधिक भक्तिमार्गी हो गए। युवा शिवराजशाह अठारह वर्ष से कम आयु में ही राजकाज सम्हालने लगे थे। छोटा भाई निजामशाह सोलह वर्ष का भी नहीं था। दिन भर की थकान दूर करने वे धीरे-धीरे नर्तकी तिलोसा के यहाँ जाने लगे। नर्तकी ने शीघ्र ही भाँप लिया कि युवा राजा की आवश्यकता क्या है। नर्तकी तिलोसा राजकुमार से उम्र में कुछ ही बड़ी थी, पर अनुभव में राजकुमार से वह बहुत बड़ी थी। शीघ्र ही कमसिन नर्तकी के जाल में युवराज ऐसे फंसे कि उन्हें बिना उसके यहाँ शाम बिताये चैन न पड़ती। समझदार नर्तकी ने युवराज को एहसास दिला दिया कि वह उनके अतिरिक्त किसी से मिलना भी पसन्द नहीं करती। नर्तकी के कुशल हावभाव और भ्रू-भंगिमा में पूरी तरह फँस चुके शिवराज को होश तब आया जब एक बार रात भर उसके यहाँ रहने के बाद वे प्रातःकाल उतावली में उससे मिले। इस बार तिलोसा ने एक गृहणी का सा वेश बना लिया था। कुलवधू के स्वरूप में वे उसे अपलक देखते ही रह गए परन्तु तभी वह भीतर गई और एक सुन्दर स्वस्थ शिशु को गोद में लेकर आ गई। अठारह वर्ष की उम्र के शिवराजशाह आश्चर्य चकित से कुछ पूछ पाते, इसके पहले ही गणिका ने उन्हें बतलाया कि यह शिशु उन्हीं के प्रेम की निशानी है, जिसे वह अब तक उनसे छुपाकर अपने यहाँ उसका लालन-पालन कर रही थी।

उन दिनों किसी राजकुमार के लिए यह कोई नई बात न थी, पर सरल हृदय शिवराजशाह ने नर्तकी का मान रखा। वे उसे अपने एक महल में लाये। कहीं कोई प्रतिरोध नहीं हुआ। पिता महाराजशाह को जब पता चला तो उन्होंने थोड़ा दुख प्रकट

किया। राजज्योतिषी को उन्होंने बुलाया और उसे धन देकर एक ऐसी राजपूत राजकुमारी को खोजने को कहा जिसकी सुन्दरता के सामने राजकुमार नर्तकी को भूल जाय।

ईस्वी सन् 1740

गढ़ा कटंगा का राजमहल तोरणों से अब भी सजा हुआ था, पिछले एक पखवाड़े से यहाँ शहनाइयाँ गूँजती रही हैं।

गढ़ा कटंगा के राजा महाराजशाह प्रसन्न थे। उन्होंने अपने पुत्र शिवराजशाह का विवाह धूमधाम से सम्पन्न करा दिया था। इस विवाह में वे यदि सबसे अधिक किसी के शुक्रगुजार थे तो वह व्यक्ति था राजज्योतिषी दूदाराय। दूदाराय ने उनकी व्यथा को समझा था और उसने विवाह के सात प्रकारों में से एक क्रय विवाह का जिस सफाई से आर्ष विवाह का रूप दिया था, उसकी जितनी प्रशंसा की जाय उतना ही कम।

दूदाराय बुन्देलखंड से गोंडवाना से आए थे। उनके पिता की यजमानी में बदलते हुए जमाने के कुछ ऐसे राजकुल भी थे जो युद्धों में अपना सब कुछ गँवा चुके थे। उनके पास अब केवल गढ़ियाँ और खेत थे। सोना चाँदी तो नहीं था पर स्वर्ण की कान्तिवाली पुत्रियाँ अवश्य थीं, जिनका विवाह उच्च राजपूत घरानों में धन की कमी से टल रहा था। ऐसे ही एक राजपूत परिवार को चुपके से मालामाल कर दिया गया था। दूदाराय की सलाह पर महाराजशाह ने धन की कोई कमी न होने दी थी। दूदाराय ने विवाह कराया डंके की चोट पर। राजकुमार शिवराजशाह को मिली एक सोने की-सी कायावाली, भूरी आँखोंवाली विडालाक्षी सुन्दरी विलासकुँअरि पत्नी के रूप में।

विलासकुँअरि को अपने युग की युवतियों की भाँति किसी भी क्षत्रिय युवक से विवाह स्वीकार था परन्तु भाइयों ने धन लेकर जिस तरह से उसे विदा किया था। उससे उसे अपने पिता और माता की कमी का एहसास हुआ पर उसने यह निश्चय कर लिया कि वह स्वर्ण के बल पर क्रय करनेवाले पति के परिवार की क्रीतदासी तो निश्चित रूप से नहीं रहेगी। वह राजपूती उच्चता की ग्रंथि की शिकार होकर डोली में चढ़ी। उसे सभी गोंड चाहे उसका पति ही क्यों न हो, तुच्छ प्रतीत हुए। इस मानसिक ग्रंथि को यदि दूर भी करता तो कौन? वह तो अपने साथ कुछ सेवकों और दासियों को भी लेकर आई, जो केवल उसके सिवा किसी और को आदर से न देखते थे। उसके अपने पति ने अपना प्रेम बाँटा था नर्तकी और दासी में।

राजा शिवराजशाह अपनी पत्नी से प्रेम न करते हों, ऐसी बात नहीं थी, पर राजनैतिक परिस्थितियों ने उन्हें सत्रह अठारह वर्ष की आयु में एक परिपक्व पुरुष बना दिया था। उस उम्र में उन्होंने जहाँ राजनीति की गुत्थियों को खोलना सीख लिया

था वहीं थकावट, हताशा और मातृसुख से वंचित राजकुमार ने सुन्दरियों के नीवी बन्धनों को भी खोलना बख़ूबी सीख लिया था। उनके अपने समाज में जहाँ कुमारी माताओं को भी पत्नी के रूप में स्वीकार करने की परम्परा थी उनका अपना अनुराग युगानुकूल ही कहा जाएगा। सत्रह वर्षीय युवराज का पिता बनना बहुत आश्चर्य की बात नहीं थी। युवराज की देखादेखी उनके पन्द्रहवर्षीय अनुज निजामशाह ने भी प्रेम सम्बन्धों में अपने अनुज का अनुगमन किया। उनकी वय छोटी थी पर नर्तकियों को इस सबसे क्या फर्क पड़ता है। एक बीस वर्षीया नर्तकी ने सत्रह वर्ष के युवराज को पुत्र दे दिया था। तो दूसरी षोडस वर्षीया नर्तकी युवराज के विमाता पुत्र छोटे भाई निजामशाह को रात्रि भर अपने पास रोकने का हर सम्भव प्रयास करती रहती थी। युवराज का एक अन्य विमाता पुत्र अनुज अब भी पूरी तरह से नर्तकियों के केशपात्र में नहीं फँसा था।

धर्मपरायण पिता का यदि समय युद्धचर्चा या साहित्यचर्चा में कट रहा होता तो महल के कमरों में सुन्दर दासियाँ युवा राजकुमारों को अपना वह सब न्योछावर करने में आनन्द अनुभव करतीं, जिनसे युवराज और राजकुमार अकेलेपन का अनुभव न करें। परिणाम यह था कि विवाह होने के बरस दो बरस बाद भी जहाँ युवराज की सात फेरोंवाली पत्नी तो गर्भवती नहीं हुई, नर्तकी पुत्र अवश्य तोतली बोली से युवराज को पिता कहने लगा और अब तो एक दासी ने भी युवराज की गोद में एक चाँद का टुकड़ा डाल दिया था।

विलासकुँअरि का विवाह कराया तो ज्योतिषी दूदाराय ने था परन्तु कुंडली का मिलान कैसे किया गया था उसका भेद विलासकुँअरि जानती थी। सोने की मोहरों से ज्योतिष में की गई वर्जनाएँ वैसे भी निष्प्रभावी हो जाती हैं। विलासकुँअरि रजवाड़ों के विवाह पूर्व प्रेम प्रसंगों से अपरिचित तो न थी। पर नारी का मन भी एक चीज है। कुछ स्त्रियाँ कुछ मसलों पर कुछ अधिक ही संवेदनशील हो जाती हैं। यही कुछ हो रहा था विलासकुँअरि के जीवन में। राजकुमार शिवराजशाह जब कभी भी राजकीय उलझनों से उकताकर अपनी कंचनकान्ति नवोढ़ा के पास रात्रि में जाते। तब अक्सर विचित्र संयोग बन जाता। उसी दिन राजमहल की दूतियों से राजनर्तकी पुत्र या दासीपुत्र के प्रति राजकुमार के प्रेम की कोई नई कहानी राजमहिषी ने सुनी रही होती और जब राजकुमार प्रेमदर्शन करते तो उसे वह सब बनावटी लगता। सदैव तो नहीं परन्तु अनेक बार विडालाक्षी पत्नी की भूरी आँख से वे मन ही मन सहम जाते। उन्हें रात्रि में भी राजकीय कार्य याद आ जाता। वे धीरे से उठकर चल देते। अतृप्त रानी जानती थी कि पति कहाँ गया होगा। राजकुमार शिवराजशाह पत्नी का मान रखने में कोई कमी न रखते। अपने व्यवहार में विलासकुँअरि ने भी राजकुल की मर्यादा बनाए रखी। पर प्रेम का वह धागा टूटा हुआ था जिससे पति पत्नी बँधे रहते हैं। उसे दोनों की व्यवहार बुद्धि की गाँठ ने जोड़ रखा था।

माघ पंचमी संवत् 1798 (फरवरी, सन् 1742 ई.)

शिवराजशाह महाराजशाह की असामयिक मृत्यु के पश्चात् सिंहासनारुढ़ हुए। पिता की मृत्यु तो हुई ही थी दूसरा भाई जो भले ही विमाता का पुत्र रहा हो युद्ध में मारा जा चुका था। उसका विधिवत् विवाह राजपूत कन्या से उसके पिता महाराजशाह सम्पन्न करा गए थे। उसका एक छोटा-सा पुत्र नरहरिशाह ही उसके वंश का चिराग बचा था। राजपरिवार में शिवराजशाह ने उसके भरण-पोषण की उत्तम व्यवस्था कर दी। शिवराजशाह अपनी विमाताओं के दोनों पुत्रों को अपना सहोदर भाई मानते रहे हैं। अब उनका एक ही अनुज निजामशाह बचा था जिसकी माता गोंड थी। एक विमाता का निधन काफी वर्षों पूर्व ही हो चुका था। धनसिंह मातृहीन होने के कारण स्वर्गीय महाराज का प्यारा था। वह स्वभाव से शूरवीर था। उसने युद्ध में भाग लिया था और वीरगति पाई थी। शिवराजशाह की पत्नी विलासकुँअरि जहाँ अपनी तेज तर्रार स्वभाव के लिए प्रसिद्ध थी वहाँ यदि किसी बालक को अपने पास आने देती थी तो वह उसके स्वर्गीय देवर धनसिंह का पुत्र नरहरिशाह ही था।

शिवराजशाह ने राजगद्दी में बैठने के पश्चात् होनेवाले समारोहों पर रोक लगा दी थी। उन्होंने राजतिलक के पश्चात् कोई भी उत्सव नहीं होने दिया था, केवल ब्राह्मणों को दान देने की परम्परा का पालन हुआ था।

शिवराजशाह अपने कक्ष में घूम रहे हैं। शायद आज भी रात्रि में सो नहीं पाए। उन्होंने सुबह चर भेजकर अपने अनुज निजामशाह को बुला भेजा है। उनका राज्याभिषेक हुए अभी सप्ताह भर भी पूरा नहीं हुआ है, पर राज्याभिषेक के बाद उन्हें किसी भी रात में नींद आई हो, यह नहीं हुआ। सारी रात करवटें बदलते वे मुश्किल से घड़ी भर ही नींद ले पाते हैं। उन्होंने सोच रखा है कि मन की इस बेचैनी की जड़ को उखाड़ फेंका जाए।

कुछ देर पश्चात् छोटे भाई निजामशाह आ जाते हैं। दोनों भाइयों की वय में अधिक अन्तर नहीं है। अतः दोनों में व्यवहार भी मित्रवत् है। औपचारिकता तो बिलकुल नहीं है।

निजामशाह : 'भाई सा, याद किया?'

'महाराज शिवराजशाह : हाँ, पिताजी की मृत्यु के सम्बन्ध में तुमसे बात करनी थी।'

निजामशाह : 'और वही मूंगाराव अभी भी जीवित बैठा है और हमारी छाती में मूंग दल रहा है।'

निजामशाह : 'बस दो-चार दिनों का मेहमान ही है वह।'

शिवराजशाह : 'दो-चार दिन?'

निजामशाह : 'हाँ मेरी बात पेशवा से हुई है। पेशवा ने मुझे बुलाकर कहा कि आस्तीन का साँप है मूंगाराव।'

शिवराजशाह : 'पेशवा ने कुछ ऐसा ही हमसे भी कहा था और यह भी बतलाया था कि ऐसे गद्दारों की सजा क्या होती है। पर हमें अभी न तो संभाजी मूंगाराव और न ही महन्त कल्याणपुरी को यह प्रकट होने देना है कि हमें उनकी करनी पता चल चुकी है।'

निजामशाह : 'गद्दारों की सजा तो सभी जगह और हमेशा एक ही रही है। फिर जब आप उसे जल्दी से जल्दी सजा देना चाहते हैं तो हमारा भी फर्ज यही बनता है कि हम उसे उसके किए की सजा तुरन्त दें। फिर भी पेशवा की सेना की लौटने की प्रतीक्षा तो करनी ही होगी। वैसे भी बरसात आने को है और उसके पहले वे यहाँ से कूच करनेवाले हैं।

शिवराजशाह : 'पेशवा की हमारे साथ जो संधि हुई है, उसके अनुसार उसने हमसे चार लाख रुपये क्षतिपूर्ति के माँगे हैं, बिना उसके उसकी सेना यहाँ से नहीं टलनेवाली।'

निजामशाह : 'कहाँ से देंगे इतना रुपया, हमारे खजाने में तो शायद इसका एक चौथाई रुपया भी नहीं होगा?'

शिवराजशाह (चिन्तित होकर) : रुपया तो था पर उतना नहीं फिर बहुत-सा पेशवा की सेना के यहाँ पड़े रहने पर रोज का खर्च हमें ही उठाना पड़ रहा है। मेरे हिसाब से जो वे चार लाख रुपया माँग रहे हैं यह ज्यादती है। चार लाख का सोना और मालमत्ता तो उन्होंने लूट लिया है। अब हम चार लाख कहाँ से लाएँ?'

निजामशाह : 'रोज ही तो आपकी बैठक हो रही है मराठों के साथ। क्या कोई हल निकला?'

शिवराजशाह : 'हल निकला तो है पर उसे मुझे तुम्हारे ऊपर छोड़ना पड़ रहा है।'

निजामशाह (आश्चर्य से) : 'हमारे ऊपर वह कैसे?'

शिवराजशाह : 'कल दोपहर से चली वार्ता रात देर तक चलती रही। जब हमने उनसे कहा कि अभी हमारे पास चार लाख रुपया नहीं है और न ही हम उसका तुरन्त इंतजाम कर सकते हैं, चाहो तो हमारी गर्दन काट कर रख लो।'

निजामशाह (दुखी होकर) : 'जोंक हैं जोंक, ये मराठे।'

शिवराजशाह : 'काफी हुज्जत के बाद पेशवा ने हमारी बात सुनी। कहने लगा कि हमें तुम लोग गलत समझ रहे हो। हम तुम्हारे पिता को किसी भी कीमत पर नहीं मारना चाहते थे और जब हम उन्हें नहीं मारना चाहते थे, तब तुमने यह कैसे सोच लिया कि हम तुम्हारी गर्दन काटना चाहेंगे। युद्ध अपनी जगह है और युद्ध के बाद राजाओं के सम्बन्ध अपनी जगह। हम तो तुम्हारे राज्य को भी नहीं छीन रहे हैं। हमी ने तुम्हें राजा बनाया है। तुम लोग अपने पिता की मृत्यु हमारे ऊपर नहीं थोप सकते। वह तुम्हारे अपने लोगों की करतूत है।'

शिवराजशाह कुछ देर के लिए चुप हो गए।

निजामशाह : 'घावों पर नमक छिड़कने के बाद फिर क्या शर्त रखी?'

शिवराजशाह : 'वही, जिसे मैं अपनी जुबान से नहीं कहना चाहता। वही बात जिसमें तुम्हारी भी हिस्सेदारी है।'

निजामशाह : 'भाई सा, यदि मेरे प्राण भी लेकर राज्य का हित होता है तो मैं तैयार हूँ।'

शिवराजशाह : 'नहीं नहीं, मेरे रहते यह तो तुम कभी सोचना भी मत।'

निजामशाह : 'फिर कह डालिए, जो कुछ भी हुआ, जो शर्तें रखी गईं, अन्ततोगत्वा तो वे सभी हमें माननी ही पड़ेंगी।'

शिवराजशाह (निराशा भरे स्वरों में) : 'क्या करें विवशता है, पेशवा के सामने बहुत गिड़गिड़ाने पर उन्होंने हमारे राज्य पर एक लाख रुपये सालाना की चौथ ठोक दी है। इस एवज में वे हमारी रक्षा करेंगे। चार लाख रुपयों की माँग बरकरार रखते हुए उनका कहना है कि हम राजघराने का वयस्क प्रतिनिधि उनके पास सागर में तब तक बंधक रखा जाएगा। जब तक एक लाख रुपया अदा न हो जाए। शेष तीन लाख धीरे-धीरे चुका दिया जाए।'

निजामशाह : 'आप मेरी ओर से पेशवा को कह दें कि मैं उनके साथ सागर जाने को तैयार हूँ। आप देर न करें और राज्य सम्हालें। इस संकट में हम सबको एकजुट होकर अपनी रक्षा करनी है।'

शिवराज : 'निजाम, तुम सागर जाकर परेशान न होना, हमारे राजघराने में स्त्रियों के पास ही पर्याप्त सोना है, मैं सोचता हूँ पिताजी ने तुम्हारी भाभी को जितना सोना चढ़ावे में दिया था वही लाख रुपये से अधिक का है, क्यों न हम उनसे बात करें।'

निजामशाह (शरमाते हुए) : 'भाई सा, हमें तो शरम आती है भाभी सा के सामने। वह भी उनका धन माँगने के लिए। स्त्री धन पर पूरा अधिकार तो उन्हीं का है।'

शिवराजशाह (चेहरे पर हल्की मुस्कुराहट आती है) : 'अरे, निजाम चल भी देखें राजपूतानी कितना चाहती हैं अपने वतन को।'

राजा शिवराजशाह और निजामशाह दोनों ही महारानी विलासकुंअरि के कक्ष में पहुँचते हैं।

विलासकुँअरि प्रातःकाल पूजा करने के पश्चात् पूजा कक्ष से निकलकर अपने कक्ष में ही जा रही थीं कि उन्होंने दोनों भाइयों को आते देखा। उन्हें आश्चर्य हुआ और व्यंग्य से बोलीं, 'आज दोनों भाइयों का मुँह क्यों उतरा हुआ है? क्या रात में कहीं ठौर नहीं मिली।'

निजामशाह (कुछ गम्भीर होकर) : 'हाँ भाभी सा, अब तो हमें अपने राज्य में भी ठौर नहीं है। मराठों का हुक्म है कि मैं उनका बंधक बनकर उनके साथ सागर जाऊँ। जब तक मैं नहीं जाऊँगा तब तक मराठों की पलटन यहीं हमारे राज्य में पड़ी रहेगी।

इसीलिए सोचा कि भाई साहब से तो मिल ही लिया है, भाभी सा से मिल लूँ। कौन जाने कब लौटूँ? आपसे मिलना हो न हो।'

विलासकुँअरि : 'अरे देवरजी, हमने तो परिहास में कुछ कह दिया था। हमारा रिश्ता ही ऐसा है (फिर अपने पति शिवराजशाह की ओर देखकर) : क्योंजी, लालाजी, कहाँ जा रहे हैं, कुछ हमें भी तो पता चले, आप लोग बैठिए भी।'

दोनों आसनों पर बैठ जाते हैं। विलासकुँअरि भी सामने बैठ जाती है।

शिवराजशाह ने मराठों की सारी माँगों और शर्तों को विस्तार से बतलाया और धन की कमी की अपनी असमर्थता को भी बतलाया।

विलासकुँअरि : 'महाराज, लालाजी धन न दे सकने के कारण मराठों के बंधक बनकर सागर जाएँ यह तो मैं न होने दूँगी। इसमें हमारे परिवार और राज्य की हेठी है। मेरे पास इतने गहने हैं जिनका मुझे कोई लोभ नहीं है। उन्हें मैं इसी वक्त लाकर देती हूँ जिनसे लालाजी का सागर जाना रुक सकता है।'

शिवराजशाह (प्रेम से पत्नी की ओर देखते हुए) : 'विलासकुँअरि, तुम निश्चित ही राजकुल की नारीरत्न हो। वरना स्त्रियों के लिए स्वर्ण सबसे अधिक प्रिय होता है।'

विलासकुँअरि : 'महाराज, वह सत्य अपनी जगह है। हम राजपूतनियों के लिए मान-सम्मान सबसे बड़ा है। अपने देवर के लिए मैं अपना सारा स्वर्ण देने को तैयार हूँ।'

निजामशाह (भौंचक होकर) : 'भाभी सा, आपने इतना कह दिया, हमने मानो सारी दौलत पा ली। ऐसी भावज किसे मिलती है? मैं तो धन्यभाग्य हो गया।'

शिवराजशाह : 'ठीक है, विलासकुँअरि, एक लाख रुपये मूल्य के लगभग के स्वर्णाभूषण निकाल लाओ।'

विलासकुँअरि एक लाख रुपये के मूल्य से कहीं अधिक मूल्य के आभूषण लाकर दोनों के सामने रख देती है।

निजामशाह गद्‌गद होकर उन गहनों को हाथ में लेकर देखता है और फिर अपनी पगड़ी उतारकर उसे खोलकर गहनों को बाँधता है।

शिवराजशाह : 'निजाम, तू पेशवा के मुँह पर मार दे इस स्वर्ण को।'

निजामशाह पगड़ी के वस्त्र की स्वर्ण गठरी को पुनः विलासकुँअरि को लौटाते हुए कहने लगा, 'भाभी सा, मैं तो आपका गुलाम हो गया, पर आप दोनों ध्यान से मेरी बात भी सुनें। यदि मैं या स्वयं भाई सा एक लाख मूल्य के इन स्वर्णाभूषणों को अभी ही पेशवा को दे देंगे तो उसे लगेगा कि कहीं और खजाना छुपा है, फिर तो वे चार लाख रुपये लिए बिना यहाँ से टस से मस न होंगे। लालच में मुझे मरवा भी डालें उनका क्या भरोसा, या फिर यातना देना प्रारम्भ कर दें। कुछ नहीं कह सकते। अभी भाई सा की बात ताजी है। उनके गले उतर चुकी है। वे मान चुके हैं कि हमारे पास सोना नहीं है। ऐसा ही उन्हें सोचने दिया जाए। उनका यह विचार हमारे हित में है।

मैं भी विपन्नता का नाटक करते हुए सागर में रहूँगा। भाई सा जितनी शीघ्र हो सकेगा राजस्व से धन लेकर मुझे छुड़ा लेंगे, इसी में हम सब की भलाई है।'

विलासकुँअरि : 'अरे लालाजी, छोटी उमर में ही बड़ी राजनीति जानते हो। कहाँ से सीखी है यह?'

निजामशाह : 'भाभी सा, मुझे छोटा मत कहा करिए। आप के बराबर का ही तो हूँ।'

विलासकुँअरि (हँसते हुए, अपने पति से) : 'देखो ये बड़े हो गए हैं अब इन्हें मराठों की पाठशाला में भेज दो राजनीति के कुछ नए पाठ सीखकर आएँगे तो राज्य का भला ही होगा।'

शिवराजशाह : 'महारानी, मैं तो केवल यह देखना चाहता था कि इस कुसमय में हमारा परिवार कितना संगठित है। मुझे यह कहते हुए यह प्रसन्नता है कि हमारे यहाँ एक दूसरे के प्रति ऐसा समर्पण है जो अब दूसरे राजकुलों में देखने को नहीं मिलता। जहाँ तक चार लाख रुपयों की बात है उसे स्पष्ट करना चाहूँगा कि हम अभी इतने विपन्न नहीं हुए हैं कि हमें अपनी राज्य लक्ष्मी के गहनों की आवश्यकता पड़ जाय। चार लाख रुपये तो हम गढ़ा जाकर एक माह में ही एकत्रित कर लेंगे और अपने छोटे भाई को सागर से शीघ्र ही अपने पास बुला लेंगे। हमें तो उन दोनों दुष्टों से बदला लेने की जल्दी है और उन दुष्टों को सही सबक निजाम ही सिखलाएगा। फिर भी निजाम की इस बात से हम सहमत हैं कि हमें इस कठिन घड़ी में ऊपरी तौर पर स्वयं को विपन्न ही दिखलाना है। उसी में बुद्धिमानी है। मराठे बड़े लुटेरे हैं, उन्होंने राजकोष से स्वर्ण के साथ बेशकीमती रत्न भी लूटे हैं। यह लूट जिसे वे चार लाख की आँकते हैं, उससे कहीं बहुत अधिक है।'

निजामशाह : 'भाई सा, भाभी सा आज्ञा दें। मैं सागर जाने की तैयारी करूँ।'

शिवराजशाह ने मराठों के साथ निजामशाह को सागर विदा कर दिया। मराठों ने निजमशाह को कुछ दिनों बाद ही छोड़ दिया और वे शिवराजशाह से आ मिले क्योंकि शिवराजशाह ने मराठों को रुपया पहुँचा दिया था।'

कुछ दिनों बाद

शिवराजशाह के कक्ष में शिवराजशाह और निजामशाह

निजामशाह 'भाई सा, सागर में हमें कोई कष्ट नहीं हुआ परन्तु, भाभी सा का यह कथन सही निकला। मुझे दुनिया में राजनीति के बड़े प्रपंच मराठों के यहाँ देखने-सुनने को मिले। बड़ी बेरहमी से मारते हैं अपने विरोधियों को वे। कहते हैं, यह सब उन्होंने मुगलों से सीखा है। मुझे तो लगता है अब मुगल इनके सामने बेचारे ही हैं।'

शिवराजशाह : 'ठीक है, हमें भी मराठों से यह तो सीखना ही है कि हमारे विरोधी चैन की बंशी न बजाते रहें।'

निजामशाह : 'भाई सा, आजकल संभाजी मूंगाराव और महन्त कल्याणपुरी कहाँ हैं?'

शिवराजशाह : 'संभाजी मूंगाराव बिलहरी में ही है। मराठों की सेना के साथ ही बिलहरी चला गया था। उसे नहीं मालूम पेशवा ने उसकी नमकहरामी का किस्सा हमें बतला दिया है।'

निजामशाह : 'और महन्त?'

शिवराजशाह :'वह भी भेड़ाघाट में ही है, परन्तु सुना है अब वह अपने जत्थे का मुखिया नहीं है इसलिए दुखी होकर इधर-उधर घूम रहा है।'

निजामशाह : 'परन्तु असली दुष्ट तो मूंगाराव ही है न। उसे पकड़ने का उपाय बतलाइए।'

शिवराजशाह : 'उपाय सरल है, वह शिकार का बड़ा शौकीन है। वह कब शिकार पर जाता है अब हमारे पास उसकी पूरी जानकारी है। इसलिए अगली बार जब वह शिकार पर जाए तब वह न बचे, यही हमें करना है।'

कुछ दिनों बाद

नर्मदा घाटी के जंगलों में शिकार का हाँका लग रहा है। रात्रि में मूंगाजी दल के शिकारियों से अलग-थलग पड़ जाता है। उसी समय चारों ओर से सनसनाते तीर उसे धराशायी कर देते हैं। जंगल के एक ओर से एक व्यक्ति निकलता है। वह कटार निकालकर गिरे हुए मूंगाजी को मौत के घाट उतार देता है।

दूसरे दिन

निजामशाह राजा शिवराज को एक चाँदी की डिबिया भेंट करता है। शिवराजशाह उसे खोलकर देखता है और प्रश्नवाचक नजरों से निजामशाह की ओर देखता है।

'नर्क में पहुँच गए संभाजी मूंगाराव की मूँछें हैं।' निजामशाह का उत्तर है।

बिलासकुँअरि

सन् 1749 ईस्वी।

गढ़ा का राजमहल

आज सम्पूर्ण गढ़ा मंडला में शोक व्याप्त था। सारे राज्य में एक ही विषय था लोगों की जुबान पर। वह था महाराज शिवराज की आकस्मिक मृत्यु। केवल तीन दिन पहले महाराज अपने मित्रों के साथ शिकार के लिए गए थे, और वहाँ से प्रसन्नचित लौटे थे। राजधानी का हर व्यक्ति युवा महाराज की मृत्यु पर दुखी था—उनकी उम्र ही क्या थी, बत्तीस-तैंतीस वर्ष भी क्या कोई उम्र होती है। सात वर्ष ही तो वह राजा रह पाए थे।

गढ़ा के राजमहल में ऐसी निस्तबधता थी मानो वहाँ कोई रह ही न रहा हो जबकि सैकड़ों दासी-दासियाँ, सेवक-अधिकारी और राजकुल के सदस्य निरन्तर आ-जा रहे थे। सभी चुप थे, क्या बोलें, किसी के कुछ समझ में नहीं आ रहा था।

महाराज का शव एक सफेद चादर से ढँक कर महल के बरामदे में रख दिया गया है। उसे पुष्पहारों से ढँक रहे हैं। सामने विशाल प्रांगण है जिसमें नगर के सभी प्रमुख लोग मौजूद हैं कुछ खड़े हैं और कुछ बैठे हैं।

इसी भीड़ में एक ओर सोलह वर्षीय युवक खड़ा है जो देखने में बहुत सुन्दर है, पर जो लोगों का कोई विशेष ध्यान आकर्षित नहीं कर रहा है। इसका नाम दुर्जनशाह है। इसके पास एक व्यक्ति खड़ा है जो वेशभूषा से साजिन्दा जान पड़ता है। भीड़ के दूसरी ओर एक बालक खड़ा है जिसकी वय पन्द्रह वर्ष से अधिक नहीं होगी। वह एक टक महाराज के पुष्पमालाओं से लदे शव के पास विषादग्रस्त एक महिला को देख रहा है, जो उसकी माता है। महाराज का शव आज प्रातः ही कक्ष से निकालकर बरामदे में लाया गया था, यह महिला तब से लगातार वहाँ उपस्थित है। वह थोड़ी-थोड़ी देर में धाड़ें मारकर रोने लगती है। उसके आसपास अन्य भी बहुत सी बूढ़ी और जवान महिलाएँ बैठी हैं। सभी की आँखों में आँसू हैं। शायद इसीलिए इसे कोई सान्तवना नहीं दे रहा है। कुछ और भी कारण हो सकते हैं। यह महिला वैसे तो राजकुल की सेविका ही है, पर यह स्वर्गीय महाराज की चहेती सेविका थी। उनकी अपनी दासी जिसका प्रवेश उनके शयनकक्ष तक था। अविवाहित होते हुए भी उसको एक पुत्र था

मोहनसिंह, जो सामने की भीड़ में खड़ा हुआ इस राजकीय शोक को देख रहा था या कि अपने मृत पिता को कुछ कहा नहीं जा सकता।

राजमहल के अन्तःपुर में बाँदियाँ महारानी बिलासकुँअरि को राजकुल की महिलाओं ने घेर रखा है। परम्परागत रूढ़ियों का निर्वाह मृत्यु जैसे दुखद अवसरों पर कुछ और अधिक निष्ठुर हो जाता है। पच्चीस वर्षीया रानी बिलासकुँअरि अभी भी षोडसवर्षीया ही लगती हैं। चम्पा-सा रंग और मेघों की घटाओं जैसे बालोंवाली छरहरि रानी का शरीर ऐसा लगता है मानो किसी शिल्पी ने तराशकर रख दिया हो। पर इस सुन्दर शरीर से एक एक कर वह आभूषण उतार रही है जो उससे कहा जा रहा है। वृद्धाएँ चकित हैं रानी के इस सौम्य व्यवहार को देखकर, पर उनसे भी इस दृश्य को देखकर बहुत अधिक चकित हैं बाँदियाँ, देवर निजामशाह उन्हें सहारा देकर समझाने का यत्न कर रहे हैं। वे उनका हाथ थामे हैं। किसी और समय महारानी के हाथ को क्या कोई स्पर्श भी कर सकने की सोच सकता था? स्वर्गीय महाराज भी अपनी विवाहिता पत्नी को हाथ लगाने के पहले साहस बटोरते थे। ऐसा अन्तःपुर की दासियों ने छुपकर अनेक बार देखा था।

अप्रत्याशित वैधव्य ने कुछ समय के लिए ही सही इस तेज तर्रार रानी को सोच में डाल दिया था।

बिना शृंगार के श्वेत परिधान धारण कर उसे प्रजा जन के सम्मुख पहुँचना था, जहाँ महाराज का शव रखा था। महारानी को महाराज के शव के पास पहुँचकर अन्त्येष्टि की आज्ञा भी देनी थी। जब बाँदियाँ उसे श्वेतवस्त्र धारण करा रही थीं, तब वह आगे होनेवाली घटनाओं के अनेक पक्षों को तेजी से समझने का प्रयास कर रही थी। अन्त्येष्टि की आज्ञा सामान्य औपचारिकता न थी। वह राजकुल के भविष्य का निर्धारण कर सकती थी।

रोती हुई महिलाओं से घिरी महारानी को शोकस्थल पर ले जाया गया। उनके वहाँ पहुँचते ही वहाँ पर पहले से बैठी महिलाओं ने और अधिक जोर से रोना प्रारम्भ कर दिया। महारानी बैठ गईं।

कुछ देर रो धोकर शव के पास बैठी महिलाएँ चुप हो गईं, परन्तु इस चुप्पी को अचानक फिर तोड़ दिया मोहनसिंह की माँ के विदारक रुदन ने। नीचे नजरें किए हुए अब तक बैठी महारानी की नजरें उठीं और रोती हुई महिला की नजरों से जा टकराईं। महारानी की भूरी आँखों से मानों चिनगारी निकल पड़ी हो, ऐसा प्रतीत हुआ रोती हुई दासी को। और उसका रुदन अचानक ही बन्द हो गया।

महारानी बिलासकुँअरि ने फिर नजरें झुका लीं, पर उसे महसूस हुआ कि कोई पुरुष उसके पीछे आकर बैठ गया है और उसके कान के पास आकर धीरे से कुछ पूछ रहा है।

'भाभी सा, महाराज के पार्थिव शरीर को ले जाने का समय हो चुका है। राजमहल के बाहर सारी व्यवस्थाएँ हो गईं। संस्कार कौन करेगा? राजपुरोहित पूछ रहे

हैं।' यह आवाज बिलासकुँअरि के देवर और स्वर्गीय महाराज के छोटे भाई निजामशाह की थी।

'अब राजघराने में आप के सिवा और है ही कौन?' बिलासकुँअरि ने बिना सिर उठाये इतने धीमे से कहा कि केवल निजामशाह ही सुन सकें।'

महाराज शिवराज के शव को उठाते ही महल में कोहराम मच गया। बिलासकुँअरि भी फूट-फूटकर रो पड़ी, सेविकाएँ महारानी को उनके कक्ष में ले गईं।

महाराज शिवराजशाह का दाह संस्कार उनके छोटे भाई निजामशाह ने किया। बाद के भी सारे संस्कार निजामशाह ने ही किये। राजगोंडों में संग्रामशाह के समय से ही वे सारे मृतक संस्कार किए जाने लगे थे, जो राजपूतों में किए जाते हैं। परन्तु इसके साथ ही गोंडों के अपने परम्परागत संस्कार भी चलते रहते हैं। तेरह दिन का राजकीय शोक रखा गया। इन तेरह दिनों में दो अप्रत्याशित घटनाएँ घटीं। पहली तो यह कि मोहनसिंह और उसकी माँ न जाने कहाँ लापता हो गए थे। लोगों का कहना था उन्हें मार डाला गया था। दूसरी यह कि राज नर्तकी अपने किशोर पुत्र दुर्जनशाह को छोड़कर एक रात गढ़ा से भाग गई। उसे भागते हुए कुछ लोगों ने देखा था। बाद में पता चला कि वह अपने साथ शिवराज का दिया हुआ सारा स्वर्ण लेकर भागी थी।

शिवराज की मृत्यु का शोक तो सभी को था, पर जो हो चुका सो हो चुका। राज्य के सामने प्रश्न था उत्तराधिकार का। मृतक शिवराज का यदि बिलासकुँअरि से कोई पुत्र होता तो उत्तराधिकार की समस्या ही न थी परन्तु ऐसा नहीं था। बिलासकुँअरि को पच्चीस वर्ष की जवानी में ही वैधव्य झेलना पड़ गया था। बिलासकुँअरि का भले ही दाम्पत्य जीवन सुखी न रहा हो, परन्तु अपने पति शिवराजशाह के साथ राजकाज में उसने इतना दखल अवश्य रखा था कि कभी भी किसी भी निर्णय पर उसकी अनदेखी नहीं हो सकती थी। गृहस्थ जीवन में असफल रानी ने सारा ध्यान राजनीति में लगा रखा था, परिणाम यह था कि राज्य के हर स्तर पर उसके आदमी थे उसे हर बात की जानकारी रहती थी।

बिलासकुँअरि ने जब देवर निजामशाह को मृतक राजा के संस्कार की सहमति दी, तब आसपास बांदियों, नौकरों और दो चार सम्बन्धियों के अतिरिक्त अन्य कोई न था। राजदरबार के सभी प्रमुख व्यक्ति बाहर एकत्रित थे। यह यद्यपि एक संयोग था, पर फिर भी था एक महत्त्वपूर्ण संयोग।

सामान्यतः राजा का संस्कार करनेवाला व्यक्ति राज्य का उत्तराधिकारी होता है। परन्तु यहाँ की परिस्थिति में राज्य के अधिकारियों एवं प्रजा ने यह माना कि राजा के अनुज ने सौहार्दवश ही संस्कार किए हैं जबकि निजामशाह को लगा कि उसकी भावज ने राज्य का उत्तराधिकारी बनने का संकेत दिया है। यद्यपि निजामशाह अपनी भावज के स्वभाव से सुपरिचित था। परन्तु राज्य का लोभ सबसे बढ़कर होता है। वह इस सोच से गद्‌गद था कि उसके राजा बनने में शायद अब कुछ घंटे ही शेष बचे हैं।

राजपरम्परा के अनुसार मृतक संस्कार हो जाने के पश्चात् बिना समय गँवाये राज्य के उत्तराधिकारी का राजतिलक होना आवश्यक था। निजामशाह को शयनकक्ष में आज की रात निर्णायक रात काटनी थी। निजामशाह की व्यग्रता का पारावार न था, बस आज की रात ही तो काटनी थी। वह अपने पर्यंक में बैठा राजा बनने के सपने देखने लगा। पर निजामशाह को अपने सुखद स्वप्न में अकस्मात् वह दृश्य दिखने लगा जिसे वह पिछले चार साल से भुलना चाह रहा था।

चार साल पहले जब वह होली के दिन अपनी भावज बिलासकुँअरि के साथ होली खेलने पहुँचा। भाई शिवराजशाह की महफिल तिलोसा के यहाँ जमी थी। बिलासकुँअरि पति की प्रतीक्षा में थी, कम ही सही पर ऐसे अवसर उसे भी मिल जाते थे जब उसकी नारियोचित इच्छाओं को कुछ तृप्ति मिल जाती। आज भी वह सज संवरकर अपने कक्ष के बाहर एक खम्भे में एक हाथ टिकाकर आँख मूँदें किन्हीं सरस क्षणों की याद में डूबी थी। तभी वह दबे पाँव बिलासकुँअरि के पास पहुँच गया। उसकी भावज उसी की हमउम्र तो थी शायद एकाध साल का ही अन्तर रहा हो। वह उसके रूप को देखते ही रह गया–कितनी सुन्दर थी यह स्त्री। इतने पास से उसने इतनी सुन्दर स्त्री को कभी न देखा था। विवाह के बाद अनेक बार दूर से उसने भावज को देखा था बातें भी की थीं, पर आज अनुपम श्रृंगार किए इस मादक स्त्री ने उसका मन विचलित कर दिया। मन में कोई विचार आया परन्तु दूसरे विचार ने उसे प्रेरित किया यह सुन्दरी है तो उसकी भावज ही न, जिससे होली में ठिठोली की जा सकती है। फिर क्या था निजामशाह ने एक हाथ से बिलासकुँअरि की आँखें बन्द कीं और फिर देर तक उसके शरीर से कितनी देर तक खेलता रहा। शरीर की गोलाइयों पर कितनी देर तक उसकी अंगुलियाँ घूमती रहीं, उसे याद नहीं।

बिलासकुँअरि की आँखें बन्द भले ही रही हों, पर उसे यथार्थ बोध हो चुका था। वह भी इन क्षणों को बनाए रखना चाहती थी। दोनों की आँखें कब बन्द हो गईं, इसका कुछ पता उन्हें नहीं रहा।

परन्तु जब दोनों की आँखें खुलीं और नजरें मिलीं तो उसे याद है कि भावज की नजरें झुकी नहीं। उनमें क्या था वह समझ नहीं पाया। न जाने क्यों वह स्वयं ही अपराध बोध से ग्रस्त होकर वहाँ से भाग गया। शायद उसमें उन भूरी आँखों के सामने खड़े होने का साहस नहीं था।

उसी रात में

बिलासकुँअरि के शयन कक्ष में

बिलासकुँअरि का वैधव्य अब उसके जीवन की यथार्थता थी। उसकी नींद उड़ी हुई थी। बिलासकुँअरि ने अपने जीवन में क्या पाया था, इसका वह आज आकलन

कर रही थी। उसने एक ऐसा पति पाया था जो वर्षों पहले से किसी दूसरी औरत के मोहपाश में बँधा था। वह तो केवल इसलिए लाई गई थी कि गढ़ा कटंगा के राजसिंहासन को एक वैध उत्तराधिकारी दे सके। राजा उसके प्रति आकर्षित था, पर इस आकर्षण में कहीं भी समर्पण न था। दोनों ओर दो अलग व्यक्तित्वों का मिलन मिलन न होकर टकराहट ही था। महाराज जब कभी काम के वशीभूत होकर यदि पास आ भी जाते थे, तब भी तो वे कितनी शीघ्र असहज हो जाते थे। अपने आठ वर्ष के दाम्पत्य जीवन में वह सदैव अतृप्त ही तो रही है। क्या कमी थी उसमें? क्यों उसका पति क्षुद्र नर्तकी और परिचारिका के मोहपाश में बँधकर अपना सर्वस्व उन पर न्योछावर करता रहा? यह ठीक है कि राजघरानों में बहुत कुछ चलता है, पर उसे तो सिवा सम्मान के न तो प्रेम मिला और न ही शारीरिक तुष्टि। पर शायद ऐसा नहीं है। एक अपवाद की घटना उसे याद आई, छोटी किन्तु कभी न भूल सकनेवाली।

उसे याद आया आज से चार वर्ष पूर्व होली का वह दिन जब वह अपने कक्ष के बाहर एक खम्भे का सहारा लेकर आँख बन्द कर अपनी ही दुनियाँ में लीन थी जब देवर ने एक हाथ से उसकी आँखें बन्द कर सारे शरीर में मानो बिजली ही दौड़ा दी थी। वह समझता रहा कि मैं समझ नहीं पा रही हूँ, पर उसका स्पर्श कितनी प्रसन्नता देनेवाला था—क्या कहूँ। प्रगाढ़ आलिंगन का आनन्द मुझे पहली और अन्तिम बार मिला था। कितनी देर तक मैं उस अवस्था में रही, नहीं जानती, जानना भी नहीं चाहती थी—पर उस आलिंगन में जब मेरी नजरें उसकी नजर से मिलीं तो वह न जाने क्यों घबरा गया। मेरी नजरों की जगह उसकी नजरें झुक गईं। प्यासे युवक और युवती का मिलन कितनी शीघ्र एक अपराधबोध से दबे व्यक्ति का मिलना हो सकता है, मैंने जब महसूस किया, तब देवर जो आधा वर होता है भाग गया। शायद उसे अपना संस्कार याद आ गया था। वेश्याओं और निरीह दासियों के शरीरों का शोषण करते समय इन राजपुत्रों के संस्कार न जाने कहाँ लुप्त हो जाते हैं। इनके संस्कार कुल एक ही चीज पर अंकुश लगाते हैं। वह है, प्रेम और उसकी प्राकृतिक अभिव्यक्ति।

सोचते-सोचते सबेरा होने का आया। मुर्गे ने बांग दी। आज नया सबेरा होना था।

पिछली रात्रि में जब वह भोजन करके उठी थी तब राजपरिवार की दो वृद्धाएँ उसे सान्त्वना देने आई थीं। उन्होंने कहा था कि महारानी हम गोंडों की परम्परा के अनुसार युवा स्त्री को वैधव्य का कष्ट भोगने की आवश्यकता नहीं है। यदि विधवा स्त्री चाहे तो वह किसी भी मन पसन्द व्यक्ति से विवाह कर सकती है, पर उस स्थिति में यही विवाह करनेवाले व्यक्ति को हर्जाने की रकम चुकानी पड़ती है। परन्तु यही विवाह यदि देवर से हो जाए तो कहीं कोई हरजाने नहीं देना पड़ता है।

उन दोनों का इशारा निजामशाह और मेरी शादी की ओर था यदि ऐसा हो तो अनेक समस्याओं का हल अपने आप निकल आता है। परन्तु क्या निजामशाह मेरे सामने विवाह का प्रस्ताव रखेगा?

रानी सोचती रही।

यदि ऐसा प्रस्ताव आता है तो बुराई क्या है, यह ठीक है उसका विवाह हो चुका है पर उससे क्या। राज्य की महारानी तो मैं ही रहूँगी, उसकी पत्नी तो मेरी सेविका ही रहेगी।

बिलासकुँअरि को एक बार फिर निजामशाह के साथ का प्रगाढ़ आलिंगन याद आ गया। तन-मन पुलकित हो गया। मन में कहीं नई आशा की किरण दौड़ गई। वह सोचने लगी तो क्या निजामशाह विवाह का प्रस्ताव भेजेगा?

दूसरे दिन बहुत सुबह

रात्रि में देर से सोने के बाद भी निजामशाह आज पौ फूटने के पहले ही न केवल उठ चुका था वरन् वह नहा-धोकर तैयार भी हो चुका था। उसे पूरी उम्मीद थी कि रानी बिलासकुँअरि ने उसे स्पष्ट तौर पर राजा बनने का संकेत दे दिया है, पर अन्तिम निर्णय तो राजदरबार में ही होना है। वह भी पुरोहित दूदाराय के सामने क्योंकि उन्हें ही राजतिलक करने का वैधानिक अधिकार भी प्राप्त है। दूदाराय दूरदृष्टिवाले व्यक्ति थे। यह निजामशाह अच्छी तरह से जानता था और इसीलिए महाराज शिवराजशाह की अन्त्येष्टि के संस्कार में उसने पुरोहित को विश्वास में पूरी तरह से ले लिया था। उन्हें इतनी दक्षिणा मिली थी, जितनी कि उन्होंने कल्पना भी नहीं की थी। निजामशाह ने अपने आचार व्यवहार से दूदाराय का मन जीत लिया था। दूदाराय जो कि स्वर्गीय महाराज शिवराजशाह के करीबी थे, अन्तःपुर की भी गतिविधियों से बेखबर नहीं थे। महाराज की मृत्यु के बाद नए महाराज के साथ उनकी अच्छी युति हो, इसी में उनका और उनके परिवार का भविष्य था। जब दूदाराय ने निजामशाह को अपनी ओर इतना श्रद्धालु होते देखा तो उन्होंने भी नए यजमान की भलाई की जुगत सोच डाली। इस जुगत को आज ही काम में लाना अनिवार्य था, वरना वक्त बीतने पर 'चिड़िया चुग गई खेत' वाली कहावत चरितार्थ होने को थी। दूदाराय राजनीति में वक्त की कीमत और नजाकत दोनों को समझते थे।

निजामशाह को यह उम्मीद न थी कि इतनी सुबह दूदाराय स्वयं उसके महल आ सकते हैं। जब भृत्य ने उनके आगमन का समाचार उन्हें सुनाया तो वे सहसा विश्वास न कर सके, पर फिर भी वे अतिथि कक्ष की ओर बढ़े। जहाँ दूदाराय को महल के भृत्य ने आदर से बैठा दिया था।

'पंडितजी, हमारे अहोभाग्य आप पधारे।' कहते हुए निजामशाह ने झुककर दूदाराय के चरण स्पर्श कर लिए।

दूदाराय : 'आशीर्वाद, ईश्वर तुम्हें उन्नति दें, मैंने सोचा कि आज सायंकाल होनेवाली राजसभा से पूर्व आपसे मुलाकात कर लूँ। कुछ गोपनीय चर्चा करनी थी, सो यहाँ आ गया।

निजामशाह : 'पंडितजी, आपने बड़ी कृपा की। मुझसे चर्चा क्या करनी है? आप तो केवल आज्ञा दीजिए। राजा को ब्राह्मणों का आशीर्वाद और आज्ञा ही तो चाहिए।'

दूदाराय (कुछ आश्चर्य से) : 'छोटे राजा, हम तो चाहते हैं कि आप ही गढ़ा कटंगा के सिंहासन पर बैठें और हम आपका राजतिलक करें।'

निजामशाह (कुछ शंकित हों) : 'पंडितजी, क्या मेरे राजसिंहासन पर बैठने में कोई शंका है?'

दूदाराय (कुछ विचारते हुए) : 'नहीं, नहीं परन्तु सिद्धान्ततः राजा की मृत्यु के पश्चात् उसका पुत्र ही सिंहासन का अधिकारी होता है, इसीलिए मैं आपसे ही पूछना चाहता हूँ कि आप किस आधार पर स्वयं को सुनिश्चित रूप से सिंहासन का उत्तराधिकारी मानते हैं। वह भी तब जब यह कोई छिपी बात नहीं है कि उत्तराधिकार की अन्तिम निर्णायक स्वर्गीय महाराज शिवराजसिंह की बेवा रानी बिलासकुँअरि ही रहेंगी।'

निजामशाह : 'हाँ पंडितजी। पर मैं उस ओर से निश्चिन्त हूँ? फिर बोले : 'पंडितजी, मोटी सी बात है, जब भाभी सा ने हमें महाराज के क्रियाकर्म के लिए अधिकृत किया, तभी हमने मान लिया कि उन्होंने हमें राज्य का उत्तराधिकारी मान लिया है। अन्यथा वे स्वर्गीय भाई साहब के किसी अवैध पुत्र को ही उनका अन्तिम संस्कार करने की आज्ञा देतीं।'

दूदाराय : 'छोटे राजा, क्षमा करें। बात मोटी-सी नहीं है, बारीक है। पहली बात तो यह है कि राज्य के अधिकारियों के सामने महारानी ने कभी भी ऐसी घोषणा नहीं की थी, अतः राज्याधिकारी वर्ग एवं प्रजा सभी यह मानते हैं कि सौजन्यवश ही आपको यह कार्य करने की छूट दी गई है।'

निजामशाह (थोड़ा परेशान होकर) : 'पंडितजी, पर मैं आपसे सत्य कह रहा हूँ। आप तो मुझ पर विश्वास कर रहे हैं न।'

दूदाराय (सोचते हुए) : 'हाँ, मैं पूरा विश्वास कर रहा हूँ, पर मेरे विश्वास करने से होगा क्या? यदि मैं राजसभा में आपकी ओर से बोलूँगा तो भी मेरे कथन पर कोई विश्वास नहीं करेगा, क्योंकि घटनास्थल पर तो मैं नहीं था। मैं उस समय प्रजाजनों के बीच था।'

निजामशाह (कुछ घबराते हुए) : 'पंडितजी, तो क्या मेरी सोच गलत है? भाभी सा आखिर किसे गद्दी पर बैठाएँगी उस दासी पुत्र मोहनसिंह को जो छह वर्ष का नाबालिग है अथवा उस नाचनेवाली वेश्या के पुत्र दुर्जनसिंह को जो बमुश्किल बारह-तेरह साल का है? और पंडितजी किसी से छुपा तो नहीं है कि यह वेश्यापुत्र इस उम्र में ही कितना दुष्ट और दुराचारी है। मैं तो अपनी जुबान से भी उसकी गन्दी हरकतों को बोलना पसन्द नहीं करूँगा। क्या भाभी सा को यह बातें पता नहीं होंगी?

फिर मैं उनका देवर हूँ और ये दोनों लड़के उनके क्या लगते हैं? यदि इनके प्रति उनकी कोई सहानुभूति होती तो फिर वे इनमें से ही किसी एक को स्वर्गीय महाराज के क्रियाकर्म का हक न देतीं?'

दूदाराय : 'छोटे राजा, व्यग्र न हों। आपने एक साथ बहुत सी बातें कह डालीं और मुझसे प्रश्न भी पूछ डाला। पर इन बातों पर स्वयं विचार करने का कष्ट क्यों नहीं किया। चलिए पहले अपने प्रश्न का उत्तर सुनें—महारानी ने वेश्यापुत्र या दासीपुत्र से अपने महाराजा पति का क्रियाकर्म दो कारणों से नहीं कराया। प्रथमतया वे स्वयं राजपूत हैं और अपने पति की अंत्येष्टि वे समाज से तिरस्कृत व्यक्तियों के स्थान पर धर्मविहित अर्थात् अपने कुल के व्यक्ति से कराना चाहती थीं, इसीलिए उन्होंने इस कार्य के लिए आपको व्यक्तिगत रूप से अधिकृत किया। इस तरह की आज्ञा देकर उन्होंने महाराजा के दोनों पुत्रों के अधिकार को अपने पास सुरक्षित रखते हुए उनकी माताओं को राजमाता बनने के अधिकार से वंचित कर दिया तथा अपना राजमाता का अधिकार सुरक्षित रखा। सौतों के दोनों पुत्र अब उनकी दया के पात्र हैं। आज की स्थिति में बिलासकुँअरि भावी राजा के निर्णायक की भूमिका में स्वतंत्र है।'

निजामशाह (परेशान होकर) : ओह, यह तो मेरे विरुद्ध षड्यन्त्र ही है।

दूदाराय (सोचते हुए) : 'नहीं छोटे राजा, अब तक यह षड्यन्त्र नहीं है परन्तु यदि आपका अगला कदम ठीक नहीं पड़ता है। तब आप अवश्य किसी षड्यन्त्र में फँस सकते हैं।'

निजामशाह : 'पंडितजी, क्या बचने का कोई उपाय है?'

दूदाराय : 'निश्चित ही, हर संकट का उपाय अवश्य होता है। पर उस उपाय को करने के लिए दृढ़ निश्चय और युक्ति चाहिए।'

निजामशाह : 'दृढ़ निश्चय? क्यों क्या उसमें कहीं कोई खतरा या कि कोई बड़ी कठिनाई है?'

दूदाराय : 'राज्य प्राप्ति कोई साधारण उद्देश्य भी तो नहीं है, जितना बड़ा उद्देश्य उतना बड़ा यत्न, यह तो साधारण नीति की बात है।'

निजामशाह : 'पंडितजी, युक्ति बतलाएँ।'

दूदाराय : 'ब्राह्मण हूँ तो युक्ति भी धर्मविहित ही बतलाऊँगा। थोड़ी अटपटी या कठिन लग सकती है, पर कार्यसिद्धि के लिए है अचूक।'

निजामशाह : 'यदि धर्मविहित है तब फिर क्या पीछे हटना, आप मार्गदर्शन दें।'

दूदाराय : 'आपका वंश राजगोंडों का है। गोंडों में विधवा विवाह का प्रचलन है। फिर वह विधवा राजघराने की हो अथवा साधारण घराने की। गोंडों की सामना परम्परा के अनुसार देवर अपनी भावज का हाथ थाम ले तो अच्छा माना जाता है। राजघराने में भी यह हो सकता है (निजामशाह की ओर गहरी दृष्टि से देखते हुए) बस, देवर में हाथ माँगने की दृढ़ता होनी चाहिए। अधिक कुछ क्या कहूँ।'

यह कहकर दूदाराय चुप हो गए। निजामशाह के शरीर के तार मानो झंकृत हो गए। एक क्षण में रात्रि को याद आई घटना पुनः कौंध गई। वे निःशब्द हो गए।

कुछ क्षणों पश्चात् जब वे पुनः प्रकृतिस्थ हुए तब तक दूदाराय उठ कर जाने का उपक्रम कर रहे थे। जाते-जाते कह गए, 'छोटे राजा, समय कम है। जो कुछ करना है अभी करना है।'

यह कहते हुए उन्होंने विदा ले ली।

निजामशाह ने इस कोण से सिंहासन पाने का विचार ही नहीं किया था। वह सोचने लगा–विचार तो उत्तम है, पर क्या भावज तैयार हो जाएँगी। पुरानी घटना का क्या अर्थ लिया जाए, वह दो वर्षों में नहीं समझ पाया था। उस घटना के बाद वह कभी भी बिलासकुँअरि से एकान्त में नहीं मिला था, मिलना भी नहीं चाहता था। पता नहीं कौन सा नया बखेड़ा खड़ा हो जाए, इस आशंका से वह सदैव ही त्रस्त था। होली की घटना एक आकस्मिक उद्वेग था, उस पर विचार करना भी कुपथ पर चलने जैसा था।

परन्तु अब तो स्थिति बदल गई है, क्या उसे गोंड परम्परा के अनुसार अपनी भावज का हाथ माँगना चाहिए, हाथ मिलने पर भी क्या वह इस चंचला को सम्हाल पाएगा, उसका अपना विश्वास डिगने लगा। फिर भी प्रयास तो करना ही था।

निजामशाह बिलासकुँअरि के महल जा पहुँचा।

बिलासकुँअरि अपने महल में श्वेत वस्त्र पहने हुए। टहल रही थी वह आज शाम को होनेवाले दरबार की संभावित गतिविधियों पर विचार कर रही थी। गढ़ा कटंगा के राजसिंहासन पर किसके बैठने से क्या संभावित परिणाम हो सकते थे, उस पर वह सुबह से ही विचार कर रही थी।

तभी बाँदी ने निजामशाह के आने की खबर दी। उसने उन्हें सादर भीतर लाने की आज्ञा दी।

निजामशाह जैसे ही कक्ष में प्रविष्ट हुए बिलासकुँअरि ने उन्हें एक सुन्दर पीढ़े पर बैठाया और स्वयं भी पास में बैठ गई। निजामशाह ने देखा कि विषाद से कुछ म्लान मुख होने पर भी भावज की सुन्दरता में कहीं कोई कमी नहीं है। उसके विशाल नेत्रों की तरलता ने उन्हें और अधिक सुन्दर बना दिया था। बिलासकुँअरि भी चतुर नारी थी। पुरुषों के मन की बात पढ़ना उसे खूब आता था, परन्तु उसके लिए इतना देखना आवश्यक था कि कहीं पुरुष उसे बेचारी समझकर तो मेहरबान नहीं होना चाहता वह स्वयं ऐसा कदम न उठाने के लिए सतर्क थी, जिसे उसकी नारी सुलभ कमजोरी समझा जा सके। उसे राज्य में अपनी सुनिश्चित उपस्थिति तय करनी थी। दोनों नजरें झुकाए कुछ क्षणों तक बैठे रहे। दोनों चुप रहे। दोनों समझ रहे थे स्वर्गीय राजा शिवराजशाह के सम्बन्ध में वार्ता करना कीमती समय को नष्ट करना है। अतः निजामशाह ने चुप्पी तोड़ी। भर्राती आवाज में बोले : 'भाभी सा,

आप अपने अश्रु पोंछ डालिए, मैं आपकी सेवा में हूँ, आज ही नहीं जिन्दगी भर आपको कष्ट न होने दूँगा।'

रानी बिलासकुँअरि ने अपनी भरी पलकें उठाकर निजामशाह को देखा। इस दृष्टि ने कहीं दूर तक उसे भेद दिया। रानी ने फिर नजरें नीची कर लीं। कुछ देर तक फिर शान्ति रही।

रानी ने नजरें नीचे रखते हुए बहुत धीरे से कहा : 'देवरजी, जीवन कितना लम्बा है नहीं जानती। मुझे तो यूँ ही छोड़ दें। जिस भाग्य ने यह दिन दिखला दिया है, वही जहाँ ले जाएगा चली जाऊँगी।'

रानी के सिर से पल्लू गिर गया। काली घनी केशराशि ने उसके गोरे मुख को ढँक लिया मानो मेघों ने चन्द्रमा को ढंक लिया हो।

रानी ने इशारों में अपनी सहमति दे दी थी।

अब एक और कदम निजामशाह को बढ़ाना था, पर जब अपनी बात समाप्त कर रानी ने अपनी भूरी आँखों से नजर भर फिर निजामशाह को देखा तो वह लड़खड़ा गया। ठीक उसी तरह जैसे वह एक बार पहले भी लड़खड़ा चुका था।

उसका हौसला पस्त हो गया। वह चाह रहा था कि रानी के हाथों को अपने हाथ में लेकर अपना हृदय उड़ेल दे, पर उसकी हिम्मत ने जवाब दे दिया। उसका सुर बदल गया और खड़े होकर कुल इतना ही कह सका, 'आपकी हर आज्ञा का पालन हम करेंगे, भाभी सा।'

निजामशाह की नजरें यन्त्रवत नीची हो गईं और वह तुरन्त ही बिलासकुँअरि के महल से विदा हो गया।

बिलासकुँअरि क्रुद्ध नागिन की भाँति फुँफकार उठी।

शाम को राजदरबार में

आज का दरबार विशिष्ट प्रयोजन के लिए था। दरबार में नगर के सभी प्रमुख व्यक्ति एवं राजदरबार के सभी अधिकारियों के अतिरिक्त राज्य के अन्य महालों के प्रतिनिधि बैठे हुए हैं। सभा में पहुँचनेवालों में दूदाराय सर्वप्रथम थे। राज्य के दीवान लोकशाह, लक्ष्मण पासवान और नन्दलाल वाजपेयी समय पर राजदरबार में पहुँचे। आज की कार्यवाही दीवान लोकशाह ने सम्हाल रखी थीं। उन्होंने घोषणा की कि कुछ ही देर में राजपरिवार आ रहा है। दीवान लोकशाह के दो वयस्क पुत्र गुमानसिंह और खुमानसिंह अपनी विशिष्ट वेशभूषा में उपस्थित हुए। उनके कमरबन्द पर म्यान सहित तलवारें लटकी हुई थीं।

राज सिंहासन खाली था, जिस पर महाराज की तलवार रखी हुई थी। किन्तु उसके दोनों ओर एक-एक आसन रखे गए थे। ये आसन राज परिवार के लिए थे।

बाहर हाथी से उतरकर शाही वेशभूषा में निजामशाह आए अट्ठाइस वर्षीय निजामशाह सुन्दर नौजवान थे। दीवान ने उन्हें आदर सहित सिंहासन के एक ओर रखे आसन पर बैठाया। तभी भवन के पीछे से शोर उठा। लोगों ने देखा श्वेत वस्त्रों में आवृत महारानी बिलासकुँअरि बांदियों के साथ सिंहासन के पास आकर खड़ी हो गईं। इस पच्चीस वर्षीया खूबसूरत रानी के वैधव्य को देखकर सारा हाल स्तब्ध हो गया। लोग सोचने लगे। नियति ने कितना क्रूर खेल खेला है इस नारी के साथ। रानी बिलासकुँअरि की आँखों से अश्रुपात होते देख सारा दरबार उसके प्रति सहानुभूति से भर गया। दीवान लोकशाह ने सांत्वना देते हुए रानी से सिंहासन के दूसरी ओर रखे हुए आसन पर बैठने का आग्रह किया। रानी धीरे से अपने नियत स्थान पर बैठ गईं।

दीवान लोकशाह ने बिना समय खोये स्वर्गीय शिवराज की प्रशंसा के पश्चात् गढ़ा कटंगा में आए उत्तराधिकार सम्बन्धी संकट के सम्बन्ध में विस्तृत चर्चा की और उपस्थित सभा में प्रमुख व्यक्तियों से अपनी राय प्रकट करने को कहा।

थोड़ी खुसफुसाहट हुई और दरबार की दोनों पंक्तियों से दो-दो राज्याधिकारी उठे और उन्होंने कहा कि राज्य में उत्तराधिकार के घोर संकट पर हमें राज्य की धर्मप्राण राजमाता बिलासकुँअरि की सलाह को स्वीकार करना चाहिए। सबसे पहले हमें उनकी बात सुनना चाहिए। राज्य के धर्मप्रमुख नन्दलाल वाजपेयी ने लोगों की इस सलाह को उचित माना और उन्होंने दीवान लोकशाह से कहा कि वे राजमाता से इस सम्बन्ध में अपने विचार प्रकट करने को कहें।

दीवान लोकशाह ने करबद्ध होकर महारानी से अपनी बात रखने का अनुरोध किया।

महारानी : 'प्रजाजनो, आपने हमें जो मान दिया, उससे हमें धर्म के मार्ग पर चलने का नैतिक बल प्राप्त हुआ है। बिना धर्माध्यक्ष, दीवानजी और आप लोगों के अनुरोध के शायद मैं कभी भी कुछ भी न कहती। राजा के न रहने पर पंचों का निर्णय ही तो ईश्वर का निर्णय माना जाता है। अब चूंकि आपने मुझसे अपनी बात रखने को कहा है, मुझे आपकी आज्ञा माननी है। यह जनता जनार्दन का मेरे लिए आदेश है। मेरा मानना है कि धर्म से पृथ्वी चलती है, राज्य चलते हैं और समाज चलते हैं। हमारे धर्म में फिर हम चाहे राजगोंड हों या अन्य कोई राजा का उत्तराधिकार राजा के बड़े पुत्र को ही मिलता है। जब भी किसी कारण से ऐसा नहीं हुआ है, केवल अनर्थ ही हुआ है। मैं अपने इस राज्य में भी धर्मसम्मत राज्य का उत्तराधिकारी चाहूँगी फिर वह चाहे कोई भी हो।'

यह कहकर रानी अपनी जगह बैठ गई। दरबार में हलचल-सी मच गई।

निजामशाह क्रोध और हताशा में तमतमा गए, पर उन्होंने अपने गुस्से को जाहिर न होने दिया। निजामशाह के दरबारी मित्र धनेश ने स्थिति भाँपी और उसने खड़े होकर अपनी बात रखने की आज्ञा माँगी, जिसे दीवान ने स्वीकार किया।

धनेश : 'महारानी जी, क्षमा करें। क्या एक नर्तकी पुत्र का राजगद्दी पर बैठना हमारे राज्य को शोभा देगा?'

महारानी : 'वंश, स्त्रियों से नहीं पुरुषों से चलते हैं। वह स्वर्गीय महाराज शिवराजशाह का पुत्र है, उनका रक्त है। यह कहते हुए महारानी ने धर्माध्यक्ष नन्दलाल वाजपेयी की ओर देखा।

नन्दलाल वाजपेयी तुरन्त उठे। उन्होंने रानी के इशारे को समझा और कहने लगे।

धनेश जी : 'भारत का महान सम्राट चन्द्रगुप्त की माता कोई राजरानी नहीं थी। हिन्दू धर्म हो या अन्य धर्म सभी में पिता का ही महत्त्व होता है।'

परन्तु बिलासकुँअरि इतने से संतुष्ट न हुई। उसने भीड़ में पीछे से खड़े हुए। किशोर दुर्जनसिंह को पास बुलाकर कहा : 'यदि धर्माध्यक्ष की बात के बाद भी किसी को इसकी माता का राजरानी होना आवश्यक लगता है तो आप सभी ध्यान से सुनें कोई भी व्यक्ति अपने माँ-बाप को स्वयं नहीं चुनता है। अतः इसका क्या दोष कि वह किस माता से पैदा हुआ है। प्रजाजन की संतुष्टि के लिए मैं आप सबके सामने इसे अपना पुत्र मान्य करती हूँ। यह तो मेरा अधिकार भी है।

सभा में कुछ देर सन्नाटा छाया रहा। फिर मानो लोगों को रानी की उदारता ने झकझोर दिया। चारों ओर से रानी की जय-जयकार होने लगी।

धर्माध्यक्ष ने दूदाराय को शुभ लग्न पर राजकुमार दुर्जनशाह का राजतिलक करने की आज्ञा दी।

कल तक आवारा घूमनेवाला दुर्जन सिंह अब दुर्जनशाह हो गया था। उसकी नर्तकी माँ शिवराजशाह की मृत्यु के बाद से ही लापता थी। दुर्जनशाह को तुरन्त राजकीय संरक्षण दिया गया वह अपनी माता को दिए गए महल में अब राजकुमार की तरह रहने के लिए चला गया। लक्षमण पासवान जो गढ़ा कटंगा राज्य का प्रभावी सरदार था, ने समय व्यर्थ न गँवाते हुए दुर्जनशाह के साथ ही उसके महल में रहने का निश्चय किया।

दो दिनों के पश्चात् सादे समारोह में दुर्जनशाह की ताजपोशी हो गई। उसने बिलासकुँअरि के पैरों में सिर रखकर अपनी कृतज्ञता जाहिर की। बिलासकुँअरि ने समस्त प्रजा के सामने उसे सफलता का आशीष दिया।

एक सप्ताह पश्चात्

निजामशाह अपने महल से बाहर नहीं निकल रहे थे। उन्होंने खबर फैला दी कि वे अस्वस्थ हैं। उन्होंने केवल निजी वैद्य को मिलने की आज्ञा दी थी, जो उनका व्यक्तिगत मित्र भी था। तभी दूदाराय निजामशाह के स्वास्थ्य का हाल पूछने उनके महल पहुँचे। निजामशाह दूदाराय से मिलना चाह रहे थे। यह ठीक रहा कि उन्हें बुलाने की आवश्यकता नहीं पड़ी।

शयनकक्ष में निजामशाह ने दूदाराय को बैठाते हुए दुखी स्वर में कहा : 'पंडितजी, अप्रत्याशित घट गया।'

दूदाराय : 'छोटे राजा, दुखी न हों राजनीति का दंश तो आपने बचपन से ही झेला है। अप्रत्याशित कहीं कुछ नहीं हुआ।'

निजामशाह : 'वह कैसे?'

दूदाराय : 'यह सत्य है कि आपको अपने लोगों का समर्थन है। आपका खुफिया तंत्र भी है, पर रानी बिलासकुँअरि को आपने हलके से लिया उनके नमकहलालों की राज्य में कमी नहीं है। उस दिन राजसभा में जिन लोगों ने महारानी का खुला समर्थन किया, वह ऊपरी तौर पर देखने में असंगठित भीड़ के लोग थे, पर मैं उन सभी को शिवराजशाह के समय से ही महारानी के सेवा में पहुँचते हुए देख चुका था। कुल मिलाकर वे महारानी की छवि दिव्य नारी की बनाना चाहते थे, जो अपने पराये में भेद नहीं करतीं और केवल धर्म के प्रति समर्पित हैं, उसमें वे सफल रहे।

निजामशाह : 'इसकी कुछ भनक तो हमें भी थी पर दीवान, धर्माध्यक्ष और जागीरदारों ने, जो एक दिन पहले तक मेरे इशारे पर चल रहे थे सभी ने एकदम गिरगिट की भाँति रंग बदला।'

दूदाराय : 'केवल इसलिए कि किशोर राजा के राज्य में सभी की तूती बोलेगी, उन्हें ऐसा विश्वास हुआ। फिर रानी बिलासकुँअरि के प्रति उनका झुकाव तो पहिले भी था।'

निजामशाह : 'मुझे तो लगता है आई बाजी हाथ से निकल चुकी है।'

दूदाराय : 'नहीं, छोटे सरकार ऐसा नहीं है, हमें रास्ता ढूँढ़ना पड़ेगा, पर इसके पहले यह तो बतलाइए मैंने जो रास्ता बतलाया था कहीं उस पर यह रानी की विपरीत प्रतिक्रिया तो नहीं है? कहीं उसे अपनी 'राजपूती जड़ें' तो याद नहीं आ गईं? आगे कोई कदम उठाने के पहले बिलासकुँअरि की मानसिकता जाननी जरूरी है।'

निजामशाह क्या कहते। वे न तो पुरानी घटना बतला सकते थे और न ही अभी जो कुछ हुआ था पंडित को बतलाया जा सकता था। निजामशाह भी राजनीति के खिलाड़ी थे, इसलिए उन्होंने वही पैतरा अजमाने का निश्चय किया, जिससे बिलासकुँअरि को सफलता मिली थी। अतः प्रकट में बोले : 'पंडितजी, आपके जाने के बाद आपकी गोड़ों की परम्परावाली बात पर हमने विचार किया। आपने हमारे हित की बात की थी, पर पिछली कुछ पीढ़ियों से हमने राजपूतों के नैतिक मानदंड अपना लिए हैं। भाभी कितनी भी जवान और सुन्दर क्यों न हों उसे देवर आदर का पात्र मानने लगा है। अतः मुझे लगा कि मैं कहीं गोंड परम्परा के पालन में कुटिल खलकामी न कहलाने लगूँ। पता नहीं भाभी क्या बोलतीं और जनता की प्रतिक्रिया क्या होती, इसलिए मैंने यह निश्चय किया है कि मैं भाभी को आदरणीय ही मानूँगा, फिर चाहे वह कैसी भी क्यों न हो।'

अबकी बार दूदाराय के आश्चर्यचकित होने की बारी थी। सोचने लगे—राजघराने के राजकुमार जो मसें भीगने के पहले ही सुन्दर औरतों के पीछे लग जाते हैं, जिन्हें न उम्र की परवाह होती है और न सम्बन्धों की उसी घराने का राजकुमार त्रेता युग की बातें कर रहा है। पर मन ही मन प्रशंसा भी करने लगे और सोचने लगे कि यह है परिपक्व राजनीति। दूदाराय ऊपर से गम्भीर बने रहे, मानो निजामशाह की बातों पर अक्षरशः विश्वास कर रहे हों। फिर बोले : 'छोटे राजा, आप तो बचपन से ही सात्विक प्रकृति के रहे हैं। अतः आपका इस प्रकार सोचना स्वाभाविक है। आप इस दिशा से चलकर भी अपना लक्ष्य पा सकते हैं।'

निजामशाह : 'वह किस प्रकार?'

दूदाराय : 'आप भावज भक्ति को अब अपने मन में ही मत छिपाकर रखिए उसे उनके सामने प्रदर्शित भी कीजिए। आपको बतलाना चाहूँगा अवसर आपकी प्रतीक्षा में है, क्योंकि राजमुकुट पहिनने के तुरन्त बाद ही दुर्जनशाह दुष्कर्मों में प्रवृत हो गया है। उसने पिछले तीन दिनों में गढ़ा की तीन अभिजात्य वर्ग की सुन्दर कन्याओं को षड्यन्त्र कर उठवाया और उनका शीलभंग किया। वह अकेले इन दुष्कर्मों को तो भला क्या करता, यह सब लक्ष्मण पासवान की तलवार के साये में हो रहा है। उससे तो आधा शहर वैसे भी डरता है। पासवान को तो अपनी मनमानी के लिए बस राजकीय संरक्षण चाहिए, फिर वह किससे मिल रहा है—कौन पूछेगा उससे? पासवान को नए राजा के गलत सही करने में कोई रुचि नहीं है।'

निजामशाह : 'क्या भाभी सा को यह सब मालूम हो गया?'

दूदाराय : 'उनके खुफिया तंत्र के हिसाब से तो मालूम हो गया होगा, पर उन्हें तो मौन ही रहना होगा। पर इस सबसे अधिक किरकिरी दीवान लोकशाह की हुई है।' अपहरित बालाओं में से एक उनकी करीबी रिश्तेदार की पुत्री थी। हमने तो यह भी सुना है कि दीवान के दोनों पुत्रों ने इस खबर को सुनने के बाद तलवार निकालकर इस अपमान का बदला लेने की कसम भी खाई है। गढ़ा में लक्षमण पासवान का जोड़ यदि कोई है तो लोकशाह का बड़ा पुत्र गुमान सिंह ही है। उसका छोटा भाई भी कम नहीं है।'

निजामशाह (कुछ प्रसन्न होते हुए) : 'पंडितजी आपने हमारे जलते हुए हृदय को शीतलता प्रदान की है।'

दूदाराय : 'छोटे राजा, आपका रास्ता प्रशस्त है। सुनहरी नागिन को वश में करनेवाली बीन बजानेवाले कालबेलिया तो आप बनने से रहे। उसे रोज दुग्ध पिलाकर उसका आशीर्वाद लीजिये, स्तुति कीजिए तथा उसके विष का प्रयोग औरों पर कराइए।'

निजामशाह ने दूदाराय की सलाह को गाँठ से बाँधा। अब उसने नए सिरे से राजनीति के मोहरों को खेलना प्रारम्भ किया।

वह प्रतिदिन बिलासकुँअरि के यहाँ जाता। उसके समर्पण भाव ने बिलासकुँअरि पर यथेष्ट प्रभाव डाला। बिलासकुँअरि ने उसे अपना हितू मान लिया। निजामशाह के चर प्रतिदिन बिलासकुँअरि के सामने दुर्जनशाह की करतूतें बतलाते, जिनमें खजाने का दुरुपयोग, राज्य भर में गुंडों को शह देना, स्त्रियों की अस्मत से खिलवाड़ की घटनाओं की सत्य एवं विस्तृत जानकारी होती।

बिलासकुँअरि यह सब सुनते सुनते त्रस्त हो गई। उसके अपने विश्वस्त भी किसी न किसी रूप में दुर्जनशाह या उसके साथियों द्वारा ज़लील हो रहे थे। शिकायत अन्त में बिलासकुँअरि तक पहुँचती पर वह क्या करती। उसने ही तो इस वेश्यापुत्र को राजा बनाया था।

छह महीनों बाद

बिलासकुँअरि के कक्ष में निजामशाह और लोकशाह बैठे हैं। बिलासकुँअरि कक्ष में प्रवेश करती है। उसका मुँह चिन्ता से ग्रस्त है। वह अपने आसन पर बैठ जाती है। कुछ देर तक सब चुप रहते हैं। फिर दीवान लोकशाह कहते हैं, 'महारानी सा, कुछ दिन और यही हाल रहा तो गढ़ा में दिन-दहाड़े औरतें उठाई जाने लगेंगी। जनता खुलकर कहने लगी है कि वेश्या पुत्र से और किस प्रकार के शासन की अपेक्षा की जा सकती है। लक्ष्मण पासवान न तो नगर कोतवाल को कुछ समझता है और न ही सेनापति को, दुर्जनशाह के इशारे पर जब चाहे जिसकी इज्जत सरे आम उतार देता है। राजा का दाहिना हाथ जो है वह। आप शीघ्र ही कुछ ठोस निर्णय लीजिए वरना स्थिति हाथ से निकली जा रही है।'

बिलासकुँअरि ने जो अब तक नीचे मुँह किए बैठी थी, अपना मुँह उठाया। उसकी भूरी आँखें दुर्जनशाह पर जम गईं और उसने धीरे-धीरे कहना प्रारम्भ किया : 'मैंने सारी बातें समझ ली हैं। इस गणिका पुत्र को रास्ते से तुरन्त हटाना है।'

निजामशाह : 'यह कैसे सम्भव है, राजकीय सेना राजा का पक्ष लेगी।'

बिलासकुँअरि ने मुस्कुराकर निजामशाह से कहा : 'देवरजी, कभी-कभी प्रत्यक्ष और परोक्ष व्यवहार के अन्तर को समझ लिया करो।'

निजामशाह : 'भाभी सा, कुछ और स्पष्ट करें।'

बिलासकुँअरि : 'आज तक दुर्जन मुझे तो पूरा सम्मान देता ही है। तुम्हें भी वह अपना चाचा मानते हुए सम्मान देता है। यही हमारे प्रत्यक्ष सम्बन्ध हैं। इनके आधार पर हमें योजना बनानी हैं। हमें युद्ध नहीं छेड़ना है, कूटनीति से काम लेना है। मैं दुर्जन को लगभग पूरी सेना लेकर पश्चिम की ओर भेज दूँगी और कहूँगी–हमारे मातहत जमींदारों को हमारी शक्ति का अन्दाज होना चाहिए। इस तरह लगभग सारी सेना गढ़ा से दूर चली जाएगी। उसके बाद मैं उसकी अनेक कारगुजारियों में से किसी एक

का बहाना लेकर पत्र वाहक से खबर भेजूँगी कि तुम्हारे चाचा तुमसे रुष्ट हैं। अतः तुरन्त लौटकर उन्हें मनाओ। मेरी आज्ञा टालने का तो प्रश्न ही नहीं है। उसे सेना छोड़कर यहाँ लौटना होगा। फिर जब वह महल में आवे तब उसे कैसे ठिकाना लगाना है, इसकी जिम्मेवारी लोकशाहजी पर होगी, पर ध्यान रहे कहीं कोई चूक न हो।' इसके पश्चात् बिलासकुँअरि ने दीवान लोकशाह की ओर देखा।

दीवान लोकशाह : 'रानी सा निश्चिंत रहें, किसी को कानोकान खबर नहीं होगी और कामकाज पूरा होगा।'

एक सप्ताह बाद जब दुर्जनशाह सेना सहित गढ़ा से दो दिन दूर की यात्रा कर एक जमींदार के यहाँ विश्राम कर रहा था, तब उसे राजमाता का आवश्यक पत्र मिला। सेना को सेनापति के हवाले छोड़कर दुर्जनशाह एक बहुत छोटी सैन्य टुकड़ी और अपने अजीज दोस्त लक्ष्मण पासवान के साथ गढ़ा पहुँच गया। गढ़ा में दोनों के साथ आए सैनिक छावनी में चले गए। निश्शंक दुर्जनशाह अपने मित्र पासवान के साथ जैसे ही निजामशाह के आवास पर आया, वैसे ही मुख्य द्वार बन्द कर दिया गया। दीवान लोकशाह के दोनों पुत्र गुमानसिंह और खुमानसिंह महल में छुपकर खड़े हुए थे। मुख्य द्वार बन्द होने की आवाज से पासवान चौंका और उसने कमर में लटकी म्यान से तलवार निकाल ली परन्तु तब तक गुमानसिंह ने उसकी जांघ में भाला घुसा दिया और वह रक्त से लथपथ अचेत होकर गिर पड़ा। दुर्जनशाह जब तक चेते तब तक खुमानसिंह ने उसके पेट में तलवार भोंक दी। इससे उसका तत्काल प्राणान्त हो गया।

छहः माह की अवधि में ही दुर्जनशाह ने अत्याचारों और क्रूरता से वह बदनामी अर्जित कर ली थी कि उसकी मृत्यु पर कोई भी शोक करनेवाला न था। पासवान को निजामशाह ने संरक्षण दिया, क्योंकि वह काम का आदमी था। उसकी चिकित्सा हुई और वह स्वस्थ होने लगा। दीवान लोकशाह को निजामशाह का यह व्यवहार आपत्तिजनक लगा। उसने निजामशाह के इस कृत्य की शिकायत बिलासकुँअरि से की, पर रानी को अब दीवान लोकशाह की आवश्यकता न थी।

भाद्रपद शुक्ल त्रयोदशी, बजाये बुधवार संवत् 1806

गढ़ा कटंगा में छह माह बाद उत्सव का माहौल है। नागरिकों ने अपने घरों में तोरण और पताका बाँध रखे हैं। नगर के चौराहों में शहनाइयाँ बज रही हैं। दो दिन पूर्व ही नगर में मुनादी पिटवा दी गई थी कि आज गढ़ा कटंगा के राजसिंहासन पर स्वर्गीय महाराज शिवराजशाह के अनुज का राज्याभिषेक होगा।

राजमहल में बाँदियों और सेवकों को नए वस्त्र प्रदान किए गए थे। सर्वत्र उल्लास का वातावरण था। राजतिलक का मुहूर्त मध्यान्ह के एक घड़ी पहले था।

छब्बीस वर्षीय निजामशाह सज संवरकर जब तैयार हुए तो लगा कि मानो सुन्दर देवपुरुष स्वर्ग से उतर आया हो। महल में भोर से हवन और मन्त्रोच्चार चल रहे थे। निजामशाह को परम्परा के अनुसार प्रातःकाल के हवन की पूर्णाहुति के कुछ समय पश्चात् दरबार हाल में पहुँचना था, जहाँ उनका सबके सामने राजपुरोहित राज्याभिषेक करते।

सजे-धजे निजामशाह ने कुछ सोचा और सुनहरी जूतियों को पहनकर बगल के राजमहल की ओर चले, अपने स्वर्गीय भाई शिवराज के महल में जहाँ अब उनकी विधवा भावज बिलासकुँअरि रहती हैं। निजामशाह के पहुँचते ही बिलासकुँअरि की दासियों ने उन्हें भीतर ले जाकर बैठाया। तभी बिलासकुँअरि यह जानकर कि भावी महाराज राज्याभिषेक से कुछ पहले उनसे मिलने आए हैं, प्रसन्न हो गईं।

बिलासकुँअरि ने बहुमूल्य श्वेत परिधान धारण किया हुआ था, परन्तु साथ ही उन्होंने गले और हाथों में हीरों से जड़े स्वर्ण आभूषण धारण कर रखे थे एवं सुरुचिपूर्ण केशविन्यास कर रखा था। आज के राज्यारोहण की वे विशिष्ट अतिथि होकर राजदरबार में जानेवाली थीं। अतः वे तैयार हो चुकी थीं।

बिलासकुँअरि वैसे तो अनेक बार निजामशाह को देख चुकी थीं। पर राजा की वेशभूषा में युवक निजामशाह बेहद सुन्दर था। वे देखती रह गईं। निजामशाह आज अपनी नई सजधज में एक चुम्बकीय आकर्षणवाली उस खूबसूरत स्त्री के सामने खड़ा था, जिसे लोग सुनहरी नागिन कहते हैं। उसके सौंदर्य के विष का असर उस पर भी था। बिलासकुँअरि किसी भी नागकन्या से किस तरह कम मोहक थी।

इस समय दो हम उम्र युवा एक दूसरे के सामने खड़े थे। दोनों स्तब्ध थे। क्या कहें कुछ सूझ नहीं रहा था।

कुछ देर बाद बिलासकुँअरि हल्के से मुस्कुराईं और निःसंकोच भाव से उसने देवर निजामशाह के हाथों को अपने हाथ में ले लिया और फिर शरारत भरे शब्दों में कहा : 'देवरजी, राजा बनकर मुझसे दूर होने की मत सोचने लगना। मैं अपने प्यारे देवर को दुनिया की बुरी नजर से बचाऊँगी।'

कुछ देर बाद दोनों राजदरबार पहुँचे। निजामशाह के राज्याभिषेक के पश्चात् सबसे अधिक यदि कोई प्रसन्न था तो वह थी बिलासकुँअरि। उसने प्रचुर मात्रा में गरीबों को धन बँटवाया। उसकी प्रसन्नता का पारावार न था।

निजामशाह अगले सत्ताइस वर्षों तक गढ़ा कटंगा का राजा रहा। इन सत्ताइस वर्षों में कभी भी ऐसा समय नहीं आया, जब बिलासकुँअरि अपने देवर की प्रशंसक न रही हो। लोग कहते रहे कि निजामशाह के पास कोई जड़ी थी जिससे उसने सुनहरी नागिन को वश में कर लिया था। सत्ताइस वर्षों तक हर छोटे राजकीय

मसले पर निजामशाह बिलासकुँअरि की सलाह लेने स्वयं उसके पास जाते रहे, परन्तु बिलासकुँअरि को राजकीय मसलों की बारीकी को देखने की जगह निजामशाह से वार्ता करने में अधिक आनन्द आता था।

यह क्रम निजामशाह के सारे जीवन चला। यह तब तक चला जब तक कि एक दिन महाराज निजामशाह का निधन नहीं हो गया। पचास वर्ष की उम्र में एक बार फिर बिलासकुँअरि अकेली पड़ गई। कालचक्र ने उसे एक बार फिर राजनीति के मोहरों को खेलने के लिए बाध्य कर दिया।

नवम् सर्ग : निजामशाह

निजामसाहि भूपर्तिबभूवतत्पितृव्यकः
समस्त कार्यकोविदः प्रजाप्रियः प्रतापवान् ॥48 ॥
यः साहि चिह्नं सफलं व्यघत्त महाशयः साहिसकोऽप्रमादी,
आखेटिकी यंत्र विभोक्षदक्षः कृपाणयुद्धे नकुलेनतुल्यः ॥49 ॥

मैथिल रूपनाथ कृत गढ़ेशनृपवर्णनम्

उनके चाचा निजामसाहि राजा हुए, वे सभी कार्यों में निपुण, प्रजा के प्रिय एवं प्रतापी थे। उन्होंने 'साहि' के चिह्नों (राजचिह्नों) को सफलतापूर्वक धारण किया। वे उच्च आशय के व्यक्ति थे, (साथ ही वे) आलस्यरहित, शिकारी, यंत्रों के प्रयोग में दक्ष तथा तलवार युद्ध में नकुल (पांडव) के समान (निष्णात्) थे।

निजामशाह

निजामशाह गढ़ा मंडला के अन्तिम लोकप्रिय राजा कहे जाते हैं। स्थानीय लोककथाओं में निजामशाह का बहुत नाम है। इनके शासन में कृषि की उन्नति हुई, विद्या का आदर हुआ, बड़ी संख्या में बाग-बगीचे लगाये गए। प्रजापालन में बहुत ध्यान दिया गया। निजामशाह के दरबार में अनेक अधिकारी थे और उन्हें पर्याप्त अधिकार दिए गए। इनके दीवान पहले खाण्डेराय और बाद में विश्रामसिंह थे। मराठों के दरबार में नियुक्त प्रतिनिधि (वकील) नन्दलाल वाजपेयी और लक्ष्मण पासवान थे। राजवैद्य श्री नीलकण्ठ थे। इनके अतिरिक्त निजामशाह ने छः व्यक्तियों को धर्म से सम्बन्धित विभागों में नियुक्त किया था। इनमें लक्ष्मीप्रसाद पौराणिक थे, प्रेमनिधि, सचल मिश्र एवं शिवराम मिश्र धर्मशास्त्री थे। मनसाराम भट्ट अनुष्ठानी थे और दूदाराय ज्योतिषी थे। राजपुरोहित का पद पहिले फत्ते वाजपेयी ने सम्हाला और बाद में ब्रजनाथ वाजपेयी ने। धर्म से सम्बन्धित अनेक पदों की विधिवत स्थापना यदि राजगोंडों की धर्मप्रियता दर्शाती है तो वह अठारहवीं सदी की राजशाही की उसी मानसिकता को भी दर्शाती है जो मध्ययुगों में विकसित हुई थी। इतने सारे धार्मिकों के रहते निरंकुश राजाओं के स्वभाव में कभी-कभी अच्छे परिवर्तन भी आ जाते थे। निजामशाह के सम्बन्ध में यही कहा जाता है कि वे राज्य प्राप्ति के प्रारम्भिक वर्षों में जहाँ अनुदार और स्वार्थी रहे हैं, वहाँ अपने परवर्ती शासन काल में उदार, व्यावहारिक एवं प्रजापालक राजा के रूप में उभरे। निजामशाह एक अत्यंत लोकप्रिय शासक माने जाते हैं।

अँधेरे से उजाले की ओर

मंडला नगर

मंडला नगर के गढ़ी मोहल्ले में राजदरबार में प्रतिष्ठा प्राप्त व्यक्ति रहते हैं। गढ़ी मोहल्ला राजा के महल से बहुत दूर नहीं है। अतः जब भी राजदरबार में जाना होता है तो अनेक बार एक व्यक्ति दूसरे के यहाँ पहुँच जाता है, बैठकर कुछ गपशप होती है और फिर अपने वाहनों में या पैदल ही महल तक पहुँचा जाता है। दूदाराय राजज्योतिषी हैं, वर्तमान महाराज निजामशाह के पूर्व राजा स्वर्गीय शिवराजशाह जो वर्तमान महाराज के बड़े भाई थे, के जमाने से राजदरबार में रहे हैं और अच्छी प्रतिष्ठा पाई है। वैसे उनका पद राजज्योतिषी का है, पर उनकी रुचि राजघराने की गतिविधियों में अधिक रही है। उन्होंने ही स्वर्गीय महाराज शिवराजशाह और देवी विलासकुँअरि का विवाह कराया था। शिवराजशाह मात्र सात वर्ष शासन कर पाए। उनको राजपूतानी रानी विलासकुँअरि से कोई सन्तान प्राप्त नहीं हुई थी, इस पर सामान्य जनता में बहुत से लोग उनके ज्योतिषीय ज्ञान में शंका प्रकट करते रहे हैं। फिर भी, असहमति तो अपनी जगह पर है। दूदाराय जिन्हें जनता दूदा कहती थी वाणी कौशल में पटु व्यक्ति थे। इस पर किसी की असहमति न थी। किसी साधारण घटना को असाधारण और असाधारण बात को साधारण बनाकर उसकी व्याख्या करना तो कोई दूदाराय से सीखे। ग्रहों की बदलती स्थिति से व्यक्ति की बदलती स्थिति को दूदाराय अपने ज्योतिष ज्ञान से कम और सामान्य ज्ञान से अधिक समझते और समझाते थे। यही कारण है कि वे महाराजशाह से लेकर न केवल निजामशाह तक के प्रियपात्र रहे हैं वरन् वर्तमान महाराज की घृणा के पात्र रहे स्वर्गीय दुर्जनशाह के भी उतने ही प्रियपात्र रहे हैं। वे कभी भी निश्चयात्मक वाक्यों का प्रयोग न करते थे। परन्तु कार्य सदैव ही निश्चयात्मक ही करते थे यही उनका गुण था, जो उन्हें वर्षों से सफलता की नई सीढ़ी चढ़ा रहा था।

लक्ष्मीप्रसाद दीक्षित विद्वान व्यक्ति थे। वे पौराणिक आख्यानों के गूढ़ मर्म को समझते थे। दूदाराय के निवास के पास ही उनका भी निवास था। अतः राजदरबार में जाने के पूर्व दूदाराय के पास पहुँच जाते।

आज भी वे दूदाराय के यहाँ पहुँचे। वहाँ दूदाराय उनसे प्रेम से मिले और चर्चा प्रारम्भ हुई।

लक्ष्मीप्रसाद दीक्षित : 'दूदारायजी, राजदरबार में चलने के लिए तैयार हैं?

दूदाराय : 'अवश्य, परन्तु अभी समय है। तब तक यहीं बैठते हैं। फिर तो राजदरबार की औपचारिकताओं के बीच समय काटना ही है, यहाँ कम से कम आप जैसे कवि की काव्यवाणी सुनने को मिलेगी।'

दूदाराय : 'ऐसा न कहिए दीक्षितजी। कवि अपने कथन को किसी माध्यम से क्यों न कहे, उसका निहितार्थ सदैव ही व्यापक होता है।'

लक्ष्मीप्रसाद दीक्षित : 'वह तो ठीक है, पर राजे-महाराजाओं को तो मुख्यतः अपनी प्रशंसा सुननी सुहाती है।'

दूदाराय (हँसते हुए) : 'यह तो राजाओं के साथ ज्यादती है। भई अपनी प्रशंसा किसे अच्छी नहीं लगती? अब आप ही बताइए 'निज कवित्त काहि न भावा' वाला तथ्य तो कवियों को धन देनेवाला अपनी प्रशंसा में कुछ सुनना चाहे तो उसे दोष कहना मेरी दृष्टि में ठीक नहीं है। भई, राजा ही तो आश्रय देकर गुणियों के गुण निखारने का अवसर प्रदान करता है। अब यदि राजा में स्वयं ही गुणियों के प्रति रुचि न हो तो क्या होगा? सारे गुणी जो रत्नों के समान जगमगाते हैं, पत्थरों के ढेर के समान अनजान जगहों पर पड़े रहेंगे।'

लक्ष्मीप्रसाद दीक्षित : 'दूदारायजी, राजा ही क्या, कोई भी व्यक्ति गुणों की कद्र तो तभी प्रारम्भ कर पाता है, जब उसे गुणीजन मिलें।'

दूदाराय : 'नहीं ऐसा नहीं है, हमारे ज्योतिष के अनुसार तो ग्रहों के पथ बदलने से बुद्धि, स्वभाव और गुण सभी में अन्तर आने लगता है। मनुष्य वही रहता है परन्तु उसकी रुचियाँ ग्रहों के स्वभाव से ही बदलती हैं।'

लक्ष्मीप्रसाद दीक्षित : 'आप ज्योतिषी हैं, इस विद्या के आधिकारिक विद्वान हैं इसलिए आपका सोचना, ऐसा सोचना उचित है।'

दूदाराय : 'दीक्षितजी, यह कोई छुपी बात तो नहीं है। सोचिए हमारे महाराज का केवल कुछ वर्षों पहले तक स्वभाव क्या था? कौन-कौन से काम उन्होंने नहीं किये? ऐसे काम किए जिन्हें प्रजा पसन्द नहीं करती थी, परन्तु अब वही प्रजा उन सब कलुष घटनाओं को याद नहीं करना चाहती, अब वह केवल जय-जयकार ही तो करना पसन्द कर रही है।'

लक्ष्मीप्रसाद दीक्षित : 'हाँ दूदारायजी, जब कुछ पुरानी घटनाओं पर हम नजर डालते हैं तो बड़ा आश्चर्य होता है। महाराज के कार्यकलापों पर। उन्होंने स्वर्गीय शिवराजशाह के दासीपुत्र और वेश्यापुत्र की किस सफाई से हत्या करा दी, उसके साथ वेश्यापुत्र मृत दुर्जनसिंह के प्रमुख साथी लक्ष्मण पासवान जो दुर्जनसिंह की रक्षा करने में ही घायल हुए थे उन्हें महाराज ने जिस तरह अपनी ओर मिलाया और राजप्रतिनिधि का पद दिया, वह तो आश्चर्यजनक ही है।'

कुछ रुककर : 'किन्तु दूदारायजी, सबसे बड़ी बात तो मैं यह मानता हूँ कि जिस व्यक्ति ने अपने पुत्रों के द्वारा महाराज के सिंहासन के सबसे बड़े रोड़े पूर्व राजा

दुर्जनसिंह का वध करवाया वही लोकशाह भी जब अपनी सीमाओं से आगे बढ़ने लगे तो उन्हें भी मौत के घाट उतार दिया गया।'

दूदाराय : 'राज्य परिवर्तन के साथ लोगों की स्वामिभक्ति भी बदलती रहती है। उसका परिणाम मनुष्य को भोगना ही पड़ता है। गढ़ा मंडला के हमारे राज्य में भी यह सब संहार इसीलिए हुआ। जितने भी लोग मारे गए, सबकी ग्रह दशाएँ प्रतिकूल थीं।'

लक्ष्मीप्रसाद दीक्षित : 'लेकिन दूदारायजी, अनेक प्रतिकूलताएँ भी तो अनुकूलताओं में भी बदलीं। आप मेरे इशारे को समझ रहे हैं, न।'

दूदाराय : 'बहुत अच्छी तरह से। महाराज की भावज विलासकुँअरि जिन्होंने देवर के स्थान पर अपनी सौत वेश्या के पुत्र दुर्जनसिंह को राजा बनवाया था, उनका तो मन ही बदल गया। अब वे अपने देवर निजामशाह की बड़ी प्रशंसक हैं, यह भी ग्रह दशा परिवर्तन का ही फल है। मैंने देवर और भाभी दोनों की कुंडलियाँ देखी हैं। शेष जीवन भर दोनों में स्नेह भाव रहेगा।'

लक्ष्मीप्रसाद दीक्षित : 'दूदारायजी, ज्योतिषीय ज्ञान का सार्थक उपयोग किया है आपने।'

दूदाराय : 'ज्योतिषीय ज्ञान ही क्यों, ज्ञान की सभी विधाओं को लोक कल्याणकारी होना ही चाहिए वरना वे जन सामान्य के द्वारा अस्वीकृत कर दी जाती हैं।'

लक्ष्मीप्रसादजी : कुछ चिन्तित हो जाते हैं। वे पौराणिक हैं। राजपरिवार को पुराण सुनाते हैं। स्वभाव से कवि भी हैं इसलिए कविता करते हैं। काशी में उनकी शिक्षा हुई थी। इसीलिए संस्कृत का उत्तम ज्ञान है। कविता भी संस्कृत में ही करते हैं।

दूदाराय पंडित लक्ष्मीप्रसाद के माथे पर पड़ी चिन्ता की लकीरें पढ़ लेते हैं।

प्रकट में वे कहते हैं : 'दीक्षितजी, किस सोच में डूब गए?'

लक्ष्मीप्रसाद दीक्षित : 'सोच में नहीं डूबा, पर कभी-कभी मन में आता है कि पुराण वाचन से श्रोता को पुण्य लाभ तो मिलता है, शायद कुछ मनोरंजन भी हो जाता हो पर पुण्य लाभ तो पारलौकिक है और मनोरंजन क्षणिक। कुछ ऐसा ही मेरे कविकर्म के सम्बन्ध में कहा जा सकता है। पुराण और धार्मिक ग्रन्थों के अध्ययन के उपरांत मेरी सोच भी शायद कुछ पुरानी और पारलौकिक-सी हो गई है।'

दूदाराय : 'आप तो अपने कर्तव्य का पालन ही कर रहे हैं। पुराणवाचन से आपका प्रयास श्रोता को सन्मार्ग की ओर अग्रसर करना है। यही बात काव्य में भी है। आपका व्यक्तित्व पौराणिक का व्यक्तित्व है, तब आप पौराणिक आख्यान को महत्त्व न देंगे तो और किसे देंगे?'

लक्ष्मीप्रसाद दीक्षित : 'मैं नहीं जानता मेरे पुराण वाचन से कितने लोगों ने अपने विचार परिष्कृत किए या कि मेरी कविताओं ने कितनों को धर्मोन्मुख किया?'

दूदाराय : 'आप जान भी नहीं सकते आपके पास ज्ञान की अग्नि है। उसका ताप दूसरों को मिलता है। आप ज्ञान के दीपक हैं, उसका प्रकाश भी दूसरों को ही मिलता

है। न तो अग्नि को पता है कि वह कितनों का शीत दूर कर रही है, न ही दीपक को कि वह कितनों को अपने प्रकाश में जीवन के कार्यों को करने में सफल बना रहा है।'

लक्ष्मीप्रसाद दीक्षित : 'दूदारायजी यह कौन सा ज्योतिष है, जो मेरी समझ से बाहर है?'

दूदाराय : 'दीक्षितजी, अब समय हो गया है, चलिए राजदरबार चला जाए।'

लक्ष्मीप्रसाद दीक्षित, दूदाराय के साथ राजदरबार पहुँचते हैं। सभी अपने-अपने नियत स्थानों पर बैठते हैं। राजा निजामशाह का आगमन होता है। राजा निजामशाह की अनुमति के पश्चात् पहले कुछ अति आवश्यक राजकार्यों पर चर्चा की जाती है, कुछ राजाज्ञाएँ पढ़कर सुनाई जाती हैं। तदन्तर कवि वीर वाजपेयी का सम्मान किया जाता है।

राजा निजामशाह स्वयं कवि बीर वाजपेयी को शाल और श्रीफल के साथ समुचित दक्षिणा देकर सम्मानित करते हैं। यह सम्मान उनके कवि कर्म के उपलक्ष्य में किया गया था। बीर वाजपेयी महाराज के पिता के समय से गढ़ा कटंगा के राजदरबार में थे। उनके दो ग्रन्थ 'सुदामा चरित्र' और 'प्रेम दीपिका' को काफी ख्याति प्राप्त हुई थी।

वाजपेयीजी से दरबार में अनेक लोगों ने जब 'सुदामा चरित्र' की कुछ पंक्तियों के सुनने की इच्छा प्रकट की तो उन्होंने इस ग्रन्थ के अन्त की कुछ पंक्तियाँ सुनाईं जो इस प्रकार थीं :

रेवा तीर पुनीत भूप विशराज धर्ममय
माहिषमती विलासपुरी, अति भरी सुयशचय॥
वाजपेय कुल कमल तरणि कृष्णाकरके शुक
वीर सुमति अनुसार तनक कीन्हौ सो कौतुक॥
प्रभु दीन बन्धु द्विज दीनि को कछु चरित्र वर्णन करयौ।
युद्ध वीर कृपा ते होइयो, विदित भक्ति रस सो भरयौ॥'

निजामशाह ने स्वयं कविता की इन पंक्तियों को सुनकर कवि की प्रशंसा की। तभी एक दरबारी ने उठकर कहा : 'महाराज ने भगवान श्रीकृष्ण के दिव्य गुण अकिंचनों के प्रति प्रेम का अनुसरण किया है और इसीलिए गढ़ा मंडला राज्य में कोई भी विद्वान अकिंचन नहीं है।'

यद्यपि दरबारी ने राजा को प्रसन्न करने के लिए ही यह बात कही थी, पर बात यथार्थपरक थी। निजामशाह ने दरबार के विद्वान प्रेमनिधि ठक्कुर को पाँच हजार रुपये, सचल मिश्र को दो हजार रुपये और शिवराममिश्र को पाँच हजार रुपयों की वार्षिक वृत्ति प्रदान कर रखी थी। जो समकालीन व्यवस्थानुसार बहुत बड़ी राशि थी।

आज राजदरबार देर तक चला, क्योंकि महाराज ने सिंगौरगढ़ और दमोह के बीच एक नया नगर 'अभाना' बसाया था। अभाना नगर के एक ओर विशाल जलाशय

खुदवाया गया ताकि वर्ष पर्यन्त नगरवासियों को पर्याप्त जल मिल सके। अभाना नगर को पास के कुछ ग्रामों से जोड़ा गया। इस रास्ते में दोनों ओर वृक्ष लगवाये जा रहे हैं ताकि बड़े होने पर राहगीरों को छाया मिल सके। दरबार विसर्जित होता है।

दूदाराय और लक्ष्मीप्रसाद दीक्षित साथ लौटते हैं। रास्ते में दूदाराय लक्ष्मीप्रसाद से पूछते हैं, 'दीक्षितजी, आपने भी तो काव्य लिखना प्रारम्भ किया था, अब कितना शेष है।'

लक्ष्मीप्रसाद दीक्षित : 'समापन पर ही है, वस्तुतः बीच में महाराज ने मुझे बाहर भेज दिया था इसलिए कार्य को विराम देना पड़ा।'

दूदाराय : 'हाँ, वर्तमान में मराठों की सेवा में उपस्थित होना सबसे बड़ा कार्य है बाकी सब इस कार्य के सामने गौण हैं।'

लक्ष्मीप्रसाद दीक्षित : 'राजनीति का कीचड़ ऐसा ही है, जिसमें पैर रखते ही धँसना अनिवार्य हो जाता है और फिर प्रभु कृपा से ही उससे निकलना सम्भव हो पाता है।'

दूदाराय : 'दीक्षितजी, आज के समय में जिस भाषा में साहित्य रचना हो रही हो, तब आपका संस्कृत में लेखन प्रशंसनीय है। खैर कब तक राजदरबार में ग्रन्थ प्रस्तुत कर रहे हैं।'

लक्ष्मीप्रसाद दीक्षित : 'सम्भवतः एक माह पश्चात्।'

दूदाराय : 'ग्रन्थ की प्रस्तुति के पश्चात् समीक्षा का अवसर मुझे ही दीजिए।'

लक्ष्मीप्रसाद दीक्षित : 'यह तो मेरे लिए प्रसन्नता की बात होगी।'

सन् 1759 ईस्वी की शरद ऋतु का गुरुवार

राजा निजामशाह का दरबार खचाखच भरा है। राज्य के प्रमुख विद्वान पौराणिक पंडित लक्ष्मीप्रसाद दीक्षित आज अपना संस्कृत ग्रन्थ 'गजेन्द्र मोक्ष' राजा निजामशाह को समर्पित करनेवाले हैं। आज राजदरबार की कार्यसूची में केवल एक ही कार्य होना है वह है, काव्य 'गजेन्द्र मोक्ष' का लोकार्पण और उस पर चर्चा।

महाराज के सिंहासन पर बैठने के उपरांत दरबार की औपचारिकताएँ पूरी हुई और पंडित लक्ष्मीप्रसाद दीक्षित ने ग्रन्थ महाराज श्री निजामशाह को समर्पित किया।

समर्पण के अवसर पर 'गजेन्द्रमोक्ष' की सर्वज्ञात कथा का संक्षिप्त भाष्य दरबार में प्रस्तुत किया, जो इस प्रकार था–

'प्राचीनकाल में एक गजराज अपने परिवार सहित नदी में उतरा तभी एक विशाल ग्राह ने गजराज का पैर पकड़ लिया। गजराज ने अपनी सारी शक्ति ग्राह से छूटने में लगा दी परन्तु जब उसे सफलता न मिली और उसे जीवन और मृत्यु के संघर्ष में मृत्यु दृष्टिगोचर होने लगी, तब आर्त गजराज ने प्रभु को टेर लगाई। भक्ति भावना

से ओतप्रोत पुकार को सुनकर श्री हरि गरुड़ पर बैठकर घटनास्थल पर पहुँच गए। उन्होंने चक्र से ग्राह का वध कर दिया और गजराज को मुक्त किया। ईश्वर की सच्ची निष्ठा में बहुत बड़ी शक्ति है।'

सम्पूर्ण काव्य 407 श्लोकों में बद्ध था, अतएव काव्य के प्रमुख अंशों को कवि लक्ष्मीप्रसाद दीक्षित ने सस्वर पढ़कर सुनाया। सारी राजसभा में आनंद व्याप्त हो गया। दीक्षितजी ने नौ अध्यायों में रचे इस श्रेष्ठ ग्रन्थ के प्रथम सर्ग 'त्रिकूटाचल वर्णनम्' के बयालीस श्लोकों में से दो श्लोक सुनाए फिर। 'वरुणोपवन वर्णनम्' के सत्तावन श्लोकों में से दो श्लोक सुनाए। फिर तृतीय सर्ग का सार 'गजेन्द्र वर्णनम्' में गजराज की शक्ति के वर्णन के बयालीस श्लोकों में से एक श्लोक सुनाया। तदन्तर चौथे अध्याय में वर्णित गजनक्र युद्ध के अड़तालीस श्लोकों में से तीन श्लोक सुनाए और फिर पंचम अध्याय में भक्तिरस से ओतप्रोत तैंतालीस श्लोकों में से मोक्ष सम्बन्धी एक श्लोक सुनाया तत्पश्चात् उन्होंने विष्णोः वैकुण्ठगमनम् नाम के सप्तम अध्याय में से दो श्लोक सुनाए और फिर उन्होंने काव्य के नर्मदा माहिष्मती वर्णनम् नामक आठवें सर्ग से नर्मदा और माहिष्मती के वर्णन में लिखे गए त्रेपन श्लोकों में से चार श्लोक सुनाए। काव्य के अन्तिम सर्ग में पैंतालीस श्लोकों में से कुछ श्लोकों में कविकुल का वर्णन था तो कुछ में नृपवंश का वर्णन था। काव्य के अन्तिम अध्याय के एक श्लोक को उन्होंने भावविभोर होकर सुनाया, जो इस प्रकार था :

रामाणामादि कामः शरणगत नृपाराम विश्राम धाम।
शत्रूणां कालवामः प्रकटसुर नमः पूरिताव्यर्थिकामः॥
भूपानां मौलिदाम स्वजन हित गुणग्राम भूपालरामः।
साक्षादाकारिधर्मः स्फुरति जगति यो राजराट श्री निजामः॥

निजामशाह गजेन्द्रमोक्ष के कथानक को सुनकर एवं काव्य में स्वयं के प्रति लिखे गए कथ्य से प्रसन्न हुए, पर स्वयं वे इस पर कुछ कहते यह उन्हें ठीक न लगा और उन्होंने दूदाराव की ओर देखा। पर दूदाराव तो मानो पहले से ही कुछ कहने के लिए आतुर थे।

दूदाराव खड़े होकर कहने लगे, 'कवि श्री लक्ष्मीप्रसाद दीक्षित का यह काव्य संस्कृत के महान कवि माघ के काव्य के सदृश्य है। महाकवि 'माघ' के काव्य के बारे में कहा जाता है 'माघे सन्ति त्रयो गुणाः' अर्थात् काव्य के सभी तीनों गुणोंवाली कविता कविवर माघ की कविता है। यही उक्ति 'गजेन्द्र मोक्ष' पर भी लागू होती है। गजेन्द्र मोक्ष का कथानक मनुष्य मात्र के कल्याण के लिए है। कथानक का गजराज मनुष्य की बुद्धि है। कभी-कभी बुद्धि ऊपरी तौर पर दिखनेवाली स्वच्छता और पारदर्शिता से प्रभावित हो उसके नीचे पड़े पंक को नहीं देख पाती और मनुष्य प्रपंच रूपी पंक में फँस जाता है। उसका बल क्षीण हो जाता है और तब उस पर मृत्यु आक्रमण करती है जैसे गज पर ग्राह ने आक्रमण किया। उसका पैर पकड़कर और

अधिक पंक में मृत्यु घसीटने का यत्न करती है। ऐसे अवसरों पर प्रभु की भक्ति ही मनुष्य का उद्धार करती है। यह भक्ति तब तक उत्पन्न नहीं होती, जब तक मनुष्य के हृदय निर्मल न हो जाए। प्रभु कृपा से सब कुछ सम्भव है। लगातार विनाश की ओर खिंचता हुआ प्रपंचों के पंक में डूबा हुआ व्यक्ति भी धीरे-धीरे मृत्यु से जीवन की ओर बढ़ने लगता है। गजराज तो एक उदाहरण है। क्या राजा क्या रंक, सभी इस कथा से शिक्षा लेते रहेंगे, मुझे यह विश्वास है।'

यह कहकर दूदाराव बैठ गए। राजा निजामशाह एक बार स्वयं सोचने को मजबूर हुए कि कहीं यह उनके जीवन का यथार्थ तो नहीं है।

कुछ वर्षों बाद

राजा निजामशाह ने मंडला तथा अन्य स्थलों पर अनेक बगीचे लगवाए अनेक मन्दिर बनवाये और हजारों लोगों को अनेक प्रकार के दान दिए।

राजा निजामशाह सारे जीवन लोककल्याण के कार्यों में व्यस्त रहा।

राजाज्ञा का पालन

निजामशाह का बचपन ही क्या आधी जवानी भी राजनीति की गुत्थियों को सुलझाते बीती थी। कभी वह स्वयं राजनीति का मोहरा रहा तो कभी परिस्थितियों ने उससे राजनीति के ऐसे मोहरे चलवाये, जिन्हें वह चाहता हो या न चाहता रहा हो। मराठों की शक्ति दिनों दिन प्रबल हो रही थी। नागपुर और सागर दोनों ही मराठों के शक्ति केन्द्र थे। निजामशाह ने साम, दाम, दंड और भेद की नीति का बड़ी बारीकी से समझा था क्योंकि जरा सी भी भावुकता उसके लिए भारी पड़ जाती। जब समय का विधान विचित्र हो तो राज्य का विधान भी तो विचित्र ही होगा।

निजामशाह ने विपरीत प.रिस्थितियों में भी अपने-अपने क्षेत्र के श्रेष्ठ पुरुषों को राज्य में रखने का अभियान चला रखा था। उसने अल्मोड़ा से नीलकण्ठ नाम के नामी वैद्य को बुलाया और राज्य वैद्य बनाया।

निजामशाह के दरबार में गुणी जनों की कद्र थी। निजामशाह को ऐसे लोगों की पहिचान थी, जो उसके लिए स्वयं को न्योछावर कर सकें।

निजामशाह का दरबार

निजामशाह के दरबार में उसके सभी राजप्रमुख मौजूद थे। तभी राज्य के एक इलाके से बहुत से ग्रामीण फरियाद लेकर दरबार में उपस्थित हुए।

निजामशाह : 'क्या फरियाद है?'

ग्रामीण : 'हुजूर, घर से बाहर निकलना कठिन हो गया है। जंगल का नाहर (शेर) अब गाँव तक में घुस आता है और अब तो यह हालत है कि एक ही हफ्ते में चार आदमियों को दरवाजे के पास से उठा ले गया है। बड़ी मुश्किल से हम यहाँ तक आ पाए हैं। पता नहीं यहाँ से लौटने पर हमारे घरों में कितने लोग सलामत मिलेंगे। हमारी बिनती तुरन्त सुनी जाए।'

निजामशाह : 'क्या तुम लोगों ने खुद शेर को मारने की कोशिश नहीं की।'

ग्रामीण : 'सब उपाय किए, पर सफल नहीं हुए। तेज जहर मिलाकर गारा बाँधा, जाल डाला, पंजे को फँसानेवाला फन्दा लगाया, पर आदमखोर सब समझता

है। हर बार एक गाँववाले को ही अपना निवाला बनाता रहा, उसे कभी कुछ नहीं हुआ।'

निजामशाह : 'तुम लोग चिन्ता मत करो। तुम्हारे साथ ही हम अच्छे शिकारियों को भेजेंगे, ताकि तुम लोगों पर आगे कोई मुश्किल न आए।' (कुछ रुककर) फिर सभासदों की ओर देखकर : 'आप लोगों में से कोई ऐसे शिकारी का नाम बतलाए, जिसे हम इनके साथ भेज सकें। उसे हम भरपूर इनाम देंगे। बस काम पूरा होना चाहिए।'

दरबार में उपस्थित एक राज्याधिकारी : 'हुजूर कुछ दिनों पहले ही हमने दो युवकों को नौकरी में रखा है। उनके बारे में कहा जाता है वे अच्छे शिकारी हैं। मुझे खुद भी उनमें से एक ने बतलाया था कि बेढ़न के जंगलों में उन्होंने पहले भी शेर को मारा है।'

दीवान विश्रामसिंह : 'हाँ वे दोनों रीवा की ओर के रहनेवाले हैं। उस तरफ बेढ़न में भी कम खूँखार शेर नहीं हैं। वहाँ से तो निकलना ही मौत को आमंत्रित करने के बराबर है।'

दीवान विश्राम सिंह तुरन्त ही दोनों भाइयों को दरबार में बुलवाने की आज्ञा देते हैं।

कुछ ही देर में दोनों भाई दरबार में उपस्थित होकर महाराज को प्रणाम करते हैं।

निजामशाह : 'हमने सुना है, तुम लोग शेर का शिकार कर लेते हो।'

दोनों भाई : 'हाँ महाराज'।

निजामशाह : 'क्या नाम है तुम्हारा?'

पहला व्यक्ति : 'अन्नदाता, मेरा नाम मोहनसिंह है और यह मेरा भाई मुकुटमणि है।'

निजामशाह : 'तुम दोनों को हम हाथी और बन्दूकें दिलवा देते हैं ताकि शेर को बिना अधिक कठिनाई के मारा जा सके। ध्यान रहे आदमखोर बड़ा काइयाँ होता है।'

उपस्थित ग्रामीण : 'अन्नदाता, आपने कितनी सही बात कही। यह शेर गाँव के पास दुबका पड़ा रहता है। आदमी को तब पता चलता है जब वह उसके एकदम पास पहुँच चुका होता है। फिर वह न तो भाग सकता है और न कुछ और कर सकता है। बेबस हो जाता है आदमी शेर के सामने। वह तो साक्षात् मौत ही है।'

निजामशाह : 'मुकुटमणि और मोहनसिंह तुम दोनों इन लोगों की बातों पर ध्यान दो और कोशिश करना कि शिकार में लापरवाही न हो।'

मुकुटमणि : 'अन्नदाता, यदि आज्ञा दें तो हम आपके सामने बतलाना चाहेंगे कि हम आदमखोर शेरों का शिकार कैसे करते हैं।'

निजामशाह : 'हाँ, जरूर यह दिलचस्प बात है, हम सुनना चाहेंगे।'

मुकुटमणि : 'अन्नदाता, हमें किसी भी आदमखोर शेर से कोई भय नहीं लगता। हम तो बहुत ही सरल ढंग से शेरों का शिकार करते हैं।'

आदमखोर शेर जंगल में लुकता-छिपता रहता है और उसे ढूँढ़ पाना मुश्किल होता है। ऐसी स्थिति होने पर उसे ललचाने का एक कारगर तरीका है। मैं किसी पेड़ के नीचे खड़ा हो जाता हूँ, हाथ में नंगी तलवार रहती है। सामने के पेड़ में भाई मोहनसिंह बैठ जाता है। उसका निशाना अचूक है, बस फिर सब कुछ वैसा ही होता है जैसा कि हम चाहते हैं। शेर जैसे ही मुझ पर झपटता है। इसके साथ ही उस पर गोली चल चुकी होती है और वह ढेर हो जाता है।'

दीवान विश्राम सिंह : 'इसका मतलब है तुम गारा बन जाते हो।'

मुकुटमणि : 'तब हम शेर का तलवार से मुकाबला करते हैं, एक बार ऐसा ही हुआ है कि निशाना चूक गया और हम तब तक अपनो तलवार से शेर का मुकाबला करते रहे, जब तक मोहन सिंह तेजी से पेड़ से उतरकर नीचे नहीं आया और उसने बन्दूक फिर से भरकर शेर पर नहीं दाग दी।'

दीवान विश्रामसिंह : 'पर यह तो बहुत खतरनाक है क्योंकि दुबारा दागी हुई गोली तुमको भी लग सकती है या यह भी सम्भव था कि गोली दुबारा फिर शेर को न लगे।'

मोहनसिंह : 'हुजूर, तो फिर हम शिकारी ही कहाँ रहे? साधारण बन्दूक चलानेवाले बन्दूकची और हममें फर्क ही क्या रहा? फौज में सही निशाना तो बहुत से सिपाही लगा लेते हैं, पर वक्त की जरूरत के हिसाब से हिलते-डुलते भागते जानवर पर तेजी से और सही निशाना लगाना अलग बात है। वही बात शिकारी को खास बनाती है।'

निजामशाह : 'तुम दोनों की बातों पर यकीन न करने का कोई कारण तो नहीं है पर तुम्हारे शिकार करने का तरीका हमें पूरी तौर पर अमल में लाने लायक नहीं लगता, फिर भी तुम्हारी अपनी सोच है, तरकीब है, हम उसमें क्या कहें?'

मोहनसिंह : 'अन्नदाता, आप हम पर विश्वास रखें कि हम शिकार के साथ ही लौटेंगे।

निजामशाह : 'हमारे राज्य में शेरों का आतंक हमेशा से ही हो रहा है। एक जमाने में तो प्रातः स्मरणीय दुर्गावतीजी खुद आदमखोर शेरों का संहार करती थीं। पर उनकी बात और थी। उन्हें दुर्गा की शक्ति थी बाद में हमारे पूर्वज प्रपितामह के पिता महाराज श्री हृदयशाह ने सैकड़ों शेरों को मरवाया था और उनकी खालों को दिल्ली भिजवाया था। वह भी बहुत पुरानी बात है। सुनते हैं तब उन्होंने शेरों को मारने के लिए गारे में विष का प्रयोग किया तथा कुछ शेरों को शिकारियों से भी मरवाया था। कुछ शेरों को फन्दो में फँसवाया था।'

मोहनसिंह : 'अन्नदाता, हमारे रहते न तो फन्दे की जरूरत है और न विष मिले हुए गारे की। कैसा भी चालाक शेर हो, हम उससे निपटना जानते हैं।'

निजामशाह : 'ठीक है, तुम लोगों को हम अच्छा इनाम देंगे। इन गाँववालों का संकट दूर करो, जो भी हथियार चाहिए हों वे तुम्हें मिल जाएँगे। अब तुम इनके साथ आज ही चले जाओ।'

एक सप्ताह बाद

किले के बाहर दो बैलगाड़ियाँ खड़ी हुई हैं, नगरवासी बड़ी संख्या में इकट्ठा हो गए हैं। भीड़ ने दोनों बैलगाड़ियों को घेर रखा है। बैलगाड़ी के साथ आए हुए कुछ पैदल हैं और कुछ के हाथों में भाला है। सभी ग्रामीण इलाके के लोग हैं।

आवाज सुनकर किले के पहरेदारों में से दो-एक आगे आते हैं।

पहरेदार एक बैलगाड़ी के पास खड़े हुए आदमी को देखकर 'अरे मोहनसिंह तुम?'

मोहनसिंह फफक कर रोने लगता है। उसके हाथ से बन्दूक गिर जाती है। पहरेदार उससे कुछ पूछता है। वह रोते हुए कुछ जबाव देता है, तभी वह आश्वासन देते हुए उसके कन्धे में हाथ रखकर सान्तवना देता है। दूसरा पहरेदार उसे किले के भीतर ले जाता है और एक भृत्य से कहता है कि उसे महाराज से मिलवा दे।

महाराज भोजन के उपरान्त विश्राम को जा रहे हैं, परन्तु भृत्य से यह सुनकर कि मोहनसिंह आ गया है तुरन्त मिलने का मन बनाते हैं और उसे भीतर बुलवा लेते हैं।

निजामशाह : 'मोहनसिंह, क्या शेर मारा गया?'

मोहनसिंह : 'हाँ अन्नदाता, आपके प्रताप से हमने उसे मार डाला।' परन्तु यह कहकर वह रोने लगा

निजामशाह (आश्चर्य से) : 'अरे, रोता क्यों है क्या हुआ?'

मोहनसिंह : 'अन्नदाता, मैं लुट गया मेरा। भाई मुझ से छिन गया।'

निजामशाह : 'क्यों क्या हुआ, विस्तार से बतला।'

मोहनसिंह : 'महाराज, वह नरभक्षी शेर बहुत चालाक था। हमने उसे अनेक प्रकार से घेरने का प्रयास किया। पर अन्त में हमने अपना पुराना तरीका अपनाया। भाई मुकुटमणि एक पेड़ के नीचे खड़े हुए। शेर आया और हमने उसके ऊपर गोली दाग दी। शेर को गोली लगी और वह गिर गया। पर जब तक मैं पेड़ से उतरकर नीचे आया। मेरे भाई मुकुटमणि पड़े हुए शेर को अपनी तलवार की नोंक से टोंचकर कुछ देखने का प्रयास करने लगे। शेर को गोली तो लगी थी, पर वह मरा नहीं था। अतः वह बिजली की गति से उठा और उसने पलक झपकते भाई को नीचे गिराकर चबा डाला। मैंने अपने तईं जितनी जल्दी हो सकती थी, शेर पर दूसरी गोली दागी और वह इस बार ढेर हो गया। पर मैं भाई को खो चुका था।'

निजामशाह : 'अरे यह तो बड़ा अनर्थ हुआ।'

यह कहकर निजामशाह ने मुकुटमणि की अन्त्येष्टि की व्यवस्था कराई जिसके शव को बैलगाड़ी में लाया गया था। मृत शेर की खाल उतारने की भी आज्ञा दी।

निजामशाह ने मोहनसिंह को शीघ्र ही अपनी सेना की एक टुकड़ी का सेनानायक बना दिया। मोहनसिंह वीर और परिश्रमी तो था ही, स्वामिभक्ति की भी उसमें कमी न थी। अतः वह सेना में उच्च पद प्राप्त करता गया और एक बार जब निजामशाह के पूर्वी इलाके बिलासपुर के क्षेत्र में सिपाहियों ने विद्रोह कर दिया तो उसने मोहनसिंह पर भरोसा कर उसे विद्रोही सिपाहियों को दंडित करने की आज्ञा दी। मोहनसिंह ने बड़ी कुशलता से विद्रोहियों का दमन कर दिया। परन्तु जब वह अपने कार्य में सफल होकर लौट रहा था, तभी एक नाले में छुपे हुए कुछ विद्रोही सिपाहियों ने उसका वध कर दिया। यद्यपि सेना ने तुरन्त ही इन हत्यारों को पकड़कर उनके किए की सजा दे दी, परन्तु जब सेना लौटी तब मोहनसिंह का मृत शरीर ही उसके साथ था।

राजा निजामशाह दुखी हो गए। दो राजभक्त सगे भाइयों को एक सी मौत। दोनों विजयी हुए थे। दोनों ने अपना कार्य पूरा किया था और दोनों ही अप्रत्याशित घटनाओं में मारे गए। निजामशाह ने उस नाले का नाम मृतक मोहनसिंह के नाम पर मोहन नाला रख दिया। जिस ग्राम के पास मुकुटमणि मारा गया था, उसे भी अब मुकुटपुर कहा जाने लगा।

राजा निजामशाह की सेना में अब मोहनसिंह का बड़ा पुत्र भरती हो चुका था। राजा निजामशाह मुकुटमणि और मोहनसिंह के परिवार को पुरस्कृत करना चाहते थे अतः उन्होंने मोहनसिंह को बुलाया और कहा–

'गज्जी, हम तुम्हारे पिता एवं चाचा के बलिदान का मान रखते हुए तुम्हें अब मुकुटपुर ताल्लुके का ताल्लुकेदार बनाना चाहते हैं। परन्तु हम तुम्हें एक बार फिर सचेत करना चाहते हैं और तुमसे जानना चाहते हैं कि क्या तुमने अपने पिता और चाचा की मृत्यु से कोई सबक सीखा?'

गज्जी सिंह : 'अन्नदाता, अब तो हमारे माता-पिता सभी आप हैं। आप हमें निर्देश दीजिए कि हम किस प्रकार सफल होकर अपना कार्य करें।'

राजा निजामशाह : 'गज्जी, मैं तुम्हें पुत्रवत् मानता हूँ। तुम्हारे चाचा डील-डौल से तुम्हारे जैसे ही भारी थे, बड़े ताकतवर थे, इसलिए शेर से भी नहीं डरते थे। तुम्हारे पिता बढ़िया निशाने बाज थे और कर्तव्यपरायण थे। पर दोनों ही केवल इसलिए असमय मृत्यु को प्राप्त हुए, क्योंकि दोनों ने समय के अनुसार अपने शत्रु को नहीं देखा। वीरता और कर्तव्यपरायणता श्रेष्ठ गुण हैं परन्तु मनुष्य में दूरदृष्टि होना भी परम् आवश्यक है। जब भी तुम काम करो उसके सभी पक्षों पर भली-भाँति सोच लो ताकि कार्य में सम्पूर्ण सफलता मिले।'

गज्जी सिंह : 'अन्नदाता, मैंने आपकी बात गाँठ में बाँध ली है।'

कुछ दिनों बाद

महाराज के राजमहल के अतिथिकक्ष।

मुकुटपुर का ताल्लुकेदार गज्जीसिंह ने प्रवेश किया। महाराज अपने कुछ गिने-चुने अधिकारियों से राजकार्य सम्बन्धी चर्चा कर रहे हैं। गज्जी सिंह ने आते ही महाराज की जयकार की और उन्हें नजराना भेंट किया।

महाराज निजामशाह : 'कहो गज्जी, कैसे आना हुआ?'

गज्जी सिंह : 'महाराज मैंने राज्य की प्रजा की सुरक्षा की खातिर कुछ ऐसा किया है जिसे मैं नहीं जानता कि मैंने ठीक किया है अथवा नहीं?'

महाराज निजामशाह : 'यदि प्रजा की सुरक्षा के लिए कुछ किया है, तब तो सब कुछ ठीक ही होगा। फिर भी तुम जो कुछ कहना चाहते कह डालो।'

गज्जीसिंह : 'महाराज, हमारे ताल्लुके में कुछ गोंड परिवारों ने आतंक मचा रखा था। यह आतंक सब तरह का था। परिवार के दो युवक लुटेरे थे। दिन दहाड़े लोगों को लूट लेते थे। स्त्रियाँ और वृद्ध जादू-टोने कर लोगों को कष्ट देते और गुनयाई के नाम पर पैसे ऐंठते थे।

'उन लुटेरों को लोग इसलिए भी न पकड़ते थे कि जब भी किसी ने ऐसा करने का प्रयास किया तो उस पर अनजाने कष्ट प्रारम्भ हो जाते। किसी का बच्चा गम्भीर रूप से बीमार पड़ जाता तो कहीं किसी के घर की औरत पागल हो जाती। कुछ लोगों ने तो इन लुटेरों को पकड़कर हमारे पास लाने का भी प्रयास किया था, पर वे संयोगवश गम्भीर दुर्घटनाओं के शिकार हुए। स्थिति यह हुई कि वे दोनों युवक और अधिक उद्दंड और दुःसाहसी हो गए। लोगों का गाँवों में रहना मुश्किल हो गया।'

राजा निजामशाह : 'फिर क्या किया तुमने?'

गज्जीसिंह : 'मैंने दूसरे गाँव से सिरहा (ओझा) को बुलाना चाहा पर आसपास के गाँव के सभी सिरहाओं ने उस परिवार के विरुद्ध कोई मदद देना तो दूर मुझे ही चेतावनी दे डाली कि मैं उस परिवार से झगड़ा मोल न लूँ।'

'परन्तु, यह कब तक चलता, मैंने एक युक्ति सोची और उसकी किसी को कानो-कान खबर न होने दी। मैंने साम, दाम, दंड, भेद में से दाम की विधि अपनाई। मैंने एक दिन नगर के बाहर के अपने एक मकान में इस परिवार के सारे पुरुषों और स्त्रियों का न्योता कर दिया। ये दोनों लुटेरे भी पहुँचे। मैंने सबको मकान के भीतर के आँगन में छककर भोजन कराया। एक ओर औरतों को बैठाया और दूसरी ओर उनकी औरतों और आपसियों से परोस भी कराई।

'मैंने मकान के चारों ओर पहले से घास के ढेर और लकड़ियाँ लगा रखीं थीं। वे सभी खाना खाकर उठ पाते, तब तक मैं उनके साथ ही रहा। फिर बहाना बनाकर जैसे ही मैं बाहर निकला। सिपाहियों ने मजबूती से दरवाजा बन्द कर दिया और चारों ओर से आग लगा दी। कहीं कोई निकलने की जगह न थी, सो सब जल मरे।'

राजा निजामशाह (चिन्तित होकर) : 'लेकिन इसमें अनेक निरापराध भी मारे गए।'

तभी बैठक में उपस्थित राजा के सलाहकारों ने बतलाया कि उन्होंने भी उस परिवार की गतिविधियों विशेषतः जादू-टोना से सम्बन्धित अनेक कहानियाँ सुनी हैं।

राजा निजामशाह : 'गज्जी, हम समझते हैं कि इनके साथ इनका सभी कुछ नष्ट हो चुका है।'

गज्जीसिंह (कुछ हिचकिचाते हुए) : 'महाराज, मैंने भी यही सोचा था, परन्तु दुर्भाग्यवश ऐसा नहीं हुआ।'

राजा निजामशाह (आश्चर्य से) : अब क्या स्थिति है?

गज्जीसिंह : 'हमारा परिवार दुःस्वजों और नित्यप्रति हो रहे अनिष्टों से भयाक्रान्त है।'

निजामशाह : 'ठीक है, यह सब तुमने राज्य के लिए किया इसलिए अब तुम्हें आज से मुकुटपर के स्थान पर रामगढ़ का इलाका देते हैं।'

रामगढ़ में भी गज्जीसिंह के परिवार की स्थितियाँ असमान्य रहीं। कुछ वर्षों बाद गज्जीसिंह का नाती जैसे ही रामगढ़ की राजगद्दी पर बैठा, वह पागल हो गया।

दशम् सर्ग : सुमेरशाह

सुमेदसाहिर्नृपतिर्बभूव
भुक्त्वा त्रिवर्ष क्षितिमंडल तत्।
भ्रष्टो निकामं गतवान् समुद्रं
पुनः प्रपेदे हरिमन्दिर सः ॥53॥

मैथिल रूपनाथ कृत गढ़ेशनृपवर्णनम्

सुमेद साहि राजा हुए, वे क्षिति मंडला का तीन वर्ष तक भोग करके पूरी तरह से भ्रष्ट हो गए। वे समुद्र में चले गए, फिर हरि मन्दिर में चले गए।

सुमेरशाह

गढ़ा मंडला के अन्तिम शासकों में से दो शासक सुमेरशाह और नरहरिशाह समकालीन थे। इन्हें मराठा सरदार विसाजी ने धन लेकर राजा बनाया था। इनका शासनकाल बहुत ही सीमित अवधि का था। सुमेरशाह मात्र लगभग दो वर्ष ही राजा रह सका (अप्रेल 1780 से 1782 के पूर्वार्द्ध तक)। इस छोटी-सी अवधि में वे सब कार्य किए फिर भी उन्हें अपयश एवं असफलता ही मिलनी थी। अति महत्त्वाकांक्षा से पीड़ित सुमेरशाह को बन्दी जीवन भुगतना पड़ा और उसके बाद गुमनामी का जीवन। परन्तु जीवन के अन्तिम चरण में जब वह पचास वर्ष से भी ऊपर का हो चुका था और जब उसके हाथ में कोई सत्ता नहीं थी, तब भी उसने राजा बनने की सोची। पर यह सोच भी उसके लिए घातक सिद्ध हुई और वह मौत के घाट उतार दिया गया। अभिलेखों में सुमेरशाह का नाम सुमेदशाह भी मिलता है।

मृगमरीचिका

नियति का यह क्रूर खेल ही था, जिस तरह शिवराजशाह के कोई वैध सन्तान न थी वैसे ही उसके सहोदर निजामशाह के भी कोई वैध सन्तान न थी। शिवराजशाह भी उत्तराधिकारी विहीन राज्य छोड़कर स्वर्गवासी हो गए थे। सियासी खेल के लिए अब उपयुक्त मंच सज गया। सत्ताइस वर्ष तक राजकाज में दूर से ही सही राजकार्यों में रुचि लेनेवाली पचासवर्षीया महारानी विलासकुँअरि के समर्थकों ने महारानी को अपनी शक्ति दिखलाने के लिए उकसाना प्रारम्भ कर दिया। रानी का पक्ष कम प्रबल न था। उसके पक्ष में श्रीनगर का पठान जागीरदार शहादत खाँ और पेटेहरा का जागीरदार पृथीसिंह खुलकर सामने आ गए। परन्तु निजामशाह की मृत्यु के पश्चात् राज्य के शासन सूत्रों को सम्हालने की होड़ में रघुवंश वाजपेयी, जो स्वर्गीय महाराज निजामशाह के महामंत्री और मित्र थे, का परिवार एवं कोषाध्यक्ष के परिवार ने महारानी की अनदेखी करते हुए प्रचारित किया कि स्वर्गीय महाराज मृत्यु के पूर्व एक दासी से उत्पन्न अपने पुत्र महीपाल सिंह को राज्य का उत्तराधिकारी नियत कर गए हैं। बिना महारानी की सहमति के अल्पवयस्क दासीपुत्र महीपाल सिंह को राजगद्दी पर बैठाने की रस्म पूरी कर दी गई। दासीपुत्र महीपाल सिंह के समर्थक रघुवंश वाजपेयी तथा विक्रम के पुत्र गंगा वाजपेयी थे। उनका साथ दे रहे थे कोषाध्यक्ष गणेश पासवान के पुत्र गिरधर पासवान एवं नुनधा पासवान तथा गणेश पासवान के भाई मूरतसिंह। राज्य की शक्ति दो धड़ों में विभाजित हो चुकी थी। दोनों शक्तियों के टकराव को खुलकर सामने आना ही था, केवल वक्त की बात थी।

रानी विलासकुँअरि का महल

रानी विलासकुँअरि अपने महल में बैठी हुई अपने गुप्तचरों से राज्य का हाल पूछने लगी।

'महीपाल को वाजपेयियों ने कहाँ रखा है?' रानी ने एक गुप्तचर से पूछा।'

पहला गुप्तचर : 'माँ सा, राजमहल से बहुत दूर नगर के बाहर की गढ़ी में जहाँ रघुवंश वाजपेयी और उसका परिवार रहते हैं।'

'तुम शहादत खाँ फौजदार के पास गए थे। वे कब मिलने आएँगे?' रानी ने दूसरे गुप्तचर से पूछा।

दूसरा गुप्तचर : 'कल, कल सुबह आपसे मिलने के लिए कहा है। हुजूर, आपके महल के चारों ओर वाजपेयी ने अपने आदमी छोड़ रखे हैं। वे शहादत खाँ के आने की सूचना वहाँ दे सकते हैं।'

महारानी (कुटिल मुस्कान के साथ) : 'वे सब के सब हमारे आदमी हैं। हमारे महल के चारों ओर तैनात सुरक्षा कर्मियों को वे उनकी हर पल की सूचना हमें दे रहे हैं। तुम बेफिक्र होकर जाओ। हाँ, खौफ की कोई बात नहीं है, हमारे महल के चारों ओर जो भी हैं वे किसी और के नौकर हो सकते हैं पर हैं हमारे ही नमकहलाल।'

दोनों गुप्तचर चले जाते हैं।

सेविका सूचना देती है कि जागीरदार पृथीसिंह उनसे मिलना चाहते हैं।

महारानी : 'उन्हें भीतर ले आओ।'

पृथीसिंह : 'रानी सा, हमारी बन्दगी स्वीकार करें।'

महारानी : 'ठाकुर सा, आप जैसे लोगों के बल पर ही तो गढ़ा का राज्य आज तक मजबूती से सारी कठिनाइयों को झेलने में समर्थ रहा है।'

पृथीसिंह : 'रानी सा, आपने हमें मान दिया, हमारी आत्मा तृप्त हो गई। परन्तु आजकल धर्म-अधर्म और आचरण-दुराचरण की परवाह कौन कर रहा है? (फिर कुछ रुककर) जब धर्म की राह दिखलानेवाले ही अधर्म का रास्ता पकड़ लें तब क्या कहा जाए।'

महारानी : 'ठाकुर सा, आप ही बतलाएँ कि यह धरम का ठेकेदार वाजपेयी कौन से धर्म का पालन कर रहा है? न जाने कहाँ से एक लड़के को पकड़ लाया है और कहता है देवरजी का पुत्र है जो नौकरानी से पैदा हुआ है। ठाकुर सा, इस महल में हम देवरजी के साथ रहे हैं। सत्ताइस साल तक जो हमें पता नहीं, वह वाजपेयी को पता है? कैसे विश्वास करें? एक कागज का टुकड़ा हमें भी दिखाने भेजा था, हम पढ़े लिखे तो नहीं हैं, पर हमें क्या इतना भी नहीं मालूम कि कागज में कोई भी किसी के नाम से कुछ भी लिख सकता है। अब जब लिखनेवाला ही दुनिया में नहीं रहा, फिर लिखते रहो कुछ भी उसके नाम से।'

पृथीसिंह : 'रानी सा, हमें तो पक्का लगता है कि एक हरामी लड़के को बैठाकर वाजपेयी खुद राज करना चाहता है। हम तो कहते हैं, यदि वाजपेयी की बात सच भी है तो भी राजसिंहासन पर किसी को बैठाना या न बैठने देने का हक तो आज भी आप ही का है। आपकी मर्जी से ही तो अब तक गढ़ा कटंगा के राजा होते आए हैं फिर चाहे दुर्जनशाह रहे हों या फिर महाराज निजामशाह। ये टुकड़खोर वाजपेयी होते कौन हैं, राज्य पर अपनी मर्जी थोपनेवाले।'

(फिर थोड़ा रुककर) 'रानी सा, आपके पास आए तो होंगे ये सब नए राजा को गद्दी में बैठाने के पहले।'

महारानी : 'हाँ, आए थे, पर वे चुप खड़े रहे। पासवान साथ में था। वह हमें समझाने लगा कि खजाने से वे हमें मुँहमाँगा खर्च देते रहेंगे।'

पृथीसिंह : 'वाह, क्या खूब कही। मालिक से नौकर कह रहा है कि खर्चा हम देंगे। क्या जमाना आ गया है। आज मुँहमाँगा कह रहे हैं, कल मुकर भी सकते हैं।'

महारानी : 'अब जमाने का रोना रोने की आदत कम से कम हममें तो नहीं है। जब उसने हमसे यह कहा था तब हमारी इच्छा तो हुई थी कि उसकी तुरन्त जीभ कटवा लूँ, पर खून का घूँट पीकर रह गई। सोचा—अकेले इसी का दोष तो नहीं है। इसका हौसला तो वाजपेयी के कारण ही बढ़ा है न।'

पृथीसिंह : 'रानी सा, वाजपेयी कितना विश्वासपात्र था महाराज निजामशाह का, परन्तु महाराज की आँखें मुँदते ही कितना बदल गया है वह। अब तो किसी से सीधे मुँह बात नहीं करता चाहे राजा हो या जागीरदार।'

महारानी : 'दोनों को उनकी औकात बतलानी होगी।'

पृथीसिंह : 'जरूर सबक सिखाना पड़ेगा। पर वाजपेयी ब्राह्मण है और अब बहुत उजड्ड हो गया है। खून-खराबे में क्या हो जाए, कुछ नहीं कह सकते। हम तो ब्रह्महत्या से डरते हैं, फिर भी इस डर से इस दुष्ट को सबक न सिखाना नाइंसाफी होगी।'

महारानी : 'हर समस्या का हल होता है, हम उसे निकालेंगे। आप तो अपनी फौज तैयार रखें, हालाँकि जरूरत नहीं पड़ेगी, पर तैयारी तो पूरी चाहिए।'

पृथीसिंह : 'रानी सा, हमारी फौज हमेशा आपकी सेवा में है आप जैसा चाहें वैसा करें। हमें मालूम है यह राज्य के हित में होगा। आप इशारा कर दीजिए जागीर की सारी पलटन पहुँचा दूँगा—आपकी सेवा में।'

यह कहकर पृथीसिंह विदा लेते हैं। विलासकुँअरि ने यह जानने के लिए ही पृथीसिंह को बुलाया था कि वह उससे किस प्रकार की सहायता ले सकेगी। वह यह भी समझ गई कि पृथीसिंह धर्मभीरू है और वक्त पड़ने पर वह वाजपेयी से नरमी से पेश आ सकता है। इसलिए उसने शहादत खाँ को अपनी इस मुहिम में आगे रखने का फैसला लिया।

दूसरे दिन

विलासकुँअरि आज बहुत सुबह उठकर तैयार होकर शहादत खाँ फौजदार की प्रतीक्षा कर रही थी। तभी बाँदी ने खबर दी कि शहादत खाँ को बाहरी कक्ष में बैठा दिया गया है। महारानी जैसे ही बाहरी कक्ष में पहुँचती हैं शहादत खाँ उठकर खड़ा हो जाता है। रानी एक बड़े पीढ़े पर बैठ जाती है। उसे सामने बैठने को कहती हैं।

शहादत खाँ : 'मलिका ए गढ़ा, हमें किसलिए याद फरमाया?'

विलासकुँअरि : 'इस बार थोड़ा कठिन काम है। मुस्तैदी से करना है, पर इस तरह कि कानोंकान लोगों को खबर भी न हो।'

शहादत खाँ : 'हम सियासत तो नहीं समझते, पर हुक्म की तामीली में कहीं चूक हमसे आज तक हुई हो तो कहें? आप हमें बतलाएँ कि हमें कब, क्या और कैसे आपका हुक्म बजाना है।'

विलासकुँअरि : 'यह ठीक है कि तुम्हें सियासत में दिलचस्पी नहीं है परन्तु सही और गलत काम का अन्दाजा तुम्हें भी होना चाहिए क्योंकि हम सिर्फ इंसाफ के लिए लड़ना पसन्द करते हैं, अपने जाती फायदों के लिए नहीं।'

शहादत खाँ : 'सारी बात बयान करें।'

विलासकुँअरि : गढ़ा कटंगा राज्य में हमेशा से खजाने की चाबियाँ और राजकीय मोहर रखने का हक या तो महाराज को रहा है या महारानी को।

हमारे स्वर्गीय पति महाराज शिवराजशाह ने यह हक हमें दे रखा था। उनके बाद दुर्जनशाह के जमाने में भी हमने यह हक अपने पास ही रखा। उसके बाद जब हमारे देवर स्वर्गीय निजामशाह राजा हुए तब भी पहले तीन वर्षों तक हमने यह हक अपने पास ही रखा था। हमारे देवर हमारे अजीज थे। हम परख चुके थे कि वे हमारी चाहतों का पूरा खयाल रखते हैं इसलिए हमने राजकीय मोहर और खजाने की चाबियाँ उन्हें दे दी थीं। अन्त तक वे उनके पास थीं। उनके अन्तकाल के बाद दोनों वस्तुएँ हमें लौटाई जानी चाहिए थीं, पर वे अब खजांची लक्ष्मण पासवान के पास हैं। मैंने इशारों से अपनी अमानत वापस चाही, पर सब बेकार। अब हम शाही मोहर और चाबियाँ अपने ढंग से हासिल करेंगे, किसी से माँग कर नहीं। यह कहकर विलासकुँअरि थोड़ा रुकीं।

शहादत खाँ : 'तरकीब बतलाएँ।'

विलासकुँअरि : 'तरकीब बतलाने के पहले यह बतला दूँ कि इस काम में गंगा गिरि को साथ में लेना होगा।'

शहादत खाँ : 'पर वह तो निहायत गैर जिम्मेदार आदमी है। उस पर यकीन करना कहाँ तक ठीक होगा।'

विलासकुँअरि : 'इस काम में उसका थोड़ा ही उपयोग है क्योंकि गणेश पासवान उसे अपना आदमी समझता है। आगे की बात यह है कि इन दिनों गढ़ा कटंगा की फौज कई जगह तैनात है। सेना की इन टुकड़ियों को तनख्वाह नहीं मिल पा रही है बरसात के पहले सैनिकों को अन्न देने के लिए अग्रिम पैसा देने की हमारे यहाँ व्यवस्था रही है। हमारे पास सैनिकों ने गुहार लगाई है कि उन्हें कुछ पैसा मिल जाए। सैनिकों का हमारे पास आना पासवान को पता है। तुम्हें इसी बात को आधार बनाकर कोषाध्यक्ष से मिलना है, जब तुम उससे कहोगे कि सेना के कुछ अधिकारी

महाराज के चित्र महल में आपसे बात करना चाहते हैं तो उसे अविश्वास न होगा। पासवान समझता है–चित्र महल में अब भी स्वर्गीय महाराज निजामशाह के नौकर तैनात हैं। चित्र महल शहर से कुछ दूर है। अतः सम्भव है कि इस कारण पासवान जल्दी चलने को तैयार न हो। हो सकता है, तुम्हारी बात पर वह पूरा विश्वास न करे, इसलिए तुम गंगा गिरि महन्त को गारंटी के बतौर ले जाना। गंगागिरि है तो कमीना पर इस समय अपना आदमी है। कोषाध्यक्ष पासवान के मुगालते का हमें फायदा उठाना है।

'महल में सैनिकों के अधिकारियों के रूप में हमारे हथियार बन्द आदमी पहुँच चुके हैं। तुम्हारा काम पासवान को लेकर महल में पहुँचना है तथा पासवान को हमारे आदमियों के सामने, जिन्हें वह सैनिक अधिकारी समझेगा उनसे वार्ता के लिए बैठा देना है। फिर तुम बातें करते हुए गंगागिरि को महल के बाहर तक ले आओगे। उसी बीच जो हम चाहते हैं वह होगा। हमारे आदमी कोषाध्यक्ष को उसकी औकात दिखला देंगे।'

शहादत खाँ : 'जी, आपने जैसा कहा है, ठीक वैसा ही होगा।'

उसी दिन शाम को

शहादत खाँ फौजदार विलासकुँअरि के महल पहुँचा और आदाब बजाने के बाद बैठ गया।

विलासकुँअरि (कुछ व्यग्रता से) : हाँ, क्या हुआ महल में।'

शहादत खाँ : 'सीधे वहीं से आ रहा हूँ, सब कुछ वैसा ही हुआ जैसा आपने हुक्म दिया था। जब मैंने कोषाध्यक्ष गणेश पासवान से कार्य बतलाने के बाद चित्र महल चलने को कहा तो उसने अपने भाई मूरत सिंह और दोनों पुत्रों गिरधर और नुनधा को भी बुलवा लिया। गंगागिरि को देखकर उसे जरा भी शक न हुआ था। उसे तो इस बात का फख्र था कि अब वह सेना के लोगों से बिना वाजपेयी की जानकारी के भी बात कर सकता है और उन्हें सीधे अपने प्रभाव में ले सकता है। उसके दोनों लड़कों ने जरूर कुछ सैनिकों को साथ लेकर चलने की बात की थी पर उसने इसकी जरूरत नहीं समझी। फिर भी, गणेश पासवान बेहथियार होकर, परन्तु उसका भाई और लड़के हथियार बन्द होकर हमारे साथ महल गए। महल में मैं गंगागिरि को लेकर बातें करते जैसे ही बाहर आया भीतर तलवारें चमकने लगीं। थोड़ी देर लड़ाई चली। गंगागिरि तो अपने घोड़े पर बैठकर भाग गया। उसके लिए यह ठीक भी था। आपके आदमियों ने गणेश पासवान का सिर काटकर नगर के चौराहे पर फिकवा दिया है। सब ओर सनसनी है। वाजपेयी लोगों को भी अब तक इस घटना का पता चल चुका होगा।'

विलासकुँअरि : 'अब असली काम तुम्हें करना है। उसके लिए तैयार हो जाओ।'

शहादत खाँ (कुछ आश्चर्य से) : 'जी, हुक्म दें।'

विलासकुँअरि : 'तुम कितने घुड़सवारों को लेकर हमारे पास आए हो।'

शहादत खाँ : 'यही कोई सौ-सवा सौ घुड़सवार हैं। पर वे सब हमने शहर के बाहर बगीचे में रखे हैं ताकि कोई शक सुबहा न हो।'

विलासकुँअरि : 'अभी तुम्हारे साथ कितने घुड़सवार हैं।'

शहादत खाँ : 'आपके महल के सामने दस घुड़सवार हमने खड़े किए थे। उन्हें तो मैं चित्र महल भी नहीं ले गया था ताकि पासवान को शक न हो, पर मैंने ऐसी व्यवस्था जरूर कर रखी थी कि जरूरत होने पर यह सारा दस्ता वहाँ बिना वक्त जाया किए वक्त पर पहुँच जाए।'

विलासकुँअरि : 'यह तो तुमने ठीक ही किया। कल पृथीसिंह जी आए थे। वे भी अपने घुड़सवार सैनिकों का दस्ता देवताल के पास छोड़ गए हैं। उसमें भी इतने ही घुड़सवार होंगे।'

शहादत खाँ : 'हाँ हमें खबर मिली थी कि राज्य का घुड़सवार दस्ता वहाँ मौजूद है। हम चिन्तित भी हुए थे।'

विलासकुँअरि : 'चिन्ता किस बात की, गढ़ा का राजचिह्न हमने ही वहाँ लगवा दिया था ताकि किसी को कोई शक न हो। राज्य का असली घुड़सवार दस्ता तो गढ़ा से बहुत दूर है इस समय।'

शहादत खाँ : 'तो क्या हम घुड़सवार दस्ते को बुलवा लें।'

विलासकुँअरि : 'नहीं, अपने साथ के दसों घुड़सवारों के साथ वाजपेयी की कोठी को घेर लो हमारे तीन सौ पैदल सिपाही अब तक हमारे महल के पिछवाड़े एकत्रित हो चुके होंगे। मैं तुम्हें उनके नायक से रूबरू कराये देती हूँ। वे तुम्हारे साथ होंगे तुम्हारा हुक्म मानेंगे।'

शहादत खाँ : 'वाजपेयी को बाँधकर लाना है। यह तो मेरी समझ में आ गया, परन्तु यदि उसने कोई गुस्ताखी की तब मुझे क्या करना है?'

विलासकुँअरि : 'हम चाहते हैं कि ब्राह्मण अपनी हद में रहे। उसे हथियार नहीं उठाना चाहिए, पर अगर वह हथियार उठा ले तब तो जवाब भी हथियार से देना होगा और कौन सा रास्ता बचता है फिर हमारे लिए।'

शहादत खाँ : 'जो हुक्म, आपका।'

शहादत खाँ : इसके पहले भी महारानी विलासकुँअरि के हुक्म बजा चुका था। हर हुक्म की तामीली पर उसे प्रचुर धन मिलता था। अतः वह सदैव ही आगे बढ़कर इतना कुछ करने को तैयार रहता, जितना शायद महारानी सोचती भी नहीं थी। आज भी महारानी विलासकुँअरि की इच्छा थी कि वाजपेयी को जंजीरों से बाँधकर उसके सुम्मुख प्रस्तुत किया जाय। महारानी विलासकुँअरि ने शहादत खाँ

को अपने पैदल सैनिकों के सामने खड़ा कर सैनिकों को उसकी आज्ञा पालन का निर्देश दिया।

कुछ समय पहले जब महामंत्री रघुवंश वाजपेयी ने महारानी के पास महीपाल सिंह के राज्याभिषेक का आमंत्रण भिजवाया था, तभी विलासकुँअरि ने स्पष्ट तौर पर रघुवंश वाजपेयी को खबर भिजवा दी थी कि वह महीपाल को राज्य का उत्तराधिकारी कभी स्वीकार नहीं करेगी इसलिए राज्याभिषेक स्थगित किया जाए।

रघुवंश वाजपेयी ने राज्याभिषेक स्थगित करने का सन्देश तो नहीं भेजा, परन्तु यह जानना चाहा था कि विलासकुँअरि किसे उत्तराधिकारी स्वीकार करेगी। विलासकुँअरि के सामने विकल्प नहीं थे। ले-देकर गोंड राजवंश का एक युवक अवश्य था, जिसे वह बचपन से जानती थी, नरहरिशाह था यह। सो उसी के नाम का उसने प्रस्ताव भेज दिया। ऐसा नहीं था कि गोंड राजवंश का कोई सही उत्तराधिकारी न था। अवश्य था एक सुमेरशाह जो निजामशाह का ही पुत्र था पर जिससे निजामशाह जितनी घृणा करता था उससे अधिक उससे घृणा थी विलासकुँअरि को। अतः वह उसका नाम भी न लेती थी। इसी चक्कर में महीपाल सिंह राजा बना दिया गया। सुमेरशाह के प्रति रघुवंश वाजपेयी को भी उतनी ही घृणा थी जितनी विलासकुँअरि की।

रघुवंश वाजपेयी परोक्ष में विलासकुँअरि को यह सन्देश भेज चुके थे कि पचास वर्षीया महारानी की उम्र अब भजन पूजन में मन लगाने की है। महारानी ने भी अपने सूत्रों से रघुवंश वाजपेयी को यह खबर भिजवा दी थी कि उनका समय अब वानप्रस्थ आश्रम में जाने का है। वे अपने पुत्रों को अब गृहस्थी का भार सौंप दें, क्योंकि उनकी बुद्धि राजमद और लोभ से भ्रष्ट हो चली है।

रघुवंश वाजपेयी ने इसे अतृप्त औरत का प्रलाप समझा, पर यह उन जैसे परिपक्व राजनीतिज्ञ की सबसे बड़ी भूल थी।

सूर्यास्त होने से कुछ पहले का समय

रघुवंश वाजपेयी संध्या-पूजन करने के लिए स्नान कर निवृत्त हुए थे कि एक भृत्य ने आकर उन्हें खबर दी कि राजकोषाध्यक्ष परिवार सहित मारे गए हैं और उनका कटा हुआ सिर बीच चौराहे पर फेंक दिया गया है। न तो नगर कोतवाल का पता है तथा न ही कटे हुए सिर को उठाया गया है। सारा बाजार बन्द हो चुका है। नगर में कुछ घुड़सवार अवश्य दौड़ रहे हैं उनके हाथ में गढ़ा कटंगा का राजकीय ध्वज है, परन्तु उनकी असलियत सन्दिग्ध है।

महामंत्री रघुवंश वाजपेयी का मकान साधारण मकान न था, एक विशाल कोठी थी। उनका खुद का एक विशाल परिवार था, जिसमें सदस्यों की संख्या सैकड़े में थी। उनके भाई-भतीजे और निकट रिश्तेदार जो इस विशाल कोठी में रहते थे, उनकी ही

संख्या दर्जनों में थी। रघुवंश वाजपेयी यद्यपि स्वयं पचास की उम्र पार कर चुका था पर उसमें असाधारण साहस और निर्भीकता थी।

रघुवंश वाजपेयी गढ़ा कटंगा का महामंत्री होने के नाते उसे पूरा बिश्वास था कि कुछ ही देर में उसकी रक्षा के लिए राजकीय सेना उपस्थित हो जाएगी। उसने अपने कुछ भृत्यों को तुरन्त ही हाथीखाने भेजा जहाँ से उसने तुरन्त हाथी सेना को भेजने का आदेश दिया था। उसने अपने अंगरक्षक को महाराज के महल की ओर भेजा ताकि वहाँ पर तैनात अश्वसेना उनके घर तक पहुँच जाए। पर सब व्यर्थ। राजकीय सेना के सैनिक पासवान के कटे हुए सिर की खबर पा तटस्थ हो गए। वे समझ चुके थे कि परिवर्तन का दौर प्रारम्भ हो चुका है।

रघुवंश वाजपेयी ने परिवार के सभी सदस्यों को बुलाकर तुरन्त आसन्न संकट के सम्बन्ध में जानकारी दी। घर के सभी युवक एवं नौकर-चाकर उपलब्ध अस्त्र-शस्त्र लेकर विपत्ति से लड़ने को तैयार हो गए। कोठी में कंगूरों के पास घर के युवकों ने दो भरमार बन्दूकों को जमा कर शत्रुओं का मुकाबला करने की तैयारी कर ली।

सूर्य अस्त होने के पहले ही शहादत खाँ घोड़े पर सवार होकर दस और घुड़सवारों सहित तथा तीन सौ पैदल सैनिकों सहित रघुवंश वाजपेयी की कोठी के सामने पहुँच गया।

शहादत खाँ ने देखा कोठी का दरवाजा बन्द है। पर तभी उसने देखा कि दरवाजे के ऊपरवाले कंगूरों के बीच रघुवंश वाजपेयी आकर खड़ा हो गया है।

शहादत खाँ ने वाजपेयी को देखकर जोर से आवाज देकर कहा : 'वाजपेयी, तेरा खेल खत्म हो चुका है। तू सीधे आकर आत्मसमर्पण कर, हमें तेरे साथ ज्यादती करने का कोई शौक नहीं है।'

'अरे दुष्ट तू क्या समझता है, मैं गढ़ा कटंगा का महामंत्री किसी चोर-उचक्के की गीदड़ भभकी में आ जाऊँगा। मेरी आज्ञा का पालन कर तभी तेरी जान बच पाएगी वरना कुत्ते की मौत मारा जाएगा। गढ़ा की राजकीय सेना के हाथी तुझे और तेरे साथ आए इन डाकुओं को कुचल कर रख देंगे।' रघुवंश वाजपेयी ने उत्तर दिया।

शहादत खाँ : 'वाजपेयी, बकवास बन्द कर। ध्यान से सुन। तेरा खजांची पासवान अपने परिवार समेत मौत के घाट उतारा जा चुका है। तू है किस दुनिया में, हमें मलिका ए गढ़ा विलासकुँअरि का हुक्म हुआ है कि हम तुझे उनकी हुक्मउदूली की खता में तुम्हें उनके सामने पेश करें ताकि तुम अपने किए की सजा भुगत सको। तू ठीक से फिर सुन—हम यहाँ खून-खराबा करने नहीं आए हैं। यह भी सुन—गढ़ा के सारे फौजदारों ने विलासकुँअरि को मलिका ए गढ़ा मान लिया है। तेरे हाथ में अब कुछ नहीं है।'

रघुवंश वाजपेयी यह सुनकर सन्न रह गए। वे कंगूरे से पीछे चले गए।

शहादत खाँ ने समझा वाजपेयी सोच-विचार कर आत्मसमर्पण की तैयारी कर रहा है। अतः सैनिकों को सावधान कर दरवाजा खुलने की प्रतीक्षा करने लगा।

अब एक-एक पल बीतना मुश्किल हो रहा था।

शहादत खाँ की सब्र का बाँध टूटने लगा। रात घिरने लगी थी। तभी हवेली के भीतर से उसे आग की तेज लपटें जलती दिखलाई दीं। वह समझ न सका। आग क्यों जलाई गई है और उसने साथ आई बन्दूकचियों की टोली को गोली चलाने का हुक्म दे दिया। भरमार लम्बी बन्दूकों से कोई हताहत हुआ या नहीं यह तो पता नहीं चला पर तभी कोठी के कंगूरों से भी जवाबी बन्दूकें चलीं। इनसे आवाजें अधिक हुईं नुकसान कम। शहादत खाँ के पास केवल दस बन्दूकची थे, सो वे बन्दूकें चलाते रहे। इस गोलीबारी का मुख्य असर यह हुआ कि सारे सैनिक युद्ध के लिए सतर्क हो गए। तभी कोठी का दरवाजा खुला और रघुवंश वाजपेयी के नेतृत्व में उसके परिवार के सारे पुरुष हाथों में नंगी तलवारें और भाले लेकर शहादत खाँ की सेना पर टूट पड़े।

यह एक असमान पक्षों का युद्ध था जो शीघ्र ही समाप्त हो गया। रघुवंश वाजपेयी अपने परिवार के सारे पुरुषों के साथ खेत रहा।

शहादत खाँ को रघुवंश वाजपेयी से यह उम्मीद न थी। वह अपने घुड़सवारों सहित भीतर घुसा तो देखा कि वहाँ पर औरतों की लाशों के ढेर लगे हैं और चारों ओर आग लगी हुई है। उसे समझते देर न लगी कि रघुवंश वाजपेयी ने पहले परिवार की स्त्रियों की हत्या कर उन्हें आग के हवाले किया। इसके बाद वह प्राणों का मोह छोड़कर युद्ध के लिए निकला था। यह भी एक जौहर ही था। शहादत खाँ और उसके सैनिक जौहर के दृश्य को देखकर तुरन्त बाहर आ गए। पूरी हवेली धू-धू करके जलने लगी। दूर-दूर तक आग की लपटें दिखने लगीं।

शहादत खाँ और सैनिकों ने हवेली के चारों ओर देर तक घेरा डाले रखा।

जब तक शहादत खाँ सैनिकों के साथ विलासकुँअरि के पास पहुँचा, तब तक रानी को सारी बातें पता चल चुकी थीं। वह इस बात पर प्रसन्न थी कि सभी विरोधियों को नेस्तनाबूद कर दिया गया है। रानी के गुप्तचरों ने अब तक राजा महीपाल को ठिकाने लगा दिया था। उसकी लाश को शहर से दूर दफना दिया गया। इस बात की रानी के अलावा किसी को भी कानों कान खबर भी न हुई।

दशहरा का दिन

सन् 1776 ईस्वी

दशहरे के दिन विलासकुँअरि ने पच्चीस वर्षीय नरहरिशाह को गढ़ा मंडला की राजगद्दी पर बैठा दिया। विलासकुँअरि को अब लगा कि उसने वाजपेयी परिवार की

हत्या कराकर घोर पातक किया है। उसने अपने गुप्तचरों की सहायता से वाजपेयी परिवार के दो अल्पवयस्क बच्चों को खोज निकाला जिन्हें उनकी धायें रघुवंश वाजपेयी के द्वारा कोठी के मुख्य द्वार को बन्द करने के पूर्व ही लेकर चुपके से भाग गई थीं।

विलासकुँअरि के सामने दोनों धायों और वाजपेयी कुल के दोनों बच्चों को जब पेश किया गया तो वे थर-थर काँप रहे थे। दोनों धायों के भय के कारण गले सूख गए थे। वे भयानक मृत्यु दंड की कल्पना से अधमरी हो चुकी थीं। विलासकुँअरि ने अपनी परिचारिकाओं से बालकों और धायों का ठंडे जल से मुँह धुलवाया और पानी पीने को दिया, तब उनका भय कुछ कम हुआ पर जब महारानी विलासकुँअरि ने स्वयं उठकर प्रेम से दोनों बच्चों के सिर पर हाथ फेरा तो महल के सभी लोग आश्चर्य चकित हो गए। महारानी ने दीवान को अपने महल में बुलवाया तथा उसे आज्ञा दी कि वाजपेयी कुल के दोनों बच्चों पुरुषोत्तम और गंगाप्रसाद को सरौली का परगना जागीर में तुरन्त ही दे दिया जाए ताकि वे शेष जीवन सुखपूर्वक काट सकें। उसने दोनों धायों को मुट्ठी भर मोहरें देकर उनकी स्वामिभक्ति की प्रशंसा की। दोनों धायें महारानी के कदमों में लोट गईं और प्रसन्न होकर आशीर्वाद देने लगीं। सुनहरी नागिन के नाम से मशहूर रानी का यह दूसरा रूप था।

विलासकुँअरि ने जिस युवक नरहरिशाह को गद्दी पर बैठाया। वह अदूरदर्शी और मूर्ख था। इसलिए विलासकुँअरि को राष्ट्रीय परिप्रेक्ष्य में होनेवाली घटनाओं से रूबरू होना पड़ा। मराठों की शक्ति का पारावार न था। अंग्रेज भी अपनी शक्ति बढ़ा रहे थे। मराठों में आपसी वैमनस्य था सो अलग। इन परिस्थितियों में रजवाड़े लुट रहे थे। विलासकुँअरि ने ऐसे ही एक मराठों के कुचक्र से गढ़ा मंडला राज्य को गोंडों के हाथ से सदैव के लिए निकल जाने से बचाने के लिए पौने चार लाख रुपए मराठों को देना कबूल कर लिया। परन्तु मूर्ख नरहरिशाह के पास विलासकुँअरि की दूरदृष्टि न थी। उसने इस राशि की अदायगी में आनाकानी की।

उसकी इस मूर्खता को भुनाना चाहा नरहरिशाह के एक प्रतिद्वंदी सुमेरशाह ने। नरहरिशाह का राजगद्दी पर बैठना निजामशाह के एक अवैध पुत्र सुमेरशाह को कैसे भा सकता था। दुर्भाग्यवश उसे न तो उसका पिता उसे चाहता था और न ही विलासकुँअरि। अतः उसने मराठों से मिलकर मंडला पर आक्रमण करा दिया। मराठा सरदार विसाजी ने नरहरिशाह को कैद कर लिया और सुमेरशाह को सिंहासन पर बैठा दिया। विसाजी ने सुमेरशाह से कुल बीस लाख रुपयों की माँग की।

छप्पन वर्षीय विलासकुँअरि से नए राजा सुमेरशाह को अब भी भय था। उसे लगा कि मराठों के प्रतिपक्ष की सहायता से रानी उसे कभी भी अपदस्थ कर सकती है।

विलासकुँअरि पर अब वार्धक्य का असर होने लगा था। उसने मनुष्य जीवन की एक बहुत बड़ी कमी, शिक्षा या साक्षरता की कमी को अपनी चतुराई के आगे कभी

आड़े न आने दिया था, परन्तु राजकाज बिना लिखा-पढ़ी के चलता भी तो नहीं है। अतः उसने अपने देवर के कहने पर उसकी मृत्यु से पूर्व एक किशोर इंचासिंह का लालन-पालन अपनी एक दासी द्वारा कराया था। इंचासिंह की माँ बचपन में ही मर चुकी थी। इंचासिंह के पठन-पाठन के लिए उसने शिक्षक नियुक्त कर रखे थे। युवा इंचासिंह हिन्दी, मराठी और फारसी लिख-पढ़ लेता था। विलासकुँअरि अब उससे राजकीय पत्राचार के अन्तर्गत आए पत्र पढ़वा लेती थी। इंचासिंह का विलासकुँअरि के कक्ष तक निर्बाध प्रवेश था। सभी जानते थे कि विलासकुँअरि उसे अपने बच्चे जैसा ही मानती हैं।

विलासकुँअरि सर्वज्ञ तो थीं नहीं, अतः उसे यह ज्ञात नहीं था कि भोली सूरतवाला इंचासिंह बाल्यावस्था से ही सुमेरशाह का लंगोटिया यार भी था। वही सुमेरशाह जो अब विलासकुँअरि को अपनी महत्त्वाकांक्षा का सबसे बड़ा काँटा समझता था।

एक दिन विलासकुँअरि के पास सुमेरशाह ने एक पत्र भेजा। सुमेरशाह जानता था कि उसे पढ़वाने वह इंचासिंह को बुलवाएगी। ऐसा ही हुआ। इंचासिंह कक्ष में आया और विलासकुँअरि का अभिवादन कर बैठ गया। विलासकुँअरि ने पत्र को मंजूषा में रख दिया था। विलासकुँअरि ने इंचासिंह के सामने पीठ फेरी और मंजूषा में रखे पत्र को अपनी स्वर्णकरधनी में लगी चाबियों के गुच्छे में लगी एक चाबी से खोलने का उपक्रम किया।

तभी पूरी तरह से बेखबर वृद्धा विलासकुँअरि की आँतें गुप्ती के एक भीषण वार ने बाहर निकाल दीं। विलासकुँअरि ने 'बेटा इंचा' कहकर दम तोड़ दिया। इंचासिंह अपने कपड़ों से रक्त साफ करता हुआ महाराज के पास इनाम लेने पहुँच गया।

इंचासिंह को महाराज के महल में प्रवेश करने में कोई परेशानी नहीं हुई। महाराज के सेवक उसकी पहले से ही प्रतीक्षा कर रहे थे, अतः सीधे महाराजा के मन्त्रणा कक्ष में ले गए, जहाँ राजा सुमेरशाह ने उसे देखते ही अपने अंगरक्षक को छोड़कर शेष सभी को विदा कर दिया।

सुमेरशाह : 'इंचा, तुम तो सीधे बड़ी माँ के यहाँ से हमसे मिलने चले आए। अरे घर जाकर कपड़े तो बदल लिए होते।'

इंचासिंह : 'आपको तुरन्त खबर देना चाहता था, इसलिए घर नहीं गया। फिर घर में है कौन?'

समेुरशाह : 'ठीक है, मेरे दोस्त बहुत अच्छी खबर दी है तुमने।' (इतना कहकर समेुरशाह अपने गले की मोतियों की माला उतारकर इंचा के गले में डाल देता है) फिर पूछने लगा, 'अच्छा यह तो बता कि हमारे लोग वहाँ पहुँच तो गए थे न? मैंने एक बग्घी और चार लोग भेजे थे ताकि बड़ी माँ का नश्वर शरीर नर्मदा के घाट में तुरन्त जलाकर नर्मदा में प्रवाहित कर दिया जाए।'

इंचासिंह : 'हाँ महाराज, जब मैं दरवाजे से निकल ही रहा था, तब वे वहाँ पहुँचे ही थे।'

सुमेरशाह : 'अरे इंचा, बैठ तो जाओ,'

(इंचा बैठ जाता है)

(कुछ रुककर) : इंचा, मेरी तो खैर पूज्य बड़ी माँ थीं। मैं भला क्या कहता? पर सुना है जनता उन्हें सुनहरी नागिन कहती थी। मरते समय उनकी क्या स्थिति थी?'

इंचासिंह : 'अन्तिम समय में उसने हमारी ओर आश्चर्य से देखकर 'बेटा इंचा' कहा। फिर कुछ बुदबुदाई तब तक मैंने गुप्ती बाहर खींच ली और उसके प्राण पखेरू उड़ गए।'

सुमेरशाह : 'यह तो बुरा हुआ इंचा, कहते हैं कि नागिन जब मरती है तो उसकी आँखों में मरनेवाले का अक्स खिंच जाता है।'

इंचासिंह : 'महाराज, जब आपकी हम पर कृपा है, तब हमें डर काहे का।'

सुमेरशाह : 'ठीक कहा, अब घर जाकर तुम कपड़े बदलो कल रात को आना हम तुम्हें तुम्हारा इनाम देंगे। अभी तो हमें जाकर सुनहरी नागिन के बिल में रखे धन को उठवाकर यहाँ लाना है।'

सुमेरशाह उठकर अपने साथियों सहित विलासकुँअरि के महल की ओर बढ़ता है और इंचासिंह अपने घर की ओर।

मोहरों का खेल

सुमेरशाह गढ़ा मंडला की गद्दी पर बैठ तो गया, परन्तु वह अब मराठों का एक मोहरा था। मराठे इस समय की सबसे बड़ी राजनैतिक शक्ति तो थे, पर यह शक्ति बँटी हुई थी। विसाजी जिसने गढ़ा मंडला पर आक्रमण कर नरहरिशाह को कैद कर लिया था वह स्वयं मराठों के एक उपशक्ति केन्द्र का फौजदार था। उसे अपनी उस करनी का हिसाब, जिसने उसे पहले नरहरिशाह को गढ़ा मंडला की गद्दी पर बैठाया। फिर उसे उतारा तथा सुमेरशाह से धन लेकर उसे बैठाया था, अपने स्वामियों को देना पड़ रहा था। एक मातहत रहते हुए उसने अपनी सीमाओं का अतिक्रमण किया था और अब उसे न्यायपूर्ण सिद्ध करने की सारी जिम्मेवारी उसी पर थी। ऊपरी तौर पर यह समझा जाता था कि गढ़ा मंडला के सिंहासन के लिए नरहरिशाह और सुमेरशाह दो उम्मीदवार थे। सुमेरशाह ने पेशवा की सहायता ली, फलतः सागर के प्रतिनिधि का हस्तक्षेप हुआ।

आषाढ़, विक्रम संवत् 1837

(जुलाई, 1780 ईस्वी)

सुमेरशाह अपने महल में बैठा हुआ एक पत्र पढ़ रहा था जो उसे उसके मित्र ने लिखा था। पत्र का मजमून प्रसन्नता सूचक न था, उसमें कहा गया था कि विसाजी जिसने उसे राजगद्दी दिलवाई है यह सुनकर क्रोधित है कि सुमेरशाह ने अकारण ही विलासकुँअरि की हत्या करा दी है। इस सम्भावना से इंकार नहीं किया जा सकता कि विसाजी इस घटना पर कड़ा रुख अख्तियार करे।

सुमेरशाह (मन ही मन) : 'इन मराठों को कितनी जल्दी हमारे हर काम की खबर लग जाती है, सारे राज्य में उनके जासूस फैले पड़े हैं।'

सुमेरशाह ने बहुत सोचने के बाद दो निर्णय लिए। पहला तो यह कि विलासकुँअरि के हत्यारे को हमेशा के लिए हटा दिया जाय और दूसरा यह कि विसाजी से हमेशा के लिए पिंड छुड़ाया जाय। पहला काम सरल था, इसलिए उसने उसे पहले निपटाने की ठानी।

कुछ दिनों बाद शाम को

राजा सुमेरशाह ने आज नर्तकी नूरमहल को अपने खास कक्ष में बुलवाया था। नूरमहल जैसा नाम वैसा रूप था, कमसिन, खूबसूरत और अक्लमंद। जब राजा ने महल में याद किया था तो पूरे साज शृंगार करके अपने साजिन्दों के साथ आई। पर जब महल में राजा ने साजिन्दों को लौटने की आज्ञा दी तो वह समझ गई कि उसे खिदमत के लिए बुलाया गया है। वह कालीन पर बैठ गई। राजा अब भी नहीं पहुँचे थे। तभी राज्य वैद्य पंडित गोवर्धन वैद्यराज पहुँच गए। दोनों एक दूसरे को देखकर हिचकिचा गए। पर महल की बाँदियाँ आई और सुरा भरी हुई सुराही और चाँदी के चषक रख गईं। साथ ही चाँदी की तश्तरी में पान की गिलौरियाँ रख गईं। एक ओर मसनद रखे हुए थे। दोनों आगन्तुकों का आश्चर्य और भी बढ़ रहा था क्योंकि पंडितजी सुरा को हाथ भी न लगाते थे, फिर यह ताम-झाम कैसा? नूरमहल सोच रही थी कि राजा को यदि दिल बहलाना था तो पंडित को क्यों बुला लिया। दोनों सोचने लगे--शायद कुछ और खास मेहमान आ रहे होंगे। पर सब कयास ही था।

ऐसे ही सोच-विचार के बीच सुमेरशाह दरवाजे का परदा हटाते हुए आकर तकिया में टिककर बैठ गए। हँसकर दोनों से बोले : 'आज एक खास मेहमान को बुलाया है, उसकी खातिरदारी तुम्हीं दोनों को करनी है, इसलिए तुम दोनों को बुलाया है।'

फिर थोड़ा रुककर बोले : 'मेहमान को आने में अभी कुछ वक्त है एक घड़ी का तब तक हमने सोचा तुम दोनों से बातें की जाएँ। बहुत दिनों से सिर पर एक बोझा था आज हट जाएगा।'

नूरमहल ने इठलाते हुए कहा : 'हमारे बड़े भाग जो हुजूर ने हमें इस काबिल समझा।'

सुमेरशाह : 'अरे तुमसे बढ़कर हमारा करीबी और है कौन, तुमसे ही तो हमें सुकून मिलता है। तुम्हारी काबिलियत के हमीं तो सबसे बड़े कद्रदान हैं।'

नूरमहल : 'हमारी खुश किस्मती।'

सुमेरशाह : 'अच्छा पंडित, तुम दवा तो ले आए हो न?'

राजवैद्य : 'हाँ महाराज, निकालूँ क्या इस पोटली में है?'

सुमेरशाह : 'ठीक है जब हम कहें तब निकालना, तब तक समय काटने के लिए कुछ चर्चा हो जाए, नूरमहल से जब हम बात करते हैं तो तबीयत खुश हो जाती है।'

नूरमहल सिर झुका लेती है।

सुमेरशाह : 'एक कहावत है कि जब सियार पागल होता है तब गाँव की ओर दौड़ता है, पर जब कुत्ता पागल होता है तब किस ओर दौड़ता है?'

नूरमहल (तपाक से) : 'मालिक की ओर काटने के लिए।'

सुमेरशाह : 'वाह, क्या बात है। अच्छा पंडित यह बताओ कटखने कुत्ते की क्या सजा है?

पंडित गोवर्धन वैद्य : 'महाराज, उसे तो जान से मारा जाता है।'

सुमेरशाह : 'अपने राज्य में कैसे मारते हैं इनको?'

पंडित गोवर्धन वैद्य : 'कुचला (जहर) देकर'।

सुमेरशाह : 'बहुत ठीक, अगर कुचला से न मरे तो?'

पंडित गोवर्धन वैद्य : 'और तेज जहर देकर जैसे संखिया या फिर और कोई।'

सुमेरशाह : 'नूर, तुमने तो हमसे भी अधिक ऐसे कुत्ते देखे होंगे जो आदमी की शक्ल में हैं।'

नूरमहल : 'क्या करे हुजूर, धंधे में कभी-कभी ऐसे भी लोग आ जाते हैं।'

सुमेरशाह : 'अच्छा बतलाओ हम किस आदमी को कुत्ता मानते हैं?'

नूरमहल : 'हुजूर, जो नमक हराम हो, राजा के लिए तो वही सबसे बड़ा कुत्ता होगा।'

सुमेरशाह : 'नूरमहल, तू जितनी दिलकश है उतनी ही अकलमंद भी है। इस बात पर यह ले (राजा उसे अपने हाथ का कड़ा उतारकर दे देते हैं)।'

नूरमहल शुक्रगुजार होती है।

सुमेरशाह : 'नूरमहल, हम जब से राजा हुए हैं, तब से हम इंसाफ पसन्द हो गए हैं। हमारी समस्या थी कि हमें एक कुत्ते से बेहद लगाव था। पर उस कुत्ते ने अपने मालिक को काट लिया। अब हम राजा हैं तो हमें कुत्ते को उसके किए की सजा तो देनी ही पड़ेगी, भले ही हमें उसी से लगाव रहा हो। हम जज्बात और इंसाफ को साथ में रखेंगे। अगर हम कुत्ते को कुचला भी देंगे तो ऐसा जिसे देखकर वह खुश हो जाए जिसे वह स्वाद से खाये। अरे हम उसके दुश्मन थोड़े ही हो गए। हम तो चाहते हैं कि मरते समय उसे लगे कि वह जन्नत में है। कुछ समझी।'

नूरमहल (कुछ आशंकित होकर) : 'नहीं हुजूर।'

सुमेरशाह (हँसते हुए) : 'अरे नहीं समझी, तो समझ अच्छा बता—क्या आज तूने अपना चेहरा आइने में देखा?'

नूरमहल (मुस्कुराकर) : 'हुजूर, हम तो आपकी आँखों में अपना चेहरा देखने के आदी हैं।'

सुमेरशाह : 'तो सुन तू आज कयामत ढा रही है। लग रहा है कि जन्नत की हूर है तू जो जन्नत से उतर कर सीधे हमारे महल में दाखिल हो गई है। हम अपने को कितना जब्त किए हैं, तू नहीं जानती। पर आज का वक्त ही ऐसा है।'

खैर, जब तुम जैसी हूर यहाँ है तो हमारा महल भी जन्नत ही हुआ न। बस एक कमी है अमृत की, सो हमने उसे सुराही में भरवा दिया है। इसे अब अगर तू पिला दे तो आदमी जन्नत का मजा ले लेगा पर अगर हम उसमें पंडित की दवा मिला दें तो आदमी जन्नत ही पहुँच जाएगा। अब समझे तुम दोनों, कुछ फिर रुककर, 'पंडित पुड़िया निकालकर उस सुराही में डाल दो।'

पंडित गोवर्धन वैद्य उठे और शराब की सुराही में एक पुड़िया डाल दी।

सुमेरशाह : 'नूरमहल अभी एक आदमीनुमा कुत्ता आएगा। उसे पूरी शराब बड़े प्रेम से पिलानी है, समझी न।'

थोड़ी देर में दरबान ने आकर सूचना दी कि इंचासिंह आ गए हैं।

सुमेरशाह : 'उन्हें आदर सहित भीतर ले आओ।'

इंचासिंह को भीतर लाया जाता है, जहाँ आग्रह करके सुमेरशाह उसे अपने बगल में बैठाता है और फिर कहता है, 'पंडित गोवर्धन, ये हैं हमारे लंगोटिया यार इंचासिंह। दोस्ती के नाते इन्होंने हमारे लिए जो कुछ किया है उसे हम जिन्दगी भर नहीं भूल सकते। अब हम राजा के नाते इनके प्रति अपने कर्तव्य का पूरा पालन करेंगे। उसमें कमी नहीं रहेगी।'

इंचासिंह को सब कुछ अजीब-सा लगता है।

पर तभी कातिल मुस्कान फेंकते हुए नूरमहल एक चषक भरकर इंचासिंह के हाथ में थमा देती है। इंचासिंह राजा से भी चषक लेने को कहता है, पर सुमेरशाह यह कहकर मना कर देता है कि वह तीन दिनों तक शराब नहीं पी सकेगा क्योंकि बड़ी माँ का देहान्त हो गया है।

इंचासिंह को यह उत्तर और भी अटपटा लगता है। अब तक नूरमहल उसके मुँह पर भरा हुआ प्याला खुदे ही सद्य देती है। नूरमहल को इतने पास पाकर एक क्षण के लिए इंचासिंह सब कुछ भूल जाता है और पूरा चषक हलक से उतार लेता है। नूरमहल बिना एक क्षण खोये दूसरा और फिर तीसरा चषक भी इंचासिंह के गले से उतार देती है।

तीव्र विष का प्रभाव शीघ्र ही होता है। इंचा की जुबान लड़खड़ा जाती है और शरीर ऐंठने लगता है।

सुमेरशाह उठकर दूर जा खड़ा होता है।

देखते ही देखते इंचासिंह दम तोड़ देता है।

सुमेरशाह : 'पंडित, इस कमीने को बड़ी माँ ने पढ़ा-लिखाकर आदमी बनाना चाहा था, पर इस कुत्ते ने थोड़ी से लालच में अपनी माँ जैसी औरत को मार डाला। मुझे तो बड़ी माँ की हत्या करवानी पड़ी राजपाट का सवाल था। अगर इसमें आदमियत होती तो मेरी आज्ञा सुनकर वह भाग भी सकता था, हमारे राज्य से। पर इस नमकहराम ने कुत्ते की हरकत की और वैसी ही मौत पाई।'

नूरमहल और राजवैद्य स्तब्ध रह गए।

कुछ देर बाद सुमेरशाह ने राजवैद्य से कहा कि उसकी नब्ज टटोलकर बतलाएँ कि वह पूरी तौर से मर गया है या नहीं।

पंडित गोवर्धन राजवैद्य ने शव की परीक्षा की और कहा : 'महाराज विष बहुत तीव्र था। तीसरे चषक के क्षणभर बाद ही इसने प्राण त्याग दिए थे।

सुमेरशाह ने ताली बजाई–चार नौकर उपस्थित हुए जिन्हें इंचासिंह के शव को नर्मदा के मगरग्रस्त क्षेत्र में रात्रि को ही फेंक देना था।

सुमेरशाह ने नूरमहल को महल के नौकर के साथ घर जाने की आज्ञा दी। वह शव का विकृत मुँह देखकर डर से काँप रही थी। पंडित गोवर्धन राजवैद्य का भी काम पूरा हो चुका था। वे भी स्वर्ण मुद्रा को गाँठ में सहेजते घर लौट गए।

सुमेरशाह अब सारा समय अपनी सेना को मजबूत करने में लगाने लगा।

कुछ महीनों बाद

राज्य के दरबारियों में यह फुसफुसाहट आम हो गई थी कि सुमेरशाह को परम प्रतापी महान् राजा कहलवाने का चस्का सा लग चुका है। उसकी ऊल-जलूल हरकतें किसी भी दृष्टि से उचित नहीं होती थीं, पर चापलूसों की दुनिया में घिरे सुमेरशाह को यह लगने लगा था कि वह गोंड इतिहास का महानायक बनने के लिए ही सिंहासन पर बैठा है। एक वृद्धा को कपट से मारना उसके लिए बहुत बड़ी कूटनीतिक विजय थी। इसे वह युगान्तकारी घटना मानता था।

मराठा सरदार विसाजी की कृपा से राजा बननेवाला सुमेरशाह स्वयं को कठपुतली शासक नहीं बनने देना चाहता था। वस्तुतः विसाजी ने बीस लाख रुपये की माँग पर ही सुमेरशाह को राजा बनाया था। विसाजी ने आधी रकम अर्थात् दस लाख तो तुरन्त ही वसूल लिए थे। शेष दस लाख में से दो लाख रुपये मूल्य के हाथी, घोड़े, ऊँट और रत्न विसाजी ले जा चुका था। शेष आठ लाख रुपयों की व्यवस्था का भार उसने गंगागिरि महन्त तथा अन्य राज्याधिकारियों को सौंप दिया था। विसाजी ने शेष आठ लाख की वसूली के लिए गढ़ा मंडला के अनेक स्थानों पर अपनी चौकियां स्थापित कर दी थीं। सुमेरशाह इन चौकियों को नष्ट नहीं कर सकता था।

शहादत खाँ विलासकुँअरि के जमाने से ही प्रभावशाली फौजदार था। महन्त गंगागिरि मौकापरस्त गोसाईं था। हालांकि इस समय दोनों की हालत पतली थी। रामगढ़ का जागीरदार चन्द्रहंस सुमेरशाह के विश्वासपात्रों की सूची में नया आ गया था। सबके अपने सपने थे। कोई धन चाह रहा था तो कोई जमीन, तीनों को लगा कि राजा सुमेरशाह उनकी इच्छाओं की पूर्ति में सहायक हो सकता है। फिर क्या था नजदीकियाँ बढ़ी और बढ़ती चली गईं।

सुमेरशाह का मन्त्रणाकक्ष

शहादत खाँ, चन्द्रहंस और गंगागिरि बैठे हैं, राज्य की शक्ति बढ़ाने की योजना चल रही है।

सुमेरशाह : 'तुम सभी लोग देख रहे हो—मराठों को न तो राजपाट से मतलब है और न ही किसी आदमी से। उन्हें तो बस रुपया चाहिए, फिर चाहे वह जिससे भी मिले।'

चन्द्रहंस : 'उनकी राजनीति ही लूटमार की है। वे कोई सम्बन्ध बनाने के लिए सेना लेकर थोड़े ही जंगलों और पहाड़ों में घूम रहे हैं। रुपया भी तो वे उन्हीं से वसूल रहे हैं जो दे रहा हो या दे सकता हो।'

सुमेरशाह : 'अरे, वे जब टेंटुआ दाब लेते हैं तब राजा रईस क्या करें?'

चन्द्रहंस : 'या तो टेंटुआ दबवाते रहें या राजा रईस अपने पीढ़ियों पुराने सम्बन्धों को और मजबूत करें तथा उनका टेंटुआ दबानेवाले हाथ को काटकर फेंक दें। क्यों देते हैं राजे रईस उन्हें मनचाहा रुपया? जब उनके यार-दोस्त उनसे थोड़ी बहुत ढील चाहते हैं, तब उन्हें ऐतराज हो जाता है। अब इस नीति पर सभी ध्यान दें तो मराठों से छुटकारा मिल सकता है।'

शहादत खाँ : 'बजा फरमाया आपने। पर मराठों का परचम पूरे हिन्दुस्तान पर फहरा रहा है। हिन्दुस्तान की बादशाहत उनके पैरों तले है। अंग्रेज बहादुर तक उनसे सुलह करता फिर रहा है। ऐसे मौके पर सोच-समझकर काम करना ठीक होगा, पर इनकी ज्यादतियों से निजात पाने की भी कोशिश होनी चाहिए।'

महन्त गंगागिरि : 'क्या कोशिश होगी इन राजाओं और नवाबों से? सबके सब बनिया हो गए हैं तलवार तो बस शौकिया रखी जाती है। अब हमारे शासकों को जब क्रोध आता है, तब बहुत हुआ तो रियाया में किसी गुनहगार या बेगुनहगार आदमी की गर्दन कलम कर देते हैं। जब राजाओं के हौसले पस्त होंगे तो डाकुओं के हौसले तो सातवें आसमान पर होंगे ही, क्यों नहीं राजा अपने राज्य के लिए तलवार उठाते।'

सुमेरशाह : 'आप राजाओं की ताकत को चुनौती न दें। सभी प्रकार के लोग होते हैं, कायर भी शूरवीर भी। पर आज के जमाने में राजा शूरवीर तभी होगा, जब उसके फौजदार पूरी लगन से उसका साथ दें।'

गंगागिरि : 'अपने फौजदारों की तुम जानो, हम तो निकले ही हैं धर्म की रक्षा के लिए, हम घोषणा करते हैं कि हमारे हथियार बन्द साधू तुम्हारा साथ देंगे।'

चन्द्रहंस : 'गंगागिरि, हम भी शस्त्र धारण करनेवाले क्षत्रिय हैं। आज तक मैदान से एक कदम पीछे नहीं हटाया है। राजा आज्ञा दें। कब और कहाँ किसकी सेना से लोहा लेना है। सबसे पहले हम कूदेंगे युद्ध के मैदान में।'

शहादत खाँ : 'हमने राजा का साथ हमेशा दिया है। फिर चाहे वह जंग हो या अमन। हम अपनी फौज के साथ अब भी तैयार हो जाते, केवल हुक्म की जरूरत थी। पर अब हम फौजदार भी तो नहीं हैं।'

सुमेरशाह (प्रसन्न होकर) : आप लोग ही हमारी मुख्य ताकत हैं। कुछ और छोटे जागीरदार हमारी सहायता को तैयार हैं। रही बात शहादत खाँ तुम्हारी तो अगर विसाजी तुम्हारी फौजदारी छीन सकता है तो उसे हम बहाल करते हैं। तुम अपनी फौज इकट्ठी करो।

शहादत खाँ : 'हुजूर की मेहरबानी। मैं एक माह में ही सेना इकट्ठी कर लूँगा। कुछ मदद मिल जाती तो सहूलियत होगी।'

सुमेरशाह : 'कल खजांची से रोकड़ ले लो। हम इस बारे में पहले ही सोच चुके थे।'

शहादत खाँ : 'मेहरबानी।'

गंगागिरि : 'तो कब युद्ध होना है? बतलाइए तैयारी की जाए।'

सुमेरशाह : 'बस तीन माह बाद, हमने विसाजी की सभी चौकियों का प्रभाव आधा कर दिया है। सभी जगह वसूली हम ही कर रहे हैं। उन्हें थोड़ा-बहुत ही मिल पा रहा है। जनता को लगने लगा है कि अब गढ़ा मंडला में मराठों का नहीं, हम गोड़ों का हुक्म चल रहा है।'

गंगागिरि : 'ये हुई मर्दों की बात।'

सुमेरशाह : 'तुम्हारी जमात के सैनिकों के लिए दक्षिणा का इन्तजाम हो चुका है। जल्दी ही सारे चेलों को इकट्ठा कर लो।'

सुमेरशाह को युद्ध का ठीक अवसर दिखा क्योंकि जब वह गद्‌दी पर विसाजी द्वारा बैठाया गया था तब भी उसका एकमात्र पुत्र शंकरशाह तो उसके पास ही था। मराठों ने जिन लोगों को बन्धक बनाकर सागर भेजा था उनके प्रति वह केवल सामाजिक व्यवहार के कारण ही ऊपरी तौर पर उत्तरदायी था वरना नरहरिशाह तो उसका प्रतिद्वन्द्वी ही था। जब मराठों ने उसे गद्‌दी पर बैठाकर उसके तथाकथित रिश्ते के भाई और पुराने राजा नरहरिशाह के साथ पुरुषोत्तम वाजपेयी और भेड़ाघाट के महन्त गंगागिरि के चेले शिवगिरि को बंधक के रूप में सागर के राजा को दिए तो उसने केवल ऊपरी तौर पर चिन्ता व्यक्त की। ये बंधक 30 लाख रुपये की अदायगी के बदले में थे। मराठों ने इस 30 लाख को तीन हिस्सों में बाँटा था। इसमें 13 लाख लूट का मुजरा था, तीन लाख बंधकों का और 14 लाख किलेबंदी के थे।

सुमेरशाह सारी झंझटों से निजात पाना चाहता था। उसके हिसाब से अब यही समय था।

उधर विसाजी के गुप्तचरों ने विसाजी को इन सभी तैयारियों की सूचना दे दी।

तीन माह में शहादत खाँ और गंगागिरि ने पर्याप्त सेनाएँ एकत्रित कर लीं। रामगढ़ का फौजदार मानगढ़ में आ डटा। यहीं सुमेरशाह, शहादत खाँ और गंगागिरि भी उससे आ मिले। विसाजी की सेना तथा सुमेरशाह की सेना में भयंकर युद्ध हुआ। परन्तु चन्द्रहंस के मारे जाते ही सुमेरशाह की सेना में भगदड़ मच गई। शहादत खाँ चौरागढ़ में मारा गया। सुमेरशाह तिलवारा (जबलपुर से 4 कोस दूर) के पास तब बन्दी बना लिया गया, जब वह आत्म समर्पण के लिए गढ़ा आ रहा था। गंगागिरि मैदान से भाग निकला।

मार्च 1782 ईस्वी

विसाजी ने पाटन (जबलपुर की तहसील) के कमाविजदार को गढ़ा का सूबेदार बना दिया और सुमेरशाह को दमोह जिले की हटा तहसील में स्थित जटाशंकर के किले में कैद करके भेज दिया।

मार्च 1804 ईस्वी

पचास वर्ष से अधिक आयु के सुमेरशाह ने एक साधारण जागीरदार होते हुए पुनः मराठों के विरुद्ध बगावत का विचार किया परन्तु इस विचार के क्रियान्वयन के पूर्व ही सिन्धिया के एक अधिकारी द्वारा वह मार डाला गया। उसका इकलौता पुत्र शंकरशाह अब राजगोंड वंश का अन्तिम चिराग था।

एकादशम् सर्ग : नरहरिशाह

नरहर साहि महीपः
कृत्वा राज्यं पंच वर्षाणि।
सततं कुमंत्रि सेवी
भ्रष्टो वैभवाशु ॥53 ॥

मैथिल रूपनाथ कृत गढ़ेशनृपवर्णनम्

उसके बाद नरहरिसाहि राजा हुए,
उन्होंने पाँच वर्ष तक राज्य किया।
वे सदैव बुरे मंत्रियों से सेवित थे
वे (शीघ्र ही राज्य) वैभव भ्रष्ट हो गए ॥

नरहरिशाह

नरहरिशाह गढ़ा कटंगा अथवा गढ़ा मंडला के राजगोंड राज्य का अन्तिम राजा था। इसे दो बार राज्य का सिंहासन प्राप्त हुआ। दोनों बार की सम्मिलित राज्य करने की अवधि पाँच वर्ष के लगभग थी। नरहरिशाह ने सात विवाह किए, परन्तु फिर भी कोई पुत्र नहीं हुआ। इस प्रकार उसका वंश उसके द्वारा गोद लिए गए पुत्र द्वारा चला। नरहरिशाह में युग के अनुकूल स्वयं को ढालने की क्षमता नहीं थी। वह उसमें राजनैतिक तर्कबुद्धि का अभाव था। एक ऐसे समय में जब भारत के राजनैतिक परिदृश्य में नित नए गठजोड़ हो रहे थे, तब नरहरिशाह ने या तो आवेश में अथवा समकालीन स्वार्थी सहयोगियों की सलाह से वशीभूत होकर राजनैतिक निर्णय लिए जिसके परिणाम घातक होने ही थे। सन् 1784 ईस्वी में वह एक निर्णायक युद्ध में मराठों से हार गया और बन्दी बना लिया गया। उसे जीवन के अन्तिम पाँच वर्ष मराठों के कारागार में बिताने पड़े। मात्र छत्तीस वर्ष की आयु में राजगोंड वंश का यह अन्तिम चिराग बुझ गया।

निष्फल यत्न

नर्मदा घाटी में मराठों की तूती बोलने लगी थी। वे जब चाहे जिससे किसी न किसी बहाने से रुपया वसूली का रास्ता निकालने लगे।

ईस्वी सन् 1782

गढ़ा मंडला के सिंहासन पर नरहरिशाह अब दूसरी बार पुनः गद्‌दी पर बैठे, दो वर्ष पहले ही विसाजी ने नरहरिशाह को गद्‌दी पर बैठाया था। पर तब वह महारानी विलासकुँअरि की कृपा से गद्‌दी पर बैठा था। तभी उसके रिश्तेदार, जिसकी नजर गढ़ा मंडला के सिंहासन पर थी, ने अपना खेल खेला और सुमेरशाह ने मराठा सरदार मुधोजी को गढ़ा मंडला पर आक्रमण का न्योता दे दिया। मुधोजी सेना लेकर मंडला जा पहुँचा, पर महारानी विलासकुँअरि ने पौने चार लाख रुपये देने का वायदा कर मुधोजी को वापस लौटा दिया। नरहरिशाह ने वायदे के अनुसार मुधोजी को रुपया न देकर उसे अप्रसन्न कर दिया। अप्रसन्न मुधोजी ने कोई कदम न उठाया, परन्तु नरहरिशाह का प्रतिद्वंदी सुमेरशाह चुप क्यों बैठता। उसने इस बार विसाजी से आग्रह किया कि वह उसे राजा बनाए।

नरहरिशाह को जब यह पता चला तो उसने विसाजी से सुमेरशाह को सहायता न देने के लिए याचना की। पर कोरी याचना से होना क्या था? विसाजी ने रुपया कमाने का सुनहरा अवसर देखा और साढ़े चार लाख रुपयों की माँग कर डाली।

नरहरिशाह उतावले विसाजी के सामने निस्सहाय हो गया। उसे जेल में डाल दिया गया और उसके प्रतिद्वंद्वी सुमेरशाह को गद्‌दी मिली। महत्त्वाकांक्षी सुमेरशाह ने युद्ध कर विसाजी की माँग पर अंकुश लगाना चाहा, पर युद्ध में उसकी पराजय हुई। विसाजी ने अपने कैदी, पर गढ़ा मंडला के पुराने राजा नरहरिशाह को पुनः गद्‌दी पर बैठा दिया। इस तरह थोड़े समय में नरहरिशाह को फिर गद्‌दी मिल गई। परन्तु अब स्थितियाँ बदल चुकी थीं। नरहरिशाह जब जेल में थे तब रानी विलासकुँअरि की हत्या करा दी गई। इस तरह राजा नरहरिशाह को उचित सलाह देनेवाला कोई न बचा। वैसे

भी अदूरदर्शिता नरहरिशाह के स्वभाव में थी। गढ़ा मंडला के राजसिंहासन पर दुबारा बैठने पर एक मूलभूत अन्तर यह भी आ गया था कि अब प्रशासन तन्त्र मराठों के प्रशासक मोराजी या मोर विश्वनाथ डिंगणकर के हाथ में था। नरहरिशाह एक ऐसा राजा था जिसे केवल मराठों के साथ पुरानी संधियों का देय रुपया प्रजा से वसूल कर विसाजी को सौंपना था।

मुधोजी विसाजी के गढ़ा मंडला पर किए गए आक्रमणों और रुपया वसूली की सारी सूचनाएँ भौंसला को दे रहा था। ताकि वह पेशवा के साथ गढ़ा मंडला के वर्चस्व की सारी स्थिति को सुलझा ले। पर इस प्रक्रिया में दो तीन वर्ष लगने थे सो लगे और विसाजी अपनी मनमानी करता रहा।

नरहरिशाह का मन्त्रणा कक्ष

नरहरिशाह ने अपने मन्त्रणाकक्ष में गंगागिरि, लक्ष्मण सिंह पासवान और अजित सिंह लोधी को बुलाया था, यह मन्त्रणा गढ़ा मंडला के भविष्य का निर्धारण करने के लिए बुलाई गई थी। सभी को मिलकर एक ऐसी योजना बनानी थी ताकि गढ़ा मंडला राज्य के पुराने दिन फिर लौटाये जा सकें। गढ़ा मंडला का राज्य पूरी तौर पर राजगोंड राजवंश का हो।

नरहरिशाह : 'पिछले पाँच वर्षों से गढ़ा मंडला पर मराठों ने अनावश्यक रूप से धन उगाहना प्रारम्भ कर दिया है, विशेषतः जब से विसाजी को इस क्षेत्र का प्रभार मिला है।'

अजितसिंह : 'प्रभार काहे का, खुली लूट मचा रखी है मराठों ने यहाँ। कभी विसाजी कभी मुधोजी सभी हमारे राज्य को लूटने को तैयार बैठे हैं।'

लक्ष्मण सिंह पासवान : 'इन मराठों में तो यह भी तय नहीं है कि किसे कौन सा काम सौंपा गया है एक ओर पेशवा अपनी चला रहा है तो दूसरी ओर भोंसला। हम जाएँ तो जाएँ कहाँ।'

'गंगागिरिजी : हमारा काम तो धर्म की रक्षा करना है, सो हम करते आ रहे हैं। हमसे जब भी कहा गया, हमने राज्य का संकट हमेशा ही दूर किया है। फिर चाहे हमें उसकी कितनी भी कीमत क्यों न चुकानी पड़े। हम व्यक्ति से बढ़कर राज्य को मानते हैं। अतः जब भी राज्याध्यक्ष को हमारी जरूरत होती है हम उसके साथ रहते हैं। आप राजा हैं रणनीति तैयार कीजिए हम उसे सफल बनाएँगे।'

नरहरिशाह : 'आप ठीक कहते हैं। हम यह महसूस कर रहे हैं कि वक्त बदल चुका है। इस समय जिसकी लाठी उसकी भैंसवाली कहावत चरितार्थ हो रही है हमें दूसरों की निर्भरता छोड़नी होगी। जो पैसा हम दूसरों को देते हैं, वह हम अपनी सेना की वृद्धि में लगाएँ और अपने क्षेत्र से मराठों को मार भगाएँ।'

अजितसिंह : 'विचार उत्तम है हम सभी सरदार अपनी-अपनी फौजों को मजबूत कर लें फिर देखें गोंडवाना में कौन भीतर आने की हिम्मत करता है।'

लक्ष्मण पासवान : 'जितनी जल्दी हो सके, हमें तैयारी कर लेनी चाहिए क्योंकि इन दिनों देश में अंग्रेज, मराठों, फ्रांसिसियों और टीपू सुल्तान सभी एक दूसरे को नीचा दिखाने के लिए सभी प्रकार की संधियाँ कर रहे हैं। यदि इस समय हम खुद अपने को ताकतवर साबित कर दें तो यही ताकतें हमसे संधियाँ करने को बाध्य हो जाएँगी, वरना हम इन ताकतों की प्रतिस्पर्धा में वैसे ही पिसते रहेंगे जैसे गेहूँ के साथ घुन।'

गंगागिरि : 'तुम फौजदारों को तो अपने महलों और किलों की सुरक्षा देखनी है हम लोग तो नर्मदा के खुले तट पर पड़े हैं। ऊपर आसमान का चंदोबा है और नीचे धरती हमारे लिए तो हमेशा एक ही वक्त है।'

नरहरिशाह : 'यह तो ठीक है, पर जब मराठों के खिलाफ हम मोर्चाबन्दी करें, तब आप के साधु कहाँ रहेंगे, यह तय तो हो।'

गंगागिरि : 'राजा सा, आप फौजदारों के साथ मोर्चाबन्दी की पूरी योजना तय करो। हमने कह दिया माने कह दिया, हम आपके साथ हैं। हमें मराठों को नेस्तनाबूद करना है, यह तय रहा। फिर हम उन्हें कहाँ दबोचेंगे यह जानने के लिए हम आपके पास हुक्म लेने आएँ और जब तक आप नीति बनाएँगे, तब तक तो चिड़िया उड़ जाएगी। इसे ऐसा समझ लो, आपने दो तरह से मोर्चाबन्दी कर ली है। एक मोर्चाबन्दी में आप फौज लेकर मराठों को ललकारो और उन्हें हमेशा के लिए सबक सिखा दो। दूसरी तरफ हमारे राज्य गढ़ा कटंगा में जहाँ-जहाँ भी इनकी फौजें घुस आई हैं, उन्हें हम साफ किए देते हैं।'

अजितसिंह : 'गंगागिरि जी का विचार बहुत उत्तम है। हमें कोशिश यह करनी है कि औपचारिकताओं में व्यर्थ का समय नष्ट न हो।'

नरहरिशाह : 'तो ठीक है, यह तय रहा कि हम सभी फौजदारों के साथ एक मजबूत सेना इकट्ठी करें और मराठों को युद्ध में पूरी शिकस्त दें।'

1782 ईस्वी

बरसात खत्म हुई

दीपावली का पर्व समाप्त होते ही नरहरिशाह और उसके फौजदारों ने अपने अन्न भंडारों को सुरक्षित किया और गोंड किसानों को अधिक से अधिक संख्या में भरती करना प्रारम्भ कर दिया। देखते ही देखते नरहरिशाह के पास सात हजार सैनिक हो गए, जिनमें घुड़सवारों की संख्या भी अच्छी खासी थी। नरहरिशाह ने विसाजी को खबर भिजवा दी कि अब विसाजी उसे मंडला का राजा माने, न कि अपना मातहत।

विसाजी को जब नरहरिशाह का पत्र मिला तो वह भड़क उठा और उसने तुरन्त ही नरहरिशाह को सजा देने की ठानी।

गंगागिरि ने अपने भेड़ाघाट स्थित आश्रम में अपनी साधु सैनिकों को निर्देश देने के लिए बुलाया।

गंगागिरि : 'साधुओं, तुम्हें भगवंतगिरि के नेतृत्व में आज एक ऐतिहासिक लड़ाई लड़नी है मैं भी साथ रहूँगा। शत्रु के साथ कोई नरमी न बरती जाए।'

उधर दंड देने को आतुर विसाजी सागर से आई, सेना जिसमें घुड़सवारों के अतिरिक्त चार-सवा चार सौ पैदल सैनिक गढ़ा से आगे बढ़े जैसे ही गढ़ा नगर से वह दो कोस आगे पहुँचा वैसे ही गंगागिरि उसे त्रिशूल लिए दिखलाई दिया। विसाजी ने उससे पूछा कि वह वहाँ पर क्या कर रहा है?

गंगागिरि : 'यह तुम्हें अभी पता चल जाएगा।' यह कहकर गंगागिरि वहाँ से चला गया।'

विसाजी स्वप्न में भी नहीं सोच सकता था कि उसकी सेना पर आक्रमण होगा परन्तु भगवन्तगिरि ने गंगागिरि की सेना को आक्रमण का आदेश दे दिया।

चार घड़ी तक भयानक युद्ध हुआ। गंगागिरि के साधु सैनिकों के त्रिशूलों के आगे क्या पैदल क्या घुड़सवार सभी मराठी सैनिक एक एक कर धराशायी होने लगे। इस भयंकर युद्ध में अनेक घुड़सवार भी खेत रहे, जो बचे वे चारों ओर भाग खड़े हुए। युद्ध के अन्तिम क्षणों में गंगागिरि आहत और मृत सैनिकों को पहिचानने की कोशिश कर रहा था उसके साथ उसके दो साधु नंगी तलवारें लेकर चल रहे थे। तभी गंगागिरि ठिठका और उसने इशारे से तीन गिरे हुए योद्धाओं की ओर उंगली उठाकर कहा कि इनके सिर काटकर शिविर में लेकर आओ।

युद्ध की समाप्ति पर

गंगागिरि अपने आसन पर बैठा था, तभी उसके दोनों साधु तीन रक्तस्नात सिर लेकर पहुँचे। गंगागिरि ने उन्हें अपने हाथों में लेकर ठीक से देखा। गंगागिरि के पीछे उसका शिष्य भगवतगिरि अपने एक साथी के साथ खड़ा था। गंगागिरि ने उन दोनों से कहा कि वे भी उन सिरों को ठीक से देख लें और पहिचान लें।

शक की कोई गुंजाइश न थी। विसाजी की पराजय तो हुई ही थी उसका शिरच्छेद भी कर दिया गया था। गंगागिरि के शिष्यों ने जो दूसरा सिर पेश किया था, वह उसके भाई दादूपंडित का था और तीसरा सिर सागर से आए एक राजकीय प्रतिनिधि का था। युद्ध की आपाधापी में गंगागिरि के शिष्य के साथ गैरिक वस्त्र में जो व्यक्ति मौजूद था, उसे किसी ने पहचानने की आवश्यकता न समझी थी। यह छद्मवेशी साधु मल्हारजी वोरपे था जो कि पेशवा का जासूस धावक था। युद्ध की

सारी घटना का वह प्रत्यक्षदर्शी था। युद्ध समाप्त होते ही शवों का अग्निसंस्कार करना आवश्यक हो गया। गंगागिरि के साधुओं को किसी भी गृहस्थ का मृतक संस्कार करने की आज्ञा धर्म नहीं देता था। आसपास के खेतों में केवल गौंड़ थे, जब उनसे सिरकटे शवों का अग्निसंस्कार करने को कहा गया तो उन्होंने साफ मना कर दिया। अन्त में एक चिता जलाकर दोनों भाइयों को एक साथ उसमें डाल दिया गया। इसी समय गैरिक वस्त्र धारण करनेवाला छद्म साधु पेशवा का जासूस वोरपे महन्त गंगागिरि के आश्रम से धीरे से भाग गया।

विसाजी एवं उसके भाई दादूपंडित उर्फ दादो नारायणी महाजनी की मृत्यु की खबर से नरहरिशाह का हौसला बुलन्द हो गया। उसने राज्य के सभी जमींदारों को तुरन्त खबर भेजी कि हर तरफ मराठों के विरुद्ध शस्त्र उठा लिए जाएँ। इसका असर हुआ।

सभी गोंड सरदार मंडला पहुँचे। नरहरिशाह की शह पर मंडला के प्रशासक मोराजी को उसके घर के चारों ओर पंडरिया परिवार के एक जमींदार महाबली सिंह ने घेर लिया।

मोराजी ने पैंतरा बदला और नरहरिशाह के पास खबर भेजी कि वह तो विसाजी की आज्ञा से मंडला का प्रशासक बना था। उसकी मंडला आने की न तब इच्छा थी और जब विसाजी का स्वर्गवास हो चुका है तब उसके मंडला रहने का वैसे भी कोई अर्थ नहीं रह गया, फिर गोंडराजा या उनके फौजदारों से उसकी व्यक्तिगत दुश्मनी भी नहीं है इसलिए उसको वहाँ रोके रहने से किसी को कोई फायदा नहीं है इसलिए उसे अपने राज्य सागर लौटने दिया जाए।

नरहरिशाह वैसे तो मराठों से अप्रसन्न था परन्तु जब उसके साथियों ने मोराजी को बेकार बन्दी बनाए रखने के पक्ष में दलीलें दी तो नरहरिशाह के पास उनका कोई ठोस जबाव नहीं था। परिणामतः उसे छोड़ दिया गया।

मोराजी ने शीघ्र ही मराठा सैनिकों को इकट्ठा किया। नरहरिशाह और उसके साथियों को अब तक अपनी भूल का पता लग चुका था पर अब देर हो चुकी थी और निर्णायक युद्ध की घड़ी आ गई।

इस बार नरहरिशाह, गोसांई गंगागिरि और मातहत जगीरदारों की संयुक्त सेनाओं के साथ गढ़ा कटंगा राज्य की ओर बढ़ा। यह सीमा मराठों के राज्य से लगी हुई थी।

पौष माह का दिन

दिसंबर, 1782 ईस्वी

नरहरिशाह अपने फौजदारों की सेनाओं के साथ गढ़ा कटंगा राज्य की उत्तर पश्चिमी सीमा के सबसे सुदृढ़ किले तेजगढ़ में पहुँच गया। वहाँ उसे पता चला कि

कुछ दूर पर ही सागर की सीमा पर मराठों की सेना एकत्रित हो रही है। नरहरिशाह ने तेजगढ़ किला का दुर्गपति अपने विश्वस्त अजित सिंह लोधी को बना रखा था।

नरहरिशाह ने सेना को तीन भागों में बांटकर सागर की ओर बढ़ना प्रारम्भ किया। एक सेना का नेतृत्व स्वयं नरहरिशाह कर रहा था। उसके एक ओर गंगागिरि अपने सैनिकों के साथ था तो दूसरी ओर लक्ष्मण पासवान।

मराठे युद्ध के लिए तैयार ही थे। दोनों सेनाओं के बीच भीषण युद्ध हुआ। युद्ध चार घड़ी तक चलता रहा, पर इसी बीच युद्ध में गोंडों के उत्तम सैनिक लड़ते हुए मारे गए। यह समाचार गोंड सेना के मनोबल तोड़ने के लिए काफी था। युद्ध में लक्ष्मण पासवान भागता हुआ नरहरिशाह के पास पहुँचा और उससे तुरन्त पीछे हटने को कहा क्योंकि प्रतिक्षण मराठे भारी पड़ रहे थे। नरहरिशाह और लक्ष्मण पासवान ने पीछे हटते हुए तेजगढ़ के किले में शरण लेने का मार्ग अपनाया।

जब गोंडों की सेना पीछे हटने लगी तभी गोसाईं गंगागिरि भी नरहरिशाह से आ मिला और ये सभी युद्ध करती हुई पीछे हटती सेना के साथ तेजगढ़ के किले में जा घुसे और किले का दरवाजा बन्द कर लिया।

कड़कड़ाती ठंड के बारह दिनों तक मराठा सेना बाहर घेरा डाले पड़ी रही।

पौष मास की अर्धरात्रि

महन्त गंगागिरि और लक्ष्मण पासवान नरहरिशाह को समझा रहे हैं कि अब यहाँ और रुकने का कोई अर्थ नहीं है। किले में रखी हुई रसद समाप्त हो रही है। अतः यहाँ से तुरन्त भाग निकला जाए।

नरहरिशाह : 'भागकर कहाँ जाएँगे हम?'

लक्ष्मण पासवान : 'राजा सा, मैं तो हूँ न आपकी सेवा में, चिन्ता क्यों करते हैं सीधे चौरागढ़ चलते हैं।

महन्त गंगागिरि : 'हम सब का एक दिशा में भागना ठीक न होगा। आपके साथ मेरा पुत्र देवगिरि जाएगा, वह आपके साथ ही रहेगा। अतः आप जहाँ जाएँ उसे साथ ले जाएँ।'

मैं आप लोगों से अलग दिशा की ओर भागूँगा ताकि मराठे सैनिकों की शक्ति तीन हिस्सों में बँट जाए। एक तो यहीं दुर्ग को अधिकार में लेने के लिए पड़ी रहेगी और दो मराठी सेना के दो हिस्से अलग-अलग दिशाओं में हमें ढूँढ़ने निकलेंगे। इस बंटी हुई सेना का हम मुकाबला कर लेंगे क्योंकि मैं अपने चेलों की सेना को इकट्ठा कर मराठों से निपटूँगा, फिर देखेंगे क्या करना है।'

रात्रि में दुर्ग के नायक कुरमत खाँ लोदी ने किले से काफी दूर घोड़ों का इन्तजाम कर दिया था। घेरा डालनेवाली मराठी सेना को पता भी न चला था।

मध्य रात्रि को किले के गुप्त दरवाजे से तीन लोग कम्बलों में लिपटे एक नाले के किनारे किनारे जा रहे थे। किसी को पता भी न चला कि मराठे जिन लोगों को पकड़ने के लिए बारह दिन से घेरा डाले बैठे थे, वे छू हो गए।

प्रातःकाल मराठों की सेना को सन्देह हुआ। इस पर उन्होंने किले के दरवाजे को तोड़ने का निर्णय लिया पर अब दुर्गपति के पास वैसे भी कुछ छुपाने को न था और साथ ही वैसे भी दिनोंदिन समाप्त हो रही रसद से चिन्तित था, अतः जब मराठों ने उससे अन्तिम बार समर्पण करने की चेतावनी दी तो उसने भी समझौते में टप्पा, पिटहरा, मुहार और टंडा और केसली की जमींदारी की माँग रखी जिसे मराठों ने तुरन्त मान लिया। मराठों ने दुर्ग के नायक कुरमत खाँ को बंदी बना लिया। उस पर आरोप लगा कि उसी ने नरहरिशाह तथा अन्य लोगों को दुर्ग से रातों-रात भागने में मदद की है।

नरहरिशाह, लक्ष्मण सिंह और गंगागिरि का भाग्य उस दिन बुलंदी पर था। तेजगढ़ पर विजय के बाद मराठा सैनिकों ने उन्हें ढूँढ़ने में देरी नहीं की क्योंकि मराठा सेना को गंगागिरि का सुराग मिल गया उस दिशा पर सेना आगे बढ़ ही रही थी कि शहादत खाँ के भाई ने एक सेना लेकर मराठी सेना पर आक्रमण कर दिया। दोनों सेनाओं में चार घड़ी तक युद्ध हुआ। शहादत खाँ का भाई पराजित हुआ। उसकी सेना भाग खड़ी हुई, पर नरहरिशाह और उसके साथियों को इतना समय मिल जाना बहुत बड़ी बात थी। नरहरिशाह और उसके साथी मराठी सेना की पकड़ से अब बहुत दूर थे।

तेजगढ़ की चौकी के पतन के पश्चात् मराठा सेनापति केशव रामचन्द्र चान्दोरकर और बापूजी गढ़ा पहुँचे तब तक मोराजी उर्फ मोरो विश्वनाथ भी गढ़ा पहुँच गया। वहाँ पर नरहरिशाह का प्रतिनिधि गोंडों की सेना के साथ मराठों के साथ लड़ा पर वह हार गया। इस तरह मोराजी फिर से नई शक्ति के साथ मंडला का प्रशासक हो गया, पर वह वहाँ रुका नहीं।

महन्त गंगागिरि के चेलों की छोटी-छोटी किन्तु प्रभावशाली सेनाएँ अनेक जगहों पर फैली हुई थीं। वे सब अखाड़ों के रूप में थीं। गंगागिरि घूम-घूमकर इन साधुओं की छावनियों को पैसा, अनाज और सैनिक भेज रहा था। मराठी सेना उसे पकड़ तो नहीं पा रही थी, पर जगह-जगह उसकी साधुओं की सशस्त्र दस्तों से मुठभेड़ हो रही थी। मराठी सेना को काफी हानि पहुँच रही थी। बिलहरी में तो मराठी सेना विजयी हुई। और महन्त गंगागिरि की साधु सेना पराजित हुई पर गंगागिरि फिर से भाग निकला था।

मराठों की सेनाएँ जंगलों और पहाड़ों में युद्ध करने की अभ्यस्त थीं। वस्तुतः उन्हें पहले से ही छापामार युद्धों का अनुभव था। गोंडों और महन्तों ने उनसे ही यह युद्ध प्रणाली सीखी थी। फल यह था कि निरंतर भागदौड़ के बाद भी मराठी सेना सक्रिय रही।

पूरी ठंड छापामार युद्ध होते रहे। गोंड अनेक युद्ध हार चुके थे। उनके लगभग सारे क्षेत्र पर मराठी सेनाएँ उनका पीछा करते घूम रही थीं। केवल कमी थी तो यह

कि अब तक ये सेनाएँ राजा को पूरी तरह से मात नहीं दे पाई थीं। वह इनकी पकड़ से दूर था और जब तक वह इनकी पकड़ में नहीं था गढ़ा मंडला का राजा भी वही था।

ग्रीष्म ऋतु

(सन् 1783 ईस्वी)

गर्मी का मौसम आ गया। पहाड़ों में पानी की कमी से मराठों को बड़ी सेनाएँ ले जाना कठिन होने लगा। फिर भी, उन्होंने कुछ दिन रुकना उचित नहीं समझा। अब तक उन्हें पता चल चुका था कि नरहरिशाह अपने साथियों के साथ चौरागढ़ के किले में निवास कर रहा है। परन्तु वहाँ से निकलकर पूरे राज्य में वह मराठों की सत्ता के खिलाफ लड़ने का सन्देश देता है और फिर चौरागढ़ में जा छिपता है।

गंगागिरि की शक्ति पूरी तरह से क्षीण नहीं हुई थी। उसके साधु सैनिक बिलहरी, भेड़ाघाट से लेकर सिवनी छपारा तक अब भी फैले थे। गोंडों की राजशक्ति भले ही समाप्त हो रही हो, पर मराठों की शक्ति को रोज चुनौती मिलती। वैशाख की भीषण गर्मी में नरहरिशाह और गंगागिरि ने एक बार फिर गढ़ा आकर अपने अनुयायियों से सभी मराठी ठिकानों में आग लगा देने को कहा। इस आह्वान से मराठों को भारी धनहानि हुई, परन्तु मराठी सेना कुछ न कर सकी।

वर्षाकाल

(सन् 1783 ई.)

गोविन्द पन्त बुन्देले के पुत्र बालाजी गोविन्द, जो कालपी में रहता था ने अपने पुत्र रघुनाथराव आबा साहेब को चौरागढ़ को जीतने के लिए एक सेना लेकर भेजा। पर चौरागढ़ का मजबूत किला यह सेना न भेद पाई और नरहरिशाह अपने साथियों सहित दुर्ग का दरवाजा बन्द कर उसमें सुरक्षित रहा आया। कुछ दिनों तक घेरा डालने के बाद मराठों की सेना लौट आई। मराठों के इस अनिर्णय का फायदा नरहरिशाह को मिला। वह अब पूरे राज्य में छापामार शैली में लोगों को उकसाता रहा और जहाँ-तहाँ झगड़े कराता रहा।

यह स्थिति लगभग एक वर्ष चली और यह स्थिति धीरे-धीरे मराठों की बर्दाश्त के बाहर हो गई।

जून 1784

मोराजी ने ही अन्त में इस किले को जीतने का निर्णय लिया। मोराजी को पन्द्रह दिनों से भी अधिक समय तक किले के चारों ओर घेरा डाले रहना पड़ा। किले में रसद खत्म

हो चुकी थी। मोराजी ने जब अन्तिम बार यह घोषणा की : 'राजा नरहरिशाह हमारी अन्तिम चेतांवनी को मानते हुए यदि अपने साथियों सहित तुम आत्म समर्पण कर दोगे तो तुम्हें जीवित छोड़ा जाएगा तथा तुम्हारे सभी साथियों पर न्याय के लिए मुकदमा चलाया जाएगा। उस स्थिति में तुम अपना पक्ष रख सकोगे, अन्यथा किले का दरवाजा तोड़ दिया जाएगा और तुम्हें अपनी आखिरी लड़ाई लड़नी पड़ेगी।'

नरहरिशाह, गंगागिरि और उसके साथी इस घोषणा का अर्थ समझते थे।

सभी ने, आत्मसमर्पण का फैसला किया।

किले के सिंहद्वार से नरहरिशाह और उसके साथी बाहर निकले। सभी को बन्दी बना लिया गया। चौरागढ़ पर मराठों का अधिकार हो गया। गोंड राज्य का यह आखिरी दुर्ग था, जिसमें राजगोंडों के अन्तिम राजा ने अन्तिम समय तक स्वयं को स्वतंत्र रखा था।

महन्त गंगागिरि को बेड़ियों से जकड़ दिया गया। उसे और उसके पुत्र तथा कुछ साथियों को तुरन्त सेना की सुरक्षा में मराठा सेना के मुख्यालय में भेज दिया गया।

राजा नरहरिशाह को हथकड़ी नहीं लगाई गई। उसे अब मराठे सैनिकों की कड़ी सुरक्षा में खुरई ले जाया गया और वहाँ साधारण मुकदमे के बाद जेल में बन्द कर दिया गया।

जेल का हर पल राजा को वर्षों जैसा लगता। वह स्मृतियों में खोया रहता। वह याद करता कि उसने कितने विवाह किए, कितनी रानियाँ लाया—जै चंदेलिन, चित्रकुंअरि, रानी बघेलिन बेरेडीवार, रानी सुरकिन, मिलापकुँअरि देवी और उत्तमकुँअरि और अन्त में अल्पवयवाली लक्ष्मणकुँअरि।

इसी आशा में उसने विवाह किए थे कि चंदेलों और बघेलों से उसके सम्बन्ध दृढ़ होंगे, पर समय बीतते राजनैतिक क्षितिज से चंदेल और बघेल दोनों ही अस्त हो गए। रानी लक्ष्मणकुँअरि से तो जब उसने विवाह किया था, तब वह मात्र छह वर्ष की थी। पहली चार रानियाँ उसके वंश को जब न बढ़ा सकीं तो उसे नर्मदा मैया ने एक दिन अपनी रेत में एक प्यारा सा बच्चा लाकर दे दिया।

जेल में एक-एक दिन काटना मुश्किल था।

राजा कितने दिनों तक यादों के सहारे जीता। उसे जेल में कैदियों की तरह रानियों से मिलने दिया जाता, कुछ निर्धारित समय के लिए। पहले कुछ दिनों तक अपने बेटे नर्बदाबख्श को देखकर उसके मुँह पर दुख में डूबी ही सही गमगीन मुस्कुराहट आ जाती पर धीरे-धीरे वह भी लुप्त होने लगी।

नर्मदाबख्श राजा नरहरिशाह का गोद लिया पुत्र अब पाँच वर्ष का हो चुका था। वह ऐसा राजकुमार था जिसने जीवन में कभी सुख देखा ही नहीं था, न तो उसे पिता का स्नेह मिला था और अब पाँच-पाँच माताओं के रहते न ही उसे कभी माँ का स्नेह मिला था।

राजा नरहरिशाह जेल में रहते भीतर से कहीं बुरी तरह से टूट चुका था। अड़तीस वर्ष की आयु में वह पूरा वृद्ध दिखने लगा था। उसे किसी चीज में कोई रुचि न बची थी। ऐसा व्यक्ति कितने दिनों तक अपने पैरों पर खड़ा रहता। वह खटिया से लग गया। वह ऐसे रोग से ग्रस्त हो गया, जिसकी दवा हकीम लुकमान के पास भी न थी।

जेल के अधिकारियों ने अब उसकी रानियों और पुत्र को मिलने की पूरी छूट दे दी थी।

एक दिन दोपहर में जेल के अधिकारियों ने जेल के भीतर की कोठरी में नारी कंठ से रुदन की आवाज सुनी। वे उस ओर दौड़े। देखा—नरहरिशाह ने दम तोड़ दी थी और उसकी छाती पर सिर रखकर उसकी बड़ी रानी सुरकिन, मिलाप कुँअरिदेवी जोर-जोर से रो रही थी। ढलते सूरज के समय बालक नर्बदाबख्श ने पिता नरहरिशाह को अग्नि दी। बड़ी रानी उपस्थित लोगों के रोकने पर भी अपनी जिद से टस से मस न हुई। वह राजा के साथ सती होने का निर्णय ले चुकी थी। सबसे छोटी रानी जिसकी उम्र केवल पन्द्रह वर्ष ही थी, उसका अनुसरण करना चाहती थी, पर लोगों ने उसे रोका और सती नहीं होने दिया।

सूर्यास्त के कुछ पहले नरहरिशाह का पार्थिव शरीर उसकी बड़ी पत्नी सुरकिन के साथ धू-धू करके जलती चिता में दग्ध हो गया।

महन्त का अन्त

अठारहवीं शताब्दी के प्रारम्भ में भारत की केन्द्रीय शक्ति क्षीण हो गई। उसका स्थान लेनेवाली शक्तियाँ केन्द्रीय सत्ता पाने के लिए आपस में संघर्षरत थी। इस संक्रमण काल में भारतीय समाज अनेक प्रकार के आतंकियों से ग्रस्त हो गया। राजे रजवाड़ों में स्वयं की शक्ति चुक सी गई थी। उनका शोषण लगातार बड़ी शक्तियों द्वारा किया जा रहा था। ऐसी ही परिस्थितियों में हिन्दू धर्म की रक्षा में युवा साधुओं की जमातें सक्रिय हुईं। परन्तु शीघ्र ही राजाओं, नवाबों और जमींदारों से मिले धन ने इनमें से अधिकांश संगठनों को सिद्धान्तहीन लुटेरा बना दिया। इन संगठनों या अखाड़ों के महन्तों में धर्म कर्म केवल दिखावा मात्र ही था अन्यथा वे धन और शक्ति प्राप्ति के लिए कभी भी अपना पाला बदलते रहते थे। तत्कालीन नर्मदा घाटी की राजनीति में इनका काफी महत्त्व बढ़ गया। महन्त गंगागिरि एक ऐसा ही व्यक्तित्व था जो एक समय में जिसका संरक्षक स्वयं को घोषित करता दूसरे समय उसे उसी का धुर विरोधी होने में कोई हिचक नहीं थी। किसी की हत्या करना इनके लिए मामूली-सी बात थी।

जिस काल में बड़ी मछली छोटी मछली को निगल रही हो, वहाँ इन महन्तों के जीवन या जांबाजी का कोई नैतिक आदर्श न था। लड़ाइयाँ शुद्ध स्वार्थों से प्रेरित थीं इसलिए धर्म या नीति किसी के भी आड़े न आतीं।

मुसलमान शासकों से लड़ रहे मराठा सैनिकों को कत्ल करने में यदि महन्त के लिए धर्मपरायणता का कोई महत्त्व न था तो फिर मराठे भी महन्त पर किस धर्म के लिए उसे क्षमा करते। महन्त गंगागिरि गोस्वामी का अन्त एक ऐसे व्यक्ति का अन्त था जो अपने स्वार्थ के लिए कभी भी कुछ भी करने को तैयार रहता था।

महन्त गंगागिरि एक अर्थ में परम धर्मनिरपेक्ष व्यक्ति था। वह स्वार्थ साधने में शहादत खाँ और लक्ष्मण पासवान में अन्तर न करता था। भारत में यह एक अजीब सी धर्म निरपेक्षता का दौर था।

इसके पूर्व में भी भारत में धर्मनिरपेक्षता के अनेक दौर आते रहे हैं। सबका रंग अलग था। अकबर और बाजबहादुर इसलिए धर्मनिरपेक्ष थे कि वे अपने हरम में हिन्दू और मुसलमान दोनों धर्मों की खूबसूरत औरतों को बराबरी का दर्जा दे चुके थे। इस दौर में तो सभी धर्मनिरपेक्ष थे। मराठे हिन्दू धर्म की ध्वजा धारण करनेवाले महन्त को

कड़ी सजा देने का मन बना चुके थे तो धन लेकर कुरमत खाँ पर से अपराध वापस ले लेने का।

जून 1784

खुरई (सागर) की मराठा सैनिक छावनी

आज महन्त गंगागिरि पर अभियोग चलने और उसे सजा मिलने का दिन है।

खुरई जेल की कोठरी में

महन्त गंगागिरि आज मराठों का बन्दी है। वही गंगागिरि जिसने दो दशकों से भी अधिक समय से गढ़ा मंडला राज्य में जो चाहा सो किया था। महन्त आज भी वैसा ही था जैसा महन्त बनने के तुरन्त बाद था। शरीर में केवल कौपीन और अधोवस्त्र, शेष शरीर पूरी तरह निरावृत, लम्बी दाढ़ी और जटाओं से युक्त उसके भारी चेहरे पर सदैव अक्खड़ अलमस्ती रहती थी। किसी का आदर करना उसका स्वभाव न था। भांग के सेवन से उसकी आँखें सदैव ही भयानक रूप से लाल रंग की दिखलाई देती थीं। मस्तक में वह सदा भस्म का त्रिपुंड लगाये रहता था तथा दाहिने हाथ में एक भारी त्रिशूल रखता। इस त्रिशूल ने कितने व्यक्तियों का रक्तपान किया था कोई नहीं जानता। उसके गले में रुद्राक्ष की मालाएँ पड़ी थीं, पर किसी ने कभी उसकी उँगलियों को उन मालाओं के गुरियों को सरकाते हुए नहीं देखा था। वह बहुत कम बोलता, पर जब वह जोर से 'बम भोले' कहता तो भय का वातावरण बन जाता। उसी वेश भूषावाले आठ दस सेवक उसे घेरे रहते, पर उनका मुख्य काम राजाओं और जमीदारों को आशीर्वाद देने के बदले मिली हुई भारी दक्षिणा की रकम, जो अक्सर ठोस स्वर्ण के रूप में होती थी, को उगाहना और उससे महन्त की सेना, जिसे साधु समाज कहा जाता था, के रख-रखाव के खर्च की व्यवस्था करना था। महन्त के आश्रम को अखाड़ा कहा जाता था, जिसमें केवल हट्टे-कट्टे युवा लोगों को साधु बनने के लिए दीक्षा दी जाती थी। साधु बनने के लिए जात-पाँत, ऊँच-नीच का कोई बन्धन नहीं था। केवल घर-गृहस्थी से मोह माया-त्यागकर महन्त की शरण में आना आवश्यक था। महन्त के शिष्यों या साधुओं की दिनचर्या में दिन भर व्यायाम, अस्त्र-शस्त्र चालन कर अभ्यास प्रमुख था, शेष समय गरिष्ठ भोजन जिसे प्रसाद कहा जाता था की तैयारी में जाता था। इस तरह भोजन और भजन को भी समय दे दिया जाता था। महन्त सदैव ही व्याघ्रचर्म में बैठकर शिष्यों को उपदेश देता था। सारे उपदेशों का सार यही था कि गुरु भक्ति से बढ़कर कहीं कुछ नहीं है, यह लोक और परलोक दोनों ही गुरुभक्ति से सुधर जाते हैं। गुरुभक्ति का मूलमंत्र गुरु की आज्ञा को अक्षरशः पालन करना था।

पर आज जेल की कोठरी में महन्त के साथ कोई शिष्य नहीं था। उसके 'बम भोले' कहने से जहाँ उसके सैकड़ों शिष्य अपने-अपने त्रिशूल और तलवारें उठाकर आकाश को गुंजा देते थे, वहाँ आज उसके मुँह से शब्द नहीं निकल रहे थे। वह अपनी सूखी जीभ अपने ओठों पर फिरा रहा है। उसे दो दिनों से भोजन नहीं दिया गया है। उसके दोनों हाथों को पीछे की ओर से कसकर बाँध दिया गया है और उनमें बेड़ी डाल दी गई है। पैरों में भी बेड़ी पड़ी है। महन्त गंगागिरि रात-भर नहीं सो पाया क्योंकि सुबह ही मराठे उसे सजा सुनानेवाले हैं।

सैनिक अदालत

एक विशाल मैदान के चारों ओर आज सुबह से ही भारी भीड़ है। आज गढ़ा मंडला के राजा को युद्ध में भड़काने, मराठों पर युद्ध थोपनेवालों और मराठा सैनिकों और मराठा सैनिक अधिकारियों का वध करनेवालों को सजा दी जानी है।

सैन्य न्यायाधीश : 'मराठा राज्य के दुश्मनों को एक-एक कर पेश किया जाए एवं उनके अपराध को बयान किया जाए।'

सैनिक कसी हुई मुश्कोंवाले पहले अपराधी को प्रस्तुत करते हैं।

सैन्यं अभियोजन पक्ष : 'अपराधी का नाम कुरमत खाँ है। जब मराठी सेना ने गोंडों की सेना को लगभग परास्त कर दिया था तभी इसने तेजगढ़ किले से रात्रि में दुश्मनों को भागने में मदद की।'

सैन्य न्यायाधीश : 'इसके बचाव में कोई बोलना चाहता है।'

भीड़ में से एक-एक पंडित निकलता है और न्यायाधीश से आदरपूर्वक कहता है : 'मान्यवर, मैं पंडित आधार उपाध्याय हूँ, कुरमत खाँ की ओर से कुछ निवेदन करना चाहता हूँ। मैं आपको कुरमत खाँ की और से विश्वास दिलाना चाहता हूँ कि उसने वैमनस्यता के वशीभूत होकर मराठों से विद्वेष नहीं किया था वरन् परिस्थितियों में फँस जाने के कारण उन्हें यह अवांछित कार्य करना पड़ा। उनके मन में मराठों के प्रति कोई दुर्भावना कभी नहीं रही है।'

सैन्य न्यायाधीश : 'पंडित होकर भी जब तुम इस प्रकार की बात कर रहे तो हो सकता है कि तुम्हारे कथन सत्यांश हो, पर इसने युद्ध कर हमें जो हानि पहुँचाई है, उसकी भरपाई कौन करेगा?'

पंडित आधार उपाध्याय : 'उस हानि की भरपाई मैं करूँगा श्रीमान्।'

सैन्य न्यायाधीश : 'कुरमत खाँ, क्या पंडित आधार उपाध्याय जो कह रहा है, वह सच है।'

कुरमत खाँ : 'पंडितजी तो सचाई की मूरत हैं। आप उनकी बातों पर इत्तिफाक रखें। मैं तो अमनपसन्द आदमी हूँ, न चाहते हुए इस झँझट में फँस गया, पर अब पछता रहा हूँ।'

सैन्य न्यायाधीश (आधार उपाध्याय की ओर देखते हुए) : पंडितजी, सोच लीजिये, दस हजार रुपयों से ऊपर की चपत लग जाएगी। हम तो खैर इस प्रकरण को सागर सैन्य अदालत ही भेजेंगे, फिर सोच लें।'

पंडित आधार उपाध्याय : 'खूब सोच लिया है श्रीमान्। कुरमत खाँ निहायत शरीफ और नेक दिल इन्सान हैं। उन पर रहम होना चाहिए।'

सैन्य न्यायाधीश : 'तो ठीक है, हम कुरमत खाँ के प्रकरण को सागर भेज देते हैं, वहीं निर्णय होगा और पंडितजी तुम्हें भी इनके साथ सागर जाना होगा।'

पंडित आधार उपाध्याय : 'जी, जो आज्ञा।'

इसके बाद एक-एक कर बहुत से युद्ध अपराधी लाए गए। अधिकतर अपराधियों को सागर की सैन्य अदालत के लिए भेज दिया गया। आज की अदालत तो मुख्यतः गंगागिरि को सजा सुनाने के लिए गठित की गई थी। अन्य मसले गौण थे। गंगागिरि को किसी भी हालत में मराठे अधिक दिनों तक कैद में नहीं रखनेवाले थे। उसने भयंकर उत्पात किया था और रोंगटे खड़े कर देनेवाला नरसंहार।

कुछ ही देर बाद बेड़ियों में जकड़ा हुआ महन्त गंगागिरि सैन्य न्यायाधीश के सामने लाया गया।

सैन्य न्यायाधीश : 'इसके अपराधों को इसके सामने सुनाया जाए।'

सैन्य अभियोजन पक्ष : 'श्रीमंत, महन्त गंगागिरि मराठा राज्य, मराठा जाति और मराठा सम्मान का हमारे समय का सबसे बड़ा दुश्मन है। इसकी निर्दयता सारी सीमाएँ लाँघ चुकी हैं। यह गैरिक वेश में नरराक्षस है। इसे जहाँ धर्म एवं नैतिकता का व्रती होना चाहिए था, वहाँ यह पाखंड, कुटिलता और हिंसा का व्रती रहा है। यह हिन्दू धर्म का सबसे बड़ा विरोधी व्यक्ति है जिसने हिन्दुओं की साधुओं के प्रति परम्परागत आस्था को मटियामेट कर दिया है। इस दुष्ट व्यक्ति के ऊपर वैसे तो सैकड़ों आरोप लगाये जा सकते हैं क्योंकि इसके कुकर्मों का अन्त नहीं है, परन्तु मैं इसके उन आरोपों को आपके सम्मुख रख रहा हूँ जो स्वयं सिद्ध हैं।

'श्रीमान् महन्त गंगागिरि पर सर्वप्रथम और सबसे बड़ा आरोप यह है कि इसने बिना किसी कारण के मराठा सेना के एक योग्य अधिकारी विसाजी बलवन्तराव सूबेदार उर्फ विसाजी दादूबा की अकारण उस समय हत्या कर दी, जब वे गढ़ा मंडला के बगावती सरदारों को सजा देने एक सैन्य टुकड़ी के साथ जा रहे थे। महन्त गंगागिरि से उनकी कोई दुश्मनी नहीं थी। उन्होंने इस घटना के पहले भी गंगागिरि के ऊपर दया ही दिखलाई थी। परन्तु इस दुष्ट ने उनकी दयालुता का बदला उनकी हत्या करके दिया।

'श्रीमान्, महन्त गंगागिरि पर दूसरा बड़ा आरोप यह है कि इसने विसाजी की सेना पर आकस्मिक हमला किया, जिस समय वे गढ़ा मंडला की ओर जा रहे थे। इस सेना के पूरे चार सौ पैदल सैनिकों का निर्दयता से वध किया गया। गंगागिरि ने यह युद्ध अकारण ही किया था।

'श्रीमान्, महन्त गंगागिरि पर तीसरा आरोप उसकी राक्षसी प्रवृत्ति का है, जो मनुष्य मात्र के लिए भयावह है। इसने घायल अवस्था में युद्धक्षेत्र में पड़े हुए वीरों के सिर काटकर मँगवाए, यह एक जघन्य कृत्य है।

'श्रीमान्, महन्त गंगागिरि पर चौथा आरोप यह है कि उसके दुष्टतापूर्ण कृत्यों से इस क्षेत्र में अराजकता बढ़ी। मराठी सेना पर अनेक जगह आक्रमण हुए तथा व्यवस्था भंग हुई। इससे अनेक शान्तिप्रिय लोगों की मौत हुई।

'श्रीमान्, इस ढोंगी महन्त पर अनेक आरोप और भी हैं, पर इसे राजद्रोह और क्रूर हत्याओं के लिए ही मृत्युदंड दिए जाने की मैं प्रार्थना करता हूँ। ऐसे नरपिशाच के लिए साधारण मृत्युदंड की सजा पर्याप्त न होगी। अतः इसे कठिन मृत्युदंड दिया जाए ताकि आगे आनेवाली पीढ़ियाँ इसके कार्यों का अनुसरण करने से बाज आएँ।'

सैन्य न्यायाधीश : 'गंगागिरि, अपने बचाव के लिए तुम जो भी कहना चाहते हो कह सकते हो।'

महन्त गंगागिरि : 'भोले धूर्जटिन्, हमारे लिए सांसारिक अदालतों का फैसला कोई मायने नहीं रखता। हम केवल ऊपरवाले के प्रति उत्तरदायी हैं। हमने धर्मशास्त्र पढ़े हैं और जीवन भर हमने उन्हीं का अनुसरण किया है। मुझ पर लगाये गए सारे आरोप असत्य हैं। मैंने कभी किसी युद्ध में न तो भाग लिया है और न ही किसी को मारा या मारने की आज्ञा दी है। साधुओं का राजनीति से भला क्या लेना देना। मैं नहीं जानता मुझ पर ऐसे लाँछन और आरोप क्यों लगाये जा रहे हैं। मैं तो जन्मनः साधु हूँ और गढ़ा मंडला के राजाओं को सदैव से नैतिक और आध्यात्मिक शिक्षा देता रहा हूँ वह मेरा धर्म भी है और कर्म भी। जब भी वे मुझे बुलाते रहे हैं कर्तव्य पूर्ति के लिए मैं उनके सन्देशवाहकों के साथ उनके पास पहुँचता रहा हूँ। देश और काल की परिस्थितियों के अनुसार मराठों और गोंडों में युद्ध होता रहता है। मैं शांतिप्रिय साधु अनेक बार ऐसे युद्धों के चलते बीच में फँस चुका हूँ जिसमें मेरे प्राणों को भी खतरा पैदा होता रहा है। पर नश्वर शरीर के लिए कर्तव्यच्युत होना मैंने सीखा ही नहीं है। राजा गढ़ा कटंगा के पास उनके बुलाने पर मेरे पहुँचने को सदैव ही गलत दृष्टि से देखा गया है। युद्ध में किसने किसको मारा, कौन हताहत हुआ इस सबसे मुझ साधु को क्या मतलब। मेरे लिए मराठे, गोंड या अन्य सभी जाति धर्मों के लोग मानव मात्र हैं। मुझ पर लगाये गए सारे आरोपों को मैं नासमझी का प्रतिफल मानता हूँ। अन्त में कहना चाहता हूँ कि साधु सदैव ही अवध्य रहे हैं। यह न्यायाधीश को याद रखना चाहिए।'

महन्त गंगागिरि सारी जनता के सामने अपने ऊपर लगे हुए सारे आरोपों से साफ मुकर गया था, जबकि उसकी असलियत सभी को मालूम थी।

मराठा अभियोजन पक्ष के अधिकारी ने कहा कि वह सारे अभियोगों को सिद्ध कर सकता है।

सैन्य न्यायाधीश : 'ठीक है आप लगाये गए आरोपों में से केवल युद्ध क्षेत्र में सिर काटनेवाले आरोपों को सिद्ध करें, मैं समझता हूँ यह आरोप सबसे संगीन हैं।' (फिर गंगागिरि की ओर देखकर)—'तुम इस आरोप को कब सिद्ध मानोगे।'

गंगागिरि : 'अपराध तो मैंने किया ही नहीं है, इसलिए मानने का प्रश्न नहीं उठता परन्तु फिर भी सामान्य न्यायिक प्रक्रिया में प्रत्यक्षदर्शी गवाह की गवाही मुख्य होती है क्योंकि तब अपराध स्वयं सिद्ध हो जाता है।'

सैन्य न्यायाधीश (सैन्य अभियोजन पक्ष से) : 'क्या आप प्रत्यक्षदर्शी गवाह प्रस्तुत कर सकते हैं?'

महन्त गंगागिरि प्रसन्न हो उठा क्योंकि उसे विश्वास था कि ऐसे किसी भी प्रकरण का कोई प्रत्यक्षदर्शी यहाँ पहुँच ही नहीं सकता, क्योंकि अब भी उसमें बचे हुए चेले सारे गवाह सबूतों को नष्ट करने में व्यस्त होंगे और यदि कोई सबूत बचा भी होगा तो उसे यहाँ सिद्ध करेगा कौन?

सैन्य अभियोजन पक्ष : 'जी हाँ, हम प्रत्यक्षदर्शी गवाह को प्रस्तुत कर रहे हैं।'

महन्त गंगागिरि आश्चर्य से चारों ओर देखता है। उसे एक ओर से गैरिक वसन धारण किए हुए तथा उसी के अखाड़े का चिह्न धारण किये एक गोसाईं आता दिखलाई देता है। महन्त गंगागिरि पहचानने का प्रयत्न करता है कि मराठों से मिल जानेवाला यह गोसाईं कौन है और कब उसके अखाड़े में शामिल हुआ और कब उसने युद्ध में भाग लिया?

तभी गोसाई न्यायाधीश को अभिवादन कर अपनी बात कहने की आज्ञा चाहता है। उसे आज्ञा मिल जाती है।

आगन्तुक गोसाईं (न्यायाधीश से) : 'माननीय मैंने वे सारी घटनाएँ देखी हैं जो युद्ध में घटीं।'

इतना कहकर वह उन सब घटनाओं का सिल-सिलेवार वर्णन करता है जो युद्ध भूमि में घटित हुई थीं अर्थात् गढ़ा के पास किस तरह विसाजी की सेना पर जब वह युद्ध के लिए तैयार नहीं थी, तब आकस्मिक रूप से उस पर आक्रमण किया गया। विसाजी ने जिस तरह डांटकर गंगागिरि को आक्रमण तुरन्त रोकने की आज्ञा दी तथा उसके पश्चात् किन शब्दों में गंगागिरि ने विसाजी की बात का तिरस्कार करते हुए अपने सैनिकों से उसका तथा उसके दोनों साथियों को तुरन्त मौत के घाट उतारने का आदेश दिया। युद्ध स्थल से कुछ दूर अपनी छावनी में बैठकर युद्ध के अन्तिम निर्णय की उसने कैसे प्रतीक्षा की तथा सबसे अन्त मे विसाजी एवं उसके दोनों साथियों के सिर काटकर प्रस्तुत करने का आदेश दिया तथा इस आदेश की पूर्ति के पश्चात् कटे हुए सिरों को हाथ में लेकर निरीक्षण किया। इस पूरी घटना के साथ ही पैदल सैनिकों की बेरहमी से हत्या का विस्तृत विवरण आगन्तुक गोसाईं ने दिया।

इस गोसाईं के तथ्यमय विवरण को सुनकर गंगागिरि क्रोधित नाग जैसा सीधा खड़ा हो गया और सामने खड़े गोसाईं से पूछने लगा 'यह सब अनर्गल प्रलाप करनेवाला तू है कौन? अपनी पहिचान बता। मैंने तुझे कब दीक्षित किया था, अपने अखाड़े में?

आगन्तुक गोसाईं : 'दुष्ट गंगागिरि, मैं तुझ जैसे नीच व्यक्ति का शिष्य होने से पहले मर जाना पसन्द करता। मैं तो गोसाईं का वेश धारण किए हुए मराठा राजवंश का गुप्तचर हूँ, मेरा नाम है मल्हार जी वोरपे और मैं वर्षों से अपने स्वामी के लिए कार्य कर रहा हूँ। वर्षों से इस क्षेत्र में कार्य करने पर यहाँ की भाषा, रीति रिवाज आदि से पूरी तौर से परिचित हूँ। मैं तेरे गिरोह में गोसाईं बनकर बहुत पहले घुस गया था। यह मेरा छद्‍मवेश है। इस वेश में तेरे पक्के अनुचर भी मुझे पहिचान न पाए जबकि मैं तेरे अभियान में शुरू से अन्त तक मौजूद था। तूने जिस निर्दयता से विसाजी और उसके दोनों साथियों के कटे हुए सिरों को देखकर अट्टाहास किया था वह तो कोई नरपिशाच ही कर सकता है। तू साधु वेश में राक्षस है और सुन—मैंने इस घटना के पश्चात् उस नराधम को भी पकड़ लिया है जिसने तुझे कटे हुए सिर लाकर दिए थे। तू उसे भी देख ले।'

तभी दो मराठा सैनिक एक और महन्त को लाते हैं जो गंगागिरि का विश्वासपात्र था। वह सामने लाये जाने पर नजरें नीची कर खड़ा हो गया।

गंगागिरि यह देखकर अपना आपा खो बैठा तथा मराठों को पूरी ताकत से गालियाँ देने लगा।

सैन्य न्यायाधीश : 'गंगागिरि के साथी को अन्य और पकड़े गए महन्तों के साथ फाँसी पर लटका दिया जाए। यह कार्य कल प्रातः सूर्योदय के समय किया जाए।'

तभी सैन्य अभियोजन पक्ष के अधिकारी ने सैन्य न्यायाधीश से प्रार्थना की कि गंगागिरि को मृत्युदंड मिलेगा, इसके प्रति तो सभी आश्वस्त हैं, पर इस प्रकार के दुष्ट व्यक्ति को कुत्ते की मौत दी जानी चाहिए क्योंकि इसने साधु का चोला धारण कर भी नरपिशाच जैसा कार्य किया है।

सैन्य न्यायाधीश : 'गंगागिरि को साक्ष्यों के आधार पर मृत्युदंड दिया जाता है। उसे हाथी के पैरों के तले कुचलवा दिया जाए। सैन्य अधिकारी सजा की आज्ञा को आज ही सूर्यास्त से पहले प्रजा के सामने पालन करें।'

जंजीरों में बँधे गंगागिरि को नगर के एक बड़े मैदान में ले जाया गया। विशाल मैदान के बीचों बीच एक बहुत मजबूत खूँटा गाड़ दिया गया। गंगागिरि के दोनों हाथ पीछे बँधे हुए ही थे। उनमें एक मजबूत रस्सी का एक छोर बाँधा गया और रस्सी का दूसरा छोर खूँटे से बाँध दिया गया। रस्सी लगभग बीस हाथ लम्बी रखी गई। इसके बाद गंगागिरि के पैरों की बेड़ियाँ निकाल दी गईं। दोनों हाथों के पीछे

बँधे रहने पर भी गंगागिरि खूँटे के चारों ओर भाग सकता था। मैदान के चारों ओर भीड़ जुटने लगी धीरे-धीरे पूरा मैदान भर गया। चारों ओर से नाना प्रकार की आवाजें आ रही थीं।

प्रतीक्षा की घड़ियाँ समाप्त हुईं।

जैसे ही एक महावत एक मदमत्त प्रशिक्षित विशालकाय गजराज को लेकर मैदान में प्रविष्ट हुआ वैसे ही दर्शकों की साँसें थम गईं। जिस महन्त गंगागिरि गोसाईं के नाम से नर्मदा घाटी के साधारण नागरिक तो क्या बड़े-बड़े फौजदार भी काँपते थे, आज उसके चेहरे पर भय की स्पष्ट छाप थी। पैरों की बेड़ियां खुल जाने के कारण वह इधर-उधर भाग सकता था। हाथी ने मैदान में घुसते ही सूँड़ उठाकर जोर से चिंघाड़ मारी। सारा मैदान गूँज उठा। उसके बाद वह सरपट गंगागिरि की ओर दौड़ा पर गंगागिरि ने फुर्ती से हटकर अपना बचाव कर लिया। चूहे बिल्ली का यह खेल एक घड़ी चलता रहा। हर पल भूखा-प्यासा गंगागिरि और अधिक थकता चला गया। तभी इसके पहले कि गंगागिरि हाथी से दूर जा सके हाथी का अगला पैर का धक्का उसे लगा और इसके पहले कि वह सम्हल पाए हाथी ने उसे सूड़ में उठाकर इतनी तेजी से ऊपर उठाया कि मैदान की वह लोहे की विशाल कील जिसमें रस्सी बँधी थी वह तक एक झटके से उखड़ गई। क्षण मात्र में हाथी ने गंगागिरि को सूँड़ से ऊपर उठाकर नीचे पटक दिया। दूसरे ही क्षण हाथी ने अपना पैर पूरे वजन के साथ गंगागिरि के सिर पर रख दिया। नारियल के फूटने की सी आवाज के साथ गंगागिरि का सिर पिसकर जमीन की मिट्टी में मिल गया। कुछ देर तक उसका धड़ फड़फड़ाता रहा और फिर शान्त हो गया।

अब महावत हाथी को वापस ले जा रहा था।

महन्त गंगागिरि गोसाईं का अन्त रोंगटे खड़े कर देनेवाला था।

द्वादशम् सर्ग : युगान्त

मूँद मुख डंडिन को, चुगलौ को चबाई खाई
खूंदडार दुष्टन को शत्रु संघारिका
मार अंगरेज, रेजकर देई मात चंडी
बचैं नहिं बैरी-बाल बच्चे संघारिका ॥
संकर की रक्षाकर, दास प्रतिपाल कर
दीन की पुकार सुन अय मत काल का
खाइले मलेच्छन को, देर नहिं करौ मात
भच्छन कर तच्छन बेग, शत्रुन को कालिका ॥

गोंड राजवंश के घर में अंग्रेजों द्वारा ली गई तलाशी में प्राप्त तथाकथित राष्ट्रद्रोही कविता, जिसके आधार पर उन्हें फाँसी की सजा दी गई।

युगान्त

प्लासी युद्ध (23 जून 1757 ई.) की पराजय के साथ ही भारतवर्ष पर ईस्ट इंडिया कम्पनी या कि हुकूमत का प्रभावी दखल हो गया था परन्तु भारतवासियों ने इस दासता को स्वीकार नहीं किया। 1857 ई. तक भारत में अलग-अलग स्थानों में विद्रोह की शृंखला चली। 1857 ई. में भारतीयों का असंतोष पूरे देश में सशस्त्र महासंग्राम के रूप में प्रकट हुआ।

राजगोंड वंश के अन्तिम दो राजाओं की सन्ततियों का अन्त इसी काल में हुआ। नरहरिशाह का दत्तक पुत्र साधु बनकर साठ वर्ष की आयु तक नर्मदा तट पर भ्रमण करता रहा। नरहरिशाह के समकालीन और उनके प्रतिस्पर्धी सुमेरशाह के पुत्र शंकरशाह एवं उनके पुत्र रघुनाथशाह के विरुद्ध 1857 ई. के स्वतंत्रता संग्राम में अपना योगदान अपने प्राणों की आहुति देकर दिया।

इस तरह 1857 ई. में राजगोंड वंश में अन्त तक राजा कहे जानेवाले व्यक्तियों का अवसान हो गया।

सफर

पन्द्रह वर्ष की नवयौवना के सामने भविष्य के रंगीन सपने होते हैं। वह बार-बार आइने में अपने मुँह को निहार कर भी अतृप्त सी रही आती है। परन्तु जब एक युवती सोलह श्रृंगारों में सजधज कर गृहलक्ष्मी बनने की राह में होती है तब नरहरिशाह की सबसे छोटी पत्नी लक्ष्मीकुँअरि का सर्वस्व लुट गया। कम उम्र में वैधव्य झेलने की बजाय जब उसने पति की चिता में कूदना चाहा तो लोगों ने उसे रोक लिया।

अब दुनियादारी से बेखबर इस अल्हड़ युवती को सारी उम्र वैधव्य झेलना था। इतनी कम उम्र की युवती को जिसने जीवन के पन्द्रह बसन्त ही देखे थे, समाज ने उसके हाथों में एक दस वर्ष की बच्चे की उंगली पकड़ा कर उसे उसकी माँ का दर्जा दे दिया।

विचित्र थी यह दुनिया, जिसमें दस वर्ष के पुत्र की माँ पन्द्रह वर्ष की थी। रहने के लिए गढ़ा में एक मकान जिसमें गढ़ा कटंगा के पूर्व राजा के परिवार को रहना था। सागर स्थित पेशवा के प्रतिनिधि ने इस परिवार के लिए सौ रुपए महीने की पेंशन तय की। यह वही परिवार था जिसके मुखिया से केवल सात वर्ष पहले ही मराठों के एक अधिकारी ने बीस लाख रुपयों की माँग की थी और बारह लाख रुपये तुरन्त वसूल लिए गए थे।

लगभग हमउम्र माँ-बेटे एक ऐसी जीवन नौका पर सवार थे जिसकी एक पतवार विधवा लक्ष्मणकुँअरि के हाथ में थी तो दूसरी नर्बदाबख्श के हाथ में। दोनों को यह पता नहीं था कि जीवन की यह नौका उन्हें किस ओर साथ ले जाएगी, पर यह स्थिति केवल सात वर्ष और रही। जब लक्ष्मणकुँअरि केवल 22 वर्ष की हुई, तब उसे लगा कि किशोर हो चुका उसका पुत्र शायद अब दोनों पतवारों को थाम ले परन्तु हुआ कुछ और। सत्रह वर्षीय पुत्र ने दोनों पतवारें माता के दोनों हाथों में थमा दीं और खुद अकेला भाग निकला।

नर्बदाबख्श पर न तो पिता का साया था और न ही घर परिवार में कोई ऐसा बुजुर्ग व्यक्ति था जो उसे जीवन की राह दिखला सके। उन दिनों में पेंशन तथा कृषि भूमि से जीवन निर्वाह तो हो रहा था। पर उससे अधिक और कुछ नहीं। बालक से किशोर हो रहा नर्बदाबख्श नर्मदा तटों पर दिन भर घूमता रहता। धीरे-धीरे वह

साधु सन्यासियों की संगति में रहने लगा। घर के विरक्त वातावरण ने उसे विरक्ति में सुखी होना सिखा दिया। वह घंटों नर्मदा में स्नान करता, ध्यान करता। और सत्रह वर्ष की उम्र में उसे लगा कि उसे ज्ञान प्राप्त हो गया है, उसे विश्व क्षण भंगुर लगने लगा। नर्मदा तट की साधु मंडलियों में बैठकर वह घंटों उपदेश देने लगा और उपदेश सुनने लगा। साधुओं में उसके प्रति प्रेम जागा। वे उसे अपने साथ नर्मदा परिक्रमा के लिए प्रेरित करने लगे। नर्बदाबख्श को संसार में कुछ त्यागने के लिए शेष न था। ले-देकर एक माँ थी। उसे भी न तो जीवन से कोई विशेष मोह था और न ही अपने इस गोद लिए पुत्र से।

किशोर नर्बदाबख्श ने जो नर्मदा परिक्रमा की राह पकड़ी सो पकड़ी, उसे जल्दी भी क्या थी लौटने की। नर्मदा परिक्रमा थी भी ऐसी यात्रा जिससे पथिक यदि रास्ते में कम विश्राम ले तो एक वर्ष में ही यात्रा पूरी कर लौटकर आ जाए और यदि चाहे तो वर्षों यात्रा करता रहे या कि फिर सारी जिन्दगी यात्रा करता रहे।

नर्बदाबख्श ने स्वयं की नर्मदा परिक्रमा को समय सीमा से मुक्त रखा।

सन् 1800 ईस्वी

दिन पर दिन और वर्ष पर वर्ष निकलते रहे, अकेलेपन से जूझती लक्ष्मीकुँअरि की सारी जवानी बीत गई। पैंतालीस वर्षीया पूर्व रानी को एक दिन एक रिश्तेदार ने बतलाया कि उसके जेठ सुमेरशाह का कत्ल हो गया है। उसे यह भी बतलाया गया कि सुमेरशाह होल्कर के एक अधिकारी नागोजी से सैन्य सहायता प्राप्त करने की कोशिश कर रहे थे, जिसमें उन्हें असफलता मिली और नागपुर के राजा के प्रोत्साहन से सिंधिया के एक अधिकारी ने उन्हें मौत की नींद सुला दिया।

लक्ष्मीकुँअरि ने अब जाना कि उसके पति के समय का राजवंश अब समाप्त हो चुका है। उसे यह भी पता चला कि उसके जेठ सुमेरशाह का पुत्र शंकरशाह जो मीर खाँ के साथ रहने लगा था अब पुनः लौटकर सागर स्थित अपनी जागीर में आ गया है। समय के साथ उसे जब तब शंकरशाह के परिवार के सम्बन्ध में जानकारी मिलती रही। शंकरशाह को एक पुत्र प्राप्त हुआ, जिसका नाम रघुनाथशाह रखा गया।

लक्ष्मीकुँअरि को अब नई पीढ़ी में गोंडों के पुराने राजवंश के एक ही उत्तराधिकारी की जानकारी थी। वह था रघुनाथशाह क्योंकि नर्बदाबख्श का तो बरसों बरस से पता भी न था।

ईस्वी सन् 1829

देश में अंग्रेजी हुकूमत के पैर काफी मजबूती से जम चुके थे। गढ़ा मंडला राज्य को अब बोलचाल में अंग्रेज 'नर्बुद्दा टेरिटरीज' कहते थे।

लक्ष्मीकुँअर अब सत्तर वर्ष से अधिक उम्र की वृद्ध हो गई थी। अब उसे लगने लगा था कि जीवन का कहीं कोई ठिकाना नहीं, कब वह चिर निद्रा में सो जाए। पर साथ ही उसे एक चिन्ता सताने लगी जो कुछ इस दुनिया की थी और कुछ दूसरी दुनिया की। उसके पास जो भी कुछ थोड़े-बहुत सोने-चाँदी के आभूषण, कृषि भूमि और घर मकान बचे थे, उसे वह अपने पश्चात् किसे सौंपे? सामाजिक नियमों के अनुसार यह सब उसे ही सौंपना उचित था जो उसका अन्तिम क्रिया-कर्म करे। अन्तिम क्रिया-कर्म का अधिकारी सबसे पहले अपने पति के वंश का व्यक्ति होता है। अब यह व्यक्ति था किशोर वय का रघुनाथशाह, शंकरशाह का पुत्र और स्वर्गीय निजामशाह का पौत्र। उसका अपना गोद लिया पुत्र तो अब न जाने कहाँ था, वह जीवित भी था या नहीं, कुछ कहा नहीं जा सकता।

सब कुछ विचारने के बाद लक्ष्मीकुँअरि ने शंकरशाह और रघुनाथशाह को बुलवा भेजा और अपनी इच्छा व्यक्त की कि वह रघुनाथशाह को कानूनन गोद लेना चाहती है। शंकरशाह को भला क्या आपत्ति हो सकती थी।

लक्ष्मीकुँअरि ने तत्कालीन कानून व्यवस्था को मानते हुए रघुनाथशाह को अपना वारिस बना लिया। अब रघुनाथशाह लक्ष्मीकुँअरि के साथ रहने लगा।

सत्तर वर्षीय पूर्व रानी में पुनः एक ऊर्जा आ गई। अब वह प्रसन्न रहती क्योंकि उसके पास उसका अपना पुत्र रहने लगा था।

सन् 1833 ईस्वी

इस वृद्धा ने अपने मधुर स्वभाव से लोगों में अपनत्व जगाया। उन लोगों में भी जो उसके वंश, समाज और देश के न थे। राजनीति के पेंचों से दूर यह वृद्धा एक स्नेहमयी माँ के रूप में लोगों के मन में भा गई। वह समय निकालकर बड़े से बड़े अंग्रेज अधिकारियों से मिलती और उनकी पत्नियों को उसी मातृत्व का एहसास दिलाती जो भारतीय नारी की कभी पुरानी विशेषता थी।

उसका यह व्यवहार तत्कालीन ब्रिटिश अधिकारी स्लीमन ने अपनी डायरी में नोट किया। वे उसे लार्ड विलियम बैन्टेक से भी मिलवाने ले गए, जिन्होंने इस पचहत्तर वर्षीया वृद्धा को शाल देकर सम्मानित किया।

सन् 1851 ईस्वी

अस्सी वर्षीया वृद्धा लक्ष्मीकुँअरि को अपनी आँखों पर विश्वास नहीं हुआ, जब उसने देखा कि एक सत्तर वर्षीय वृद्ध उसे माँ कहकर पुकार रहा है। उसने पहचानने में देर नहीं की यह उसका पुत्र नर्बदाबख्श था जो बरसों-बरस पहले उससे दूर चला गया था और अब लौटकर उसके पास वापस आ गया है।

सारे शहर में यह खबर बिजली की तरह कौंध गई। सारा शहर नर्बदाबख्श से मिलने आने लगा। ऐसे तो दो-चार लोग ही थे जिन्होंने नर्बदाबख्श को बचपन में देखा था। बहुसंख्य भीड़ में वे लोग थे जिन्होंने उसके बारे में केवल सुन रखा था। नर्बदाबख्श एक अनबूझ पहेली सा था। रानी लक्ष्मीकुँअरि ने उसे पुनः स्वीकार कर लिया।

नियति का यह अजीब खेल था। माँ अपने गोद में लिए बेटे का साथ अधिक दिन न रह पाई और थोड़े समय के भीतर ही दत्तक पुत्र रघुनाथशाह को अपनी नई माँ का साथ छोड़ना पड़ा। यह एक दुखद संयोग था, जब जीवन भर एकाकी रह रही माँ को एक पुत्र मिला परन्तु उसे अपने पुत्र को इसलिए विदा करना पड़ा क्योंकि अब उसके पास उसका दूसरा पुत्र जो उसके पति ने पाला था, अब उसके पास आ गया था।

वृद्धा लक्ष्मीकुँअरि अब भी ममतामयी थी। जब उसने अपने दत्तक पुत्र रघुनाथशाह को विदा किया तो रघुनाथशाह ने जरा भी बुरा न माना। वह जितने दिन भी अपनी इस नई माँ के पास रह पाया था, उसमें उसे भरपूर स्नेह मिला था। उसे पिता के पास जाते समय यदि दुख था तो केवल इतना कि वह पाए गए स्नेह से वंचित हो रहा था।

नर्बदाबख्श जीवन भर साधुओं की संगति में रहा था। न तो उसने विवाह किया था और इसलिए न ही उसका कोई परिवार था। वह वीतराग तो था ही। फिर भी, जीवन के लम्बे शून्य में वह कहीं कोई ठौर पाना चाहता था। महन्त बनकर वह शेष जीवन भी व्यतीत कर सकता था, परन्तु उसमें अपने देश को फिर से देखने की ललक थी, भले ही उसका वहाँ कोई सगा न रहा हो।

नर्बदाबख्श ने जब वर्षों बाद लौटकर अपनी माँ लक्ष्मीकुँअरि को प्रणाम किया तो उसने महसूस किया कि कितना कुछ बदल गया था सभी जगह। जब वह गया था तब लक्ष्मीकुँअरि युवा थी, अब वह इतनी वृद्धा है कि उसे उठने में भी कष्ट होता है, उसकी नेत्र ज्योति बेहद कम हो गई है। परन्तु उसकी जीवन्तता में कमी आई हो ऐसा कुछ नहीं है। वृद्धा लक्ष्मी कुंअरि ने नर्बदाबख्श को जिस सहजता से अपना प्रिय पुत्र स्वीकार किया, उसे देखकर स्वयं नर्बदाबख्श भी कहीं भीतर तक प्रभावित हो गया था। लक्ष्मीकुँअरि ने इस वृद्ध होते पुत्र को भी वही ममत्व दिया जो एक माता अपने शिशु को देती है। लक्ष्मीकुँअरि को उठने में कष्ट होता, पर वह अपने इस पुत्र के लिए स्वयं चाव से भोजन खिलाती वह तब तक उसके सामने बैठी रहती, जब तक वह भोजन कर उठ न बैठता।

साधुओं के बीच रचा पचा नर्बदाबख्श जब माँ के इस लाड़-प्यार को देखता तो सोचता कि उसने मृगमरीचिका में ही शायद पूरी जिन्दगी खो दी।

कुछ ही दिनों में माँ और पुत्र की दिनचर्या नियमित हो गई। नर्बदाबख्श माँ की सेवा करने में कोई कसर न लगाता। वृद्धा लक्ष्मीकुँअरि दिन भर घर-बार के काम

करती रहती ताकि पुत्र को कष्ट न हो। उसमें कुछ नया उत्साह आ गया था, पर नर्बदाबख्श जानता था कि यह ज्योति के बुझने की तेज भभक है। कुछ ही दिनों में नर्बदाबख्श यह समझ चुका था कि उसकी माँ के दिन अब गिने-चुने ही हैं।

एक दिन लक्ष्मीकुँअरि ने जब अपनी तिजोरी की चाबियाँ नर्बदाबख्श को सौंपने के लिए हाथ बढ़ाया तो चाबियाँ लेते हुए नर्बदाबख्श का हाथ काँप गया। सोचने लगा कि क्या माँ को यह एहसास हो गया है कि उसके दिन पूरे हो गए हैं। पर वह क्या पूछता?

लक्ष्मीकुँअरि ने चाबियाँ देते हुए कहा : 'बेटा राजपाट तो सब कुछ चला गया है। फिर भी इतना कुछ घर में था कि दो जून की रोटी ठीक चल रही थी। नौकर-चाकर भी विश्वस्त हैं, इसलिए घर-मकान की देखरेख अब तक ठीक-ठाक होती रही। खेतों में अपने ही लोग हैं, इतना दे जाते हैं कि मैं खर्च ही नहीं कर पाती थी। जो कुछ भी है अब तू ही सम्हाल। मैं अब थक गई हूँ।

नर्बदाबख्श ने चाबियाँ ले लीं और सब कुछ सम्हालने लगा। वह दिन का अधिकांश समय माँ की सेवा में लगाता परन्तु शाम को अपनी बड़ी दालान में बिछे तख्त पर बैठता। नर्बदाबख्श ने एक साधु के तौर पर दुनिया देखी थी। अतः जब वह तख्त पर बैठकर धर्म चर्चा करता तो पास-पड़ोस के ही क्या दूर-दूर के लोग उसकी बातों को सुनने के लिए आते। वह जाने-अनजाने में अच्छा प्रवचनकर्ता बन गया था।

लक्ष्मीकुँअरि भी जब कभी पास में बिछे दूसरे तख्त पर गावतकियों का सहारा लेकर बैठ जाती, उसके हाथ में एक तुलसी की माला रहती जिसका वह निरन्तर जाप करती। जब तख्त पर वह बैठती तो वह एक बड़ा शाल ओढ़े रहती। वह अधलेटी अवस्था में अपने पुत्र का प्रवचन सुनती, उसे यह अच्छा लगता था। कभी-कभी श्रोताओं में से प्रश्न पूछे जाते। नर्बदाबख्श उनका सटीक जबाब देता। प्रवचन के अन्त में लोग रानी माई लक्ष्मीकुँअरि और नर्बदाबख्श की जय-जयकार करते हुए उठते तो लक्ष्मीकुँअरि के चेहरे पर मुस्कान आ जाती।

सफर का अन्त

लक्ष्मीकुँअरि यद्यपि गोंड राजघराने की अन्तिम रानी थी, परन्तु उसके पास राजघरानों का कोई वैभव न था। मराठों ने उसे इतनी खेतिहर भूमि दी थी कि उसे किसी के सामने हाथ न फैलाना पड़े। भारत के अनेक राजवंशों की भाँति ही गोंडवंश के प्रति समर्पित कुछ परिवार अब भी थे, जो निःस्वार्थ भाव से रानी की सम्पत्ति की देखरेख करते। लक्ष्मीकुँअरि ने बचपन से ही वैधव्य झेला था। वह सारे जीवन अपनी कामनाओं को वश में करने में सफल रही। इसका परिणाम यह था कि अपने क्षेत्र में उसका मान सम्मान बहुत अधिक था। लक्ष्मीकुँअरि ने यह मान-सम्मान अपने सहज स्वभाव और उदारता से अर्जित किया था। दूर-दराज तक ऐसा कोई परिवार न था जिसे विपत्ति के समय रानी ने सहायता न दी हो।

पंडित रामलखन अब भी राजगोंड वंश के पुरोहित थे। कोई भी तीज-त्योहार ऐसा न था जिसे लक्ष्मीकुँअरि पूरी श्रद्धा से न रखती हो। महीने में दो-चार उपवास तो उसके होते ही रहते थे। पंडित रामलखन की पत्नी विनीता रानी के उपवास का फलाहार स्वयं तैयार करके देती।

पंडित रामलखन और उनकी पत्नी इधर कुछ दिनों से रानी लक्ष्मीकुँअरि के पास प्रतिदिन बैठते क्योंकि उनका स्वास्थ्य ठीक न था। एक दिन विनीता को तब सबसे बड़ा आश्चर्य हुआ जब अंग्रेज बहादुर के बड़े अफसर कैप्टेन स्लीमन की पत्नी यह सुनकर कि रानी बीमार हैं, वह स्वयं लक्ष्मीकुँअरि के यहाँ बग्घी में बैठकर उन्हें देखने आ गईं। विनीता के लिए इतने बड़े अधिकारी की पत्नी का स्वयं आना बड़ी बात थी भले ही उनकी मालकिन गुजरे जमाने के राज्य की रानी रही हों।

विनीता ने अपने पति पंडित रामलखन से कहा :

'गोरी मेम के आने से उस दिन उसे रसोई फिर से धोनी पड़ी क्योंकि वह बिना हिचक रसोई तक पहुँच गई थी।' पर साथ ही आश्चर्य से यह भी पूछा : 'वह स्वयं वहाँ क्यों पहुँच गई, क्या रिश्ता है इन गोरों में और हमारी रानी साहिबा में?'

पंडित रामलखन ने पत्नी की ना समझी को समझा पर ऊपर से इतना ही कहा : 'यह आदमियत का रिश्ता है, जिसका वर्णन शब्दों में नहीं किया जा सकता। यही रिश्ता सबसे अटूट होता है।'

विनीता : 'पर हमने तो सुना है कि ये अंग्रेज हमारे दुश्मन हैं। हम पर राज करना चाह रहे हैं। यदि ऐसा है तो फिर उनके प्रति हमारा रवैया दोस्ती का तो नहीं होना चाहिए।'

पंडित रामलखन : 'विनीता कभी-कभी मनुष्यों के रिश्तों को खाँचे में डालकर देखना बड़ी मुश्किल पैदा कर देता है। मनुष्य अलग-अलग दृष्टिकोणों से अच्छा और बुरा दोनों ही एक साथ हो सकता है।

विनीता : 'हाँ, कुछ समझ में आया।

पंडित रामलखन : 'क्या तुम जानती नहीं कि कप्तान स्लीमन साहब जी-जान से इस देश से ठगी समाप्त करने की मुहिम में जुटे हुए हैं।'

विनीता : 'जानती न होती तो क्यों कहती कि स्लीमन साहब को लोग दिल से पसन्द करते हैं। उनका बड़ा सम्मान है।'

पंडित रामलखन : 'तब तो तुम्हारे समझ में यह भी आ गया होगा कि रानी साहिबा स्लीमन साहब के परिवार को क्यों इतना चाहती हैं।'

विनीता : 'हाँ, सब समझ में आ गया।'

पंडित रामलखन 'एक ओर यह स्लीमन साहब हैं जो सात समुन्दर पार से आए हैं और यहाँ आकर यहाँ के ही डाकुओं से मुकाबला कर रहे हैं, दूसरी ओर ये ठग इसी देश के हैं और इसी देश के निर्दोष लोगों को रोज मौत के घाट उतार रहे हैं। ऐसी स्थिति में लोग किसे चाहेंगे? इस देश के इन राक्षसों को या विदेश के एक ऐसे आदमी को जो अपनी और अपने परिवार के प्राणों को दांव में लगा यहाँ की जनता के प्राणों को सुरक्षित करने में लगा है।'

विनीता : 'आप सही कह रहे हैं। मनुष्य यदि मनुष्यत्व का ही व्रत ले ले तो धर्म, रंग रूप और जाति के बंधनों से उठकर सबका प्रियपात्र हो जाता है।'

पति पत्नी की बात में व्यवधान हुआ क्योंकि रानी को अचानक खाँसी आ गई थी। विनीता रानी के पक्ष की ओर बढ़ी। पंडित रामलखन ने जाती हुई विनीता से कहा : 'चिन्ता की कोई विशेष बात नहीं है, वृद्धावस्था में खाँसी का कभी-कभी प्रकोप हो जाता है।'

लक्ष्मीकुँअरि को वार्धक्य के कारण शरीर कष्ट तो थे, पर उनकी अनदेखी करना उनका स्वभाव बन गया था। वे कभी भी अस्वस्थ होने की दशा में भी सहायता के लिए किसी को बुलाना पसन्द न करतीं, परन्तु पुरोहित रामलखन की पत्नी को जब भी ऐसा लगता कि रानी साहिबा को शारीरिक कष्ट है, तब वे स्वयं पूरे दिन तो स्वयं उनकी सेवा में रहती ही साथ में घर की परिचारिका को भी हिदायतें देती रहती। पंडित रामलखन स्वयं अच्छे वैद्य थे। अतः रानी को सदैव ही उत्तम चिकित्सा और समुचित परिचर्या मिलती रहती थी। यही कारण था कि वे अपने लंबे जीवन में कभी भी गम्भीर रूप से अस्वस्थ नहीं हुई थीं।

यहाँ पिछले दो दिन से रानी साहिबा ने घूमना बहुत कम कर दिया था। विनीता बमुश्किल उन्हें थोड़ा-बहुत खिला-पिला पा रही थी। पंडित रामलखन को उनमें कोई शारीरिक बीमारी का लक्षण नहीं दिख रहा था, परन्तु उन्हें प्रतीत होता था जैसे रानी किसी गहरे विचार सागर में डूब रही हों। उन्होंने बोलना भी कम कर दिया था। पंडित रामलखन ने अपनी बात नर्बदाबख्श को बतलाई।

नर्बदाबख्श माता की इस अवस्था से चिन्तित हो चले थे। वे और अधिक समय उनके पास बैठने लगे।

अचानक लक्ष्मीकुँअरि ने पुत्र नर्बदाबख्श से पूछा : 'पुत्र मैं जीवन भर धरम करती रही, पर मुझे अपने अन्तिम समय में लगता है कि मैं धरम का मर्म नहीं समझ पाई। बहुत से व्रत रखे पर पता नहीं चला कि इनका धरम से कितना सम्बन्ध है। तूने तो सारी जिन्दगी साधुओं के साथ बिताई है, तू रोज लोगों को अच्छे रास्ते पर चलने की सीख देता है इसलिए आज मुझे लगा—तुझसे अपने मन के कुछ प्रश्न पूछ लूँ, पता नहीं फिर पूछ पाऊँ न पाऊँ।'

नर्बदाबख्श (व्यग्र होते हुए) : 'माता, कैसी बातें कर रही हैं। आप मुझसे कुछ भी पूछ सकती हैं। कभी भी, पर जल्दी क्या है।'

लक्ष्मीकुँअरि : 'जल्दी है बेटा, लगता है मेरी जिन्दगी के सफर का अन्त भी अब निकट ही है।'

नर्बदाबख्श : 'ऐसा न कहें, माता आप शतायु हों।'

लक्ष्मीकुँअरि (कुछ मुस्कुराकर) : 'सभी चाहते हैं कि उनके माँ-बाप सदैव जीवित रहें, पर ऐसा होता नहीं है। मैं चाहती हूँ कि अपने अन्तिम समय में ही सही यदि मैं धर्म का मर्म समझ लूँ तो मुझे शान्ति मिलेगी।'

नर्बदाबख्श : 'माता, मैंने बहुत से बड़े-बड़े संतों का सत्संग किया है, पर धर्म का मर्म मैंने उनके बीच नहीं, यहाँ आपके पास आकर ही पाया है। उन तीर्थों से भी नहीं जहाँ-तहाँ मैं जिन्दगी भर भटकता रहा। धर्म को मैंने आपमें जीवन्त देखा है। आपके स्वभाव पर दुख कातर है, गोरी मेम, घस्सू गोंड और अब्दुल सत्तार के सुख और दुख में आपके सुख और दुख की भागीदारी उतनी ही है, जितना उन भोगनेवालों की। धर्म का अर्थ है धारण करना। धर्म का उद्देश्य मानवता को धारण करना ही तो है माता आपने बिना फल की प्राप्ति की इच्छा के उन सभी लोगों को जीवन भर अपना सर्वस्व लुटाया है। 'परहित सरिस धरम नहिं भाई' में धर्म का उद्‌देश्य साफ है। माता तुमने यह सब कैसे पाया या इसमें व्रत उपवास का कितना महत्त्व था, यह मैं नहीं जातना पर इतना जानता हूँ कि जिस भी माध्यम से आपने अपनी आत्मा को इस स्तर तक उठाया है, वह बड़े-बड़े ज्ञानियों के लिए भी मुश्किल है। आपने धर्म के लक्ष्य को कब का पा लिया है।'

लक्ष्मीकुँअरि 'बस कर बेटा, बस कर। तू तो पंडितों जैसी बातें कर रहा है। मुझे तो अपने बेटे की बात सुननी है। मैं उससे बात करना चाह रही हूँ, किसी पंडित से नहीं।'

नर्बदाबख्श : 'माँ मैं आपका बेटा ही हूँ, पर जब मैं आपसे बात कर रहा हूँ तब मुझे लगता है कि मैं नर्मदा तट के उन हजारों बेटों में से एक हूँ जिनकी आप माता हैं।' फिर भी, आप पूछें। मुझे अच्छा लगता है आपका पूछना'।

लक्ष्मीकुँअरि : 'बेटा मैंने कभी मृत्यु के बारे में नहीं सोचा। सदैव जीवन के बारे में ही सोचा है, पर न जाने क्यों आज मेरी इच्छा हो रही है कि मैं मृत्यु के बारे में सुनूँ तूने तो इस विषय पर साधु संतों से बहुत कुछ सुना होगा।'

नर्बदाबख्श : 'हाँ माता, मृत्यु कोई अन्त नहीं है। आत्मा यायावर है वह एक शरीर से निकलकर दूसरे शरीर में प्रवेश कर जाती है। आत्मा पवित्र है। मनुष्य की नियति कर्मबन्धनों से बंधी है पर उन कर्मों का नियामक तो मनुष्य ही है।'

लक्ष्मीकुँअरि : 'बेटा, कल एकादशी है। मैं नर्मदा स्नान करने जाऊँगी। तुम अब्दुल से कह देना कि वह पालकी ले आए। मैं पैदल जाने की स्थिति में नहीं हूँ।'

नर्बदाबख्श : 'तो क्या अब तक अब्दुल लौट आया होगा? वह तो अपने बेटे की शादी में गया था?'

लक्ष्मीकुँअरि : 'हाँ, वह लौट आया है। आज मुझे कहारिन ने सूचना दी थी। अब्दुल चाहता था कि उसके बेटे के निकाह में मैं भी मौजूद रहूँ। मैं उसके यहाँ जाना भी चाहती थी, पर मुझे देख ही रहे हो, मैं ठीक ढंग से उठ भी नहीं पा रही हूँ।'

नर्बदाबख्श : 'मैं अभी खबर करता हूँ।'

लक्ष्मीकुँअरि : 'तो फिर खबर मत कर। उसे ही बुला लें, कहला दे मैंने तुरन्त बुलाया है।'

नर्बदाबख्श : तुरन्त ही सेवक को भेजते हैं जो थोड़ी देर में अब्दुल के साथ लौट आता है। अब्दुल शादी के मिठाई और कुछ उपहार लाकर लक्ष्मीकुँअरि के सामने रख देता है। लक्ष्मीकुँअरि के चेहरे पर मुस्कान आ जाती है। वह धीमी आवाज में निकाह की जानकारी लेती है। अब्दुल प्रसन्नता से सब कुछ बयान करता है।

अब्दुल : 'माँ साहिब, कोई हुक्म हो तो दीजिए।'

लक्ष्मीकुँअरि : 'अब्दुल थोड़ा रुक तेरी बहू की मुँह दिखाई देना चाहती हूँ।'

अब्दुल : 'वह तो तब दीजिएगा जब आप हमारे गरीबखाने में तशरीफ लाएँगी।'

लक्ष्मीकुँअरि : 'वह तब देखेंगे, हमने बहुत दिनों से बहू के लिए कंगन बनवाकर रखे थे। हम चाहते हैं कि आज ही उसे यह भेंट दे दी जाए'।

यह कहकर लक्ष्मीकुँअरि नर्बदाबख्श से तिजोरी में रखे कंगनों को लाने का निर्देश देती हैं। नर्बदाबख्श एक लाल कपड़े में रखकर अपनी माँ की ओर से अब्दुल को भेंट देते हैं। अब्दुल गद्गद हो जाता है। नर्बदाबख्श को इस बात पर तो कोई आश्चर्य न हुआ कि उसकी माँ ने एक कीमती भेंट अब्दुल की बहू को दे डाली। यह भेंट तर्कसंगत थी, क्योंकि अब्दुल के पिता और उसके पुत्र अर्थात् तीन पीढ़ियों से यह परिवार रानी की देखरेख कर रहा था। परन्तु एकादशी के दिन अब्दुल को बुलाकर

नर्मदा स्नान की बात उसे अब भी अटपटी लग रही थी क्योंकि यह इंतजाम तो वह अपने घरेलू नौकरों द्वारा भी कर सकता था, जो कि हिन्दू थे। तभी अब्दुल ने पूछा : 'माँ साहिब, कल कितनी सुबह नर्मदा जाना है, मैं कहारों सहित पहुँच जाऊँगा।'

लक्ष्मीकुँअरि : 'जितनी भोर हो सके, उतनी भोर तू आ जाना, और अब जा।'

रात में कब लक्ष्मीकुँअरि सोई किसी को पता नहीं, क्योंकि शाम को ही वह बिस्तर पर लेट गई थी और उनके मुँह से धीरे-धीरे राम का नाम निकल रहा था। यह सब कुछ बहुत नया नहीं था। नर्बदाबख्श पिछले कुछ दिनों से यह देख रहे थे।

दूसरे दिन पौ फटने के पहले ही अब्दुल अपने कहारों सहित आ गया। नर्बदाबख्श भी आज कुछ जल्दी ही उठ गए थे। उन्होंने स्वयं दरवाजा खोला। घर की नौकरानी भी तब तक उठकर आ गई। उसे मालूम था कि आज रानी साहिबा को नर्मदा स्नान के लिए जाना है।

घर की दालान में नर्बदाबख्श और अब्दुल कुछ बात कर रहे थे। तभी बदहवास नौकरानी ने उन्हें बतलाया कि रानी साहिबा शायद अचेत हैं। नर्बदाबख्श ने अब्दुल को पंडित रामलखन के पास दौड़ाया और कहा कि वे अचेतावस्था से छुटकारा पाने की दवाएँ लेकर तुरन्त आएँ। कुछ देर में ही पंडित रामलखन और उनकी पत्नी विनीता दवाएँ लेकर आ गए। सभी बदहवास से थे। पंडित रामलखन ने रानी की नब्ज पकड़ी। रानी ने बन्द आँखें खोलीं, कुछ कहना चाहा, पर शब्द सुनाई न दिए। नर्बदाबख्श, रामलखन, अब्दुल और विनीता को लगा मानो वे राम-राम कह रही हों। तभी वृद्धा ने आँखें मूँद लीं। पंडित रामलखन ने नर्बदाबख्श से माता के मुँह में गंगाजल और तुलसी डालने को कहा।

पूरे नगर में रानी की मृत्यु की खबर बिजली की तरह फैल गई। देखते ही देखते हजारों की तादाद में लोग इकट्ठा हो गए। नर्मदा के तट पर जब उनका दाह-संस्कार किया गया तो हजारों लोग अपने आँसू रोक नहीं पा रहे थे। गोंड राजवंश की अन्तिम महारानी को उनके अपने लोगों की श्रद्धांजलि दी जा रही थी, उस रानी को जिसके पास न राजशक्ति थी और न वैभव। पर जिसने अपने पूरे जीवन भर लोगों के दिलों पर शासन किया था। इस एकादशी को हजारों दुखी लोगों ने चाहे, वे हिन्दू रहे हों या मुसलमान, मुँह में अन्न का एक दाना भी नहीं डाला। यह ऐसा उपवास या रोजा था जिसका किसी धर्मग्रन्थ में उल्लेख न था।

सूर्यग्रहण

सन् 1818 ईस्वी के बाद भारत में अंग्रेजों का अधिकार हो चुका था। उनकी ज्यादितियों से तंग होकर सम्पूर्ण भारत में 1857 ईस्वी में अंग्रेजों के विरुद्ध भारतीयों ने कमर कस ली। इन दिनों निजामशाह के पुत्र शंकरशाह के परिवार को देखकर कोई कभी सोच भी नहीं सकता था कि वे उसी महाप्रतापी संग्रामशाह के वंशज हैं जिनका राज्य नर्मदा घाटी की सम्पूर्ण ऊपरी घाटी में प्रशस्त था। उनके पिता निजामशाह और चाचा नरहरिशाह में अन्तर्कलह थी। दोनों ने ही मराठों से गोंडराज्य को स्वतंत्र कराना चाहा था, पर असफल हुए थे। जब शंकरशाह ने युवावस्था में पदार्पण ही किया था तभी निजामशाह की हत्या हो गई। इधर-उधर के भटकाव के बाद शंकरशाह गढ़ा में आ बसे थे जहाँ राजगोंडों के वंशज के पास 947 बीघा जमीन थी। यही जमीन उनके और उनके युवा पुत्र रघुनाथशाह को आजीविका प्रदान करती थी। इस जमीन के दूसरी ओर अंग्रेजों की बावनवीं पलटन की बैरके थीं जिनके सभी सैनिक देशी थे। कृषि जमीन के पास ही शंकरशाह की एक छोटी-सी हवेली थी, जिसमें न तो पुराना राजसी वैभव था और न ही राजशक्ति। शंकरशाह के पास सेना तो क्या अंगरक्षक भी नहीं थे। कुल मिलाकर दो-चार घरेलू नौकर थे, जिनमें से एक नौकर गिरधारीलाल निजामशाह के जमाने से इस परिवार की सेवा कर रहा था।

शंकरशाह की आर्थिक हैसियत अब एक मामूली जमींदार से अधिक न थी, पर लोकमान्यता में उनका अब भी सम्मान था। लोग उन्हें राजा साहब ही कहते। राजा शंकरशाह भले ही बिना पलटन और खजाने के राजा थे, पर उनमें राजाओं का पैतृक गुण अब भी विद्यमान था। हवेली के बाहरी बरामदे पर रोज तख्त पर बैठते। उनके पास रोज ही आसपास के लोग अपनी व्यथा कथाएँ कहने को पहुँच जाते। राजा लोगों की समस्याएँ सुनते और बहुत-सी समस्याओ को समझा-बुझाकर सुलझा देते। तख्त पर बैठा सत्तरवर्षीय वृद्ध राजा कम और किसी बड़े परिवार का मुखिया अधिक लगता था। शाम को दो प्रहर तक राजा का दरबार लगता, फिर सब लोग विदा हो जाते।

रात में आठ बजते बजाते राजा की हवेली के भीतरी कमरे में कभी दो, कभी चार या कभी कुछ और अधिक व्यक्ति पहुँचते। शरीर से हट्टे-कट्टे ये व्यक्ति अंग्रेजों की

बावनवीं पलटन के सैनिक हुआ करते थे जो सादी वेशभूषा में देर रात तक शंकरशाह को देश में प्रारम्भ हो चुके स्वतंत्रता संग्राम की नई-नई खबरें देते जिन्हें अंग्रेज गदर कहते थे। उत्तरी भारत में सिपाही विद्रोह पूरे उफान पर था।

सितंबर 1857

रात्रि 9 बजे
शंकरशाह की कोठी में

शंकरशाह की कोठी के एक कक्ष में बावनवीं पलटन के आठ सिपाही सादी वेशभूषा में शंकरशाह और रघुनाथशाह से बातें कर रहे हैं।

वे शंकरशाह को बतला रहे हैं।

एक सिपाही : 'ठाकुर साहब, पलटन के सिपाही फिरंगियों को सबक सिखाना चाहते हैं।' चार महीने पहिले 16 जून को जब एडजूटेंट मिलर गारद का निरीक्षण कर रहा था, तभी एक सिपाही ने उस पर बन्दूक से हमला कर दिया था। मिलर को कुछ खरोंचे ही लगी थीं, पर इस घटना से यह पक्का हो गया कि अब अंग्रेजों की यहाँ खैर नहीं है।'

दूसरा सिपाही : 'हाँ, यह तो ठीक है, पर उस सिपाही को कैदकर बनारस भेज दिया गया जहाँ उसे फाँसी दे दी गई।'

तीसरा सिपाही : 'आजादी तो कुरबानी माँगती है, मरने-मारने से क्या डरना।'

तभी नौकर बाहर से आकर सूचना देता है कि कोई दो लोग मिलना चाहते हैं।

रघुनाथशाह हवेली के ऊपर से देखकर आनेवालों को पहचान लेता है। ये तीनों बरगी के विद्रोही देवीसिंह तथा उमरावसिंह एवं बरखेड़ी के जगतसिंह हैं। रघुनाथशाह दोनों को लेकर कमरे में प्रवेश करता है। शंकरशाह दोनों आगन्तुकों का स्वागत करते हुए उन्हें पास में बैठा लेते हैं।

शंकरशाह ने बावनवीं पलटन के सादे लिबास में आए सिपाहियों का परिचय ठाकुर देवीसिंह और ठाकुर जगतसिंह से कराया। सभी सिपाहियों को देश से बाहर करने के उपायों पर विस्तृत चर्चा करते रहे। सभी की एक ही राय थी कि जहाँ भी जो भी फिरंगी हों उन्हें वहाँ से भागने को मजबूर कर दिया जाय और जगह-जगह अंग्रेज सेना से लोहा लिया जाए।

शंकरशाह : 'फिरंगियों से जगह-जगह पर लड़ने के लिए सेना के साथ हथियार भी चाहिए।

ठाकुर देवी सिंह : 'ठाकुर साहब, हमारी तैयारी पूरी है। हमने पास के जंगलों में बहुत सी बन्दूकें और तलवारें जमा कर रखी हैं। लड़ाई प्रारम्भ करने के लिए हमारे पास काफी आदमी हैं।'

शंकरशाह : 'फिर भी कितने आदमी होंगे?'

ठाकुर जगतसिंह : 'कुल मिलाकर अभी तो दो सौ आदमी हैं।'

शंकरशाह : 'यह अच्छी संख्या है। इसकी वृद्धि तो निश्चय ही हो जाएगी क्योंकि बावनवीं पलटन के हमारे ये नौजवान सिपाही हमसे आ मिलेंगे।'

तभी राजा शंकरशाह का नौकर गिरधारीलाल आ जाता है और सबको सूचना देता है कि रात्रि का भोजन तैयार है। सब भोजन कर लें क्योंकि देर रात को ही देवीसिंह और उमरावसिंह को बरगी लौटना है तथा शिवनाथ सिंह को भी मुगरमोहा लौटना है।

रात्रि देर तक भोजन के पश्चात् भी बैठक चलती रहती है। आधी रात के समय सभी सिपाही बैठक से लौट जाते हैं और तीनों विद्रोही जंगल की राह पकड़ लेते हैं।

दूसरे दिन

शंकरशाह का नौकर गिरधारीलाल जबलपुर के सेठ खुशियाल चन्द की कोठी के भीतरी कक्ष में सेठ के पास बैठा है। वह दिन में जब खुशियाल चन्द के यहाँ आया तब किसी ने उस पर कोई ध्यान भी नहीं दिया था क्योंकि सेठ खुशियाल चन्द के गढ़ा और जबलपुर के सभी रईसों और अब प्रभावशाली लोगों से उतने ही गहरे ताल्लुकात थे, जितने अंग्रेज अफसरों से।

खुशियाल चन्द (धीमे से) : 'गिरधारीलाल, आज तुमने अच्छी खबर दी कि रात में सभी बागी राजा के यहाँ इकट्ठे हुए थे, परन्तु अंग्रेज आला अफसर चाहते हैं कि उन्हें कोई पक्का सबूत मिले कि राजा बागियों से केवल मिला ही नहीं है वरन् वह अंग्रेजों को मारने की भी योजना बना रहा है।'

गिरधारीलाल : 'यह तो हुजूर आप ही बतलाइए, मैं तो केवल आपके हुकुम की तामील ही कर सकता हूँ।'

खुशियाल चन्द : 'हमने अंग्रेज अफसरों से तुम्हारे बारे में बात कर ली है। काम हो जाने पर तुम्हें मालगुजारी दे दी जाएगी और अभी तो तुम जितनी सूचना जब भी देते हो तभी हम तुम्हारी मुट्ठी गरम कर ही रहे हैं।'

गिरधारीलाल : 'मैंने इस बारे में आपसे ज्यादा कुछ कहा भी कब है। हम तो आपके सहारे हैं। इन गोंडों में अकल ही कितनी? खुद तो डूबेंगे हमें भी डुबाने की तैयारी में है।'

खुशियाल चन्द : 'अरे ऐसा कैसे कह सकते हो। इनमें अकल नहीं है, अगर अकल न होती तो राजा बागियों को बुलाकर संगठित कैसे करता?'

गिरधारीलाल : 'हुजूर, मैं क्या कहूँ पुराने राजा रईस हैं सो कुछ लोग उन पर जान देने को भी तैयार रहते हैं, पर राजा में और उसके लड़के में कोई राजनीति की समझ

है, मैं नहीं समझता, चाहे जिस तिस पर तो ये विश्वास कर लेते हैं, बस सामनेवाला बात करने भर में चतुर हो।'

खुशियाल चन्द : 'तो यह बात है !'

यह कहकर खुशियाल चन्द कुछ सोचने में मशगूल हो जाता है।

गिरधारीलाल : 'कहाँ खो गए सेठजी।'

खुशियाल चन्द मन की बात नहीं बतलाता ,परन्तु तभी उसके दिमाग में गिरधारीलाल के लिए एक नया काम कौंध जाता है।

खुशियाल चन्द : 'देखो गिरधारी, जैसाकि मैंने तुमसे अभी कहा था, जब अंग्रेज बहादुर तुम्हें मालगुजारी देने को तैयार हो ही गए हैं तब वे भी तुमसे कोई ऐसा ठोस सबूत चाहते हैं, जिससे राजा और उसके लड़के को गिरफ्तार किया जा सके। बिना सबूत के ऐसा करना मुमकिन नहीं है। अतः तुम्हें सबूत इकट्ठा करना है।'

गिरधारीलाल : 'हुजूर, मैं तो आपका सेवक हूँ। आप सबूत बतलाइए मैं उसे इकट्ठा कर दूँगा।'

खुशियाल चन्द : 'देखो, मेरे मन में एक विचार आया है। वह यह कि किसी तरह राजा की कोठी से यदि शंकरशाह या रघुनाथशाह की कोई लिखित सामग्री मिल जाए जैसे हुक्मनामा या पत्र आदि तो बाप-बेटे बागी साबित हो सकते हैं।'

गिरधारीलाल : 'यह तो असम्भव है। बाप-बेटे दोनों ही किसी प्रकार का कुछ भी लिखकर किसी को नहीं देते। वे कितने भी सीधे-सादे हों, पर इतनी चतुराई तो उनमें भी है।'

खुशियाल चन्द : 'तो फिर हम हीं उनके हाथ की नकली हस्तलिपि में कुछ ऐसा लिख दें जिस पर अधिक कुछ जांच परख की जरूरत न हो और अंग्रेज बहादुर उसे देशद्रोह का सबूत मान लें।'

गिरधारीलाल : 'वह कैसे?'

खुशियाल चन्द : 'देखो गिरधारी, मेरे पास एक कागज का टुकड़ा है जो मेरठ के हत्याकांड के बाद की गई सरकारी घोषणा से फाड़ा गया था। यदि इसमें तुम देवी की ऐसी प्रार्थना लिख दो जिसमें अंग्रेजी हुकूमत को खत्म कर खुद की सरकार स्थापित करने के लिए देवी से वर माँगा गया है तो काम बन सकता है। इसे कागज पत्तरों या जहाँ भी ठीक समझो वहाँ रख देना। दूसरे दिन हम अंग्रेज बहादुर से तलाशी लेने को प्रेरित करेंगे। कागज मिलते ही अंग्रेज बहादुर राजा पर मुकद्मा चला सकेंगे। अब हाथ के लिखे हुए कागज से बढ़कर कौन-सा सबूत हो सकता है।'

गिरधारीलाल : 'पर मेरे हाथ की लिखावट किससे मिलेगी?'

खुशियाल चन्द : 'रघुवीरशाह से, क्योंकि जितना तुम पढ़े हो उतना ही रघुवीरशाह भी। फिर कौन पूछता है कि असली लेखक कौन है? एक तो वे प्रतिवाद करने की स्थिति में रहेंगे नहीं और रहे भी तो कौन सुनेगा उनकी? क्योंकि अंग्रेज बहादुर तो कब से उन्हें फाँसने की जुगत में है?'

गिरधारीलाल (सोचते हुए) : तब ठीक है, ले आइये उस कागज को और कविता को मैं उनकी नकल बना दूं।'

सेठ खुशियाल चन्द एक कागज का टुकड़ा और कलम दवात लाकर गिरधारीलाल के सामने रख देते हैं। गिरधारीलाल लिखने बैठ जाता है। पूरा लिखने के बाद वह उस कागज को सेठ को पढ़ने दे देता है।

सेठ लिखी हुई पंक्तियों को ध्यान से पढ़ता है :

'मूँद मुख डंडिन को, चुगलौ को चबाई खाई
खूंदडार दुष्टन को शत्रु संघारिका
मार अंगरेज, रेजकर देई मात चंडी
बचैं नहिं बैरी-बाल बच्चे संघारिका ॥
संकर की रक्षाकर, दास प्रतिपाल कर
दीन की पुकार सुन अय मत काल का
खाइले मलेच्छन को, देर नहिं करौ मात
भच्छन कर तच्छन बेग, शत्रुन को कालिका ॥'

सेठ कविता को पढ़कर मुस्कुराता है और कहता है कि उसने ऐसी बहुत सी कविताएँ लोगों से सुनी थी। उन्हीं के आधार पर एक कविता में 'संकर' शब्द जोड़ दिया जाए ताकि 'शंकरशाह' नाम की ध्वनि निकल सके। सेठ अपने शब्द सामर्थ्य पर खुद भी चकित था।

सेठ ने कविता पढ़कर कागज गिरधारीलाल को दे दिया।

गिरधारीलाल : 'यदि मुझे रात में सूचना मिल जाय तो मैं रात में ही राजा साहब के पलंग के पास में रखी जानेवाली रेशमी थैली में इसे डाल दूँगा। उसमें राजा अपना पंखा रखते हैं। यह तो हुई अंग्रेज बहादुर की योजना, है न सेठजी?'

सेठ खुशियाल चन्द : 'अंग्रेज बहादुर, अपनी योजनाओं को सबको बतलाते होते तो जीत चुके थे हिन्दुस्तान। तुम जहाँ भी उचित समझो वहाँ यह कागज रख देना ताकि वह तलाशी में सरलता से बरामद हो सके।'

गिरधारीलाल : 'जो हुकुम, राजा की रेशमी थैली ही ठीक रहेगी, उसमें कागज का टुकड़ा पड़ा भी रहेगा तो उन्हें पता नहीं चलेगा।'

सेठ गिरधारीलाल को इनाम देकर विदा करता है और फिर से यह बतलाना नहीं चूकता कि वह शीघ्र ही मालगुजार बननेवाला है।

13 सितंबर, 1857

राजा शंकरशाह की कोठी के सामने एक साधु आकर भीख माँगता है। राजा का नौकर भीख देने के लिए दरवाजे के बाहर आता है, पर फकीर उससे भीख लेने को

मना कर देता है। वह कहता है कि आज शनिवार है और राजा पर शनि की कुदृष्टि है। अतः वह उससे ही दान लेगा। नौकर ने भीतर जाकर राजा से साधु की बात जब दुहराई तो शंकरशाह यह सोचने को विवश हो गए कि कौन सा ऐसा उनका हितचिन्तक पैदा हो गया है, जिसे उनकी शनि की दशा पर इतनी चिन्ता है। शंकरशाह बाहर आए और साधु को दान देना चाहा पर साधु ने कहा कि वह कटंगी से आया है और वह वहाँ से माता का प्रसाद लाया है जो उसे वह देना चाहता है। शंकरशाह ने 'प्रसाद' को कूट भाषा का शब्द समझा और साधु को कोठी के भीतर ले गया। साधु ने बागियों के सम्बन्ध में कुछ जानकारी दी यद्यपि यह जानकारी शंकरशाह को पहले से ही थी, परन्तु कुछ वार्ता के बाद जब साधु ने कोठी के भीतर शंकरशाह से स्वयं को बागी के रूप में पेश कर दिया, तो शंकरशाह को अविश्वास न हुआ। दोनों काफी देर तक बातें करते रहे। शंकरशाह ने वार्ता के दौरान बागियों द्वारा निकट भविष्य में अंग्रेजों पर किए जानेवाले हमलों की बातें करते रहे। शंकरशाह ने वार्ता के दौरान बागियों द्वारा निकट भविष्य में अंग्रेजों पर किए जानेवाले हमलों की कुछ जानकारी साधु को बतला दी।

वार्ता समाप्त हुई। साधु ने महल से निकलते समय जोर से शंकरशाह को आशीर्वाद कहा और वहाँ से विदा हो गया।

डिप्टी कमिश्नर, जबलपुर का बंगला

डिप्टी कमिश्नर अपने बंगले के भीतरी बरामदे में सुबह आफिस का काम खत्म कर चाय पी रहे थे, तभी उन्हें खबर मिली कि सेठ खुशियाल चन्द उनसे मिलने आए है। वैसे तो अंग्रेज डिप्टी कमिश्नर बंगले के भीतरी बरामदे तक किसी भी हिन्दुस्तानी को नहीं आने देते पर इन दिनों की बात कुछ और थी। सेठ को भीतर बुलवा लिया गया। सेठ सलाम कर हाथ जोड़कर खड़े हो गए।

डिप्टी कमिश्नर : 'सेठ, तुमने जो हमें चार दिन पहले आगाह किया था कि राजा शंकरशाह और उसका बेटा रघुनाथशाह कुछ जमीदारों और फिफ्टी सेकेण्ड रेजीमेन्ट के कुछ सिपाहियों के साथ मिलकर केन्टोनमेन्ट को जलाने और खजाने को लूटने की योजना बना रहा था, बात सच थी।'

सेठ खुशियाल चन्द : 'अन्नदाता, आप तो सब जानते हैं। आपको यह भी पता चल गया होगा कि उनकी मनसा क्यों पूरी नहीं हुई।'

डिप्टी कमिश्नर : 'हाँ, यह भी पता चला। राजा को पक्का विश्वास नहीं था कि उसके साथ रहनेवाले सभी लोग उसका पूरा साथ देंगे।'

सेठ खुशियाल चन्द : 'सही फरमाया अन्नदाता। हमने तो सुना था कि राजा ने मुहर्रम के आखिरी दिन इस काम को अन्जाम देने का तय किया था।'

डिप्टी कमिश्नर : 'हाँ, ठीक मुहर्रम के आखिरी दिन।'तुम्हारे ऊपर हम विश्वास कर सकते हैं।'

सेठ खुशियाल चन्द : 'अन्नदाता, हमने यह भी इन्तजाम कर लिया है कि राजा के पास कम्पनी बहादुर के खिलाफ लिखा हुआ दस्तावेज हासिल हो।'

डिप्टी कमिश्नर : 'ठीक है, तुम वैसा ही करो जैसा हम चाहते हैं।'

सेठ खुशियाल चन्द ने डिप्टी कमिश्नर को सलाम किया और अपने घर चला गया। तभी डिप्टी कमिश्नर का नौकर भीतर आकर सूचना देता है कि कोई साधु उससे मिलना चाहता है। डिप्टी कमिश्नर उससे मिलने से मना कर देता है। पर जब नौकर कहता है कि 'भवानी' साधु आया है, तो डिप्टी कमिश्नर उसे तुरन्त भीतर लाने की आज्ञा देता है।

डिप्टी कमिश्नर साधु को देखकर (आश्चर्य से) : 'अरे मंजूरखान, तुम। तुझे तो कोई पहिचान ही नहीं सकता।

साधु के वेश में मंजूरखान था जो वास्तव में डिप्टी कमिश्नर का चपरासी था। उसने इस तरह से वेश बदला था कि कमिश्नर के नौकर भी जो उसे रोज देखते थे पहिचान न पाए थे।

साधुवेशधारी मंजूरखान ने डिप्टी कमिश्नर को आद्योपान्त पूरी घटना सुनाई। किस तरह शंकरशाह ने उसे बागियों का आदमी समझा। जबलपुर केन्टोनमेन्ट में की जानेवाली बागियों की पूरी कार्यवाही के बारे में बतलाया। यह कार्यवाही क्यों न की जा सकी, इस सबके बारे में भी बतलाया।

डिप्टी कमिश्नर को इस तरह दो भारतीयों के द्वारा विश्वसनीय जानकारी मिली कि शंकरशाह और उसका पुत्र रघुनाथशाह अंग्रेजों के विरुद्ध तैयारियों में मशगूल हैं। प्रकट में उसने चपरासी की पीठ ठोकी और कहा कि जल्द ही उसे ऊँचा ओहदा दे दिया जाएगा। मंजूरखान की प्रसन्नता का पारावार न था। घर लौटते समय उसके पैर जमीन पर न पड़ रहे थे।

डिप्टी कमिश्नर वक्त जांया नहीं करना चाहता था। उसने तुरन्त लेफ्टिनेंट बाल्डविन को लंच पर तलब किया। लंच के बहाने दोपहर में डिप्टी कमिश्नर शंकरशाह और रघुनाथशाह के सम्बन्ध में गोपनीय वार्ता करना चाहता था। वह इस वार्ता को निहायत गुप्त रखना चाहता था।

दोपहर में नियत वक्त पर लंच पर लेफ्टिनेंट बाल्डविन पहुँच गया। लंच के पश्चात् दोनों एकान्त में जाकर वार्ता के लिए बैठ गए।

डिप्टी कमिश्नर : 'लेफ्टिनेंट, हमें ठोस सबूत मिले हैं कि गढ़ा पुरवा में रहनेवाला शंकरशाह और उसका लड़का गदर में शामिल है। वह फिफ्टी सेकेण्ड रेजीमेंट के कुछ सिपाहियों और कुछ जमीदारों के साथ मिलकर बड़ी गड़बड़ी मचाने की फिराक में है, उसे तुरन्त गिरफ्तार करना जरूरी है।'

लेफ्टिनेंट बाल्डविन : 'आप हुक्म दें, मैं अभी घुड़सवारों की एक प्लाटून के साथ जाकर उसे बन्दी बनाकर आपके सामने प्रस्तुत कर देता हूँ।'

डिप्टी कमिश्नर : 'यह तो करना ही है पर हम उसे बन्दी बनाकर बहुत दिन नहीं रखना चाहते क्योंकि वह इस इलाके का राजा था जनता भड़क सकती है।'

लेफ्टिनेंट बाल्डविन : 'क्या यह ठीक नहीं होगा, मैं सोचता हूँ कि उस पर कमिश्नर और दूसरे दो अधिकारियों की तीन व्यक्तियों के कमीशन के सामने राजद्रोह और यूरोपीय लोगों को जान से मारने के अपराध का मुकदमा चलाया जाए और फिर उसे प्राणदंड दिया जाए।'

डिप्टी कमिश्नर : 'हाँ ऐसा किया जा सकता है।'

लेफ्टिनेंट बाल्डविन : 'मुझे हुक्म दें। मैं कब उनको गिरफ्तार करूँ।'

डिप्टी कमिश्नर : 'तुम अकेले नहीं जाओगे। मैं भी तुम्हारे साथ रहूँगा।' कल सुबह घुड़सवारों को तैयार रखो।

लेफ्टिनेंट बाल्डविन ने सैल्यूट किया और विदा ली।

14 सितंबर, 1857

शंकरशाह और रघुनाथशाह अपनी कोठी में प्रातःकाल की नित्य क्रियाओं से निवृत्त हो चुके थे। कोठी का द्वार खुल चुका था और घर के नौकर प्रातःकालीन सफाई में व्यस्त थे। तभी कोठी के भीतर धड़धड़ाते हुए पाँच घुड़सवार और बन्दूकें लिए हुए दस पैदल सैनिक घुस गए। पाँच घुड़सवारों में डिप्टी कमिश्नर, लेफ्टिनेंट बाल्डविन और तीन संगीनधारी सिपाही थे, जिनमें एक अंग्रेज सिपाही था और दो हिन्दुस्तानी।

बाल्डविन ने जोर से हुक्म दिया कि शेष पन्द्रह घुड़सवार कोठी को घेर लें और तीस पैदल सैनिक कोठी के दरवाजे पर मोर्चा सम्हाल लें। कुल मिलाकर 20 घुड़सवारों के दस्ते और चालीस सैनिकों की टुकड़ी ने कोठी के बाहर और भीतर पूरी तौर से कब्जा कर लिया। कहीं कोई प्रतिरोध नहीं हुआ। सब कुछ अकस्मात हुआ था। गाँववाले कुछ सोच पाते। उन्हें पता चला कि सुबह होने के पहले से ही पुलिस के सिपाहियों ने गाँव को घेर रखा है। कोई भी गाँव से बाहर नहीं जा सकता था।

लेफ्टिनेंट बाल्डविन ने शंकरशाह और रघुनाथशाह को तुरन्त आत्मसमर्पण करने को कहा। इसी बीच गाँव पर घेरा डालनेवाले पुलिस दस्ते के कुछ सिपाही भी कोठी के भीतर आ गए। डिप्टी कमिश्नर ने उनसे खाना तलाशी लेने को कहा। पुलिस के सिपाहियों ने कोठी के सारे कागजातों के साथ शंकरशाह की रेशमी थैली से एक 'भड़काऊ कविता 'लिखा हुआ कागज भी जब्त किया।

कोठी के सभी पुरुषों को जिनकी संख्या शंकरशाह और रघुनाथशाह सहित चौदह थी, तुरन्त बन्दी बना लिया गया।

पुरवा गाँव में पुलिस का पहरा लगा छोड़कर सारे घुड़सवार सैनिक और पैदल सैनिक कैदियों को जबलपुर के केन्टोनमेन्ट की तरफ लेकर अत्यंत शीघ्रता से आगे बढ़े। उन्हें डर था कि कहीं कैदियों को छीनने का प्रयास न किया जाय। सारी कार्यवाही बहुत तेजी से की गई।

जब तक पुरवा गाँव में पुलिस के घेराव से निकलकर कुछ लोग भागे तब तक बहुत देर हो चुकी थी। फिर भी जब खबर पलटन के कुछ जवानों तक पहुँची तब उन्होंने बन्दूकों से फायर किए और पास के एक बंगले में आग लगा दी पर उससे होता क्या, वहाँ न कोई अंग्रेज अधिकारी था और न कोई अंग्रेज सैनिक।

जबलपुर छावनी में भारी सुरक्षा प्रबन्ध किया गया था। वहाँ तक किसी के लिए भी पहुँचना सम्भव न था। इस कड़ी सुरक्षा में शंकरशाह और रघुनाथशाह को कारागार में जंजीरों से बांधकर डाल दिया गया।

बावनवीं रेजीमेन्ट में तो मानो भूचाल आ गया। शाम तक सैनिक अंग्रेजी हुकूमत की परवाह न करते हुए राजा शंकरशाह और रघुनाथशाह को बचाने की योजना बनाने लगे। अंग्रेजों को इसकी खबर मिल गई। उन्होंने सुरक्षा और अधिक कड़ी कर दी।

अंग्रेजों ने मुकदमे को अत्यन्त शीघ्र निपटाने का फैसला लिया और पन्द्रह सितंबर को सभी कागजी कार्यवाही पूरी की। मुकदमे का नाटक दो दिनों में समाप्त हो गया। गढ़ा कटंगा के पूर्व राजपरिवार के सदस्य शंकरशाह और उनके पुत्र रघुनाथशाह को विधिवत फाँसी की सजा सुना दी गई। सजा में यह भी कहा गया कि चूँकि शंकरशाह और रघुनाथशाह ने अत्यंत संगीन जुर्म किए हैं, अतः उनको जनता के सामने फाँसी पर चढ़ाया जाएगा। उन दिनों अंग्रेज अपने दुश्मनों को किसी भी पेड़ में लटकाकर फाँसी दे दिया करते थे। राजा और उसके पुत्र को भी इसी तरह फाँसी दी जानेवाली थी।

18 सितंबर, 1857, दिन को दस बजे

जबलपुर के मैदान में भारी हलचल है। एक बहुत बड़ा घेरा बनाया गया है। इस घेरे में पैदल सैनिक बन्दूकें लेकर खड़े हैं। घेरे के एक ओर कुर्सियों में अंग्रेज सेना के अधिकारी तथा अन्य गैर सैनिक अधिकारी बैठे हुए हैं। घेरा पर सख्त पहरा है। घुड़सवार सैनिकों के दो दस्ते इस घेराबन्दी के चारों ओर लगातार घूम घूमकर पहरा दे रहे हैं। घेरे से कुछ दूरी ही पर भी सैनिकों की एक पूरी कम्पनी तैयार खड़ी है। इस विशाल घेरे के दूसरी ओर निहत्थे भारतीय खड़े हैं जिनके मुख पर आक्रोश है, मुट्ठियां बँधी हुई हैं, पर सब बेबस हैं। इसी भीड़ के ओर कुछ महिलाएँ और बच्चे हैं। महिलाएँ लगातार रो रही हैं। साथ के लोग चाहकर भी कुछ नहीं कर पा रहे हैं। इनमें से एक महिला गोंड राजवंश की कुल वधू है। वह शंकरशाह के पुत्र रघुनाथशाह की पत्नी है।

उसका एक छोटा बच्चा उसके पीछे खड़ा है। दोनों भौंचक से खड़े होकर यह सब नजारा देख रहे हैं।

भीड़ में से एक आदमी जो अभी आकर भीड़ में शामिल हुआ है, भीड़ में पहले से खड़े हुए। आदमी से पूछता है : 'भाई, मुनादी में तो कहा जा रहा था कि राजा साहब और छोटे राजा को आज सरेआम फाँसी दी जानेवाली है। पर आसपास के पेड़ों में कहीं कोई फन्दा नहीं दिख रहा है।'

दूसरा आदमी : 'फाँसी दी जानेवाली थी, पर अब फाँसी नहीं दी जाएगी। देख नहीं रहे हो सामने दो तोपें लाकर रखी गई हैं। इन तोपों से राजा साहब और छोटे राजा को उड़ाया जाएगा।'

पहला आदमी : 'अरे, ऐसा क्यों?'

दूसरा आदमी : 'पता नहीं, ये फिरंगी कब क्या करेंगे किसको पता है?'

तीसरा आदमी (जो दोनों की बात सुन रहा था) : 'मैं बतलाता हूँ, अंग्रेजी हुकूमत ने राजा साहब और छोटे राजा साहब पर फर्जी मुकदमा चलाने के बाद तोप से उड़ाने की सजा ही सुनाई है पर उसका प्रचार नहीं किया गया। यह सब आपाधापी में किया जा रहा है। तुमने सुना नहीं, बावनवीं पलटन के देशी सैनिक बन्दूकें लेकर भाग गए हैं। कल रात तक कई जगह गोलियाँ चलीं। उन्होंने पूरी कोशिश की कि राजा साहब और उनके पुत्र को छुड़ा लें, पर कामयाब नहीं हुए। इधर इन फिरंगियों को यह डर लगा कि यदि राजा को फाँसी देने के लिए तख्ता वगैरह बनाया गया तो उसमें लगनेवाले समय में हो सकता है बागी कुछ कर गुजरें।'

तभी अंग्रेजी सैनिक अधिकारी ने चिल्लाकर सावधान होने का हुक्म दिया। चारों ओर सन्नाटा छा गया।

लोगों ने देखा सत्तर वर्षीय वृद्ध शंकरशाह जिसके सिर के सारे के सारे बाल श्वेत हो चुके थे, वीरोचित भाव से सिर उठाये मैदान की ओर आ रहा था। उसके हाथों और पैरों में लोहे की बेड़ियाँ पड़ी थीं। उसी के साथ वैसी ही हालात में उसका चालीस वर्षीय पुत्र रघुनाथशाह भी चल रहा था। वह भी स्वाभिमान से सिर ऊँचा किए हुए चल रहा था। पिता पुत्र दोनों ही निस्पृह भाव से तोपों के सामने लाकर खड़े कर दिए गए। सामने खड़ी भीड़ में से कुछ लोग इस दृश्य को देखकर मर्माहत हो गए वे राजा की ओर आगे बढ़े, परन्तु घेरे के सैनिकों और चारों ओर घूम रहे घुड़सवारों के हंटरों ने उन्हें फिर पीछे कर दिया।

जिस समय तोपों के सामने खड़े करने के पश्चात् उनके पैरों की बेड़ियाँ काटी जा रही थीं, उस समय तोपों के पास बैठे हुए अंग्रेज अधिकारी अत्यंत प्रसन्न होकर यह दृश्य देख रहे थे।

तभी लोगों ने देखा कि सूरज की रोशनी मद्धिम पड़ने लग गई है। आज अमावस्या थी और सूर्यग्रहण था। राहु ने सूर्य को ग्रसना प्रारम्भ कर दिया था।

शंकरशाह और रघुनाथशाह को दो तोपों के मुँह पर बाँध दिया गया। दोनों तोपें साथ-साथ खड़ी की गई थीं। केवल पलीता लगाने की देर थी। तभी एक फिरंगी ने राजा से कहा : 'मरने के पहले यदि प्रार्थना करना चाहते हो तो कर लो।'

दो अंग्रेज सैनिक तोपों से गोला दागने को तैयार खड़े थे।

शंकरशाह (जोर से) : 'हे परमेश्वर, तू हमारी सन्तान की रक्षा करना ताकि वह अंग्रेजों को नेस्तनाबूद कर सके।'

तभी एक के बाद एक-दो भयंकर धमाके हुए। लोगों ने देखा धुएँ के धुँधलके में दो मानव शरीरों के चीछड़े हवा में उड़ रहे हैं।

इस भयानक दृश्य को देखकर लोगों के कलेजे मुँह तक आ गए, कुछ लोग अचेत होकर गिर गए।

भयानक घटित हो चुका था, कुछ देर सन्नाटा रहा। लोग ऊपर देख रहे थे, पर वहाँ भी सूर्य असमय में ही ग्रसित हो चुका था। ग्यारह बजे दिन में भी रात का अँधेरा छा गया। अंग्रेज अधिकारी सैनिक सुरक्षा में अपने घेरों की ओर बढ़ गए।

रघुनाथशाह की पत्नी मानकुँअरि जिसकी आँखें अब तक अविरल अश्रुधारा बहा रही थीं, स्वयं को संयत कर आगे बढ़ी। साथ हीं, आस-पास खड़े लोगों ने उसका साथ दिया।

राजा शंकरशाह और रघुनाथशाह का शरीर तोप से उड़ाए जाने के बाद क्षत-विक्षत हो गया था। शरीरों के टुकड़े दूर-दूर मैदान में पड़े थे। लोगों ने सबको एकत्रित किया, पर यह आश्चर्य ही था कि न तो राजा शंकरशाह का और न ही छोटे राजा रघुनाथशाह का सिर विरुप हुआ था दोनों मृत शरीरों के मुखों में चिरशान्ति दिखलाई दे रही थी।

उनके चेहरों को जरा भी क्षति नहीं पहुँची थी। एक अंग्रेज लेखक चार्ल्स बाल, जो उस समय वहाँ मौजूद था, यह दृश्य देखकर चौंक गया। उसने यह दृश्य देखकर घर जाकर अपनी डायरी में लिखा।

सभी उपस्थित लोगों ने दोनों के पार्थिव शरीरों को आदर सहित वस्त्र में लपेटा और फिर सारे लोग नर्मदा तट की ओर बढ़े। आज क्वार महीने की अमावस्या थी।

नर्मदा तट पर चिताएँ बनाई गईं और जब तक दोनों मृतकों के शरीर चिताओं पर रखे गए, तब तक सूर्यग्रहण समाप्त हो चुका था। अन्त्येष्टि की खबर शीघ्र ही सारे गढ़ा और जबलपुर के इलाके में फैल गई।

पुरवा के पास बावनवीं रेजीमेन्ट से जो सिपाही शस्त्र लेकर भाग गए थे वे राजा की मौत को यूँ ही नहीं भुला देना चाहते थे इन सैनिकों का मुखिया था रिपुदमनसिंह बुन्देला, उसने बदला लेने की ठानी। उसे बतलाया गया कि जिस रेजिमेन्ट ने राजा को तोप से उड़वाया है उसे जबलपुर से पाटन रवाना कर दिया गया है।

रात में तीन बजे रिपुदमनसिंह बुन्देला अपने साथियों सहित पाटन की सैनिक छावनी के पास पहुँच गया। वहाँ भी अंग्रेज अफसरों की खिलाफत करनेवाले सैनिक थे, इनसे रिपुदमनसिंह को उस ब्रिटिश अधिकारी के ठिकाने का पता लग गया।

सुबह चार बजने को थे। ब्रिटिश अधिकारी पिछले दिनों की थकावट भरी व्यस्तताओं के कारण गहरी नींद में सोया पड़ा था। रात में भी उसे देर रात नींद आई थी।

रिपुदमनसिंह ने कैम्प में आक्रमण कर ब्रिटिश अधिकारी को बन्दी बना लिया। रेजीमेंट के सारे सिपाही जाग गए, पर वे तटस्थ रहे। रिपुदमनसिंह ने ब्रिटिश अधिकारी को रस्सियों से सूर्योदय होने तक एक वृक्ष से बाँधे रखा। सूर्योदय होने पर उसने सबके सामने कहा : 'तूने गढ़ा मंडला के राजा और छोटे राजा का कत्ल किया है। इस जुर्म में मैं भी तुझे वही सजा देता हूँ, जिस सजा से तूने अपने हाथ कलुषित किए हैं।'

परन्तु पाटन में उस समय तोपें नहीं थीं। अतः उसे वृक्ष में बंधी हुई अवस्था में ही गोलियों से भूँन दिया गया और उसका शव जबलपुर जानेवाली एक बैलगाड़ी में रखवा दिया गया। गढ़ा में आज सूर्यग्रहण के पश्चात् नया सूर्य उगा था।

त्रयोदशम् सर्ग : तदनन्तर

'आसीच्च में मनीस-अहो!
मोहप्रायमेतेषां जीवितम्,
साधुजन-गर्हितञ्च चरितम्।
तथाहि-पुरुष-पिशितोपहारे धर्म्मबुद्धिः,
आहारःसाधुजन विगर्हितो मधुपांसादिः,
श्रमो मृगया,शास्त्रं शिवारुतं, उपदेष्टारः सदसतां कौशिकाः,
प्रज्ञाशकुनिज्ञानम्, परिचिताः वानः, राज्यं शून्यास्वटवीषु,
अपानकमुत्सवः, मित्राणि क्रूरकर्मसाधनानि धनूषि,
सहाया विषदिग्ध मुखा भुजा इव सायकाः,
गीतमुग्धमुत्साहकारि मुग्धमृगाणाम्,
कलत्राणि बन्दी-गृहीताः परयोषितः,
क्रूरात्मभिः शार्दूलैः सहसं?वासः, पशुरुधरेण देवताच्चर्नम्,
मांसेन बलिकर्म, चार्य्येण जीवनम्,
भूषणानि भुज मणयः वनकरिमैदर राग:
यस्मिन्नेव कानने निवसन्ति, तदेवोत्खातमूलमशेष कुर्वते॥

बाणभट्ट कृत 'कादम्बरी'(606 ईस्वी)

तदनन्तर

भारत में प्राचीन काल से ही साहित्य में समाज के सभी वर्गों के वर्णन मिलते हैं। साहित्य होता ही है समकालीन समाज का प्रतिबिंब संस्कृत भाषा के सुप्रसिद्ध गद्यकार बाणभट्ट[1] (606 ईस्वी) शबर (जनजातीय समाज) का वर्णन एक तोते के माध्यम से करते हैं, 'और मेरे मन में (विचार) हुआ—'अहो! इनका जीवन कितना अज्ञानपूर्ण है और इनका आचरण सज्जनों द्वारा निन्दित है। उदाहरणार्थ—मनुष्यों के मांस की (देवताओं की) भेंट में धर्म ज्ञान है, सज्जनों द्वारा निन्दित मधु (मदिरा) और मांसादि आहार है, शिकार श्रम है, सियारिनों की आवाज शास्त्र है (यह एक शकुन माना जाता है), उल्लू सत् और असत् के उपदेश देनेवाले हैं, पक्षियों का (विविध) ज्ञान प्रज्ञा (विवेक) है। कुत्ते परिचित है (पालतू/विश्वासपात्र हैं), सूने जंगलों में अधिपत्य है, मित्रों आदि के साथ मदिरापान उत्सव है, हिंसादि क्रूरकर्म में सहायक धनुष मित्र है, विष से व्याप्त मुखवाले सापों के समान विष से लिप्त अग्रभाग (नोक)वाले बाण सहायक हैं, भोले भाले मृगों को सुनने में उत्साह बढ़ानेवाला गीत है। बन्दी बनाकर पकड़ी गई दूसरों की स्त्रियाँ पत्नियाँ हैं (विवाह संस्कार रहित), क्रूर स्वभाववाले बाघों के साथ निवास है। पशुरक्त से देवपूजा है। मांस द्वारा बलिकर्म करते हैं। चोरी के द्वारा इनका जीवनयापन होता है। सापों की मणियां इनके आभूषण हैं, वन्य हाथियों के मदजल से इनका अंगराग बनता है। ये जिस वन में रहते हैं उसी को पूर्ण रूप से उखाड़ डालते हैं, समूल नष्ट करते हैं।

कादम्बरी[2] के अतिरिक्त भी अनेक ऐसे संस्कृत, पाली और प्राकृत के वर्णन हैं जिनसे यह स्पष्ट होता है कि भारतीय वनों में आटविक समाज भलीभाँति अपना जीवन-यापन करता था परन्तु यह समाज न तो सांस्कृतिक दृष्टि से और न ही सामाजिक दृष्टि से पूरी तरह भारतीय समाज का अंग था। वनों में रहने के कारण उनके देवी देवताओं की मान्यताओं और रहन-सहन में जो भी अन्तर था वह परिवेश अनुकूलन और अर्थव्यवस्था के कारण था। इन वर्णनों से स्पष्ट होता है कि आटविक जन ग्राम्य और नागरिक जीवन में धीरे-धीरे घुलते-मिलते रहते थे। जब वे वनों में रहते थे, तब भी व्यापार आदि के लिए नगरों और ग्रामों में उनका निर्बाध रूप से आना-जाना था। युद्धों में पराजित होने पर या सामाजिक तिरस्कार के कारण भारतीय

इतिहास में हजारों बार नगरीय और ग्राम्य जन आटविक जीवन जीने को विवश भी हुए। इन किन्हीं भी परिस्थितियों में उनका हिन्दुआइजेशन नहीं हुआ था क्योंकि वे वृहत्तर हिन्दू समाज के अभिन्न अंग थे।

भारत के मध्य क्षेत्र की जनजातियों को इतिहास विहीन निरूपित करने में दो विदेशी विद्वान क्रिस्टोफ वॉन हैमनडार्फ और वेरियर एल्विन की रचनाओं का विशेष महत्त्व है। दोनो ही अन्तराष्ट्रीय ख्याति के विद्वान रहे हैं। वेरियर एल्विन पेशेवर पादरी थे तथा हैमनडार्फ हैदराबाद के निजाम के वेतनभोगी कर्मचारी। गोंडों तथा अन्य जनजातियों को गैर हिन्दू सिद्ध करने की वे सारी बौद्धिक स्थापनाएँ उनके साहित्य में उपलब्ध हैं जिन्हें ब्रिटिश शासकों ने सायास हिन्दू समाज के विघटन हेतु विकसित किया था। हिन्दूआइजेशन तथा संस्कृताइजेशन जैसे अनेक विघटनार्थी शब्दों को इन्होंने नए आयाम दिए।

देशी विदेशी

विश्वविद्यालय के पुस्तकालय में समाज विज्ञान का शोधछात्र चिन्मय एक शोध पत्र तैयार करने पुस्तकों के ढेर के बीच में बैठा परेशान हो रहा था। ढेरों प्रबन्ध और निबन्ध पढ़ने के पश्चात् उसे समझ में नहीं आ रहा था कि वह किस दिशा में सोचे, पर उसके सामने दो दिशाएँ स्पष्ट हो रही थीं, एक देशी विचार की और दूसरी विदेशी विचार की। दोनों में कहीं कोई समानता नहीं थी। देशी विचार जिस स्थापना की बात करता विदेशी विचार उसे समूल उखाड़ने के लिए कटिबद्ध नजर आता। भारत में ट्राइब शब्द हिन्दू वनवासियों के लिए मूलतः गुलाम भारत में ब्रिटिश साम्राज्यवादी नीति के मोहरों द्वारा प्रयुक्त और प्रचारित शब्द था।[3]

सोचते-सोचते उसकी कलम कब उसके हाथ से छूटकर डेस्क पर गिर गई, उसे पता ही न चला। पर उसकी विचार प्रक्रिया ने उसे सोचने पर मजबूर कर दिया। वह सोच रहा था :

भारत में राजनैतिक स्वतंत्रता तो मिली, पर देशी-विदेशी का द्वन्द्व समाप्त हुआ हो, यह नहीं हो सका। दृष्ट विदेशी तो भारत छोड़कर सात समुन्दर पार हो गया, पर अदृष्ट विदेशी मीठे जहर की तरह देशी तन मन में व्याप्त हो गया। स्वतंत्रता के पश्चात् के अनेक विचारकों ने देशी विचार को ही धता बता दिया उसे गैर वैज्ञानिक करार कर दिया, अब हर विदेशी विचार वैज्ञानिक और इसीलिए आधुनिक हो गया तथा हर देशी विचार दकियानूसी और गुजरे जमाने की चीज करार कर दिया गया। धीरे-धीरे राष्ट्रीयता को अन्धराष्ट्रीयता और राष्ट्रीय विचार को फासीवाद का दर्जा दे दिया गया। भारतीयता या हिन्दू संस्कृति की बात तो कूपमंडूकता का पर्याय हो गई। स्वतंत्रता काल के महान नेताओं को 'आदरणीय' पद से उतारकर 'साधारण जन' के स्तर पर लाने की कवायद हुई और इसमें सफलता भी मिली क्योंकि समकालीन नेता अपना कद गँवा बैठे थे। लोगों की अभिरुचि बदलने में आधुनिक बुद्धिजीवियों ने पर्याप्त कसरत की। गांधीजी के उच्च मानवीय सिद्धान्तों के स्थान पर 'मीरा' प्रेम प्रसंग पर चर्चा या जवाहरलाल नेहरू की देशभक्ति के स्थान पर लेडी माउन्टबेटन को लिखे अप्रकाशित पत्रों की चर्चा से इन नेताओं के व्यक्तित्व की नहीं परन्तु भारतीय मूल्यों का मूल्यांकन करने की एक नई विधा का विकास हुआ। जब इतना कुछ हो

गया तो ब्रिटिश उपनिवेश के काल में जनजातियों पर लिखे गए साहित्य को भला 'पुनर्दृष्टि' क्यों न मिलती। ब्रिटिश उपनिवेशवाद के काल में लिखनेवाले जनजातीय साहित्य के विचारक भी भला क्यों न 'मानवतावादी' होने का चोला ओढ़ते?

राजगोंडों या गोंडों पर ब्रिटिश साम्राज्यवादी साहित्य लगभग डेढ़ सौ वर्ष से लिखा जा रहा था, सैद्धान्तिक स्थापना कुल यह थी कि देश की जनता को अधिक से अधिक टुकड़ों में बाँटकर देश की अखंडता को काल्पनिक बतलाया जाय। इस विचार के प्रतिपादकों में दो नाम ऐसे भी हैं जिन्होंने स्वतंत्रता के पूर्व भी लिखा था और बाद में भी। दोनों के विचारों पर यदि कभी कोई चर्चा हुई भी तो केवल उनकी प्रशस्ति के रूप में। जिन भारतीय विद्वानों ने इनके विचारों को नकारा उन्हें भारत के 'आधुनिक' विचारकों की वितृष्णा मिली। उन पर घटिया व्यंग हुए। यह वर्तमान में सम्भव भी था।

उसने प्रसिद्ध भारतीय विचारक घुर्ये के विचारों को अभी-अभी पढ़कर ही रखा था। वे आज भी उसे प्रासंगिक लगे पर उन विचारों को विदेशी विचारधारा के सूत्रधार भला क्यों मानते। उनके विचारों को ही क्यों, उन पर भी भला वे व्यंग करना क्यों भूलते। घुर्ये[1] ने यही तो लिखा था कि भारतीय जनजातियाँ भारतीय समाज का ही वनों में रहनेवाला एक समाज है। पर यह साफ बात दूसरों को नागवार लगी उसके सामने रामचन्द्र गुहा की पुस्तक 'सेविंग द सिविलाइज्ड' खुली हुई पड़ी थी, जिसमें घुर्ये का उपहास उड़ाया गया था।

चिन्मय विचारों के इस द्वन्द्व को ठीक समझने के लिए पुस्तकालय से उठकर सीधे प्रोफेसर योगेश्वर के पास पहुँचा और उसने अपनी समस्या रखी। प्रोफेसर ने कहा कि भारतीय जनजातियों को समझने के लिए देशी और विदेशी समय के मूलभूत अन्तर को समझना जरूरी होगा।

चिन्मय : 'देशी विचार क्या है?'

प्रोफेसर योगेश्वर : 'भारतीय जनजातियों की पहिचान और संस्कृति को समझने में भारत के चार मूलभूत ऐतिहासिक तथ्यों को समझना आवश्यक हैं।'

चिन्मय : 'प्रथम तथ्य क्या है?'

प्रोफेसर योगेश्वर : 'भारत की जलवायु अथवा प्राकृतिक परिवेश इस प्रकार का रहा है कि मनुष्य एक ही समय में नगर सभ्यता, ग्राम्य सभ्यता और वनांचल सभ्यता में जीवन-यापन कर सकता था। भारतीय वन 'बायोमास' की सम्पन्नता में यूरोपीय या मध्यपूर्वीय देशों के वनों की तुलना में दो गुने से दस गुने तक अधिक सम्पन्न हैं। अतः उसमें मनुष्य अपनी सारी आधारभूत आवश्यकताएँ पूरी करता रहा है। वर्ष भर प्राप्त होनेवाले कन्द मूल फलों और शिकार से भोजन और वस्त्र दोनों ही प्राप्त हो जाते थे। भारतीय जनजातियों के साथ ही ऋषि मुनि और समाज से तिरस्कृत व्यक्ति वनों में रहते रहे हैं।'

चिन्मय : 'द्वितीय तथ्य कौन सा है?'

प्रोफेसर योगेश्वर : 'प्राचीनतम् काल से ही वनांचलों के समाज ग्राम्य और नगरीय समाजों की ओर आकर्षित होते रहे हैं और कालक्रम में इन समाजों के अंग बनते रहे। ऐसे ही अनेक समाजों को ग्रामीण एवं नगरीय जीवन पद्धति अपनाने पर प्राचीन हिन्दू नीति निर्धारकों ने जातीय व्यवस्था में स्थान दिया। अन्य को जातीय व्यवस्था से बाहर रहने की स्वतंत्रता रही। यह एक गलत और आधारहीन विचार है कि इन समाजों के ग्रामीण और नगरीय जीवन पद्धति के अपनाने पर उन्हें अन्त्यज का दर्जा दिया गया। तथ्य यह है कि उनमें जो भी मेधावी व्यक्ति और समूह थे उन्हें क्षत्रियत्व प्राप्त हुआ।'

'तृतीय तथ्य के सम्बन्ध में भी बतलाइए?' चिन्मय ने पूछा।

प्रोफेसर योगेश्वर : 'जनजातीय समाजों के क्षत्रियत्व प्राप्त करने की परम्परा उतनी ही प्राचीन है जितना कि हिन्दू धर्म या वर्णाश्रम। भारत में हजारों आटविक कुल क्षत्रिय बनते रहे। राजगोंड उन्हीं अन्तिम कुलों में से एक हैं। वह इसलिए क्योंकि मुसलमानों के आक्रमण के पश्चात् हिन्दू विचार के विकास की प्रक्रिया बाधित हुई, उसका विकास रुक गया। यह कला, स्थापत्य और धर्म के सन्दर्भ में स्वयं सिद्ध है।

मुगलकाल का राजनैतिक परिदृश्य एक बहुत ही स्पष्ट परिदृश्य प्रस्तुत करता है। वह यह कि हिन्दू राजाओं की पराजयों के पश्चात् हजारों व्यक्तियों को मौत के घाट उतार दिया जाता था इसके हजारों प्रमाण इस्लामिक विद्वानों की रचनाओं में है। उन्हें कथन के साक्ष्य के रूप में भी प्रस्तुत करना धार्मिक असहिष्णुता को बढ़ावा देना ही होगा। मुसलमान युग (दसवीं सदी से अठाहरवीं सदी तक) में प्रत्येक पराजय के पश्चात् नगरवासी, ग्रामवासी और पराजित सेनाएँ भागकर वनों में शरण लेती रही हैं। इस तरह ये पराजित लोग स्वयं को सामूहिक नरसंहारों और गुलाम बनाकर बेचे जाने की इस्लामिक नीति से स्वयं को बचाते रहे। क्षत्रिय या राजदूत जातियां स्वयं को स्वतंत्र कराने की योजना में भी वनों में शरण लेती थीं। वनों में रहते हुए पूर्व मध्यकाल में ऐसे अनेक नगरीय, ग्राम्य और क्षत्रिय समूह राजनैतिक असफलताओं के चलते 'जनजातीय' समूहों में परिवर्तित हो गए।'

भारतीय जनजातियों को यदि जनसंख्या के इतिहास क्रम में देखें तो इस समूची जनसंख्या का एक प्रतिशत के दसवें हिस्से से भी कम उन प्राचीनतम जनजातियों का है जो प्रागैतिहासिक काल से अब तक आटविक जीवन व्यतीत करती रही हैं। ये समूह अन्डमान निकोबार द्वीप समूहों और दक्षिण भारत की कुछ पहाड़ियों में पाए जाते हैं या कुछ अन्य स्थानों पर हैं।

'भारत की निन्यानवे प्रतिशत जनजातियों के रक्त वर्ग, भाषाएँ, धर्म और संस्कृति वही है। यही कारण है कि जनजातियों के गोत्रों और तथाकथित गैर जनजातीय गोत्रों में अत्यधिक समानता है।'

'अन्तिम तथ्य के सम्बन्ध में भी बतलाइए' चिन्मय ने जिज्ञासावश कहा।

प्रोफेसर योगेश्वर : 'भारतीय जनजातियों से सम्बन्धित चौथा तथ्य उनके सम्बन्ध में विदेशी विद्वानों द्वारा अंग्रेजी राज्य में जनजातियों से सम्बन्धित उनकी अलग पहिचान को लेकर है।

भारतीय जनजातीय समाज भारतीय समाज का वनों में रहनेवाला समाज ही है इसे अठारहवीं सदी के अंग्रेज जानते थे। परन्तु भारत में राज्य करने के लिए भारतीय समाज में फूट डालना उनके लिए आवश्यक था। इसलिए उन्नीसवीं सदी के तथाकथित 'वैज्ञानिक' और 'समाज वैज्ञानिक' आधार पर उपनिवेशवादी यूरोपीय विद्वानों ने लगभग एक शताब्दि के संगठित बौद्धिक प्रयास से यह साबित करने की कोशिश की कि भारतीय जनजातीय समाज शेष भारतीयों से एक अलग समाज है। तत्कालीन राष्ट्रीय नेताओं ने इस विचार का विरोध किया, किन्तु उन दिनों देश को स्वतंत्र करना आम और खास आदमी का लक्ष्य था। अतः इस कुचक्र पर उतना ध्यान नहीं दिया जा सका।

इस कुचक्र का परिणाम यह हुआ कि इस विदेशी विचार के अनेक भारतीय बुद्धिजीवी शिकार हुए और उन्होंने जाने अनजाने में इस विचार को समर्थन देना प्रारम्भ किया। देश स्वतंत्र हुआ तब क्षेत्रीय राजनीति और वोटबैंक की राजनीति ने इसे पश्चिमी विचार को नया आयाम दे दिया।

भारतीय संविधान के अनुसार भारत में आदिवासी नहीं रहते। यह विकास की दौड़ में पिछड़े हुए तबकों को 'अनुसूचित जनजाति' कहा गया है।'

चिन्मय : 'ठीक है, अब मैं इन तथ्यों के आधार पर जनजातियों पर लिखे गए विचारों को विश्लेषित करना चाहूँगा।'

यह कहते हुए चिन्मय ने विदा ली।

फूट का पाठ

चिन्मय चाहता था कि अगले माह होनेवाले समाज शास्त्र की राष्ट्रीय संगोष्ठी में वह भी अपना शोध पत्र पढ़े। वह भारत के मध्य क्षेत्र में काम करनेवाले समाज शास्त्रियों की पुस्तकें पढ़ने के बाद अनेक शंकाओं और कुशंकाओं से घिर गया। इसलिए उसने सोचा–क्यों न प्रोफेसर योगेश्वर से मिल लिया जाए। वह प्रोफेसर साहब के यहाँ पहुँच गया जहाँ वे चाय पीकर निवृत ही हुए थे। यह वह समय था जब वह उनसे चर्चा कर सकता था। प्रोफेसर साहब भी चिन्मय को देखकर प्रसन्न हुए।

'कहो, चिन्मय क्या शोध पत्र तैयार हुआ' प्रोफेसर ने पूछा।

'नहीं सर,' चिन्मय का उत्तर था।

प्रोफेसर योगेश्वर : 'पर क्यों?'

चिन्मय : 'क्या बतलाऊँ, चाहता था कि अपने इस क्षेत्र की जनजातियों के सम्बन्ध के किसी शीर्ष विद्वान् के किसी सिद्धान्त पर कुछ लिख डालूँ, तो एक शोध पत्र मेरे नाम भी हो जाए।'

प्रोफेसर योगेश्वर : 'विचार तो ठीक है, इसमें क्या कठिनाई है?'

चिन्मय : 'यही सोचकर लायब्रेरी से हैमनडार्फ और वेरियर एल्विन नाम के दो प्रतिष्ठित विद्वानों की पुस्तकें इश्यू करा ली थीं।'

प्रोफेसर योगेश्वर : 'ठीक ही किया, दोनों विश्वविख्यात् विद्वान हैं। विदेशी प्रकाशनों से उनकी अनेक पुस्तकें प्रकाशित हुई हैं। दोनों ही भारत के अनेक जनजातीय क्षेत्रों में रहे हैं। हमारे इस क्षेत्र की जनजातियों पर भी उन्होंने खूब लिखा है।'

चिन्मय : 'जो लिखा है उसे सुनिए, लंदन से प्रकाशित होनेवाली पत्रिका 'ज्याग्रफिकल मैगजीन'[5] के वर्ष 1971 के अंक में भारत की पूर्वोत्तर सीमा में रहनेवाले आदिवासियों को हैमनडार्फ़ साहब की सलाह यह है :

'यदि आप सरकार को प्रवेश देते हैं। तो आप भी क्षेत्र को शोषण के लिए खोल देंगे।'

प्रोफेसर योगेश्वर : 'वाह क्या रिमार्क है जनतांत्रिक चुनी हुई सरकार पर तथा क्या सलाह है एक विदेशी विद्वान की किसी भी सार्वभौमिक जनतांत्रिक देश के नागरिकों के लिए!'

चिन्मय : 'अभी मेरी बात पूरी नहीं हुई? इसी पत्रिका के पृ. 177 में जो लिखा है वह भी विघटनकारी विचार ही है।'

प्रोफेसर योगेश्वर : 'तब तो उसे भी सुना डालो।'

चिन्मय : वे लिखते हैं :

'भारतीय उपमहाद्वीप के अनेक आदिवासी जिन्होंने अपनी अधिकांश जमीनें अधिक प्रगतिशील समुदायों के हाथों खो दी है और अक्सर साहूकार और भूस्वामियों के शिकार हुए हैं, नागा अपने पूर्वजों की भूमि पर और अपने सभी श्रोतों पर अपना अधिकार सुरक्षित रखे हैं।'

प्रोफेसर योगेश्वर : 'अब इस पर मैं क्या कहूँ, कुल इतना ही कह सकता हूँ कि भारत के लिए नागा समस्या के जनक यही सब लोग हैं। जिन्होंने ब्रिटिश राज्य के समय से अलगाववाद की आग सुलगानी प्रारम्भ कर दी थी।'

चिन्मय : 'मुझे कभी-कभी लगता है कि चाहे पूर्वोत्तर भारत हो यह मध्य भारत अलगाववाद को हवा देते रहे हैं। नागालैंड में यदि उन्होंने विद्रोही नागाओं की जमकर तारीफ की है तो मध्य क्षेत्र में नक्सली आतंकियों की।'

प्रोफेसर योगेश्वर : 'और वेरियर एल्विन के विचारों को क्या तुमने पढ़ा?'

चिन्मय : 'हैमनडार्फ और वेरियर एल्विन के विचारों में भारी समानता भी है, पर दोनों के बारे में लिखा जाए तो शोध पत्र नहीं, पूरा शोध ग्रन्थ तैयार हो जाएगा।'

प्रोफेसर योगेश्वर : 'ठीक है, तो उन दोनों में से किसी एक के किसी एक विचार या एक ग्रन्थ को ले लो।'

चिन्मय : 'सर, यही कुछ करना पड़ सकता है। पर मैं सोच रहा हूँ कुछ न ही लिखूँ तो ठीक होगा।'

प्रोफेसर योगेश्वर : 'अरे, इतना कुछ पढ़ने के बाद यह निर्णय ठीक नहीं है।'

चिन्मय : 'अब इन विश्वविख्यात् लेखकों में से यदि मैं एक को ही ले लूँ तो भी जो कुछ आज लिखूँगा वह क्या समाज विरोधी नहीं हो जाएगा।'

प्रोफेसर योगेश्वर : 'समाज विरोधी, वह क्यों? स्पष्ट करो?'

चिन्मय : 'स्पष्ट ही तो है। मान लीजिए, मैंने अब तो जो कुछ हैमनडार्फ के सम्बन्ध में नोट किया है, यदि उसे आज बिना किसी अधिक विश्लेषण के भी लिख दूँ तो क्या वह आज की परिस्थितियों में पढ़े जाने योग्य भी होगा क्या?'

प्रोफेसर योगेश्वर : 'ऐसा क्या नोट किया है तुमने। कुछ हम भी सुनें।'

चिन्मय : 'लिखा तो बहुत कुछ है पर मैं कुछ थोड़े से अंश सुना रहा हूँ। साथ ही उनके सन्दर्भ भी बतला रहा हूँ।'

प्रोफेसर योगेश्वर : 'ठीक है, सुनाओ'

चिन्मय : 'हैमनडार्फ गोंडों और अन्य लोगों के बीच के भेदभाव का वर्णन अपनी

पुस्तक 'इंडिया द स्ट्रगल फार सरवाइवल'[6] 1982 के संस्करण में करते हैं। वे नक्सलियों की भरपूर प्रशंसा करते हैं :

'गोंडों से हर वस्तुओं की कीमत उसकी वास्तविक कीमत से अधिक ली जाती थी। इस प्रकार व्यापारी जातियाँ (बनिये) जनजातियों का अत्यधिक शोषण करते थे। यह स्थिति केवल आदिलाबाद में नहीं थी, बल्कि बहुत सारे ऐसे क्षेत्र थे, जहाँ गोंडों का लम्बे समय से शोषण हो रहा था। जब नक्सली उग्रवादियों द्वारा राजनैतिक आन्दोलन शुरू हुआ, तब जनजातीय कृषकों के मन में प्रतिक्रिया स्वरूप हिंसा जाग्रत हुई।'

प्रोफेसर योगेश्वर : 'वाह क्या महिमा मंडन है नक्सलवाद की। यह तो तब लिखा गया था जब कम्युनिस्ट बुद्धिजीवी नक्सलवाद को 'समाज की विषमता' से उपजी हुई एक नैतिक प्रतिक्रिया मानते थे। पर अब जमाना गुजर गया है। अब यही नक्सलवादी अनेक कम्युनिस्ट नेताओं को भी गोली का निशाना बनाने लगे हैं और इसीलिए पूरे न सही कुछ कम्युनिस्ट विचारक अब उन्हें अतिवादी कहने से परहेज नहीं करते।'

चिन्मय : 'पर ये हैं तो आतंकवादी ही।'

प्रोफेसर योगेश्वर : 'गैर कम्युनिस्ट लोग तो ऐसा ही समझते हैं।'

चिन्मय : 'एक दूसरा तथ्य यह भी उभरकर आता है कि बहुत से विदेशी विद्वान् भारतीय समाज को जनजातियों का शोषक निरूपित करने में तुले हैं।'

प्रोफेसर योगेश्वर : 'यह एक साम्राज्यवादी आवश्यकता थी। ये तथाकथित सभी विचारक मूल रूप से साम्राज्यवादी विचारधारा के पोषक थे। उनका आगमन भी ब्रिटिश इंडिया में ही हुआ था किन्तु बाद में जब भारत स्वतंत्र हुआ तो उन्होंने पुराने विचारों से ऊपरी तौर पर पल्ला झाड़ने का स्वांग किया और बन गए मानवतावादी।'

चिन्मय : 'लगता है इनमें अपराध बोध था।'

प्रोफेसर योगेश्वर : 'हाँ, साम्राज्यवादी शक्तियाँ सदैव ही नरसंहार के अपराधबोध से ग्रस्त रही हैं। यूरोप की साम्राज्यवादी शक्तियों ने उत्तर अमेरिका, दक्षिण अमेरिका और आस्ट्रेलिया की जनजातीय जनसंख्या को विलुप्त होने के कगार तक पहुँचाकर उनका सम्पूर्ण क्षेत्र छीन लिया। यह क्षेत्र छोटा-मोटा नहीं पूरे के पूरे महाद्वीप थे। यहाँ जनजातीय जनसंख्या 'अल्पसंख्यक' नहीं रही अपितु विलुप्त संख्यक हो गई। अब इन महाद्वीपों में बची खुची उंगलियों पर गिनने लायक जनजातीय जनसंख्या को संरक्षित घोषित कर दिया है, यह स्थिति भारत में कभी नहीं रही। भारत में मौर्य, गुप्त, खिलजी, मुगल या मराठा विजेताओं ने न तो कभी जनजातियों का नरसंहार किया और न ही उनके जंगलों में स्वच्छन्दतापूर्वक विचरण में कभी कोई बाधा डाली। यही कारण है कि इतिहास के क्रम में अनेक आटविक ग्राम्य और नागरिक बनते रहे और उनमें से जो योग्य थे, वे क्षेत्रीय शासक भी बने। राजगोंड अपवाद नहीं थे वरन् वे भारत की एक जीवन्त सामाजिक प्रक्रिया की अन्तिम कड़ी अवश्य थे। विदेशियों द्वारा

इन्हें हिन्दू संस्कृति से अलग निरूपित करना एक भ्रामक प्रचार है, जो किसी सीमा तक विदेशी विद्वानों की उस हीन ग्रंथि का प्रतिफल है जिसमें वे अपने मन में स्वयं को नरसंहारी समाज का उत्तराधिकारी तो मानते हैं पर स्वीकारते नहीं।'

चिन्मय : 'यह अपराध बोध तो निश्चय ही भयकारी है।'

प्रोफेसर योगेश्वर : 'यदि आँकड़ों की भाषा में सुनना चाहते हो तो सुनो।'

उपर्युक्त तथ्य को कुछ इस ढंग से समझा जा सकता है। 1442 में अमेरिका की 100 प्रतिशत आबादी रेड इंडियन आदिवासियों की थी, परन्तु 1776 तक वह 10 प्रतिशत भी नहीं रह गई 1700 से 1776 तक साम्राज्यवादी गोरों की अमेरिका में आबादी का 50 प्रतिशत हो गया था और शेष 40 प्रतिशत उनके द्वारा अफ्रीका और एशिया से लाये गए काले और रंगीन लोगों का। यही स्थिति आस्ट्रेलिया के साथ भी है।

चिन्मय : 'और दक्षिण अमेरिका?'

प्रोफेसर योगेश्वर : 'दक्षिण अमेरिका की कहानियाँ तो रोंगटे खड़े कर देनेवाली हैं जिनमें इंका सभ्यता का सर्वनाश सबसे भयावह है। जब हैमनडार्फ और वेरियर एल्विन गोंडों और राजगोंडों की सभ्यता के संरक्षण की बात करते हैं तो उनकी बातें हास्यास्पद हो जाती हैं परन्तु इन्हीं हास्यास्पद बातों को विदेशी पुस्तकों को बाइबिल माननेवाले लोग यथार्थ मानते हैं, तब क्या किया जा सकता है।'

चिन्मय : 'हाँ, हमने भी पढ़ा था महामंडित राहुल सांकृत्यायन ने ऐसे लोगों की रचनाओं को सही माननेवालों के लिए लिखा था कि सभी जैक और जानसन बुद्धिमान नहीं होते।'

प्रोफेसर योगेश्वर : 'यहाँ बुद्धिमत्ता की बात नहीं है, सायास की गई चालाकी की बात है। अरे भई, हम सभी जानते हैं आज अकेले गोंडों की जनसंख्या लाखों में है, जितनी इतिहास में कभी नहीं रही, यह तभी सम्भव है जब वे सुशासन में रह रहे हैं। परन्तु इसकी अनदेखी कर हैमनडार्फ क्या 'स्ट्रगल फार सरवायवल' पुस्तक के पृ. 170 में यह नहीं लिखते :

'आज गोंडों की नई स्थिति उत्पन्न हो गई है। वे अपने पूर्वजों के घर में अल्पसंख्यक हो गए हैं। वे दूसरों के देवी-देवताओं को मानने के लिए विवश हो गए हैं।'

चिन्मय : 'दूसरों के देवी-देवता? अजीब-सी बात है।'

प्रोफेसर योगेश्वर : 'इसमें अजीब क्या है, जब वह सिद्ध करने पर तुले हुए हैं तो उन्हें तर्क-कुतर्क से भला क्या फर्क पड़ता है। मैं तुम्हें इन्हीं के दो विवरणों को और सुनाना चाहूँगा। एक होली से सम्बन्धित है, जिसमें उन्होंने गोंडों का होली से सम्बन्धित एक उत्सव 'दुरेरी' माना है।[7] कुछ तो अंग्रेजी का कमाल है और कुछ हैमन डार्फ साहब की खोजी बुद्धि का कि उन्होंने 'धुरैड़ी' शब्द को दुरेरी बना दिया और

लिख डाला कि उनमें एक त्यौहार गोंडी है और दूसरा हिन्दुओं का। दूसरा उदाहरण भी इन परम श्रद्धेय विद्वान की पुस्तक से है, जिसमें उन्होंने गोंडों के नागदेवता और हिन्दुओं के नागदेबता में भी भेद पैदा कर दिया।'

चिन्मय : 'परन्तु यदि हम विदेशी विचार के अनुसार भी बात करें तो होली या धुरैड़ी और नागपूजा दोनों ही द्रविड़ों की देन थे। उन्हीं द्रविड़ों की जिन्हें विदेशी विद्वान गोंडों का पूर्वज मानते हैं, क्या यह सब लिखते हुए हैमन डार्फ अपनी विचार धारा ही भूल गए।'

प्रोफेसर योगेश्वर : 'भूले नहीं थे। जान-बूझकर वह सब कुछ लिखने का प्रयास करते रहे जिसमें समाज में विभ्रम की स्थिति फैले। यदि तुमने 'द राजगोंड्स आफ आदिलाबाद' पढ़ा होगा तो उसके पाँचवें पृष्ठ पर हैमनडार्फ ने ग्रिगसन का राजगोंड नाम के सम्बन्ध में मत दिया है।'

'डब्ल्यू. व्ही. ग्रिगसन ने ऐतिहासिक कारणों की जगह सामाजिक कारणों को अधिक महत्त्व दिया है, जिससे राजगोंड नाम प्रसार में आया और वह सलाह देते हैं इसके पीछे सामाजिक व ऐतिहासिक कारण है कि 'राजगोंड' समस्त भारत में प्रचलित एक भावना है जिसके अन्तर्गत कुछ आदिवासी वंशों ने अपना हिन्दूकरण कर लिया ताकि उनके पड़ोसी हिन्दू उन्हें 'राजगोंड' जैसे नए नाम से उन्हें हिन्दू के रूप में स्वीकार करें।'

चिन्मय : 'राजगोंडों का इतिहास जाननेवाला तो शायद ही कोई व्यक्ति इस कथन पर विश्वास करेगा।'

प्रोफेसर योगेश्वर : 'मुश्किल यह है कि हमारे यहाँ हर विदेशी वाक्य को शास्त्र माननेवाले भारतीय भी हैं, जो तन से भले ही भारतीय हों, मन से काले अंग्रेज ही हैं।'

हैमनडार्फ ने जनजातियों को हिन्दुओं से पृथक तो माना ही, उनका शोषक और दुश्मन भी निरूपित किया है जैसे ब्राह्मणों के सम्बन्ध में यह कहा गया कि उन्होंने धर्म और धार्मिक मान्यताओं को नष्ट किया। क्षत्रियों को कहा गया कि उन्होंने उनकी जमीन छीनकर उन्हें बेदखल कर दिया। बनियों को कहा गया कि उन्होंने सूदखोरी के नरक में डालकर उनका जीवन नष्ट कर दिया और तो और उन्होंने पिछड़ी जातियों जैसे बंजारों को भी जनजातियों का शोषक निरूपित किया। यदि इसे तुम ध्यान से देखो तो पाओगे कि यह सब अंग्रेजों की पुरानी नीति का पोषण था। इसका उद्देश्य जनजातियों को गैर हिन्दू साबित करना था ताकि उनका धर्मान्तरण किया जा सके और हिन्दू समाज को और अधिक विघटित।

चिन्मय : 'पर मुसलमानों की उन्होंने बहुत अधिक आलोचना नहीं की है।'

प्रोफेसर योगेश्वर : 'ऐसा नहीं है कि उन्होंने मुसलमानों पर छीटें नहीं कसे, परन्तु वे उनके प्रति बहुत अधिक नहीं लिख सकते। उसका कारण सीधा था। वे स्वयं यूरोप के विश्वयुद्ध की विभीषिका से बचते हुए अपनी अंग्रेज पत्नी के साथ हैदराबाद के

निजाम के यहाँ मोटी तनख्वाह लेकर नौकरी कर रहे थे। उनकी पत्नी का भारतीयों के प्रति विद्वेष तब भी मुखर था। इस स्थिति में अपने आका के नमक की कुछ तो कीमत उन्हें अदा करनी थी। हैमनडार्फ ने सैकड़ों पन्ने इस बात पर रंगे हैं कि स्वतंत्र भारत में वनाधिकारियों ने आदिवासियों को अत्यधिक सताया। पर उन्होंने इस तथ्य पर एक लाइन भी नहीं लिखी कि निजाम के राज्य में जहाँ निन्यानबे फीसदी वनाधिकारी मुसलमान थे, वहाँ उन्होंने अंग्रेजों द्वारा लादे गए जंगल कानूनों को लागू कर गोंडों की स्थिति भयावह कर दी थी।

शीर्ष सम्मान

सन् 1999 ईस्वी

बीसवीं सदी भी बीतने को है, पर बीसवीं सदी की मान्यताएँ अगली सदी तक कितनी प्रभावी रहेंगी, कोई नहीं जानता। मोहन राजगोंड और अशोक चौरसिया दोनों ने साथ-साथ मंडला के गोंडी स्कूल में इस सदी के पूर्वार्द्ध में प्राइमरी शिक्षा प्राप्त की थी। फिर उन्होंने जबलपुर के सरकारी कालेज से उच्च शिक्षा प्राप्त की। दोनों को सरकारी नौकरियाँ मिल गईं। तैंतीस वर्ष नौकरी कर अब वे रिटायर भी हो गए पर पचास साठ साल पुरानी दोस्ती अब भी बरकरार है। दोनों अपने पुश्तैनी गाँव तक आए थे जो डिंडोरी तहसील में है, पर दोनों के परिजन अब मंडला में रह रहे हैं। दोनों अब मंडला से दूर भोपाल में बस गए हैं, पर वर्ष की दो अष्टमियों को मंडला अवश्य आते हैं।

अशोक चौरसिया का भतीजा राहुल, घर आए अपने चाचा के मित्र मोहन राजगोंड का स्वागत कर उन्हें बैठाता है और फिर दोनों में चर्चा छिड़ जाती है, वेरियर एल्विन के बारे में जिनकी जन्म शताब्दी 3-4 वर्ष बाद मनाई जानेवाली है। वे इस क्षेत्र के जाने-माने व्यक्ति थे, परन्तु कुछ लोग उन्हें जहाँ महान् समाजशास्त्री मानते थे, वहाँ दूसरों की राय में वे छद्मवेशी पादरी थे।

वेरियर एल्विन मध्य प्रदेश की जनजातियों की संस्कृति के सबसे प्रतिष्ठित विद्वान माने जाते हैं। एल्विन ने 1964 में अपनी आत्मकथा 'दि ट्रायबल वर्ल्ड ऑफ वेरियर एल्विन' लिखी जो ऑक्सफोर्ड यूनिवार्सिटी प्रेस, बाम्बे से प्रकाशित हुई। इस पुस्तक में उन्होंने सबसे पहले स्वयं को जनजातीय रूप में धर्मान्तरित घोषित किया। स्वतंत्र भारत की धर्मनिरपेक्ष सरकार ने उन्हें उच्च पद और सम्मान से सम्मानित किया। वे भारत सरकार के सलाहकार तो रहे ही, साथ ही उन्हें 1961 में पद्मभूषण से भी अंलकृत किया गया। किसी भी 'समाज विज्ञानी' को दिया जानेवाला यह उच्चतम सम्मान था।

राहुल : 'लोग कहते हैं कि वेरियर एल्विन के इस महिमा मंडन में कहीं कोई चूक हुई। क्या यह सच है?'

मोहन राजगोंड : 'यह तो मैं नहीं कह सकता, परन्तु उच्च पद एवं राष्ट्रीय सम्मान से मंडित वेरियर का पुराना इतिहास एवं उनकी प्रारम्भिक मान्यताएँ पूरी तौर

से भुला दी गई, यह एक सचाई है। भारत में जब भी किसी व्यक्ति को आदर या प्रेम दिया जाता है, तब वह सारे नियम और परम्पराओं को तोड़कर दिया जाता है। वेरियर एल्विन के व्यक्तित्व एवं कृतित्व पर बहुत कुछ लिखा गया किन्तु इस लेखन के भीतर अनेक ऐसे तथ्य हैं जिन्हें भारतीय समाज में सर्वधर्म समभाव या धर्म निरपेक्षता की आस्था के कारण प्रकाश में लाना उचित नहीं समझा जाता रहा। पर चूँकि बात जनजातीय संस्कृति की है, अतः उसे नज़र अन्दाज करना भी तथ्य को तोड़ना-मरोड़ना ही होगा। सबसे पहले यह तथ्य जानना आवश्यक है कि वेरियर एल्विन भारत आए ही क्यों थे? वह भी तब जबकि वे न तो ब्रिटिश सैनिक थे और न ही प्रशासक। भारतीय विद्वानों ने इस अल्प ज्ञात तथ्य को कि श्री वेरियर एल्विन के पिता एक बर्तानवी एंग्लिकन चर्च के विशप थे तथा एल्विन ब्रिटिश इंडिया में पादरी के रूप में ईसाई धर्म का प्रचार करने आए थे, को सायास छुपाकर रखा। वे स्वयं भी पेशेवर पादरी के तौर पर भारत आए थे जहाँ तक उनके ग्रन्थों में जनजातीय संस्कृति की विवेचना का प्रश्न है वहाँ उन्होंने एक पादरी की प्रतिबद्धताओं के अनुरूप ही अपने लेखन में सतर्कतापूर्वक कुछ सिद्धातों का पालन किया।'

राहुल : 'कौन से थे वे सिद्धान्त?'

मोहन राजगोंड : 'पहला सिद्धान्त यह था कि उन्होंने जनजातीय संस्कृति को भारतीयों या हिन्दू संस्कृति से अलग माना। दूसरा सिद्धान्त यह था कि उन्होंने जनजातीय समुदायों को इतिहास विहीन एवं शेष भारतीय सभ्यता से रिश्ता न रखनेवाला माना और उनका तीसरा सिद्धान्त था कि उन्हें जहाँ भी जनजातीय एवं हिन्दू धर्म में साम्यता दृष्टिगोचर हुई उसे महत्त्वहीन या सांस्कृतिक दृष्टि से गैर महत्त्व का माना।'

राहुल : 'यदि ऐसा था तो समकालीन लोगों को ऐसे विचारों पर अपनी आपत्तियाँ दर्ज करानी थीं।'

मोहन राजगोंड : 'ऐसा किया गया था। वेरियर एल्विन के लेखन पर रामभरोस अग्रवाल जो वेरियर एल्विन के क्षेत्र में ही रहते थे एवं उनके समकालीन थे, अनेक आपत्तियाँ जताईं। अन्य लेखकों ने भी आपत्तियाँ जताईं पर वे निरर्थक मानी गईं। क्योंकि वे हिन्दी भाषा में लिखी गई थीं। उनका अन्तर्राष्ट्रीय प्रचार-प्रसार न था और उन्हें उनके अंग्रेजी परस्त भक्तों द्वारा 'संकुचित' 'क्षेत्रीय' एवं 'साम्प्रदायिक' करार दिया गया।'

राहुल : 'इससे तो यही प्रतीत होता है कि ऊपरी तौर पर भले ही उन्होंने धर्मनिरपेक्षता का चोला पहन रखा हो, भीतरी तौर पर वे निश्चित ही उन्नीसवीं सदी की ब्रिटिश उपनिवेशवादी मानसिकता को लेकर जी रहे थे।'

मोहन राजगोंड : 'यही सच है। वेरियर एल्विन स्वतंत्र भारत के प्रतिष्ठित पद पर आसीन होकर भी यह आशंका जतलाते रहे कि स्वतंत्र भारत में 'आदिवासियों के

साथ न्याय नहीं होगा। अपनी आशंका को वे 'हिन्दूकरण' के नाम से व्यक्त करते हैं। क्या यह शब्द यह नहीं बतलाता कि अपनी करनी और कथनी में वे सदैव एक पादरी ही रहे। वेरियर एल्विन अपने एक आफीसियल नोट में लिखते हैं :

'अब सारा संसार यह विश्वास करने लगा है कि भारत स्वयं शासन कर सकता है (परन्तु) यह कम निश्चित है कि वह अपनी आदिवासी जनसंख्या के साथ सब कुछ ठीक करेगा। आदिवासी क्षेत्रों में हमारी नीति सम्बन्धी गलतफहमियाँ प्रचलित हैं। हम थोक के भाव हिन्दूकरण करने जा रहे हैं। हम शाकाहारी और चाय पीनेवाले बनानेवाले हैं।'[8]

राहुल : 'इसका अर्थ तो यही है कि उन्होंने हिन्दूकरण' की बात कहकर आटविक समुदाय को मूलधारा से अलग धारा का समुदाय माना।'

मोहन राजगोंड : 'ब्रिटिश राजनीतिज्ञों की यही नीति थी। वेरियर एल्विन न केवल जीवन भर रेवाखंड की जनजातियों को शेष भारतीयों से अलग मानने के सिद्धान्त पर कार्य किया वरन् उन्होंने हिन्दू धर्म के प्रभाव को 'जनजातीय संस्कृति' का अपकारक तत्व भी बतलाने का प्रयास किया।

'वास्तविकता उनके इस कथन से विपरीत है। यह तो ब्रिटिश बुद्धिजीवी थे जो भारतीय आटविकों को क्या सामान्य भारतीयों को भी जंगली मानते थे। भारतीय आटविकों का पूरे भारतीय इतिहास में ग्राम्य और नागरिक जीवन को अपनाते हुए देखा जा सकता है। राजगोंडों का इतिहास यह बतलाता है कि 'ज्ञान' की प्राप्ति संस्कृत भाषा से भी की जा सकती है। मुश्किल यह है कि वेरियर एल्विन के भक्त संग्रामशाह के संस्कृत ग्रन्थों की रचना को, दुर्गावती की कृष्णभक्ति के प्रयासों को तथा हृदयशाह के संस्कृत प्रेम की चार शताब्दियों की परम्परा को तो 'ए कल्चरेशन' कहते हैं। परन्तु जनजातियों पर विदेशियों द्वारा थोपे जा रहे धार्मिक और वैचारिक प्रदूषण को 'ज्ञान' या 'आधुनिकता' का दर्जा देते हैं।'

राहुल : 'क्या मुझे वेरियर एल्विन के पादरी जीवन से सम्बन्धित जानकारी मिल सकती है।'

मोहन राजगोंड : 'हाँ क्यों नहीं, बहुत पहले हमने आदरणीय अग्रवालजी के यहाँ एक लेख देखा था। वह मेरे पास अब भी है। उसमें उनके जीवन की कुछ चर्चा है।'

मोहन राजगोंड अपने साथ लाए ब्रीफकेस से एक टाइप किया हुआ निबन्ध राहुल को दे देते हैं। यह लेख उनके एक करीबी दोस्त ने लिखा था, जिसे उन्होंने मोहन को किसी पत्रिका में प्रकाशित करने के लिए दिया था।

राहुल उस निबन्ध को मन ही मन पढ़ते हैं।

'वेरियर एल्विन का जन्म इंग्लैड में डोवर नाम के नगर में 29 अगस्त 1902 को हुआ। इनके पिता एडमंड हेनरी एल्विन एक ईसाई पादरी थे। एल्विन खानदान विरासत से ईसाई धर्म प्रचार का खानदान था। सन् 1896 में इनके पिता 24 वर्ष की

आयु में आक्सब्रिज समूह में शामिल होकर ब्रिटेन के एक अफ्रीकी उपनिवेश सियरालियोन गए। चर्च मिशनरी सोसायटी का एक केन्द्र जिसमें उन्हें धार्मिक कार्य करना था। उस देश की राजधानी फ्रीटाउन के समीप ही था। ज्ञात विवरणों के अनुसार 1787 ई. में यह कस्बा पश्चिम अफ्रीका में ब्रिटेन द्वारा भेजे गए 400 गुलामों को पहुँचाकर बसाया गया था। इन एकाकी आपराधिक गुलामों की जिन्दगी को एकाकीपन से बचाने के लिए करुणामय (फिलान्थ्रापिस्ट) गोरों ने अस्सी पुंश्चली या बदचलन परन्तु गोरी औरतों को भी शीघ्र ही वहाँ पहुँचा दिया। सुदूर अफ्रीका में पड़े हुए इन धर्मच्युतों की धार्मिक आवश्यकता यूरोपीय चर्चों ने समझी। सीनियर एल्विन ने यहाँ आकर पाया कि वहाँ बसे हुए लोगों की जनसंख्या में अब तक कई गुनी वृद्धि हो चुकी है। बहुत दिनों से ईसाई समाज से तिरस्कृत इन लोगों को अपने पूर्व धर्म के प्रति आकृष्ट किया जा सकता था। ऐसी स्थिति में 1787 से 1877 ई. तक के नब्बे वर्षों में चर्च मिशनरी सोसायटी 50,000 लोगों का सफलतापूर्वक धर्मान्तरण कर चुकी थी, इसमें सभी तरह के लोग थे।

यह वह समय था जब अंग्रेजों की सारी दुनिया में तूती बोल रही थी। अफ्रीका महाद्वीप को इस्लाम और ईसाई धर्म में दीक्षित करने के लिए इन धर्मों के प्रचारक इस महाद्वीप में संघर्षरत थे। इस महाद्वीप के आदिवासी अपने पुराने धर्म को शीघ्र ही छोड़ें, इसके लिए अन्तर्राष्ट्रीय स्तर पर संघर्ष और प्रयास चल रहे थे।

वेरियर एल्विन जिनका पूरा नाम हेरी वेरियर होलमेन एल्विन था, के स्कूल प्रवेश पूर्व 39 वर्ष की अवस्था में उनके पादरी पिता का स्वर्गवास हो गया था। एल्विन परिवार की वे सबसे बड़ी सन्तान थे। उनके एक भाई और एक बहन दोनों ही उससे छोटे थे। परिवार का सारा दायित्व उनकी माता मिन्नी एल्विन पर था, जो कि एक परम धार्मिक महिला थीं। अपने बचपन के दिनों में एल्विन अपने पिता के समान ही दृढ़ धार्मिक आस्थावाले ईसाई थे। उनका परिवार उनकी इस धार्मिक आस्था से अभिभूत था। अपने अभिभूत बाल्यकाल में वे नाटक, सिनेमा या सरकस देखने इसलिए न जाते क्योंकि उन्हें सदैव ही यह भय रहता कि यदि आधे शो में कही ईसा मसीह आ जाए तो उन्हें कितनी शर्मिन्दगी महसूस होगी। इस तरह ईसा मसीह उनके परिवार के एक अदृश्य सदस्य थे।

1924 में वेरियर एल्विन ने प्रथम श्रेणी में आक्सफोर्ड से प्रथम उपाधि परीक्षा पास की। कालेज ने उन्हें 100 पाउंड की राशि अगली उपाधि परीक्षा के लिए प्रदान की चूँकि वेरियर एल्विन पादरियों के घराने के छात्र थे। अतः उच्च शिक्षा के लिए उन्होंने धर्मशास्त्र या 'थियोलॉजी' ही चुना।

उन दिनों आक्सफोर्ड में धर्मशास्त्र या 'थियोलॉजी' का अर्थ ईसाई धर्मशास्त्र ही था, जिसमें ओल्ड एवं न्यू टेस्टामेंट तथा सेंट आगस्टाइन के काल तक का ग्रीक टीकाओं का अध्ययन पाठ्यक्रम में था। उन दिनों यूरोप में भारतीय धर्मों को

आदिवासी या अविकसित धर्म माना जाता था। यूरोपीय सभ्यता के अनुसार किसी भी विकसित धर्म में एक पवित्र पुस्तक और एक ही ईश्वर पुत्र या ईश्वर का सन्देशवाहक होना आवश्यक था। भारतीय धर्म यह शर्त पूरा नहीं करते थे।

डार्विन एवं वैलेस के उत्पत्ति-मूलक सिद्धान्तों को जहाँ ब्रिटेन में ही स्थापित किया गया था, वहीं इन सिद्धान्तों के उच्चशिक्षा में प्रचार-प्रसार की चौथाई सदीं के बाद भी वेरियर एल्विन के शिक्षाकाल में ईसाई धर्मशास्त्र में उन सभी चीजों को पाठ्यक्रम के अन्तर्गत पढ़ाया जा रहा था जो सरासर तत्कालीन आधुनिक या समसामयिक विज्ञान के विपरीत थीं। मसलन यूरोप के थियोलॉजी के स्कूलों में विश्व की उत्पत्ति ई.पू. 4004 वर्ष बतलाई जाती थी, क्योंकि यह मत बाइबिल सम्मत था। ऐसी ही सैकड़ों अनेक बातों पर इस पाठ्यक्रम के छात्रों को चाहते न चाहते पढ़ना पड़ता। किशोर वेरियर एल्विन धर्म की इन अवैज्ञानिक धारणाओं को अपनी औपचारिक शिक्षा एवं पारिवारिक परम्पराओं के कारण न तो सीधे नकार सकते थे और न ही कर सकते थे, समकालीन वैज्ञानिक अवधारणाओं की अनदेखी।

बीसवीं सदी के प्रारम्भ से ही जहाँ प्राकृतिक विज्ञान और सामाजिक विज्ञानों ने पुरानी धारणाओं और अंधविश्वासों का उन्मूलन प्रारम्भ किया, वहीं चतुर राजनीतिज्ञों ने इन विज्ञानों की शोधों को मनचाहे ढंग से पारिभाषित करना प्रारम्भ किया। कुल मिलाकर यूरोप के सभी छोटे-बड़े राज्यों ने अपने धार्मिक, सामाजिक और नैतिक मूल्यों को 'वैज्ञानिक आधार' देने में कमर कसी। उन्नीसवीं सदी के प्रारम्भ होने तक पश्चिमी देशों ने अपनी संस्कृति को विश्व पर थोपने का काम प्रारम्भ कर ही दिया था।

यद्यपि धार्मिक प्रचार प्रसार का कार्य यूरोप की अनेक मिशनरीज एशियाई और अफ्रीकी देशों में कर रही थीं, किन्तु अब बीसवीं सदी के प्रारम्भिक दशकों में धर्मान्तरण के इस कार्य में नए ढंग से धर्मप्रचार की जरूरत महसूस हुई जो कि सम्बन्धित देशकाल में विदेशी न लगे, जहाँ उसका प्रचार किया जा रहा हो।

वेरियर एल्विन अपनी शिक्षा के बाद पादरी एल्विन या फादर एल्विन हो गए। कुशाग्र बुद्धि के धनी एल्विन को अब भारत आना था। एक ऐसे देश में जहाँ धर्म के अनुयायी कट्टरपंथी नहीं थे, किन्तु जहाँ की जीवित धार्मिक परम्परा दुनिया की सबसे पुरानी थी। भारत में ईसाइयत का प्रचार अनेक स्थानों पर समय और परिस्थिति के अनुकूल ब्रिटिश शासन की परोक्ष सहायता से चल ही रहा था।

पादरी एल्विन को भारत में जिस ईसाई संस्था के लिए कार्य करना था वह बीसवीं सदी की भारतीय आवश्यकताओं के अनुसार ब्रिटिश चर्च के द्वारा सन् 1920 में अहमदनगर में क्रिस्टा-सेवा-संघ (सी.एस.एस.) के नाम से स्थापित की गई थी। इसके संस्थापक थे फादर विन्सलो। महात्मा गांधी के सेवाश्रम की तर्ज पर इसे बनाया गया। इसके सदस्य खादी पहनते तथा चरखा कातते, शाकाहारी भोजन करते और

छुरी कांटे का प्रयोग नहीं करते। घरों में भारतीय चिह्नों का प्रयोग करते तथा चप्पल पहिनते। कुल मिलाकर हिन्दू धर्म को इतना मानकर संस्था के सदस्य धर्मान्तरण के लिए प्रयासरत थे। ईसा मसीह के भजन भी मराठी में ही गाये जाते। किन्तु धर्मान्तरण में सफलता नहीं मिली। अतः फादर ई. जे. पामर ने जो कि बंबई के विशप थे, सलाह दी कि संस्था को पुणे ले जाया जावे जो भारतीय संस्कृति का महान केन्द्र था। इस तरह 1925 में क्रिस्टा सेवा संघ पुणे पहुँचा। संघ का सर्वोच्च अधिकारी 'आचार्य' कहा गया।

वेरियर एल्विन विश्व के सर्वश्रेष्ठ विश्वविद्यालय के श्रेष्ठ छात्र थे। अतः वे भारत की तत्कालीन परिस्थितियों एवं महत्त्वपूर्ण व्यक्तियों के बारे में जानते थे। ऐसा समझा जाता है कि 1926 में जब सर्वपल्ली राधाकृष्ण की आक्सफोर्ड में स्पाल्डिग पीठ पर प्रोफेसर के रूप में नियुक्ति होनेवाली थी तब एल्विन उनसे मिले।

भारत में महात्मा गांधी के अहिंसा, मानव प्रेम एवं सादगी भरे जीवन को देखकर अनेक ईसाई पादसी उन्हें ईसा का प्रतिबिंब मानने लगे थे। गांधीजी के सर्वधर्म समभाव से उनमें से कुछ को यह सम्भावना दिखी कि ईसाइयत का प्रचार प्रसार गांधीजी के नाम को लेकर भी किया जा सकता है।

पादरी विन्सलो यह समझ चुके थे कि भारत में ईसाइयत का हित केवल कर्मठ और बुद्धिमान व्यक्तियों द्वारा ही सम्भव है। वे इंग्लैड जाकर आक्सफोर्ड के श्रेष्ठ छात्रों जिनमें एल्विन भी एक थे, से मिले और उन्हें भारत आने को प्रेरित किया। 1926 में आक्सफोर्ड से वेरियर एल्विन ने 'थियोलाजी' या 'ईसाई धर्मशास्त्र' में प्रथम श्रेणी में उपाधि प्राप्त की और उन्हें अब भारत भेजने की तैयारी की गई।

18 अक्टूबर, 1927 को पाँच ब्रिटिश पादरियों की एक टीम भारत की ओर रवाना हुई। इंग्लैड के वेस्टमिंस्टर सेंट मैथ्यूज के विख्यात बिशप गोर ने आशीर्वाद दिया और साथ ही भारत में चल रहे 'क्रिस्टा सेवा संघ' को धर्मान्तरण के क्षेत्र में एक नया प्रयोग बतलाते हुए उसकी सफलता की कामना की। 5 नवम्बर को जहाज श्रीलंका के कोलंबो बंदरगाह पहुँचा, जहाँ एल्विन ने अपना पहला उद्‌बोधन सेंट थामस कालेज, कैंडी में दिया।

पादरी एल्विन को भारत में सबसे पहले केरल सीरियन ईसाइयों एवं पादरियों से मिलवाया गया। भारतीय ईसाइयों में यह किंवदन्ति है कि सदियों पहिले सेन्ट थामस स्वयं ही भारत आए थे। 20 नवम्बर को एल्विन पुणे पहुँचे, जहाँ उनकी अगुवाई स्वयं फादर विन्सलो ने की।

क्रिस्टा सेवा संघ भारतीय स्थितियों के अनुकूल ढाला गया ईसाई आश्रम था। अतः वहाँ जब तब समकालीन महत्त्वपूर्ण भारतीय विद्वानों और समाज सेवकों को बुलाया जाता। इन लोगों को भी यह आश्रम कुछ अलग लगता। समाजवादी कमलादेवी चट्टोपाध्याय तथा पंडित जवाहरलाल नेहरू ने भी यहाँ पहुँचकर संस्था की

औपचारिक प्रशंसा की। इस प्रशंसा का जोर-शोर से प्रचार किया गया। इस तरह एक धर्माधारित संस्था को किसी हद तक स्वयं को धर्मनिरपेक्ष कहने की छूट मिली।

जनवरी 1928 में गांधीजी के साबरमती आश्रम में 'इंटरनेशनल फैलोशिप ऑफ रिलीजन्स' की बैठक होनी थी, जिसमें भाग लेने के लिए क्रिस्टा सेवा संघ के अन्य पादरियों की भाँति एल्विन भी खादी परिधान में आश्रम गए। वहाँ उनकी मुलाकात देश के मूर्धन्य नेताओं से हुई। भारत में क्रिस्टा सेवा संघ के भवन में पुस्तकालय की जिम्मेवारी सम्हालते हुए वेरियर एल्विन का समय बीतने लगा। भारत में रहने का उन्हें एक लाभ और मिला—वह यह कि वे यहाँ से यरूशलम जाकर तीर्थाटन कर सके। वेरियर के जीवन के ये प्रारम्भिक वर्ष एक समर्पित ईसाई पादरी के स्वर्णिम वर्ष थे।

भारत में राजनैतिक घटनाएँ तेजी से बदल रही थीं। 1930 तक गिने-चुने 'राज' समर्थकों को छोड़कर सारा भारत गांधीजी के साथ था। ईसाई पादरियों के सामने सबसे बड़ी समस्या प्रजाति सम्बन्धी थी। वे गोरे लोगों के धर्म के प्रचारक थे। एक ऐसी प्रजाति जिसने भारत के लोगों को दास बना रखा था। स्वामी और दास दोनों के धर्म अलग थे। ऐसी ही स्थितियाँ दुनिया के अन्य देशों में थीं, किन्तु उनमें और भारत में अनेक बड़े फर्क थे। पहला यह कि जहाँ अफ्रीका या अन्य क्षेत्रों के गैर यूरोपीय निवासियों के धर्म अभी भी आदिवासी स्तर के थे, वहाँ भारत का हिन्दू धर्म और दर्शन पश्चिमी धर्म दर्शन से पीछे नहीं था। दूसरा यह कि सारे विश्व में भारत ही पहला देश था जिसने गांधीजी के नेतृत्व में ब्रिटिश राजतंत्र का भारतीय सभ्यता के अस्त्र 'अहिंसा' द्वारा सशक्त विरोध प्रारम्भ कर दिया था। इससे धर्मान्तरण के क्षेत्र में भी कठिनाइयाँ बढ़ने लगीं। अतः मार्च 1930 में विन्सलो एल्विन क्रिस्टा-सेवा-संघ का 'आचार्य' बनकर कुछ नई प्रतिभाओं की खोज में इंग्लैंड चले गए।'

लेख काफी बड़ा था। अतः उसे बीच में ही समाप्त करते हुए राहुल ने मोहन से कहा : 'यह तो काफी उपयोगी जानकारी थी, पर वेरियर एल्विन की 'नेशनल पार्क पॉलिसी' क्या थी? मैं इसे जानने को उत्सुक हूँ क्योंकि इसके कारण एल्विन चर्चित हुए थे।'

मोहन राजगोंड : 'इस विषय पर भी हमारे पास एक पुराना नोट लिखा पड़ा है जो सम्भवतः किसी क्षेत्रीय समाचार पत्र में प्रकाशित भी हुआ था। उसे भी पढ़ लो।' मोहन राजगोंड 'टाइप किया हुआ एक दूसरा निबन्ध भी राहुल को पढ़ने को देते हैं।'

राहुल पढ़ना प्रारम्भ करता है।

'श्री एल्विन ने जनजातियों के लिए एक अलग निवास की चर्चा की। इसे 'नेशनल पार्क पालिसी' भी कहा जाता है। श्री एल्विन जिन्होंने अपने सारे लेखन में भारत की जनजातीय संस्कृति को भारत की मुख्य या मूलधारा संस्कृति से अलग माना, यदि उन्होंने एक विघटनकारी सिद्धान्त का निरूपण किया तो यह आश्चर्य की बात नहीं होनी चहिए। उनका यह सिद्धान्त या नीति 1939 में सर्वप्रथम प्रकाशित

हुई। आज यह स्मरण दिलाना उचित होगा कि यह वह समय था, जब अंग्रेज यह मान चुके थे कि उन्हें भारत छोड़ना पड़ेगा। ईस्वी सन् 1938 में पुराने मध्यप्रांत में पंडित रविशंकर शुक्ल कांग्रेस पार्टी की पहल पर प्रधानमंत्री नियुक्त किए गए। उन दिनों मुख्यमंत्री को प्रधानमंत्री कहा जाता था। लेकिन 1939 में प्रथम विश्व युद्ध प्रारम्भ हुआ और सभी कांग्रेसी सरकारों ने अंग्रेजी सरकार को त्याग पत्र दे दिए। यह कार्य राष्ट्रीय हित में किया गया था।

इसी वर्ष श्री एल्विन आदिवासियों का एक स्वतंत्र सत्ता क्षेत्र बनाना चाहते थे जिनका सर्वेसर्वा उन्होंने एक ऐसे ट्राइब्स कमिश्नर को बनाना चाहा था, जिसका इस क्षेत्र पर पूरा अधिकार होता। इस तरह भारत के हृदय स्थल पर वे स्वतंत्र राज्यों के बनने का क्रम चलाना चाहते थे। दुनिया भर में इसी तर्ज पर अंग्रेजों ने बहुत से छोटे-छोटे राज्य बनाए और उनके आधार पर क्षेत्रीय वर्चस्व कायम रखा। स्वतंत्र यूरोपीय राष्ट्र स्पेन की भूमि पर जिब्राल्टर एक ऐसा ही स्वतंत्र अंग्रेजी राज्य है। 1939 में वेरियर एल्विन भारत को पिछड़े अफ्रीका से बेहतर नहीं मानते थे। वे भारत में जिब्राल्टर बनाने का सपना देखने लग।

वर्ष 1939 के बाद श्री एल्विन एवं इस वर्ग के बुद्धिजीवी यह मान चुके थे कि अब धर्म की राजनीति पुराने दौर की घिसी-पिटी राजनीति हो चुकी है और वक्त आने पर कभी भी बहुसंख्य धर्मालम्बियों से इसका प्रतिरोध भी हो सकता है। अतः इस वर्ग के बुद्धिजीवियों ने समाज सुधारकों या समाज सेवकों का अवतार धारण किया। इस अवतार से कट्टर पंथ का लेबल नहीं लगता था, सेवा के नाम पर धर्मान्तरण का काम भी बखूबी चल सकता था। यह एक सफल चाल थी। और आज भी यह चाल विकसित देशों द्वारा विकासशील देशों पर कारगर ढंग से चलाई जा रही है।

श्री एल्विन ने वक्त की नाजुकता समझी और स्वयं को गांधीजी का अनुयायी घोषित कर दिया। इस तरह वे पंडित जवाहरलाल नेहरू के करीब आने में भी सफल हुए। वे गांधीवादी हो गए। यह जोरशोर से प्रचारित किया गया कि उन्होंने गांधीजी के लिए भारत से बाहर कार्य किया। अंग्रेजों से शत्रुता मोल ली। ये बातें सफलतापूर्वक जन सामान्य के मस्तिष्क में बैठाई गईं। उन्होंने स्वतंत्रता के पश्चात यह भी कहा कि वे भारत की जनजातियों को ईसाई और हिन्दू प्रभावों से बचाना चाहते हैं।

विदेशी प्रेस की मेहरबानी और भारत के कतिपय अंग्रेजी पढ़े-लिखे लोगों के दिमागी दिवालिएपन ने एल्विन के प्रभामंडल का लगातार विस्तार किया। 1953 में एल्विन को 1500 रुपए प्रतिमाह तथा अन्य शासकीय भत्तों के साथ एक नई नौकरी प्रदान की गई। इसका कार्यकाल 3 वर्ष का था और कार्यक्षेत्र था पूर्वांचल। वैसे भी एल्विन शेष जीवन के लिए मंडला छोड़कर वहाँ बसना चाहते थे। 1954 में नेफा भारत शासन के अन्तर्गत शासित हुआ, परन्तु अब यह एक पूर्ण राज्य है। एल्विन

गवर्नर के 'एडवाइजर आन ट्राइबल अफेयर्स' बने। यह एक ऐसा पद था जो सामान्यतः एक आई.सी.एस. को दिया जाता।

नेफा में उस समय देश की राष्ट्रीय पार्टी कांग्रेस का कोई विशेष राजनैतिक प्रभाव नहीं था। हाँ, इंगलैंड में अवश्य ए. जेड. फिजो का भारी प्रभाव था। यहाँ पर अमेरिकी मिशनरीज खुले तौर से सक्रिय थीं और फिजो को सभी तरह का समर्थन दे रही थीं। भारत सरकार वर्षों तक फिजो को देशद्रोही मानती रही है।

स्वतंत्र भारत में वेरियर एल्विन ने भारतीय नागरिकता प्राप्त कर ली। वे कुर्ता पजामा पहिनकर 'भारतीय' हो चले थे। उन्होंने उत्तरपूर्वी भारतीय वनवासी अंचल के लिए 'पंचशील' सिद्धान्तों का निरूपण किया जो ऊपरी तौर पर जनजातीय संस्कृति के पोषक प्रतीत होते थे, किन्तु जिनके कारण इस क्षेत्र में भारतीय राष्ट्रीयता निषिद्ध हो रही थी और पूर्वांचल में पश्चिम द्वारा अलगाववादी आन्दोलन प्रवर्तकों के अनुयायी धार्मिक और सामाजिक तौर पर क्षेत्र को देश से अलग करने में कार्य कर रहे थे। वेरियर एल्विन के पंचशील ने पूर्वांचल में राष्ट्रीय नेताओं तक के जाने में रोक लगाने की सिफारिश की।[9]

ओंकार शरद (1972) लोहिया की जीवनी में लिखते हैं कि प्रसिद्ध समाजवादी नेता श्री राममनोहर लोहिया की दृष्टि में 'पंचशील' मूर्खता की पराकाष्ठा थे। वेरियर एल्विन के प्रभाव के सम्बन्ध में जो लिखते हैं उसका सारांश है :

'वेरियर एल्विन जो कि पूर्व पादरी हैं, ने देश में ही आदिवासी के लिए 'अभयारण्य' बनाकर उन्हें विश्व से अलग-अलग कर दिया है क्योंकि इस ईसाई पादरी को यह विश्वास हो चुका था शिव, दुर्गा, गांधीजी या यहाँ तक कि जवाहरलाल नेहरू के चित्रों के पहुँचने से वहाँ के आदिवासी भ्रष्ट हो जाएँगे।'[10]

यहाँ यह लिखना आवश्यक होगा कि भारत के सुविख्यात समाजवादी विचारक नेता श्री राममनोहर लोहिया चूँकि नेफा को भारत का एक अभिन्न अंग मानते थे इसलिए वे किसी भी भारतीय के लिए यह असम्मानजनक मानते थे कि उसे अपने देश के एक हिस्से में प्रवेश हेतु गवर्नर की लिखित स्वीकृति लेनी पड़े। श्री लोहिया ने स्वीकृति न लेकर जब नेफा में प्रवेश करना चाहा तो वे डिब्रूगढ़ आसाम में गिरफ्तार कर लिए गए। वेरियर एल्विन की कार्यशैली के खिलाफ उनका यह एक गांधीवादी विरोध था।

असम के बहुत से समाचार पत्रों ने 'एल्विन' की इस नीति के विरोध में लेख लिखे, पर यह सब व्यर्थ साबित हुआ। और तो और उस समय स्वतंत्र भारत में स्वतंत्र भारत के 'एन्थ्रोपॉजिकल सर्वे ऑफ इंडिया' के अधिकारियों और वैज्ञानिकों के नेफा प्रवेश में एल्विन ने सफलतापूर्वक अड़ंगे लगाए। इस तरह एल्विन समय में नेफा में पास के क्षेत्रों से पंचमार्गियों का प्रवेश तो निर्बाध रूप से चालू रहा। यदि बन्द रहा तो भारतीयों का और भारतीयता का।

उनके द्वारा लिखित 25 पुस्तकों को भारतीय आदिवासियों की बाइबिल कहा गया।

अन्त यह हुआ कि स्वतंत्रता के पश्चात् श्री एल्विन के पूर्वोत्तर भारत में कार्य क्षेत्रों के कुछ प्रदेश अब शत-प्रतिशत ईसाई धर्म को स्वीकार कर चुके हैं। जनजातीय धर्म और संस्कृति का अब वहाँ नामोनिशाँ नहीं है। इस तरह श्री एल्विन अपने नवीन अवतार में जनजातीय संस्कृति को तथाकथित हिन्दू प्रभावों से अवश्य बचा सके।'

राहुल : 'चाचा, इस तरह तो एल्विन ने 'हिन्दूकरण' के नाम पर खूब मनमानी की। इसी मनमानी के कारण मंडला के रामभरोस अग्रवाल जो वेरियर एल्विन के समकालीन थे, उनके आलोचक हो गए।'

मोहन राजगोंड : 'रामभरोस अग्रवाल गांधीवादी थे। स्वतंत्रता संग्राम के सेनानी थे और नर्मदाघाटी क्षेत्र की मिट्टी के सपूत थे। उनका विरोध अकारण न था। उन्होंने अपनी पुस्तक में अपनी असहमति को स्पष्ट रूप से प्रकट किया है। क्या तुमने कभी राम भरोस अग्रवाल की पुस्तक पढ़ी है।'

राहुल : 'हमने तो विश्वविद्यालय में वेरियर एल्विन की ही पुस्तकें पढ़ी हैं।

मोहन राजगोंड : रामभरोस अग्रवाल के प्रकाशित साहित्य को राहुल को देते हुए विशिष्ट पृष्ठों को देखने को कहते हैं।

राहुल रामभरोस अग्रवाल की पुस्तक 'गोंड जाति का सामाजिक अध्ययन' के पृ. 29 में पढ़ता है :

'भारत के केन्द्रीय और राज्य शासनों ने वैरियर एलविन के बहुत से साहित्य को खरीदा। जिस कारण पढ़नेवालों ने गोंडों को असभ्य और जंगली समझा। ये विदेशी लोग, दूसरे देशों में भारतीय नेताओं की प्रशंसा करते हैं और बदले में, भारत का शासन, ऐसे लेखकों को प्रभावित करता है। सब का कुफल होता है कि भारतीयों की बदनामी होती है।'

स्वर्गीय वेरियर एल्विन, अच्छे पत्रकार और प्रतिभाशाली लेखक थे। उन्होंने भारत को अपनी कर्मभूमि बनाया। आदिवासियों को प्रसिद्ध किया। उनसे मित्रता स्थापित की। मेरा उनसे घनिष्ठ परिचय था। मैंने उनकी नीति में भारत के प्रति द्रोह का अनुभव किया। परिचय कम हो गया। कलह बढ़ने लगा। मध्य प्रदेश शासन के कुछ लोगों ने उनको सही पहिचाना था। मध्य प्रदेश शासन ने उनकी पुस्तकों में आर्थिक सहायता दी थी। यदि शासन उनकी पुस्तकों के दोषों को देखता तो सम्भव है, शासन सहायता न देता। शासन ने अपना विलायत प्रेम प्रगट करके सहायता दी।

जब मेरा उनसे कलह बढ़ा और उनकी खराब हरकतों के कच्चे चिट्ठे लिखित रूप में प्राप्त हुए, तब मैंने उन लेखों की प्रतिलिपियों को, महात्मा गांधी की सेवा में भेजा। महात्मा गांधी ने स्वर्गीय पी.जी. वणिकर मुंडा एम.ए. को मंडला भेजा। उन्होंने जाँच की। श्री मुंडा ने मेरे सब कथनों को सत्य पाया। श्री मुंडा के प्रतिवेदन से महात्मा

जी की नजर में स्वर्गीय वैरियर एलविन बिल्कुल गिर गए। ये सब बातें देश के सब बड़े नेताओं को मालूम हो गई।

इतना सब जानते हुए भी देश की आजादी के बाद भारत शासन ने वैरियर एलविन को बहुत पुरस्कृत किया। ऊँची नौकरी दी।

रामभरोस अग्रवाल की उसी पुस्तक में आगे राहुल पढ़ता है :

'स्वर्गीय वैरियर एल्विन की अश्लीलता[11]–मेरी लाचारी है जो मुझे इन अश्लील उद्धरणों को देना पड़ रहा है। हिन्दी के पाठक नाक मुँह सिकोड़ेंगे। मुझे लेखक की कुरुचि बताने के लिए। लेखक के लेखों के रूप को दिखाना पड़ता है। इनसे शासन की, प्रान्तीय और केन्द्रीय, कुरुचि तथा कुरुचि को बढ़ावा देने की प्रवृत्ति, अंग्रेज प्रेम तथा अंग्रेजी प्रेम के नाम पाठकों को बता रहा हूँ। ऐसा नहीं हो सकता कि अंग्रेज लेखक ने अंग्रेजी में लिखा, तो विज्ञान कहला गया। हिन्दी के लेखक ने, हिन्दी पुस्तक में उद्घृत किया तो अश्लील कहला गई। आगे जो उद्धरण मैं दे रहा हूँ, वे उद्धरण स्वर्गीय वैरियर एल्विन की केवल तीन पुस्तकों से लिए गए हैं, अन्य पुस्तकों से नहीं।'

राहुल श्री रामभरोस अग्रवाल की पुस्तक में वेरियर एल्विन की पुस्तकों से दिए गए अनेक ऐसे उद्धरणों को पढ़ता है जो भारतीय मानस की दृष्टि से वीभत्स से लेकर अश्लील तक हैं, भले ही एल्विन के भारतीय भक्त ऐसे उद्धरणों को लोकोत्तर पाएँ। राहुल श्री अग्रवाल द्वारा उद्धृत चार उद्धरणों को भुला नहीं पा रहा है। बैगा समाज के विवरण एल्विन की लेखनी से किस तरह निकले, एल्विन की मानसिकता क्या थी, इस पर राहुल हतप्रभ था।

(सभी उद्धरणों को मूलरूप में परिशिष्ट 1 में दिया गया है।)

राहुल ने पाया कि ये तीनों पुस्तकें, सन् 1947 की स्वतंत्रता के पहिले प्रकाशित हुई थीं। इन पुस्तकों के प्रकाशन के दिनों में, राष्ट्रीय भारत, और अंग्रेजों के बीच में, स्वराज्य का आन्दोलन भीषण रूप से चल रहा था। साम्राज्यवादी अंग्रेजों की विचारधारा, भारतीयों को स्वराज्य के लिए अयोग्य सिद्ध करने में, ऐड़ी चोटी का पसीना एक कर रही थी। वैरियर एल्विन के उद्धरणों से, संसार भर के अंग्रेजी के पाठकों ने यह निष्कर्ष निकला होगा कि, सचमुच में, भारत की जनता स्वराज्य के लिए बिलकुल अयोग्य है।

निःसहाय

पिछले वर्षों की तरह ही इस वर्ष भी चैत्र की अष्टमी की पूजा में शामिल होने आए अशोक और मोहन राजगोंड वैसे तो ठहरे मंडला में थे, पर दोनों का पुश्तैनी मकान डिंडोरी तहसील के एक गुमनाम से गाँव पिपरिया में था। और अष्टमी की पूजा अब भी पुश्तैनी मकान में ही होती थी। इन दोनों के साथ अशोक का भतीजा राहुल भी डिंडोरी के इस गाँव में आया था। कुछ बरस पहले तक डिंडोरी एक गाँव ही था पर जिला बनने के बाद अब कस्बा बन गया है, गाँव पिपरिया में जरूर कोई विशेष फर्क नहीं आया है।

पूजा सुबह ही समाप्त हो गई थी। उसके पश्चात् पुश्तैनी मकान में दोनों मित्र अशोक और मोहन साथ-साथ बैठे चाय पी रहे थे। तभी अशोक को याद आया कि पास ही के ग्राम में पद्म सम्मान प्राप्त स्वर्गीय वेरियर एल्विन की तलाकशुदा पत्नी रहती हैं, जिससे भारतीय जनजातियों के अधिकारी विद्वान ने अपनी प्रौढ़ावस्था में उससे तब शादी की थी, जब वह किशोर वय की थी। उसके बाद उससे उनके दो पुत्र पैदा हुए। पर उन्होंने दूसरे पुत्र को अपना न मानते हुए उसे एक्स पार्टी विधि सम्मत तलाक दे दिया था।

अशोक ने अपने भतीजे राहुल से पूछा, क्या कौशल्या की कोई खबर है?

राहुल : 'मुझे तो इतना ही मालूम है कि उसे खाने-पीने के भी लाले पड़े हैं, पर चाचा को तो उसकी खैर-खबर मिलती रहती होगी।' यह कहते हुए राहुल ने विजय राजगोंड की ओर देखा जो सरकारी अधिकारी होने के नाते राजधानी भोपाल आते-जाते रहते थे।

अशोक : 'क्यों भाई विजय क्या हाल है उस बेचारी के? गोंडों ने तो उसे समाज से इसलिए तिरस्कृत कर दिया था कि वह उनके अनुसार ईसाई बन गई थी?'

मोहन राजगोंड : 'हाँ, कहने को तो एल्विन ने पुस्तकों में लिखा था कि वे आदिवासी धर्म मानने लगे हैं, पर ऐसा न था। इसीलिए कौशल्या गोंड समाज से बहिष्कृत हुई।

अशोक : 'ऐसा क्यों हुआ?'

मोहन राजगोंड : 'एल्विन साहब को अपनी जनजातीय रिसर्च के लिए नंगी या अधनंगी औरतों का सान्निध्य चाहिए था।[12] अब इस विचार के व्यक्ति द्वारा लिखी गई पुस्तकों में भारतीय समाज में खुली चर्चा ना किए जानेवाले विषयों पर यदि विस्तृत विवरण मिलें तो आश्चर्य नहीं होना चाहिए। भारतीय परम्परा में सुन्दरियों के घूँघट पर रसिक जन न्यौछावर होते रहे हैं, परन्तु वेरियर एल्विन को यदि कोई घूँघट डालकर निकलनेवाली आदिवासी बाला दिखी तो वे समझते थे कि उन्हें महिला शौचालय में पहुँचा दिया गया है। उन्होंने कोसी से प्रौढ़ावस्था में केवल इसलिए शादी की थी कि वह युवा और सुन्दर थी। आदिवासी धर्म में प्रेम के कारण नहीं। वस्तुतः एल्विन कभी भी 'आदिवासी धर्म' में दीक्षित नहीं हो पाए थे। उनकी पश्चिमी धार्मिक मान्यताएँ जैसी थीं वैसी ही मरते दम तक रहीं।

अशोक : 'मेरा भी यही विचार है। यही कारण है कि यदि वेरियर एल्विन अपनी आत्मकथा में बस्तर के आदिवासियों के बारे में लिखते हैं, जिसमें वे निर्वस्त्र प्रायः आदिवासी महिलाओं को वस्त्र देना भ्रष्टाचरण मानते हैं, तो आश्चर्य किस बात का। उन्होंने अल्प वस्त्र धारण करने को आदिवासी संस्कृति मानने की भूल की। जहाँ तक बस्तर की आदिवासी महिलाओं के अल्पवस्त्र धारण करने की बात है वह सीधे निर्धनता से जुड़ा तथ्य है। संस्कृति से जुड़ा तथ्य उसके नृत्य गीत और संगीत है जो वस्त्र धारण करने के बाद भी उतने ही सुन्दर हैं। रही बात कम वस्त्रों के विरोध की तो वह स्वयं जनजातीय समाज से ही प्रारम्भ हुआ, बाहर से नहीं।'

राहुल : 'चाचा, क्या कौशल्या और वेरियर एल्विन के सम्बन्धों के बारे में कुछ और तथ्य हमें बतलाएँगे? हम तो बस इतना ही जानते हैं कि एल्विन साहब बड़े समाज विज्ञानी थे।'

अशोक : 'तुमने तो समाज शास्त्र में एम.ए. किया है। उनके सिद्धान्तों के बारे में तो तुम्हें गहराई से मालूम होना चाहिए।'

राहुल : 'हाँ कुछ तो मालूम है। हमने किसी पुस्तक में पढ़ा था कि उन्होंने भारतीय जनजातियों के लिए दो सिद्धान्त बनाए थे। एक था–'जनजातीय राष्ट्रीय उद्यान' या 'नेशनल पार्क पॉलिसी' जैसा कोई सिद्धान्त जिसे भारत के राष्ट्रीय हितों के विरुद्ध माना गया था और दूसरा पार्टिसिपेटिरी मेथड का सिद्धान्त था, जिसके बारे में हम ज्यादा कुछ नहीं जानते।

अशोक : 'पार्टिसिपेटिरी' कोई सिद्धान्त नहीं है वरन् एक तरीका या मैथड है जिसे वैयक्तिक अनुभवजन्य सिद्धान्त भी कह सकते हैं। 'पार्टिसिपेटरी स्टडी मैथड' के पुरोधा के रूप से वेरियर एल्विन ने स्वयं को 'आदिवासी' घोषित कर दिया। इस तरह 1964 में प्रकाशित उनकी जीवनी के अनुसार श्री वेरियर एल्विन ने अपने स्वयं के धर्मान्तरण के सम्बन्ध में जो घोषणा की उसका भारतीय बुद्धिजीवियों के एक वर्ग ने जोर-शोर से स्वागत किया किन्तु सच्चाई कुछ और ही थी, जिसे आदिवासी जिला

मंडला के प्रबुद्ध नागरिक और जन सामान्य तो जानता था, किन्तु जिसका ज्ञान आदिवासियों पर लिखी पोथियों को पढ़कर दूर महानगरों के सुशिक्षित 'जनजाति विशेषज्ञों' को न था। सच्चाई यह थी कि वेरियर एल्विन आदिवासी तो नहीं हुए थे। यह अवश्य है कि उन्होंने एक आदिवासी लड़की से जिसका नाम कोसी था के साथ विवाह किया। इससे उनके दो पुत्र हुए। जवाहर एल्विन एवं विजय एल्विन। ये दोनों पुत्र ईसाई धर्म के अनुयायी थे, न कि अपनी माता के जनजातीय धर्म के। विवाह कर धर्म परिर्वतन करना भारत में शासक वर्ग की पुरानी नीति और परम्परा रही है। वेरियर एल्विन ने भी उसी परम्परा का ही पालन किया था। धर्मान्तरण की यह परखी हुई विधि है।'

राहुल : 'चाचा, हमने सुना है उन्होंने अपनी जीवनी में सब कुछ साफ-साफ लिख दिया है।'

विजय राजगोंड : 'वेरियर एल्विन बदलते हुए युग के व्यक्ति थे। इसीलिए उन्होंने अपनी जीवनी में जहाँ बहुत सी बातें लिखी, वहाँ अनेक ऐसी बातों को छोड़ दिया जो उनके मिशन के विपरीत पड़ती। रमन किरपाल ने 'इंडियन एक्सप्रेस' समाचार पत्र (मार्च 6, अंक 1999, नई दिल्ली संस्करण) में एल्विन की निजी जिन्दगी के बारे में अनेक तथ्य प्रकाशित किए। उन सभी का मैं यहाँ उल्लेख करना आवश्यक नहीं समझता। किन्तु प्रकाशित तथ्य इस झूठ का अवश्य पर्दाफाश करते हैं कि वे 'आदिवासी धर्म' में दीक्षित हो गए थे। वस्तुतः चालीस वर्षीय प्रौढ़ वेरियर एल्विन ने तेरह वर्षीय आदिवासी बाला कोसी से शादी कर दो पुत्र पैदा करने के बाद जब सन् 1949-50 में 'एक्सपार्टी' तलाक[13] ले लिया, तब उनका छोटा पुत्र केवल डेढ़ वर्ष का था। कहने को तो कोसी 'साक्षर' थी, किन्तु थी वह वैसी ही निपट, नादान जैसी अन्य आदिवासी बालाएँ होती हैं। दकियानूसी समाज ने उसे तिरस्कृत कर दिया और तथाकथित आदिवासी धर्म में दीक्षित पति ने उसे दर-दर भटकने को मजबूर कर दिया।

राहुल : 'हमने सुना था कि किसी पत्रकार के प्रयास से कुछ सहारा मिला?'

मोहन राजगोंड : 'हाँ, डॉम मोरेस ने जब दुर्भाग्य पर रोती अत्यन्त विपन्न कोसी को देखा तो वे द्रवित हुए। उसका एकमात्र सहारा उसका बेटा विजय एल्विन है जो बेरोजगार है। अब डॉम मोरस की सिफारिश पर विजय एल्विन मध्यप्रदेश शासन के 600 रुपये प्रतिमाह के अनुदान पर किसी तरह अपने बड़े परिवार एवं अपनी पचहत्तर वर्षीय माँ कोसी की देख-रेख कर रहा है। दूसरा पुत्र तो कब का कालकवलित हो गया। इस बीच दुर्भाग्य की मारी कोसी को एक मुसलमान के घर बैठना पड़ा, क्योंकि क्षेत्रीय आदिवासी कोसी को ईसाई मानते हैं। इस तरह वेरियर एल्विन[14] तो आदिवासी नहीं हुए हाँ उन्होंने एक आदिवासी महिला को अवश्य धर्मभ्रष्ट कर कहीं का न रखा।

यहाँ एक तथ्य और भी दृष्टव्य है। वह यह कि पचास वर्षीय एल्विन ने युवा आदिवासी पत्नी कोसी को 'विधिसम्मत' तलाक इसलिए दिया कि उन्हें अब शिलांग में रहने के लिए एवं पूर्वोत्तर भारत में 'शोध' करने के लिए एक अन्य बाला लैला या लीला से विवाह रचाना आवश्यक हो गया था। यह लिखना उचित होगा कि 'कोसी' का वास्तविक नाम कौसल्या था। किन्तु बोलचाल की भाषा में पादरी एल्विन को यह नाम मूल रूप में 'हिन्दू' लगा, इसलिए इसके उच्चारण के साथ उसमें थोड़ी नवीनता ला दी गई। 'कोसी' या 'लीला' दोनों ही मध्य प्रदेश की ही थी। किन्तु दोनों अलग-अलग जनजातियों की पुत्रियाँ थीं। आगे चलकर लीला के तीन पुत्र हुए और ये तीनों तथा इन तीनों की सन्तानें परधान नहीं हैं, वे सभी ईसाई हैं। भला हो डॉम मोरेस का वे जब अपनी मध्य प्रदेश की यात्रा में आदिवासी क्षेत्रों का दौरा कर रहे थे तब उन्हें एल्विन की पूर्व पत्नी की व्यथा-कथा सुनने को मिली। उन्होंने मुख्यमंत्री से उसे आर्थिक सहायता देने की सिफारिश की जो मुख्यमंत्री ने स्वीकृत भी की।'

अशोक : 'परन्तु श्री वेरियर एल्विन के कोसी विवाह को समाजशास्त्रियों ने समाज शास्त्र के अध्ययनकर्ताओं के लिए एक आलोक माना है। इस 'अध्ययन विधि' को 'पार्टिसिपेटरी स्टडी मैथड' या 'भागीदारी अध्ययन विधि' माना जाता है। ऐसा कहा जाता है कि वेरियर एल्विन ने मध्यप्रदेश की जनजातियों के अन्तरंग जीवन के अध्ययन में सफलता पाई। वे कहते हैं कि वेरियर एल्विन ने जनजातीय संस्कृति के अध्ययन का एक नया अध्याय लिखा, इसमें कितनी सच्चाई है?'

विजय राजगोंड : 'मैं कोई समाजशास्त्री तो हूँ नहीं। साधारण नागरिक हूँ। मेरे विचार से तो यदि 'भागीदारी अध्ययन विधि' के श्री वेरियर एल्विन के इस कृत्य को 'यौन शोषण' कहा जाए, तब क्या होगा? यही बात क्षेत्रीय जनता वर्षों से कहती रही है, पर हमारे देश के ही अनेक समाज-शास्त्रियों को श्री वेरियर एल्विन का वह साहित्य जो अनेक लोगों को अश्लील लगता है, लोकोत्तर ही दिखलाई-पड़ता है। जिस रति रहस्य की बात कही गई है, उसके बारे में संस्कृत में एक पुराना कथ्य है 'आहार निद्रा भय मैथुनंच...पशुभिः समानः।' सामान्य बात है कि शारीरिक आवश्यकताएँ तो सभी प्राणियों की एक सी ही है, वह पशु हो या मनुष्य। मैं सोचता हूँ भारत में वेरियर एल्विन को जो सम्मान दिया गया, उससे उनका प्रभामंडल इतना विकसित हुआ कि हमारे देश के अनेक लोगों को उनके कृतित्व और चरित्र में सद्गुणों की खान नजर आने लगी। उनके विचारों के विरोध में जो भी लिखा गया, उसे घटिया एवं हीन भावना से प्रेरित माना गया।

'आदिवासी धर्म' में दीक्षित होनेवाले वेरियर एल्विन ने कोसी को तलाक देते समय उसके पूर्व पुत्र को अपना नहीं माना। न केवल इतना ही, उन्होंने कोसी के व्यवहार पर भी आक्षेप किया। इसके लिए उनकी वसीयत पठनीय है।'

राहुल : 'वह भी पढ़ ली है।'

अशोक : 'अब तक तो तुम 'ए कल्चरेशन' और 'नेशनल पार्क पालिसी'[15] के पुरोधा का सत्य जान चुके होओगे।'

राहुल : 'पूरा तो नहीं पर जितना जाना है उससे इन विचारों से घृणा हो गई है।'

अशोक :'तुम्हारी वितृष्णा को वैयक्तिक विद्वेष करार कर दिया जाएगा क्योंकि वेरियर एल्विन के विदेशी साहित्य का प्रभामंडल इतना प्रखर है कि उसके सामने देशी विचार उस लुटी-पिटी कोसी के समान ही निःसहाय है।'

परिशिष्ट

परिशिष्ट-1 : संक्षिप्त टिप्पणियाँ

प्रथम सर्ग

गोंड राजाओं के नाम

वंशानुचरितम् राजगोंडानाम् के प्रथम एवं द्वितीय खंड में जिन राजगोंड राजाओं के नामों का वर्णन है, उन्हें कुछ और समानार्थी नामों द्वारा जाना जाता रहा है।

प्रथम खंड में वर्णित राजगोंड वंश के राजा तथा उनके समानार्थी नाम :

1. चन्द्रशाह : चन्द्रसाहि
2. मधुकरशाह : मधुकरसाहि
3. प्रेमशाह : प्रेमनारायण
4. हृदयशाह : हृदयसाहि, हिरदेशाह, हृदयनारायण, हृदयनारायणदेव
5. छत्रसाह : छत्रसाहि
6. केसरीशाह : केसरीसाहि

द्वितीय खंड में वर्णित राजगोंड वंश के राजा तथा उनके समानार्थी नाम :

7. नरेन्द्रशाह : नरेन्द्रसाहि
8. महाराजशाह : महाराजसाहि
9. दुर्जनशाह : दुर्जनसाहि
10. निजामशाह : निजामसाहि
11. सुमेरशाह : सुमेदशाह, सुमेदसाहि
12. नरहरिशाह : नरहरिसाहि

गोंड राजाओं के वंशानुक्रम के संस्कृत स्रोत

रामनगर का शिलालेख : यह शिलालेख आज भी राजगोंडों की पुरानी राजधानी रामनगर के मुख्य महल की दीवार में जड़ा है। इसे राजा हृदयशाह ने लिखवाया था। गोंड राजाओं की वंशावली का यही एक शिलालेख है।

गढेशनृपवर्णनम् : इस श्लोक संग्रह के रचयिता या संकलनकर्ता मैथिल कवि रूपनाथ थे। इस श्लोक संग्रह का समय ठीक ज्ञात नहीं है, पर अनुमानतः इसे

1790ई. से 1799 ई. के बीच का माना जा सकता है। ऐसा समझा जाता है कि यह एक संकलित रचना है।

गढेशनृपवर्णनम् में प्रयुक्त छन्द : गढ़ा कटंगा राज्य के राजाओं का विवरण देनेवाले इस श्लोक संग्रह में निम्नलिखित छन्दों का प्रयोग किया गया है :

1. पुष्पिताग्रा, 2. शार्दूल विक्रीडित, 3. मालिनी, 4. अमिटाथा, 5. उपजाति, 6. इंद्रवज्रा, 7. उपेन्द्रवज्रा, 8. अनुष्टुप, 9. शृंगधारा, 10. आर्य, 11. स्वागत, 12. पंचकमार, 13. प्रमिताक्षर, 14. उपचन्द्रशिखा, 15. मंजुभाषिणी, 16. वामषष्ठा, 17. शालिनी, 18. भुजंगप्रयात, 19. मालाभरिणि।

यह श्लोक संग्रह भंडारकर ओरियंटल रिसर्च इंस्टीट्यूट, पुणे में देखा जा सकता है। ई. सन् 1940 में आचार्य भावे ने अपने शोध पूर्ण लेख के साथ इसे वहाँ से प्रकाशित कराया था। आचार्य जी. व्ही. भावे मंडला में जगन्नाथ हाईस्कूल में शिक्षक थे।

कवि रूपनाथ का स्वर्गवास 1800 ई. के आसपास हुआ था।

गोंड राजाओं के संरक्षण में : संस्कृत कवि / संस्कृत साहित्य

गजेन्द्र मोक्ष : निजामशाह के समय ग्रन्थकार लक्ष्मीप्रसाद ने यह ग्रंथ लिखा। यह ग्रन्थ विजयादशमी (सन् 1758) को प्रस्तुत किया गया था।

अन्य : गोंड राज्य में संग्रामशाह के समय से ही संस्कृत विद्वानों का आगमन प्रारम्भ हो चुका था तथा अनेक ग्रन्थों का प्रणयन भी हुआ था। इन संस्कृत विद्वानों में विट्ठल दीक्षित का नाम उल्लेखनीय है, जिन्होंने 108 संस्कृत ग्रन्थों की रचना की थी।

गढ़ा कटंगा राज्य में संस्कृत भाषा में साहित्य, मीमांसा न्याय तथा दर्शन विषयों पर ग्रन्थ लिखे गए। राय बहादुर हीरालाल ने वर्ष 1936 ई. में संस्कृत व प्राकृत भाषा के हस्तलिखित ग्रन्थों की सूची बनाई थी जिसमें आठ हजार एक सौ पचासी ग्रन्थ सम्मिलित थे। ये ग्रन्थ मुख्यतः संग्रामशाह से लेकर अन्तिम गोंडराजा सुमेरशाह के समय के हैं। यह सूची गढ़ा कटंगा राज्य के गाँवों से प्राप्त जानकारी के आधार पर उन्होंने बनाई थी।

द्वितीय सर्ग

मधुकरशाह के प्राणोत्सर्ग का स्थान देवगाँव

संवत् 1632 में मधुकरशाह अपने पिता की हत्या के पश्चात् राजा हुए। कालान्तर में उन्होंने इस कृत्य के प्रायश्चित स्वरूप मंडला से चार कोस दूर देवग्राम नामक स्थान में एक पीपल के वृक्ष में कोल बनाकर घुसकर, आग लगाकर प्राणान्त किया।

यह स्थान नर्मदा के उद्गम स्थल अमरकंटक से 104 मील दूर है। देवगाँव जमदग्नेश्वर तीर्थ या जमदग्नि के स्थान के नाम से भी प्रसिद्ध है। इस दृष्टि से इस स्थान का भारत के प्राचीन इतिहास से सीधा सम्बन्ध है। जमदग्नेश्वर का तात्पर्य जमदग्नि और उनके पुत्र परशुराम के आराध्य शिव से है। ध्यातव्य है कि वैदिक कालीन जनजातियों में भृगु और हैहृय का नाम मिलता है। इनमें युद्धों की एक पूरी शृंखला मिलती है जो भरूच से प्रारम्भ होकर अमरकंटक तक सम्पूर्ण नर्मदा घाटी में चली। क्षत्रिय हैहय अनेक बार पराजित हुए और नई राजधानियाँ खोजते हुए पश्चिम से पूर्व की ओर बढ़े। कालान्तर में इन्हीं हैहृयों से कलचुरी वंश का उद्भव हुआ। अपने राज्य विस्तार की प्रक्रिया में अनेक आटविक समुदाय इनसे जुड़ते चले गए। यह प्रक्रिया सदियों तक चली। गोदावरी तट से उत्तर की ओर मूल रूप से नागवंशीय समाज के रूप में पहिचान रखनेवाले आटविकों के एक वर्ग इन्हीं कलचुरियों की सेना में सैनिक के रूप में भरती हुए और जब कलचुरी कमजोर हुए तब वे उनके अस्तंगत साम्राज्य में छोटे-छोटे जागीरदारों और राजाओं के रूप में उदित हुए। मुसलमानों के समय में इन्हें गोंड और इनके शासकों को राजगोंड कहा जाने लगा।

कालान्तर में भार्गव ब्राह्मणों और हैहृय क्षत्रियों का वैमनस्य समाप्त हो गया और भार्गवों के प्रतापी नायक परशुराम को विष्णु का अवतार सभी ने स्वीकार कर लिया। परशुराम और उनके पिता के नाम से बने आश्रम सामान्य जन के लिए तीर्थस्थल हो गए।

देवगाँव में मधुकरशाह के प्राणोत्सर्ग का निर्णय आकस्मिक न था। वह उस क्षेत्र की पवित्रता से भलीभाँति परिचित था। उसे जमदग्नि की परम्परा का ठीक ज्ञान था। परशुराम के सभी पूर्वज जिनमें जमदग्नि भी सम्मिलित थे, वेद रचयिता ऋषि महर्षि थे। आध्यात्म रामायण, आनन्द रामायण, महाभारत, श्रीमद्भागवत् पुराण, स्कन्द पुराण, अग्निपुराण, मत्स्य पुराण, देवी भागवत पुराण, नृसिंह पुराण और विष्णु पुराण में परशुराम को विष्णु का अवतार कहा गया है। जब क्षत्रिय अहंकार वश अपनी मानवीय वृत्तियों को जला देता है, तब वह पाप कर्मा हो जाता है। ऐसे पाप कर्मा क्षत्रियों के उद्धारक विष्णु के अवतार केवल परशुराम ही हैं।

मधुकरशाह ने जो पापकर्म किया था, वह इसी वर्ग का था। अतः उसने इसके प्रायश्चित के लिए एक भृगुस्तान या भृगुतीर्थ जामदग्नेश्वर आश्रम को चुना।

तृतीय सर्ग

प्रेमशाह का मद्यपान

प्रेमशाह या प्रेमनारायण का मद्यप्रेम सम्पूर्ण गोंडवाने में विख्यात रहा है। जनजातियों में मद्यपान वर्जित नहीं है। सम्पूर्ण मध्यक्षेत्र की जनजातियाँ मद्यपान करती हैं। कुछ विदेशी विद्वानों ने मद्यपान निषेध को 'आर्य संस्कृति' से जोड़ कर यह सिद्ध करने की कोशिश की है कि मद्यपान जनजातीय संस्कृति का अभिन्न अंग है। वस्तुतः मद्यपान

भारत के आटविक, ग्राम्य और नगरीय समाज सभी जगह प्राचीनतम समय से प्रचलित है। परन्तु मद्यपान के दोषों से बचने की सलाह सभी भारतीय धर्मों में केवल इसलिए है कि उसका अतिरिक्त मनुष्य को धन और सदाचार दोनों से हीन करता है। मद्यपान से उत्पन्न मानवीय व्यवहार पर भारतीय धर्म अंकुश लगाते रहे हैं। मद्यनिषेध धर्म का कोई दार्शनिक पहलू नहीं है। भारत के मध्यक्षेत्र के विदेशी विद्वानों में वेरियर एल्विन ऐसे हैं जो मद्यनिषेध की सलाह को जनजातियों के धर्म के विपरीत मानते हैं। यह एक गलत सन्देश है। भारत में पाँचवीं सदी की एक प्रतिमा है जिसमें बलराम चषक लिए हुए हैं। यह मथुरा से प्राप्त हुई थी। और तो और एक कुषाणकालीन मदोन्मत्त नायिका की प्रतिमा भी है, जो मद्य के नशे से गिरी पड़ रही है। यदि ग्रन्थों की बात करें तो मदिरा के अनेक नामों से यथा मद्य, मधु, आसव, सुरा, मादक, सोमरस, भैरेव, द्राक्षारिष्ट,वारुणि आदि से तो सभी परिचित हैं।

भारत में प्राचीनतम काल से सुरा के कुछ अच्छे गुण भी ज्ञात हैं। चरक ने स्पष्टतः सुरा, मदिरा, शर्करा मद्य, गौड, सुरासव, मधु धातक्यासव एवं गेहूँ, जौ से बने पुराने मद्य के संसयपूर्ण मर्यादित सेवन को पाचक, दीप्तिकारक, रुचिकारक, बल, वीर्यवर्धक और हर्षदायक कहा है।

परन्तु जब मनुष्य पीने लगता तब उसे मात्रा का ध्यान कहाँ रह पाता है और सहज, सरल वनवासियों को तो और भी नहीं।

चतुर्थ सर्ग

चिमनी बेगम

हृदयशाह एक मुस्लिम शहजादी को लेकर गढ़ा कटंगा राज्य आए थे। इसका आधिकारिक नाम कहीं नहीं मिलता, परन्तु इस रानी को दिया गया एक महल रामनगर में विद्यमान है। हृदयशाह और इस मुस्लिम कन्या के प्रणय और उनके राजधानी से भागने का वर्णन गोंडराज्य के एक संस्कृत कवि नीलकंठ शुक्ल ने अपनी रचना 'चिमनी चरित' में किया है। नीलकंठ शुक्ल अपने समय के विख्यात् विद्वान व्यक्ति थे। उन्होंने एक और काव्य ग्रन्थ 'अमरेश विलास' लिखा था जो बान्धवेश अमरसिंह की प्रशंसा में लिखी गई रचना है। नीलकंठ शुक्ल के व्याकरण शास्त्र के गुरु प्रसिद्ध व्याकरणाचार्य भट्टोजि दीक्षित कहे जाते हैं, जिनसे प्रत्येक संस्कृत जाननेवाला व्यक्ति परिचित है। इसी तरह उनके अलंकार गुरु 'मंडन कवि' कहे जाते हैं जो रागनगर शिलालेख के लेखक जयगोविन्द के पिता थे।

हृदयशाह की संगीत शास्त्रीय रचनाएँ

हृदयशाह की संगीत शास्त्रीय रचनाओं को पर्याप्त ख्याति नहीं मिली। उसका मुख्य कारण तत्कालीन संगीत का शास्त्रीय होना है। शास्त्रीय संगीत उन विशिष्ट श्रोताओं

के लिए होता है जिन्हें संगीत के अंगों-उपांगों की गहरी पकड़ हो। पुराने समय में भी गवैये-बजवैये वर्ग विशेष में ही बैठते-उठते थे। गुण पारखियों का अपना एक संसार था जिसमें कद्र मिलना बहुत बड़ी उपलब्धि मानी जाती थी। संगीत की गहराई से जनसाधारण सदैव ही अनभिज्ञ रहा है।

हृदयशाह की रचनाओं को समझने के लिए संस्कृत का ज्ञान जितना आवश्यक है उससे अधिक आवश्यकता है संगीत मर्मज्ञता की। रानी दुर्गावती विश्वविद्यालय में विदुषी सुमनलता श्रीवास्तव ने हृदयशाह पर शोध प्रबंध लिखकर यह कमी पूरी की। डॉ. सुमनलता श्रीवास्तव का यह ग्रन्थ अब (2008 ई.) पुस्तकाकार में उपलब्ध है।

पंचम सर्ग

छत्रसाह और महाप्रभु प्राणनाथ

छत्रसाह के समय (संवत् 1758) प्रणामी सम्प्रदाय के गुरु रामनगर पधारे थे। इस प्रवास में दिए गए उनके उपदेशों का संकलन 'रास' नामक ग्रन्थ में किया गया।

छत्रसाह महाप्रभु प्राणनाथ के महत्त्व को न समझ सका था। अन्ततः महाप्रभु बुन्देला वीर छत्रसाल के आमंत्रण पर उसके राज्य पहुँचे। आज भी पन्ना में विश्व प्रसिद्ध महाप्रभु प्राणनाथ का मन्दिर है।

महामति प्राणनाथ अपने समय के सभी धर्मों के ज्ञाता थे। उन्होंने मध्यपूर्व के देशों की यात्रा की थी। वे विश्वधर्म की कल्पनावाले साधु थे। अतः उनकी शिक्षा जिसमें सत्य को क्षर, अक्षर और अक्षरातीत माना गया है, लगभग निरक्षर छत्रसाह के समझ में न आई। वस्तुतः महामति प्राणनाथ में अपने समय प्रत्येक धर्म जैसे सनातन, इस्लाम, जैन इत्यादि से बहुमूल्य विचार ग्रहण किए थे। जैन धर्म से उन्होंने 'स्यादवाद' और 'अनेकान्तवाद' ग्रहण किया था, जो कि सभी युगों के मान्य सिद्धान्त हैं।

महामति ने अपने जीवन में मुसलमानों की बर्बरता झेली थी। मुसलमान व्यापारियों ने उनकी पत्नी को चुराकर विदेश में बेच दिया था। महामति उसे छुड़ाकर लाये। भारत में औरंगजेब की धार्मिक कट्टरता से वे राजाओं को सचेत करते रहते थे। इसीलिए औरंगज़ेब उन्हें पकड़वाकर अपने सामने बुलवाना चाहता था। औरंगजेब ने इस तरह बहुतों को सजाएँ दी थीं। महामति की साफगोई से छत्रसाह प्रभावित न हुआ न ही वह उनकी आध्यात्मिकता समझ सका और न ही उनका भौतिक उपदेश। बुन्देला छत्रशाल न केवल वीर और साहसी व्यक्ति था, उसमें अद्भुत दूरदृष्टि थी। महाप्रभु के छत्रसाल के राज्य में जाने के बाद वहाँ अभूतपूर्व सम्पन्नता आई।

पन्ना स्थित प्राणनाथ मन्दिर में विजयादशमी से लेकर शरद पूर्णिमा तक महाप्रभु प्राणनाथ के भक्त और सामान्य जन हजारों की तादाद में प्रतिवर्ष एकत्रित होते हैं।

षष्ठम् सर्ग

नरेन्द्रशाह की अस्थिर बुद्धि

राजा नरेन्द्रशाह की अस्थिर बुद्धि के कुछ किस्से गोंडवाना में प्रचलित हैं, जिनमें से एक घटना राजकीय महत्त्व की है। जनश्रुति के अनुसार नरेन्द्रशाह के समय गढ़ा कटंगा राज्य के दीवान पर वासुदेव वाजपेयी नियुक्त थे। एक बार किसी कार्यवश नरेन्द्रशाह ने वासुदेव वाजपेयी को तुरन्त तलब किया, परन्तु दीवान उस समय किसी कार्य में व्यस्त थे। राजा स्वभाव से उतावला था, अतः तुरन्त ही दूसरी बार उन्हें तलब कर डाला। वासुदेव वाजपेयी जब तक तैयार होकर राजा के पास पहुँचते, तब तक राजा अपना आपा खो बैठा और उसने पास ही खड़े हुए भृत्य जोगी अहीर को दीवान पद पर नियुक्त कर दिया। राजा नरेन्द्रशाह ने वासुदेव वाजपेयी की देर से की गई हुक्म की तामीली को दीवान का अभिमान समझा। जब वाजपेयी राजा के पास पहुँचे तब राजा ने उन्हें पद से निकाल देने का हुक्म सुनाते हुए उन्हें सारे अधिकारों से वंचित कर दिया। मध्ययुगीन राजाओं में इस प्रकार के उटपटांग निर्णय लेने की आदतें थीं, नरेन्द्रशाह का स्वभाव भी कुछ ऐसा ही था।

पहाड़ सिंह के साथ युद्ध का विवरण

पहाड़ सिंह और नरेन्द्रशाह की सेनाओं के युद्ध के विवरणों में मुसलमान इतिहासकारों के विवरणों एवं गोंड लोक मान्यताओं में बहुत अधिक अन्तर है। मुसलमान इतिहासकारों ने पहाड़ सिंह को शूरवीर बतलाते हुए यह लिखा है कि अहमद खाँ ने उसे निःसहाय अवस्था में मार डाला। क्षेत्रीय मान्यताओं में पहाड़ सिंह के पिता हरिसिंह और उसके पुत्रों को राजद्रोही और कपटी माना गया है।

बख्तबुलंद / निगूंबख्त

गोंडवाने के एक राजा ने जब इस्लाम स्वीकार कर लिया, तब उसका नाम बख्तबुलंद रखा गया, जिसका अर्थ बुलंद किस्मतवाला होता है। पर शीघ्र ही बख्तबुलंद औरंगजेब की आँख की किरकिरी बन गए और तब वह उन्हें 'निगूनबख्त' या निगूंबख्त जैसे व्यंग्यात्मक तथा अपमानपूर्ण सम्बोधन से सम्बोधित करने लगा जिसका अर्थ है औंधी किस्मतवाला।

सप्तम सर्ग

महाराजशाह की मृत्यु

महाराजशाह की मृत्यु मराठों की सेना से लड़ते हुए संभाजी मूंगाराव की गोली लगने से हुई थी। स्लीमेन ने इस घटना का उल्लेख करते हुए आक्रामक मराठा सेनापति का नाम बाजीराव लिखा है जो कि गलत है। बाजीराव का देहान्त 1740 ईस्वी में हो चुका

था जबकि महाराजशाह ने 1742 ईस्वी में वीरगति प्राप्त की थी। वास्तविकता यह है कि महाराजशाह पर बाजीराव ने नहीं वरन् बालाजी बाजीराव की सेना ने आक्रमण किया था।

अष्टम् सर्ग

दुर्जनशाह के मित्र

दुर्जनशाह को राजगद्दी दिलवाने में रानी विलासकुँअरि के अतिरिक्त अन्य तीन व्यक्तियों का भी योगदान था। ये थे :

1. लोकसाह बरगाह : इन्हीं के दो पुत्रों खुमान और गुमान ने बाद में दुर्जनशाह की हत्या कर दी। 2. लक्ष्मण पासवान : दुर्जनशाह की हत्या के समय इसे भी चोट लगी पर निजामशाह ने इसकी चिकित्सा कराकर इसे अपना पक्षधर बना लिया। 3. नन्दलाल वाजपेयी : ये पहले दुर्जनशाह के पक्षधर थे पर उसकी हत्या के पश्चात् निजामशाह के पक्षधर हो गए।

नवम् सर्ग

निजामशाह का समकालीन भारत

निजामशाह गोंड साम्राज्य के अन्तिम योग्य राजा थे। उनके सम्बन्ध में अनेक किंवदन्तियाँ हैं पर ऐतिहासिक साक्ष्य मौन है।

इस समय अमेरिका का स्वतंत्रता संग्राम समाप्त हो रहा था। 1789 में जार्ज वाशिंगटन प्रथम राष्ट्रपति बने। परन्तु भारत में अंग्रेजों की जड़ें दिन प्रतिदिन मजबूत हो रही थीं। बंगाल में लार्ड कार्नवालिस ब्रिटिश राज की उन्नति को नए आयाम दे रहा था। निजामशाह की मृत्यु ई. सन् 1776 में हुई थी और उनकी मृत्यु के मात्र 5 वर्ष पश्चात् गोंड साम्राज्य नष्ट हो गया उस पर सागर के मराठों ने पूरा कब्जा कर लिया।

दशम सर्ग

सुमेरशाह की मृत्यु

सुमेरशाह या सुमेदशाह और नरहरिशाह समकालीन थे, परन्तु सुमेरशाह नरहरिशाह से भी अधिक अयोग्य राजा सिद्ध हुए। सुमेरशाह ने नौ माह राज्य किया और मराठों के कैदी के रूप में खुरई में मृत्यु को प्राप्त हुए।

एकादशम् सर्ग

नरसंहार

गोंडों के अन्तिम पाँच वर्ष के राज्य में बहुत सी निर्दय घटनाएँ घटी, जिनमें सबसे लोमहर्षक घटना वाजपेयी वंश के 125 स्त्री, पुरुषों व बच्चों की मौत थी। इस वंश

का लगभग खात्मा ही हो गया था। परन्तु किंवदन्तियों के अनुसार इस वंश की एक गर्भिणी स्त्री ने भागकर किसी बारी जाति के परिवार के यहाँ शरण ली। वहाँ उसके पुत्र हुआ और यह वंश पुनः चला।

द्वादशम् सर्ग

शंकरशाह और रघुनाथशाह की मूर्तियाँ

इनकी शहादत की याद में कुछ वर्ष पूर्व जबलपुर में उस स्थान के करीब जहाँ उनकी शहादत हुई थी, उनकी मूर्तियाँ लगाने का शासन ने निर्णय लिया। इस सम्बन्ध में दोनों शहीदों की जो मूर्तियाँ बनी उसमें उन्हें मरते हुए दिखलाया गया। इस प्रकार के चित्रण का जनता द्वारा भारी विरोध हुआ। अन्त में उनकी सामान्य मूर्तियों की स्थापना की गई।

स्वयं को आला दर्जे की बुद्धिमान समझनेवाली भारत की बाबूशाही इसी तरह के लापरवाह निर्णय लेने के लिए जानी जाती है। उसकी राष्ट्रीय और सांस्कृतिक समझ जनता के लिए सदैव पहेली रहती है।

त्रयोदशम् सर्ग

1. बाणभट्ट

बाणभट्ट संस्कृत साहित्य के प्रसिद्ध गद्यकार हैं। इनका समय 606 ई. से 648 ई. तक माना जाता है क्योंकि ये सम्राट हर्षवर्धन के समकालीन थे। बाणभट्ट ने 'हर्षचरित' आख्यायिका लिखी। बाणभट्ट ने अपने जन्म स्थान का उल्लेख किया है कि वे शोण नद के किनारे प्रीतिकूट ग्राम के निवासी थे। बाणभट्ट ने अनेक ग्रन्थ लिखे परन्तु कादम्बरी अपने प्रकृति वर्णन के लिए प्रसिद्ध है।

2. कादम्बरी

कादम्बरी बाणभट्ट का अमर गद्य काव्य है। इसकी अनेक साहित्यिक विशेषताएँ हैं परन्तु यहाँ पर हमने केवल शवर वर्णन का उल्लेख किया है। बाणभट्ट की सूक्ष्म दृष्टि ने समकालीन जनजातियों की जीवन पद्धति को बड़ी कुशलता से देखा है। यह वर्णन तत्कालीन जनजातियों के विश्वासों और आचार विचारों के वर्णन के साथ यह भी सिद्ध करता है कि भारत में आटविक समुदाय कभी भी एकान्तिक या एकाकी नहीं रहा है।

3. गुलाम भारत में ब्रिटिश नीति के मोहरे

ब्रिटिश अधिकारियों ने दरअसल गुलाम भारत को अधिकतम टुकड़ों में मनचाहे ढंग से बाँटने की छूट दी थी। इस कार्य में उन्होंने पादरियों की भी सेवाएँ लेने में संकोच नहीं किया। एम.ए. शेरिंग (1872) जो कि ईसाई मिशनरी थे, लिखते हैं :

"In designating many castes, I have frequently employed the word 'tribe' and not the word caste, and have preferred the use of ethnological terms to a term which is use only partially in an ethnological sense and in associate with other and different questions."

(Source : Hindu Tribes and Castes as Reported in Banaras)

मै समझता हूँ कि विज्ञ पाठक यह समझ गए होंगे कि शेरिंग 'कास्ट' की जगह 'ट्राइब' शब्द क्यों प्रयुक्त करना चाहते थे। ध्यान दें कि 1872 तक भी ट्राइब्स को 'हिन्दू ट्राइब्स' कहा गया था। एक ओर ब्रिटिश भारत में सरकारी स्तर पर विघटन का यह कार्य चलता रहा तो दूसरी ओर विदेशी भाष्यकार इसे अपने हितों के समर्थन में पारिभाषित करके विघटन सम्बन्धी नित नए हथकंडे अपनाते रहे।

4. वेरियर एल्विन के समर्थकों द्वारा घुर्ये पर कटाक्ष

श्री वेरियर एल्विन के समर्थक वर्तमान में भी हैं। जितने भी हैं उनमें से अधिकांश ब्रिटिश या अन्य यूरोपीय देशों के जाने-माने स्कॉलर रहे हैं। उनकी आलोचना करने का अर्थ अपनी अज्ञानता ही दिखलाना हैं क्योंकि उनमें से अनेक अन्तर्राष्ट्रीय सम्मान प्राप्त हैं या कि जिनकी पुस्तकें विश्व के श्रेष्ठ विदेशी प्रकाशकों द्वारा प्रकाशित हैं। उनके चरण चिह्नों पर अभी भी वैसी ही महान् पुस्तकें लिखी जा रही हैं। 'मेकिंग इंडिया हिन्दू' (1999) है। यह आक्सफोर्ड प्रकाशन से प्रकाशित हुई है। वेरियर एल्विन जहाँ 'हिन्दूकरण' को केवल 'जनजातियों' के लिए वर्जित मानते थे, वहाँ यह पुस्तक सारे भारत को ही सम्भवतः हिन्दू प्रभाव (?) से मुक्त होने का सन्देश देती है।

रामचन्द्र गुहा अपनी पुस्तक 'सेवेजिंग द सिविलाइज्ड' में सुप्रसिद्ध राष्ट्रीय विचारक घुर्ये पर कटाक्ष करते हुए लिखते हैं :

"The spirit of the professor seems congenial to the chauvinists for the intersection outside the freshly named Mumbai University has been renamed 'Govind Sadashiv Ghurye Chowk'. In death, if not in life, G.S. Ghurye has become his city's pet anthropologist."

उपर्युक्त पुस्तक एल्विन की जीवनी है। उल्लेखनीय है कि घुर्ये ने एल्विन के जनजातीय सिद्धातों का सप्रमाण खंडन किया था। रामचन्द्र गुहा ने अपनी इस पुस्तक में अनेक उन भारतीय नेताओं की भर्त्सना की है जिन्होंने एल्विन से असहमति जताई थी। (स.9/अ. 43)

अंग्रेजों द्वारा हिन्दू वनवासियों को 'ट्राइब' कहना एक सोची समझी युक्ति इसलिए थी कि 'ट्राइब' शब्द को अन्तर्राष्ट्रीय बोलचाल में 'आदिवासी' शब्द के तौर पर प्रयोग किया जाता रहा है। यहाँ यह उल्लेखनीय है कि यूरोपीय लोगों के लिए दूसरे महाद्वीपों के आदिवासी फिर चाहे वे अफ्रीका, आस्ट्रेलिया या उत्तर और दक्षिण

अमेरिका के क्यों न रहे हों, वे उनकी अपनी श्वेत प्रजाति, ईसाई धर्म और औद्योगिक, कृषि संस्कृति की दृष्टि से पृथक लोग थे। सामान्य तौर पर इन महाद्वीपों के आदिवासी प्रगति की दृष्टि से भी काफी पिछड़े थे। अनेक आदिवासी स्थानान्तरी कृषि करते थे। भारत की जनजातियों में मात्र इसी एक आधारभूत समानता के बलबूते पर भारतीय वनवासियों को धीरे-धीरे गैर हिन्दू साबित करने के क्रमबद्ध प्रयास हुए। भारतीय जनजातियों तथा नगरीय और ग्राम्य भारतीयों की धार्मिक समानता को कपटपूर्ण ढंग से अलग-अलग धर्म समझाने के लिए लगातार नए ग्रन्थ रचे गए।

विदेशों में 'ट्राइब' अलग संस्कृति का पर्याय था। इसलिए हिन्दुओं के वर्ग को इन विद्वानों ने 'ट्राइब' बतलाकर विश्व को गलत सन्देश दिया।

5. हैमनडार्फ का आलेख का अंश जो 'ज्याग्राफिकल मैगजीन' के वर्ष 1971 के अंक में प्रकाशित हुआ :

नागालैंड और भारतवर्ष की केन्द्रीय सरकार के सम्बन्धों पर हैमनडार्फ का नजरिया स्पष्टतः आम भारतीय के नजरिए से भिन्न है।

'How soon the new state will be able to meet its expenditure from taxes imposed on its citizens is an open question, and one no Naga polician would like to answer.' (p.175)

उपर्युक्त कथन ब्रिटिश राज की मूल अवधारणा जिसमें जनजातियों को शेष भारतीयों से अलग मानने/मनवाने का दुराग्रह है, का ही स्पष्ट प्रतिबिंब है।

'Anyone familiar with the fate of tribal populations in other parts of the world must be heartened by the situation in Nagaland. Unlike many of the aborigines in peninsular India who lost much of their land to members of more advanced communities and all too often became the victims of exploitation at the hands of moneylanders and landlords, the Nagas have remained secure in the possession of their ancestral land and all its resources.' (p.177)

प्रबुद्ध पाठक नागालैंड की समस्या से अनभिज्ञ न होंगे। आगे पढ़िए :

'If you let Government in, you also open the area to the exploitation.'– 'Nagaland Faces the Modern World' by Christoph von Haimendorf, Geographical Magazine, 1971.

6. हैमनडार्फ की पुस्तक 'ट्राइब्स ऑफ इंडिया : द स्ट्रगल फॉर सरवाइवल' (1982) से उद्धृत अंश :

'The Naxalites organised many tribals against the exploitation of merchants and landlords, there is 1969 they encouraged the Reddis, Koyas and Kammars of Kodamodalu village and its thirteen hamlets to harvest the paddy occupied by non tribals.' (p.284)

यह है नक्सलाइट लुटेरों की प्रशंसा। इसी पुस्तक में वे ब्रिटिश राज और स्वतंत्र भारत के प्रशासन की भी तुलना कर डालते हैं।

'Today the tyrancy of forest guards is certainly as bad as it was in 1940.' (p.96)

भारतीय प्रशासन को जनजातियों के सन्दर्भ में हैमनडार्फ कुछ इस तरह लिखते हैं :

'When Kammars resisted the land grab by killing a non tribal the police arrested all the adults and kept them in jail for ten months refusing the bail.' (p.284)

हैमनडार्फ की पुस्तक 'द राजगोंड्स ऑफ आदिलाबाद (1948) से

'On the great mountain Merugiri, the Gods were born.'

हैमनडार्फ साहब को शायद मेरुगिरि के सम्बन्ध में ठीक जानकारी नहीं है कि जनजातियों का मेरुगिरि और गैरजनजातियों का मेरुगिरि एक है।

गोंडों (राजगोंडों सहित) की उत्पत्ति विषयक मिथक

गोंडों को गैर हिन्दू साबित करने के दुराग्रही विद्वान भी जब उनके मिथकों का वर्णन करते हैं तब साधारण समझदार पाठक को भी यह निर्णय लेते देर नहीं लगती कि 'प्रतिष्ठित विद्वान' किस भारतीय समाज में विघटन उत्पन्न करने के लिए किस सीमा तक जा सकता है।

प्रसिद्ध विद्वान हैमनडार्फ गोंड देवताओं की उत्पत्ति के सम्बन्ध में लिखते हैं :

'One day, the day of Durari all the fifty six crores of gods went to bath in the sea and Kali Kankali gave birth to gods (Gond gods, Telgu gods and Maratha gods).

(Source : The Raj Gonds of Adilabad, 1948, p.101-103)

उपर्युक्त विवरण यह स्पष्ट करता है कि क्षेत्रीय भिन्नता के साथ गोंडों की या हिन्दुओं के मिथक एक ही हैं। फर्क कुल इतना है कि आटविक गोंडों में शिक्षा का प्रसार न होने से कथानकों को पौराणिक कथाओं की तरह सुव्यवस्थित विकास नहीं मिला। भारतीय पुराणों और ग्रामीण लोककथाओं में ऐसी अनेक कथाएँ सुनने को मिलती हैं। काली कंकाली जिन्हें स्वयं हैमनडार्फ सभी गोंड देवताओं की जननी मानते हैं भारतीय मूर्तिकला की एक प्रतिष्ठित देवी हैं जिनकी मूर्तियाँ एलोरा की गुफाओं में देखी जा सकती हैं।

7. हैमनडार्फ गोंडों की सांस्कृतिक और हिन्दुओं की सांस्कृतिक साझा जड़ को काटकर अलग बतलाने का प्रयास : एक उदाहरण

सभी जनजातियों और नगरीय या ग्राम्य हिन्दुओं की सांस्कृतिक परम्परा एक ही है पर श्री हैमनडार्फ का तर्क पढ़ने लायक है :

'Today the Durari rites of the Gonds shares certain features with the Holi of the Hindus and in some mixed villages gonds and Hindus, join in burning the Holi Fire. But only the Gonds bring the poles representing Matral and Matra, and there can be little doubt that here an old agricultural rite of the aboriginals has been merged with it. (The Raj Gonds of Adilabad, 1948 p.313)

अब आस्ट्रिया से पधारे हैमनडार्फ साहब की समझ को क्या कहा जाए, जिन्होंने 'धुरैड़ी' शब्द को दुरारी मानकर उसे होली से अलग निरूपित कर दिया। उनके लिए यह जरूरी था कि हिन्दुओं और गोंडों को दो अलग समाज येन-केन-प्रकारेण सिद्ध किया जाए सो यह सब लिख दिया।

जो लोग होली को उत्सव मानते हैं, वे इस प्रकार के निरर्थक विवरणों को नजर अन्दाज कर सकते हैं, पर विदेश के लोग जब यह सब पढते हैं, तब उनके लिए यही भेद एक विद्वान का लिखा हुआ शास्त्रीय मत हो जाता है।

हैमनडार्फ का नक्सल प्रेम

यह थोड़ी अटपटी सी लगनेवाली बात है कि जब एक ठेठ साम्राज्यवादी विचारधारा का व्यक्ति धुर कम्युनिस्ट विचार और कम्युनिस्ट कार्यप्रणाली की प्रशंसा करे। पर समाज में ऐसे अवसर आते हैं जब दो धुर विरोधी एक हो जाते हैं। भारतीय संविधान और भारतीय सार्वभौमिकता के प्रति जो भावना नक्सलवादी अतिवादियों की थी, ठीक वही साम्राज्यवादियों की थी। हैमनडार्फ आस्ट्रियन मूल के व्यक्ति थे जिन्हें हैदराबाद के निजाम के यहाँ ऊँची तनख्वाह में नौकरी करने का सुअवसर मिला था। उनकी पत्नी जो एक अंग्रेज थी और जिन्हें जन्मजात रूप से हिन्दुओं से घृणा थी, वे भी निजाम की नौकरी में थीं। दोनों मानसिक रूप से भी निजाम के गुलाम थे।

'निजाम' का भारतीय संविधान एवं भारतीय राष्ट्र के प्रति क्या रवैया था, यह सब भलीभाँति जानते हैं। निजाम के राज्य में पंचमार्गियों के बीज सुनिश्चित राजनैतिक सोच के तहत डाल दिए गए थे। उन दिनों (और एक सीमा तक आज भी) अनेक कम्युनिस्ट विचारक सम्पूर्ण हिन्दू जीवन पद्धति को सड़ी गली मानकर उसे ध्वस्त करना चाहते थे और इसके लिए उन्होंने माओवादी विचारों को कार्यरूप में परिणित करना प्रारम्भ किया। 1990 तक नक्सलवाद के समर्थन में कम्युनिस्ट कहा करते थे कि यह 'हिन्दू समाज की विसंगतियों' की नैःसर्गिक उपज है, परन्तु 1990 के पश्चात् जब अनेक कम्युनिस्ट नेता और बुद्धिजीवी नक्सलियों की गोलियों का शिकार हुए, तब स्थिति में कुछ परिवर्तन आया।

हैमनडार्फ को निजाम की विखंडनवादी नीति को सफलता की ओर ले जाने में नक्सलियों की भूमिका आह्लादकारी लगी और उन्होंने अपने देशी-विदेशी प्रकाशनों में नाना प्रकार से उनका स्तुतिगान किया। यहाँ पर स्थानाभाव से दो एक उदाहरण ही दिए जा रहे हैं : परन्तु उसके पहले उनके द्वारा निजाम को दिया गया धन्यवाद ज्ञापन का उद्धरण देना उचित होगा :

'His Exalted Highness the Nizam of Hyderabad and Berar had no objection to our spending the war years among the tribal people of his vast dominions, and Sir Theodore Tasker thought this is an excellent way out of our delimma.'

(Life Among Indian Tribes : The Autobiography of an Anthropogist, Oxford University Press, Delhi p.22)

8. भारतीय समाज विभाजक शब्दावली 'हिन्दूकरण'

श्री वेरियर एल्विन ने अपने साहित्य में ऐसे नए शब्दों का प्रयोग किया, जिससे जनजातीय समाज गैर हिन्दू साबित हो। यहाँ मात्र दो उदाहरण प्रस्तुत हैं :

हिन्दूकरण : वेरियर एल्विन स्वतंत्र भारत के प्रतिष्ठित पद पर आसीन होकर भी यह आशंका जतलाते रहे कि स्वतंत्र भारत में 'आदिवासियों' के साथ न्याय नहीं होगा। अपनी आशंका को वे 'हिन्दूकरण' के नाम से व्यक्त करते हैं। क्या यह शब्द यह नहीं बतलाता कि अपनी करनी और कथनी में वे सदैव एक पादरी ही रहे। वेरियर एल्विन अपने एक आफीसियल नोट में लिखते हैं :

The world is now convinced that India can rule it self, it is less certain that she can the right thing by her tribal population. All sorts of fantastic misconceptions of our policy in the tribal areas are current abroad, we are supposed to be going in for whole sale Hinduization, we are making them vegetarians and teetollers.

(Note dated 23 August 1958, file 23, Elwin Papers. NMML)

संस्कृति का विघटन : वेरियर एल्विन ने केवल जीवन भर रेवाखंड की जनजातियों को शेष भारतीयों से अलग मानने के सिद्धान्त पर जीवन भर कार्य किया वरन् उन्होंने हिन्दू धर्म के प्रभाव को 'जनजातीय संस्कृति' का अपकारक तत्व भी बतलाने का प्रयास किया। वे ज्ञान के द्वारा जनजातियों के विकास की बात करते हैं कि जनजातियों को जंगली न समझा जाए।

9. श्री वेरियर एल्विन का पद और उसका पूर्वोत्तर भारत में प्रभाव

तंत्र भारत में वेरियर एल्विन को एक उच्च पद की नौकरी प्रदान की गई। इसका र्यकाल 3 वर्ष का था और कार्यक्षेत्र था—पूर्वांचल। वैसे भी एल्विन शेष जीवन के मंडला छोड़कर वहाँ बसना चाहते थे। 1954 में नेफा भारत शासन के अन्तर्गत

शासित हुआ परन्तु अब यह एक पूर्ण राज्य है। एल्विन गवर्नर के 'एडवाइजर ऑफ ट्राइबल अफेयर्स' बने। यह एक ऐसा पद था जो सामान्यतः एक आई. सी. एस. को दिया जाता है।

नेफा में उस समय देश की राष्ट्रीय पार्टी कांग्रेस का कोई विशेष राजनैतिक प्रभाव नहीं था। हाँ इंगलैंड में अवश्य I.Z. Phizo का भारी प्रभाव था। यहाँ पर अमेरिकी मिशनरीज खुले तौर से सक्रिय थीं और फिजो को सभी तरह का समर्थन दे रही थीं। भारत सरकार वर्षों तक फिजो को देशद्रोही मानती रही है।

वेरियर ने भारतीय नागरिकता प्राप्त कर ली थी। वे कुर्ता पजामा पहिनकर भारतीय हो चले थे। उन्होंने उत्तरपूर्वी भारतीय वनवासी अंचल के लिए 'पंचशील' सिद्धान्तों का निरूपण किया जो ऊपरी तौर पर जनजातीय संस्कृति के पोषक प्रतीत होते थे। किन्तु जिनके कारण इस क्षेत्र में भारतीय राष्ट्रीय निषिद्ध हो रही थी और पूर्वांचल से पश्चिम द्वारा अलगाववादी आन्दोलनों, प्रवर्तकों के अनुयायी धार्मिक और सामाजिक तौर पर क्षेत्र को देश से अलग करने में कार्य कर रहे थे। वेरियर एल्विन के पंचशील ने पूर्वांचल में राष्ट्रीय नेताओं तक के जाने पर रोक लगाने की सिफारिश की थी।

10. ओंकार शरद (1972) लोहिया की जीवनी में लिखते हैं कि प्रसिद्ध समाजवादी नेता श्री राममनोहर लोहिया की दृष्टि में 'पंचशील' मूर्खता की पराकाष्ठा था, वेरियर एल्विन के प्रभाव के सम्बन्ध में वे लिखते हैं :

"A very particular type of an earstwhile clergyman, Sri Verier Elwin, is the advisor of Governor of Assam in respect of the matters concerning the Adivasis (Tribals) of Assam. This former clergyman has carved out a principle of a 'Reserved Forest' in the same manner as the lions of Gir. But the detachment of these. Adivasis with the outer world is all more greater...Until the month of October last year the photographs of Shiv, Durga, Gandhiji are even Nehru were not permitted to be displayed in the shops, because in the opinion of this clergyman, there were possibilities of the people of (NEFA) being offended or getting currupt."

श्री ओंकार शरद डॉ. राममनोहर लोहिया के जाने माने जीवनी लेखक हैं। उनकी पुस्तकें अब हिन्दी भाषा में 'लोहिया' (जीवनी) एवं 'लोहिया के विचार' शीर्षक से लोकभारती प्रकाशन से प्रकाशित हैं। प्रथम पुस्तक में कुछ और विस्तार से इस विषय पर पढ़ा जा सकता है।

11. श्री वेरियर एल्विन अश्लील की मानसिकता

श्री रामभरोस अग्रवाल की पुस्तक में वेरियर एल्विन की पुस्तकों से दिए गए अनेक ऐसे उद्धरणों को प्रस्तुत किया है जो भारतीय मानस की दृष्टि से वीभत्स से लेकर

अश्लील तक हैं, भले ही एल्विन के भारतीय भक्त ऐसे उद्धरणों को लोकोत्तर पाएँ। लेखक न चाहते हुए भी श्री अग्रवाल द्वारा उद्धृत चार उद्धरणों को नीचे उद्धृत कर रहा है ताकि कथन की सत्यता को पाठक समझ सकें। पढ़िये बैगा समाज के विवरण एल्विन की लेखनी से :

1. 'I have been astonished the number of people whose sex experience was with old and unattractive women who seduced them.'

2. 'Another time, my Jiv went to a girl, and she cut my penis with a knife.'

3. 'One day I made long penis out of a leaf and put it into the vagina of a girl. She ran crying to her parents.'

4. 'When I got there husband took his sickle and made it red hot in fire and burnt my vagina with it so I awoke.'

(सभी उद्धरण वेरियर एल्विन की पुस्तक 'दि बैगा' से हैं।)

ये तीनों पुस्तकें, सन् 1947 की स्वतंत्रता के पहिले प्रकाशित हुई थीं। इन पुस्तकों के प्रकाशन के दिनों में, राष्ट्रीय भारत, और अंग्रेजों के बीच में, स्वराज्य का आन्दोलन भीषण रूप से चल रहा था। साम्राज्यवादी अंग्रेजों की विचारधारा, भारतीयों को स्वराज्य के लिए अयोग्य सिद्ध करने में, ऐड़ी चोटी का पसीना एक कर रही थी। नीचे लिखे उद्धरणों से, संसार भर के अंग्रेजी के पाठकों ने यह ही समझा होगा कि सचमुच में, भारत की जनता स्वराज्य के लिए बिलकुल अयोग्य है।

लेखक ने उपर्युक्त उद्धरणों का अनुवाद देना उचित नहीं समझा क्योंकि वर्तमान में अनेक यूरोपीय देश जब समलैंगिकता जैसे घटिया सम्बन्धों को राष्ट्रीय मान्यता दे चुके हैं तब वेरियर एल्विन ने जो कुछ लिखा है उसे यूरोपीय मानसिकता का दर्पण माना जा सकता है परन्तु उससे भारतीय निश्चित घृणा करेंगे।

12. भागीदारी अध्ययन विधि

भागीदारी अध्ययन विधि का ठीक उसी तरह जोर-शोर से प्रचार हुआ था, जिस तरह नेशनल पार्क पालिसी का। एक आम यूरोपीय की मानसिकता को फ्रायड 'लिबिडो' के सिद्धान्त से समझा जा सकता है। यही कुछ भागीदारी अध्ययन के मूल में था। बहरहाल उनकी इस भागीदारी अध्ययन विधि के भीतर कौन सी प्रेरणा काम करती है, इसका खुलासा भी एल्विन ही ने कर दिया है, वे लिखते हैं–

"But I do want sexual stimulus. That is to say, whatever new research I do, must be among a sexually attractive people-nudes or half nudes."

(रामचन्द्र गुहा, 1999 सेवेजिंग दि सिविलाइज्ड, आक्सफोर्ड, पृष्ठ 220)

13. कोसी को एक्सपार्टी तलाक

वेरियर एल्विन ने कोसी उर्फ कौशल्या को एक्सपार्टी तलाक क्यों दिया। इसका उन्होंने खुलासा किया है। पर क्षेत्रीय जनता ने यह प्रश्न उठाया था कि जब वेरियर

एल्विन 'जनजातीय धर्म' में दीक्षित हो ही गए थे तब उन्हें जनजातीय भावनाओं को मान्य करते हुए जनजातीय विधि से भी तलाक ले लेना चाहिए था, पर यह सब उनकी छवि के लिए शायद नुकसानप्रद होता। कुछ आलोचकों का यह भी कहना था कि जनजातीय भागीदारी विधि की प्रेरणा अब उन्हें कोसी से नहीं मिल पा रही थी उन्हें एक नई औरत की दरकार थी। प्रस्तुत है एल्विन की तलाक सम्बन्धी घोषणा :

"I declare

That in or about the year 1940 I was merried to one Kausilya commonly known as Kosi. I have only one child by the said Kosi, namely a son by name Jawaharlal (commonly called Kumar) who was born in or about the year 1941. The said Kosi in or about the year 1947 (sic) gave birth to a boy who is name Bijay. The said Bijay is not my child and I have never accepted him as such. Because of the misconduct of the said Kosi, I have divorced her in about the year 1949. ... My wife and I have three children, all boys, named Wasant, Nakul and Ashok respectively. Besides (these) there is no living person who has any claim on my Estate."

(रामचन्द्र गुहा, 1999, सेवेजिंग दि सिविलाइज्ड, आक्सफोर्ड, पृष्ठ 279)

14. वेरियर एल्विन लिखते हैं :

Only knowledge cUn give the general public the right angle on there people. Only knowledge cUn convince administrator and reformer alike that they are not mere savages to be uplited but human beings like them selves with a logical and often admirable way of life well adapted to the physical and economic conditions under which they line. Only knowledge cUn escort them safely through the perilous passage of acculturation.'

(Source: Printed Appeal for TARU, enclosed with VE's letter to Sir Purshottamdas è thakurdas on 8th December, 1949, in File 337, Thakurdas Papers, NMML.)

यह एक दोमुँही बात है जहाँ पादरियों द्वारा आरोपित धर्मपरिवर्तन को उचित ठहराया गया है। परन्तु भारतीय संस्कारों को ग्रहण करने की जनजातीय समाज की इच्छा और प्रयासों को 'एक्लचरेशन'।

15. श्री वेरियर एल्विन की 'नेशनल पार्क पालिसी'

श्री एल्विन को एक विशिष्ट दृष्टिकोण रखने का दोषी नहीं माना जा सकता। श्री एल्विन ने जनजातीयों के लिए एक अलग निवास की चर्चा की इसे 'नेशनल पार्क पालिसी' भी कहा जाता है। श्री एल्विन ने अपने सारे लेखन में भारत की जनजातीय संस्कृति को भारत की मुख्य या मूलधारा संस्कृति से अलग माना है। उनका यह सिद्धान्त या नीति 1939 में सर्वप्रथम प्रकाशित हुई। आज यह स्मरण दिलाना उचि...

होगा कि यह वह समय या जब अंग्रेज यह मान चुके थे कि उन्हें भारत छोड़ना पड़ेगा। अंग्रेज भारत छोड़ते समय उसके आधिकाधिक टुकड़े कर छोड़ना चाहते थे। इसीलिए पाकिस्तान का निर्माण हुआ था। राजाओं और नवाबों को भी छूट दी गई थी कि वे या तो स्वतंत्र राज्य बना लें या स्वायत्त राज्य बनाएँ, परन्तु सरदार पटेल की सतर्कता से राजवाड़े नए भारत का अंग बने।

इसी नीति के तहत अंग्रेज जनजातियों को अलग समाज सिद्ध करने पर तुले थे और इसके लिए विदेशी विद्वानों को पर्याप्त सुविधाएँ दी गई थीं। बहुत बार ये सुविधाएँ परोक्ष थीं। उन दिनों पादरियों के वर्ग विशेष को पश्चिमी राष्ट्रों ने इस काम के लिए प्रेरित किया था। यही कारण है कि स्वतंत्रता के पहले वेरियर एल्विन ने 'नेशनल पार्क पालिसी' को जोर-शोर से प्रचारित किया। किन्तु इस विघटनकारी सिद्धान्त का भारी विरोध हुआ। इस विरोध में भारतीय समाजविज्ञानी घुर्ये प्रमुख थे, जो बाद में एल्विन के समर्थकों की आँख की किरकिरी भी बने। 'नेशनल पार्क थ्योरी' का विरोध राष्ट्रीय कांग्रेस के नेताओं ने किया। फलतः यह सिद्धान्त विदेशी किताबों के पन्नों में दबा रह गया। समय की नजाकत को भाँपकर एल्विन ने अपने इस सिद्धान्त से पल्ला झाड़ लिया।

वेरियर एल्विन के भक्तों की वर्तमान पीढ़ी

वेरियर एल्विन के भक्तों में शामराव हिवाले थे, जो स्वयं एक ईसाई धर्म प्रचारक थे। उनकी शिक्षा दीक्षा भी इसी क्षेत्र में हुई थी। वेरियर एल्विन की जनशताब्दि के अवसर पर शामराव हिवाले के पुत्र अजीत हिवाले का एक निबंध 'वेरियर एल्विन भारतीय समाज कल्याण में' शीर्षक से 'कादम्बनी' सितम्बर 1999 में प्रकाशित हुआ। यह निबन्ध एल्विन जन्म शताब्दि के उपलक्ष में एल्विन को दी गई श्रद्धांजलि है। इसमें यह जोर-शोर से लिखा गया है कि 'एल्विन वेरियर ईसाई मिशनरी बनकर आए थे लेकिन भारत के हालात देखकर उन्होंने चर्च से सम्बन्ध तोड़ लिया।'

वास्तविकता तो यह है कि स्वतंत्र भारत में धर्मान्तरण करने के लिए नई जरूरतों के मुताबिक एल्विन ने अपना नया चोला धारण किया था।

वस्तुतः व्यक्ति को समाज में बदलाव लाने के लिए न तो धर्म छोड़ने की कभी आवश्यकता रही है और न ही चर्च छोड़ने की। एल्विन और हिवाले के पुत्र आज भी ईसाई हैं और ईसाई धर्म मानते हैं। इस पर उन्हें फख्र होना चाहिए, क्योंकि सभी धर्म मूलतः व्यक्ति के आध्यात्मिक उत्थान के लिए हैं।

परिशिष्ट-2 : ग्रन्थ सूची

अ. आधार ग्रन्थ

संस्कृत

ओझा, रूपनाथ : गढ़ेशनृपवर्णनम्, सं. जी. व्ही. भावे, नागपुर यूनिवर्सिटी, जर्नल क्रमांक 6, 1940, पृष्ठ 181-201

दीक्षित, लक्ष्मीप्रसाद : गजेन्द्र मोक्ष, जर्मन ऑफ एशियाटिक सोसायटी ऑफ बंगाल, 19, क्रमांक 2, 1953, पृष्ठ 142-43

संग्रामशाह : रसरत्नमाला, जर्नल ऑफ एशियाटिक सोसायटी ऑफ बंगाल, 19, क्रमांक 2, 1953, पृष्ठ 137-139

हृदयनारायण देव विरचित : हृदय कौतुकम्

आर्य भूषण : व्यमुद्राक्षरैरंकयित्वा प्रकाशयंनीतम्, शक : 1840, सन् 1918

हृदयनारायण देव विरचित : हृदय प्रकाश :

आर्य भूषणाख्यु द्राक्षरैरंकयित्वा प्रकाश्यंनीतम्, शक : 1840, सन् 1918

हृदयनारायण देव

दीक्षित, लक्ष्मीप्रसाद : गजेन्द्र मोक्ष, जर्मन ऑफ एशियाटिक सोसायटी ऑफ बंगाल, 19, 1953

बाणभट्ट 'कादम्बरी' कृष्णदास अकादमी, वाराणसी

फारसी

अहमद, निजामुद्दीन : तवक्कात-ए-अकबरी, अनु. डे. बिब्ल. इंडि., 1939 जिल्द 3, भाग 2

अबुल फजल : अकबरनामा, अनु. एच. बेवरिज, जिल्द 2

अबुल फजल : आइन-ए-अकबरी, अनु. बलाक्रमेन और जेरेट, रायल एशियाटिक सोसायटी ऑफ बंगाल, 1927 द्वितीय संस्करण

बदायूँनी, अब्दुल कादिर : मुन्तखब उत तवारीख, अनु. लो, द्वितीय जिल्द, कलकत्ता, 1884

जहाँगीर : जहाँगीरनामा, अनुवाद बृजरत्नदास, संवत् 2014

तुजुक ए जहाँगीरी : अनुवाद रोजर्स एवं बेबरिज, जिल्द द्वितीय, 1914

ब. सन्दर्भ ग्रन्थ

अंग्रेजी

करमबेलकर : केटलॉग ऑफ संस्कृत मेन्युस्क्रिप्ट्स इन दि नागपुर यूनिवर्सिटी लायब्रेरी।

चेटरटन : दि स्टोरी ऑफ गोंडवाना, 1916

बोस, एन एस : हिस्ट्री ऑफ चन्देलाज, 1956

विल्स, सी यू : दि राजगोंड महाराजाज ऑफ दि सतपुड़ा हिल्स, 1923

स्मिथ, विन्सेंट : अकबर दि ग्रेट मुगल, 1958

स्लीमन : रेम्बल्स एंड रिकलेक्शंस ऑफ एन इंडियन आफिशियल, 1844

हैमनडार्फ, क्रिस्टोन वॉन : 'नागालैंड फेसेस द मॉडर्न वर्ल्ड, ज्याग्रफिक मैगजीन 1971

हैमनडार्फ, क्रिस्टोन वॉन : 'द राजगोन्डस् ऑफ आदिलाबाद, 1948

तिवारी, एस.के. : 'दि राजगोन्डस' 1996

शरमा, आर. के. एंड एस. के. तिवारी : 'ट्राइबल हिस्ट्री ऑफ सेंट्रल इंडिया, 2000

एल्विन वेरियर : फोकटेल्स ऑफ महाकोशल, 1945

हिन्दी

अग्निहोत्री, गुरूरामप्यारे : रीवा राज्य का इतिहास, 1922

अग्रवाल, रामभरोसे : गढ़ा मंडला के गोंडराजा, 1961

जैन, बालचन्द्र : उत्कीर्णलेख, 1961

नगर निगम, जबलपुर : रानी दुर्गावती, 1965

प्रसाद, ईश्वरी : भारतीय मध्ययुग का इतिहास, 1955

पाठक, गणेशदत्त : गढ़ा मंडला का पुरातन इतिहास, 1905

मिश्र सुरेश : गढ़ा के गौंड़ राज्य का उत्थान और पतन, 1986

तिवारी शिवकुमार : चरितानि राजगोंडानाम्, 2008

शास्त्री, मिश्रीलाल : महाप्रभु प्राणनाथ, 1970

डॉ. हीरालाल : दमोह दीपक, जबलपुर ज्योति, मंडलामयूख, सागर सरोज

●●●